HEATHER GRAHAM

Noël de glace

Roman

MIRA

Titre original :
THE LAST NOEL
publié par MIRA®

Traduction de l'américain par :
JULIE ALBIZZI

Mira® est une marque déposée par le groupe Harlequin

83/85 boulevard Vincent Auriol 75646 PARIS CEDEX 13.
ISBN 978-2-2808-4504-5 — ISSN 1765-7792

Je vous dédie ce roman, à vous qui me faites le cadeau de votre amitié comme un cadeau de Noël qui durerait toute l'année :

Aaron Priest, Lucy Childs, Adam Wilson, Dianne Moggy, Margaret Marbury, Loriana Sacilotto, Donna Hayes, Craig Swinwood, Alex Osuszek, KO, Marleah, et toute l'équipe des relations presse et du studio graphique, et tout spécialement à mon extraordinaire éditrice, Leslie.

Prologue

— Mais… on est la *veille de Noël!*

Le vieil homme, frêle, presque squelettique, les regardait d'un air interdit. Sa voix chevrotait et ses tremblements évoquaient ceux d'une feuille fragile, agitée par le vent.

— Exact. C'est bien la veille de Noël, Papy, et tu n'es pas censé être là, dit Scooter.

Craig en était sans voix. Ce n'était pas du tout ce qui était prévu. On lui avait assuré que la boutique serait vide. Quand il y était entré avec ses comparses, Scooter et son associé, Quintin Lark, ils n'avaient pas vu tout de suite le vieillard. Scooter et Quintin s'étaient taillé une solide réputation, dans le milieu, grâce à une longue série de cambriolages extrêmement fructueux. Mais ils n'avaient jamais blessé personne. Jamais.

Parce qu'ils ne choisissaient que des endroits déserts.

Comme cette boutique aurait dû l'être aujourd'hui.

C'est vrai, de temps à autre, on racontait que le tandem pouvait se montrer sans pitié. Mais ce n'étaient que des rumeurs. Et les rumeurs, les malfrats les lançaient exprès. Ils se donnaient même du mal pour les créer. Parce que c'était dans leur ombre qu'ils vivaient et mouraient.

Et qu'ils tuaient, aussi ?

En tout cas, ce qui se disait de vrai, c'était que Scooter et Quintin étaient de véritables experts pour se faufiler n'importe où. Pour frapper vite et fort, puis disparaître.

Pour autant que Craig le sache, ils n'avaient jamais agressé qui que ce soit, et grâce à une préparation minutieuse ils ne s'étaient même jamais retrouvés nez à nez avec personne pendant un casse.

Il s'était aussi aperçu que Scooter était incroyablement fortiche en électronique. Il en avait encore eu la preuve le soir même, en arrivant. Scooter avait fracturé le code de l'alarme en quelques secondes et la porte s'était déverrouillée comme si un hôte invisible les invitait à entrer.

Et maintenant…

Maintenant, il découvrait que Scooter était également très compétent en matière d'armes à feu.

Le Smith & Wesson .48 spécial qu'il venait d'exhiber le prouvait.

— Mais il se trouve que je suis là, et je ne vous laisserai pas détruire mon gagne-pain, reprit le vieil homme, en dépit du revolver dans la main de Scooter.

Craig aurait parié que l'octogénaire s'appelait Hudson car l'enseigne, sur la vitrine de ce petit magasin de la vallée, indiquait : « Hudson & fils, Beaux-Arts, Antiquités, Objets rares et Bijoux. »

C'était pour les antiquités et les bijoux qu'ils étaient venus. La ribambelle de cambriolages qui faisait la réputation de Scooter et Quintin s'étaient tous déroulés chez des bijoutiers et des antiquaires. Et pas chez le tout-venant des galeries commerciales : ils ne s'attaquaient qu'aux affaires familiales, discrètes, et privilégiaient les petites villes, où ne se commettaient guère d'autres crimes que des excès de vitesse ou des graffitis. Ils faisaient main basse sur tout, puis s'envolaient, et c'était aux assurances de payer. Vite entrés, vite sortis, sans dommage pour les victimes, à l'exception du portefeuille, telle était leur devise.

Craig n'avait jamais entendu dire que Scooter et Quintin aient tiré sur quelqu'un.

Il est vrai qu'à sa connaissance ils n'avaient jamais non plus cambriolé une boutique où quelqu'un était resté après la fermeture.

Mais tout finit par arriver, et c'était ici, dans ce petit bled paumé du Massachusetts, qu'ils étaient finalement tombés sur un occupant.

Craig en avait la nausée.

Jusque-là, grâce aux talents de Scooter en électronique, le tandem n'était jamais apparu sur des écrans de surveillance, et comme ils agissaient sans témoins, personne n'avait leur signalement. Bref, personne ne les avait jamais vus faire.

Jusqu'à aujourd'hui.

— Scooter, c'est Noël. Laissons tomber et filons, dit Craig.

Scooter le regarda et secoua la tête tout en raflant des bijoux qu'il jetait dans un sac.

— Non. Désolé. Pas d'accord. Et même si je l'étais, je ne pense pas que Quintin le serait.

Certes. Cela tombait sous le sens, songea Craig en levant les yeux vers leur acolyte. Il avait compris depuis longtemps que même si Scooter roulait des mécaniques, c'était Quintin, en réalité, qui dirigeait les opérations. Et comme Quintin ne l'aimait pas beaucoup, Craig devait se montrer prudent.

— Tu as sûrement un coffre, alors ouvre-le, Papy, disait maintenant Quintin.

— Monsieur, s'il-vous-plaît, dit poliment Craig à M. Hudson, en priant le ciel pour que le vieil homme s'exécute. Ouvrez votre coffre.

— Non.

— Alors je vais te tirer dessus, vieux con, tu vas voir, jeta Scooter.

— Tirez si ça vous chante, dit le vieux.

— Allons, les mecs, il va bientôt y avoir une tempête de neige, coupa Craig. Pourquoi ne pas laisser ce vieux tranquille et décamper tant qu'il est encore temps ?

— Je t'avais bien dit que c'était une erreur d'emmener le gamin, fit Quintin à Scooter d'un air dégoûté.

Trapu sans être gros, tout en muscles, Quintin avait de petits yeux noirs, un crâne chauve et les épaules d'un orang-outang. Bizarrement, il était d'une coquetterie maladive. Il aimait être bien habillé et était fana de grandes marques. Il avait une quarantaine d'années et, en dépit de ses activités douteuses, imitait de manière convaincante l'éloquence et l'allure d'un gentleman.

Scooter était tout son contraire : maigre comme un jour sans pain, quoique doté d'une grande force nerveuse. Il portait ses cheveux blond terne un peu trop longs et avait les yeux d'un bleu si pâle qu'ils semblaient presque incolores. Il avait une trentaine d'années et Craig était de plus en plus convaincu qu'il était légèrement retardé. Il se montrait souvent d'une grande cruauté, mais à d'autres moments parlait d'une voix émerveillée de gamin, et son cerveau ne fonctionnait pas très vite.

Craig, le dernier venu du trio, était aussi le plus jeune et se demandait quelle tête il pouvait avoir à côté des deux autres. A vingt-cinq ans, il était en bonne forme physique : heureusement, étant donné l'activité qu'il s'était choisie. Un lourd passé, qui l'avait laissé amer, le poussait à travailler dur. C'était l'un de ces blonds aux yeux bleus qui inspirent confiance. Cette allure avenante avait plu à Quintin, mais ce dernier l'avait tout de même pris en grippe, pour des raisons mystérieuses.

Alors qu'ils attendaient, debout et immobiles, sans parvenir à dénouer la situation, un craquement sonore signala soudain la chute d'un poteau électrique, dehors, et la boutique fut plongée dans l'obscurité.

— Que personne ne bouge, aboya Scooter.

Un générateur de secours se mit en route en cliquetant. Une faible lueur rougeâtre se répandit. Durant les quelques secondes d'obscurité, cependant, le vieil homme avait essayé d'enclencher l'alarme. Craig le devinait à son regard et à la nervosité contenue qui faisait imperceptiblement trembler le vieillard. Scooter avait deviné aussi.

— Espèce de vieil imbécile, fit Scooter à voix basse.

— Il n'y avait plus de courant. L'alarme n'aurait pas marché de toute façon, intervint rapidement Craig.

— Je m'en fous, dit Scooter. Ouvre le coffre, maintenant. Allez !

Mais le vieil Hudson semblait totalement indifférent au sort qui l'attendait. Il se mit même à sourire.

— Cela m'est égal d'être abattu.

— Ouvrez juste le coffre, monsieur. Que peut-il bien contenir qui vaille de risquer votre vie ? dit Craig.

Quintin lui jeta un regard méprisant.

— Ecoute, vieux crétin, lança-t-il à Hudson. Mon copain ne va pas se contenter de t'abattre d'un coup, il va prendre son temps et ça va faire mal. D'abord, il va te tirer dans les rotules, et après il va viser tout droit sur ton petit zizi. Alors tu ouvres ce coffre, compris ?

— Vous avez sûrement une assurance, souligna Craig avec bon sens.

La méchanceté de Quintin le sidérait. Il est vrai qu'il ne le connaissait pas très bien. C'était son premier vrai casse avec lui et Scooter. Durant les mois précédents, il lui avait fallu gagner leur confiance. Quand ils s'étaient finalement décidés à l'emmener, il s'était dit qu'il avait enfin remporté la partie. C'était vrai pour ce qui était de Scooter, mais Quintin restait méfiant.

Et surtout, Quintin ne l'aimait pas.

Avant lui, ils avaient travaillé avec un autre type, qui n'avait pas été arrêté et n'avait pas non plus été retrouvé mort. Il avait tout simplement disparu. C'était pour cette raison qu'ils avaient fait appel à Craig.

Eh bien, il l'avait voulu. Il avait eu ce qu'il cherchait, se dit-il en jurant intérieurement. Et comme les choses ne se passaient pas comme elles auraient dû, il allait falloir qu'il trouve une solution.

Scooter avait toujours le doigt sur la gâchette. La situation tournait au vinaigre.

Craig tendit nonchalamment le bras vers son Glock, qu'il avait fiché dans sa ceinture, dans son dos. Avant même qu'il ait pu le sortir, Quintin lui avait fichu une grande claque sur l'épaule.

— Il n'y a pas de balles dans ton arme, mon pote, murmura-t-il.

Craig le dévisagea, sourcils froncés.

Quintin soutint son regard, l'air froid, calculateur.

— Est-ce que tu avais l'intention de tirer sur le vieux… ou sur l'un de nous deux ? reprit-il. Parce que figure-toi que j'ai retiré tes balles moi-même, *cher ami.*

— Pourquoi as-tu fait ça ? demanda Scooter.

— Tu n'as pas entendu ? Je ne veux pas risquer qu'il tire sur toi ou moi, répondit Quintin.

Il se retourna vers le vieux et ajouta :

— Depêche-toi, connard. C'est maintenant ou jamais.

— C'est toi qui es con, Quintin, fit Craig.

Bon sang, songea-t-il, qu'allait-il pouvoir faire avec un chargeur vide ?

Finalement, le vieil homme s'approcha du coffre et se mit à tourner le bouton. Puis, dès qu'il eut ouvert la porte, il recula, le regard fixé sur l'horizon, comme si plus rien n'avait d'importance.

Craig ressentit brusquement une profonde tristesse. Que diable faisait donc ce vieil homme tout seul, une veille de Noël ? Où était donc le fils dont parlait l'enseigne du magasin ? Où était la famille ?

Est-ce que la vie se résumait à ça ? Les hommes voulaient des fils. Les fils, eux, voulaient les clés de la voiture. « Bien sûr, papa, je te donnerai un coup de main au magasin », disaient-ils. Et puis ils trouvaient quelque chose de plus intéressant à faire, et un jour papa se retrouvait vieux. Et seul.

— Emballe ça, ordonna Scooter en désignant les billets de banque et les bijoux contenus dans le coffre. Tout.

— Vous devez vous doutez que vous n'irez pas bien loin, n'est-ce pas ? remarqua calmement le vieil homme.

— Erreur, Papy. Nous filons tout droit à New York. On n'est jamais mieux caché que dans la foule, fit Scooter d'un air faraud.

Craig sentit son estomac se nouer. Scooter venait juste d'exposer leur plan au vieil homme qui, pour comble, avait vu leurs visages. Il eut l'impression qu'on venait de signer leur arrêt de mort.

— Une tempête arrive du nord-est, reprit le vieillard d'un ton léger. Ça va être la pire qu'on ait connue depuis des années, je peux vous le dire.

Le temps changeait, c'était exact. Craig s'en rendait compte. La tempête, qui aurait dû passer tout au nord de la zone, s'était en fait déplacée vers le sud, et Craig se demanda de nouveau pourquoi Hudson était tout seul un soir de Noël, en train de travailler.

— Ce n'est pas un peu de neige qui va me faire peur, ricana Scooter.

Est-ce que le vieil homme avait un téléphone portable ? se demanda Craig. Il était capable de bluffer, puisqu'il avait bel et bien tenté de déclencher l'alarme, même si aucune sirène ne retentissait.

Sans trahir la moindre panique, ni se hâter, le vieillard remplissait de billets et de bijoux le sac que Scooter lui tendait.

— Ça suffira. Allons-y, dit Craig.

— Vas-y si tu veux, fit Quintin. Assieds-toi derrière le volant et attends-nous. Sans faire le mariole.

— Nous devrions tous ficher le camp, répondit Craig. Allons ! Vous avez eu ce que vous vouliez.

— Espèce d'indic, jeta Quintin. Ou pire...

— Qu'est-ce que tu veux dire, pire ? demanda Scooter.

— Espèce de flic.

— Je ne suis pas flic. Je n'ai pas envie de faire perpète pour quelques fichus bracelets, c'est tout, répondit Craig, qui sentait cependant la sueur perler au-dessus de sa lèvre supérieure.

Quintin était un vrai salopard. Ses yeux avaient la fixité du verre. Aucune émotion, pas le moindre remords ne filtraient dans ce regard figé.

— Le vieux a vu nos visages, et maintenant, grâce à Scooter, il sait où nous allons, siffla Quintin en fusillant Scooter du regard.

— M. Hudson est probablement presque aveugle et à moitié sourd, argua Craig.

— Je ne prendrai aucun risque, riposta Quintin.

— Eh bien, moi, je ne tremperai pas dans un assassinat, jeta Craig.

Il se tourna pour en appeler à Scooter.

— Scooter, si tu écoutes cette ordure, tu n'es qu'un crétin. Ce qu'il propose nous vaudra d'être condamnés pour meurtre et enfermés à perpétuité. Je te rappelle que je suis nettement plus jeune que vous autres. Je n'ai pas l'intention de passer les cinquante ans qui me restent à vivre sans femme.

Quintin se mit à rire.

— T'inquiète pas pour ça, gamin. Les gens qu'on met en taule, c'est pour des bricoles. Les tueurs, on les laisse en liberté. C'est fou, non ?

— Craig… Il faut faire ce que dit Quintin, insista Scooter.

— Même si ce qu'il dit est stupide ? rétorqua Craig.

— Va te faire foutre, fit Quintin en sortant nonchalamment son arme. Continue comme ça et tu n'auras plus à t'inquiéter d'aller en prison.

Craig jaugea rapidement la situation. Cela s'annonçait mal. Du fait de son entraînement, il était en bonne forme physique, et il était aussi le plus jeune des trois : en combat singulier, il aurait sans doute réussi à maîtriser Quintin, même si l'autre était taillé comme un orang-outang. Mais il avait deux adversaires, qui étaient armés, et qui avaient, eux, des balles dans leur barillet.

Avec Quintin, d'ailleurs, aucun combat ne serait jamais fair-play.

Craig se tourna vers Scooter pour l'implorer de nouveau, mais n'en eut pas le temps : Quintin, étonnamment preste pour un homme de sa corpulence, l'assomma d'un brutal coup de crosse sur la tête.

Craig vit une nuée d'étoiles, puis tout devint noir.

Il s'effondra sur le sol tandis qu'une explosion assourdissante retentissait.

Un coup de feu…

Il avait échoué.

Super. Surtout le soir de Noël.

Il sombra dans l'inconscience, certain d'entendre quelque part le refrain familier d'un cantique de Noël :

« Oyez, oyez l'avènement de la consolation et de la joie. »

1.

De la chaîne stéréo, allumée, provenaient de gais chants de Noël. Skyler O'Boyle s'arrêta un moment pour écouter une voix de femme haut perchée, au timbre clair, chanter « On entend tinter, voici le traîneau… »

Puis, par-dessus la musique, et de la cuisine où elle se trouvait, elle entendit hurler :

— Je t'ai dit de le tenir, bon sang. Tiens le tronc !

Skyler fit une grimace.

Noël. Tous à la maison pour les fêtes, gaiement gaiement, oh, oh, oh, chantons l'amour de la famille, la paix du monde.

Dans *sa* famille ? Ça restait à voir.

La réponse qu'elle attendait ne tarda pas, émise d'une voix tout aussi énervée que la première, celle de son fils :

— Mais je le tiens ! Je le tiens !

— Il s'agit de le tenir droit, bon sang, Frazier. Tiens-le droit ! rétorqua d'un ton irrité David, son mari.

Sans avoir besoin de se retourner, Skyler les imaginait, David accroupi, essayant d'enfoncer l'arbre dans le support, et Frazier, debout, s'efforçant de le tenir droit. Voilà ce qui arrivait quand on lançait « tous à la maison pour les fêtes » en pensant à la vieille demeure de famille à la campagne. On se retrouvait obligé de tout faire en catastrophe au dernier moment, parce que tout le monde avait dû jongler avec son emploi du temps, à l'université ou au travail, pour pouvoir venir.

— Ces fichues aiguilles me rentrent dans l'œil. Je ne peux pas faire mieux que ça, gémit Frazier avec un grognement indubitablement exaspéré.

Ce qui, à tous les coups, allait faire exploser son père, se dit Skyler.

Il y avait des gens qui fêtaient Noël en chansons. Elle, elle avait droit à David et Frazier en train de se disputer autour du sapin.

Où donc était passé l'esprit de Noël ? Dans sa famille, en tout cas ? Et si l'on voulait se montrer philosophe, où était-il passé dans la majeure partie du monde ? Les images d'Epinal des Noël d'autrefois ne correspondaient plus à rien de réel. Les gens passaient devant les volontaires de l'Armée du Salut sans un regard. Et si certains mettaient de l'argent dans la sébile, on avait l'impression que c'était pour soulager leurs poches d'un trop-plein de monnaie. Après quoi, ils se battaient pour être les premiers à avoir le dernier gadget électronique apparu sur le marché.

— Eh bien, ce n'est pas ce que j'appelle droit ! hurla David.

— Tu n'as qu'à installer ton foutu sapin tout seul, alors ! riposta Frazier sur le même ton.

— Fils de…, jura David.

« … pour entrer dans un féerique paysage de neige. »

Seigneur, faites que mon mari et mon fils ne se battent pas le soir de Noël, pria silencieusement Skyler.

— Hé, Kat, où es-tu ?

De mieux en mieux, songea Skyler. Maintenant, David faisait intervenir leur fille.

— Je suis là, papa. Mais je ne pourrai pas tenir l'arbre plus droit que ça. Et j'espère que Brenda ne vous a pas entendus hurler, répondit Kat.

Skyler, qui se dirigeait vers le salon, prête à juguler une crise familiale, s'immobilisa dans le hall désert.

Avait-elle eu tort ? Aurait-elle dû dire à son fils qu'il valait mieux ne pas faire venir Brenda pour les vacances ? Il venait d'avoir vingt-deux ans. Elle avait craint qu'il ne lui réponde que dans ces conditions, il préférait ne pas venir du tout et passer ses congés dans la famille de Brenda. Mais alors, Skyler n'aurait pas vu son aîné. Cela finirait par arriver, bien sûr : c'était la vie. Déjà, maintenant que les enfants avaient grandi, il devenait de plus en plus difficile de réunir toute la famille.

— En somme, on me demande, sous mon propre toit, de prendre des gants avec la fille qui est venue ici coucher avec mon fils ? objecta David.

David n'était pas un méchant homme. Ce n'était même pas un mauvais père, se dit Skyler. Mais il avait ses propres idées sur ce qui se faisait et ce qui ne se faisait pas. Ils étaient encore eux-mêmes très jeunes quand ils s'étaient mariés : elle avait dix-huit ans et lui dix-neuf. Et pour aussi amoureux qu'ils aient été à l'époque, ils ne se seraient jamais permis d'annoncer à leurs parents qu'ils allaient vivre ensemble sans les formalités attendues.

Les mœurs contemporaines étaient peut-être plus rationnelles, songea-t-elle. En tout cas, dans sa génération à elle, presque tout le monde avait divorcé.

— Dans quel siècle vis-tu, papa ? lança Frazier, dont les pensées avaient visiblement emprunté la même direction. Il n'y a rien de mal à ce que Brenda dorme avec moi. L'essentiel, c'est que nous ne le fassions pas quand nous sommes à l'université. Tu pourrais me faire confiance. Et ne viens pas me demander « que font les parents de cette fille qui veut entrer dans une famille respectable », parce que nous ne sommes pas exactement des aristos. Nous sommes tenanciers de bar, je te rappelle.

— Nous possédons un pub qui est une belle affaire de famille, rétorqua David, piqué au vif. Qu'est-ce que tu veux insinuer, de toute façon ? Je te signale que ce pub permet de vous payer l'université, à toi et à ta sœur.

— Je souligne simplement que tout le monde ne considérerait pas la possession d'un bar comme un gage de grande moralité.

— Moralité ? explosa David. Nous n'avons jamais servi personne au-dessous de l'âge légal, et nous sommes connus dans tous les Etats-Unis pour faire venir les meilleurs groupes de musique celtique.

— Calme-toi, papa, dit Kat d'un ton apaisant avant d'ajouter à l'intention de son frère, en ponctuant ses propos d'un coup de coude dans ses côtes : Et toi, ferme-la un peu. Bref, montrez-vous corrects, tous les deux.

Skyler retint son souffle. Frazier sortit du salon et remonta l'escalier, sans doute pour s'assurer que sa petite amie n'avait pas entendu les allusions qui la concernaient pendant cette bagarre domestique.

Il valait sans doute mieux. Son mari et son fils s'en prenaient sans cesse l'un à l'autre. Kat, au contraire, était une véritable médiatrice familiale, capable de dénouer les pires situations. Elle avait eu sa propre période de rébellion adolescente, avant de devenir adulte, et leur avait fait traverser des moments infernaux. Mais c'était fini, et pour Skyler, Kat était maintenant un trésor d'optimisme, de beauté et de douceur. Une colombe de la paix.

Elle aurait bien aimé être elle-même une colombe de paix, mais ce n'était pas le cas. Elle ne se faisait pas d'illusions.

Elle était plutôt du genre poule mouillée, détestant les éclats de voix et les moindres échos de dispute. Elle était même capable de mentir pour préserver le calme, si c'était nécessaire.

Mais aujourd'hui, c'était la veille de Noël. Elle devait parler à David. Il ne fallait pas qu'il s'exprime sur ce ton. Pas ici, pas en ce moment, et surtout pas avec Frazier.

Frazier, en fait… n'était plus un enfant. Il ne se comportait pas toujours exactement comme un adulte, mais cela ne faisait pas de lui un gamin pour autant. David était bien trop hâtif dans ses jugements, bien trop cassant, là où elle avait d'ailleurs tendance à se montrer elle-même trop coulante, pour éviter les crises. Pendant des années, il y avait eu une multitude d'occasions où elle aurait dû intervenir, mettre le holà. Elle n'avait pu s'y résoudre. Alors, maintenant, comment leur reprocher de se conduire comme ils l'avaient toujours fait ?

Elle sortit néanmoins de l'ombre du hall et regarda le sapin.

— Il est joli, dit-elle.

— Il est de travers, grommela David, les lèvres serrées dans un rictus.

— Ça va très bien comme ça, insista doucement Skyler.

— C'est exactement ce que je viens de dire, maman, fit Kat. Elle avait vingt-deux ans aussi. C'était leur deuxième enfant et la jumelle de Frazier. Elle s'approcha de sa mère et lui glissa un bras sur les épaules.

— Je vais aller chercher les guirlandes.

— Non. *Moi*, je vais chercher les guirlandes, coupa David. Vous vous chargerez du reste.

Skyler regarda sa fille. Il arrivait encore à Kat de se mettre en colère, mais elle savait affronter son père sans autant de frictions que Frazier. Peut-être, après tout, le problème entre David et Frazier n'était-il qu'une question de testostérone. Comme dans un combat de lions, où il n'y a place que pour un seul mâle dominant.

Mais au moins pour Noël, est-ce qu'ils ne pouvaient pas faire un effort ? Juste pour la veillée et le jour de Noël lui-même ? Les autres familles se réjouissaient de ce qu'elles avaient. Pourquoi ne pouvaient-ils pas faire comme eux ? David et elle avaient trois beaux enfants éclatants de santé : les jumeaux, et puis Jamie, leur plus jeune fils, âgé de seize ans. Aucun des trois n'avait jamais eu de problème sérieux, mis à part cette grosse bêtise de Jamie l'année précédente. Il y avait là de quoi réjouir le cœur de n'importe quels parents, non ?

— Maman, dit Kat, je vais commencer à décorer. Tout ceux qui voudront m'aider seront bienvenus.

David se débattait déjà avec les guirlandes lumineuses, mais il s'immobilisa un instant pour contempler Skyler. Il avait gardé toute la prestance d'un homme jeune. Son épaisse chevelure était noire, avec juste quelques touches argentées. Skyler, dans son for intérieur, trouvait qu'elles lui donnaient beaucoup de *classe*. C'était d'elle que les enfants tenaient leurs magnifiques cheveux roux foncé, mais les ensorcelants yeux vert émeraude piquetés d'or de Kat lui venaient de son père.

Où sont passées toutes ces années ? se demanda Skyler en regardant son mari. Il était resté bel homme, avec une personnalité intéressante, mais elle avait tendance à l'oublier. A certains moments, il était même tentant de se demander si, finalement, ce n'était pas plus par habitude que par affection que l'on restait marié.

Elle s'ébroua : bien sûr que non. Elle aimait sa famille de toutes ses forces.

Peut-être même trop ?

David étouffa un juron, puis explosa.

— On envoie des hommes sur la lune et personne n'est fichu de faire des guirlandes qui ne s'emmêlent pas et où il faut vérifier toutes les ampoules.

— Maintenant, on fait des guirlandes qui continuent à clignoter même si une ampoule a grillé, papa. C'est juste que les nôtres sont vieilles, expliqua Kat avec patience.

Skyler, émue presque au point de pleurer, jeta un coup d'œil à sa fille. Elle aimait autant chacun de ses enfants, mais en ce moment précis Kat lui était particulièrement chère. Avec ses longs cheveux auburn, elle était superbe. Grande, mince, même si comme tant de jeunes femmes elle rêvait de perdre cinq kilos. Et ces yeux émeraude piquetés d'or, ce visage d'une beauté stupéfiante…

— Eh bien, si nous étions restés à Boston pour Noël, en nous y prenant à l'avance…, marmonna David.

Il exagère, songea Skyler. C'était lui qui avait trouvé cette maison des années auparavant, qui le premier en était tombé amoureux. Durant des années, ils étaient venus souvent. Les enfants étaient fous de joie de quitter la ville pour faire les deux heures de voiture qui les amenaient à leur maison de campagne. Sans franchir les frontières de l'Etat, ils passaient de la mer à la montagne. La famille adorait ça.

Skyler comprit tout à coup pourquoi, cette fois-ci, elle avait eu tellement envie de venir. C'était pour pouvoir garder toute sa famille autour d'elle. Pour être sûre, si jamais le père et le fils commençaient à se disputer devant la dinde de Noël, que Frazier ne pourrait pas sortir en claquant la porte et partir en voiture se réfugier chez des amis. Avait-elle tort de s'accrocher aussi désespérément à ses enfants, à son fantasme d'une famille idéale ?

— As-tu besoin d'aide dans la cuisine, maman ? demanda Kat.

Il était clair que les guirlandes lumineuses ne seraient pas prêtes tout de suite et qu'il restait du temps avant l'accrochage des décorations dans le sapin.

Skyler secoua la tête.

— Non, ça va. Tout est pratiquement prêt. Ce soir, c'est dîner traditionnel irlandais : bœuf salé, lard, chou et pommes de terre, le tout mijoté ensemble. Nous pourrons d'ailleurs manger bientôt. Demain, nous aurons de la dinde.

— Veux-tu que je mette la table, pendant que papa se débat avec les guirlandes électriques ? reprit Kat.

Skyler pouffa.

— Essaie de lui donner un coup de main si tu peux, je vais mettre la table moi-même. Nous dînerons dans la cuisine, il y fait chaud et c'est intime.

Kat répondit d'un sourire.

Elle avait vraiment une fille de rêve, se dit Skyler en regagnant la cuisine. Toutes les deux, elle se partageaient les vêtements, les confidences, et Skyler avait appris à ne plus mourir d'inquiétude chaque fois que sa fille repartait en voiture.

Et avoir Kat ici pour les congés…

Cela pouvait faire espérer un Noël de conte de fées, tout compte fait.

Frazier descendit les escaliers au galop, suivi de Brenda. Il fallait admettre qu'ils formaient un beau couple. Frazier était vraiment grand, musclé sans être trapu, avec une chevelure d'un auburn un peu plus sombre que celle de sa sœur. Lui aussi avait hérité des yeux de son père. À côté de lui, toute blonde, Brenda semblait minuscule et délicate.

— Trop parfaite, avait commenté Kat à l'intention de sa mère, en plaisantant, après avoir vu Brenda pour la première fois, avant tout le monde.

— Il faudrait peut-être mettre la télé pour regarder la météo, dit Frazier.

— La tempête semble s'aggraver, renchérit timidement Brenda.

— Vraiment ? fit Skyler, avec, à l'intention de Brenda, un sourire qu'elle espérait accueillant.

Outre qu'elle était blonde et petite, cette dernière avait des yeux d'un bleu étincelant qui lui donnaient l'air d'une authentique princesse des neiges. Skyler avait été soulagée de savoir qu'elle avait déjà vingt et un ans : quand elle l'avait vue pour la première fois, elle s'était demandé avec effroi si Frazier n'était pas tombé amoureux d'une adolescente. En fait, Brenda semblait très jeune parce qu'elle était extrêmement petite. Elle avait tendance à se montrer timide, mais était aussi, indubitablement, extrêmement douce.

Bon, d'accord, il aurait sans doute été plus agréable qu'elle parle à d'autres gens dans la maison, et pas seulement à Frazier. Mais à part cela, que pouvait-on lui reprocher ?

David était trop emberlificoté dans ses guirlandes électriques pour qu'on lui demande la télécommande. Skyler la dénicha sur une chaise et alluma la télévision. Un présentateur mettait en garde les spectateurs d'un air grave :

— On risque probablement d'importantes coupures de courant. Le temps va continuer à se gâter considérablement, et bien qu'on soit la veille de Noël, nous suggérons à toutes les personnes qu'une panne électrique pourrait mettre en difficulté, d'ordre médical ou autre, de se rendre dès maintenant à l'hôpital ou de se mettre à l'abri. Tout le monde, quoi qu'il en soit, doit avoir des torches et des bougies à portée de la main.

— Ah, ah ! s'écria David au même moment.

Ils firent tous volte-face pour le regarder.

Il haussa les épaules, l'air penaud.

— Excusez-moi. J'ai simplement fini par démêler les guirlandes.

— Accrochons-les, puis allons dîner, proposa gaiement Skyler.

Avec un peu de chance, nous aurons fini avant la première panne de courant. Et si ça saute, nous pourrons jouer au Scrabble ou à autre chose à la lueur des bougies.

— Quel sale temps, grommela Kat en ramenant son attention vers l'écran de télévision. Dites donc, papa et maman, pourquoi n'avons-nous pas acheté une maison de campagne aux Caraïbes ?

— Nous n'aurions pas pu nous le permettre, répondit David, d'un ton cependant beaucoup plus allègre que précédemment.

Il prit l'air hésitant, puis reprit :

— Pourrais-tu attraper ça par l'autre bout, Frazier ?

Frazier hésita à son tour puis lança :

— Bien sûr, papa.

— Parfait. Vous installez les guirlandes et nous, nous allons mettre les plats sur la table, lança Skyler.

— C'est le moment de faire descendre Monsieur « J'ai seize ans et je suis un rebelle », non ? suggéra Kat. Il pourrait nous aider.

— Bonne idée. Peux-tu faire venir aussi oncle Paddy ?

La dernière phrase de Skyler fut suivie d'un court silence. A moins que son imagination ne lui joue des tours ?

David n'était pas franchement ravi d'accueillir l'oncle de sa femme sous son toit, elle le savait. Brusquement, elle se félicita qu'ils soient tous les deux, son mari et elle, descendants d'immigrants irlandais. De ce fait, David n'aurait jamais refusé l'hospitalité à un membre de la famille, même s'il estimait que Paddy n'était qu'un ivrogne qui avait sûrement mérité les maux dont il était perclus. Ce n'était pas très chic de penser ça, se disait Skyler, mais David avait droit à ses opinions.

Très régulièrement, Paddy mettait une certaine animation dans le pub, à Boston. A sa manière, bien entendu.

Kat bondit sur ses pieds, dissipant le vague malaise qui aurait pu s'installer. Le sourire aux lèvres, elle grimpa jusqu'au milieu de l'escalier en hélant à tue-tête :

— Jamie ! Jamie O'Boyle ! Amène ton arrière-train de prédélinquant maintenant, tout de suite. Oncle Paddy, dîner !

— Si c'était pour crier, j'aurais pu le faire moi-même, fit Skyler.

— Oui, mais tu n'aurais pas employé des termes aussi choisis, répondit Kat.

Tout le monde se mit à rire, même David.

La première pensée de Craig, quand il revint à lui, fut qu'il avait atrocement mal à la tête.

Quintin lui avait flanqué une torgnole de première classe.

Il ne savait pas combien de temps il avait tourné de l'œil, ni à combien de kilomètres de la boutique ils étaient. Tout ce qu'il savait, allongé sur la banquette arrière de la voiture, c'était que lorsqu'il avait ouvert les yeux le monde extérieur était devenu entièrement blanc.

C'était impossible.

Il ferma de nouveau les paupières, attendit un long moment, puis les rouvrit. Le monde était toujours totalement blanc. C'était de la neige, et même une véritable tempête de neige. Merde. Une tempête venue du Nord, et sévère. Un blizzard.

Craig avait mal partout. Il se demandait s'il n'avait pas quelque chose de cassé.

Et qu'était donc devenu le vieil homme qu'ils avaient cambriolé ?

Tout à coup, il distingua un bosquet d'arbres qui lui était familier et son estomac se contracta : il savait très exactement où ils se trouvaient. Pendant un moment, les souvenirs le submergèrent, chassant brièvement la douleur. Puis la voiture dérapa, stoppa brutalement dans un jet de neige, et Craig banda tous ses muscles pour résister au choc.

— Imbécile ! hurla Quintin, assis à l'avant côté passager.

— C'est toi, l'imbécile, riposta férocement Scooter. Essaye donc de conduire dans cette purée de pois.

— Laissons tomber. Nous sommes coincés. Il va falloir continuer à pied.

— Mais nous sommes au milieu de nulle part ! protesta Scooter.

— Non. Il y a une maison juste là, jeta Quintin, le doigt tendu. On voit de la lumière aux fenêtres.

— Et alors ? Tu suggères qu'on s'invite pour un dîner de Noël ? demanda Scooter avec rage.

— Noël, c'est demain. Aujourd'hui, c'est la veillée, répondit Quintin. Un moment de paix et de la bonne volonté entre les hommes.

— D'accord. Et donc, on va s'imposer à un dîner de *veillée* de Noël ? fit Scooter d'un ton incrédule, voire sceptique, l'air profondément mal à l'aise.

— C'est exactement ce que je voulais dire, fit Quintin.

Craig, souffrant d'un atroce mal de tête, se sentit envahi d'un terrible pressentiment. Il se crispa intérieurement, réprimant une envie de hurler.

Il connaissait cette maison. Il y était souvent venu, à une autre époque.

Dans une autre vie.

Il se la rappelait très bien. Une belle demeure, accueillante, confortable, perchée au sommet d'une butte, et où une famille — une vraie famille — avait coutume de se rassembler pour cuisiner et célébrer les vacances.

Comment avaient-ils pu tomber sur cette maison ? Comment le destin pouvait-il lui jouer un si mauvais tour ? Cette maison n'était même pas au bord de la route, bon sang. Ils ne l'auraient même pas vue, avec cette tempête, s'ils étaient passés devant sans s'arrêter.

— Il vaudrait mieux quitter la région, filer le plus loin possible, argua Scooter.

Entièrement d'accord, approuva silencieusement Craig.

— Loin d'ici ? railla Quintin. Tu perds la boule. Où donc penses-tu qu'on puisse aller avec ce temps, sans voiture, depuis qu'un crétin a planté la nôtre dans une congère ? Nous avons besoin d'un abri pour la nuit. Réfléchis. Nous n'irons pas plus loin ce soir.

Scooter resta coi un moment, puis répondit :

— Justement ce soir, on ne devrait pas voir de gens.

— Tu veux dire que les gens ne devraient pas nous voir, c'est ça ? questionna Quintin en ricanant. Comme si ça faisait une différence. Nous ferons ce que nous avons à faire, un point c'est tout.

A l'arrière, les yeux clos, faisant semblant d'être inconscient, Craig frémit intérieurement en se demandant ce qu'il pouvait faire. C'était simple : cela allait de pas grand-chose à rien du tout.

Une profonde tristesse le saisit à la pensée du vieillard qu'ils avaient laissé derrière eux. Puis l'appréhension le submergea de nouveau.

Il fit une prière muette, cherchant frénétiquement une issue, maudissant le sort de s'être mis dans cette situation.

Comment en était-il arrivé là ? Particulièrement ce soir, entre tous les soirs ?

— Oh, mes pauv' vieux os !

Quand Kat monta lui redire que le dîner était prêt, oncle Paddy se mit à geindre, alors même qu'il était confortablement installé contre une pile d'oreillers, sur un ravissant lit de repos, près du radiateur de la chambre d'amis. Il regardait la télévision et, visiblement, avait même obtenu de Skyler qu'elle lui apporte, un peu plus tôt, du thé et des biscuits. Kat aurait parié qu'il ne ressentait pas la moindre douleur avant qu'elle ne frappe et n'ouvre la porte.

Elle le dévisagea, puis se ficha les mains sur les hanches et reprit, avec une légère trace du même accent irlandais :

— Tes vieux os vont très bien, oncle Patrick. Ce soir, tu n'as nul besoin de compassion.

Il lui jeta un regard indigné qu'il avait dû soigneusement pratiquer.

— Quelques gouttes de whiskey me feraient beaucoup de bien, ma belle.

— Plus tard, peut-être.

— Il me faut un stimulant pour descendre l'escalier.

— Oncle Paddy, même moi je sais qu'il est plus facile de descendre un escalier *avant* d'avoir pris une goutte de whiskey qu'après, lança Jamie.

Il venait de surgir derrière Kat, la faisant sursauter. Tiens, le petit frère avait enfin daigné quitter le refuge de sa chambre ! se dit-elle. Il n'avait que seize ans mais la dépassait déjà de dix bons centimètres. Depuis peu, il l'emportait même sur Frazier d'un centimètre ou deux. Il était mince, avec un visage fin, intelligent. Son grand regret était de ne pas être plus costaud, même s'il n'avait pas exactement l'intention de devenir boxeur : il était musicien, comme beaucoup de membres de la famille. Il adorait sa guitare, et tirait des larmes des plus endurcis quand il jouait du violon.

Kat se dit qu'elle n'avait pas passé beaucoup de temps avec lui, durant l'année écoulée, alors qu'il était à un âge où les conseils éclairés de ses frère et sœur pouvaient s'avérer précieux. Elle ne se rappelait que trop bien ses propres seize ans.

La curiosité pour l'autre sexe. La concurrence entre copains. Les drogues. Les cigarettes…

Avant, elle le maternait, presque comme son propre bébé. Ils n'avaient que six ans de différence, mais même à six ans, quand il était né, elle était déjà assez grande pour mettre la main à la pâte. Il est vrai que la maisonnée O'Boyle était un peu particulière. Leur pub, près de Boston Common, était le plus proche du quai, et quand ils étaient enfants ils passaient le plus clair de leur journées dans la salle. Durant sa propre adolescence, ses copains s'imaginaient — à tort, bien entendu — qu'elle pouvait fournir tout l'alcool qu'ils voulaient pour leurs soirées.

Elle se souvenait encore des pressions qu'ils avaient exercées sur elle et de sa déception lorsque de prétendus amis s'étaient détournés, du jour au lendemain, en voyant qu'elle ne fournissait pas les breuvages attendus, d'ailleurs strictement interdits vu leur âge. Ce n'est qu'un peu plus tard, après un douloureux chagrin d'amour, en première année d'université, qu'elle avait compris que son propre bonheur ne dépendrait que d'elle-même. Et s'était donné le choix : ou bien elle sombrait dans la dépression, et passait sa vie derrière le comptoir de ses parents, ou bien elle se forgeait ses propres rêves.

Surtout maintenant qu'elle avait l'âge et l'expérience nécessaires, se disait-elle du haut de ses vingt-deux ans.

Ces pensées si dignement raisonnables la firent sourire. Eh bien, d'accord, elle était encore jeune, mais n'avait pas l'intention pour autant de reproduire les erreurs de ses parents. Elle ne consacrerait pas toute sa vie à se dévouer aux autres. Elle aurait des enfants, bien sûr, et il y avait de bonnes chances pour qu'il faille continuer à héberger oncle Paddy, mais il était hors de question qu'elle se ronge les sangs face aux emportements d'un mari et vive au milieu d'incessantes chamailleries.

Qu'ils aillent tous au diable, telle serait sa devise. Dieu y retrouverait les siens.

Cela dit, pour l'instant, elle se faisait du souci pour Jamie, inquiète de le voir ainsi s'enfermer à clé. Qu'est-ce qu'il pouvait bien mijoter ?

Même si sa mère veillait toujours à ne pas mêler les autres enfants aux histoires qui concernaient strictement l'un d'eux, Kat savait que Jamie s'était mis à un moment donné, l'année passée, dans une situation délicate. Heureusement pour lui, un adjoint du shérif était venu les voir et avait expliqué qu'il était devenu très facile, désormais, de retrouver l'origine de n'importe quel appel téléphonique.

— Tu ne faisais pas de bêtises, hein ? lui dit-elle.

Il n'était pas sorti de sa chambre depuis leur arrivée. Bien entendu, il n'avait pas caché qu'à son avis, il était normal que Kat et Frazier se chargent de leur père pendant les vacances, puisqu'ils pouvaient l'un comme l'autre retourner à l'université juste après. Alors que lui, hélas, devait supporter ses parents au quotidien.

Jamie répondit d'un sourire et fit un signe de tête en direction d'oncle Paddy, profondément vexé par la dernière remarque de son petit-neveu et qui levait le menton avec indignation en lançant :

— A mon âge, le whiskey a des vertus médicinales.

— Ouais, c'est ça, répondit Jamie sans ménagement. Seulement, le whiskey est au rez-de-chaussée. Alors prends ta canne et nous allons t'escorter.

Kat eut un grand sourire. Peut-être que ces fêtes de Noël allaient bien se passer, finalement, en dépit de débuts un peu tangents.

— Voyons, oncle Paddy. Tu n'es pas si vieux que ça, alors bouge-toi, reprit Jamie.

— On ne respecte pas les aînés, dans cette maison, dit Paddy. Quand je pense à la façon dont on traite votre pauvre p'tite mère…

— Ma mère n'est ni pauvre, ni petite, rétorqua Kat. Allons. C'est Noël, nous allons tous bien nous amuser et passer un bon moment.

— Ouais, qu'on le veuille ou non, bon sang, acquiesça Jamie.

Kat prit Paddy par le bras. Il se leva en grognant.

— Oh mes pauv' vieux os…

— Ton vieux gosier va avoir une jolie surprise dès que tu seras en bas, lui promit Jamie.

Paddy arqua un sourcil.

— Tu vas me tenir compagnie pour une p'tite goutte, mon gars ?

— Bien sûr, puisque c'est Noël.

— Mais tu n'as pas l'âge.

— Où donc te crois-tu ? fit Jamie en roulant des yeux.

— En Amérique.

— Et alors ? rétorqua Jamie. Mes parents tiennent un pub. Tu te doutes bien que j'ai déjà bu un petit verre à l'occasion.

Paddy lâcha un juron incompréhensible. Kat savait que c'était un juron, parce que quand elle était petite on lui avait interdit d'apprendre le gaélique avec oncle Paddy. Par bonheur, peu de gens comprenaient cette langue. Le vieil homme pouvait s'en servir pour maudire la terre entière sans que personne ne s'offusque.

Il les écarta d'un geste et se dirigea tout seul vers l'escalier.

— Ces jeunes… Aucun respect, grommela-t-il en brandissant sa canne dans leur direction.

Ils le suivirent en éclatant de rire.

Skyler venait de poser le dernier plat sur la table quand oncle Paddy pénétra dans la cuisine et se dirigea tout droit vers le placard à liqueurs.

— Ta bière est sur la table, lança Skyler d'un ton un peu sec.

Elle se rendit compte qu'elle jetait un coup d'œil par-dessus son épaule pour vérifier que David n'avait pas vu Paddy fondre sur la bouteille de whiskey.

— Je prendrai une bière aussi, dit Jamie d'un ton guilleret, en surgissant derrière Paddy.

— Jamie…, le mit-elle en garde.

— C'est toujours mieux qu'un alcool fort, non ? répondit-il.

— A mon avis, une bière et un doigt de whiskey contiennent à peu près la même dose d'alcool, commenta Kat en suivant son frère dans la cuisine.

— Qu'est-ce que j'entends ? En plus du reste, c'est à l'alcool que mon fils s'intéresse, maintenant ? questionna d'un ton âpre David, qui venait à son tour d'apparaître derrière Kat.

En l'entendant, Skyler se rappela « l'incident » de l'année passée avec Jamie et sentit la tension qui lui raidissait la nuque s'accroître encore.

— Bon sang, papa, tu ne peux pas te détendre un peu ? jeta Jamie.

— De mieux en mieux. Je savais bien qu'on aurait dû aller dans ta famille, murmura Frazier à Brenda, en constatant qu'ils arrivaient au milieu d'une dispute.

Interviens, se gourmanda intérieurement Skyler avec colère. Tu passes ton temps à laisser courir, pour tenter de maintenir le calme. Maintenant, pour une fois dans ta vie, dis quelque chose.

— David, Jamie, je vous en prie, dit-elle à voix haute. C'est la veillée de Noël.

— Nous avons un bar où on vend de l'alcool, répondit Jamie. Alors, où est le problème ?

— Arrête, Jamie. Arrête tout de suite ! dit-elle avec fermeté, tout en se demandant pourquoi les réunions de famille tournaient toujours au cauchemar.

— Nous avons un pub, pas un bar, corrigea David, irrité. Et ce n'est pas une raison pour que mes enfants deviennent eux aussi des ivrognes.

— C'est à moi que tu fais allusion ? demanda Paddy.

Interviens, se répéta farouchement Skyler.

— Oncle Paddy, jeta-t-elle avec vigueur, tu as un problème d'alcool et tu le sais très bien. Jamie, tu peux avoir une bière. Une seule.

Elle fixa son mari pour ajouter :

— Je préfère qu'il boive en notre présence, s'il doit vraiment goûter de l'alcool. Donc… prenez tous place. Kat, Frazier, Brenda, qu'est-ce que *vous* aimeriez boire ?

— Je prendrai juste de l'eau, répondit précipitamment Brenda.

Evidemment. Une jeune fille aussi mince, aussi menue, ne buvait sûrement rien de calorique, se dit Skyler. Au moins, Brenda avait répondu à voix haute. On l'avait à peine entendue depuis son arrivée.

Elle était timide. Contrairement à eux.

— Frazier, que prendras-tu ?

— Une bière aussi, si papa n'a pas peur que ça me rende alcoolique.

David, l'air toujours renfrogné, dévisagea son fils aîné.

— Ne dis pas de bêtises. Je sais très bien que tu n'abuses pas en matière d'alcool.

— Pas comme certains des piliers de bar qu'on voit au pub, répondit Frazier.

— Piliers de bar ? Ces messieurs te permettent de manger tous les jours, jeta Paddy.

— Même ceux qui finissent par tomber de leur tabouret ? poursuivit Frazier.

— Papa a raison, coupa Kat en souriant largement. Nous nous réservons toujours le droit de ne pas servir ceux qui en sont à rouler par terre.

— Même s'ils font partie de la famille, renchérit Jamie.

— Jamie…, coupa Skyler en soupirant.

Son intervention n'avait pas vraiment été un succès. David prenait tout au premier degré, ce qui augurait mal de l'atmosphère pour la suite du repas.

— Maman, qu'est-ce que tu veux boire, *toi* ? s'enquit Kat.

Skyler hésita puis secoua la tête.

— Eh bien, à la réflexion, donne-moi la bouteille de wkiskey.

Etonnée, elle ne rencontra que le silence.

Puis des éclats de rire.

Même David refrénait un sourire.

— Nous devrions mieux nous comporter, dit Kat. Ou nous allons faire sombrer maman dans la boisson.

— A table, dit Skyler avec une gaieté forcée. Asseyez-vous.

— As-tu prévu un plan de table ? demanda Kat en étreignant rapidement les épaules de sa mère, qui lui tournait le dos.

— Chacun assis sur une chaise, c'est tout, répondit Skyler en pressant la main de sa fille.

— Il manque une assiette, remarqua Kat.

— Mais non.

— Si, je t'assure. Compte, insista Kat.

— Il y a six assiettes, et nous sommes cinq plus… Brenda et Paddy ! s'excusa Skyler. Je suis désolée. Je vais chercher une assiette.

— Et moi, une autre chaise, fit Kat. Je pense qu'il y en a une dans le bureau.

— Je suis vraiment, vraiment désolée, reprit Skyler tandis que sa fille quittait la pièce.

— Ce n'est pas grave, maman. Tu ne sais pas compter, mais nous t'aimons tout de même, la taquina Frazier en souriant.

Elle lui rendit son sourire.

— Et papa aussi ?

Frazier grimaça imperceptiblement.

— Bien sûr que nous aimons papa aussi. Même si, à mon avis, il sait compter.

— Bien vu, fit Skyler. Brenda, asseyez-vous, je vous en prie, et ne faites pas attention à nous.

Brenda semblait atrocement mal à l'aise et oncle Paddy fixait sur Skyler un regard interrogateur. Comment avait-elle pu se tromper ainsi ? se demanda-t-elle. Par inattention, sûrement. Parce qu'elle avait passé son temps, pendant ses préparatifs, à tendre l'oreille pour guetter les dérapages.

Elle ne voulait pas de disputes. Elle voulait l'harmonie et la paix, comme dans les livres d'images.

— Je suis vraiment confuse de m'imposer dans votre Noël familial..., commença Brenda.

— Ne dites pas de bêtises. Vous ne vous imposez pas du tout et nous sommes ravis de vous avoir. Je souffre juste de sénilité précoce, répondit Skyler.

— Avec toutes ces années passées dans un bar..., badina Frazier.

— Un pub, corrigea David.

— Oui, dans les vapeurs de bière, ajouta Jamie.

David feignit un grognement sonore.

— Assez parlé de pub et de bière. Brenda, vous êtes plus que la bienvenue ici. Prenez place, je vous en prie.

— Oui, asseyez-vous, renchérit Skyler. Jamie dit toujours que je souffre d'un dysfonctionnement de la concentration chez l'adulte. Mais j'incline à penser que le problème vient plutôt de mes enfants.

Elle soutint sans faiblir le regard de chacun de ses fils puis reprit :

— Maintenant, savourons notre dîner.

Tout à coup, la sonnette de l'entrée retentit.

Skyler regarda son mari, qui lui rendit son regard en haussant les sourcils.

— Tu attends quelqu'un d'autre ? demanda-t-il, parlant au moins pour une fois d'un ton léger. Un parent perdu de vue ? Un ami de passage ?

Elle lui jeta un regard farouche.

— Non.

— Qui donc peut circuler dehors par ce temps ? s'interrogea pensivement Brenda.

Tiens ! Elle peut donc prendre la parole même quand on ne lui a pas posé de question, songea Skyler, puis regretta aussitôt cette pensée peu charitable. Mais cette jeune fille était tellement silencieuse ! Sans doute dans sa famille ne passait-on pas son temps à se disputer à tout bout de champ. Ici, elle devait se sentir gênée, intimidée.

— Quelqu'un a peut-être eu un accident, papa, suggéra Frazier.

— Si quelqu'un est blessé ou égaré, il est évident qu'il faut l'accueillir, fit Skyler en hâte.

— Mais quel imbécile se risquerait dehors dans cette tempête ? questionna à son tour David.

La sonnette tinta de nouveau.

— Autant aller ouvrir une bonne fois pour toutes et voir de quoi il retourne, lança Paddy.

— J'y vais, dit Jamie.

— Non, j'y vais, coupa fermement David. Asseyez-vous tous.

Mais tout le monde resta debout.

David ouvrit la voie, Skyler sur les talons, suivie de tous les autres en file indienne. La porte à battants qui séparait la cuisine de la salle à manger donnant sur le hall d'entrée résonna bruyamment à chaque passage.

On sonna encore.

— Vite ! Si ça se trouve, quelqu'un est en train de geler dehors, fit Skyler.

Pourtant, au même instant, elle éprouvait une étrange sensation de malaise.

La vision d'un Noël de contes de fées qu'elle s'était forgée parut s'éloigner.

Et elle, qui recueillait le moindre chien errant, qui tendait la main à tous les démunis, homme ou animal, n'avait tout à coup plus aucune envie que David ouvre la porte.

2.

Quand Kat souleva la chaise remisée dans le bureau, un pied s'en détacha. Elle grommela, contrariée, et essaya de le remettre en place.

Le pied s'insérait bien dans son encoche, mais n'y restait pas, car une vis indispensable semblait manquer. Kat se mit à quatre pattes pour le chercher des yeux. Peine perdue.

Tant pis. Il y avait une autre chaise devant son propre bureau, dans sa chambre, et celle-là n'était pas cassée. Elle le savait pertinemment pour l'avoir utilisée, un peu plus tôt, en surfant sur internet.

Elle arrivait à l'étage quand elle entendit sonner à la porte d'entrée. Intriguée, elle jeta un coup d'œil par la fenêtre. Elle vit une voiture, le capot enfoncé dans une congère, sur le talus, juste en bas de la pente qui grimpait vers leur maison.

On sonna de nouveau. Elle vit cette fois deux hommes reculer, quittant l'abri du porche, pour lever les yeux vers la maison. Des inconnus. Elle distinguait mal leurs traits, tant la bise faisait tourbillonner la neige. Et puis, ils étaient engoncés dans des manteaux et des écharpes et avaient la tête couverte. A leurs mouvements, elle devina cependant qu'ils devaient être âgés d'une trentaine d'années. Entre vingt et quarante maxi, en tout cas.

Elle les observa, sourcils froncés, tandis qu'ils avançaient de nouveau sous le porche, échappant à sa vue. La sonnette retentit une troisième fois.

Sans savoir pourquoi, au lieu de prendre la chaise et de courir au rez-de-chaussée, elle s'avança sans bruit le long du palier et s'immobilisa dans l'ombre, les yeux rivés sur le rez-de-chaussée, tendant l'oreille.

— Nous savons que nous sommes la veille de Noël, disait l'un des hommes.

— Nous sommes vraiment désolés, fit l'autre.

— Seulement, notre voiture a quitté la route et nous avons besoin d'aide, reprit le premier.

— Il fait un temps à ne pas mettre un chien dehors, dit le second.

— Nous nous apprêtions à dîner.

C'était cette fois la voix de son père, chargée de soupçons. Tant mieux.

— Dîner…, répéta le premier homme.

Kat, toujours aussi réticente à se montrer, se pencha prudemment par-dessus la rampe pour tenter d'apercevoir les inconnus. L'un était costaud, bien habillé, plus petit que son père et que Frazier de quelques centimètres. Ce qui, face aux tailles respectives des deux O'Boyle, à savoir un mètre quatre-vingt-huit et un mètre quatre-vingt-six, devait lui faire pile poil un mètre quatre-vingts.

L'autre, celui qui avait parlé en premier, était plus maigre. Il avait l'air d'un… d'un acolyte ? Bizarrement, c'était le premier mot qui venait à l'esprit. Il aurait eu besoin d'une coupe de cheveux et plusieurs boutons manquaient à son pardessus. Même son bonnet de laine tricotée semblait avoir connu des jours meilleurs.

Quand le plus gros retira son chapeau, elle vit qu'il était chauve, et même qu'il avait le crâne rasé, avec d'épais sourcils bruns au-dessus de ses yeux trop rapprochés.

Des yeux sournois, se dit Kat, puis elle se gourmanda. Elle regardait trop « Crime Scene Investigation » à la télévision.

— Mon Dieu, entrez, ne restez pas dans le froid, dit sa mère aux deux hommes.

En temps ordinaire, elle aurait fait rentrer Gengis Khan chez elle sans hésiter, se dit Kat, mais cette fois son invitation n'avait pas paru particulièrement enthousiaste. Sans doute n'avait-elle pas très envie d'avoir des invités surprise justement la veille de Noël. Mais avait-elle le choix ? Les deux types pouvaient difficilement aller ailleurs.

Cela dit, que faisaient-ils donc dehors, pour commencer ? Peut-être n'étaient-ils pas de la région. Quand on habitait la Nouvelle-Angleterre, on savait pertinemment que le temps pouvait changer d'une minute à l'autre. En outre, les télés et les radios martelaient sans relâche, depuis deux jours, qu'une tempête était imminente. Les O'Boyle eux-mêmes avaient failli ne pas arriver à temps dans leur maison de campagne.

— Merci, m'dame, Dieu vous bénisse, dit le plus grand des deux hommes en tendant la main. Je m'appelle William Blane mais on me surnomme Scooter. Et voici mon associé, M. Quintin Lark.

— Ravi de vous rencontrer, et tous mes remerciements également, dit le costaud.

Kat vit son père regarder sa mère avec un sourire de réconfort. En cet instant, en dépit de leurs chamailleries permanentes, elle se rappela à quel point elle aimait ses parents, et à quel point elle était fière d'eux. Son père travaillait dur : il s'occupait de tout dans le pub. Il charriait les caisses, tenait les comptes, mais pouvait aussi jouer du violon ou se mettre au piano avec un orchestre et, s'il le fallait, prendre son tour pour rincer les verres. Il gérait les stocks des cuisines et du bar, faisait l'inventaire…

Quant à sa mère… Sa mère avait élevé trois enfants sans jamais cesser de travailler. Comme son mari, elle pouvait prendre sa place dans un orchestre : elle avait une jolie voix de soprano et un don pour le piano. Elle servait les boissons et les plats, tenait le bar et n'hésitait pas à jouer du balai et du chiffon quand il le fallait.

C'était elle, d'ailleurs, qui donnait toute son âme au pub, se dit Kat, car elle savait *écouter*. Elle connaissait les clients. Elle savait que la chatte de Mme O'Malley venait d'avoir cinq chatons et que ces petites bêtes étaient aussi importantes pour leur maîtresse que l'était pour M. Browne son petit-fils nouveau-né. Elle savait que le vieux Adair avait toujours dans le mollet un morceau d'obus hérité de la dernière guerre — la deuxième guerre mondiale — et que même si le vieillard avait l'air coriace et endurci, il souffrait presque en permanence. Sa mère était capable d'une grande empathie pour les gens, presque trop grande. Et cherchait en permanence à détendre l'atmosphère, au risque parfois de fermer les yeux sur certaines vérités.

En cet instant précis, par exemple, elle fronçait les sourcils d'un air compatissant.

— Vous avez eu un accident ? Où cela ? Que s'est-il passé ?

— Nous aurions mieux fait d'écouter la météo, j'en ai peur, dit Quintin.

— Mais nous écoutions un CD au lieu des informations, poursuivit Scooter. La voiture est sortie de la route juste en bas de votre propriété. Je ne pensais même pas que nous arriverions jusqu'ici.

— Ne vous inquiétez pas, fit Skyler. Nous avons largement assez de provisions. Venez dans la cuisine.

— Je vais chercher des chaises, dit David.

— Ne serait-il pas plus..., commença Jamie.

— Non, coupa vivement Skyler en le regardant droit dans les yeux. Non. Nous serons très bien dans la cuisine. Nous avons juste besoin de chaises.

Kat en eut la mâchoire qui se décrochait. Sa mère — *sa mère* — avait des soupçons.

Et faisait croire qu'il n'y avait personne d'autre dans la maison.

— Entendu, reprit son père. Donc, deux autres chaises. Jamie, emmène Quintin et euh... Scooter dans la cuisine et offre-leur un verre.

— Du whiskey, conseilla Skyler. Voici ce dont vous avez besoin tous les deux, messieurs. Pour vous réchauffer.

Elle avait l'air nerveuse, se dit Kat, tout en sachant qu'il fallait bien la connaître pour s'en apercevoir.

— Du whiskey, très bien, dit Scooter.

— Allons tous dans la cuisine, ajouta Quintin avec, songea Kat, une intonation légèrement menaçante.

— Je vais chercher les chaises, fit David.

— Non, dit doucement Scooter.

Ç'aurait pu être une parfaite scène de genre : une famille ouvrant grand sa porte à des inconnus égarés par une froide et neigeuse veille de Noël.

Mais quelque chose sonnait faux. Quelque chose semblait fausser l'harmonie.

Tout le monde resta immobile, dans un silence gêné. Puis, imperceptiblement, l'expression de Quintin changea.

Kat observa son sourire. Un sourire esquissé avec lenteur. Effrayant.

— Nous allons tous rester ensemble. Sans nous séparer, dit-il.

Kat avait l'impression d'assister à une pièce de théâtre dans laquelle l'un des acteurs venait de sauter une ligne.

Qu'est-ce qui leur avait donc mis la puce à l'oreille ? Comment sa mère, d'ordinaire si confiante, avait-elle perçu, et aussi vite, qu'il y avait quelque chose de louche chez ces hôtes inattendus ?

Et comment ce sale type de Quintin s'était-il rendu compte que les parents O'Boyle se méfiaient ?

— Vous êtes sous mon toit, lança David. Nous sommes tout à fait disposés à vous éviter de mourir de froid, mais il semble normal que vous vous conformiez à nos usages.

— Impossible, désolé, dit Scooter, l'air vaguement attristé.

— Ah bon ? Allons, voyons, nous nous apprêtions à dîner, Alors, faisons honneur à l'esprit de Noël et mettons-nous tous à table, répondit David.

Bien joué, papa, se réjouit silencieusement Kat, tout en comprenant aussitôt que ça n'avait servi à rien.

Quintin dévisageait Skyler.

— Pourquoi êtes-vous si méfiante ? Vous n'êtes sûrement pas détective. Psychiatre, peut-être ? Peu importe. Oui, nous sommes sous votre toit. Sauf que moi, je suis armé, comme l'est d'ailleurs mon ami Scooter. Ni lui ni moi n'avons l'intention de vous faire du mal, mais vous êtes supérieurs en nombre. Alors, comme vous avez l'air d'être une gentille petite famille, composée de gens intelligents, je suis sûr que vous saurez vous montrer raisonnables si je vous dis qu'au moindre faux pas… c'est maman, ici présente, qui prendra sa dose. Après, vous arriverez peut-être à nous maîtriser, mais il vous faudra passer tout le reste de vos petites vies bien honnêtes sans petite maman. Donc, on reste tous ensemble, insista-t-il d'une voix douce. Nous ne pouvons courir aucun risque. Qui sait, après tout, si vous n'avez pas un fusil caché quelque part ?

Sur ces derniers mots, il s'était tourné vers David.

— Salopard ! jeta David.

David était grand et musclé. Il fonça vers Quintin, imité — Dieu les bénisse, se dit Kat — par ses deux fils. Mais Quintin, plus rapide, avait déjà tiré son arme.

— Stop, tout de suite. Sinon, je descends la mère ! rugit Quintin.

Le bruit d'une détonation, suivi d'un tintement de verre brisé, déchira l'air. Scooter avait tiré sur une lampe.

— Que personne ne bouge, ordonna Quintin.

Ils se figèrent. Brenda se mit à pleurer.

— Silence ! hurla Quintin.

Frazier glissa le bras sur les épaules de Brenda et la serra contre lui.

Oncle Paddy semblait le moins troublé de tous. Il contemplait les intrus d'un regard étonnamment sobre.

— Fini de jouer le héros, jeta Quintin. Nous vous avons donné une chance mais la prochaine fois, quelqu'un y passe. Je n'ai pas l'intention de retourner en prison. A aucun prix. Je préfère mourir avant. Et si je dois mourir, je n'hésiterai pas à emmener quelqu'un avec moi. C'est compris ?

Kat plaignit son père. Elle ne lui avait jamais vu une telle rage impuissante. Sa famille entière était menacée et il ne pouvait rien faire.

La panique la submergea comme une onde glacée et elle se mit à trembler. Pendant quelques secondes, un voile noir s'abattit devant ses yeux. Elle s'adossa au mur pour se maintenir debout et lutta contre la nausée qui lui soulevait l'estomac de spasmes violents, incontrôlables.

Elle prit une profonde inspiration et tenta de réfléchir posément. En dépit de leurs déclarations, rien ne disait que le tandem ait déjà réellement tué quelqu'un. Ce n'étaient probablement que des voleurs. Cela dit…

Ils étaient armés. Et, se rappela-t-elle avec un nouveau spasme d'angoisse, ils s'étaient présentés par leurs noms. Ce qui ne pouvait signifier qu'une chose : qu'ils aient déjà tué ou non, ils n'avaient pas l'intention de laisser le moindre témoin derrière eux. Elle frissonna, envahie de terreur. Il fallait seulement espérer que les autres ne mesuraient pas toute l'ampleur du danger.

Elle lutta pour se ressaisir. Le seul espoir qui restait à sa famille, c'était elle-même.

— Maintenant, si tout le monde est calme, tout va bien se passer. D'abord, vous allez tous me donner vos portables. Tout de suite, fit Quintin.

Jamie et Frazier plongèrent la main dans leur poche. Jamie tendit le sien en disant :

— La connexion ne passe pas, ici, de toute façon. Même quand il fait beau, il faut pratiquement monter sur le toit, et encore.

— On ne sait jamais. Allons, les autres ! Vos portables, dit Quintin.

David tira le sien de sa poche.

— Le mien est dans mon sac, fit Brenda d'une voix étranglée.

— Et où est le sac ?

— Juste là, sur cette table près de la porte, dit Frazier.

— Va le chercher, ordonna Quintin. Et toi, la mère ? Où est le tien ?

— Ne l'appelez pas « la mère », jeta Jamie.

— Jamie…, pria David.

— Je m'appelle Skyler, signala l'intéressée aux deux hommes.

— Parfait. Où est ton portable, Skyler ?

— Dans la cuisine, en train de charger, répondit-elle.

— Et le tien, Papy ? demanda Quintin à Paddy tandis que Frazier lui remettait le portable de Brenda.

— Ce n'est pas mon genre d'avoir un de ces gadgets à la mode, dit oncle Paddy.

— Tout le monde, dans le monde entier, a un portable, répondit Quintin.

— Je ne suis pas le monde entier, fit Paddy.

— Surveille ton langage, le vieux, menaça Quintin.

— Il n'a vraiment pas de portable, intervint Frazier.

Quintin le dévisagea longuement, l'air dur.

— Tu es un grand garçon et je suppose que tu aimes la bagarre, comme papa, hein ? Ne t'avise pas de jouer les Superman, je te préviens. Si jamais tu essaies, l'un de vous meurt.

— Il ne jouera pas les Superman, s'empressa de lancer Skyler. Pas plus qu'aucun de nous, d'ailleurs. O.K. ?

— Rappelez-vous tous simplement que je n'ai pas l'intention de retourner en prison, répondit Quintin.

— Allez, dînons, dit soudain Scooter d'un ton allègre.

Kat le vit même donner une bourrade amicale sur l'épaule de David avant d'ajouter :

— Comment est-ce qu'elle se débrouille aux fourneaux, ta bourgeoise ? C'est une bonne cuisinière ?

— Laisse tomber, David, murmura Skyler en le voyant se crisper.

Elle le regarda d'un air implorant.

David parvint à grommeler d'une voix rauque :

— C'est un cordon-bleu. Et comme vous n'avez pas l'air de bluffer, je vous rassure : nous coopérerons sans problème.

— Salopards ! siffla soudain oncle Paddy en martelant le sol de sa canne.

— Paddy, arrête de cogner avec ta canne et tais-toi, fit hargneusement Skyler. Personne ne mourra ici ce soir. Jamie et Frazier, Scooter peut vous accompagner dans la salle de séjour. Prenez juste des tabourets de bar. Ça ne me dérange pas pour m'asseoir.

— Moi non plus, glissa Brenda, les joues sillonnées de larmes.

— Quintin, vous pouvez venir dans la cuisine avec le reste d'entre nous.

Ainsi, sa mère avait plus ou moins pris le contrôle de la situation, comprit Kat. Stupéfiant.

Quintin se mit à rire.

— Entendu, m'dame. J'ai l'impression que nous avons affaire à une matrone irlandaise, Scooter. Il n'y a pas plus féroce. Et en plus, on nous dit qu'elle fait bien la cuisine. Ça tombe bien, parce que je meurs de faim. Et de froid, d'ailleurs.

— Il y a des pulls dans l'armoire du couloir, répondit Skyler en montrant l'armoire du doigt. Enlevez vos manteaux. Personne ne prend place à ma table avec des manteaux aussi sales.

Fais attention, maman, où ils vont te tirer dessus ! supplia muettement Kat, le cœur battant.

Mais Quintin se borna à rire encore.

— Entendu. Toi, fit-il en montrant Brenda, va chercher des pulls, pour que nous puissions dîner.

Il dévisagea la jeune femme qui lui rendit son regard avec l'expression d'une biche surprise par les phares d'une voiture.

— Et que ça saute ! reprit-il.

Brenda s'exécuta.

— Que fait-on de Crai..., commença Scooter en laissant glisser son manteau par terre pour prendre l'un des vieux pulls de David qu'on lui tendait.

— Plus tard, fit Quintin.
— Mais ça gèle dur, dit Scooter.
— Plus tard, après le dîner.
— Mais…
— Il arrivera ce qui doit arriver, coupa Quintin.
De quoi diable parlent-ils ? se demanda Kat. Qui donc, ou qu'est-ce donc que ce « Crai » ?
— Je vais mettre vos manteaux dans la penderie, dit Skyler.
Kat la vit ramasser le manteau de Scooter d'une main tremblante et le jeter dans le minuscule dressing pavé de tomettes qui donnait sur un côté du hall où ils étaient tous debout.
— Je préfère suspendre le mien, si ça ne vous ennuie pas, fit Quintin, joignant le geste à la parole. Maintenant, allons-y. J'ai l'estomac dans les talons.
Brusquement, il leva la tête. Kat recula précipitamment dans l'ombre, le cœur battant. Est-ce qu'il l'avait vue ? Apparemment non, car il posa la main sur l'épaule de Skyler et répéta :
— Allons-y.
— Otez vos mains de ma femme, dit David.
Quintin eut l'air surpris, mais se contenta de sourire.
— N'oubliez pas que tout le monde doit bien se conduire. Tout le monde. Nous allons rester groupés, comme une gentille petite famille, et comme ça personne ne sera blessé.
Ils quittèrent le hall pour entrer dans la cuisine. Kat resta seule, l'esprit en tumulte.
Elle se sentait pétrifiée sur place, paralysée, mais savait qu'il fallait qu'elle réagisse. Car sa mère avait caché la présence de sa fille aux intrus pour une seule raison : parce que seule Kat pouvait les sauver.
Ou pour qu'il reste au moins un témoin vivant quand toute la famille aurait été massacrée.
Non. Cela ne devait pas se produire. Elle allait trouver le moyen de l'éviter.
Elle adressa une prière muette au ciel pour qu'il lui donne de

la force. Mais que diable pouvait-elle faire ? Comment était-elle censée aller chercher de l'aide au beau milieu d'un blizzard ?

Elle ne pouvait pas attendre que la tempête cesse, car Quintin et Scooter attendaient exactement la même chose. Après quoi ils voleraient sûrement l'une des voitures de la famille pour reprendre la route.

Et entretemps...

Entretemps, ils auraient tué tout le monde. Ils n'avaient pas dissimulé leurs visages et avaient allègrement donné leur identité. Evidemment, c'étaient peut-être de faux noms, mais elle ne le pensait pas. Le scénario le plus probable, c'était qu'ils allaient d'abord dîner, jouir du confort de la maison et, ensuite, massacrer ses occupants.

Kat pivota, longea silencieusement le couloir et entra dans sa chambre. Elle essaya d'abord son téléphone portable et s'aperçut sans grande surprise qu'il ne passait pas. Devant le téléphone fixe, elle hésita, puis décrocha, mais la ligne était coupée par la tempête, à moins que leurs déplaisants visiteurs n'aient cisaillé les fils.

Réfléchis, se gourmanda-t-elle. Il y a sûrement quelque chose à faire.

Elle pouvait fuir, mais pour aller où ?

Mon Dieu ! Tout reposait sur elle et elle paniquait, n'arrivait pas à...

Elle prit une profonde inspiration.

Elle n'avait pas le droit d'échouer.

Je dois être en état de choc retardé, se dit Skyler. Elle aurait dû être tétanisée, muette de terreur, ou au contraire en train de hurler, mais au lieu de cela elle parlait et se déplaçait presque normalement. Ils réagissaient tous de même, d'ailleurs, grâce à cet instinct de survie élémentaire qui se manifeste toujours, même dans les pires circonstances.

La chanteuse du CD, qui avait continué à tourner, entama

« Douce nuit ». Skyler se rappela à quel point elle avait souhaité le calme. Et maintenant…

Maintenant, elle voulait juste que tout le monde reste en vie.

— Qu'est-ce que c'est que ce truc-là ? demanda Scooter en regardant le contenu d'un des plats de service.

— Du lard et du chou, pour accompagner le bœuf salé, rétorqua David d'un ton sec.

Il se rebiffait qu'on critique la cuisine de sa femme, en dépit des circonstances, et Skyler en fut touchée.

— J'aime pas le lard, reprit Scooter.

— Cela ressemble plutôt à du bacon canadien, expliqua Frazier. C'est une tradition irlandaise que d'associer le chou et le lard.

— Le chou, c'est encore pire, fit Scooter en tordant le nez.

— Goûtez. Toutes les saveurs se mélangent. C'est très bon, s'entendit dire Skyler du ton dont elle aurait cajolé un gamin de cinq ans. Vous pouvez passer les pommes de terre, Brenda, s'il vous plaît ?

Elle tenait le coup. Ils tenaient tous le coup. C'était la seule façon de rester en vie. Parce que s'ils perdaient leur calme durant cette épreuve…

Au moins, Kat survivrait, se dit-elle, priant le Ciel.

Tandis que Scooter acceptait d'un air maussade le plat de chou, Skyler jeta un coup d'œil vers David. Il serrait les mâchoires et un nerf tressaillait dans son cou. Leurs regards se croisèrent et elle lut dans ses yeux à quel point il se sentait humilié. Il n'avait pas réussi à protéger sa famille. Il voulait agir.

Elle secoua la tête. *Non.*

— Hé, c'est ma foi vrai, c'est bon, cette merde, dit Scooter.

— Ma mère ne sert pas de merde à table, jeta acidement Jamie.

Il y eut un silence, puis Scooter ricana :

— Désolé. Je… il y a longtemps que je n'ai pas dîné en famille.

Brusquement, il posa sa fourchette et ajouta :

— Je ne peux pas.

— Vous ne pouvez pas quoi ? demanda Skyler, le cœur battant.

Voulait-il dire qu'il n'arrivait pas à manger à leur table tout en sachant qu'il avait l'intention de les abattre quelques heures plus tard ?

— Alors, laisse, dit Quintin.

— Allez, insista Scooter. Qui sait s'il n'est pas déjà trop tard ?

Quintin fronça les sourcils et poussa un juron exaspéré.

— Tu t'inquiéterais moins si c'était un flic.

— On ne parle pas d'un flic, mais d'un môme, fit Scooter.

— Quel môme ? s'enquit Skyler.

Elle avait l'impression qu'elle allait exploser, qu'elle s'étranglait et que des milliers d'étoiles allaient surgir devant ses yeux avant que le voile noir de la mort ne s'abatte sur elle.

Ils ne pouvaient pas parler de Kat… non, pas Kat !

— Quel môme ? répéta David, haletant.

Quintin agita sa fourchette d'un air agacé.

— Rien qui doive t'inquiéter, mon pote.

Etonnée, Skyler vit David se pencher et lancer d'un ton grave :

— Est-ce que vous avez déjà été pris dans le blizzard, l'un ou l'autre ? Si on laisse quelqu'un dehors par ce temps, il meurt. Il y a quelques années, une vieille femme est morte à la fin de la tempête. Elle était juste sortie prendre son courrier et elle n'a pas résisté au froid.

Scooter regarda Quintin.

— Ce môme n'est pas flic, s'obstina Scooter en regardant Quintin. Je préfère éviter que les gens meurent, quand je peux.

Puis, se rendant compte qu'il se faisait passer pour un agneau, il ajouta :

— Pour autant, n'oubliez pas que nous avons des armes et que nous n'hésiterons pas à nous en servir.

— En commençant par maman, rappela Quintin d'une voix basse, presque chuchotée.

Skyler leva vers lui un regard hautain. Il éclata brusquement de rire.

— Regardez donc cette petite lionne. Elle se dit que ce serait pire si je menaçais l'un de ses enfants. Ce serait pire pour elle, oui. Mais pour eux, les gosses… Vous croyez qu'ils auraient envie de continuer à vivre, si on vous abattait ?

— Ah ! J'ai compris, fit tout à coup Paddy.

— Compris quoi, vieille branche ? questionna Quintin.

— Eh bien, mais que vous avez été abandonné par votre mère, bien sûr, répondit Paddy.

— On ne m'a pas abandonné, riposta sèchement Quintin. Mon ivrognesse de mère est morte, c'est tout. Vous devriez faire gaffe, Tonton. Vous pourriez être le prochain sur la liste.

— A propos d'abandons…, coupa Skyler. Est-ce que vous avez abandonné quelqu'un dehors ?

Quintin sourit.

— Vous voudriez qu'on fasse rentrer notre copain, et que la balance penche encore plus en notre faveur ?

Skyler n'avait pas vu les choses sous cet angle. Sa confusion s'accrut, sans qu'elle puisse la dissimuler.

— Je sais. Vous êtes des gens au grand cœur, dit Quintin, de manière surprenante.

— Je veux qu'on aille chercher le môme, répéta Scooter, têtu.

— Les plats vont refroidir, répondit Quintin. D'ailleurs, comment comptes-tu t'y prendre pour le ramener ?

— Ces deux-là peuvent le sortir de la voiture avec moi et le porter à l'intérieur, dit Scooter en montrant David et Frazier. Toi, tu restes là, en braquant ton arme sur la maman. Comme ça, ils éviteront de faire des bêtises.

— La tempête souffle sacrément fort, remarqua Paddy.

— Exact, fit Quintin. Allez mettre vos manteaux.

Craig avait reçu un sale coup sur la tête. Il gémit et frissonna en claquant des dents. Puis il essaya encore une fois d'ouvrir les yeux.

Il y parvint, réussit à s'asseoir, regarda autour de lui pour savoir où il se trouvait et son cœur se serra.

Jésus ! Ce qui s'offrait à ses yeux semblait si familier qu'il pria brièvement pour que son imagination lui joue des tours, sous l'effet du blizzard et de la douleur. Mais ce n'était pas son imagination. Ce qu'il voyait était bel et bien la réalité.

Il était devant la maison de campagne des parents de Kat, celle dont elle disait en plaisantant qu'elle se trouvait dans la vraie cambrousse, là où les gens connaissaient encore leurs voisins et s'y intéressaient.

Kat.

Avec sa musique, son rire. Il se rappelait avec une douloureuse acuité les week-ends où ils venaient ici, quand la famille de Kat n'était pas là. Les nuits passées à regarder de vieux films et à échanger sur le divan des caresses insatiables.

Des images de *Casablanca* lui vinrent à l'esprit. La voix de Humphrey Bogart résonnait à son oreille : « De tous les bars à gin, dans toutes les villes du monde, il a fallu que ce soit dans le mien qu'elle entre. »

Sauf que Kat O'Boyle n'était pas « simplement entrée » dans sa vie.

C'est lui qui avait fait effraction dans la sienne.

Peut-être se trompait-il. Peut-être n'était-ce pas cette maison-là, se dit-il en regardant de nouveau.

Hélas, si. Avec ses murs blancs, ses colombages noirs de vieille demeure victorienne. Le porche, le jardin en pente… C'était bien là.

Peut-être n'y avait-il personne ? Non, il ne devait pas se leurrer. Les fenêtres étaient éclairées et on voyait dans le salon un sapin de Noël aux guirlandes clignotantes.

Qu'est-ce qui avait donc pris aux O'Boyle de venir ici maintenant ? Ils habitaient Boston. Pourquoi n'étaient-ils pas allés passer Noël quelque part au soleil ? N'importe où sauf ici.

Peut-être Kat n'était-elle pas là, se dit-il sans y croire.

Non. Elle ne manquait jamais un Noël en famille.

Il ferma les yeux, préférant ne plus voir la maison. Quand il les rouvrit, il se dit qu'il ferait mieux de sortir de la voiture, d'autant que le siège arrière où il gisait était maintenant aussi glacé que le cœur d'un iceberg. Il préféra cependant attendre encore un peu.

Car même si Kat n'était pas là, sa famille était sûrement à l'intérieur, et il s'était peut-être passé quelque chose. Il n'avait jamais rencontré les O'Boyle, mais en avait tellement entendu parler qu'il avait l'impression de les connaître. Le père, campé sur ses positions. Le frère jumeau de Kat, Frazier, qu'il avait aperçu un jour où Kat le lui avait montré du doigt, sur le campus de l'université. Et le petit frère, Jamie. Il aurait aimé rencontrer sa famille. Même quand elle se plaignait d'eux, c'était avec affection.

Ses parents étaient très vieux jeu, lui avait-elle expliqué un jour. Ils étaient tous les deux nés aux Etats-Unis, mais leurs parents étaient venus d'Irlande et, par moments, on avait l'impression qu'eux aussi venaient tout juste d'arriver. Son père trouvait la cuisine mexicaine déroutante et pensait qu'elle risquait sa vie à manger des sushis. Un jour, elle avait suggéré qu'ils fassent venir au pub, en concert, un chanteur de country, et sa mère l'avait regardée comme si elle commettait un crime de lèse-majesté.

Ils se disputaient sans arrêt, avait-elle précisé, et elle pensait même qu'ils auraient mieux fait de divorcer.

Non, lui avait-il répondu. Quand des gens croyaient si fort au mariage qu'ils faisaient tout pour que cela dure, cela valait bien mieux. Il ne lui avait jamais raconté comment ses propres parents avaient divorcé. Sans avoir l'intention de faire du mal à leur fils, bien sûr. C'étaient des gens corrects, mais tellement obsédés par leur souffrance qu'ils avaient fini par oublier l'existence du jeune garçon Avec le temps, certaines choses s'étaient cicatrisées...

C'était alors que le pire était arrivé.

Il baissa de nouveau les paupières, et quand il les releva...

Un visage le regardait par la vitre de la voiture.

Le visage de Kat.

Il cligna des yeux pour chasser l'hallucination. Puis il entendit la portière s'ouvrir et comprit que c'était bel et bien elle.

— Craig ? murmura-t-elle d'un ton sidéré. Craig Devon ?

— Kat ?

Il avait du mal à focaliser son regard, à penser clairement. Il fallait qu'il se secoue.

— Mon Dieu, mais qu'est-ce que tu fais là ? Est-ce qu'ils t'ont kidnappé, ou bien...

Elle s'interrompit pour le dévisager. Craig serra les dents, avec l'impression que son cœur, tout à coup, se figeait en glace et se brisait en une myriade de morceaux.

— J'ai entendu dire que tu étais en prison, reprit Kat.

Elle parlait maintenant d'une voix aussi froide que la neige qui les environnait.

En prison ? Qu'on le laisse rire. Elle n'imaginait pas le dixième de ce qui lui était arrivé.

Par sa faute à lui, bien sûr. Les virages qu'avaient pris son existence n'étaient pas de ceux qu'un homme a envie de partager avec la femme qu'il aime. Avec celle dont il aurait tellement voulu être aimé.

Kat.

C'était incroyable.

De tous les bars à gin, dans toutes les villes du monde...

Bon sang, il avait mal à la tête, la langue lourde, mais il fallait qu'il l'alerte sans perdre une minute.

— Que fais-tu dehors ? répondit-il. Ces salauds sont entrés chez toi...

— Je sais, dit-elle, toujours aussi froide.

— Comment es-tu sortie de...

— Ils ne soupçonnent pas mon existence.

Craig eut l'impression que les choses arrêtaient de tourbillonner follement autour de lui. Il regarda Kat, éclairée par la lune qui luisait doucement entre les flocons. Sa chevelure flamboyante encadrait son visage comme de la soie, et bien qu'il n'y eût pas assez de lumière pour qu'il puisse voir ses yeux, il aurait pu les décrire. Pour l'état civil, ils étaient noisette, mais le mot était bien au-dessous de la réalité. Ils étaient en fait verts, avec de l'or. Ils évoquaient parfois le soleil, parfois des émeraudes. Mais ce soir, ils étaient emplis d'incompréhension et même de dégoût.

— Ils ne t'ont pas kidnappé, n'est-ce pas ? demanda-t-elle.

Il essaya tant bien que mal de s'asseoir.

— Non. Mais, Kat…

Il s'interrompit, car il venait d'entendre un bruit, et se retourna. La porte de la maison venait de s'ouvrir. Scooter apparut, accompagné de deux hommes. Craig plissa les yeux : c'étaient sans doute le frère de Kat et son père.

— Kat, dit-il en trouvant la force d'agripper la jeune femme par les épaules. Quelqu'un arrive… c'est l'un d'eux. Si vraiment ils ne soupçonnent pas ton existence, il faut que tu disparaisses tout de suite. Tu m'entends ? File.

— Tu es avec eux.

— Non… pas exactement. L'un d'eux m'a frappé, et…

— L'un d'eux t'a frappé ? répéta-t-elle d'un ton sceptique.

— Oui, et ils m'ont laissé ici, dans la voiture. Maintenant, va-t'en !

Les trois hommes approchaient dans l'allée. Maintenant, Kat les voyait : Scooter, David et Frazier.

— Craig, si tu es avec eux…

— Je t'en supplie, Kat, je ne sais pas de quoi ils sont capables. Va chercher de l'aide.

— De l'aide ? répéta-t-elle de nouveau. Je n'arriverai jamais à marcher jusqu'à ma voiture, dans ce blizzard. Tu as vu comment ils font pour avancer ? Ils sont pliés en deux. Où donc puis-je aller, Craig ? Comment vais-je pouvoir trouver de l'aide, comment ?

Des bourrasques de neige tourbillonnaient dans tous les sens. Les autres allaient voir les empreintes de Kat, se dit Craig tandis que le vent rugissait, assourdissant. A moins qu'il ne neige suffisamment pour les cacher très vite ?

Il s'ébroua et prit de nouveau la jeune femme par les épaules, plongeant ses yeux dans les siens. Ce regard or et émeraude... sa gorge se noua. Elle avait été la seule vraie bonne chose qui lui soit arrivé dans sa vie et il avait tout gâché.

— Je t'en supplie, pars et va chercher de l'aide avant que Scooter ne t'aie vue.

— Mais je ne peux pas trouver d'aide, Craig.

— Alors, va te cacher.

— Me cacher ? riposta-t-elle avec indignation. Alors qu'ils ont ma famille en otage ? Il est hors de question que j'aille tranquillement me cacher. Est-ce que tu as une arme ? Si oui, donne-la moi, bon sang.

— Je n'ai pas d'arme, Kat.

— Mais tu étais avec eux !

— Kat, pour l'amour du Ciel, fuis !

— Es-tu avec eux, oui ou non ?

— Kat, je...

Le mépris qu'il lut dans son regard l'emplit d'humiliation.

Sous la douleur qui lui vrillait le crâne, il ferma les yeux. S'ils la trouvaient... Mon Dieu, s'ils la trouvaient... Il rouvrit les paupières.

Elle avait disparu, comme évaporée entre les flocons.

Il pria le ciel pour que la neige tombe encore plus dru, pour que le vent redouble de violence. Il ne fallait aucune trace de la fuite de Kat.

Scooter et les deux autres étaient presque arrivés à hauteur de la voiture. La portière était restée entrebâillée et les pas de Kat dans la neige étaient clairement visibles. Rassemblant toutes ses forces, Craig se traîna hors du véhicule et se laissa tomber dans la neige, à l'endroit exact où Kat avait marché.

De sombres pensées le hantaient.

Dans une autre vie, dans un autre monde, il avait été amoureux d'une ravissante étudiante aux cheveux roux. Pour ne pas trop dépenser, ils restaient manger à la maison en regardant de vieux films à la télévision.

Bogart.

Bergman.

Casablanca.

De tous les bars à gin, dans toutes les villes du monde…

Cours, Kat, cours.

3.

Tout le monde, dans la cuisine, fixa Quintin, sauf oncle Paddy, qui continua à manger sans même lever les yeux.

— Tu t'es surpassée, ma fille, dit-il à Skyler. C'est succulent. N'est-ce pas, Quintin ? C'est bien ça vot'nom, hein ?

Quintin, qui soutenait le regard de Skyler et de Jamie, se tourna vers Paddy.

— Oui, c'est très bon, répondit-il.

— Merci, dit Skyler.

C'était surréaliste : voilà qu'elle remerciait un tueur de ses compliments sur sa cuisine. Mais il fallait bien qu'ils affrontent la situation, d'une manière ou d'une autre. Et s'il fallait en passer par des formules de politesse, elle était prête à se montrer aussi bien élevée qu'une gouvernante dans un pensionnat de jeunes filles.

— Vous cuisinez beaucoup ? demanda Quintin.

— Pas vraiment, répondit-elle.

Sans réfléchir, elle fit le geste de se lever et vit Quintin se raidir.

— Excusez-moi, dit-elle. Je voulais juste prendre une bière.

— Tiens, j'en prendrais bien une moi aussi, fit Paddy.

Même Brenda se fit entendre :

— Moi également, j'aimerais beaucoup une bière, madame O'Boyle.

— Je vais chercher un pack, dit Skyler.

Pauvre Brenda ! Elle devait sûrement regretter de ne pas se trouver à des milliers de kilomètres, maintenant.

Elle aurait pu passer Noël dans sa famille. Avec Frazier, d'ailleurs.

Et s'ils étaient là, c'était de sa faute à elle, Skyler. Car elle avait discrètement manœuvré pour culpabiliser Frazier, pour lui faire sentir qu'il n'était même pas question d'imaginer qu'il puisse manquer un Noël avec eux. « Voyons, Frazier, il faut venir tant que nous avons encore la maison. Tu sais bien que nous finirons par la vendre tôt ou tard, puisque nos enfants prennent de moins en moins plaisir à y venir. Alors, juste pour cette année… »

Juste pour cette année. Résultat, Frazier était là, avec elle, Brenda aussi, et ils allaient peut-être tous mourir ensemble.

Arrête de penser ça, se gourmanda-t-elle. Mais elle n'y arrivait pas. Y avait-il la moindre chance que ces hommes les laissent en vie ? La dureté de leur expression faisait soupçonner qu'ils avaient déjà tué. En outre, pourquoi lésiner sur le nombre de crimes qu'on commet, si on doit passer sa vie en prison de toute façon ?

— Je suppose qu'il y aura du dessert ? demanda Quintin, presque comme un vrai invité.

— De la tarte aux airelles, de la tarte aux pommes, des biscuits aux pépites de chocolat, dit Skyler.

— Waou.

— Mes parents ont un pub, expliqua Jamie.

— La tarte aux airelles, c'est irlandais ? questionna Quintin.

— A mon avis, c'est universel, répondit Skyler.

— Et la citrouille ? Ça, c'est un plat traditionnel, dit Quintin.

— Mais ça se mange à Thanksgiving, pas à Noël, souligna Jamie.

— Je peux garder une tarte à la citrouille pour dîner demain, si vous voulez, proposa sa mère.

— Entendu, j'aime bien la citrouille, dit Quintin avant d'ajouter, sourcils froncés : où est-il, votre pub ?

— A Boston, dit-elle.

Quintin se mit à rire.

— Vous vivez à Boston, et vous venez passer vos vacances ici ?

— Hé, vous pourriez venir nous aider ! hurla Scooter depuis la porte, interrompant la conversation.

Ils bondirent sur leurs pieds et se précipitèrent. Frazier et David avançaient en soutenant un homme presque inconscient, les yeux fermés, les jambes flageolantes. Le mystérieux personnage qui « n'était pas flic », se dit Skyler.

Le nouveau venu n'avait pas l'expression dure et agressive de Quintin ou de Scooter. Il était différent et plus jeune. Presque aussi jeune que Frazier et Kat, en fait.

Il était blessé. Une coulure de sang séché lui marbrait le visage et s'était coagulée dans ses cheveux, qu'il avait blonds. Il leva les yeux vers Skyler en battant des paupières et, pendant un court instant, ses pupilles s'écarquillèrent, comme s'il la reconnaissait. Ce qui était parfaitement absurde, car elle ne l'avait jamais vu auparavant.

Il esquissa un sourire tremblant, puis ferma de nouveau les yeux et sa tête retomba sur sa poitrine. Elle se rendit compte qu'il ne restait debout que parce que David et Frazier le soutenaient.

Visiblement, il était tombé de tout son long dans la neige à un moment donné. Même avachi comme il l'était entre les deux O'Boyle, on voyait qu'il faisait à peu près leur taille. Il était épuisé mais, en temps normal, il devait être en parfaite forme physique, plus proche de celle d'un athlète que de celle d'un voleur.

Ah oui ? Et quelle est l'apparence physique des voleurs, en général ? se demanda-t-elle in petto, se raillant elle-même.

Celle des deux autres. Cruels, dangereux, froids, et sans aucun scrupule.

— Allongez-le sur le divan, dit-elle.

Quand ils l'eurent installé, elle s'agenouilla pour lui tâter sa blessure à la tête avec précaution. Il poussa un cri involontaire et battit de nouveau des paupières. A la lumière, elle vit qu'il avait les yeux bleu foncé.

— Hé, ne lui faites pas mal, lança Scooter.

— Comme si ça faisait une différence, grommela Quintin.

— J'essaye juste de mesurer la gravité de sa blessure, répondit-elle. Je pense qu'il a eu une commotion.

Son regard passa de Quintin à Scooter, puis elle reprit :

— Il n'aurait jamais dû rester aussi longtemps dehors dans cette voiture. Vous auriez pu le tuer.

Ils restèrent silencieux.

Peut-être qu'ils avaient *vraiment* essayé de le tuer. L'un d'eux, en tout cas, ne s'en serait pas privé, songea-t-elle en se rappelant les sarcasmes de Quintin quand il s'était agi d'aller chercher le blessé. Ou alors, Quintin laissait tout bonnement faire. Pour lui, si quelqu'un devait mourir, qu'il meure.

— Je te l'avais dit, jeta Scooter.

— Il n'a que ce qu'il mérite, persifla Quintin.

Ce qu'il mérite…

Qui lui avait donné un coup sur la tête ? Quelqu'un qu'ils auraient croisé plus tôt dans la soirée ?

Ou bien… Quintin ?

— Jamie, peux-tu aller chercher la trousse de premier secours, s'il te plaît ? Elle est dans ma salle de bains.

Elle entendit un déclic et releva vivement la tête. Quintin venait de dégager le cran de sûreté de son revolver et il avait le doigt sur la gâchette.

— Je vais juste aller chercher la trousse. Rien d'autre, dit Jamie en dévisageant Quintin.

— Je vous en prie, murmura Skyler.

Espérant dire la vérité, elle ajouta :

— Cet homme est votre ami…

— Je vais monter avec lui, intervint Scooter.

— Dépêchez-vous, jeta Quintin. Le dîner n'est pas fini. Sans parler du dessert.

Tout en écoutant les pas de James et de Scooter décroître dans l'escalier, Skyler se rendit compte que tout le monde s'était rassemblé autour d'elle. Frazier, un bras protecteur glissé autour des épaules de Brenda, fixait Quintin et son arme. Oncle Paddy, debout, en appui sur sa canne, restait coi. David, tendu comme une corde de violon, dévisageait sa femme.

Elle lut dans son regard une angoisse atroce, pire encore que ses propres craintes à elle de recevoir une balle. Une angoisse qu'elle partageait : celle de voir toute la famille massacrée si jamais ils commettaient une seule maladresse.

Et même s'ils ne faisaient rien, d'ailleurs.

Dès que Jamie fut de retour avec la trousse, elle en sortit un antiseptique et nettoya la plaie, soulagée de pouvoir momentanément se concentrer sur autre chose que sur sa peur. L'inconnu ne la quitta pas des yeux durant toute l'opération.

Puis, à son immense surprise, Skyler vit Brenda faire un pas en avant et proposer :

— Voulez-vous que je vérifie s'il n'y a pas de fracture, madame O'Boyle ? Je fais médecine.

— Oui, bien sûr, tant mieux, balbutia Skyler en essayant de cacher sa confusion.

Frazier lui avait bien dit que Brenda faisait de brillantes études, mais elle ignorait de quoi il s'agissait.

— Ce n'est qu'une commotion, dit la jeune femme une minute plus tard, d'une voix étonnamment assurée. Il n'y aura aucune séquelle.

Skyler et Brenda échangèrent un regard. Elles savaient toutes les deux que le jeune homme n'aurait pas dû être allongé sur ce divan, mais sur un lit d'hôpital. Seulement, il n'avait pas le choix. Il allait devoir s'en sortir — ou ne pas s'en sortir — tout seul.

Craig Devon.

C'était incroyable, se dit Kat.

Elle réfléchissait à toute allure. Elle s'était réfugiée à l'arrière de la maison où, au moins, elle pouvait s'aplatir contre le mur et se protéger un tant soit peu des rafales de vent. Malgré ce piètre répit, cependant, elle avait l'impression d'être aussi glacée à l'intérieur qu'à l'extérieur.

Craig Devon avait partie liée avec les monstres qui étaient entrés chez eux.

Elle se rappelait avec une éclatante netteté la première fois où elle l'avait vu. Elle était alors en première année d'université et Craig était l'un des plus beaux êtres humains qu'il lui eût été donné de voir. Il semblait sorti tout droit d'un conte de fées. Elle l'avait remarqué à l'autre bout d'une salle pleine de monde, puis il l'avait remarquée à son tour.

Avec le recul, comme elle se l'était dit si souvent depuis leur rupture, elle comprenait qu'en fait quelque chose ne tournait pas rond dès le départ. De son côté, elle était si amoureuse qu'elle ne l'avait même pas présenté à son frère jumeau, ne peur qu'il ne devienne insupportablement protecteur. Chaque matin, elle s'éveillait en regrettant de ne pas pouvoir rester au lit avec Craig. D'innombrables fois, ils avaient ri ensemble des menus incidents survenus dans la famille O'Boyle, car elle lui parlait sans arrêt de ses parents, de ses frères. Elle décrivait le pub, elle évoquait oncle Paddy, elle racontait à quel point ses grands-parents décédés lui manquaient. Elle expliquait comment elle avait détesté leur accent, quand elle était petite, tant il tranchait sur celui des familles de son cercle d'amis et les mettait à part. Puis, ajoutait-elle, en grandissant, elle les avait incroyablement regrettés. Ils apportaient en héritage des savoirs d'une autre époque, d'un autre pays, et c'était une richesse qu'elle avait perdue. Bref, elle parlait avec Craig comme un livre ouvert.

Or, ce que lui avait pu dire sur sa famille aurait tenu sur un timbre-poste.

Avait-il toujours été délinquant ? se demandait-elle à présent. Où avaient-ils donc traîné, lui et ses monstrueux compagnons, avant de venir s'échouer sur une congère, en contrebas de leur maison de campagne ? Est-ce qu'il avait…

Est-ce qu'il aurait tué quelqu'un ?

Elle se refusait à le croire.

Cela dit, il n'y avait aucun doute qu'il était lié, d'une façon ou d'une autre, aux deux hommes qui tenaient sa famille en otage.

Elle redéroula en esprit le film de leur rupture. Leur relation semblait pourtant riche de promesses. Craig n'étudiait pas la musique, comme elle-même, mais il s'était souvent joint à l'orchestre amateur où elle jouait et il se servait aussi bien d'une guitare que n'importe quel adolescent se voyant déjà en rock-star. Il étudiait le droit international. Il était en dernière année et tenait la tête du classement chaque semestre. Il donnait l'impression de faire partie de ces types prêts à se retrousser les manches pour résoudre au moins la moitié des problèmes du monde. Ses camarades l'appréciaient. Il aidait les étudiants handicapés au gymnase. C'était quelqu'un de… merveilleux.

Parfois, quand ils étudiaient ensemble, elle levait la tête et se rendait compte qu'il la regardait. Il ne tressaillait pas ; il continuait à la regarder, avec des yeux débordants d'affection. Dans certains cas, il finissait par sourire brièvement puis se replongeait dans son travail. A d'autres moments, il laissait tomber son livre sans détacher son regard, esquissait lentement un sourire enjôleur, et son expression se faisait explicitement passionnée. Ils étaient jeunes tous les deux, après tout.

Avant Craig, Kat n'avait eu qu'une brève expérience sexuelle peu encourageante avec Pete Barrows, son petit ami au lycée. Avec Craig, elle avait découvert bien autre chose. L'excitation. La jouissance. Le désir embrasé par un regard, un parfum, un mot, une caresse. Craig était à la fois doux, puissant et stimulant. Avec lui, tout était toujours aisé, naturel, avec des fous rires et des moments extraordinaires.

Elle se rappelait une fois où elle était allongée, nue, en train de reprendre son souffle et d'attendre que les battements de son cœur ralentissent, quand il s'était soudain tourné vers elle pour lui dire :

— Tu sais comment on appelle un film de pirates raté ?

— Non, comment ?

— Un navet sur une jambe de bois.

— Mon Dieu que c'est mauvais ! s'était-elle écriée.

Mais elle lui avait aussitôt pardonné, il l'avait prise dans ses bras et ils avaient refait l'amour.

La vie était merveilleuse. Elle menait ses études haut la main, s'amusait comme une folle et était passionnément amoureuse.

Jusqu'au jour où, de but en blanc, il lui avait dit qu'il changeait de vie, qu'il ne l'aimait pas vraiment, et qu'il partirait juste après son diplôme.

Cela l'avait mise en état de choc. Elle avait passé une semaine entière à boire et à pleurer, et avait failli rater ses propres examens. Puis elle s'était rendue à la remise de diplôme de Craig, au cas où… Mais il n'était même pas venu.

Au début, elle s'était montrée odieuse avec ses parents et totalement indifférente avec ses frères. Elle avait passé ce qui lui semblait maintenant comme la moitié de sa vie plongée dans l'auto-apitoiement. Mais finalement, elle s'était reprise, refusant de se laisser détruire par un type qui s'était avéré n'être qu'un salaud et un crétin.

Et maintenant… il était de retour. Elle n'arrivait pas à y croire.

Alors qu'il avait… tout bonnement disparu. Qu'il s'était envolé, était sorti de sa vie, d'un jour à l'autre. Pour quoi faire ? Pour devenir un criminel ?

S'était-il réveillé un matin en se disant waou, ce serait super de fricoter avec la pègre et de faire quelques cambriolages, et peut-être même quelques crimes ?

Elle se rendit soudain compte que si elle restait là où elle était, elle allait commencer à souffrir d'hypothermie, bien qu'elle eût revêtu les vêtements les plus chauds de sa garde-robe. Elle devait bouger. Elle décida de retourner à l'intérieur de la maison de la même façon qu'elle en était sortie, en se faufilant par la fenêtre de la cave.

Pétrifiée de froid, elle passa devant la porte de la cave, qu'elle évitait d'utiliser parce qu'elle grinçait, et escalada la fenêtre. Il faudrait prévenir son père que des voleurs pouvaient facilement passer par là, se dit-elle, avant de se rappeler avec une consternation sarcastique qu'ils avaient le jour même fait rentrer des voleurs — voire pire — par la grande porte.

Elle frissonna et se frotta les bras pour se réchauffer et s'aider à réfléchir, en parcourant du regard la cave obscure, seulement éclairée par la lumière filtrant du haut de l'escalier de pierre qui menait à l'étage.

Au début, elle s'était dit que la cave devait regorger de trésors et qu'elle y trouverait sûrement quelque chose pouvant faire office d'arme. Le jardinier laissait toujours ses outils.

Hélas, cette fois ne c'était pas le cas. Il n'y avait rien d'autre à disposition qu'une table de ping-pong avec des raquettes et des balles. Tout avait été nettoyé. Il ne restait même pas un balai.

Cela dit, même si elle avait trouvé quelque chose, à quoi cela lui aurait-il servi ? Les intrus étaient deux. Sans doute trois, d'ailleurs, si Craig retrouvait un peu de forces.

La rage la submergea de nouveau. Craig savait qu'il s'agissait de sa famille. Il serait incapable de s'en prendre à elle-même ou à eux, de leur faire du mal. Ou bien en était-il devenu capable, au contraire ? Que savait-elle maintenant de lui, après tout ? Elle ne l'avait jamais revu depuis le jour où il avait froidement rompu et refermé la porte sur leur histoire.

Etait-il devenu drogué ? Etait-ce cela qui avait changé sa vie ? Il n'avait pourtant pas eu l'air d'être accro à quoi que ce soit, dans la voiture. Il avait juste eu l'air blessé. Etaient-ce les deux autres qui l'avaient frappé ? Ou bien la victime qu'ils avaient sans doute agressée un peu plus tôt ?

Elle grimpa silencieusement l'escalier qui débouchait sur l'office des domestiques, derrière la cuisine.

Ils n'avaient pas de domestiques, naturellement, mais à l'époque de la construction de la maison les richissimes familles de l'Ouest du Massachusetts en avaient. C'était parce que la demeure était immense, isolée — et très chère à chauffer — que sa famille en avait obtenu des années auparavant un très bon prix.

Elle avait bien songé aller demander de l'aide aux voisins, mais les plus proches se trouvaient au moins à huit cents mètres. Avec ce blizzard, elle n'était pas sûre de retrouver son chemin dans la forêt qui reliait les deux propriétés. Quant au trajet par la route, il prenait au moins trois kilomètres, ce qui était beaucoup trop long à pied par un tel froid.

De toute façon, elle ne savait même pas si les Morrison étaient là, ou si elle pourrait entrer chez eux. Artie Morrison avait dit à son père qu'ils achetaient un appartement à Boca pour y passer l'hiver, maintenant que lui et sa femme étaient retraités et que les enfants étaient partis.

L'endroit le plus proche après la maison des Morrison était le magasin d'antiquités et de bijoux, sûrement fermé pour les fêtes. M. Hudson souffrait d'un cancer. Skyler avait expliqué avec tristesse qu'il partait passer les congés à Los Angeles et que lui et son fils reviendraient ensemble courant janvier pour fermer définitivement la boutique et transporter ce qui restait du stock en Californie, où Ethan vivait avec sa femme.

A part ces deux maisons, le prochain lieu habité se trouvait au moins à huit kilomètres.

Il n'était pas possible d'y aller en voiture. Les portes du garage où étaient rangées les voitures de la famille étaient déjà bloquées par la neige. C'est pour cela qu'elle avait mis tous ses espoirs dans le véhicule des intrus et qu'elle s'en était approchée, découvrant Craig par la même occasion. Mais même s'il n'avait pas été là, même si elle n'avait pas été figée sous le choc de le retrouver, elle n'aurait pas pu aller bien loin. Le heurt avec la congère avait plié le capot en deux et le moteur était sûrement fichu.

De toute évidence, le trio avait l'intention de voler une voiture dès que la tempête de neige serait calmée. Une voiture dont plus personne n'aurait besoin, car ils seraient tous morts…

Stop ! s'ordonna-t-elle. Elle ne savait pas qui étaient ces hommes, après tout. Ils étaient peut-être tellement sûrs de pouvoir fuir sans être retrouvés qu'ils se fichaient bien qu'on connaisse leurs noms. Ils étaient armés, d'accord, mais rien n'indiquait qu'ils avaient l'intention de se servir de leurs armes.

Mais rien n'indiquait le contraire non plus. Une lampe explosée, dans la maison, le prouvait amplement.

Au moins n'était-ce qu'une lampe. Au moins le bâtard famélique qui se faisait appeler Scooter n'avait-il pas tiré sur un membre de la famille. Pour l'instant.

Respire calmement, s'intima-t-elle. Respire. Réfléchis.

Bon : elle ne pouvait pas aller chercher de l'aide car elle n'avait aucune chance d'arriver où que ce soit vivante. Morte, elle ne rendrait service à personne. Sauf qu'il ne servait à rien non plus de rester rôder dans la cave.

Si seulement son père avait eu une arme !

Mais il n'en avait pas.

Il n'en avait même pas au pub, et disait en plaisantant que c'était pour éviter que lui et Skyler ne se tirent dessus. La vérité, c'était qu'il n'aimait pas les armes. Il les jugeait inutiles et dangereuses. Pour lui, si on brandissait une arme sans tirer immédiatement sur l'adversaire, il y avait de grandes chances pour que cette arme se retourne contre vous ou contre un autre innocent. En outre, le pub était à un jet de pierre du commissariat.

Il ne fallait donc pas compter trouver d'arme à feu dans la maison. Alors, comment affronter des ennemis qui, eux, en étaient pourvus ?

Il y avait forcément un moyen.

Elle entra sans faire de bruit dans l'office puis resta parfaitement immobile, tendant l'oreille. Les voix lui parvenaient confusément, mais elle entendait suffisamment pour comprendre qu'ils se trouvaient tous dans le salon. Elle distingua la voix de Scooter, puis celle de sa mère. Au bout d'une minute, son ouïe s'étant accoutumée, elle parvint à comprendre certains lambeaux de phrase.

— C'est un vilain coup… tête, disait sa mère. J'ai nettoyé… coupure profonde… sous les cheveux. Vous… ne pas vous endormir tout de suite.

— Il va aller très bien. Le dîner… froid, se plaignit Scooter.

— C'est de ta faute si… chercher dehors, jeta Quintin, rageur.

— J'aurais pu… mort… froid!

C'était la voix de Craig. Il avait répondu à Quintin d'un ton acide, ce qui signifiait qu'il était suffisamment intime avec lui pour se mettre en colère. Le cœur de Kat se serra. Il était bel et bien avec eux.

— Retournons… cuisine, fit Quintin.

— D'abord… ranger… premiers secours, dit Jamie.

— Laissez-la là, fit Quintin.

— Qu'allons-nous… de lui? questionna Scooter.

Lui? Kat fronça les sourcils, puis comprit avec soulagement qu'ils parlaient de Craig, pas de Jamie.

— Il peut… contempler le sapin… moment, répondit Quintin.

Il y eut des piétinements et certains parlèrent tous en même temps, sans doute parce qu'ils installaient Craig dans le salon. Puis les pas des autres se dirigèrent vers la cuisine. Elle n'avait ni plan, ni arme : il était temps de battre en retraite. Profitant du bruit de leur approche, elle remonta par l'escalier de service jusqu'au premier étage.

David O'Boyle, assis à sa propre table, muet de fureur et d'impuissance, dévasté par l'humiliation, ne voyait aucune issue à la situation. Il déployait des efforts surhumains pour garder le silence et ne pas exploser. Et repassait sans cesse dans sa tête la même prière : Seigneur, aidez-nous. Seigneur, aidez-nous, aidez-nous.

Il avait croisé à d'innombrables reprises le regard de sa femme, y lisant chaque fois la même supplique. Ils n'avaient absolument pas d'autre choix, s'ils ne voulaient pas être tués, que de se prêter à cette comédie.

Et quelle comédie…

De sinistres malfrats, probablement des tueurs sans pitié, étaient assis avec eux pour dîner. A *sa* table. Ils les félicitaient pour la cuisine, buvaient ses alcools, faisaient la conversation comme s'ils étaient chez eux.

Il aurait tout donné pour sauter à la gorge de l'un ou l'autre, même au prix de se retrouver avec une balle dans le corps. Mais il ne pouvait pas prendre le risque qu'on tire sur Skyler ou sur l'un des enfants. Si seulement il n'y en avait eu qu'un… mais ils étaient deux.

Non : maintenant, ils étaient trois.

Evidemment, le troisième était prostré dans le salon et peut-être même évanoui, ce qui faisait que pour l'instant il ne comptait pas. Et comme il était plus jeune, il était peut-être moins avide de sang. Ou peut-être plus, d'ailleurs.

Enfer !

Il regarda Paddy.

Le diable emporte ce vieil épouvantail. Il bavardait avec leurs sinistres hôtes comme si c'étaient de vieux camarades de Dublin, en remplissant inlassablement leur verre de whiskey et en répétant sans arrêt la même chose, comme s'il était atteint d'Alzheimer.

Remplissant leur verre…

Essayait-il de les faire boire ?

Peut-être, et l'idée n'était pas mauvaise, à la réflexion. Bon sang, c'était même bien plus astucieux que tout ce qu'il avait pu lui-même imaginer.

Effectivement, il n'était pas question de jouer les fiers-à-bras. Quintin avait juré qu'il tuerait Skyler si c'était le cas, et David tendait à croire qu'il parlait sérieusement.

— Alors, quand avez-vous quitté l'Irlande, le vieux ? demanda Quintin en acceptant une nouvelle dose du meilleur single malt de Skyler.

— L'été 64, répondit Paddy. J'en avais par-dessus la tête des violences entre communautés.

Il fit un clin d'œil à la tablée et ajouta :

— A l'instant où j'ai posé le pied aux Etats-Unis, j'ai décidé de devenir bouddhiste.

— Tu n'es pas bouddhiste, oncle Paddy, objecta Jamie.

— Il est alcoolique. C'est sa religion, expliqua Frazier à Quintin et Scooter.

Il disait cela sans méchanceté, et souriait presque en regardant son oncle.

— C'est vrai. Je suis un dévot du vrai single malt, admit Paddy.

— Et quand avez-vous ouvert votre pub ? s'enquit Scooter.

— Ah, mais je n'y ai été pour rien. C'est ma sainte et chère sœur, Dieu ait son âme, qui a ouvert l'établissement avec son mari. Je me suis contenté d'y travailler.

— Il se chargeait des relations publiques, s'entendit prononcer David, d'ailleurs sans aucune méchanceté non plus.

Je suis sincèrement désolé de m'être moqué de toi et d'avoir regretté ta présence sous mon toit, songea-t-il. Il regrettait aussi de s'être disputé avec Frazier à propos du sapin. Il s'en voulait d'avoir si souvent tarabusté ses enfants.

Il regarda Frazier, de l'autre côté de la table. Ils allaient peut-être tous mourir dans les prochaines heures. Non, pas tous. Il ne le permettrait pas. Une fois le moment venu…

Quand donc viendrait-il ?

Il l'ignorait, mais quand ils y seraient, il se jetterait sur l'un des deux malfrats, en espérant que les autres se chargeraient du second. Et qu'ainsi, au moins un membre de la famille survivrait.

On n'y était pas encore. Rien ne se passerait tant que le blizzard faisait rage. Rien non plus tant que les intrus se restauraient, et tant que sa famille trouvait le moyen de les distraire.

David aurait voulu dire à Brenda qu'elle était la bienvenue chez lui, qu'il était content qu'elle et Frazier soient heureux ensemble.

Mais il ne fallait pas attirer l'attention sur les femmes de la maison. Si cela se trouvait, Quintin et Scooter n'étaient pas seulement des tueurs, mais aussi des violeurs. Et si rien de ce genre ne s'était encore produit, c'était sans doute parce que Quintin voulait pouvoir disposer le cas échéant de leurs deux armes. Sans attendre.

David se remit à se creuser inutilement la cervelle pour trouver une solution.

*
* *

Kat descendit l'escalier sans un bruit. Avec sa chevelure de flamme, étalée sur la parka blanche qu'elle avait trouvée dans le placard de ses parents, elle évoquait une antique divinité de la vengeance.

En la voyant, Craig ressentit une brève panique et jeta un coup d'œil vers la cuisine. Apparemment, personne n'était en train de revenir dans le salon, mais comme Quintin et Scooter ignoraient l'existence de la jeune femme, il ne fallait surtout pas prendre le moindre risque.

— A quel jeu joues-tu ? articula-t-il silencieusement, tandis qu'elle s'approchait.

— *Et toi*, à quel jeu joues-tu ? riposta-t-elle sur le même mode.

— Ecoute…, chuchota-t-il quand elle fut assez près pour l'entendre.

— Non, coupa-t-elle, c'est toi qui vas m'écouter. Si tu les laisses toucher un seul cheveu de ma famille, tu es un homme mort. C'est clair ?

— Je t'ai dit de déguerpir en vitesse, répondit-il.

Il essaya de se redresser mais tout se mit à tourner autour de lui et il dut lutter pour ne pas s'évanouir de nouveau. Kat lui effleura le visage du bout de ses doigts, doux et frais.

— Tu es brûlant, fit-elle en reculant d'un pas.

— Va-t'en, insista-t-il.

— J'ai besoin de savoir, de tes propres lèvres, si tu es oui ou non avec eux.

— Tu ne peux pas comprendre.

Il s'interrompit en entendant le raclement d'une chaise sur le carrelage de la cuisine. Les autres pouvaient revenir d'un moment à l'autre.

— Sors de cette maison, Kat, immédiatement !

Elle avait entendu également, mais elle s'immobilisa et lui

lança un regard sous lequel il eut l'impression d'être réduit en cendres.

— Es-tu armé aussi ? Est-ce que tu vas tirer sur quelqu'un ?

— J'avais une arme… mais Quintin a retiré les balles.

— Alors, tu *es* avec eux, répondit-elle, écœurée.

— Non.

Une autre chaise grinça sur le sol.

— Pars, souffla Craig.

Cette fois, elle obéit et disparu silencieusement dans l'escalier à l'instant où Quintin surgissait dans la pièce en lançant :

— Je vois que tu t'es assis. Tu te sens mieux ?

— Ouais. Mais pas grâce à toi, connard.

— Attention. C'est toi le connard, et je peux te transformer en connard mort sans aucun problème. En fait, je devrais *tout de suite* te descendre. Ça encouragerait la petite famille à se tenir à carreau.

— Superidée, mais dans quel but ? demanda Craig en veillant à concentrer son regard sur Quintin pour ne pas le laisser errer vers l'escalier en haut duquel, il en était certain, Kat écoutait.

Et peut-être même regardait.

— Dans quel but ? répéta Quintin, comme s'il était surpris.

— Exact. A quoi bon se soucier d'eux ? riposta Craig.

— La cuisine est bonne, c'est confortable, il fait chaud. Je finis même par apprécier le fait de passer Noël en famille.

— Ravi de l'apprendre.

— Qu'y a-t-il d'autre à faire ? Avec ce blizzard, on ne peut aller nulle part. Alors, ce soir, nous sommes tous une grande chouette famille, fit Quintin.

— Le blizzard finira bien par se calmer. Et ensuite ?

— Ensuite, on s'en va. Je verrai si je te laisse la vie sauve ou non.

— Et eux ? poursuivit Craig en baissant la voix.

Quintin esquissa un sourire.

— Quoi, « eux » ?

— Que va-t-il leur arriver ?

Quintin haussa les épaules.

— Demain, c'est Noël. Pas vraiment un bon jour pour mourir.

— Et après ? insista Craig.

— Après, conclut très doucement Quintin, Noël sera passé.

4.

— J'ai dit, ça suffit, grommela Scooter d'un ton irrité.

— Quoi donc ? s'obstina Paddy en agitant la bouteille de whiskey. Ça suffit déjà ? C'est le meilleur qui existe, mon brave, je te garantis.

— J'ai dit, assez, répondit Scooter.

David craignait qu'il ne finisse par s'énerver. Même si Scooter aimait se faire mousser, et si Quintin était indubitablement le vrai boss, il n'en restait pas moins que Quintin au moins savait se contrôler, tandis que Scooter était une vraie grenade dégoupillée.

— Scooter ? fit David.

L'autre se tourna vers lui d'un air surpris, peut-être parce que David l'appelait pour la première fois par son nom.

— Quoi ?

— Paddy, euh... souffre d'Alzheimer.

Scooter fronça les sourcils, puis son regard s'éclaira.

— Vous voulez dire que ce vieux crétin devient sénile ?

— C'est ça.

— Qu'est-ce que vous dites ? intervint Paddy avec indignation.

Mimer l'Alzheimer faisait partie de son stratagème depuis le début. Etait-ce efficace ? David n'en savait rien. Mais ils jouaient tous la comédie de toute façon, et Paddy tenait son rôle aussi bien qu'un autre. Maintenant, il baissait le menton sur la poitrine.

— Rien, marmonna David.

— Il n'est pas sénile. Il est juste ivrogne, fit Jamie.

— C'est un ivrogne qui devient sénile, jeta Frazier à son frère.

— En tout cas, je ne suis pas encore soûl, malheureusement, se plaignit Paddy.

— Mais pas loin, coupa David, certain néanmoins que ce n'était absolument pas le cas.

Paddy avait beau picoler depuis des années, il pouvait tenir une prodigieuse quantité d'alcool.

— Calmez-vous un peu, ordonna Skyler en se mettant debout et en prenant son assiette. Frazier, passe-moi ce plat, s'il te plaît.

— Qu'est-ce que tu fais ? demanda David.

— Je débarrasse pour faire la vaisselle, bien sûr, répondit-elle.

Etait-ce important de faire la vaisselle, alors qu'ils seraient peut-être tous morts bientôt ? se demanda David.

Il ne posa pas la question à voix haute mais se leva pour aider à débarrasser. Au même moment, Quintin revint dans la cuisine, accompagné du troisième membre du trio.

Le nouveau venu était encore très pâle, mais sourit d'une manière qui semblait sincère.

— Je suis un peu en retard. Cela ne vous ennuie pas si je grignote quelque chose ?

Skyler se tourna vers lui en lui rendant son sourire.

— Non, au contraire. Qu'est-ce qui vous fait envie ?

C'était du Skyler tout craché, se dit David. Prête à se mettre en quatre pour nourrir un escroc affamé. A Boston, ils ne pouvaient même pas se servir de pièges à rats ordinaires : il fallait acheter des pièges qui capturaient les rongeurs sans les faire souffrir, puis libérer ensuite les animaux en pleine nature. Même quand ils tombaient sur des rats encore plus gros que les matous qui maraudaient autour du pub en guettant les restes.

— Vous vous sentez mieux ? demanda Skyler au jeune homme.

Il haussa les épaules.

— J'ai faim. Je pense que les odeurs de cuisine m'ont redonné des forces.

Lui redonner des forces, ben voyons ! Exactement ce qu'il leur fallait.

— Asseyez-vous. Prenez une assiette, fit David à haute voix.

Que pouvait-il faire d'autre ? Au moins, celui-là était poli.

— Qui donc joue du piano ? demanda Quintin.

— Tout le monde, dans la famille, rétorqua brièvement David.

— Est-ce que vous vous mettez tous autour de l'instrument pour chanter des chants de Noël ? s'enquit Scooter en ricanant.

— Oui, exactement, l'informa Skyler d'un ton glacial.

— Des chants de Noël ? répéta pensivement Quintin. Voilà qui est… intéressant. Après tout, nous n'allons pas regarder les infos à la télé…

David sentit un frisson glacé lui parcourir l'échine. Donc, ils ne voulaient pas regarder les infos. Pourquoi ? Avaient-ils peur de ce que les O'Boyle risquaient d'apprendre à leur sujet ? A moins qu'avec ce blizzard déchaîné, personne ne soit encore au courant ?

— Des chants de Noël, c'est une bonne idée, dit Craig.

Il regarda Jamie et ajouta :

— Est-ce que le piano est toujours votre instrument préféré ? Ou bien la guitare que j'ai vue dans le salon est-elle à vous ?

Jamie haussa les épaules.

— C'est bien ma guitare, mais j'aime les deux instruments.

Toujours ? s'interrogea David. L'homme avait bel et bien dit « toujours » en parlant de l'instrument préféré de Jamie. Comme s'il connaissait son interlocuteur. Ce qui n'était pas possible… n'est-ce pas ?

— Frazier est bien meilleur que moi au piano, poursuivit Jamie.

— Mais je suis battu par papa, précisa Frazier. Sans parler de maman. A Noël, c'est elle qui joue, en général.

— Elle adore Noël, expliqua Jamie.

— Les chants de Noël, la dinde… une maison chauffée, fit pensivement Scooter, presque comme pour lui-même.

— En somme, vous êtes une famille de musiciens, intervint Quintin en jetant à Scooter un regard de biais.

— Cela s'explique avec le pub, expliqua David. Quand nous l'avons repris aux parents de Skyler, nous n'avions pas beaucoup d'argent. Nous ne pouvions pas nous permettre de louer un orchestre, alors nous nous sommes mis nous-mêmes aux instruments.

Il regarda sa femme et sourit, évoquant soudain les années écoulées. Cela avait été dur, ils avaient compté sou à sou, mais ils s'en sortaient. Skyler avait baigné dans la musique traditionnelle irlandaise toute son enfance et sa voix claire et mélodieuse y était particulièrement adaptée. Ses fils préféraient un rock celtique plus costaud. Le groupe favori de Frazier était Black 47 et il allait souvent à New York spécialement pour les écouter.

Brusquement, David se rendit compte que Quintin le dévisageait avec une expression qui ressemblait à de l'envie.

— J'ai essayé de jouer de la guitare, dit le malfrat, avec ses premiers accents sincères depuis son arrivée. Mais j'étais nul. Je tenais de ma mère, qui chantait comme une casserole.

— Et votre père ?

Quintin leva une épaule.

— J'l'ai jamais connu. J'ai même jamais su qui c'était.

— Je pourrais vous montrer quelques accords, proposa Jamie.

— Ouais, on verra, répondit Quintin en se ressaisissant.

— Chantons des chants de Noël, demanda Scooter.

— La musique, fit Paddy, voilà une vraie tradition irlandaise. Comme le bon whiskey. Savoir boire du bon whiskey, voilà un talent qu'on peut apprendre rapidement.

— Nous allons chanter des chants de Noël, oncle Paddy, dit Frazier.

— Commencez sans moi, dit Skyler. Je vais faire la vaisselle.

— Non. Nous restons groupés, coupa fermement Quintin.

— Très bien. Alors, attendez que j'aie fini, répondit-elle.

— Quelle importance que la vaisselle soit faite ou non ? insinua Quintin d'un ton vaguement menaçant.

Mais Skyler contre-attaqua.

— J'avais cru comprendre que vous vouliez manger une dinde, demain. Si c'est toujours le cas, je suis obligée de tout nettoyer ce soir. C'est comme ça qu'on gère un établissement. En ne laissant rien traîner.

La façon dont elle tenait tête à Quintin stupéfia David. Skyler était une énigme. Elle l'avait toujours été. Elle détestait les conflits et la plupart du temps c'était l'être humain le plus doux qui soit. Et puis, de temps à autre, quand on en venait à des points de méthode, elle n'hésitait pas à défendre farouchement ses positions.

— Bien. Alors, tout le monde au travail pour l'aider, ordonna Quintin.

Scooter voulait un vrai Noël, et Quintin voulait de la dinde, conclut David. Cela voulait dire que, au moins pour le moment, ils avaient un répit…

Il s'arrangea pour s'approcher de sa femme, debout devant l'évier. Tandis qu'elle rinçait la vaisselle avant qu'il ne la mette dans le lave-vaisselle, il trouva un bref instant pour chuchoter :

— Je vais tenter quelque chose.

— Non !

— Skyler…

— Il ne faut pas les énerver.

— Skyler…

— Je sais qu'ils ont l'intention de nous tuer avant de partir. Mais attends un peu, s'il te plaît. Nous ne sommes encore que la veille de Noël et la neige continue à tomber. Cela nous laisse du temps.

— Du temps pour quoi faire ?

— Je ne sais pas. Sauf que… c'est Noël.

Exact, Noël, avènement de la paix et de la joie sur terre. Il y avait quelques heures à peine, il était agacé par la présence de Paddy, agacé parce que Frazier avait ramené une fille à la maison, parce que Jamie n'avait pas mis le nez hors de sa chambre, parce qu'ils n'arrivaient pas à faire tenir le sapin droit. Et maintenant… il espérait juste qu'ils seraient encore vivants pour fêter le nouvel an.

Skyler fixa sur lui son regard clair, sans ciller. Il comprit qu'elle priait pour qu'un miracle se produise. De quel droit pouvait-il la contredire ? Lui non plus n'était pas pressé de mourir, après tout.

— Peut-être qu'on est parti nous chercher de l'aide, chuchota-t-elle rapidement.

Ils savaient pertinemment tous les deux que Kat était… forcément quelque part.

— Vrai, dit-il, puis il se mit à chantonner « Douce nuit » pour tenter de penser à autre chose.

Une seconde plus tard, il sentait quelque chose de dur et froid s'enfoncer dans son dos. Il comprit qu'il s'agissait du canon du revolver de Quintin.

— On arrête les messes basses, jeta sèchement Quintin.

David fit volte-face malgré le revolver et dévisagea l'intrus.

— Qu'est-ce qu'on pourrait bien se dire de si important ? riposta-t-il.

Quintin réfléchit à la question, puis haussa les épaules.

— Vous n'avez pas encore fini ? demanda-t-il à Skyler.

— Laissez-moi le temps de nettoyer la table et de lancer la machine à laver la vaisselle, tant qu'il y a de l'électricité, répondit-elle.

— Vous avez un générateur. Je l'ai vu, argua Scooter en tendant le doigt vers le fond de la pièce.

— Oui. Et suffisamment de mazout pour qu'il dure une douzaine d'heures, lui dit David.

— Je déteste gâcher du mazout pour la vaisselle, commenta Skyler. Nous aurons probablement besoin du générateur demain pour faire la cuisine.

— C'est le moment de passer dans le salon. Que tout le monde se rassemble, intima Quintin, le revolver brandi.

Brenda poussa un petit cri, à mi-chemin entre un sanglot et un hoquet.

— Ne pleurez pas, dit Quintin. Je suis sûre que vous savez très bien tenir le choc quand il faut.

Frazier attira Brenda à lui en regardant Quintin droit dans les yeux.

Quintin ricana. Il était en position de force. Il le savait, et il aimait ça. Jusqu'à maintenant, il s'était contenté de les manœuvrer, se dit David. Mais s'il s'en prenait à la petite amie de Frazier… Comment ce dernier réagirait-il ? Comment *lui-même* réagirait-il ?

Ils se dirigèrent vers le salon l'un derrière l'autre. Frazier, muet, s'assit à une extrémité du divan sans quitter les intrus du regard, Brenda serrée contre lui. Elle ouvrait de grands yeux brillants de larmes. Jamie se percha sur une chaise, non loin de son frère. Skyler prépara le petit banc du piano. Les deux acolytes de Craig s'emparèrent des fauteuils près de la cheminée mais Craig lui-même prit place à l'autre bout du divan. Pour garder l'œil sur les otages, se demanda David, ou bien parce qu'il ne faisait pas vraiment partie de la bande ? Après tout, Quintin l'avait bien accusé d'être flic. David s'interrogeait.

— Il n'y a pas de boules, sur ce sapin, se lamenta Scooter.

— Nous ne les avons pas encore mises, fit David.

— Mais vous en avez en réserve, hein ? insista Scooter.

— Bien sûr que nous avons des boules de Noël, dit David d'un ton las.

— Où est-ce qu'elles sont ? demanda Scooter.

— Dans le grenier. Nous ne les avons pas encore descendues, expliqua David.

Scooter regarda Quintin.

— Il faut des boules ! dit-il.

Quintin s'empourpra d'énervement.

— Bon. Scooter, tu emmènes le père là-haut pour qu'il ramène les décorations.

— Ce sont des boîtes lourdes, fit David. Et il y en a plusieurs. J'aurai besoin d'aide.

— Toi, tu vas avec ton père, ordonna Quintin en montrant Jamie.

— O.K., fit Jamie.

Pourtant, on le vit hésiter.

— Qu'est-ce qu'il y a ? s'enquit Quintin.

— C'est toujours Frazier et papa qui descendent les boîtes, et ma s… ma mère et moi, on choisit les décorations l'une après l'autre. C'est la tradition, expliqua Jamie d'un air obstiné.

— Vous et vos fichues traditions ! D'accord. Toi, tu y vas, répliqua Quintin en pointant cette fois le doigt vers Frazier.

Brenda s'accrocha à Frazier, les yeux agrandis, terrifiée.

— Brenda, fit Skyler d'un ton apaisant, en s'approchant d'elle. Venez près du piano avec moi. Nous allons choisir des partitions. D'accord ?

Brenda opina du chef, eut un sourire tremblant et se leva pour accompagner Skyler.

— Je crois que les décorations vont attendre un moment, fit soudain Quintin. Je veux d'abord entendre un peu de piano.

Tout le monde se figea. David prit subitement conscience de la violence du vent qui rugissait à l'extérieur, contrastant avec l'intimité de l'intérieur.

Où était sa fille ? Etait-elle partie chercher de l'aide ? Gisait-elle morte quelque part dans la neige ?

Non. Kat était intelligente. Elle ne se serait pas risquée à aller chercher de l'aide avec un temps pareil. Elle aurait compris qu'il lui valait mieux rester cachée, au risque, finalement, de devoir entendre les coups de feu qui abattraient sa famille.

Ne pense pas ainsi, s'admonesta-t-il. Aie confiance.

Confiance en quoi ? En Dieu ? Dans les miracles ? Il se rappela tout à coup l'une des sentences de sa mère : « Aide-toi, le Ciel t'aidera. » Oui, il allait commencer par agir lui-même pour sauver sa famille. Dieu lui était témoin. Dès que le moment serait propice.

Si ce moment-là venait jamais.

— Je veux que quelqu'un joue de ce fichu piano, aboya Quintin.

Skyler s'assit devant le clavier, prit Brenda par la main et la fit asseoir sur le banc à côté d'elle. Elle fit courir ses doigts sur les touches. David comprit qu'elle réfléchissait à ce qu'elle allait jouer.

Elle commença à chanter « Nous vous souhaitons un joyeux Noël » et en voyant les membres de sa famille et les hommes qui allaient probablement les tuer assis autour du piano, une veille de Noël, David se dit que la situation était surréaliste.

A sa grande surprise, Jamie s'approcha du piano et se joignit au chant de sa mère. Frazier l'imita, suivi de Brenda, et David s'aperçut qu'à un moment donné il s'était lui aussi mis à chanter.

Ainsi que Scooter.

Il régnait une douce chaleur, ils avaient tous l'estomac bien rempli, la musique était belle, et l'ensemble évoquait jusqu'au ridicule une paisible atmosphère familiale.

Après avoir fini sa première chanson, Skyler entama « Dans le village de Bethléem ». Elle passa ensuite au « Petit joueur de flûtiau », laissant Jamie prendre la partie chantée. Oncle Paddy accompagna son petit-neveu d'une belle voix de ténor irlandais.

Quand ils se turent, Craig applaudit, rejoint par Scooter, et même Quintin avait le sourire aux lèvres.

— Maintenant, il faut décorer le sapin, fit Scooter avec empressement, avant d'ajouter le doigt tendu vers Skyler : pendant qu'elle continue à jouer.

— D'accord, dit Quintin.

Aussitôt, Skyler se lança dans une version allègre de « Le petit renne au nez rouge ».

Assise sur le palier du premier étage, les larmes ruisselant sur ses joues sans qu'elle s'en rende compte, Kat écoutait avec concentration, attentive au moindre mot, à la moindre intonation.

Il était impossible de ressortir. Dans ce blizzard, elle pourrait parcourir tout au plus une centaine de mètres, bien moins que ce qu'il aurait fallu. Elle était obligée d'attendre que le temps se calme. Seulement, à ce moment-là, les tueurs aussi décideraient de sortir, et ils ne le feraient pas sans avoir préalablement…

Pour cela aussi, l'idée de quitter la maison lui faisait peur. Comme si quelque chose de terrible risquait d'arriver en son absence.

Alors qu'elle était la seule chance de survie de sa famille, elle ne pouvait rien entreprendre. Elle laissa ses pensées divaguer au fil de la musique, espérant qu'ainsi son inconscient suggérerait des solutions à son esprit distrait.

A chaque congé de fin d'année, ils se faisaient un devoir de chanter des chants de Noël. Même s'ils s'étaient préalablement disputés au point d'en venir aux mains, dès qu'il était l'heure de se réunir autour du piano, toute bagarre cessait.

Kat sentit une bouffée de rage l'envahir. Ces *monstres* s'étaient permis de venir *chez elle*, autour de *son* piano, et de menacer *sa* famille pendant que sa mère jouait.

Elle avait gardé sa parka, au cas où elle aurait dû ressortir précipitamment, mais avait ouvert la fermeture Eclair tant il faisait chaud à l'intérieur.

Oui, la température était confortable, et une délicieuse odeur de cuisine flottait dans l'air, mêlée à celle des bougies parfumées aux baies noires que sa mère avait allumées. Kat s'en étonnait toujours : ils avaient beau venir rarement dans cette maison, et jamais pour longtemps, ce n'en était pas moins devenu une vraie maison de famille. En l'espace de quelques heures, ils parvenaient toujours à tout préparer comme il fallait, en dépit des chamailleries.

Sa gorge se noua et elle sentit son estomac se serrer en se rappelant que Craig Devon, le bel athlète blond qu'elle avait aimé, était là, en bas, avec sa famille. Une famille qu'il connaissait par cœur pour en avoir si souvent entendu parler, alors qu'il n'avait lui-même jamais rien dit sur la sienne.

Car en fait, sous ses dehors de jeune homme comme il faut, il n'était qu'un vulgaire criminel.

Comment un être aussi plein de promesses avait-il pu devenir ce qu'il était maintenant ? En l'observant du haut de l'escalier, elle eut une violente nausée. Elle se rappelait avoir lu quelque part qu'on signalait toute une série de cambriolages chez les antiquaires et les bijoutiers de Nouvelle-Angleterre, en particulier dans les zones rurales, et que les voleurs agissaient essentiellement de nuit. Le magasin de Hudson, songea-t-elle brusquement, n'était pas loin. La police avait prévenu les habitants que ces voleurs étaient sans doute armés et pouvaient s'avérer très dangereux. L'un des articles précisait que les policiers cherchaient le ou les auteurs de l'assassinat d'un gardien de nuit dans une banque, retrouvé mort tout près d'une des bijouteries cambriolées. Il n'y avait apparemment pas de lien entre les deux faits, disait le journal, mais qu'en savait-on, après tout ?

Et si ces hommes avaient déjà tué, ils n'hésiteraient sûrement pas à recommencer.

Si…

Mais peut-être qu'ils n'avaient pas tué ce gardien de nuit, après tout.

Ben voyons. Il y avait eu d'un côté un cambriolage, de l'autre un mort, et il n'y aurait aucun lien entre les deux ? Un tueur de passage, hein ?

Les faits s'étaient produits dans le New Hampshire. Apparemment, les malfrats avaient pris la devise de cet Etat — vivre libre ou mourir — au pied de la lettre.

Kat s'étira discrètement, les dents serrées, s'efforçant de se rappeler d'autres détails de ce qu'elle avait lu. En bougeant le bras, elle sentit tout à coup son portable au fond de sa poche. Il était bien inutile pour l'instant mais elle l'en sortit néanmoins. Elle pouvait toujours vérifier si elle avait un message.

Elle étouffa un juron en voyant qu'elle n'en avait pas puis, incrédule, vit l'écran clignoter quelques instants avant de s'éteindre. Alors qu'elle contemplait le maudit engin, la musique s'arrêta et elle entendit les occupants du salon dire qu'ils allaient se rendre au grenier.

Elle se mit précipitamment debout. Quoi qu'elle décide de faire, elle allait devoir le faire vite.

— Prêt ? demanda Scooter à David.

— Oui, répondit David. Frazier, allons chercher ces boîtes.

— Attendez une minute, coupa Quintin. Qu'est-ce qu'il y a d'autre, dans le grenier ?

Skyler s'arrêta de jouer pour se tourner vers lui en lançant :

— Il n'y a pas de fusil caché dans un coin, si c'est ça qui vous inquiète.

Quintin ricana en secouant la tête.

— Une vraie famille d'humanistes, hein ? Les armes n'ont jamais tué personne, les potes. Ce sont les gens qui tuent.

— Merci, je me le rappellerai, fit David.

— J'imagine que vous ne chassez pas ? questionna Quintin.

— Non, je ne chasse pas.

Quintin haussa les épaules, comme s'il suggérait que David n'était pas un homme à part entière.

— Il y a des hommes qui ne ressentent pas le besoin de chasser, intervint Skyler en fixant Quintin. Ni celui de détenir une arme.

Quintin gloussa.

— En tout cas, pour l'instant, moi j'ai une arme, et ça justifie un peu d'attention, n'est-ce pas ?

— Skyler…, fit David d'un ton apaisant.

— J'ai une arme, répéta Quintin en regardant David, et je peux m'en servir quand je veux contre la jolie petite blonde, contre votre femme ou contre vos fils. Ça me donne un grand sentiment d'importance.

— Allons chercher les décorations du sapin, Frazier, fit David les dents serrées.

— Surveille-les, Scooter, ordonna Quintin.

— Arrête de me traiter comme un demeuré, siffla Scooter.

— Tu n'es pas un demeuré, tu es un gamin de trois ans qui veut décorer le sapin de Noël, riposta Quintin.

— Hé, coupa Craig, arrêtez un peu, vous deux. C'est agréable d'avoir un sapin et de la musique, Quintin.

— Ouais, pourquoi on ne fêterait pas Noël ? renchérit Scooter.

Quintin ferma à demi les paupières.

— Très bien. Fêtons Noël.

Il se tourna vers David et enchaîna :

— Attention à ne pas faire d'idioties, une fois là-haut. Ça m'obligerait à descendre votre femme. Elle ou la petite Blondie, là-bas.

Brenda eut un cri étouffé.

— Fermez-la, lui jeta Quintin.

— Ne vous inquiétez pas, dit Skyler à Brenda en passant un bras sur les épaules de la jeune fille, assise à côté d'elle devant le piano.

— Je vais juste redescendre les cartons, fit David, c'est tout.

Scooter, qui avait sorti son revolver, s'en servit pour montrer l'escalier.

— Je monte derrière vous, les gars, dit-il d'un ton à la fois amical et vaguement inquiétant.

David se dirigea vers les marches d'un pas volontairement lourd. Si Kat était encore dans la maison, qu'elle les observait et écoutait ce qui se passait, il fallait la prévenir.

Ne prends surtout pas de risques, Kat, supplia silencieusement David. Tu dois rester vivante.

Il entendit Frazier lui emboîter le pas, suivi de Scooter. Quand ils eurent débouché sur le palier de l'étage, il tira la trappe du grenier pour en déplier l'escalier escamotable et commença à grimper.

— Pas d'entourloupe, hein ? prévint Scooter.

— Non, non, répondit David d'une voix lasse.

De toute façon, il ne voyait pas quelle « entourloupe » aurait pu en l'occurrence sauver sa famille. Surtout avec Quintin, en bas, qui les tenait tous en joue avec son flingue.

Pourtant, une idée lui traversa fugitivement l'esprit. Et s'ils désarmaient Scooter ? Cela donnerait une chance de s'en sortir au moins à Frazier.

Mais alors, il lui faudrait vivre le restant de ses jours en sachant qu'il devait la vie à l'assassinat de sa famille et de la femme qu'il aimait.

— Ne suis pas ton père de trop près, gamin, fit Scooter. Il va te passer les cartons.

— Je suis bien obligé d'être au moins sur l'avant-dernière marche pour les attraper, répondit Frazier.

— Ouais, bon, d'accord. Dépêchez-vous, jeta Scooter, nerveux.

Car il était du genre nerveux, nota David pour s'en souvenir. Il pouvait s'avérer utile de mieux cerner la personnalité des trois malfrats.

Il attrapa un carton plein de boules de Noël et se retourna pour le passer à Frazier. Leurs regards se croisèrent et David comprit que, pour une fois, son fils implorait muettement son aide.

Il lui sourit d'un air volontairement rassurant, comme s'il était certain qu'ils allaient tous sortir de là indemnes.

Frazier hocha la tête. David se mit à énumérer mentalement les atouts de son fils : il était jeune, mince mais de bonne taille, musclé, intuitif. Ils avaient beau ne jamais être d'accord sur rien, il savait que c'était un garçon brillant, solide, à l'esprit créatif. Pour le moment, ils ne pouvaient rien entreprendre. Mais l'occasion se présenterait peut-être, et ils avaient tout intérêt à rester en vie jusque-là.

Rester en vie… et prier pour que leurs ravisseurs finissent par commettre une erreur.

Ils avaient maintenant trois adversaires si l'on comptait Craig, qui était blessé. Mais était-il aussi dangereux que les autres ? C'était difficile à dire. Quel était le degré de gravité de sa blessure, d'ailleurs ? Il fallait le garder à l'œil. Il était arrivé avec les deux autres criminels, mais on sentait entre eux trois une indéniable tension. C'était peut-être ça, la solution : les monter les uns contre les autres.

— Est-ce que Frazier peut descendre le carton ? questionna David à voix haute.

— Que voulez-vous dire ? Vous complotez quelque chose, ou quoi ? répondit Scooter, l'air soupçonneux.

David en aurait presque ri.

— Je ne complote rien et je le regrette. Je demande simplement si vous préférez que Frazier descende seul ce premier carton, puis remonte prendre le suivant, et ainsi de suite, ou si nous allons tous les trois redescendre puis remonter ensemble chaque fois.

Scooter réfléchit en grimaçant, puis se tourna vers Frazier.

— Descends ce carton et remonte illico presto. Toi, ajouta-t-il en montrant David du canon de son arme, tu ne bouges ni pied ni patte jusqu'à ce que le gamin soit revenu. A la moindre manigance, gamin, je taille une boutonnière dans la poitrine de ton vieux père.

— Je n'ai rien à manigancer, malheureusement, fit Frazier.

Quand Frazier arriva en bas, le carton dans les bras, David le sut aussitôt, car lui et Scooter entendirent Quintin se mettre à rugir :

— Scooter !

— Quoi, bordel ? rétorqua Scooter en s'approchant de la rampe.

— Tu as laissé le gamin revenir tout seul ! Tu es malade ? hurla Quintin.

— Je tiens son père en joue, et toi tu pointes ton flingue sur sa mère et sa petite amie, fit Scooter. Il descend simplement le premier carton et il remonte.

David entendit Quintin grommeler. Scooter eut un regard qui faillit le faire sourire.

— Quintin vous mène à la baguette, hein ? lança-t-il.

— Absolument pas, fit Scooter.

— Bien sûr que si.

— Ferme-la. On travaille ensemble, lui et moi. Personne ne me commande.

— D'accord. Vous êtes le mieux placé pour savoir.

— Revoilà le gamin. Va chercher une autre boîte et sors du grenier. On s'arrête là.

— D'accord.

David disparut de nouveau dans les profondeurs du grenier. Frazier escalada l'échelle escamotable presque jusqu'en haut, pour pouvoir lui prendre des mains le dernier carton. David s'avança pour le ramasser et faillit pousser un cri.

Kat était là.

A un mètre de lui, elle poussait sans bruit la boîte dans sa direction, un doigt sur ses lèvres, comme les hommes l'ont fait de tout temps pour imposer le silence.

— Je ne peux pas fuir, dit-elle si bas qu'il l'entendit à peine, et mon portable est déchargé.

Il hocha la tête pour montrer qu'il avait compris et répondit en remuant silencieusement les lèvres :

— Chargeur dans tiroir de ma table de nuit.

— Je t'aime, souffla-t-elle, le cœur serré.

— Moi aussi, je t'aime.

— Pourquoi tu mets tout ce temps-là ? appela Scooter d'en bas.

— J'arrive. Juste le temps de soulever la boîte, répondit David.

Il échangea un long regard avec sa fille, lui sourit pour l'encourager et murmura :

— Fais attention.

Elle opina puis recula dans l'ombre tandis qu'il redescendait l'échelle en passant le carton à Frazier.

— Ça va comme ça, oui ou non ? lança-t-il d'un ton volontairement agacé, pour cacher son soulagement de savoir sa fille vivante.

— Ouais, ça va, répondit Scooter en agitant son revolver. Allez, en bas, maintenant. Votre p'tite maman est en train de jouer « Mon beau sapin », alors allons-y.

5.

C'était complètement fou, se dit Skyler. Ils étaient tous en cercle autour du vieux piano comme l'archétype d'une famille réunie pour Noël, alors qu'en réalité c'était la situation la plus terrifiante qu'elle eût jamais connue. En dépit de cela, peut-être pour se convaincre que ses efforts n'étaient pas inutiles, elle se torturait les méninges pour trouver les chants de Noël les plus gais possibles. Ceux avec du rythme, du genre « Au royaume du Bonhomme hiver ». Pendant ce temps, Jamie choisissait les décorations du sapin et les tendait aux autres. Brenda avait réussi à rassembler son courage et lui prêtait main-forte. Il régnait dans la pièce une atmosphère intime, parfumée par la senteur des bougies préférées de Skyler, à laquelle se mêlait les derniers fumets du dîner.

Rien n'aurait pu mieux évoquer Noël, en tout cas tant qu'elle ne regardait pas Craig qui, assis sur le divan, la fixait, le visage encore très pâle.

Elle avait réussi à maîtriser sa panique, à l'acculer quelque part au fond d'elle-même, comme un spectre hideux qui ne redressait la tête que par périodes, quand elle se sentait de nouveau effondrée par l'horrible réalité qu'ils traversaient.

Tout à coup, son attention fut attirée par un rire sonore. C'était Scooter. Il était en train de décorer le sapin et, visiblement, vivait là un grand moment de son existence.

— Elles sont chouettes, ces boules, dit-il à Jamie. Elles viennent d'Irlande ?

— Non, simplement de chez Macy's, dit Jamie.

— Celle-là aussi ? demanda Scooter en brandissant une boule de verre rouge en forme de goutte.

— Celle-là est ancienne, expliqua Frazier. Elle nous vient de mes grands-parents. Hein, maman, c'est ça ?

— Oui. Elle faisait partie d'un ensemble que mes parents avaient apporté d'Irlande, répondit Skyler entre deux chansons.

Elle prit le temps d'observer Quintin qui les écoutait, une expression indéchiffrable sur le visage. Que se passait-il dans la tête de ce type ? médita-t-elle avant de se demander combien de cantiques de Noël elle connaissait encore.

Elle entama « Cet enfant mystérieux », l'adaptation pour Noël de la chanson « Greensleeves ». Quand elle osa jeter de nouveau un bref coup d'œil vers Quintin, elle vit qu'il avait les yeux mi-clos et, étrangement, semblait paisible.

— Est-ce que vous connaissez des chants irlandais ? demanda-t-il quand elle eut terminé.

— Autant demander à un ours s'il chie dans les bois, lança Jamie. Oh, désolé, m'man.

Elle haussa les épaules. Cette expression n'était pas nouvelle dans la famille et, hélas, elle l'avait sans doute utilisée elle-même, y compris devant les enfants.

— Est-ce que vous voulez encore des chants de Noël, demanda-t-elle à Quintin, ou juste n'importe quel type de chanson ? Jamie pourrait prendre sa guitare.

Elle regarda Frazier et ajouta :

— Et le violon serait bienvenu aussi.

— Ouais, fit Quintin. Je suis d'accord.

Ils le fixèrent tous avec de grands yeux.

— Les instruments des garçons sont là-haut, dans leurs chambres, précisa Skyler.

— Accompagne-les, en les tenant en joue, dit Quintin à Scooter.

— Pourquoi faire ? riposta Scooter. Ces mômes savent bien que s'ils tentent quoi que ce soit, je tire entre les deux yeux de leur maman.

De toute façon, songea Skyler dans un nouvel accès de panique, maman allait recevoir tôt ou tard une balle dans la tête. Il faudrait que David et moi nous nous jetions sur ces types, en espérant que les enfants pourront…

Non. C'était trop tôt. Ils avaient toute la nuit devant eux. Le blizzard et la glace continuaient à tout pétrifier autour de la maison. Cela leur laissait du temps.

— Va avec eux, insistait Quintin à l'intention de Scooter.

Brusquement, Craig ouvrit la bouche :

— Je peux y aller, moi.

Quintin le contempla, la bouche tordue par une étrange grimace.

— Tu n'es pas armé, il me semble, objecta-t-il.

— Scooter pourrait me passer son arme. Ici en bas, vous n'avez pas besoin de deux revolvers à la fois.

— Je ne préfère pas, répliqua Quintin, les yeux rivés sur Craig.

Craig haussa les épaules comme s'il s'en fichait.

— C'est comme tu veux.

Scooter poussa un grognement furibond, puis jeta à Quintin :

— La prochaine fois, c'est toi qui t'y colleras.

— Monte, c'est tout, fit sèchement Quintin.

Scooter se tourna vers Jamie et Frazier.

— Allons-y.

A la surprise de Skyler, quand les trois autres eurent quitté la pièce, Quintin regarda alternativement David, puis elle-même, et reprit :

— C'est vraiment bien agréable, ce truc en famille, avec de la musique.

Puis son regard se durcit et il ajouta :

— Alors, n'essayez pas de me mettre de mauvaise humeur. C'est compris ?

Il se tourna vers Brenda et poursuivit :

— Et vous ? Est-ce que vous jouez d'un instrument ? Ou est-ce que vous êtes juste du genre « sois belle et tais-toi ? »

Skyler mit un bras sur les épaules de la jeune fille et répondit :

— Brenda étudie la médecine.

— Elle va devenir docteur ? fit Quintin en gloussant.

— Et alors, quel est le problème ? riposta Brenda avec une fermeté qui stupéfia Skyler.

— Est-ce que vous êtes assez grande pour arriver à la table d'opération ? questionna Quintin.

— Elle n'a pas besoin d'être grande, il lui suffit d'être intelligente, persifla Skyler.

— Pourquoi ne les laissez-vous pas tranquilles ? intervint David à vois basse, avec une immense dignité qui fit monter les larmes aux yeux de Skyler.

— Je pourrais, c'est vrai, médita Quintin. Sauf que je n'en ai pas envie. Et qu'en plus… j'ai un flingue.

Skyler se leva, ficha les poings sur ses hanches et toisa de haut en bas l'homme qui tentait de détruire sa famille.

— Brenda est en tête de sa classe, dit-elle. Un jour, quand on vous aura tiré dessus et que vous aurez une balle dans le cerveau, ce sera peut-être elle qui vous opérera. Brenda est bien décidée à faire quelque chose de sa vie. On ne peut pas en dire autant de tout le monde ici.

En voyant David se lever, elle comprit qu'elle lui avait fait peur et qu'il redoutait de violentes représailles de la part de Quintin.

— Asseyez-vous tous les deux, dit patiemment Quintin. Je sais, je suis un vieux macho. Si cette gamine est futée, tant mieux pour elle. Vous êtes fiancés, vous et lui ? demanda-t-il à Brenda.

— Non, répondit-elle.

Quintin se tourna vers David.

— Ça ne vous dérange pas qu'ils se mettent en ménage sous votre toit ?

David le dévisagea froidement.

— Si, ça me dérange. Mais j'aime mon fils et je respecte Brenda.

— Bon, mais quand même, ce n'est plus comme quand vous étiez jeune, hein ? reprit Quintin.

— Non, fit brièvement David. Les temps ont changé.

— Ça, c'est sûr, dit Quintin, d'un ton paisible qui dissimulait mal une menace voilée. Les temps changent.

Kat, restée jusque-là en sentinelle sur le palier du premier étage, se redressa prestement et fila sans bruit dès qu'elle vit Scooter et ses frères s'engager dans l'escalier.

Elle fonça dans sa chambre, retira nerveusement le portable du chargeur sur lequel elle l'avait mis et appuya l'oreille contre la porte fermée, le cœur battant, guettant ce qui se passait.

Tout en écoutant, elle appuya frénétiquement sur les touches pour essayer d'envoyer un texto aux services de police. Rien n'indiquait si les messages passaient ou non.

Cela ne changeait pas grand-chose. De toute façon, personne n'aurait pu atteindre la demeure tant que la tempête faisait rage, se dit-elle en collant de nouveau son oreille contre le panneau de la porte.

— Allons, dépêchons, disait Scooter en poussant les deux fils O'Boyle sur le palier. L'autre en bas veut de la fichue musique, alors allons chercher ce fichu violon et qu'on en finisse.

— Vous avez quelque chose contre les violons ? demanda Frazier d'un ton belliqueux.

— Garde ton calme et ne fais pas l'idiot. Tu me fais penser à papa, lui reprocha Jamie.

— Je ne ressemble absolument pas à papa ! protesta Frazier avec feu.

— Ah non ? Alors que tu t'énerves dès que quelqu'un est en retard ? Ce qui est d'ailleurs un comble, parce que tu es toi-même toujours en retard et que tu as le culot de dire que c'est parce que les autres seront en retard de toute façon…

— Dis donc, pour qui te prends-tu ? Depuis que tu as une voiture, une fois sur deux, tu ne viens même pas aux réunions de famille, alors…

— Oui, mais c'est parce que moi je les vois toute la sainte semaine, rappela Jamie. J'habite chez eux.

— Encore heureux. Tu as seize ans ! lui rappela Frazier.

— Au moins, toi, tu as une jumelle. Tu as toujours pu t'appuyer sur Kat. Moi, je suis tout seul pour affronter papa et maman.

— Tu as une jumelle ? demanda Scooter à Frazier d'un ton soupçonneux. Où est-elle ?

Pétrifiée derrière sa porte, Kat retint son souffle.

— Elle a fui, répondit précipitamment Frazier.

— Fui ? répéta Scooter.

— Elle a fui la famille pour Noël. Ce qui est exactement ce que j'aurais dû faire, reprit Frazier.

Ils s'éloignèrent dans le couloir et le son de leur voix s'atténua. Quand elle comprit, au bruit de leurs pas, qu'ils se trouvaient devant la chambre de Frazier, Kat entrebâilla sa porte et jeta un rapide coup d'œil. Ses frères, qui regardaient dans sa direction, écarquillèrent les yeux en l'apercevant. Elle fit un signe de tête auquel ils répondirent d'un imperceptible hochement de menton.

Elle leur montra son portable et fit semblant d'enfoncer les touches, espérant qu'ils comprendraient. Puis ses lèvres articulèrent « je vous aime » et elle rentra dans sa chambre en refermant la porte sans un bruit. Un instant plus tard, elle les entendit qui revenaient dans sa direction.

Brusquement, le portable qu'elle serrait dans sa main fit un bip. Elle se figea sur place.

— Qu'est-ce que c'était ? questionna Scooter.

Elle se rendit compte qu'il était juste de l'autre côté de sa porte.

— Quoi donc ?

— Ce bruit, fit Scooter.

— Quel bruit ? demanda Frazier, feignant l'impatience. C'est une vieille maison. Il y a des grincements partout.

— Je ne te parle pas d'un foutu grincement, rétorqua Scooter. C'était un bip. Revenez en arrière et ouvrez cette porte.

Frazier tenta de gagner du temps.

— Cette porte-là ?

— Tu es idiot, ou quoi ? Oui, cette porte-là, ici. Ouvre-la.

Kat les entendait, bien qu'elle se fût déjà précipitée dans son placard pour s'y cacher le mieux possible. Tapie derrière les vêtements, dans un angle, elle avait déplié une vieille couverture sur sa tête.

— Entrez, ordonna Scooter à Jamie et Frazier.

Le cœur battant, respirant à peine tant chaque inspiration semblait faire un vacarme assourdissant, Kat se recroquevilla le plus loin possible, l'oreille aux aguets.

— N'essayez pas de jouer au plus malin, prévint Scooter.

— Comment pourrait-on ? riposta Jamie.

Kat entendit un bruit sourd. Elle comprit que Scooter s'était mis à genoux pour regarder sous le lit.

— Qu'est-ce que vous cherchez donc ? s'enquit Frazier.

— A qui est cette chambre ? fit Scooter sans répondre à sa question.

— C'est celle de ma sœur, indiqua Jamie. Quand elle se donne la peine de venir.

— Mais cette fois, elle n'est pas venue ? demanda Scooter.

— Vous l'avez vue ? Moi, non, jeta Frazier, faisant semblant d'être agacé.

— Elle est amoureuse, commenta Jamie. Elle est partie avec son petit ami.

— Ah ouais ? dit Scooter, à moitié convaincu seulement.

— Est-ce que vous pourriez vous dépêcher de regarder ? coupa Frazier d'un ton impatient. Votre dingue d'ami est en bas avec ma famille et ma petite amie et si nous ne revenons pas il va commencer à se poser des questions.

— Ouvrez ce placard, répondit Scooter.

Jamie ricana d'un air sarcastique.

— Pourquoi ? Vous croyez que le croquemitaine est caché dedans ?

— Ouvrez-le ! hurla Scooter.

Il était extrêmement tendu, au bord de la crise de nerfs.

Frazier ouvrit le placard.

— Vous voyez, il n'y a rien, jeta Jamie d'un ton las, alors qu'il savait pertinemment que Kat était cachée au fond.

Elle entendit piétiner juste devant elle. Scooter ?

— J'ai bien entendu un bruit, pourtant, grogna-t-il.

— Je pense savoir ce que c'est, dit Jamie. L'un des détecteurs de fumée. Il arrive que les piles lâchent.

— Un détecteur de fumée ? répéta Scooter, sceptique.

— Oui. Regardez, il y en a un ici même. Au plafond.

— J'ai un doute, répliqua Scooter. Fais-le biper encore, gamin.

— Je ne sais pas comment on fait, objecta Jamie.

— Débrouille-toi, jeta Scooter. Mais je veux l'entendre.

Quintin se mit debout, l'arme au poing.

David resta assis en s'efforçant de rester calme, mais l'autre maintenait fermement son revolver et il était clair qu'il savait s'en servir. David aurait parié qu'il avait déjà tiré sur quelqu'un. On le devinait à quelque chose dans son regard, une lueur froide, une absence totale d'émotion.

Quintin aimait qu'on l'amuse, qu'on le distraie. Pour l'instant, ils l'amusaient. David n'osait pas penser à ce qui se passerait quand ce ne serait plus le cas.

Il se rendit compte que Quintin commençait à avoir l'air nerveux. Les trois autres avaient disparu à l'étage depuis maintenant un bon moment.

Craig, sans doute parce qu'il avait perçu la même chose, dit tout à coup :

— Veux-tu que je monte voir ce qui se passe, Quintin ?

Quintin lui décocha un coup d'œil impatient.

— Non.

— De quoi as-tu peur ? Je suis à demi moribond et en plus

je ne suis pas armé. Je vais juste monter voir si Scooter a besoin d'aide.

— Va au pied de l'escalier et hurle un bon coup pour l'appeler, c'est tout, fit Quintin.

Craig se mit debout en hochant la tête.

— O.K. Hé, Scooter ! cria-t-il en se plantant en bas des marches. Qu'est-ce qui se passe ?

— Il joue au con ! cria Jamie depuis l'étage.

David sentit son estomac se contracter. Jamie, je t'en supplie, pour l'amour de Dieu, fais attention à ce que tu dis. Nous jouons un jeu dangereux.

— Dis donc ! protesta Scooter, furibond.

Craig jeta un coup d'œil vers Quintin, qui fronçait les sourcils.

Jamie apparut en haut des marches.

— Il croit que je peux faire biper le détecteur de fumée une deuxième fois, cria-t-il.

Un bip ? songea David. Ils avaient entendu un bip ? Ce devait être le téléphone de Kat. Il ne savait pas s'il devait s'en réjouir ou s'en effrayer.

— Hé, Scooter, redescends, cria Craig.

David s'aperçut qu'il agrippait les barreaux de l'escalier pour rester debout. Il n'avait pas l'air bien, mais son entraînement lui permettait de tenir le coup, malgré sa blessure et les longues heures passées dehors dans une voiture.

Scooter, songea ensuite David, avait pris la défense de Craig, auquel Quintin en revanche ne faisait pas confiance. Il rangea l'information dans un coin de son esprit, au cas où.

Scooter surgit sur le palier, les deux garçons devant lui, et se pencha au-dessus de la rampe.

— Est-ce que les détecteurs de fumée font bip ? demanda-t-il à Quintin.

— Bien sûr qu'ils font bip, coupa David, espérant avoir pris le ton impatient qui convenait.

— Vraiment ? l'interrogea Quintin.

David fronça les sourcils en priant le ciel d'avoir l'air convaincant. Son cœur battait la chamade et il se dit que Quintin n'aurait peut-être même pas besoin de le tuer : il se chargerait tout seul d'avoir une crise cardiaque.

— Les détecteurs de fumée bipent quand il faut changer la pile, reprit-il.

— Alors pourquoi est-ce qu'il ne bipe plus ? insista Scooter.

— Parce que les bips sont espacés, au début, pour donner l'alerte, répondit David.

— Est-ce que vous avez fouillé la pièce ? demanda Quintin à Scooter.

— Bien sûr, fit Scooter.

— Alors ?

— Je n'ai rien vu.

— Dans ce cas, redescendez.

— Tout de suite. Dans une minute.

David déglutit. Est-ce qu'ils risquaient de découvrir Kat ? Est-ce que ce bip…

Est-ce que ça voulait dire que le portable de sa fille *fonctionnait* ?

Il fallait qu'il fasse quelque chose. Il se leva et se dirigea à son tour vers l'escalier.

— Dites donc, où allez-vous comme ça ? jeta Quintin.

— Là-haut.

Quintin secoua la tête de droite à gauche.

— Non. Vous restez ici.

— Ecoutez, je sais d'où vient le problème du détecteur. Je peux montrer le dispositif à Scooter, comme ça vous n'aurez plus besoin de vous inquiéter.

— Je l'accompagne, fit Craig.

— Une minute. Vous êtes tous sourds, ou vous êtes idiots ? Je vous ai ordonné de rester en bas, glapit Quintin.

David se força à se rasseoir lentement, puis tourna la tête vers Skyler. Elle avait l'air effrayé et fixa sur lui des yeux agrandis. Il pria le ciel pour que Quintin ne s'aperçoive de rien.

Skyler avait elle aussi compris qu'ils ne devaient pas se trahir. Elle détourna le regard et fit courir ses doigts sur le clavier.

— Allons, faites vite, là-haut, lança-t-elle. C'est le moment d'écouter un peu de musique celtique.

— Oh, Danny boy, écoute le son des cornemuses…, commença oncle Paddy.

Scooter fouillait de nouveau la chambre. Du fond de son placard, Kat le devinait rien qu'à l'entendre.

— Allez, venez, supplia Jamie d'une voix qui trahissait son angoisse. Vous n'avez pas entendu ? Votre copain devient menaçant.

— Devient ? répéta Scooter d'un ton distrait. Non, il est comme d'habitude. Quintin est toujours menaçant.

— Alors sortons d'ici.

— Je veux savoir ce que j'ai entendu biper.

— Vous croyez qu'on cache une bombe à retardement ? riposta Frazier.

— C'était quelque chose de pas normal, insista Scooter.

— Je vous en supplie, intervint Jamie. Redescendons.

Kat se força à rester parfaitement immobile. Les battements de son cœur résonnaient si fort à ses oreilles qu'elle espérait de toutes ses forces que personne d'autre ne pouvait les entendre.

Le parquet craqua sous les pas de Scooter. Au bout de quelques secondes qui parurent durer des siècles, la porte du placard s'ouvrit de nouveau et le malfrat se mit à déplacer sur leur tringle les cintres chargés de vêtements.

D'une seconde à l'autre, il allait surprendre Kat. Et signer leur arrêt de mort à tous.

Kat devina qu'il tâtonnait au-dessus d'elle et que sa main s'approchait de la couverture sous laquelle elle se cachait. Elle sentit qu'il palpait puis agrippait le tissu entre ses doigts. Puis, au même instant, un cri s'éleva et la maison tout entière fut plongée dans l'obscurité.

Cette fois, c'était la panne générale.

6.

— Sale temps, cette nuit, dit le sergent Sheila Polanski en se frottant les mains dans une vaine tentative pour les réchauffer.

Le courant électrique, dans les bureaux du shérif, avait sauté depuis longtemps. Ils étaient passés sans trop de problèmes sur le générateur d'urgence, mais comme il fonctionnait sur les deniers de l'Etat et du contribuable — comme tout le reste —, il ne permettait pas de chauffer grand-chose.

Et penser qu'on surnommait le Massachusetts « Taxachusetts »…

Elle adorait son Etat natal et utilisait elle aussi l'expression. Mais en l'occurrence, le budget qu'on leur allouait, dans leur campagne perdue, était bien maigre, surtout pour le chauffage. Le village était petit, la région était sans histoires, et du coup on pensait qu'ils pouvaient se débrouiller avec trois fois rien.

Une seule personne, ce soir, était sous ses ordres et de permanence avec elle : Tim Graystone. Il devait la « chance » de devoir bosser le soir de Noël au fait qu'il venait juste d'arriver dans le service. C'était un bleu, dans le métier depuis seulement un mois. Pour autant, son inexpérience n'avait pas d'importance. Non seulement la région était très peu peuplée, mais elle se situait bien trop à l'est de l'Etat pour souffrir des mêmes avatars que les stations de ski voisines, où le nombre de touristes attirait les voleurs, et bien trop à l'ouest pour connaître les mêmes problèmes que Springfield, qui comptait beaucoup plus d'habitants.

Cela dit, Sheila l'avait appris à ses dépens durant ses vingt ans de métier, tout pouvait arriver. Trois ans plus tôt, Barry Higgins, pourtant aussi pacifique que ses concitoyens la plupart du temps, s'était enivré et avait tiré sur le centre social, tuant son propre pasteur par la même occasion. En 1995, Arthur Duggan avait assassiné sa femme. Un triste fait divers, auquel tout le monde, hélas, s'était attendu. Avec dévouement, les représentants des services sociaux s'étaient relayés pour inciter la malheureuse à porter plainte contre son mari et même le quitter. Ils lui avaient répété inlassablement que, sinon, il finirait par la tuer et c'était ce qui s'était passé.

Ces deux événements étaient cependant les deux seuls crimes de sang qu'elle ait eu à gérer. Même si ses équipes étaient réduites au minimum, il était donc fort peu probable que le jeune Tim rencontre le moindre problème durant la nuit. Le téléphone et l'électricité étaient coupés, la tempête faisait rage. Ils n'avaient pas grand-chose d'autre à faire que de rester le derrière sur leur chaise en se lamentant de la météo.

Tim eut un grand sourire. C'était un beau garçon qui venait tout juste d'avoir vingt-sept ans. En dépit d'un problème familial, il avait pu finir ses études au lycée et à l'école de police avant d'être nommé chez eux, sous les ordres du shérif Edward Ford. Au total, douze officiers seulement travaillaient dans le comté, six dans l'équipe de jour, six dans l'équipe de nuit. Ils étaient d'ailleurs largement interchangeables. Edward, le patron, seul officier dûment élu, se chargeait généralement des corvées et assurait la période de Noël, mais il venait juste de se remarier et la nouvelle Mme Ford, à quarante ans, avait jugé bon de procréer. Edward et son épouse attendaient donc à cette heure-là dans l'une des nombreuses antennes déconcentrées de l'hôpital universitaire du Massachusetts, prêts à accueillir un nouveau petit Ford.

Résultat, ce soir, Sheila travaillait en tandem avec Tim. Elle savait qu'il était entré dans la police locale parce qu'en revenant du service militaire il avait trouvé son père en train de mourir d'un problème cardiaque. Sa mère se retrouvait seule pour élever sa jeune sœur. Tim avait donc décidé de rester sur place pour aider financièrement sa mère et, aussi, guider sa sœur durant son adolescence. Sheila ne se liait pas avec n'importe qui mais elle aimait bien Tim.

Si elle avait pu avoir des enfants, elle aurait aimé qu'ils lui ressemblent. Mais elle n'en avait pas eu et c'était pour cela que son mari était parti.

Après s'être levée pour arpenter la pièce en long et en large, en essayant de se réchauffer, elle se rassit. Tim, bien qu'il eût connu des températures plus clémentes durant ses études, plus au sud, ne semblait pas souffrir du froid. Assis sur une chaise, les jambes posées sur le bureau, il croisait les mains derrière la tête.

— Alors, tu commences à trouver des petites amies dans le coin ? le taquina Sheila.

Il haussa les épaules.

— Quelques-unes. Et toi ?

— Et moi, quoi ? demanda Sheila.

— Quand vas-tu te remarier ?

— Regarde-moi, Tim. J'ai soixante-deux ans et j'ai l'air d'un balai à franges. Maigre comme un clou avec des cheveux gris et ébouriffés.

— Tu as de superbes yeux bleus, répondit-il.

Puis il la menaça du doigt et ajouta :

— Nous finissons à 6 heures. Tu pourras prendre quelques heures de sommeil mais après, tu te débrouilles pour sortir du lit et venir chez nous. Maman sait cuire la dinde comme une fée.

— Je verrai. J'espère que tu n'as pas prévu toute une bande de vieux aigris à me présenter, hein ?

— Non ! D'ailleurs, je ne te demande pas non plus d'amener qui que ce soit pour moi. On te propose juste un bon déjeuner de Noël.

Sheila haussa à son tour les épaules.

— Tu viendras ? insista-t-il.

— O.K., fit-elle.

Au même instant, elle fit un bond, surprise. Tim venait de poser les pieds par terre avec un claquement sec et se penchait en avant, les yeux rivés à l'écran de l'ordinateur.

— Que se passe-t-il ? questionna-t-elle.
— Regarde, répondit-il.
Les numéros d'urgence de la police, quand l'électricité provenait du générateur, arrivaient directement sur l'écran, par un système de fortune qui leur permettait de recevoir des appels, mais pas d'en émettre et ni même de répondre. Ils contemplèrent l'écran où venait de s'afficher un texto provenant d'un portable.
A l'aide. Urgence. 225 Ormes.
— Deux cent vingt cinq route des Ormes, dit Tim.
— C'est la maison des O'Boyle. Ils viennent toujours de Boston passer les vacances. Il n'y a pas intérêt à ce que ce soit un nouvel appel bidon comme celui que leur fiston nous avait envoyé l'an dernier.
Tim tourna les yeux vers elle.
— On peut peut-être attendre…
— Attendre d'être sûrs ? Pas question. Couvre-toi, gamin. Le devoir nous appelle.
— D'accord, dit Tim à contre-cœur. Mais comment allons-nous nous rendre jusque-là ?
Au même instant, l'ordinateur tinta et un message, vocal cette fois, se fit entendre. Dans les haut-parleurs bas de gamme, la voix semblait métallique, mais ils devinèrent l'anxiété qui animait l'interlocuteur, Ethan Hudson. Il leur demandait d'aller voir si son père allait bien. Le vieillard était resté tard à sa boutique et n'était toujours pas revenu chez eux.
— Le pauvre s'est probablement retrouvé bloqué dans une congère, commenta Sheila. Il nous faut trouver le moyen d'y passer. Heureusement, c'est dans la même direction.

Après le cri, il y eut un silence si complet, si impressionnant, que Kat eut presque la sensation d'en sentir le goût sur sa langue, comme quelque chose de métallique.
C'était le moment. L'occasion qu'ils attendaient.
Ses frères le comprirent. Elle entendit Scooter crier pendant qu'on

se jetait sur lui, et de longues minutes s'écoulèrent, ponctuées de piétinements et de grognements.

Puis le générateur se mit en route.

Kat se rendit compte que l'instant qui lui avait paru interminable n'avait duré en réalité que quelques secondes. Elle maudit le générateur qu'ils avaient pourtant supplié leur père d'acheter, tout en se disant qu'elle ignorait totalement ce qui se serait passé s'il n'en avait pas eu.

Elle était toujours au fond de son placard quand une faible lueur, provenant de couloir, lui permit d'apercevoir Scooter, allongé par terre, immobilisé par Frazier et Jamie, l'un à califourchon, l'autre sur les pieds du voyou.

Un hématome, sur le visage de Frazier, virait au noir, mais l'allure de Scooter, avec sa lèvre fendue, ne valait guère mieux. Le revolver avait glissé un peu plus loin.

Jamie plongea et l'attrapa avant que Scooter n'ait pu bouger.

— Attention avec ça, Jamie, prévint Frazier.

Jamie brandit l'arme, pâle comme un fantôme.

Frazier se leva prestement. Scooter, méfiant, resta immobile, fixant nerveusement le revolver.

— Tu ne sauras même pas t'en servir, gamin, jeta-t-il.

— Je pense que je vais viser et appuyer sur la gâchette, tout bonnement, dit Jamie.

Frazier s'était approché de lui.

— Donne-moi ça, Jamie.

Jamie tendit l'arme à son frère sans un mot.

— Levez-vous, ordonna Frazier en remettant le cran de sûreté. Lentement. Je n'ai pas l'intention de vous tuer.

— Ah non ? Pourquoi pas ? répondit calmement Scooter.

Trop calmement, songea Kat. Est-ce que ça lui était égal de mourir ? Son instinct de survie n'allait-il pas reprendre le dessus ?

— Nous allons redescendre sans nous presser, tranquillement. Vous passez devant. Et pas d'entourloupe, fit Frazier.

— O.K., dit Scooter en se dirigeant vers la porte.

Kat avait décidé de bondir hors du placard au moment où ils

passeraient mais Frazier, d'un signe de tête, lui intima de ne pas bouger. Elle obéit et les regarda quitter la pièce avant de sortir sans bruit de sa cachette.

Elle se félicitait de la prudence de son frère lorsqu'un deuxième cri perça l'air, suivi d'un coup de feu assourdissant.

L'obscurité, aussi soudaine que complète, prit Skyler par surprise. Elle hurla, bondit sur ses pieds puis se pétrifia, terrifiée à l'idée de trébucher sur quelque chose si elle avançait. Au même instant, elle étouffa un nouveau cri. Des piétinements et des coups sourds se faisaient entendre à l'étage.

La lumière revint à l'improviste tandis que le générateur se mettait en route.

Tout le temps où ils étaient restés dans le noir, tandis qu'elle-même se figeait de peur sur place, tout le monde en avait profité pour bouger. Paddy brandissait sa canne, prêt à l'abattre avec force. Un seul détail clochait : il s'était trompé de cible, abusé par les déplacements, et c'était elle qu'il menaçait. Elle cria de nouveau et, au même instant, se rendit compte que David avait bondi sur Quintin.

Mais Craig s'était interposé. Pour défendre Quintin ? Ou bien…

Grands Dieux, est-ce que Craig, par hasard, n'avait pas lui-même essayé de bondir sur Quintin ?

Elle n'eut pas le temps de réfléchir à la question. A peine l'écho de son hurlement s'éteignait-il qu'éclatait à leurs tympans le bruit retentissant du revolver de Quintin qui, simultanément, frappait Craig de sa main libre, le propulsant sur le canapé. David poussa un cri rauque.

Quintin leva son arme et la braqua sur Skyler, une lueur glaçante dans le regard.

— Remets-toi au piano, la mère. Toi, le vieux, tu te rassois. Même chose pour les autres : on s'assied. Si je tire de nouveau, ce sera directement sur quelqu'un, cette fois, et pas en l'air. Et je ne rate jamais ma cible.

Il pivota pour faire face à Craig.

— Toi, tu n'es qu'un fils de pute, dit-il. Je ferais peut-être mieux d'en finir tout de suite avec toi. Tu ne vaux rien.

David intervint avant que Quintin ne puisse tirer.

— Bonne idée, lança-t-il d'un ton sarcastique. Tuez-le. Il m'a empêché de vous flanquer un coup de poing.

Quintin resta immobile un moment, puis baissa son arme.

— Ça va, Craig. Tu sers peut-être à quelque chose, finalement. Mais je t'ai à l'œil, je te préviens.

Une seconde plus tard, il s'était rapproché de Skyler. Elle sentit le métal froid du canon contre ses côtes.

— Scooter, ramène-toi ici tout de suite ! hurla-t-il.

— Le môme me menace avec le flingue ! rugit Scooter en guise de réponse.

— Moi, j'ai le mien enfoncé dans les côtes de sa mère, rétorqua Quintin, un vilain sourire lui tordant le visage. J'ai déjà tué, gamin, et je n'ai rien à perdre. Si tu essaies de tirer sur Scooter ou sur moi, je descends ta mère. Rends immédiatement cette arme à Scooter et redescendez.

— Non, Frazier ! cria Skyler. Tue-les tous les deux !

Puis David fonça impulsivement vers elle, pour la protéger, et elle poussa un nouveau cri de frayeur.

Aussi vif que l'éclair, sans bouger d'un centimètre l'arme qu'il braquait sur elle, Quintin détendit le bras, faucha David et le projeta si violemment contre le mur que Skyler eut l'impression d'entendre le crâne de son mari se fendre sous l'impact. David s'effondra au sol.

— Papa ! s'exclama Frazier, paniqué, alors qu'ils arrivaient avec Jamie dans le salon, en poussant Scooter devant eux.

— Il n'est pas mort, gamin. Mais ta mère, elle, va bientôt y passer, jeta Quintin.

— Non ! Je vous en supplie ! implora Frazier.

Il posa par terre le revolver qu'il tenait. Scooter fit aussitôt volte-face, ramassa l'arme, puis expédia un violent coup de poing dans la mâchoire de Frazier.

Skyler vit son fils chanceler. Elle s'arracha à l'emprise de Quintin, se fichant complètement de savoir s'il risquait de lui tirer dessus.

— Ne touchez pas à mon fils ! rugit-elle en se précipitant sur Scooter, qu'elle fit trébucher à reculons.

Puis elle se tourna vers Quintin, le défiant du regard. Il n'avait pas intérêt à l'arrêter !

— David ? murmura-t-elle.

Il poussa un gémissement sourd.

— Je vais l'aider à se relever, proposa Craig, joignant le geste à la parole.

David était grand et costaud, et Craig n'était pas au mieux de sa forme, mais il parvint sous les yeux de Skyler à soulever le blessé, à le porter jusqu'au canapé et à l'y allonger à la place qu'il avait lui-même occupée.

— Parfait, parfait, parfait, jeta Quintin. Maintenant, on reprend les choses en main. On reste calme. Serein. Détendu. Je pense que nous avons tous besoin de boire quelque chose de chaud. Un petit irish-coffee devrait nous remettre les idées en place.

Skyler, la gorge nouée, s'efforça de ne pas penser à la possible gravité de l'état de son mari.

— Très bien, acquiesça-t-elle en se dirigeant vers la cuisine.

— Non, non, non. Pas vous, vous êtes trop dangereuse. Vous venez de le prouver avec l'autre imbécile.

— Hé, dis donc ! protesta Scooter.

— C'était peut-être intelligent, de te laisser berner par deux gamins ? rétorqua Quintin.

Scooter s'empourpra et parut furieux, comme s'il s'apprêtait à rosser de nouveau l'un des garçons, se dit Skyler en remarquant que Frazier se massait encore la mâchoire.

— Nous allons tous aller dans la cuisine, enchaîna Quintin.

— Et mon mari ? demanda Skyler d'un ton inquiet.

Quintin contempla David, qui n'avait pas encore repris conscience.

— Je le surveillerai, dit Craig à Quintin. Tu peux me faire confiance, je viens de te sauver la peau. D'ailleurs, comme tu ne cesses de le rappeler, tu es armé. Je ne risque pas de tenter grand-chose ici tout seul avec un morib… avec un type inconscient, non ?

— Entendu. Les autres, allons-y, répondit Quintin.

La pièce sentait encore la cordite, pensa Skyler en reprenant le chemin de la cuisine.

— Allons, venez, les garçons, dit-elle à voix haute. Et toi, Jamie, inutile d'espérer avoir autre chose que du cacao. Même chose pour toi, oncle Paddy.

Kat, de nouveau debout sur le palier silencieux, tremblait de tous ses membres.

Que diable s'était-il passé ? Ses frères avaient maîtrisé Scooter, pourtant. La situation aurait dû tourner en leur faveur, mais au lieu de cela…

Ce salaud de Quintin ! Elle se prit à regretter amèrement que le Massachusetts n'ait pas la peine de mort. Elle aurait volontiers passé elle-même la corde au cou de ce type.

Elle avala sa salive, réfléchissant à toute allure. *Et maintenant ?*

Ils avaient tous disparu dans la cuisine où sa mère s'apprêtait à faire de l'irish-coffee, sauf pour son père et Craig, restés dans le salon.

Craig…

Elle s'approcha à pas de loup de la rampe, pour mieux voir, en s'efforçant de se fermer à toute émotion. Il avait les cheveux trop longs et son visage paraissait plus mince. Emacié, même, comme s'il avait enduré beaucoup de choses ces trois dernières années. Si c'était le cas, il l'avait bien mérité.

Comment le prince charmant avait-il pu se transformer en minable vaurien ?

Elle se rendit compte qu'il était en train de parler à David. Elle tendit l'oreille mais le sens de ses paroles lui échappait. En revanche, une chose au moins était sûre : son père avait repris conscience, car elle l'entendait répondre.

Craig se leva et se dirigea vers la cuisine.

— Attendez, murmura David d'une voix rauque.

Craig s'immobilisa.

— Oui ?

— Merci, chuchota David.

Merci ?

Pourquoi donc son père remerciait-il l'un des intrus qui les avaient pris en otage dans leur propre demeure ?

Craig s'approcha de la porte qui donnait sur la cuisine.

— Qu'est-ce que tu fiches ? jeta Quintin en le voyant pousser le battant.

— Le père reprend conscience. Je veux lui mettre de la glace sur la tête, répondit Craig.

Puis la porte se referma derrière lui et Kat n'entendit plus rien.

Elle hésita. Ils étaient tous dans la cuisine, à part son père. Combien de temps allaient-ils y rester ?

Puis, brusquement, elle s'en ficha.

Elle dévala sans bruit l'escalier et se précipita au chevet de son père.

— Papa ? murmura-t-elle.

— File, ma chérie, file.

— J'ai peur pour toi, papa.

— Ça va, ma chérie. J'espérais que tu serais déjà loin d'ici, fit-il d'un ton désespéré.

Autrement dit, il aurait préféré qu'elle ne risque pas de mourir elle aussi, comprit-elle.

— Le… le blizzard fait rage, papa.

Il eut un sourire triste.

— Je sais. Remonte vite à l'étage.

— J'ai envoyé un texto à la police et je pense qu'il est bien passé. Alors, tenez le coup, d'accord ?

— Nous tenons le coup.

Ils entendirent tous les deux quelqu'un pousser la porte à battant.

— Allez, file !

— J'y vais.

Elle fonça vers l'escalier, regrimpa jusqu'à son poste d'observation et regarda Craig s'approcher de son père, un sac plein de glaçons à la main.

Comment était-ce possible ? se demanda-t-elle de nouveau. Comment passait-on d'un être charmant, au sourire irrésistible, amateur de mauvais jeux de mots, à… à ça ?

Est-ce que tu connais celle du cow-boy qui rentre dans un bar ? Il commande huit whiskies, il les boit, puis sept whiskies, il les boit aussi, puis six, et ainsi de suite…

Et alors ?

A la fin, il dit : c'est drôle, moins je bois, plus je suis soûl.

Ils avaient éclaté de rire tous les deux, puis elle s'était retrouvée dans ses bras, et se rappelait encore la façon dont il avait caressé son corps, la sensation de ses doigts sur sa chair nue…

Quintin avait l'air de beaucoup apprécier son irish-coffee.

— Délicieux, dit-il à Skyler en souriant de toutes ses dents, comme s'il avait été un hôte bienvenu au lieu d'un monstre qui tenait en joue toute la famille.

— Heureuse que ça vous plaise, répondit-elle sèchement. Puis-je aller retrouver mon mari, maintenant ?

— Il va très bien. Le jeunot s'occupe de lui. C'est que ça a un cœur, ces petits-là.

Dans la bouche de Quintin, ce n'était pas un compliment.

— Et alors ? C'est un crime ? riposta-t-elle.

— Ça lui vaudra de se faire tuer, intervint sèchement Scooter.

Assis à la table, il avait avalé son verre d'une lampée, sans cesser de surveiller les deux fils O'Boyle d'un air morose.

— Vous en voulez un autre ? demanda Skyler à Quintin.

— Vous essayez de me faire boire ? questionna-t-il.

— Ce n'est pas l'irish-coffee qui vous rendra soûl, jeta-t-elle.

Quintin haussa les épaules.

— O.K. Faites-m'en un autre.

Elle se mit debout en demandant :

— Pouvez-vous ouvrir la porte et demander à votre ami comment va mon mari ?

— Scooter, vas-y, ordonna Quintin.

— Je ne suis pas ta bonne, protesta Scooter.

— Non. Tu n'es qu'un crétin qui a failli nous faire tuer, souligna Quintin.

Scooter jeta un regard furibond à la ronde mais se leva tout de même pour aller vers la porte en jetant :

— Moi aussi, j'en veux un autre.

— Entendu, dit Skyler, songeant qu'il valait mieux ménager Scooter pour l'instant.

Quintin était certes très dangereux, mais une fois poussé dans ses retranchements Scooter devait s'avérer tout aussi effrayant.

— Merci pour mon mari, ajouta-t-elle.

— De rien, répondit-il avant d'ouvrir la porte pour lancer : hé, Craig !

— Oui ?

— Comment va O'Boyle ?

— Il est revenu à lui et ça a l'air d'aller.

Skyler prépara ses boissons en s'efforçant de dissimuler son soulagement.

— Je peux avoir un autre chocolat chaud, maman ? demanda Jamie.

— Puis-je avoir…, corrigea-t-elle.

— Tu peux en avoir autant que tu veux, plaisanta-t-il. C'est toi le chef.

— Jamie…

— O.K., O.K., *puis-je*, s'il te plaît ?

— Oui, bien sûr. Quelqu'un d'autre en veut ? demanda-t-elle en se retournant.

— Pour ma part, j'en prendrais un deuxième avec plaisir, répondit Paddy.

— Moi aussi, merci, fit Frazier.

Brenda, après la bravoure dont elle avait fait preuve un peu plus tôt, semblait perdue dans un rêve intérieur, le regard vague. Puis, à la grande surprise de Skyler, elle cligna des yeux, regarda Frazier comme pour rassembler son courage, et se mit debout.

— Est-ce que je peux aller examiner M. Boyle ? Je me prépare à une carrière de médecin, comme je vous l'ai dit.

Quintin s'enfonça sur son siège, l'air très amusé.

— C'est ma foi vrai. Seulement, bien que je n'aie pas fait d'études, je peux vous dire une chose : il a pris un coup sur la tête, mais il s'en sortira sans dommage. Il risque juste d'avoir un peu la migraine pendant quelque temps.

— Je voudrais vérifier, répondit Brenda en se dirigeant vers la porte.

— Attendez une minute, objecta Scooter.

— Laisse-la passer, intima Quintin.

— Mais c'est toi qui dis tout le temps que...

— Elle mesure un mètre trente, O'Boyle est encore sonné et Craig est avec lui, répondit Quintin.

Scooter, toujours debout, prit l'irish-coffee que tendait Skyler.

— Eh bien, moi aussi, je vais dans le salon, dit-il à Quintin. Il n'y a que nous deux qui soyons armés.

Avec un regard courroucé vers Jamie, il ajouta :

— Et ce sont ceux à l'air innocent qui causent le plus d'ennui.

Quand il fut sorti, Jamie regarda Quintin en haussant les épaules.

— Ce n'est pas de ma faute s'il est idiot, fit-il.

Quintin se pencha en avant.

— O.K., ce n'est pas de ta faute. Mais à la prochaine tentative de ce genre, je descends ta mère. Ce qui serait dommage étant donné que nous avons prévu de déguster une bonne dinde demain, hein ?

Skyler plaça un irish-coffee devant lui puis revint à la desserte, prépara les autres boissons et posa les tasses devant Paddy et ses fils.

Elle se rendit compte que Paddy fixait Quintin comme s'il le jaugeait, et qu'il l'observait en fait depuis le tout début, depuis qu'ils avaient fait effraction dans leur maison… et dans leurs vies.

— Je vais voir comment va David, annonça-t-elle d'un ton qui ne supportait pas la contradiction.

Quintin leva son verre dans sa direction.

— Allez-y. Ensuite, nous discuterons des arrangements de couchage pour la nuit.

— Quoi ?

— Vous devez prendre du repos pour pouvoir cuisiner cette dinde, demain, dit-il gaiement. Et comme nous allons tous camper dans le salon, il va nous falloir des couvertures et des oreillers.

Elle le regarda d'un air absent et il se mit à rire.

— Vous pensiez peut-être que tout votre petit monde allait retrouver ses lits douillets, ce soir ? Allons, allons, madame O'Boyle. Nous allons au contraire tous rester ensemble comme une chouette grande famille.

Il sourit comme si une idée venait de lui traverser l'esprit et enchaîna :

— En plus, je n'ai toujours pas entendu de musique celtique. Or ça irait très bien avec l'irish-coffee, vous ne trouvez pas ?

Il se leva, le sourire toujours aux lèvres, et conclut :

— Un irish-coffee et une soirée-pyjama. Voilà une parfaite veillée de Noël.

7.

— Dieu merci, ça a l'air de se calmer, dit Sheila à Tim tandis qu'ils examinaient les motoneiges du service, à demi enterrées sous des congères bien qu'elles fussent garées sous un auvent, derrière les bureaux.

— Dégageons-les, ajouta-t-elle.

Une chouette grande famille, en train de préparer une soirée-pyjama une veille de Noël, songea Craig en observant les festivités factices qui se déroulaient sous ses yeux.

Quintin était fou, en fait. Complètement psychotique. De toute évidence, il savourait la situation. Il manipulait ces gens, leur faisait jouer une sinistre parodie de ce qu'aurait dû être leur soirée, tout en leur laissant croire que s'ils se comportaient exactement comme il l'ordonnait ils auraient la vie sauve. Mais ce n'était pas vrai. Dès qu'il serait prêt à partir, il les abattrait.

Cela dit, quel autre choix avaient-ils que de s'exécuter, en priant le ciel pour qu'un grain de sable, à un moment donné, permette au moins à certains d'entre eux de s'enfuir ?

Il n'en revenait toujours pas de ne pas s'être trahi au moment où l'électricité avait sauté. Lorsqu'il s'était interposé, ce n'était pas pour sauver Quintin, mais au contraire pour lui sauter à la gorge, et normalement, Quintin aurait dû s'en rendre compte.

Sauf que David O'Boyle lui avait sauvé la mise, à lui, Craig. En disant exactement ce qu'il fallait.

Pourquoi ?

Ils ne s'étaient pourtant jamais rencontrés. Quand sa relation avec Kat avait volé en éclats, ils n'en étaient pas encore au stade des présentations à la famille et Kat ne l'avait jamais amené chez ses parents. Pourtant, David semblait percevoir que Craig n'avait nulle intention de les tuer, et s'efforcerait même de leur venir en aide, le moment venu.

Cela supposerait d'ailleurs qu'ils s'emparent des deux revolvers avant que le sang ne soit versé. Pour l'instant…

Kat, au moins, était encore en sécurité quelque part dans la maison. Il espérait de toutes ses forces qu'elle resterait cachée.

Dieu, qu'il l'aimait… Il l'aimait toujours. Il ne l'avait pas vue depuis presque trois ans, mais elle n'avait pas changé, en tout cas pas en apparence. A l'intérieur, bien sûr… elle était plus forte. On avait l'impression qu'elle n'avait plus la moindre trace de naïveté. Ou même de confiance.

Et c'était de sa faute.

— Bravo, fit Quintin quand les O'Boyle chantèrent les dernières notes d'une version de « Douce nuit » digne de passer sur une scène.

A cet instant, Craig qui relevait machinalement la tête aperçut Kat, sur le palier de l'étage. Elle contemplait la scène, les larmes aux yeux.

Leurs regards se croisèrent brièvement, puis elle se rendit compte qu'elle s'exposait dangereusement et disparut.

— Dis donc, qu'est-ce que tu regardes ? demanda Quintin.

Craig tourna la tête vers lui et répondit d'un ton calme :

— Rien. Je me demandais où sont les toilettes.

— J'ai très mal à la mâchoire, se plaignit fermement Frazier. Peut-on arrêter de chanter un moment ?

— Pourquoi ne jouerions-nous pas à un jeu ? suggéra Jamie.

— Un jeu ? répéta Quintin, d'un ton où perçait toujours cette sinistre nuance amusée. C'est ça, distrayez-moi.

Le pire, médita Craig, était que c'était bien parce qu'ils l'avaient distrait jusque-là qu'ils étaient toujours en vie. Sans oublier bien sûr le fait qu'il neigeait encore et que Quintin comptait bien manger de la dinde le lendemain.

— Un jeu, fit Craig à voix haute, mais lequel ?

— Un Trivial Pursuit. On pourrait se mettre par équipes, dit Jamie.

— Personne ne remonte là-haut chercher quoi que ce soit, coupa Quintin.

— La boîte est sous la table basse, dit Skyler.

— Alors entendu, sortez-la, dit Quintin.

Craig risqua un nouveau coup d'œil vers l'escalier. Kat était invisible. Il adressa au ciel une muette prière de remerciements.

La tempête de neige n'était pas terminée mais elle était beaucoup moins violente.

Kat avait beaucoup réfléchi. En fait, les façons de riposter ne manquaient pas. Seulement, comme l'avait dit fort justement Quintin, la prochaine fois que quelqu'un passerait à l'attaque, il y aurait des morts.

Debout dans la cave, près d'une fenêtre, elle évaluait ses chances de partir chercher des secours.

C'était en fait assez simple. En sortant, elle risquait de mourir de froid, mais elle devait tout de même tenter le coup. Car si elle restait cachée à l'intérieur, ils n'avaient aucune issue. Le grand atout de Quintin, sans oublier bien sûr ses deux revolvers, c'était qu'il se fichait totalement que ses acolytes puissent mourir, alors que du côté des O'Boyle ils étaient prêts à donner leur vie les uns pour les autres.

Car c'était vrai. Aussi névrotique que soit leur fonctionnement familial, dès qu'un danger quelconque se profilait, ils étaient toujours prêts à voler au secours des autres. Et puis, est-ce que toutes les familles n'étaient pas un peu névrotiques, tout compte fait ?

Elle se secoua.

Il n'y avait qu'un seul moyen de s'en sortir : mettre Quintin hors d'état de nuire.

Craig ne leur ferait pas de mal. Il était peut-être sorti des clous, il était peut-être devenu un voyou, mais elle ne pouvait croire un seul instant qu'il soit capable de nuire à sa famille.

A moins que… qu'elle ne s'abuse elle-même ? Car il ne l'avait pas aimée. Il l'avait dit clairement.

Quelque chose s'était produit dans la vie de Craig, quelque chose de très grave. Mais aussi grave que cela fût, il n'irait pas jusqu'à tuer. Ni elle, ni quelqu'un de sa famille. Elle ne pouvait pas le croire. Si jamais elle commençait à mettre cela en doute, elle perdrait tout son courage et c'en serait fichu de leurs chances de survie.

Le problème, c'était Scooter. Il était plus faible, plus malléable que Quintin. Mais il était armé, et cela seul le rendait dangereux.

Elle hésitait, prise de panique. Terrifiée à l'idée de faire le mauvais choix.

Puis elle carra les épaules. Il n'y avait en fait qu'un seul moyen de sauver sa famille : désarmer les deux malfrats. Et pour y parvenir, elle devait réussir à aller jusqu'au bureau du shérif, en espérant qu'il y aurait quelqu'un de permanence.

Et si elle se faisait prendre en essayant de fuir ?

C'en était fait d'elle.

Il ne fallait pas qu'elle meure.

Mais si elle restait sur place, à attendre sans bouger qu'on massacre sa famille…

Cela ne vaudrait plus la peine d'être en vie.

Elle noua son écharpe plus étroitement autour de son cou et poussa le battant de la fenêtre pour l'ouvrir.

David regarda Skyler en se forçant à sourire pour la rassurer.

Sale tour que leur jouait le destin, se dit-il. Il était censé être l'homme de la maison, protéger sa famille. Or il avait lamentablement échoué, c'était clair, non ?

Cela dit, ce n'était pas ce que lui renvoyait le regard de sa femme. C'était inattendu, et le rendait d'autant plus amer, mais c'était vrai : elle n'avait pas l'air de lui reprocher quoi que ce soit. Ils avaient passé des semaines à se disputer à propos des fêtes de Noël. Depuis des années, elle se lamentait du travail que cela lui donnait de tout organiser à la campagne et, pour une fois il s'était rendu à ses arguments et avait dit qu'il acceptait de rester à Boston. Mais elle avait tenu à partir tout de même...

Avec, comme argument, qu'elle voulait toute la famille autour d'elle. A Boston, les enfants seraient sûrement venus déjeuner, bien sûr, mais ils auraient bien trouvé le moyen, les uns ou les autres, d'arriver en retard ou de partir très tôt. Ils se seraient chamaillés, disputés, et à 5 ou 6 heures de l'après-midi ils auraient tous fini par partir. Même Jamie qui, ces temps-ci, préférait passer ses journées avec ses amis qu'avec sa famille.

Est-ce qu'on pouvait vraiment forcer une famille à se rassembler ? Est-ce que ses enfants avaient vraiment eu envie de venir à la campagne ? Est-ce que Skyler et lui-même se comprenaient encore, après toutes ces années passées à s'opposer sur tout et rien ?

Et malgré cela...

Elle le regardait comme elle ne l'avait pas fait depuis très, très longtemps. Avec une immense compassion, une immense tendresse dans les yeux. Et même... un message. Comme si elle essayait de lui dire qu'ils s'étaient bien débrouillés, tout du long, et qu'elle l'aimait... quoi qu'il puisse arriver.

Il essaya de faire passer une réponse dans son propre regard. De lui faire comprendre qu'ils allaient *vraiment* trouver le moyen de survivre à ce cauchemar.

D'autant qu'il était sûr d'une chose et qu'il savait que Skyler avait la même conviction : ils sauveraient la vie de leurs enfants, quoi qu'il dût leur en coûter.

Tout comme ils savaient que Kat, leur espoir caché face aux intrus, était toujours dans la maison.

David ramena son attention à la partie de Trivial en essayant de masquer le dégoût que lui inspirait cette atroce caricature de scène familiale que leur imposait Quintin.

Brusquement, ce dernier bondit sur ses pieds.

— J'ai entendu du bruit, jeta-t-il, tout le corps crispé.
— Oui, celui que nous faisons, fit Craig en fronçant les sourcils.
— Non. Je parle de dehors, répondit Quintin. Il y a quelqu'un dehors.

Le vent soufflait toujours, et la neige tombait sans répit, mais ce diable de Tim avait réussi à dégager les motoneiges et à les faire fonctionner.

Sheila, si emmitouflée qu'elle ne se serait sans doute pas reconnue elle-même, prit place sur sa moto, mit les gaz et démarra, Tim dans son sillage.

Des véhicules abandonnés par leur conducteur gisaient sur les bas-côtés. Ils les vérifièrent un par un, soulagés de n'y trouver aucun cadavre frigorifié. Ils reprirent leur route, grimpant une colline, redescendant vers la vallée, sous une pleine lune qui chatoyait par intermittence entre les épais nuages noirs amoncelés dans le ciel nocturne. Puis Sheila distingua la silhouette d'un petit bâtiment, sur le côté de la route, et devina immédiatement où ils se trouvaient.

Elle avait toujours connu cette bâtisse, très ancienne, avec son enseigne où on lisait « Hudson & Fils, Beaux-Arts, Antiquités, Objets rares et Bijoux. »

— Regarde, cria-t-elle à Tim dans le micro de sa radio, voilà le magasin des Hudson.
— Allons voir.

Tim était déjà descendu de sa motoneige et se dirigeait vers la maison.

Elle le suivit, le bout du nez si glacé qu'elle craignait qu'il n'eût gelé. Elle n'osait imaginer la tête qu'elle aurait s'il fallait le lui couper. Ce ne serait pas beau à voir.

Quand ils arrivèrent devant la porte, elle était à moitié bloquée par la neige. Il en fallait plus pour arrêter Tim. Il retourna en courant vers sa motoneige et revint chargé d'une pelle qu'il avait prit la précaution d'emporter.

— Excellent réflexe, gamin, complimenta Sheila.

Tim se mit à déblayer. Pendant ce temps, elle examina les alentours et, tout à coup, son sang se figea.

— Regarde ça, fit-elle en tendant le doigt vers l'arrière de la maison.

Il obéit et tous deux contemplèrent en silence l'énorme vieille Cadillac de Lionel Hudson, toujours garée à sa place, lentement recouverte par la neige.

— Il n'est pas parti, commenta Sheila. Il est dans la maison.

Tim redoubla d'efforts avec sa pelle. Dès qu'il eut suffisamment dégagé le seuil, il appuya sur la poignée de la porte. Elle céda sans effort : ce n'était pas fermé. Luttant contre la bise, il tira pour ouvrir le battant.

Ils sortirent tous les deux leur arme, échangèrent un long regard tendu, puis Sheila fit un signe de tête. Les revolvers ne serviraient probablement à rien, se dit-elle. Quel que soit le méfait qui ait pu être commis dans la maison, ses auteurs avaient sûrement déjà pris la fuite.

Ils pénétrèrent néanmoins dans les lieux avec prudence, en mesurant leurs gestes.

Seuls le silence et l'obscurité les accueillirent. Tim brandit sa torche et balaya d'un jet de lumière l'intérieur de la boutique.

— Lionel ? appela Sheila.

Ses paroles se perdirent dans le vide.

Elle alluma sa propre torche et fit le tour du comptoir. Lionel n'était nulle part.

Tim se dirigea vers l'arrière-boutique. Soudain, Sheila l'entendit étouffer un cri.

— Sheila ?

— Tim ?

Elle le rejoignit et s'agenouilla à ses côtés en faisant craquer ses articulations.

— C'est du sang, Sheila, dit Tim.

Le cœur de Sheila fit un bond dans sa poitrine.

— Tu penses qu'ils l'ont pris en otage ? enchaîna Tim.

Elle secoua négativement la tête.

— Où peut-il être, alors ?

Elle dévisagea un long moment son jeune collègue, puis se releva, courut à l'extérieur sans plus se soucier de l'obscurité, du vent et de l'épaisse couche de neige et se fraya un chemin jusqu'à la vieille Cadillac.

— Sheila, arrête, cria Tim qui s'était lancé à sa poursuite.

— Mais je…

— Il y a du sang sur la neige, reprit-il à voix basse. Laisse-moi aller voir.

— Il y a des années que je suis flic, riposta-t-elle. J'ai en vu d'autres.

— Mais c'était un de tes amis.

C'était.

Sheila déglutit.

— Aide-moi, fit-elle.

Ils se mirent à enlever à la main la neige qui recouvrait la voiture puis secouèrent la portière pour l'ouvrir. Quand ils y parvinrent, Sheila projeta le jet de sa torche vers le siège arrière.

— Mon Dieu ! souffla Tim.

8.

Quintin intima à Scooter de garder tout le monde à l'œil, puis se dirigea vers la porte d'entrée et l'ouvrit. Une bourrasque glacée s'abattit sur les assistants comme une tonne de briques.

— Merde, Quintin, qu'est-ce qui se passe ? gémit Scooter.

— J'ai entendu quelque chose.

— Ce doit être les tourbillons de vent qui soulèvent des trucs, dit Frazier.

Quintin lui jeta un coup d'œil courroucé, puis ramena son regard vers l'obscurité du dehors.

On ne voyait pas grand-chose. La neige tombait trop dru.

David s'éclaircit la gorge.

— Si vous voulez que le générateur continue à fonctionner toute la nuit, et… aussi pour le déjeuner de demain, mieux vaut ne pas trop faire baisser la température. J'imagine que vous n'avez pas envie que le chauffage s'arrête ? suggéra-t-il avec bon sens.

Mais Quintin ne l'écoutait pas.

— Il y a quelqu'un dehors, répéta-t-il.

Brusquement, il fit volte-face et pointa son arme sur le petit groupe.

— Craig, Scooter… mettez vos manteaux.

— Tu plaisantes, j'espère ! se lamenta Scooter.

— Pas le moins du monde, répondit Quintin en montrant Skyler du menton d'un air entendu.

— Qu'est-ce que ça peut me faire que tu lui tires dessus ? grommela Scooter.

— Et qu'est-ce que ça peut te faire de passer ta vie en prison ?

rétorqua Quintin. En tout cas, M. Craig-au-bon-cœur n'y tient pas, lui.

Scooter se dirigea vers le dressing en jurant. Craig l'imita et, tout en boutonnant son manteau, se tourna vers Quintin pour demander :

— Qu'est-ce qu'on est censés chercher ?

— La personne qui est dans les parages, fit Quintin.

— Comment pouvez-vous penser qu'il y a quelqu'un dehors ? N'importe qui serait déjà mort de froid, souligna David.

Quintin le toisa d'un air froid, puis se tourna vers Skyler.

— Approche, la mère. Tout de suite.

David banda ses muscles, prêt à bondir.

— Je vous ai prévenus. Au premier geste de trop, je la descends, fit Quintin à voix très basse.

— Relax, tout le monde. Tout va bien, dit Skyler en se dirigeant vers Quintin.

Il la serra contre lui, l'enlaçant d'un bras. Le geste n'avait rien de tendre : dans le même temps, il pointait le canon de son arme sur sa joue.

— Sortez, tous les deux, jeta-t-il d'une voix sans timbre. Et si l'un ou l'autre joue au mariole, je fais sauter la moitié de la cervelle à la p'tite mère ici présente. Compris ?

Craig suivit Scooter jusqu'à la porte, en se remémorant que Scooter, lui aussi, était armé.

— Regarde-moi cette fichue neige, marmonna Scooter. Qu'est-ce qu'il veut donc qu'on fasse ?

Craig haussa les épaules.

— Déjà, fraye-toi un chemin, répondit-il, le cœur battant la chamade.

Kat était forcément quelque part par là. La couche de neige était si épaisse qu'elle n'aurait sûrement pas réussi à dissimuler ses traces, forcément profondes dans le matelas neigeux qui cernait la maison. Et si Scooter trouvait Kat…

— Ecoute, enchaîna-t-il, restons dehors juste allez longtemps pour convaincre Quintin qu'on a vraiment fouillé. Merde, Scooter, David a raison. Personne ne peut survivre, dans ce froid.

Il lui semblait qu'ils suivaient l'allée qui menait en bas de la pente, mais n'en était pas sûr. La bise soufflait encore avec force, des flocons tombaient toujours, et le tout combiné à l'épaisseur de la neige déjà accumulée brouillait presque complètement les repères.

— Ecoute ! dit soudain Scooter.

— Quoi donc ?

— Un moteur.

— Tu entends un moteur ? s'enquit Craig, feignant l'étonnement.

Mais il l'avait entendu lui aussi.

L'engin, cependant, ne venait pas vers la maison. Il était assez éloigné et seul le vent, en apportant l'écho, donnait l'impression que le son était proche.

— Qui cela peut-il bien être ? demanda Scooter, tendu.

Craig haussa les épaules.

— En tout cas, ce n'est pas tout près, laissa-t-il tomber comme s'il venait tout juste de percevoir lui aussi quelque chose.

— Tu es sûr ? fit Scooter en le dévisageant.

C'était Scooter qui avait insisté pour prendre Craig comme associé, se rappela l'intéressé, et contrairement à Quintin, Scooter lui faisait confiance. C'était une donnée qui pouvait s'avérer utile.

— Ecoute, Scooter, fit-il calmement, c'est probablement juste une voiture de pompiers, ou une ambulance, quelque chose de ce genre. Personne n'est en train de venir ici. Il n'y aurait d'ailleurs aucune raison.

— Notre voiture est en bas de la pente.

— Mais elle est complètement couverte de neige, maintenant. Personne ne peut la voir.

Scooter, immobile, leva les yeux vers la lune qui apparaissait par éclipses dans les interstices de l'épaisse couche nuageuse. Des flocons tombaient sur son visage émacié, s'accrochaient à ses cils. Au bout d'un moment, il sourit.

— Ce soir, je ne veux pas de contrariétés, dit-il enfin.

— Je suis d'accord. A l'intérieur, il fait chaud, douillet, et la nourriture est bonne.

— Ça me plaît bien, de fêter Noël, répondit Scooter. Je ne le fêtais jamais, quand j'étais gamin. Je n'ai jamais su qui était mon père, et quand à ma mère… elle buvait. Et avec les hommes… elle préférait acheter un cadeau au premier connard qu'elle espérait épouser plutôt qu'à son môme.

Il tourna la tête vers Craig et poursuivit :

— Mais ces types-là, aucun ne restait jamais, et du coup elle a tellement bu qu'elle a fini par crever. Alors, je n'ai jamais eu de Noël avant de m'en occuper moi-même. Cinq ans après que la vieille soit morte, je me suis faufilé dans un grand magasin. J'ai piqué un sapin et plein de décorations. Mais je me suis fais prendre et j'étais déjà assez grand pour aller en taule. Depuis, j'ai plus jamais fêté Noël. Et toi, gamin ?

— Moi ?

— Est-ce que tu as connu ton père ?

— Oh oui, je l'ai connu.

— Et ta mère ?

Craig haussa les épaules et détourna le regard.

— Elle est morte jeune.

— Parce qu'elle buvait trop ?

— Non.

— Alors…

Craig fit volte-face.

— Ecoute, moi aussi, je veux un vrai Noël. Je veux manger de la dinde demain et je pense que même ce vieux Quintin a envie d'y goûter. Tout ce que nous avons à faire, c'est maintenir le calme et ne pas le faire sortir de ses gonds. On ne peut pas continuer à le voir brandir son flingue dès qu'il entend un bruit.

— D'accord, mais… qu'est-ce qu'il peut bien y avoir chez toi qui lui déplaît ? s'enquit Scooter en le dévisageant.

— Je veux bien être pendu si je le sais, répondit Craig en haussant les épaules.

Intérieurement, cependant, la situation le rendait malade.

J'ai essayé de l'empêcher de tuer ce vieil homme, songea-t-il. Et peut-être qu'après tout Quintin ne l'avait pas tué. Peut-être…

Non. Quintin avait bel et bien tué le vieillard. Craig le savait. Comme il savait qu'il avait échoué. Bon Dieu, il avait échoué.

Il n'avait plus droit à l'erreur, maintenant. Il fallait qu'il trouve le moyen de désarmer les deux autres, de les amener à se bagarrer entre eux, en évitant qu'ils s'en prennent aux O'Boyle.

Scooter se retourna brusquement.

— Hé, j'entends quelque chose par là ! s'écria-t-il.

Il s'avança, piétinant dans la neige, l'arme au poing. Tout en jurant de dépit dans sa barbe, Craig le suivit.

Puis il aperçut la courte piste, creusée dans la neige, qui partait de la fenêtre de la cave, et son cœur se serra douloureusement.

Kat.

Il accéléra le pas malgré les congères, réussit à passer devant Scooter, puis, en dépit du bruit du vent, il entendit à son tour la jeune femme. Devina ses halètements désespérés tandis qu'elle essayait de courir à travers un monumental amoncellement neigeux.

Il entendit ensuite un coup de feu, suivi du léger bruit de succion de la balle qui s'enfonçait dans le sol humide, à travers l'amas de neige.

— Stop ! hurla-t-il à Scooter.

— Il y a quelqu'un… il y a quelqu'un !

Une autre balle cisailla l'air nocturne.

— Arrête de tirer ! hurla Craig à Scooter. Tu vas me descendre sans le faire exprès.

Il fallait absolument qu'il rejoigne Kat le premier. Il redoubla d'efforts, mais elle était jeune et vigoureuse.

En outre, elle luttait pour sa survie.

Il accéléra encore, s'autorisant tout juste une grimace de douleur quand il heurta une souche cachée par la neige et se tordit la cheville.

Une troisième balle explosa tout près de Kat, qui poussa un cri étouffé.

— Scooter, espère de crétin, arrête ! hurla Craig.

Kat était juste devant lui. Il bondit dans un effort surhumain et l'attrapa par les épaules. Ils s'affalèrent et roulèrent dans la neige, face contre terre. Kat hurla, se débattit, mais il avait plus de force qu'elle.

Il la retourna sur le dos. Elle le reconnut et, de stupeur, écarquilla les yeux.

— Cesse de te débattre, je t'en supplie, chuchota-t-il.

— Tu aurais pu me laisser fuir !

— Tu ne comprends donc pas ? Il t'aurait abattue. Si je ne t'avais pas rattrapée, il t'aurait tout simplement descendue, répondit-il à voix basse.

Elle resta immobile un moment, son regard rivé au sien. Puis elle lui cracha au visage.

Il sentit sa gorge se contracter. Scooter allait arriver à leur hauteur. Il ne lui restait que très peu de temps pour parler.

— Au nom du ciel, si tu veux sauver la vie de ta famille, te sauver toi-même, fais semblant de ne pas me connaître. Tu ne m'as jamais vu auparavant. Et arrête de résister.

Elle l'incendia du regard. Ses yeux verts scintillaient comme des gemmes dans la pénombre. Des flocons se posaient délicatement sur ses joues et sa chevelure acajou s'étalait sur la neige comme des braises sombres.

Comme du sang. Du sang sur la neige.

— Salaud ! marmonna-t-elle entre ses dents.

Il déglutit de nouveau, hocha la tête, puis Scooter arriva et il dut garder le silence.

— On dirait que Quintin n'est pas si bête que ça, après tout, hein ? fit Scooter. Regardez-moi ça. Sur qui avons-nous donc mis la main ?

Il s'accroupit, un rictus aux lèvres.

Craig n'aimait pas du tout ce sourire. Il l'apprécia encore moins quand Scooter tendit la main pour frôler la joue de Kat.

Kat cracha de nouveau.

— Espèce de…, pantela Scooter, levant le bras pour la frapper.

Craig lui attrapa le bras.

Scooter se tourna vers lui, l'air soudain méfiant.

— Arrête. C'est Noël, tu te rappelles ? dit Craig. Allons, Scooter, essayons de passer la nuit sans incident.

Apparemment, l'argument fit mouche. Scooter hocha la tête.

— Ne t'avise pas de recommencer, fillette, dit-il à Kat. Parce que Noël ou pas Noël, la prochaine fois, je cogne.

Il se releva et enchaîna :

— Amenons-la à l'intérieur. Quintin décidera ce qu'il veut en faire.

Craig acquiesça tout en aidant Kat, pas particulièrement coopérative, à se mettre debout.

— Qu'est-ce que vous fichez donc, là-dehors ? cria Quintin depuis le porche.

— On a trouvé une fille ! répondit Scooter à tue-tête. Elle est déchaînée. Je pense que c'est la jumelle de l'aîné des garçons.

— Eh bien, dites à la déchaînée de se calmer vite fait, sinon sa mère y passe.

Craig vit Kat voûter les épaules. Un profond désespoir, mêlé d'impuissance, assombrit ses magnifiques yeux d'émeraude.

— Allons-y, fit-il brièvement.

Il tremblait intérieurement et se demandait avec angoisse ce que la nuit leur réservait. Comme si la vision des cheveux de Kat, étalés sur la neige, avait eu quelque chose de prémonitoire.

Du sang sur la neige…

Lionel Hudson avait été abattu d'une seule balle entre les deux yeux.

Sheila sentit des larmes rentrées lui picoter les paupières. Toute sa vie, Lionel s'était comporté dignement, humainement, se montrant toujours prêt à aider son prochain. Et maintenant, il était mort.

Exécuté.

L'idée la rendait folle de rage. Elle ne sentait même plus le frôlement des flocons sur ses joues, ni la morsure du froid à travers ses vêtements.

Tim glissa un bras sur ses épaules.

— Sheila…

— Oui ?

— Tu m'as dit qu'il avait un cancer.

— Oui.

Tim prit une profonde inspiration.

— J'ai vu des gens mourir de cancer. Ça peut être long et très douloureux.

Elle leva vers lui un regard noir.

— Et alors ? Tu trouves qu'une balle, ça vaut mieux ?

— Non. J'essaie simplement de te dire qu'il ne souffre plus, maintenant.

Elle avala sa salive en secouant la tête. Il ne souffrait plus… Une vague d'angoisse mêlée d'amertume la traversa, la faisant presque ricaner.

— Sheila ?

— Oui ?

— Quel que soit l'auteur de ce crime, il est forcément encore dans le coin.

Elle opina en silence, encore sous le choc.

— L'autre message que nous avons reçu ne venait pas de très loin, non ?

Elle hocha de nouveau la tête.

— Je pense que c'est là-bas que le tueur s'est réfugié.

Opinant encore, elle répondit :

— Nous avons besoin d'une aide sérieuse. Du genre des brigades d'intervention de Springfield.

— Impossible avec ce temps. Nous ne pouvons compter que l'un sur l'autre.

— Tim, si l'homme qui a tué Lionel…

— A mon avis, ils sont deux, et peut-être même trois. Il a fallu traîner Lionel jusqu'ici… je ne pense pas qu'un homme seul y serait parvenu.

— D'accord. Eh bien, si ces hommes sont chez les O'Boyle… nous devons être très prudents. Ils ont déjà tué une fois. Ils n'hésiteront pas à recommencer.

— Peut-être même que…, fit Tim en détournant les yeux.

Elle fronça les sourcils et sentit ses jambes flageoler.

— … que les O'Boyle sont déjà morts ? acheva-t-elle à sa place.

Il haussa les épaules d'un air las, incapable de croiser son regard.

— De toute façon, nous devons y aller sans perdre une seconde, répondit-il.

— Et une fois sur place ?

— Nous aviserons en fonction de ce que nous trouvons.

Quintin était tellement fou de rage que Craig était terrifié. Il n'avait jamais eu aussi peur de sa vie.

Quand ils étaient entrés dans la maison, Quintin avait dévisagé Kat avec colère, mais ne l'avait pas touchée. C'était David qu'il avait violemment frappé, d'un revers brutal. Skyler avait poussé un cri de protestation, mais c'était vers sa fille qu'elle s'était précipitée, pour la prendre dans ses bras.

Puis tout le monde s'était mis à gesticuler.

Mon Dieu, ça y est, songea Craig. Ils vont se mettre à tirer et il va y avoir un bain de sang.

— Attendez ! cria-t-il en faisant un pas en avant.

David, tout aussi résolu que lui à éviter un massacre, lançait au même moment :

— Arrêtez tous… que tout le monde se calme. S'il vous plaît.

— Vous saviez qu'elle était dehors ! fit Quintin en faisant courir un regard accusateur d'abord sur David, puis sur tout le reste de la famille. Vous le saviez tous !

Frazier répliqua d'un ton glacial :

— Nous pensions surtout qu'avec cette tempête, elle était déjà morte.

Quintin arpentait nerveusement le hall en agitant son arme dans tous les sens.

— J'ai essayé d'être gentil. J'ai vraiment essayé. Mais vous êtes complètement bouchés, tous autant que vous êtes. Je vais être obligé d'en tuer un.

— Non ! hurla Skyler.

— Voyons, Quintin, si tu descends l'un d'eux, on ne pourra pas fêter Noël, argumenta Craig.

— Oui, Quintin, renchérit Scooter. Calme-toi. Nous avons rattrapé la fille, après tout. Et même si on ne l'avait pas trouvée, où voulais-tu qu'elle aille, avec ce temps ? Allez, ce n'est rien de plus grave.

Il sourit même à Kat, comme si elle était censée lui témoigner de la reconnaissance, ou le trouver sympathique parce qu'il cherchait à gagner du temps. Craig se força à rester coi.

— Vous n'êtes qu'une bande de menteurs, lança Quintin en pointant son arme sur David. De sales menteurs.

Craig regarda rapidement autour de lui, priant le ciel pour que personne ne bouge. Il ne fallait pas déclencher une tragédie. La tension qui régnait était palpable.

— Quintin, je t'en prie, fit-il. Nous avons la fille, c'est l'essentiel.

— C'est Craig qui l'a fait prisonnière, précisa Scooter.

Quintin jeta un coup d'œil vers Craig qui soutint son regard sans ciller.

— Je vous en prie, murmura Skyler en s'approchant de Quintin. Kat est notre seul autre enfant, je vous le promets. Personne d'autre ne sait que vous êtes ici. Et je sais que vous êtes assez intelligent pour comprendre que nous ayons essayé de la cacher. N'est-ce-pas ?

— En plus, cette fille n'a pas tenté de nous agresser, ni rien, renchérit Craig. Elle voulait juste s'enfuir.

Il y eut un silence.

Un silence pesant.

La tension s'accentua. L'atmosphère était à couper au couteau.

Comment réagir si Quintin commençait à tirer ? se demanda Craig. Se jeter sur lui pour essayer de le désarmer, au risque de se faire descendre ? En espérant que quelqu'un d'autre, en même temps, neutralise Scooter avant qu'il n'y ait d'autres victimes ?

— Moi, j'ai besoin d'un verre, annonça tout à coup Paddy d'un ton ferme.

— Entendu, répondit Skyler, blanche comme la neige, les traits aussi tirés que les cordes de son piano. Je vous en prie, essayons tous de nous calmer. Il est tard, mais nous… nous avons passé une bonne journée. Nous avons bien mangé, nous avons fait de la musique, joué à un jeu… Et demain, c'est… c'est Noël. La neige s'arrêtera de tomber, les routes vont redevenir praticables et vous pourrez vous enfuir. En attendant… prenons tous un verre.

Paddy pivota sur les talons et se dirigea vers la cuisine.

— Attends un peu, Mickey ! hurla Quintin.

Paddy se tourna vers lui, les sourcils levés.

— Personne ne se rend tout seul dans la cuisine, grogna Quintin.

Sans lui prêter attention, Paddy lui tourna le dos et reprit sa marche.

Craig surprit le regard de Paddy et se rendit compte qu'il jouait la comédie. Quoique mort de peur, le vieil homme cherchait à gagner du temps.

— L'idée de prendre un verre me plaît assez, Quintin, fit Craig à haute voix. Je pense que j'ai encore de la fièvre et il ne faisait vraiment pas chaud, là-dehors. J'ai besoin d'une boisson chaude.

— Bien, laissa tomber Quintin après un long silence. Nous allons prendre un verre. Mais d'abord, je veux ligoter le père.

La mâchoire de David se contracta, mais il ne bougea pas.

— Où y a-t-il de la corde, dans cette baraque ? demanda Quintin à Frazier.

— Papa, tu sais où il y a de la corde ?

— Des criminels même pas fichus d'avoir une corde, bonjour, marmonna Jamie, en archétype de l'adolescent sarcastique.

Scooter ne put s'empêcher de pouffer. Quintin lui jeta un regard venimeux.

— Vous tenez en otage ma femme, ma fille, mes fils, une jeune fille innocente qui se trouve être mon hôte et l'oncle de ma femme. En quoi pensez-vous que je puisse vous nuire ? remarqua David d'une voix non seulement épuisée mais aussi défaite.

Tout en parlant, il fixait sur Craig un regard déçu et méfiant.

Rien d'étonnant, se dit Craig. Après tout, c'est lui qui avait rattrapé Kat, comme l'avait souligné Scooter. Il était important que Quintin le sache et lui fasse de nouveau confiance. Son opinion comptait plus que celle de David.

— Que tout le monde passe dans la cuisine, ordonna Quintin. Même vous, papa. Merde, jura-t-il sans s'excuser, il y a forcément une corde quelque part ! Il est hors de question qu'on s'installe pour une petite nuit confortable avant d'en avoir trouvé.

Skyler, nota Craig, avait l'air fermement résolue à ne pas lâcher sa fille d'une semelle. Elle avait glissé son bras sous le sien et la serra contre elle pour franchir la porte.

— Donne-moi ta parka, elle est trempée, dit-elle à Kat.

Comme si une parka trempée avait une quelconque importance dans une maison aux prises avec deux hommes armés, songea-t-il amèrement.

Kat retira néanmoins le vêtement mouillé.

— Tu pourrais me faire un whiskey chaud, maman ? demanda-t-elle.

— Bien sûr. Il fait un froid à attraper la mort, répondit Skyler.

Ses derniers mots résonnèrent étrangement.

Toujours aussi crispée, pâle comme un linge, elle s'approcha du fourneau. Craig observa son visage tandis qu'elle soulevait la bouilloire, faisait trois pas jusqu'à l'évier, emplissait la bouilloire.

Il devinait aisément ses pensées : elle n'avait qu'une envie, c'était que l'eau soit bouillante pour pouvoir la lui jeter à la figure.

Il garda prudemment ses distances.

— Il n'y avait pas de chaise pour vous quand nous sommes arrivés, alors je suppose que vous n'étiez pas invitée, hein ? dit Scooter à Kat. Pourquoi ? Vous avez été vilaine ?

Il adoptait un ton de flirt maladroit que Craig trouvait très inquiétant.

— Nous avions mal compté, expliqua Jamie.

— Vous avez mal compté et nous, on n'a pas de corde. Tout le monde a tout faux, commenta Scooter.

— On n'a pas tout faux, jeta Quintin. On ne s'attendait tout simplement pas à se retrouver toute une bande pendant si longtemps.

C'était une menace, et tout le monde le comprit.

Le comportement de Quintin commençait à frôler la folie. L'arrivée de Kat O'Boyle le perturbait considérablement, songea Craig.

— J'ai eu très froid aussi. J'aimerais également un whiskey chaud, s'il vous plaît, demanda-t-il pour détendre l'atmosphère.

Skyler lui jeta un regard sans pitié.

Bon sang, est-ce qu'aucun d'eux ne comprenait que s'il n'avait pas agrippé Kat, Scooter l'aurait tuée ?

Ou alors, ils comprenaient, mais ne pouvaient s'empêcher d'ériger un mur de mépris entre eux et tous ceux qui n'étaient pas de leur bord.

— Dites donc, il est minuit moins le quart, dit Scooter. Dans un quart d'heure, c'est Noël.

— Kat… tu n'es pas blessée ? s'enquit doucement Brenda.

— Non, je n'ai rien. Juste froid. Merci, Brenda.

— Brenda est superbonne au Trivial Pursuit, indiqua Jamie comme un cheveu sur la soupe.

Comme un cheveu sur la soupe ? En fait, non, comprit Craig. Jamie essayait lui aussi d'apaiser la tension qui régnait, de reprendre au point où ils en étaient restés avant que Kat ne soit retrouvée. Quand la situation était plus calme, plus gérable.

— Cela ne m'étonne pas. Elle a toujours les meilleures notes, n'est-ce pas ? commenta Kat en souriant à Brenda avant de jeter un coup d'œil à Frazier.

— Mais je ne sais pas chanter, même pas « Yankee Doodle », objecta Brenda.

Cette délicate jeune femme blonde révélait une force d'âme insoupçonnée. Pendant des heures, elle avait paru tétanisée de peur. Mais maintenant…

Elle s'avérait peut-être l'un de ceux qui avaient le plus de sang-froid.

— Pourriez-vous nous offrir quelques-uns des biscuits que vous avez faits, madame O'Boyle ? demandait-elle maintenant.

Quintin fit un pas en avant.

— Assis, tout le monde.

— Je vois mal comment je pourrai préparer des boissons et servir des biscuits si je m'assois, riposta Skyler.

— Inutile de faire la maligne. Préparez à boire, c'est tout, répondit-il, mais il semblait s'être imperceptiblement détendu.

— Est-ce que je peux servir les biscuits ? proposa Kat.

Quintin se renfrogna, l'air dur.

— Vous n'allez pas manger des biscuits, en plus !

— Ecoutez, je ne suis pas complètement idiote, vous savez ? répondit Kat. Je suis sûre qu'à ma place vous vous seriez caché aussi.

Il la dévisagea, puis opina.

— Exact, et j'aurais réussi à m'enfuir. Maintenant, tout le monde s'assoit. On oublie les biscuits.

Ils prirent place autour de la table. Skyler prépara et tendit les whiskeys chauds.

— Ne m'oublie pas dans la distribution, dit Jamie.

Sa mère s'immobilisa, hésitante.

— Donne-lui en un. Ça l'aidera peut-être à dormir, avant que… avant l'arrivée du Père Noël, dit David d'un ton bref.

— Des cadeaux! s'écria Scooter d'un air excité.
Il regarda Quintin d'un drôle d'air et enchaîna :
— Sauf qu'on n'habite pas ici.
— Nous avons toujours des cadeaux en réserve, lui dit Skyler.
Scooter sourit largement. Tout le monde se mit à déguster sa boisson. L'atmosphère se détendit, momentanément diluée dans le parfum odorant du whiskey chaud.
Puis la sonnette de l'entrée retentit et, instantanément, la tension devint de nouveau palpable.

9.

Skyler se retint pour ne pas hurler.

Kat s'en rendit compte et la supplia intérieurement : *Non, non, maman, ne crie pas ! Sinon, nous risquons une tragédie !*

Quintin sauta sur ses pieds comme s'il était monté sur ressort, l'arme au poing, et les visa tous l'un après l'autre. Puis il fixa David.

— Qui donc vient de sonner ?

— Je n'en ai aucune idée, répondit David.

— Tout comme vous n'aviez aucune idée que votre fille était dehors en train de s'enfuir, c'est ça ?

— Je jure devant Dieu que j'ignore qui a sonné, dit calmement David. Nous n'avons invité personne et, en outre, il est très tard. A mon avis, mieux vaut ne pas ouvrir.

— Il a raison. Laisse sonner, intervint Craig.

Mais Quintin secoua la tête.

— Ce sont les flics.

— A tous les coups, approuva Scooter en plissant le front.

Quintin tourna vers Kat un regard accusateur, furibond.

— Qu'est-ce que vous avez manigancé ?

— Rien. Qu'auriez-vous voulu que je fasse ? répondit-elle, avec un effort surhumain pour soutenir son regard, pour parler d'une voix calme, apaisante. Aucun téléphone ne fonctionne, Quintin. Vous l'avez sûrement remarqué.

— Nous prenez-vous pour des magiciens ? renchérit David. C'est une petite ville, ici. Tout le monde sait que nous sommes venus passer Noël. Il s'agit probablement d'un voisin voulant s'assurer que nous n'avons pas souffert de la tempête.

— Je vous dis que ce sont les flics, insista Quintin, sans quitter Kat du regard.

— Si ce sont eux, ils sont probablement en train de vérifier toutes les maisons pas trop bloquées par la neige, fit Kat en soutenant toujours le regard de Quintin d'un air parfaitement innocent. Le bureau du shérif n'est qu'à quelques kilomètres d'ici. Ils ont dû voir nos fenêtres éclairées.

Son cœur battait à tout rompre. Que se passerait-il si les officiers se forçaient un passage en expliquant qu'ils avaient reçu son texto ? S'ils surgissaient l'arme au poing ?

On sonna de nouveau. La tension était à son comble. Kat avala sa salive, se détourna légèrement, pria mentalement pour que rien ne la trahisse. Car les deux malfrats avaient raison : ce ne pouvait être que les flics. Et quand ils entreraient…

Elle jeta un coup d'œil vers sa mère. D'un autre côté, les flics ne prendraient peut-être pas au sérieux un appel au secours émanant de chez les O'Boyle, vu ce qu'avait fait Jamie l'année passée.

Qu'est-ce qui serait le pire ? Des flics convaincus qu'on les menait en bateau, arrivant les mains dans les poches ? Ou des flics ayant pris le texto au sérieux et résolus à tirer ?

Peut-être ni l'un ni l'autre. Peut-être qu'il y avait un Dieu.

Il fallait trouver le moyen de faire comprendre aux policiers qu'ils étaient pris en otage.

Quintin tendit le doigt vers Skyler.

— Toi, viens ici. Scooter, tu rassembles les autres avec Craig et vous allez tous ouvrir la porte. Sauf toi, gamin, précisa-t-il en montrant Jamie. Tu restes avec moi aussi. Les autres, vous accueillez poliment les flics et vous vous débarrassez d'eux. Sinon, je tue votre mère et votre frère. Et s'il y a le moindre problème à la porte, les flics y passent aussi.

— Sauf que ce ne sont peut-être pas les flics, glissa Frazier.

— Ah tu crois ? Eh bien, qui que ce soit, vous vous en débarrassez.

On sonna une troisième fois. Quintin devenait de plus en plus nerveux.

— Scooter ? On dira que Craig est ton frère. Craig… tu es le petit ami de la fille. Je vous préviens, vous tous, j'ai le doigt qui tremble sur la gâchette. Je serai le premier désolé que votre petite maman ne passe pas Noël, mais je jure que je la tue, *et* que je tue le gamin, si l'un de vous fait le moindre faux pas. C'est bien compris ? demanda-t-il.

— Il vont finir par défoncer la porte, si on les laisse sonner encore, souligna calmement Craig.

— Allez-y ! ordonna Quintin.

David prit la tête du petit groupe qui se dirigeait vers l'entrée. Kat le suivait, Craig sur les talons, douloureusement consciente qu'au même instant, dans la cuisine, Quintin tenait Jamie et sa mère en joue.

Son père regarda par l'œilleton de la porte d'entrée. Elle sentit sa gorge se contracter. Pourvu que la police n'entre pas en force, en exigeant de savoir qui les avait appelés à l'aide ! supplia-t-elle en silence.

Il fallait espérer que le texto n'était pas passé et qu'il s'agissait d'une simple visite de routine, due à la tempête.

— Alors ? fit Scooter derrière Brenda, agrippée à la main de Frazier.

— C'est bien les flics, dit David.

— Ouvre la porte. Et pas d'embrouille. Si tu vends la mèche, Quintin tue ta femme et ton môme, et moi je me charge de ta fille. Compris ? dit Scooter.

David tendit la main vers le verrou.

— Et arrêtez de prendre l'air de lapins effrayés ! ajouta Scooter. Soyez naturels.

David hocha la tête et ouvrit la porte.

Sur le seuil, ils étaient deux, vêtus de l'uniforme de la police du comté sous d'épais manteaux bleu marine, à capuche, et chaussés de grosses bottes, à cause de la neige. Kat connaissait la femme, le sergent Sheila Polanski, depuis qu'elle était toute petite. Quant au jeune homme — grand, costaud, l'air bienveillant, pas vraiment beau mais avec un joli sourire — c'était un nouveau venu.

Ne parlez pas du texto, pria-t-elle en son for intérieur. *N'ayez même pas l'air surpris de voir qui est avec nous, je vous en supplie.*

Elle se rendit compte, étonnée, qu'ils étaient tous les deux souriants. Tremblants de froid, mais souriants.

Peut-être que son texto n'était pas passé, après tout.

— Mon Dieu, Sheila, comment allez-vous ? dit David. Que diable faites-vous là un soir de Noël ?

— On vérifie juste que tout le monde va bien. On peut entrer ? répondit Sheila en avançant d'un pas, sans attendre ni réponse, ni invitation.

Faute d'autre option, David conduisit les deux visiteurs jusqu'au salon.

— David, je te présente Tim Graystone, indiqua Sheila. Il travaille avec nous depuis quelques mois.

— Comment allez-vous ? dit Tim en serrant la main de David.

— Tim, poursuivit Sheila avec un large geste de la main, voici Frazier O'Boyle, sa jumelle Kat, leur grand-oncle Patrick… Comment allez-vous, Paddy, vieux grigou ? questionna-t-elle.

— Bien, ma chère petite, bien, répondit-il en l'étreignant.

— Toujours des problèmes de hanche ?

— Ça se remet, ma grande, ça se remet bien, fit Paddy.

— Ensuite, voyons voir…, reprit Sheila. Désolée de ne pas présenter vos invités, David, mais je n'ai pas l'impression de les connaître.

— Sheila, Tim, j'ai le plaisir de vous présenter la petite amie de mon fils, Brenda, et voici… Craig, dit David.

Craig glissa un bras autour de Kat, qui dut se retenir pour ne pas exploser. Elle réussit à garder un sourire plaqué sur son visage.

— Je suis l'ami de Kat, dit Craig.

Puis il indiqua Scooter du menton et enchaîna :

— Voilà mon frère. Nous l'appelons Scooter.

— Eh bien, un très joyeux Noël à tous, répondit Sheila.

— Alors, Sheila, ça se passe comment, dehors ? Le blizzard se calme ? Personne n'a eu de problème ?

Kat, stupéfaite, écoutait son père parler avec naturel. A vrai dire, elle était tout aussi stupéfaite de parvenir elle-même à rester debout en souriant comme si tout était normal, en dépit de la panique qui envoyait des ondes d'adrénaline dans ses veines.

— Il n'y a plus d'électricité nulle part, répondit Sheila.

— C'est pour ça qu'on a décidé de faire un tour, pour voir si personne n'est resté sans chauffage ou malade et incapable d'aller à l'hôpital, compléta Tim.

Il avait l'air vraiment sympathique, se dit Kat, espérant de tout cœur qu'il n'allait pas mourir dans les instants à venir. Il s'exprimait de façon si convaincante… Peut-être que c'était vrai, après tout, et qu'ils étaient vraiment juste venus voir ?

— Où est la maîtresse de maison ? demanda Sheila à David.

— Skyler ? Oh, elle se sentait fatiguée. Elle est partie se coucher, dit David.

— Eh bien, comme je ne la verrai sûrement pas demain, vous lui transmettrez tous mes vœux, dit Sheila.

— Entendu.

— Et votre petit dernier ? reprit Sheila.

— Jamie ? Il est parti se coucher aussi, il y a un moment.

— Un ado ? Déjà au lit à cette heure-ci ? fit Sheila d'un ton sceptique, mais en continuant à sourire.

— Il croit au Père Noël, plaisanta hâtivement Kat, pour empêcher Sheila d'insister.

— A son âge, il croit encore au Père Noël ? s'enquit poliment Tim.

Craig serra Kat contre lui un peu trop étroitement et commenta :

— En fait, Jamie croit surtout qu'il aura des cadeaux demain matin.

— Exact, dit David. Il sait qu'un nouvel ordinateur l'attend sous le sapin. Il est parti se coucher sans demander son reste, histoire de pouvoir réclamer son cadeau aux aurores.

— Et tous nous réveiller par la même occasion, gémit Frazier.

— On ne pourra pas faire la grasse matinée ? demanda Craig à Kat.

Elle se força à lui sourire d'un air amoureux et s'aperçut que ce n'était pas si difficile que cela.

— J'ai bien peur que non, chéri. C'est Noël.

— Ah, l'amour naissant…, murmura Paddy. Tout à fait toi et moi, hein, Sheila, ma belle ?

Sheila se borna à rire en secouant la tête.

— Je suis très tenté de venir m'installer ici à plein temps pour faire de toi une honnête femme, poursuivit Paddy.

Sheila regarda successivement Scooter, puis Craig, en secouant de nouveau la tête.

— C'est un sacré numéro, ce Paddy, hein ? dit-elle en souriant.

— Vous ne vous ressemblez pas beaucoup, remarqua Tim d'un air pensif, en indiquant de la tête Craig et Scooter.

— C'est mon demi-frère, fit Craig.

Tout semblait bien se passer, se dit Kat, qui se demandait ce qu'elle avait espéré en envoyant son texto. Quintin tenait Jamie et sa mère en otage dans la cuisine, et ici, sous l'œil de Scooter et de Craig, il n'y avait aucun moyen de passer un quelconque message à Tim et Sheila. Maintenant, elle n'avait qu'une seule envie : c'était qu'ils s'en aillent et les laissent lutter tout seuls pour leur survie.

— Je ne voudrais pas abuser, mais… vous n'auriez pas du café, par hasard ? demanda Tim. Il fait un froid de canard, là-dehors, et ça ne nous ferait pas de mal de nous réchauffer.

Kat espéra que les quelques secondes où elle était restée muette de stupeur n'avaient pas semblé interminables.

— Du café ? répéta-t-elle dans un souffle.

— Asseyez-vous. Je vais lancer la cafetière, dit David.

— Tim, gourmanda Sheila, nous ne devrions pas déranger les O'Boyle.

— Il n'y a pas de problème, dit Kat. Je vais m'occuper du café, papa.

Elle s'extirpa des bras de Craig et ajouta :

— Je reviens tout de suite.

— S'il-te-plaît, dit Craig à voix basse.

Pourquoi « s'il te plaît » ? se demanda-t-elle, en devinant qu'il la suivait des yeux tandis qu'elle se dirigeait vers la cuisine.

Même en lui tournant le dos, elle savait quelle lueur il avait dans le regard. En cet instant, il la contemplait de la même façon qu'autrefois. A quel jeu jouait-il ? Pourquoi était-il entré chez eux ? Avait-il vraiment empêché qu'on tire sur elle ? Etait-il un comédien extrêmement doué, et si oui, dans quel camp jouait-il ? Celui de la famille O'Boyle… ou celui de ses prétendus acolytes ?

Elle ouvrit la porte de la cuisine, terrifiée à l'idée de ce qu'elle allait découvrir. Jamie et sa mère étaient assis à la table, côte à côte. Quintin, debout à côté de Skyler, lui pressait le canon de son arme sur la tempe.

Le cœur de Kat battit à tout rompre. Le doigt de Quintin tremblait réellement sur la gâchette, comme il l'avait dit.

— Tout se passe très bien, dit-elle doucement. Le jeune flic veut juste une tasse de café.

Quintin fronça les sourcils, l'air farouche. Kat surveillait son doigt sans même oser déglutir.

— Ils pense que maman et Jamie sont partis se coucher, enchaîna-t-elle. Ils partiront dès qu'ils auront bu leur café. Il n'y aura pas de problème, bredouilla-t-elle précipitamment.

Le canon du revolver s'écarta de la tempe de Skyler un court instant : Quintin montra le plan de travail avec son arme.

— Allez-y.

Skyler posa sur sa fille un regard noisette, intense mais contrôlé.

Kat se tourna, prépara rapidement le café, puis tendit le bras vers le bas du meuble.

— Qu'est-ce que vous fichez ? grogna Quintin d'une voix rauque.

— Je prends un plateau pour les tasses, le lait et le sucre, répondit-elle en remarquant que Jamie et sa mère avaient tous les deux posé les mains sur la table.

En voyant l'expression de sa fille, Skyler prit l'une des mains de son fils dans la sienne et la pressa doucement.

La porte à battant s'entrebâilla.

— Dis donc, chérie, où en est le café ? demanda Craig.

— Il est presque prêt, répondit-elle, soulagée que sa mère ait acheté l'un de ces nouveaux modèles qui faisaient une cafetière pleine en soixante secondes.

— J'en prendrai une tasse aussi, mon cœur, reprit Craig.

— Il y a d'autres amateurs ? demanda-t-elle.

— Oui, ton père.

Leur échange avait l'air tellement normal, tellement naturel ! se dit-elle.

— Entendu. Il se prépare.

— Tu as besoin d'aide ?

— Non, merci. J'arrive tout de suite.

Elle prit le pot à lait et le sucrier en essayant d'empêcher ses mains de trembler et les posa sur le plateau. Elle versa le café dans les quatre tasses en sentant le regard de Quintin posé sur elle. Quand elle eut terminé, elle se tourna face à lui.

Il appuyait de nouveau le canon de son arme sur la tempe de sa mère.

Skyler réussit à sourire, et Kat se dépêcha de sortir en poussant la porte à battant de l'épaule. Dès qu'elle arriva dans le salon, Craig se précipita pour lui prendre le plateau des mains. Leurs yeux se croisèrent et, l'espace d'un éclair, elle fut convaincue de sa sincérité.

Seulement…

Même s'il était du côté O'Boyle, que pouvait-il faire ? Il n'était pas armé. Quintin aurait largement le temps de tuer au moins l'un d'entre eux avant d'être maîtrisé.

Craig posa le plateau sur la table basse. Brenda était pelotonnée sur les genoux de Frazier, dans l'un des deux gros fauteuils. David avait pris place sur l'autre. Oncle Paddy avait choisi un petit divan. Il faisait rouler sa canne dans ses mains et, quand il leva la tête, Kat vit que son regard était grave. Mais quand Sheila lui adressa la parole, il s'empressa d'éclater de rire. La comédie continuait, se dit Kat.

Tim et Sheila étaient assis sur le grand sofa. Scooter se tenait debout près de la cheminée, un coude appuyé sur le rebord. Kat vit la bosse que faisait son arme, glissée dans sa ceinture, sous sa chemise de flanelle.

Les flics ne la voyaient-ils donc pas, eux aussi ?

Mais Sheila n'accordait aucune attention à Scooter.

— J'expliquais à Tim que tous les enfants O'Boyle sont doués pour la musique, dit-elle. Vous ne voulez pas jouer quelque chose pour lui, Kat ?

Kat vit que Craig avait tiré une chaise pour s'asseoir près du sofa, à côté de Sheila. Il avait l'air très calme. C'était normal, d'ailleurs, s'il avait partie liée avec *les autres.* A moins que ce ne fut pas le cas ? Et qu'est-ce qui diable pouvait bien se passer dans la cuisine, maintenant ? Est-ce que Quintin entendait ce qui se disait dans le salon ? Comment pourrait-elle arriver à jouer du piano ? Pourquoi Craig ou Scooter n'intervenaient-ils pas pour arrêter cette farce ?

— C'est surtout maman qui sait jouer, dit-elle à voix haute.

— Mais tu te débrouilles très bien aussi, Kat. Si tu nous jouais juste un air, le temps que nous finissions notre café ? suggéra Sheila.

Frazier écarta doucement Brenda de ses genoux et se leva pour rejoindre Kat au piano.

— Faisons donc une fleur aux fonctionnaires qui veillent sur nous, à l'occasion de Noël, dit-il. Offrons-leur un peu de musique pour accompagner leur café. Je ferai la deuxième voix.

— Non, fais la première voix, je t'accompagnerai, dit Kat.

— D'accord.

Kat croisa le regard de son jumeau. Il faisait tout pour avoir l'air fort, rassurant. Comme s'il y avait tout de même de l'espoir.

Elle lui rendit son coup d'œil avec un sourire triste. Ils savaient tous les deux que Quintin et ses acolytes comptaient sur eux pour jouer le jeu jusqu'à la fin. Avant de tous mourir.

Au moins, songea-t-elle, *nous ferons semblant aussi longtemps que possible.* Elle se mit à jouer tout en parcourant la pièce des yeux.

Scooter, toujours appuyé à la cheminée, les regardait fixement, les yeux presque embués. Les doigts de David étaient crispés sur les accoudoirs de son fauteuil. Craig était penché vers Sheila comme s'il venait de lui murmurer quelque chose à l'oreille. Sheila elle-même…

Sheila semblait ne même pas écouter le piano. Elle dévisageait Scooter, l'air pensif, comme si elle soupesait mentalement ce que Craig venait de lui confier.

Kat ne put s'empêcher de ressentir un élan d'espoir.

Elle ramena les yeux vers le clavier, puis commença une chanson, avec Frazier. Quand ils eurent fini, leur auditoire se mit à applaudir. Tim, enthousiaste, se mit même debout.

— Tu avais raison, Sheila. Ils sont vachement bons !

— Merci infiniment, dit Frazier en rejoignant Brenda sur son fauteuil.

— Eh bien, je pense que nous allons devoir retourner dans le froid, lança Sheila en soupirant.

Elle et Tim se levèrent pour se diriger vers la porte.

Craig s'approcha nonchalamment de Kat et lui glissa un bras autour de la taille. Elle déglutit : comment le repousser sans trahir la mascarade en cours ? C'était impossible. Tout comme il était impossible de le sommer de dire la vérité.

Pour l'instant, elle pouvait juste se féliciter qu'il soit capable de jouer la comédie avec une telle perfection. Et remercier le ciel que son texto, dans lequel elle avait mis jusque-là tous ses espoirs, se soit finalement perdu. Il ne lui restait qu'à donner le change encore quelques instants, jusqu'au départ de Tim et Sheila.

Avant qu'ils ne tombent tous sous les balles des tueurs.

Craig l'attira vers l'entrée, où tout le monde se rassemblait pour dire au revoir.

— Etes-vous allés voir aussi les maisons voisines ? demanda Frazier.

Les deux policiers n'avaient-ils pas très légèrement hésité avant de répondre ? se demanda Kat. Echangé brièvement un regard entendu ?

— Nous avons sonné partout où nous avions accès. Je m'inquiétais un peu pour Mme Auffen. Elle a quatre-vingt ans, vous savez. Mais elle va très bien. Tout le monde par ici a un générateur, indiqua Sheila.

— J'essaie de convaincre Sheila que nous pouvons très bien regagner le bureau pour nous réchauffer, en attendant l'équipe du matin, ajouta Tim.

— S'ils arrivent à venir ! dit-elle d'un air sceptique. J'ai comme l'impression que nous allons devoir attendre jusqu'à l'après-midi de demain, dit-elle à Tim.

Il se borna à hausser les épaules.

— Bon, eh bien, au revoir, tout le monde. Et encore merci pour le café et la musique, enchaîna Sheila.

— Oui, merci, renchérit Tim. J'ai été ravi de vous rencontrer.

— Bonne nuit. Prenez soin de vous, dit David.

— Attention en conduisant, ajouta Craig.

Les deux policiers étaient presque à la porte. Dans une seconde, ils seront partis, se dit Kat. Elle pourrait se précipiter vers la cuisine pour voir si sa mère allait bien.

— Attendez ! fit brusquement Scooter à voix basse, avec presque un rugissement au fond de la gorge.

10.

Craig sentit son cœur se figer dans sa poitrine. Merde, c'était pratiquement gagné, pourtant. Les flics allaient partir et ils étaient au courant. *Ils savaient*, parce qu'il s'était arrangé pour chuchoter quelques mots à l'oreille du sergent Polanski. Elle avait hoché la tête pour montrer qu'elle avait compris. Les flics allaient donc revenir dès qu'ils pourraient. Ils avaient tous un répit… c'était un miracle.

C'était du moins ce qu'il avait cru, jusqu'à maintenant. Et tout à coup, à l'instant même où les flics partaient, Scooter les arrêtait. Qu'est-ce qui se passait, bon sang ?

— Attendez, répéta Scooter.

— Quel est le problème ? demanda Craig, sans parvenir à dissimuler complètement sa consternation, les yeux rivés sur Scooter.

— Vous oubliez quelque chose, expliqua l'autre.

Un large sourire étira tout à coup son visage étroit.

— C'est Noël ! s'exclama-t-il. C'est le jour de Noël ! Joyeux Noël !

Craig poussa un soupir de soulagement qui lui parut aussi assourdissant que le blizzard qu'on entendait souffler par la porte ouverte, à peine moins violent que la veille.

Mais Scooter continuait à sourire de toutes ses dents, sans prêter attention à quoi que ce soit d'autre qu'à sa belle humeur.

— Allez, tout le monde. Souhaitez-vous Joyeux Noël, insista-t-il.

— C'est vrai. Joyeux Noël, balbutia David, incroyablement soulagé lui aussi.

— Joyeux Noël, Bren, dit Frazier, en souriant à sa gracile petite amie avant de déposer un baiser sur ses lèvres.

— Joyeux Noël, papa, dit Kat en se tournant vers son père.

Elle commençait par son père, pas par lui… mais c'était normal, se dit Craig en combattant un absurde sentiment de déception.

— Sheila chérie, tous mes vœux, dit Paddy dans un rire, en étreignant la policière.

— Joyeux Noël, frérot, dit Scooter en gourmandant Craig du regard avant de le serrer dans ses bras.

Frérot ? Ah ça, non. Sûrement pas ! songea Craig. Mais il ne pouvait pas montrer sa répulsion, son horreur devant la tournure que prenait la soirée. C'était impossible.

Il avait beau savoir que Quintin et Scooter étaient des braqueurs, il ne s'était pas rendu compte jusque-là qu'on pouvait voler aux gens bien plus que des biens matériels. On pouvait leur voler aussi leur santé mentale. Leur amour. L'esprit de Noël.

On pouvait voler des vies.

Il s'écarta de Scooter tout en continuant à regarder les autres d'un air faussement joyeux. A l'aube du jour de Noël proprement dit, comme le voulait la tradition, ils tendaient un rameau d'olivier à leurs proches, famille et amis.

Sous l'œil encourageant de Scooter, Kat donna une bourrade amicale à son frère jumeau. Elle étreignit ensuite Paddy et Brenda, puis Tim et Sheila eux-mêmes.

Et, enfin, Craig.

Il s'efforça de concentrer dans son regard tout ce qu'il n'avait pas eu l'occasion de lui dire. De lui faire comprendre, tant bien que mal, qu'il n'avait jamais prévu de s'introduire dans sa famille ce soir-là, de les mettre tous en danger. Que s'il ne lui avait pas dit la vérité, des années plus tôt, c'était parce que cette vérité était bien trop dure à entendre et qu'il était convaincu que si elle la découvrait, alors elle ne pourrait plus l'aimer. Jamais.

Il lui souleva le menton et murmura :

— Joyeux Noël, Kat. Et bien d'autres choses encore, ajouta-t-il dans un souffle, en déposant un léger baiser sur ses lèvres.

Elle ne résista pas.

Quand il releva enfin la tête, elle le dévisagea longuement, de ses yeux magnifiques, ses yeux irlandais, verts comme ceux d'un chat.

Sheila s'éclaircit la gorge.

— Bon, il faut vraiment qu'on y aille, maintenant. Encore merci à tous. Bonne nuit.

— Joyeux Noël, dit Tim.

Finalement, la porte se referma sur eux. Craig lâcha un discret soupir de soulagement. Maintenant que les flics avaient pu prendre congé, il venait d'être témoin d'un premier miracle de Noël : personne n'était mort et il y avait enfin une lueur d'espoir.

— Ils sont partis, dit-il à voix haute en poussant la porte pour entrer dans la cuisine. Ils sont partis, Quintin, et les O'Boyle s'en sont tirés comme des chefs.

En entendant la porte pivoter, Skyler avait fait un bond. Le moindre bruit la faisait tressaillir, maintenant. Ce qui n'était pas très intelligent, car chaque fois qu'elle sursautait, elle sentait le canon de l'arme s'enfoncer dans sa tempe. D'un moment à l'autre, elle allait finir par prendre Quintin au dépourvu, et il appuierait sur la gâchette sans même s'en rendre compte.

— J'aurais sans doute mieux fait de les tuer, ces flics, répondit Quintin, d'un ton étrangement naturel, comme s'il n'avait pas été au même instant debout à côté de Skyler, une arme braquée sur elle.

— Je ne crois pas, Quintin, répondit Craig. C'est bien trop dangereux de tuer des flics. Ça met la police sur les dents. Ils sont venus, ils sont repartis, ils ne soupçonnent absolument rien. Si tu y réfléchis, c'est le mieux qui pouvait arriver.

— Ouais, peut-être, répondit Quintin d'un air peu convaincu.

Skyler n'aimait pas le son de sa voix. Il avait l'air plus nerveux que jamais.

— Je ne dis que la stricte vérité, Quintin, insista Craig.

Skyler vit avec effroi la bouche de Quintin se tordre en un rictus railleur. Il détestait Craig, il le détestait ouvertement. Et c'était lui, Quintin, qui menait la danse.

Alors que Craig…

D'après Scooter, c'était Craig qui avait rattrapé Kat. C'était sûrement vrai, mais en regardant les deux jeunes gens l'un après l'autre Skyler se dit que cela n'expliquait pas tout dans leur attitude. Il se passait entre eux quelque chose de plus complexe. Comme s'ils se connaissaient. Ils étaient d'âge assez proche pour avoir pu se rencontrer avant, certes, mais Frazier, lui, n'avait pas du tout l'air de connaître Craig.

D'ailleurs, quelle différence cela pouvait-il faire que Craig et Kat se soient connus dans une vie antérieure ?

Une grande différence, en fait. Parce que si les choses tournaient au vinaigre, le point crucial allait être de savoir si Craig était avec eux… ou contre eux.

Scooter passa en trombe la porte à battant en poussant tout le reste de la famille devant lui, comme un troupeau.

— C'est Noël, cria-t-il gaiement. Joyeux Noël, Quintin !

— Joyeux Noël, Scooter, dit Quintin, sans cependant changer de position.

Jamie, à côté de Skyler, ne bougea pas non plus. Il avait l'impression qu'une semaine venait de s'écouler et qu'ils étaient tous les trois pétrifiés pour l'éternité.

Skyler serra la main de son fils. *Est-ce une bonne idée de lui donner de faux espoirs ?* se demanda-t-elle. Mais peut-être tout n'était-il pas perdu.

Et puis, n'était-il pas du devoir des parents de croire à l'impossible ?

Elle prit le risque de tourner la tête, s'écartant du canon du revolver, pour regarder son fils.

— En somme, nous venons de franchir un nouvel obstacle avec succès, dit-elle en se forçant à sourire.

Elle lâcha la main de Jamie, leva les yeux vers Quintin et ajouta :

— Puis-je refaire du café ?

— Ouais. Allez-y.

Elle se mit debout. Sans se soucier de leurs geôliers, David fonça vers elle, l'attrapa dans ses bras et la tourna face à lui. Elle fronça les sourcils. Comment les flics avaient-ils pu repartir sans s'inquiéter des ecchymoses qui marbraient le visage de son mari et de son fils aîné ?

— Joyeux Noël, Skyler, dit David en l'embrassant.

Elle lui rendit son baiser, en oubliant durant quelques secondes qu'ils étaient en public pour déverser dans ce baiser tout son amour pour lui, tout son soulagement qu'ils aient réussi, pour l'instant, à rester en vie.

— Vous devriez réserver une chambre, plaisanta Frazier.

— Nous en avons déjà une, répliqua David avec un léger sourire, sans quitter sa femme des yeux.

— Ouais, ils ont une chambre, sauf qu'ils ne vont pas s'en servir ce soir, dit Quintin.

— Est-ce que nous pourrons tout de même dormir un peu ? demanda Jamie.

— Bien sûr. Tout ceux qui le veulent pourront sommeiller dans le salon, dit Quintin.

— Je serais bien incapable de dormir, dit Skyler avec force.

— Pourquoi ne pas essayer de te reposer tout de même ? suggéra David.

— Oui, il faut vous reposer. Vous avez une dinde à préparer demain matin, dit Scooter.

Skyler, soudain submergée de fatigue, hocha la tête.

— D'accord, je vais essayer.

— Pas avant que je n'aie souhaité Joyeux Noël à ma nièce, intervint Paddy.

Il la rejoignit et la serra dans ses bras en lui chuchotant à l'oreille :

— Sheila sait tout.

Skyler l'étreignit avec force tandis qu'un flot d'adrénaline se répandait dans ses veines. Paddy avait-il perdu la tête ? Cherchait-il maladroitement à l'encourager ?

Ou bien… disait-il la vérité ?

Il s'écarta et elle baissa la tête pour dissimuler ses yeux soudain brillants. Car elle avait décidé de croire qu'il disait vrai. Les flics étaient prévenus. Cela voulait dire que, désormais, ils allaient devoir jouer extrêmement serré.

Sinon, il y aurait mort d'homme.

Sheila aurait préféré ne pas s'éloigner de la maison des O'Boyle, mais le temps restait glacial. La neige tombait toujours aussi dru et leurs motoneiges n'offraient aucune protection contre la bise. Il était impossible de réfléchir correctement dans ces conditions. Or, ils devaient élaborer leur plan d'action avec soin.

Comme la petite maison d'époque coloniale de Sheila était proche, c'est donc là qu'ils se rendirent. Ils ne pouvaient contacter aucune autorité, de toute façon. Il n'y aurait pas eu grand sens à refaire tout le chemin jusqu'à leur bureau.

— J'ai déjà vu ce type quelque part, dit Tim à Sheila en se frottant les mains devant le feu qu'elle avait rapidement allumé. Le plus jeune des trois.

— Où donc ?

— Je ne sais pas. Mais j'en suis sûr.

Sheila était pensive.

— Je veux bien le croire, mais où ? Sur une affiche de personnes recherchées ? suggéra-t-elle, sceptique. Moi, je ne le connais ni d'Eve ni d'Adam, alors qu'il a un de ces visages qui ne s'oublient pas. En tout cas, il s'est arrangé pour venir me parler. Il m'a dit tout doucement qu'il y avait deux hommes armés, celui qui était là et un autre dans la cuisine, avec Mme O'Boyle et Jamie, et que celui de la cuisine était prêt à tuer si nous faisions quoi que ce soit de bizarre. Il a ajouté qu'il nous fallait trouver le moyen de neutraliser les deux.

Tim lui jeta un coup d'œil.

— Il a vraiment dit tout ça ?

— Pendant une mélodie irlandaise, répondit sobrement Sheila.

— Comme quoi nous avions raison de penser que nos tueurs avaient pu se réfugier là, fit Tim.

Sheila exhiba un morceau de papier.

— La preuve que le jeunot ne mentait pas, c'est ce papier que Paddy Murphy m'a glissé dans la poche.

Tim prit le papier, entièrement froissé car Paddy l'avait roulé en une boule minuscule avant de l'enfouir dans la poche de Sheila, au moment où il l'étreignait.

— Deux hommes armés, lut Tim à voix haute. A maîtriser en même temps. Prêts à tuer si nécessaire. Prudence.

Il leva les yeux vers Sheila et commenta :

— Malin, le vieux.

— Heureusement que nous ne sommes pas entrés de force, répondit Sheila. Qu'est-ce qu'on fait, maintenant ? On essaie quand même de prévenir la police de l'Etat ? Ou on y retourne avec suffisamment d'armes pour…

— Non, coupa Tim.

Elle le regarda.

— Lionel Hudson est mort, et ce sont eux qui l'ont tué, Sheila, enchaîna-t-il. Ils n'hésiteront pas une seconde à tirer de nouveau. Si nous passons à l'attaque, la première chose qu'ils feront, c'est d'abattre toute la famille, pour avoir les mains libres.

Ils réfléchirent un moment en silence.

— Il a raison, ce Craig, reprit enfin Sheila. Il faut que nous nous emparions en même temps du dénommé Scooter, quel que soit son vrai nom, et du type dans la cuisine.

— Certes, mais comment ? répondit Tim en s'écartant de la

cheminée pour arpenter la pièce. Déjà, on pourrait trouver un prétexte pour retourner là-bas…

— Oui, mais même si, cette fois, nous sommes au courant de la situation, nous nous retrouverons dans le même cas de figure : l'un des deux s'enfermera quelque part avec un ou deux membres de la famille et il les descendra au moindre geste suspect. Sans se soucier d'être abattu ensuite. Ils vendront chèrement leur peau.

— Mon Dieu ! s'écria soudain Tim.

— Quoi ?

— Ils ne vont pas tarder à comprendre que non seulement nous les avons percés à jour, mais qu'en plus nous les avons vus à visage découvert… S'ils veulent en réchapper, ils vont essayer de nous abattre aussi !

— Essayons de raisonner calmement et logiquement, Tim, gourmanda Sheila.

— Et si nous tentions de négocier ? suggéra-t-il.

— Ça ne marchera pas. C'est le genre à ne pas céder, répondit Sheila. Nous non plus, d'ailleurs. En outre, nous avons un atout.

Il haussa les sourcils, l'air interrogateur.

— La famille, expliqua-t-elle. Ils ne sont pas armés, et ils sont morts de trouille, mais je peux te garantir qu'ils sont prêts à se battre jusqu'au bout les uns pour les autres.

— Exact, acquiesça Tim.

— En outre, même si j'ignore complètement qui est ce jeune Craig, je pense qu'il nous aidera aussi. Il n'est pas avec eux.

— Sauf s'il a essayé de te manipuler, objecta Tim.

— Non. Il était sincère. Je serais prête à le jurer, dit Sheila.

— Bref, voilà comment ça se présente : je suis armé, toi aussi, et les tueurs également. Nous n'aurons pas l'occasion de faire des tirs de sommation. Nous serons obligés de les descendre tous les deux tout de suite…

— Plus facile à dire qu'à faire, médita Sheila.

— Il faut surtout trouver le moyen de rentrer dans la maison.

— En sonnant à la porte une deuxième fois ? Ça me paraît risqué, dit Sheila.

— Non. Cette fois, nous devons y pénétrer sans nous faire voir.

Malgré le froid glacial qui régnait à l'extérieur, la maison gardait une chaleur douillette. Grâce au générateur électrique, les guirlandes de Noël continuaient à envoyer leur joyeux message clignotant. Mais le salon était plongé dans le silence.

Quintin avait tiré l'un des gros fauteuils devant la porte, pour la bloquer, et il s'était assis dessus pour monter la garde, l'œil aux aguets, le revolver à portée de main sur les genoux. Scooter s'était endormi dans l'autre fauteuil après avoir glissé son arme dans sa ceinture, d'où personne n'aurait pu la retirer sans l'éveiller.

Oncle Paddy avait pris le divan à deux places, les parents de Kat le sofa. Tous les autres s'étaient installés par terre, dans des couvertures. Kat ne cessait de penser à Craig, allongé contre elle, même si pour l'instant ils n'avaient plus besoin de faire semblant d'être ensemble.

L'horloge tictaquait. Kat lui jeta un coup d'œil. Il était presque une heure.

Puis une heure et demie.

Elle devait croire au miracle. Croire à ce qu'oncle Paddy lui avait chuchoté sous couvert de lui souhaiter bonne nuit : que Sheila et Tim allaient revenir et qu'ils auraient assez de bon sens pour ne pas faire brutalement irruption en tirant dans tous les coins. Car sinon…

Quintin aurait le temps d'abattre la moitié de la famille avant d'y passer lui-même.

Elle vit que sa mère, recroquevillée contre son père, avait les yeux fermés. En d'autres circonstances, ils auraient formé un charmant tableau. Ils se détendaient si rarement ensemble, maintenant.

Elle se retourna pour essayer de trouver une position plus confortable et se rendit compte que Quintin avait agrippé son arme. Il la fixa longuement, sans rien dire. Elle finit par fermer les yeux et faire semblant de dormir.

Un instant plus tard, elle faillit crier quand Craig, dans son sommeil, tendit le bras vers elle pour l'attirer contre lui. Elle serra les dents, prête à le repousser, puis s'aperçut qu'en fait il était parfaitement éveillé. Il avait les yeux ouverts et la dévisageait avec intensité.

— Tiens le coup, murmura-t-il. Les flics vont revenir. Ils sont au courant.

Elle écarquilla les yeux.

— Comment le sais-tu ?

— Je les ai prévenus.

Elle garda le silence un très long moment avant de répondre :

— J'aimerais te croire.

Pendant un court instant, il parut blessé et répondit :

— Moi aussi, j'aimerais que tu me croies.

Puis son visage se ferma de nouveau, comme si un rideau venait de tomber. Comme si…

Comme s'il s'interdisait toute émotion.

— Silence, là-dedans ! cria Scooter, brusquement tiré du sommeil, comme alerté par une soudaine menace.

Sans doute avait-il rêvé, se dit Kat en regardant de nouveau l'horloge.

Deux heures.

Incrédule, Kat se rendit compte qu'en dépit de sa peur, et de la présence perturbante de Craig à ses côtés, elle commençait à baisser les paupières. Elle était harassée.

Ses parents avaient l'air de dormir. Frazier avait les yeux fermés. Jamie était immobile.

Kat regarda à l'autre bout de la pièce. Oncle Paddy, les paupières mi-closes, étira discrètement les lèvres et leva un pouce de victoire dans sa direction.

Elle essaya de lui rendre son sourire.

*
* *

En fin de compte, après avoir passé inlassablement en revue toutes les options, Sheila et Tim conclurent que ce serait une erreur que de pénétrer dans la maison au milieu de la nuit.

D'abord, le plus probable — même si ce n'était pas le plus certain, comme ils en avaient hélas douloureusement conscience —, était que si les choses devaient se terminer par un massacre, celui-ci n'aurait pas lieu avant la tombée de la nuit suivante. Sheila, qui vivait dans la région depuis toujours, pouvait prévoir l'évolution d'un blizzard, force du vent et chutes de neige comprises, sans se tromper. En l'occurrence, il s'en faudrait de plusieurs heures, au moins, avant que la tempête ne se calme suffisamment pour permettre aux tueurs de prendre la fuite.

Tim, fort de sa formation militaire, avait une approche plus stratégique. Pour lui, comme ils étaient seulement deux, le fait d'entrer dans la maison pendant la nuit était trop risqué pour deux raisons. D'une part, parce que l'un au moins des deux malfrats resterait éveillé pour monter la garde. D'autre part, parce que les membres de la famille se seraient probablement endormis. Réveillés brutalement, ils seraient trop désorientés pour pouvoir participer à leur propre sauvetage.

Ils décidèrent donc d'agir juste avant le lever du jour. Ils se rendraient chez les O'Boyle en motoneige, laisseraient les engins un peu plus loin pour ne pas risquer d'être entendus et finiraient à pied. L'idée était d'atteindre la maison quand il faisait encore noir, pour ne pas être vus, mais de rester cachés et ne pas tenter d'y pénétrer avant que les occupants ne soient réveillés.

— Nous sommes complètement fous, commenta Sheila.

— Non, *moi* je suis fou, dit Tim en souriant.

— Peu importe, coupa sèchement Sheila.

— Prête ?

— Pas encore. Récapitulons de nouveau.

Tim fronçait les sourcils.

— J'aimerais vraiment me rappeler où j'ai déjà vu ce Craig, dit-il.

Il se tut pour se concentrer et reprit :

— Peut-être n'était-ce pas lui en chair et en os, mais une photo…

— Es-tu sûr que ce n'était pas dans une liste de personnes recherchées ?

— Certain, répondit Tim en secouant la tête. D'ailleurs, tu as dit toi-même qu'il essayait de nous aider.

— Oui…

— Oui… ou non ?

— Et s'il avait menti ? renchérit Sheila. Et s'il nous tendait un piège ?

Tim ne répondit pas

Kat n'aurait su dire comment les heures avaient fini par s'écouler, ni à quel moment précis elle s'était enfin endormie.

Quand elle s'éveilla, les bras de Craig l'enlaçaient. Il ne dormait plus non plus.

Il lui caressait doucement les cheveux. Elle se retourna pour croiser son regard et son cœur se serra une brève seconde. On lisait une telle souffrance dans ses yeux !

Puis la lueur s'éteignit et il s'écarta, l'air mal à l'aise.

— Désolé, murmura-t-il.

Sans doute disait-il cela à l'intention de Quintin et Scooter, car il ne donnait pas l'impression d'être désolé du tout. Sans doute au contraire s'était-il replongé un moment dans le passé et se rappelait-il l'époque où ils s'endormaient si souvent ensemble et se réveillaient dans les bras l'un de l'autre.

Elle ferma les yeux, le cœur serré. Elle aussi venait de vivre un court instant dans le passé.

Elle les rouvrit. L'aube commençait tout juste à pointer, l'obscurité n'était plus aussi dense. Les autres sortaient du sommeil à leur tour.

— Je vois que tout le monde a enfin émergé, lança Quintin. Tant mieux, parce que j'aimerais boire un café.

— Bien sûr, je vais en faire, dit Skyler.

— Je m'en occupe, maman, dit Kat en se mettant debout.

Ce qui lui permettait aussi de s'éloigner de Craig.

Elle s'étira, guettant du coin de l'œil Quintin, qui semblait parfaitement réveillé. Elle se demanda s'il avait passé une nuit blanche.

— Scooter, t'as fini de dormir ? dit Quintin.

— Ouais.

— Bon. Garde l'œil sur la petite famille. Je vais aller surveiller la reine de l'évasion pendant qu'elle fait le café.

— Une minute, dit Skyler.

Quintin se tourna vers elle.

— D'abord, toilettes, reprit-elle. Et ne me dites pas que vous m'y accompagnez, parce qu'alors autant me descendre tout de suite.

— Ça, ça peut s'arranger, fit Quintin, ses paupières mi-closes filtrant un regard menaçant.

— Attendez, jeta David. Vous n'avez qu'à faire comme hier soir, laisser tout le monde avoir une minute d'intimité. Nous avons tous les mêmes besoins.

Quintin semblait contrarié, songea Kat, mais il avait dû se rendre compte qu'il aurait été problématique de refuser, car il les plaça en file indienne devant les toilettes du rez-de-chaussée, pour que chacun ait son tour. En ce qui le concernait, sans doute avait-il une vessie grosse comme un ballon de football, se dit-elle. Il n'était pas allé aux W.-C. de toute la nuit et n'y allait pas plus maintenant.

Ou alors…

Ou alors, il faisait si peu confiance à Scooter qu'il n'osait pas s'éclipser, même pour quelques instants.

— Toi, va faire du café et prépare quelque chose pour déjeuner, ordonna-t-il à Skyler.

— Ne parlez pas à ma femme sur ce ton, dit David.

Puis il ajouta :

— S'il vous plaît.

— O.K. S'il vous plaît, madame O'Boyle, du café et de quoi déjeuner.

— Puisque vous le demandez si poliment…, murmura Skyler d'un ton sarcastique.

— Je vais aider ma mère, proposa Jamie.

— Je peux mettre la table, dit Brenda.

— O.K. Scooter, va les surveiller. Craig, tu y vas aussi. Toi, fit-il en montrant Kat du doigt, viens avec moi.

— Hé, attendez, fit David en fronçant les sourcils.

— Calme-toi, papa, dit Quintin. Je veux lui poser quelques questions, c'est tout.

— Où allez-vous ?

— Je vais juste ouvrir la porte d'entrée pour voir le temps qu'il fait.

— Je peux vous le dire, intervint prudemment Frazier. Il fait très mauvais.

— Il va continuer à neiger jusqu'à ce soir, ajouta Paddy.

Quintin le regarda d'un air sceptique. Le vieil homme reprit :

— Je le sais parce que je le sens dans l'os de ma hanche. La tempête ne va pas s'arrêter avant plusieurs heures. Pas avant qu'il ne fasse nuit, je dirais.

Quintin lui jeta un regard indéchiffrable. Ils savaient tous qu'ils ne resteraient en vie que tant que les routes restaient impraticables, mais Kat se demanda si le malfrat savait qu'ils le savaient.

Quant tous les autres furent passés dans la cuisine, Quintin se tourna vers Kat.

— Va ouvrir la porte d'entrée, lui dit-il en agitant son arme.

Elle haussa les épaules, passa devant lui pour traverser le hall et s'exécuta.

La neige tombait toujours mais il faisait si chaud à l'intérieur de la maison, maintenant, que la bouffée d'air froid qui s'engouffra par la porte ouverte parut presque rafraîchissante.

— Sors, ordonna Quintin.

Kat, la gorge nouée, fit un pas en avant tandis que Quintin, debout derrière elle, braquait son arme dans son dos.

— Maintenant, tourne-toi.

Avait-il l'intention de l'abattre en plein visage, pour qu'elle puisse voir la mort arriver en face ?

Elle pivota avec lenteur, l'esprit en ébullition.

— Qui est Craig ? questionna-t-il en sortant sur le seuil à son tour et en refermant la porte derrière lui.

— Quoi ? balbutia-t-elle, abasourdie.

— Tu le connais, reprit-il.

— Je sais que c'est une belle ordure, entrée chez nous par effraction et qui menace ma famille, dit-elle.

Quintin détendit le bras et la gifla violemment au visage. Elle resta sonnée, sans voix.

— Je veux la vérité, insista-t-il.

— Je viens de vous dire…

— La vérité, j'ai dit. Sinon, la prochaine fois, je te fais sauter les dents de devant.

Il était impossible de rester sans rien faire, se dit Craig. Si Quintin avait entraîné Kat dehors, c'était qu'il voulait quelque chose et qu'il l'aurait par la violence s'il le fallait.

Il s'efforça de paraître nonchalant devant Scooter et le reste de la famille, mais il savait que ces derniers se rongeaient eux aussi les sangs à l'idée de savoir Kat dehors avec Quintin.

David craqua le premier et se dirigea vers la porte de la cuisine.

— Stop ! revenez, cria Scooter. Ne m'obligez pas à tirer.

— Restons calme, dit Craig. Gardez votre sang-froid. Je vais aller voir ce qui se passe, d'accord ?

— Mais Craig, dit Scooter, le front plissé, Quintin a dit que…

— Je sais, mais tu ne voudrais pas d'une révolte avant d'avoir mangé ta dinde, hein ?

Sans attendre la réponse de Scooter, Craig tourna les talons et fila vers l'entrée en priant le ciel pour que Scooter ne fasse pas d'idiotie.

Dès qu'il eut ouvert la porte, il vit une marque joue rouge vif sur la joue de Kat. Ce salaud l'avait frappée ! Il dut se retenir pour ne pas assommer Quintin sur-le-champ. Ç'aurait été une d'une sottise suicidaire.

— Qu'est-ce qui se passe ? questionna-t-il d'un ton le plus naturel possible.

— Je ne t'ai pas demandé de sortir, fit Quintin.

— Leur père devient nerveux et j'ai préféré te prévenir avant qu'il ne pète les plombs.

Quintin le dévisagea, puis haussa les épaules en ricanant.

— J'étais en train de demander à Miss O'Boyle, ici présente, de me dire d'où est-ce qu'elle te connaît. Et de répondre immédiatement, sous peine de perdre quelques dents.

Craig faillit se décrocher la mâchoire.

— Mais maintenant que tu es là, enchaîna Quintin, tu vas pouvoir me répondre toi-même. Sinon, je lui enfonce ses dents dans la gorge et peut-être que je vais aussi lui casser le nez par-dessus le marché.

Craig fixa sur lui un regard qu'il espérait aussi incrédule que possible.

— Mais de quoi donc parles-tu ?

Quintin s'était tourné vers lui, oubliant momentanément Kat, ce qui permit à Craig, à son immense satisfaction, d'apercevoir soudain quelque chose derrière un talus enneigé.

Quelque chose de bleu.

Le bleu marine d'un uniforme d'officier.

— Ne me prends pas pour un con, reprit Quintin. Si tu essaies de me doubler, je t'aurai abattu avant que tu n'aies le temps de dire ouf.

Craig s'accorda quelques secondes de réflexion avant de répondre. Le talus n'offrait pas une bien grande protection, et ceux qui se cachaient derrière se dirigeaient visiblement vers l'arrière de la maison. Il fallait détourner l'attention de Quintin jusqu'à ce que les sauveteurs soient à l'abri.

— Nous nous sommes connus à l'université, répondit-il enfin.

La meilleure défense, en l'occurrence, était de dire la vérité, au moins en partie.

— Il y a des années de ça, précisa Kat.

— Nous étions dans le même établissement, Quintin, c'est tout, fit Craig.

Dieu merci, Quintin le dévisageait toujours, le front plissé.

— A l'université ?

— Exactement, dit Kat d'un ton ferme.

— Parce que tu es diplômé, beau gosse ? questionna Quintin. Maintenant, tu vas m'expliquer que c'est au collège que Scooter t'a rencontré, c'est ça ?

— Craig n'a pas eu son diplôme. Il a laissé tomber, dit Kat.

— Mais c'est là que vous vous êtes connus ? reprit Quintin, visiblement sceptique.

— On vient de te le dire, répondit Craig.

Ça y était, les flics étaient hors de vue. Evidemment, si Quintin décidait de déambuler dans le coin, il tomberait sur leurs traces de pas dans la neige, mais il n'avait a priori aucune raison de partir en exploration.

Il fallait continuer à donner le change, se dit Craig, mais aussi ramener Quintin à l'intérieur, pour donner aux flics le temps de trouver la porte ou la fenêtre qui avait permis à Kat, la veille, de se faufiler dehors. Ensuite, les flics pourraient se cacher dans la maison et guetter le bon moment pour intervenir.

— Qui d'autre connais-tu, dans la famille ? reprit Quintin.

— Personne, dit Craig.

— Tu n'as jamais rencontré ses parents ?

— Pourquoi les aurais-je rencontrés ? répliqua Craig d'un ton impatient.

— Elle ne t'a jamais amené chez elle ?

— Nous avions certains cours en commun, mais nous ne sommes jamais sortis ensemble, dit Kat en regardant Quintin droit dans les yeux.

— Nous devrions rentrer, dit Craig. Je m'inquiète de ce que peux faire Scooter si les parents perdent les pédales.

— Bien. Mais sachez une chose. Les femmes, l'amour, je m'en fous. Si vous vous mettez en travers de mon chemin, je vous descendrai. Si tu fais quoi que ce soit pour défendre cette poule, Craig, tu es mort. C'est clair ?

Craig aurait donné n'importe quoi pour lui envoyer son poing à la figure.

— Je ne vous ai causé aucun ennui, dit Kat.

— Ah non ? jeta Quintin, le regard filtrant, l'air mauvais. Et cette tentative d'évasion, hier, c'était quoi ?

Il la toisa longuement, puis regarda Craig et leva finalement les yeux vers le ciel.

— Quintin, dit Craig, en s'efforçant de maîtriser sa voix pour ne pas trahir la peur qui s'insinuait en lui, Quintin, à quoi ça rime ? Quel intérêt de les rendre tous nerveux en leur laissant croire... en les laissant s'inquiéter pour cette fille alors qu'il n'y a pas lieu ? Rentrons avant que Scooter ne fasse n'importe quoi.

— Je vous en supplie, dit Kat.

— C'est Noël, alors il faut cuisiner la dinde, hein ? dit enfin Quintin.

— Ma mère va d'abord préparer un bon petit déjeuner, dit Kat. Mais seulement si nous rentrons tout de suite !

Craig entendit à sa voix qu'elle commençait à s'affoler.

— Ce n'est pas à toi de décider, fillette, jeta Quintin. Cela dit...

Il fit une pause, laissa s'étirer un silence menaçant, puis finit par grimacer un sourire.

— Je vous en prie, après vous, dit-il enfin.

Il tendit le bras. Kat pénétra la première dans la maison, suivie de Craig.

Puis de Quintin.

11.

Skyler s'émerveillait de ne pas avoir carbonisé le bacon, ni raté les toasts. Elle n'avait jamais ressenti une telle terreur, envahissant ses veines, ses os, ses muscles… la moindre parcelle de son corps. Elle tremblait tellement qu'elle tenait à peine debout. Mais il fallait tenir.

Ce monstre avait emmené sa fille.

David menaçait d'exploser d'une minute à l'autre. Frazier avait tout d'un baril de poudre avec une mèche allumée. Même Jamie semblait près de péter les plombs.

Seul oncle Paddy parvenait à garder son calme.

— David, verse-moi une tasse de café et apporte-la moi, tu veux ? Mes jambes me font souffrir, et pas qu'un peu.

David versa le café, les dents serrées. Skyler, qui le regardait du coin de l'œil, vit le moment où l'une des tasses allait se briser entre ses mains.

— Skyler, ma fille, ce petit déjeuner a un sacré fumet, reprit Paddy. D'accord, la dinde, c'est très bien. Mais moi, j'ai tout mon content juste avec tes toasts, tellement ils sont bons. Même si je m'demande depuis toujours pourquoi on dit « toast » au lieu de « tartine grillée ».

— Je n'en ai pas la moindre idée, oncle Paddy, répondit Skyler, en se demandant comment son oncle arrivait à rester si calme.

Que pouvait-il bien mijoter ?

— On ne sait pas, et on s'en fiche, ajouta Frazier, les yeux rivés sur son père.

Skyler redoutait ces coups d'œil échangés entre le père et le fils. S'ils se préparaient à attaquer de nouveau Scooter, il fallait absolument les en empêcher. Sinon, ils couraient tout droit au désastre.

Elle regarda Scooter, perché sur l'un des tabourets de bar, le revolver en évidence, le cran de sûreté levé. Même si David et Frazier étaient prêts à mourir pour Kat, il ne fallait pas qu'ils essayent. Car au moindre geste, ils étaient sûrs de se faire abattre.

Et de signer l'arrêt de mort de Kat, dehors avec Quintin.

Et Craig? se demanda Skyler. Est-ce que ses acolytes prévoyaient de le tuer également, quand ils n'auraient plus besoin de lui ?

Puis, à l'instant où elle perdait tout espoir, elle vit sa fille entrer à grands pas dans la cuisine, suivie de Craig et de Quintin.

— Ça sent bon, ici, dit Quintin d'un ton aimable, comme s'il n'avait pas tenu un revolver en main.

Skyler ne le remercia pas. A cet instant, c'était au-dessus de ses forces.

— C'est le bacon et le café, j'imagine, se borna-t-elle à dire.

— Je vais prendre un café, dit Quintin.

— Je m'en occupe, proposa aussitôt Craig.

Il emplit une tasse en souriant à Skyler.

— C'est quoi, ce sourire ? grogna Quintin. Je croyais que vous ne vous étiez jamais rencontrés.

— Ce qui est vrai. Depuis quand un homme ne peut-il plus sourire à une jolie femme ? Qu'est-ce qui te prend, Quintin ? riposta Craig.

— Et *vous*, vous l'aviez déjà rencontré ? demanda Quintin à David.

— Où donc l'aurais-je rencontré ?

— Et toi ? jeta Quintin en faisant demi-tour pour s'adresser à Frazier, qui secoua la tête.

— Oh, pour l'amour du ciel ! dit Craig à Quintin. J'ai étudié à la même université que Kat, nous nous sommes croisés dans certains cours…

Il se tourna vers les autres avant de poursuivre :

— Du coup, Quintin s'est mis dans la tête que je conspire avec vous. Et que j'ai fait exprès de faire déraper Scooter, qui conduisait, juste en bas de votre maison.

Revenant à Quintin, il le défia du regard et conclut, acide :

— Je me demande bien comment j'aurais fait, étant donné que j'étais évanoui !

— Vous étiez à l'université avec Kat ? répéta Skyler, négligeant le reste de la phrase.

— Oui, répondit Craig, avant d'ajouter aussitôt, soucieux de quitter ce terrain glissant : ce sont des toasts que je vois là ?

— Oui, et si vous voulez me passer ce plateau, je vais sortir la première fournée.

— Touche pas à ça, dit Quintin en voyant Craig tendre la main vers le plateau. Où est mon café, bon sang ?

— Tu m'as interrompu, répondit Craig.

— Je vais vous servir, pépia Brenda en se levant pour prendre la tasse que Craig avait laissée sur la desserte.

— Et toi, alors ? cria brusquement Quintin en tendant le doigt vers elle. Est-ce que tu avais déjà vu ce type ?

Brenda lui tendit la tasse de café, qu'il prit de la main gauche, car il tenait toujours son arme de la main droite.

— Je suis étudiante en médecine, je vous l'ai dit, répondit-elle. Pas en crimes et délits.

La repartie eut l'heur d'amuser Quintin, qui s'esclaffa.

Les toasts apparurent sur la table avec le bacon, le café, le jus de fruit, le beurre et le sirop d'érable. Skyler resta debout pour lancer une autre fournée.

De temps à autre, un frisson glacé la traversait à l'idée que ces hommes atroces, qui étaient probablement des tueurs, mangeaient à sa table, tranquillement assis à côté de ses propres enfants, et qu'elle était obligée de les servir.

C'était insupportable.

Mais elle n'avait pas le choix.

— Alors, quand est-ce que vous mettez la dinde au four ? demanda Quintin.

Elle eut un moment d'hésitation, puis lui fit face.

— Bientôt, pour être sûre qu'elle soit tout à fait cuite si jamais le mazout venait à manquer. Nous devrions d'ailleurs commencer dès maintenant à économiser l'électricité, si nous voulons avoir de la lumière et du chauffage ce soir.

— Nous pourrions éteindre des lampes et baisser la chaudière, dit Frazier.

— Non, fit Quintin.

Ils comprirent sur-le-champ. Ce n'était pas dit, mais c'était clair.

Quintin se souciait comme d'une guigne qu'ils n'aient plus d'énergie pour la soirée. Il ne serait plus là.

Quant à eux, ils n'en auraient plus besoin.

Tout à coup, oncle Paddy prit la parole, rompant le sinistre silence qui s'était abattu dans la pièce depuis l'interjection de Quintin.

— C'est Noël… ouvrons les cadeaux, dit-il.

— Ouais, ouvrons les cadeaux, dit Scooter. Ou plutôt, non. Pourquoi devrais-je m'occuper des cadeaux ? Il n'y en a aucun pour moi.

— Nous avons toujours des cadeaux en plus, je vous l'ai dit, répondit Skyler.

— Quel genre ? Du pain d'épices ? demanda Scooter, boudeur.

Skyler ne put s'empêcher de rire et secoua la tête.

— Non, de *vrais* cadeaux.

— Est-ce qu'on n'est pas censé avoir été sage toute l'année, pour que le Père Noël pense à vous ? demanda Quintin. Moi, je trouve que Scooter a été très vilain, vous ne croyez pas ?

Je ne rêve pas… il plaisante ! se dit Skyler.

— Ne l'écoutez pas. J'adore recevoir des présents, fit Scooter.

— Alors, elles sont où, ces surprises ? demanda Quintin.

— En temps normal, elles seraient déjà sous l'arbre, indiqua Skyler.

— Sauf qu'on n'est pas en « temps normal », hein ? releva Quintin d'un air significatif.

— La plupart d'entre eux sont dans ma chambre.

— Et dans les nôtres, dit Frazier.

— Nous n'avons qu'à tous monter à l'étage, reprit Skyler.

— Non. Scooter, tu restes dans la cuisine avec maman, dit Quintin. Toi, Blondie, tu restes là aussi et tu aides à débarrasser.

— Moi aussi, je peux aider, fit Kat.

— Non, toi non, répliqua Quintin.

— Mais…

— Toi non.

— Où dois-je aller, cette fois, Quintin ? demanda Craig.

— Tu viens avec moi.

— Tu ne me fais toujours pas confiance, hein ? dit Craig.

— Bien raisonné, pour quelqu'un qui a planté ses études. Allons-y.

Tandis qu'ils sortaient de la cuisine, Brenda commença à entasser la vaisselle dans l'évier.

— Merci pour ce petit déjeuner, madame O'Boyle, dit-elle poliment. C'était délicieux.

Skyler faillit exploser de rire devant l'absurdité de la situation, mais elle se contint.

— Merci, Brenda. Je suis contente qu'il vous ait plu.

— Ouais, c'était vachement bon, dit Scooter à Skyler, avec un sourire qui évoquait presque celui d'un gamin.

Un gamin qui aurait braqué une arme sur elle.

— Merci, répondit-elle, consciente qu'il valait mieux dire quelque chose, sous peine de le voir se renfrogner.

— Est-ce que vous allez préparer la dinde ? demanda-t-il, tout excité.

— Dès que tout ça sera débarrassé, répondit-elle.

Avec l'aide de Brenda, les choses allèrent vite. Brenda entreprit de sortir la vaisselle spéciale de Noël, décorée d'angelots soufflant dans des trompettes. Skyler se rendit compte que le sac poubelle était plein.

Elle le ferma, puis prit machinalement la direction de la cave, sans réfléchir. Elle se reprit rapidement et s'immobilisa pour demander :

— Scooter ?

— Ouais ?

— Est-ce que je peux mettre la poubelle à la cave ?

Il fronça les sourcils.

— Quintin sera furieux si je…

— Tout ce que je veux faire, c'est ouvrir la porte et jeter le sac en bas des marches, pour que cela n'empeste pas dans la cuisine.

Scooter regarda Brenda qui continuait à sortir des assiettes, le dos tourné.

— Bon, d'accord, allez-y.

Skyler hocha la tête et traversa l'office, passant devant l'escalier de service qui menait à l'étage. D'en haut, des voix lui parvenaient.

— Ce n'est qu'une grosse boîte, disait Jamie. Ça ne contient absolument rien de dangereux.

— D'accord, d'accord, grommelait Quintin.

— Si vous voulez que Scooter reçoive les cadeaux dont ma femme a parlé, il va falloir m'autoriser à ouvrir ce placard, dit David.

Skyler secoua la tête, les larmes aux yeux. Elle ouvrit la porte de la cave et, stupéfaite, retint de justesse un hurlement : deux personnes se tenaient debout devant elle. Puis, une seconde plus tard, elle eut l'impression que les battements de son cœur reprenaient avec lenteur.

Les secours étaient arrivés.

C'étaient Sheila Polanski et un jeune homme que Skyler n'avait jamais rencontré, sans doute l'adjoint avec lequel Sheila était venue la veille au soir. De toute évidence, ils étaient montés de la cave écouter ce qui se passait.

Sheila posa un doigt sur ses lèvres. Skyler comprit qu'en fait, ils attendaient le bon moment pour intervenir.

— Dites donc, vous en mettez, du temps ! dit Scooter d'un ton méfiant.

— Mais non, pas tant que ça, objecta-t-elle en jetant le sac poubelle en bas des marches.

Elle l'avait fait sans regarder, mais les deux policiers auraient sûrement réussi à l'éviter.

Elle tremblait si violemment qu'elle redoutait que Scooter ne s'en aperçoive. Incapable de lever les yeux vers lui, elle se dirigea droit sur le réfrigérateur et l'ouvrit.

Elle faillit sursauter en entendant Scooter surgir dans son dos et fit volte-face, une boule dans la gorge.

— Qu'est-ce qui vous prend de bondir comme ça ? questionna-t-il.

— Vous m'avez fait peur, dit-elle.

— Désolé, fit-il, hilare.

Il se tourna vers Brenda, qui écarquillait les yeux, et ajouta d'un ton joyeux :

— Elle sort la dinde du frigo !

— Je vois, dit Brenda. Où dois-je mettre ces petites assiettes, madame O'Boyle ?

— Laissez-les sur la desserte jusqu'à ce que nous mettions la table, répondit Skyler.

— Où est la farce pour la dinde ? demanda Scooter en se penchant pour regarder dans le réfrigérateur.

— Je la fais à part.

— Pourquoi ?

— Parce que je ne la mets pas dans la dinde. Je veux qu'elle reste moelleuse, or la chapelure a tendance à l'assécher.

— Bien raisonné, commenta-t-il d'un ton approbateur, l'air radieux.

Skyler jeta un coup d'œil en direction de l'office, par-dessus l'épaule de Scooter. La porte était entrebâillée et l'on distinguait la silhouette de Sheila descendant les marches. Scooter, par bonheur, lui tournait le dos, mais si jamais Quintin…

Quintin, qui était à l'étage, avec son mari et ses enfants. Armé.

Elle laissa tomber la dinde par terre. Scooter se baissa pour la ramasser, sans méfiance, et elle en profita pour secouer vigoureusement la tête. Les autres, avec Quintin, redescendaient l'escalier. Ce n'était pas le moment d'agir. Les flics devraient attendre qu'ils soient tous ensemble, que les deux truands soient bien occupés et puissent être maîtrisés en même temps.

Scooter lui rendit la dinde et balaya la cuisine du regard, comme s'il se pensait avoir vu quelque chose et s'être trompé.

— Qu'est-ce qui se passe ? demanda-t-il, soupçonneux.

Au même instant, la porte de la cuisine s'ouvrit et les autres firent leur entrée, l'un derrière l'autre. Quintin fermait le ban, revolver au poing.

— Les cadeaux sont sous le sapin, annonça Jamie.

— Et tu vas voir quelle jolie surprise je t'ai trouvée. La plus belle de toutes, dit Kat en s'approchant pour étreindre sa mère.

— Les flics sont là, lui chuchota Skyler à l'oreille.

— Si ça se trouve, sa plus belle surprise, elle viendra de *moi* et pas de toi, dit Jamie.

— Tous les cadeaux que me font mes enfants sont beaux, dit Skyler en se retournant pour le serrer dans ses bras.

Frazier se mit à rire.

— C'est peut-être *moi* qui lui ferai la meilleure surprise, en fait !

A cet instant, alors qu'elle levait les yeux, Skyler vit Scooter, à l'autre bout de la pièce, l'air infiniment triste. Elle comprit à son regard qu'il avait l'intention de tous les tuer. Ou, en tout cas, que Quintin en avait l'intention et que Scooter ne l'en empêcherait pas.

Mais pas avant qu'ils n'aient mangé la dinde.

— Je ne suis pas sûre que ce soit l'idée du siècle, murmura Sheila en frissonnant et en se rapprochant de Tim.

Ils étaient redescendus en bas, dans la cave.

— Maintenant, on ne peut plus reculer, répondit-il.

— Oui, je sais, mais… le problème n'a pas changé depuis hier. Comment allons-nous pouvoir maîtriser ces deux types en même temps sans que l'un d'eux ne tire sur les O'Boyle ?

— Patience, dit Tim.

Comme seule une faible lueur sourdait du haut des marches, et que la fenêtre poussiéreuse de la cave laissait à peine passer la lumière du jour, le visage du jeune homme était dans l'ombre. Ils n'entendaient plus que très partiellement ce qui se passait au rez-de-chaussée. Si Skyler O'Boyle n'avait pas été seule pour ouvrir la porte de la cave, ils auraient été faits comme des rats. Ni l'un ni l'autre ne s'était rendu compte qu'elle s'approchait. Ils avaient eu tout juste le temps de redescendre.

— Patienter, c'est bien joli, chuchota Sheila. Mais combien de temps ?

— Jusqu'à la dinde, à mon avis, non ? fit Tim.

Sheila poussa un soupir.

— Mon Dieu, Tim, nous n'avons pas le droit d'échouer. Sinon, il y aura un bain de sang.

— Il faudra les avoir du premier coup. Scooter et Quintin.

— Au moment de la dinde…

— La dinde, on s'en fiche, murmura Tim.

Soudain, il se raidit et tendit l'oreille, le front plissé.

On venait de mettre la volaille dans le four, et un bruit de piétinements indiqua que tout le monde passait dans le salon.

— Waou ! s'écria Jamie avec ravissement, levant brièvement les yeux vers ses parents avant de les ramener vers le carton qu'il venait de déballer.

Il ajouta, incrédule :

— Mon ordinateur… vous l'avez trouvé !

— C'est grâce à ton père, répondit en souriant Skyler, qui avait pris place sur une chaise rembourrée. Ouvre le tien, Kat.

— Pourquoi est-ce que c'est son tour ? demanda Scooter.

Kat se tourna vers lui pour expliquer :

— Nous faisons en fonction de l'âge. D'abord Jamie, le plus jeune. Ensuite, moi.

— Est-ce que vous et Frazier n'êtes pas jumeaux ? intervint Quintin.

— Si, mais je suis né le premier, répondit Frazier.

— Et alors ? Vous êtes plus vieux de cinq secondes ? s'esclaffa Quintin.

— De dix minutes, pour être exact, dit Frazier. En outre, Kat est impatiente, moi non.

— Mais si, toi aussi ! le taquina Kat.

— C'est vrai. Je suis *moi aussi* impatient. Alors ouvre ton cadeau, que je puisse voir le mien.

— Et moi, quand est-ce que j'ouvre le mien ? intervint Scooter.

— Après Frazier. Vous êtes plus vieux que lui, dit Skyler.

Scooter soupira.

— En fait, Kat et moi devrions venir après Brenda, remarqua Frazier.

— Ah, non ! protesta Scooter.

— Nous avons toujours fait comme ça, pour Noël, répondit calmement Kat.

— Bon, d'accord, céda Scooter avec un soupir.

Il était armé, se dit Skyler, et aurait fort bien pu exiger d'ouvrir sur-le-champ son cadeau. S'il ne le faisait pas, c'est qu'il voulait un vrai Noël. Un Noël en famille. Même si ensuite, après le dîner, il devait laisser massacrer toute la famille.

Skyler faillit sourire. Ni Scooter, ni Quintin ne se doutaient qu'il y avait des policiers dans la cave.

— Je peux très bien passer mon tour, indiqua Brenda.

— Non, ouvrez votre cadeau, ordonna Scooter.

— C'est de la part de tout le monde, précisa Skyler.

— Maman, ça ne t'ennuie pas si elle ouvre le mien d'abord ? demanda Frazier.

— Non, bien sûr, répondit Skyler.

Au même instant, avant même que Brenda n'ait ouvert la boîte et poussé un cri de ravissement, Skyler devinait : c'était une bague de fiançailles.

Et Frazier ne les avait même pas prévenus !

A moins qu'il n'en ait eu l'intention, et que les événements l'en aient empêché. Skyler croisa son regard, y lut une excuse. Oui, il avait bel et bien prévu de les prévenir, peut-être même de leur demander leur approbation.

— Oh, Frazier ! dit Brenda dans un souffle.

— Veux-tu m'épouser, Brenda ? demanda-t-il doucement.

— Oui... oui ! répondit-elle en l'embrassant.

— Prenez plutôt une chambre, se lamenta Jamie.

Brenda se rassit en rougissant et lui lança :

— Attends un peu, futur beau-frère !

Skyler entendit son fils aîné se racler la gorge. Il ne savait pas non plus que des sauveteurs étaient aux aguets, en bas, et qu'ils avaient maintenant un espoir de s'en sortir. C'était pour cela qu'il avait tellement tenu à ce que Brenda sache qu'il lui offrait une bague.

Parce que dans son esprit, le mariage risquait de ne jamais se réaliser.

— Très jolie bague, commenta Scooter en s'avançant pour examiner le bijou.

Skyler vit que Craig regardait Scooter d'un air anxieux, presque comme s'il craignait qu'il n'arrache la bague de Brenda séance tenante.

— Bon, intervint-elle à voix haute, je vais bientôt devoir m'occuper de la dinde, alors nous devrions continuer. En attendant, Brenda et Frazier, toutes mes félicitations.

— Ouais, continuons, intima Scooter. Kat, ouvre ton cadeau.

— Je suis désolée, mais je ne pense pas que ton père et moi soyons à la hauteur du cadeau de Frazier à Brenda, expliqua Skyler à sa fille.

Elle essayait de ne pas regarder dans la direction de Craig, qui continuait à surveiller Scooter.

Scooter, qui ne quittait pas la bague des yeux.

Skyler sentit tout à coup son estomac se nouer. Ces voyous étaient probablement des voleurs de bijoux. Ils finiraient donc sûrement par voler la bague de Brenda, et s'ils ne le faisaient pas immédiatement, c'était qu'ils préféraient attendre.

Attendre d'avoir mangé la dinde.

— Mes bottes ! s'écria Kat, en ouvrant son cadeau, folle de joie.

Elle avait repéré cette paire de bottes doublées de fourrure dans une vitrine, lors du week-end suivant Thanksgiving, en faisant du shopping avec sa mère. Elles étaient horriblement chères et Kat s'était éloignée en poussant un soupir, car elle en mourait d'envie. Sa mère s'en était rendu compte et était revenue acheter les bottes un peu plus tard.

— En tout cas, ça tient plus de place qu'une bague, dit Jamie.

— Parfait. Elles sont très bien. Maintenant, ouvre ton paquet, Frazier. Tout de suite, ordonna Scooter.

— Ça ne vous ennuie pas qu'il ouvre d'abord mon cadeau ? demanda timidement Brenda à Skyler.

— Bien sûr que non, répondit Skyler, en se demandant si Brenda offrait elle aussi une bague à Frazier.

Mais ce n'était pas une bague. C'était une médaille de Saint-Christophe en or, ravissante et toute simple.

Une fois de plus, Scooter bondit de son siège pour venir l'admirer. Et une fois encore, Skyler regarda Craig, dont les traits se crispaient.

— Elle est magnifique, Brenda, dit Frazier.

— Vous avez tous les deux bon goût, fit Scooter. Maintenant, à moi !

— Je pense que Craig est plus jeune que vous, intervint fermement Skyler.

Scooter fronça les sourcils.

— Vous avez un cadeau pour lui aussi ?

— On ne sait jamais qui risque de venir pendant les fêtes, répondit David. Skyler n'aime pas être prise au dépourvu.

— Je n'ai besoin de rien, intervint Craig. Laissez Scooter ouvrir son cadeau.

Skyler suivit la direction de son regard et vit que Quintin restait assis, attentif à tout ce qui se passait, son arme à portée de main.

— Non. Il y a un cadeau pour toi et comme tu es plus jeune que moi, ouvre-le d'abord, intima Scooter.

— Mais, Scooter..., protesta Craig.

— C'est Noël. Il faut respecter les traditions, coupa Scooter.

Des mots porteurs d'espérance, songea Skyler. Mais qui, étant donné les circonstances, résonnaient sinistrement.

Craig ouvrit le présent que Skyler s'était empressée de lui tendre.

— C'est superbe, murmura-t-il en exhibant une écharpe de cachemire bleu nuit. Vraiment très beau. Merci.

Il regarda Skyler et elle lui sourit. Elle mourait d'envie de lui dire qu'elle savait qu'il n'était pas du côté des monstres qui tenaient sa famille en otage. Puis elle sentit son estomac se nouer de nouveau en se rappelant qu'il y avait des policiers cachés dans la cave et que ces policiers prendraient sûrement Craig pour l'un des truands. Et risquaient fort de le tuer en essayant de sauver les autres.

Elle tourna la tête pour ne pas se trahir. Pas question de prendre le moindre risque : sa famille avant tout. Sa famille qui risquait très gros, elle aussi.

D'ailleurs, que savait-elle de précis sur Craig ? Simplement qu'il était arrivé en même temps que les deux autres, qu'il faisait partie de la même bande. Sauf que lui...

Lui avait une conscience.

Elle remarqua que Kat, elle aussi, dévisageait le jeune homme et semblait même au bord des larmes.

Jusqu'où leur relation était-elle allée ? se demanda Skyler.

— A moi ! insista Scooter.

— Oui, Scooter, maintenant, c'est à vous, dit David avec patience.

— Lequel est le mien ? demanda Scooter.

— Celui-ci, dit Paddy en poussant un paquet vers lui du bout de sa canne.

Au lieu de déballer précipitamment le papier-cadeau, Scooter souleva la boîte et la maintint devant lui pour l'examiner, comme fasciné par le papier d'emballage.

— Joli ruban, dit-il. Beau papier.

— C'est moi qui l'ai préparé, dit Kat.

Il lui adressa un bref sourire.

— Waou !

— Ouvre donc ce truc, Scooter, dit Quintin.

— Ça vient, ça vient.

En prenant bien soin de ne pas déchirer le papier, Scooter s'appliqua à défaire minutieusement le nœud, puis à retirer le ruban, suivi du scotch. Il plia bolduc et papier et les mit soigneusement de côté, comme s'ils faisaient partie du cadeau. Puis il ouvrit la boîte.

— Un jeu de Cranium !

— J'ai cru comprendre que vous aimez bien les jeux, dit Kat.

— C'est super. C'est le plus beau cadeau de Noël que j'aie jamais eu.

Il se tut en fronçant les sourcils, comme s'il fouillait dans ses souvenirs.

— C'est même sans doute le seul, enchaîna-t-il.

— Regardez en dessous, dit Skyler.

Il s'exécuta et écarquilla les yeux de ravissement.

— Un Trivial Pursuit ! s'écria-t-il gaiement. Regarde, Quintin, il y a deux jeux !

— C'est très bien.

— Maman, c'est ton tour, dit Kat.

— Dans un moment, répondit Skyler en se levant pour gagner la cuisine. Je dois arroser la dinde.

Elle parlait plus fort que nécessaire, exprès, dans l'espoir que les flics l'entendent et redescendent l'escalier, si jamais ils étaient remontés écouter. Il était hors de question de trahir par mégarde ces sauveteurs tombés du ciel.

— Si je ne l'arrose pas, elle se desséchera, et une dinde trop sèche, ça ne vous plairait pas, n'est-ce pas, Quintin ?

— Cette dinde, ce sera mon cadeau, répondit aimablement Quintin.

— J'aimerais bien un soda, dit Jamie.

— Moi, je voudrais de l'eau, renchérit Kat.

— Devons-nous tous retourner dans la cuisine ? demanda Skyler à Quintin d'une voix calme.

Quintin secoua la tête.

— Scooter, emmène maman dans la cuisine, et surveille-la de près. Vous rapporterez à boire aux enfants en revenant, madame O'Boyle.

Skyler haussa les épaules.

— D'accord.

Quelle mouche piquait donc Quintin ? Est-ce qu'il avait deviné ? Pourquoi tenait-il tant à ce qu'ils restent séparés ?

Skyler gagna la cuisine, suivie de Scooter. En s'approchant du four, elle remarqua que la pile d'assiettes que Brenda avait posée sur la desserte avait légèrement reculé, comme si quelqu'un l'avait repoussée par inadvertance en s'appuyant sur le rebord.

S'efforçant d'agir avec naturel, elle ouvrit le four et arrosa la volaille, mais son cœur battait à tout rompre. Il fallait — à tout prix — qu'elle retourne voir l'entrée de la cave. Seulement, elle n'avait pas d'autre sac poubelle à jeter. Et il n'était pas question de s'en approcher sans raison valable, sinon Scooter la suivrait pour voir ce qu'elle mijotait.

— Miam-miam ! dit Scooter.

Elle sursauta. Il était juste derrière elle.

— Quand est-ce que ce sera cuit ? demanda-t-il, suppliant comme un gosse.

Brusquement, Skyler devina qu'elle n'aurait pas besoin d'aller vérifier l'entrée de la cave. Les flics n'étaient plus en bas. Où diable étaient-ils passés ?

12.

— Scooter ! hurla Quintin avec impatience avant de jeter un regard circulaire dans la pièce. Est-ce qu'il faut tout ce temps pour arroser une dinde ?

— Je suppose que Skyler prépare aussi le reste, dit David d'un air compassé.

— Nous pouvons tous aller dans la cuisine, si tu veux, suggéra Craig.

— Va donc jusqu'à la porte voir ce qui se passe, répondit Quintin.

— D'accord, dit Craig.

Quel genre de sixième sens avait donc Quintin ? se demanda-t-il. Si les flics voulaient les sortir de là, il faudrait qu'ils maîtrisent Quintin et Scooter en même temps. Tout à coup, la tâche lui parut insurmontable. Il se dirigea néanmoins vers la cuisine et fit exactement ce qu'on lui avait ordonné, en se contentant de pousser le battant pour lancer :

— Mme O'Boyle ? Quelque chose ne va pas ?

A sa grande surprise, Scooter se tourna dans sa direction pour répondre d'un ton fier :

— On est en train de cuisiner.

Craig revint dans le salon et dit à Quintin :

— Ils sont en train de cuisiner.

— *Ils* sont en train de cuisiner ? Scooter en est bien incapable, dit Quintin.

— Mme O'Boyle m'apprend, cria Scooter depuis la cuisine d'un ton guilleret.

Quintin se mit debout.

— Ça ne me plaît pas, dit-il d'un ton nerveux. Toi, le père, tu restes ici avec les garçons. Oncle Paddy, dans la cuisine. Blondie et l'enquiquineuse de service, dans la cuisine aussi.

Lui qui avait semblé si calme pendant l'ouverture des cadeaux, presque décontracté, voilà qu'il était de nouveau agité, se dit Craig, et même anxieux.

Peut-être craignait-il que Scooter ne se prenne tellement d'affection pour la famille qu'il ne soit plus capable de faire le nécessaire une fois le moment venu.

— Et moi, où veux-tu que j'aille, Quintin ? demanda-t-il à voix haute.

— Cuisine, fit Quintin avec un regard filtrant. Je te fais à peu près autant confiance qu'à ta petite amie rouquine.

— Je ne suis pas sa petite amie, dit Kat d'un ton sec.

— Tu es une fille et vous avez été amis, répondit Quintin, exaspéré.

Il tendit le bras. Craig sentit brusquement sa gorge se nouer, tous les muscles de son corps se crisper : le canon luisant du revolver de Quintin s'était posé sur la tempe de Kat

— Tout le monde à sa place, cria Quintin.

Craig regarda David O'Boyle, rivé à sa chaise, pétrifié d'angoisse et d'impuissance tandis qu'on menaçait sa fille sous ses yeux. Brenda et Paddy s'étaient levés pour passer dans la cuisine, comme on le leur avait intimé.

— Il est inutile de malmener ma petite-nièce, dit Paddy avec dignité. Nous avions compris ce que vous vouliez sans qu'il y ait besoin de la terroriser, cette petiote.

— Allez dans la cuisine, c'est tout, dit Quintin.

Il sortit en laissant la porte grande ouverte et traversa le hall en surveillant par-dessus son épaule ce qui se passait derrière lui.

— Scooter ! hurla-t-il, une fois arrivé à la porte.

— Quoi ?

— Sors de là tout de suite, tu m'entends ?

— Mais...

— Il n'y a pas de mais. Et fais attention. Relève ton cran de sûreté et tient le père en joue. Immédiatement.

Scooter apparut, l'air boudeur.

— Je suis en train d'apprendre à faire des ignames confits, Quintin.

— Tu les mangeras, ce sera bien suffisant, dit Quintin.

— Tu n'as pas besoin de rendre ce dîner totalement sinistre, Quintin, répondit Scooter.

— Sors de là, tu m'entends ? Je ne vais rien rendre sinistre du tout. Je me demande simplement comment tu peux surveiller la mère si tu es en train de préparer des ignames.

Scooter regagna le salon, l'air déconfit.

Craig dépassa Quintin pour entrer dans la cuisine, sur les talons de Paddy et de Brenda. Avec un soupir impatient, Paddy prit une chaise et posa sa canne sur la table. Brenda s'immobilisa près de l'évier tandis que Quintin poussait Kat vers sa mère sans ménagement.

— Tu as commencé à préparer les légumes ? demanda Kat.

Skyler hocha la tête avec l'expression de quelqu'un qui vient de perdre une négociation a priori inratable.

— Oui. J'étais en train de saupoudrer les ignames de sucre roux. Pouvez-vous préparer le consommé de haricots verts, Brenda ? C'est facile. Il n'y a qu'à mettre les haricots dans une soupe de champignons, en ajoutant des rondelles d'oignon frit. Tout le monde aime ça. Sauf bien sûr si on n'aime pas les haricots, ou les champignons, ou les oignons.

Skyler se rendit compte qu'elle débitait des fadaises dans le seul but de détendre l'atmosphère. Brenda hocha la tête et se mit au travail tandis que Kat se chargeait des ignames. Avec un soupir, Skyler ouvrit le four pour arroser de nouveau la dinde.

Quintin s'assit à côté de Paddy. Craig, consterné, remarqua qu'il avait choisi une chaise hors de portée d'un éventuel tireur embusqué dans la cave. Cela dit, il était peu probable qu'ils essaieraient de l'abattre d'emblée. Quintin les séparait en petits groupes pour être certain qu'un au moins des O'Boyle finisse par y rester, quoi qu'il advienne.

— Dis-moi, Quintin…, fit Craig à voix haute.

— Quoi ?

— C'est Noël.

— Je suis au courant. Et alors ?

Craig s'obligea à sourire.

— Je me disais qu'on aurait pu prendre un verre pour fêter ça.

— Il est encore tôt.

— Pas en Irlande, objecta Paddy.

— Moi aussi, je boirais bien quelque chose, avoua Brenda.

— Alors ? demanda Craig à Quintin.

— Comme vous voulez, après tout. Allez-y.

Craig se leva pour gagner la desserte où se trouvaient les alcools. Il devinait que Quintin le suivait d'un regard hostile et, même, s'entraînait à viser, en pointant son 9 mm Smith & Wesson directement dans son dos.

Craig savait que cette arme aurait pu le traverser de part en part en faisant un trou de la taille d'une assiette à soupe. Il se vit fugitivement sous l'aspect d'un personnage de dessin animé, en train de regarder un énorme trou dans son estomac, et se demanda distraitement si les dessins animés étaient aussi violents maintenant que quand il était petit.

— Qu'est-ce que vous prendrez ? demanda-t-il en se tournant vers les autres.

— Un whiskey sec, répondit Paddy.

Quintin haussa les épaules.

— Pour moi, la même chose que ce vieux fou.

Craig emplit les verres, en frôlant Kat. Il n'arrivait pas à réaliser que trois ans s'étaient écoulés. Trois ans durant lesquels sa vie avait été totalement bouleversée.

Il posa leurs verres devant Paddy et Quintin, tout en réfléchissant au moyen de boucher la vue de ce dernier, pour le forcer à se déplacer et à revenir dans le champ de vision d'un tireur. Mais Quintin, le voyant ralentir, lui jeta un regard soupçonneux. De toute façon, songea Craig, si les deux policiers étaient dans la maison, ce dont il était convaincu, ils ne prendraient pas le risque de tirer avant d'être absolument sûrs de leur fait. Ils ne tenteraient sûrement pas d'abattre Quintin avant d'être certains de pouvoir atteindre aussi Scooter. Il revint vers la desserte et reprit à voix haute :

— Brenda, whiskey sec pour vous aussi ?

— Mon Dieu, non, en ce qui me concerne, il faut le mélanger à autre chose, répondit-elle.

— Du soda ? s'enquit Craig.

— Très bien. Coca-Cola, citronnade, peu importe, répondit-elle tout en s'affairant à sortir la dernière goutte de soupe aux champignons du bocal.

— Vous ne devriez pas mélanger un bon whiskey avec ce genre de saloperie, dit Quintin. Ça donne des gueules de bois carabinées. Evidemment, vous vous en fichez, maintenant.

Un silence abasourdi accueillit ses paroles.

Craig tendit précipitamment son verre à Brenda. Elle le prit d'une main tremblante, ses yeux bleus écarquillés de frayeur.

Il ne pouvait pas se permettre de la rassurer. Pas à cet instant.

— Skyler, Kat... Qu'est-ce que vous prendrez ?

Skyler secoua la tête pour refuser, tout en vérifiant de nouveau la dinde.

Kat lui jeta un regard meurtrier. Il comprit qu'elle se demandait à quel jeu il jouait et qu'elle saisissait l'occasion pour lui faire comprendre qu'elle n'accepterait absolument rien émanant de lui. Plus jamais.

Il se versa une rasade de whiskey et alla s'asseoir à côté de Paddy.

— Santé, dit-il en levant son verre.

Paddy soutint son regard.

— *Slainte*, répondit-il.

Craig se tourna vers Quintin.

— Ils nous ont vus, tu sais, lança-t-il d'un air pensif.

— De quoi parles-tu ?

Craig hocha la tête.

— Les flics qui sont venus hier soir, répondit-il. Ils ont vus nos visages. Ce qui fait que quand nous partirons d'ici… où que nous allions, ils sauront que c'était nous.

A son immense surprise, Quintin le dévisagea en clignant des yeux, et Craig comprit que le malfrat venait tout juste de mesurer l'erreur qu'il avait commise. Obsédé par l'idée qu'ils s'étaient réfugiés dans un endroit sûr, certain de tout maîtriser, Quintin n'avait pas anticipé les conséquences de son faux pas.

Il resta parfaitement immobile pendant un temps interminable, sans bouger de sa chaise, au point que Craig finit par se décider à reprendre la parole.

— En somme, nous n'avons aucun intérêt à tuer qui que ce soit, conclut-il.

Un lent sourire étira le visage de Quintin, et il braqua son Smith & Wesson en plein visage de Craig.

— Sauf que *moi*, ils ne m'ont pas vu, ricana-t-il d'un air mauvais. Et si c'est toi que je tue, cela ne fera aucune différence pour personne.

Aurait-il tiré ? Craig ne devait jamais le savoir. Au même instant, Skyler avait surgi à côté de lui, visiblement à bout de nerfs.

— Assez ! Assez, et je parle sérieusement, jeta-t-elle. J'en ai par-dessus la tête des disputes et des chicanes, et je me fiche complètement de savoir si ça vient de vous ou de mes enfants. Ecoutez-moi bien. C'est *Noël*, je fais cuire une dinde, et j'en ai totalement ras le bol que le monde entier se comporte comme une bande de gamins de deux ans. Je ne veux plus entendre une seule querelle autour de cette table, c'est compris ?

Quintin était éberlué. Il resta coi et se borna à contempler Skyler, debout devant lui, les poings sur les hanches, les yeux lançant des éclairs.

Il n'avait pas tiré sur Craig et il ne tira pas non plus sur Skyler.

Au bout de quelques instants, il se mit même à rire.

Craig entendit Kat panteler de soulagement. Il jeta un œil

dans sa direction : elle s'était pliée en deux et tremblait de tous ses membres.

Il se leva et lança :

— Tu es sûre que tu ne veux rien boire, Kat ?

— Je me servirai moi-même, répliqua-t-elle en lui tournant le dos.

David O'Boyle, assis sur un fauteuil, dans son salon, avec ses fils, devant son arbre de Noël, haussait les sourcils en regardant Scooter, qui braquait son arme sur lui.

Scooter semblait penser que Quintin avait eu raison de le sermonner. Il ne plaisantait plus et ne parlait plus de Noël. Il se bornait à lancer de temps à autre un coup d'œil vers la cuisine, comme s'il souhaitait que Quintin revienne.

Les éclats de voix de la conversation leurs parvenaient étouffés. *Que se passe-t-il donc dans la cuisine ?* se demanda David. Pour éviter de penser à une situation qui lui échappait, il se tourna vers Scooter et s'enquit :

— Depuis combien de temps travaillez-vous pour Quintin ?

— Je ne travaille pas pour Quintin, riposta Scooter en fronçant les sourcils.

— Ah bon ? répondit poliment David, en croisant les mains sur ses genoux.

— Je ne travaille pas pour Quintin ! répéta Scooter avec véhémence.

— Je comprends. Je vous crois.

— C'est la vérité !

— Je vous l'ai dit, je vous crois.

— Si quelqu'un travaille pour quelqu'un… c'est pour moi. J'ai eu l'idée. C'était mon projet.

— Je vois, fit David. C'est une belle arme que vous avez là.

— Qu'est-ce que vous en savez ? railla Scooter.

— Je ne possède pas d'arme, c'est vrai, répondit David, mais ça ne veut pas dire que je n'y connais rien. J'ai entendu des publicités, j'ai lu des choses sur la législation... Je remarque que les vendeurs demandent toujours aux gens pourquoi ils veulent une arme : pour chasser ? Pour le sport ? Pour l'autodéfense ? Mais bizarrement, je n'ai jamais entendu personne expliquer qu'il avait choisi la meilleure arme pour faire un hold-up ou agresser des familles innocentes. Ou pour tuer, bien sûr, mais là, je m'avance un peu.

Un muscle tressauta dans la mâchoire de Scooter.

— Fermez-la. Fermez-la, je vous dis. Après tout, vous auriez déjà pu me descendre, si vous aviez un revolver.

— Et Quintin se serait empressé d'abattre une bonne moitié de ma famille.

Scooter baissa les yeux, l'air embarrassé.

— Vous avez une famille sympathique, reprit-il au bout d'un moment en relevant le menton. Tout ce que vous devez faire, c'est... eh bien, ne tentez rien d'idiot, O.K. ?

— Quintin a l'intention de tous nous tuer quoi qu'il arrive, répondit David.

— Non, ce n'est pas vrai, protesta Scooter.

Mais il mentait mal.

— Celui qui vit par les armes meurt par les armes, lança Jamie.

Scooter ne fit qu'en rire.

— Il n'y a pas la peine de mort, dans cet Etat, dit-il. C'est pour ça que nous sommes venus.

— Où étiez-vous avant ?

— En Louisiane. Ensuite, j'avais d'abord choisi la Floride, et puis je me suis dit que je serais mieux dans un Etat sans peine de mort.

Il avait l'air faraud, comme s'il se trouvait très intelligent d'avoir envisagé cet aspect.

— N'avez-vous jamais pensé qu'un flic pourrait vous abattre, Scooter ? demanda David.

— C'est vrai. Vous êtes sympa, mais les flics ne le savent pas forcément, renchérit Frazier.

— Je me garde bien de donner aux flics une raison de m'abattre, répondit Scooter. Je ne choisis que des endroits où il n'y a personne. Je veux dire…

Sa voix mourut.

— Etes-vous vraiment bon tireur, Scooter ? reprit David.

— Ça, oui ! Je m'entraîne sur des bouteilles de bière tout le temps. N'allez pas me prendre pour un rigolo. J'ai un tir précis, et ce flingue peut vous couper en deux. Vous avez vu la lampe.

David eut la nausée. Il pensait avoir fort bien compris tout ce que Scooter *n'avait pas dit*. Autrement dit, que si lui-même, Scooter, n'avait jamais tué personne, ce n'était pas le cas de Quintin.

Que Quintin n'aurait aucun scrupule à recommencer.

Et que quoi que Scooter puisse affirmer, il obéirait aux ordres de Quintin. Ce qui voulait dire que si Quintin le lui ordonnait, Scooter abattrait n'importe lequel d'entre eux pour sauver sa peau.

— Mais les bouteilles de bière et les gens, ça fait deux, dit David à voix haute.

— Euh, je…, commença Scooter avant de s'interrompre.

— Oui ? dit David.

Ce qu'il y avait de plus inquiétant chez Scooter, c'étaient ses brusques sautes d'humeur.

Maintenant, il fronçait les sourcils en direction de l'escalier en marmonnant :

— Qu'est-ce qui se passe, par là ?

— Quoi donc ? fit David, alarmé.

Scooter le foudroya du regard. Il était devenu nerveux, agité, coléreux.

— Vous avez combien d'enfants, à la fin ? demanda-t-il.

— Trois.

— Je veux une vraie réponse.

— Je vous le jure, Scooter. Je n'ai que trois enfants.

— Il y a quelqu'un à l'étage.

— Vous avez dû voir un jeu de lumière, suggéra David, le cœur battant à tout rompre.

Quant il avait secouru Craig, que Quintin venait de frapper violemment, le jeune homme lui avait glissé que les secours allaient arriver. Et la veille, c'était à côté de Sheila qu'il s'était assis... David osait à peine respirer. Les flics étaient-ils entrés dans la maison ? Etait-ce pour cette raison que Skyler lui avait jeté un regard bizarre, un peu plus tôt ?

— J'ai vu quelque chose, insista Scooter.

— Un jeu de lumière, répéta David.

— Quintin ! hurla Scooter.

David comprit que Scooter allait éveiller les soupçons de son acolyte. S'il le faisait, tout était perdu... Il se leva et lança à voix haute :

— Mon Dieu...

— Quoi donc ? fit Scooter.

— Sentez-moi cette dinde !

On entendit la porte de la cuisine s'ouvrir à la volée et Craig apparut sur le seuil du salon. Apparemment, Quintin se servait de lui comme intermédiaire.

— Quintin veut savoir pourquoi tu as crié, Scooter.

— C'est la dinde, répondit David. L'odeur est absolument délicieuse. Nous nous demandions juste quand le dîner serait enfin prêt.

Scooter regarda Craig en plissant le front, comme s'il essayait de retrouver le fil de ses pensées.

— Scooter, qu'est-ce qu'il y a ? insista Craig.

— Je ne veux pas rester dans le salon. Je veux aller dans la cuisine, dit Scooter.

— Je vais le dire à Quintin, répondit Craig.

Il disparut et la porte se referma derrière lui.

— Je croyais que vous ne travailliez pas sous les ordres de Quintin ? s'étonna David.

— C'est vrai.

Scooter parut sur le point de filer aussi sec vers la cuisine, puis se ravisa.

— Je ne travaille pas pour Quintin, hurla-il, mais nous faisons équipe. Vous comprenez ça ? On bosse ensemble.

— Certainement, dit David.

— Et vous ne comprenez rien. Aucun de vous, reprit Scooter.

— Sûrement, acquiesça David.

— Vous pourriez faire un effort. Quintin, c'est… un ami. Il s'inquiète pour moi. Alors je dois être son ami aussi. Lui montrer que je veille sur lui.

— Normalement, les amis ne se font pas de mal entre eux, dit David.

— Ou ne se font pas faire des choses qui les mettent en danger, glissa doucement Frazier.

— Quintin est mon ami, insista Scooter dont le revolver commençait à trembler dans sa main.

— Entendu. Nous croyons tout ce que vous dites, fit David d'une voix apaisante.

— Sentez-moi cette dinde, dit Frazier d'un ton encourageant.

Le frétillement nerveux des doigts de Scooter s'atténua.

— De la dinde, mais aussi des pommes de terre, de la sauce… et du dessert. Beaucoup de dessert, Scooter, promit Frazier.

Kat saupoudra artistiquement le plat de sucre roux, puis coupa le beurre en petits morceaux qu'elle déposa avec soin sur chacun des ignames, faisant durer le plus possible ce qu'elle faisait pour pouvoir rester dans la cuisine avec sa mère. Elle était toujours aussi terrifiée mais, maintenant, elle était aussi profondément troublée.

Craig lui avait révélé sans fard ce que tramait Quintin, et qu'ils s'étaient tous efforcés d'ignorer, comme si le fait de ne pas en parler pouvait suffire à éviter le pire. Mais Craig lui avait ensuite indiqué un fait nouveau, qui redonnait espoir.

Depuis, elle… elle priait constamment pour que les flics entrés dans la maison abattent Quintin et Scooter.

N'était-ce pas une pensée horrible, que d'espérer ainsi voir exploser la cervelle de quelqu'un ? Oui, peut-être. Mais après la manière dont ces deux hommes avaient terrorisé sa famille… Horrible ou non, la pensée s'imposait.

En tout cas, la question restait. Quel jeu jouait Craig, et de quel côté était-il réellement ?

Elle s'était rendu compte, un peu plus tôt, qu'il s'efforçait de manipuler Quintin pour le mettre dans la ligne de mire d'un des deux policiers, afin que l'autre le cas échéant puisse au même moment viser Scooter. Mais cela n'avait pas marché et rien ne s'était passé.

Est-ce que Craig s'y était attendu ? Est-ce qu'il jouait en permanence la comédie ? Ou bien ménageait-il la chèvre et le chou, en attendant de voir qui l'emporterait avant de se rallier aux vainqueurs ? Si Quintin et Scooter parvenaient à s'enfuir, se joindrait-il à eux pour prendre le large ? Sinon, prétendrait-il avoir toujours été du bon côté et n'avoir donné le change aux deux fous de la gâchette que pour sauver sa peau ?

Longtemps auparavant, elle avait adoré Craig. Elle s'était levée chaque matin en mourant d'impatience de le voir. Elle avait fait tous ces petits gestes que font les femmes quand elles tombent passionnément amoureuses pour la première fois : se raser les jambes avec soin, surveiller son régime, faire de l'exercice, s'angoisser de ses imperfections, et elle s'était émerveillée de constater que, lui aussi, il était amoureux.

Bien sûr, le désir charnel avait joué son rôle. Craig avait un de ces visages qui font la une des magazines. Il était musclé, mais sans excès, et à l'époque toujours hâlé par le grand air. Elle l'observait discrètement pendant les cours, dans l'espoir de faire sa connaissance, et n'en avait pas cru sa chance quand cela s'était enfin produit. Vers la fin, ils songeaient à passer les vacances de printemps aux Bahamas, juste tous les deux. Ils auraient loué un petit cottage sur une plage et passé le temps à plonger, nager, regarder les poissons sous l'eau, faire du parachute ascensionnel… et faire l'amour dans les vagues, sous la caresse d'une brise fraîche sur la peau.

Et puis…

Tout avait explosé en vol, brusquement, froidement, durement.

Cela lui avait brisé le cœur. Pour fuir la souffrance, elle avait multiplié les sottises. Avait passé la nuit dehors, bien trop bu, dormi avec le premier venu simplement parce qu'il faisait partie de l'équipe de foot. Il lui semblait se rappeler un type qui ouvrait les bouteilles de bière avec les dents. Elle se demanda vaguement s'il avait encore des dents.

Elle aurait même pu sombrer dans la drogue mais Frazier était alors intervenu, juste à temps, et l'avait secouée comme un prunier. En fait, comme il était son jumeau, il partageait sa souffrance, la ressentait. Durant leur enfance, ils s'étaient souvent disputés, comme n'importe quel frère et sœur, mais en période de crise elle l'avait trouvé à ses côtés. Cela lui avait remis les idées en place.

Quant à sa mère… A l'époque, Kat souffrait tellement de l'abandon de Craig que les moindres paroles de Skyler, ses coups de fil anxieux la mettaient hors d'elle. Or maintenant, maintenant que leurs vies ne tenaient qu'à un fil, elle se demandait comment elle avait pu se montrer aussi cruelle à l'époque pour quelqu'un qui l'aimait autant.

Les autres aussi étaient importants, bien sûr. Son père, Jamie, et même oncle Paddy. Ils comptaient tous dans sa vie. Il était impossible qu'elle perde l'un d'eux.

Tout à coup, elle eut beaucoup de mal à ne pas fondre en larmes en pensant à toutes les anecdotes de la famille qu'elle ne voulait surtout pas oublier, pour pouvoir les raconter un jour à ses propres enfants, si elle en avait.

Si on lui laissait le temps d'en avoir.

Une fois, avec Craig, ils avaient envisagé cette perspective. Ils étaient allongés dans les bras l'un de l'autre et évoquaient rêveusement l'avenir. Craig défendait farouchement le principe que les enfants avaient besoin d'une mère et d'un père, et qu'il voulait lui-même au moins deux enfants, parce qu'il n'était pas drôle d'être enfant unique. Il affirmait aussi que tous les parents devaient nourrir des projets.

Alors, qu'était-il arrivé à ses projets à lui ?

— Qu'est-ce que vous faites donc ?

Elle faillit sauter au plafond. Quintin s'était approché sans qu'elle l'entende et se tenait juste à côté d'elle.

— Les ignames. Je prépare les ignames.

— On dirait que vous êtes en train de peindre la Joconde.

— C'est un repas de Noël, je vous rappelle. Tout doit être parfait, répondit-elle en regardant autour d'elle.

Elle était seule dans la cuisine avec Quintin. Où étaient donc passés les autres ? Quand étaient-ils sortis ?

— Mettez ça dans le four, et allons-y, fit Quintin.

— Où allons-nous ? demanda-t-elle.

Son cœur battait la chamade sans qu'elle puisse le contrôler. Quintin la terrifiait.

Il sourit comme s'il le devinait et en jouissait.

— C'est Noël, fillette. Il reste des cadeaux à ouvrir. Tu ne veux pas que ton papa et ta maman aient leur cadeau ?

Il tendit alors la main vers elle et lui effleura le visage. Elle dut se retenir pour ne pas hurler, riposter, commettre un geste irréparable qui lui vaudrait d'être abattue sur place et d'entraîner dans la mort toute sa famille.

La porte à battants s'ouvrit et Craig entra. Craig le malfrat ? Ou l'ami innocent ?

Quoi qu'il fût, il était arrivé juste à temps. Un élan de gratitude l'envahit, qu'elle s'empressa de juguler. Il était hors de question de lui pardonner maintenant, même s'ils devaient tous mourir. Seuls les idiots pardonnaient à ceux qui les avaient détruits.

— Dépêche-toi donc, Quintin, dit Craig d'un ton impatient. Mme O'Boyle dit qu'on pourra manger une heure environ après que Kat ait mis les ignames dans le four.

Quintin recula d'un pas, mit Kat en joue, puis tourna son arme vers Craig et la maintint braquée sur lui.

— Je rappelle que c'est moi qui donne les ordres, jeta-t-il. C'est moi qui dis quand on shoote.

Il s'esclaffa et ajouta :

— Je dis bien, quand on shoote. Compris ?

Kat lui tourna le dos et enfourna le plat dans le four, juste au-dessous de la dinde.

A l'étage, le dos collé contre le mur du palier, Sheila et Tim guettaient. Ils s'étaient rapidement rendu compte, après avoir pénétré dans la maison, qu'il leur serait impossible de tirer sans risque sur les intrus depuis l'escalier de la cave. Ils s'étaient donc faufilés à l'étage par l'escalier de service quand tous les autres étaient réunis dans le salon.

— Merde, grommela Tim en regardant vers le rez-de-chaussée.

— Quoi ? chuchota Sheila.

— J'ai l'impression qu'ils ont deviné, répondit Tim.

— Ils ne peuvent pas savoir qu'on est là, riposta-t-elle. Personne ne nous a vus entrer, j'en suis certaine.

— Peut-être que ce type, Scooter, a pressenti quelque chose quand Mme O'Boyle a ouvert la porte de la cave, médita pensivement Tim.

— Après tout, ça n'a plus d'importance, maintenant. Nous avons juste à trouver le bon emplacement pour pouvoir les abattre sans risque, dit Sheila.

— On n'arrivera jamais à les avoir tous les deux en ligne de mire.

— Ils vont bien relâcher leur attention à un moment ou à un autre, dit-elle.

Il hocha la tête puis la regarda.

— Sheila, si ça se trouve... Nous aurons peut-être à envisager des blessés, et si...

— Tais-toi, le coupa-t-elle.

— Nous prenons du retard, répondit-il d'un ton ferme. Il faut agir.

— Pas encore.

— Tu n'entends donc rien ?

Sheila sentit sa gorge se nouer.

— Tu parles de la tempête ? demanda-t-elle.

— Oui. Ça se calme.

— Je sais.

— Dans toutes les guerres, il y a des blessés.

— Nous sommes dans une maison, pas dans une zone de combat.

— Les soldats doivent bien mourir un jour.

— Nous sommes les seuls soldats présents, corrigea-t-elle. En outre, nous avons tout de même encore un peu de temps. Et nous avons repéré les lieux.

— Alors, on retient mon plan ?

Elle opina du chef. Il regarda de nouveau vers le rez-de-chaussée, puis l'appela d'un geste.

Elle se faufila derrière lui jusqu'à l'escalier de service.

13.

Craig déployait des efforts désespérés pour masquer son anxiété, mais il se demandait ce que Sheila et Tim pouvaient bien fabriquer et dans combien de temps ils allaient enfin passer à l'acte. Etaient-ils montés à l'étage ? Les surveillaient-ils depuis le palier, comme Kat l'avait apparemment fait la veille ?

Oui, ils étaient sûrement montés. Et ils avaient intérêt à agir rapidement, maintenant, car le temps passait, songea-t-il.

Seulement, quand allaient-ils bien pouvoir ouvrir le feu ? Quintin et Scooter étaient plus que jamais sur leurs gardes. Ils s'entouraient en permanence de membres de la famille, comme pour se protéger derrière des boucliers. Mais se protéger *de quoi* ?

Ils n'avaient pas pu deviner que les flics étaient dans la maison. Impossible ! Craig était absolument certain que Quintin n'avait pas vu passer les deux policiers dans la neige.

Son angoisse montait de seconde en seconde.

Quintin avait déclaré qu'il voulait encore de la musique. Skyler s'était donc remise au piano. Scooter s'était assis à côté d'elle, de telle sorte qu'il aurait été impossible de tirer sur Scooter sans transpercer d'abord Skyler.

La tension commençait à miner la famille O'Boyle. Skyler avait joué quelques cantiques de Noël, et tout le monde avait chanté en chœur, mais le résultat avait manqué d'enthousiasme. Skyler s'était arrêtée et restait assise, l'air perdu et défait.

— Qu'est-ce qui se passe ? questionna Quintin.

Elle haussa les épaules.

— Simplement, je…

Soudain, une mélodie mélancolique, magnifique, emplit la pièce. Frazier, assis par terre près du sapin, avait pris son violon. Skyler sourit comme si son fils lui rendait de l'énergie. Elle reposa les mains sur le clavier et entama un air où Craig reconnut une vieille chanson folklorique. Toute la famille se mit à chanter et, à l'immense surprise de Craig, Scooter les rejoignit pour le dernier couplet :

Le marin m'a donné une rose
Une rose qui ne se fanera jamais
Pour que je me rappelle toujours
Qu'il m'a volé ma marjolaine

A la fin de la chanson, Scooter regardait Skyler les larmes aux yeux.

— Quelle chanson triste ! s'écria-t-il.

— Vous me déprimez, jeta Quintin, agacé. Chantez autre chose. Quelque chose de gai. Une joyeuse chanson de Noël.

— « Frosty le bonhomme de neige », exigea Scooter. Et après, « Le petit renne au nez rouge ».

Scooter aimait bien celle-là aussi.

Mais Quintin regarda sa montre et reprit :

— Ça suffit. madame O'Boyle, c'est le moment d'ouvrir vos cadeaux. Mais venez vous asseoir ici, où je pourrai vous voir.

Scooter, toujours sur ses gardes, suivit Skyler en restant juste dans son dos. Craig comprit avec consternation que personne n'aurait pu abattre Scooter du haut des marches. Les yeux rivés sur le truand, il se rendit à peine compte que Jamie tendait un paquet à sa mère avant d'entendre Skyler s'écrier :

— Oh, mon Dieu, quelle splendeur ! Ça me plaît vraiment beaucoup !

C'était un médaillon en or. La chaîne était fine, le médaillon très petit, bien moins coûteux que les bijoux que Frazier et Brenda avaient échangés, et dont la valeur n'avait pas échappé à Quintin et Scooter. D'ailleurs, Craig s'étonnait que Quintin laisse la farce se prolonger jusqu'au dîner inclus. Avait-il l'intention d'arracher la bague des doigts sanglants de Brenda après l'avoir abattue ? Craig se força à ne pas tourner la tête vers l'escalier. Il avait peur de trahir ce qui se tramait.

— J'ai mis une photo de tes parents à l'intérieur, expliquait Jamie.

— Oh, Jamie, c'est un cadeau merveilleux, répondit sa mère, les yeux embués.

Elle chassa rapidement ses larmes en clignant des yeux et étreignit son fils.

— Asseyez-vous ! hurla Scooter.

Il avait l'air agité et haussa les épaules comme s'il se demandait tout à coup pourquoi il avait jeté son ordre avec une telle véhémence.

Skyler le regarda d'un air interrogateur.

— Ouvrez le reste de vos cadeaux, c'est tout, grommela-t-il.

Quintin, les sourcils froncés, dévisagea Scooter.

— Tu te sens bien, Scooter ?

— Ouais, ça va.

Skyler entreprit d'ouvrir les autres paquets. Kat lui avait fait présent d'un fin bracelet orné de trèfles avec des éclats de diamant. Frazier et Brenda lui offraient un châle en cachemire, avec une broche. Voir tous ces bijoux rendait Craig de plus en plus nerveux, et sa tension s'aggrava encore quand Skyler ouvrit le présent de son mari : il lui avait choisi un collier agrémenté de trois diamants magnifiques et, à l'évidence, de grande valeur.

Par bonheur, elle put s'extasier et remercier son mari sans que personne ne tente quoi que ce soit.

— C'est ton tour, papa, dit Frazier.

Les échanges reprirent entre les O'Boyle et Craig eut la nette impression qu'ils s'entendaient entre eux, instinctivement, pour faire comme si leurs hôtes indésirables n'étaient pas là. Le dernier cadeau ouvert était destiné à oncle Paddy : dix pierres de massage à chauffer.

— Maintenant, on aura peut-être une chance de pouvoir passer une journée sans t'entendre te plaindre de ton pauvre dos, le taquina Kat.

Ils riaient tous, donnant l'impression qu'ils avaient — l'espace de quelques minutes — tout oublié de ce qui leur arrivait, et qu'ils passaient un bon moment ensemble, comme n'importe quelle autre famille le jour de Noël.

Mais ce moment de bonheur n'allait pas durer. Ou, plus justement, on allait le leur voler très vite, songea Craig.

Heureusement, se rappela-t-il, les flics étaient dans la maison. De leur côté, il y avait donc deux policiers, lui-même, la famille O'Boyle et Brenda.

Comment allaient-ils pouvoir s'y prendre ?

Si Scooter se comportait aussi bizarrement, se dit Craig, c'était peut-être parce qu'il était triste et aurait bien aimé avoir une famille. Dans un sens, d'ailleurs, il formait une sorte d'étrange famille avec Quintin. Il jeta un coup d'œil à ce dernier, qui trahissait des signes d'impatience, et parut surpris quand Scooter, brusquement, se mit debout et obligea Skyler à en faire autant.

— Elle doit être cuite, maintenant, cette dinde. Allons-y. Je veux mon repas de Noël.

— La dinde doit reposer quelques moments avant que je la découpe, Scooter, indiqua David.

— Oui, mais on va la sortir du four maintenant, hein, Quintin ? supplia Scooter. Je vais emmener Skyler et nous allons sortir la dinde. Tout de suite.

— Bon, d'accord, dit Quintin.

Mais il avait l'air distrait et resta debout, parfaitement immobile, un long moment.

— Ecoutez, dit-il enfin à voix basse.

— Ecouter quoi ? demanda Jamie.

— Le vent, dit Quintin.
— Je ne l'entends pas, fit Jamie.
Quintin sourit et murmura :
— Justement.

14.

La dinde était magnifique, croustillante et dorée.

Tout le monde, sauf Quintin et Scooter, aida à mettre la table, puis Kat se chargea des boissons. Elle emplit les verres et les servit tour à tour, profitant de ses allées et venues pour observer tout le monde. Scooter tremblait d'excitation. Quintin, de plus en plus à cran, ne le quittait pas des yeux.

Une fois le moment venu de sortir la dinde, Kat vit Quintin prendre sa mère par le coude et la conduire jusqu'à une chaise.

— Laissez quelqu'un d'autre apporter le plat. Vous, vous vous asseyez à côté de moi. Immédiatement.

Skyler haussa les épaules.

— Bon. C'est David qui découpe. Il faudra poser le plat devant lui.

— Je veux de la peau, dit Scooter.

— Vous aurez toute la peau que vous voulez, dit David.

L'atmosphère était très tendue, plus tendue qu'elle n'avait jamais été, songea Kat, et pour la simple raison que le vent était tombé. La tempête se calmait. Bientôt, les chasse-neige entreraient en action, et il serait temps pour Quintin et Scooter — et pour Craig ? — de prendre la fuite. Non sans avoir, auparavant…

— Voici la dinde, déclara Kat en apportant le plat.

— Laissez-moi faire, dit Craig.

Il lui prit des mains le lourd plateau et le déposa devant David qui, Kat s'en aperçut, s'efforçait de ne pas regarder trop fixement le couteau à découper qu'il tenait.

— Une minute, intervint Quintin. Posez ce couteau.

— Vous connaissez un autre moyen pour découper une dinde ? Vous voulez vous en charger ? lui demanda David.

Quintin soutint son regard sans ciller.

— D'accord, allez-y, découpez. Mais je vous surveille.

— D'abord, l'action de grâces, intervint Skyler.

— Dépêchez-vous, intima Quintin, dont la patience était à bout.

— Merci, lui dit-elle avant d'incliner la tête sur sa poitrine et de poursuivre : Dieu Tout-puissant qui est amour, nous te rendons grâce pour ce repas. Par Jésus-Christ notre Seigneur, Amen.

Elle achevait à peine que Scooter bondissait sur ses pieds en agitant son arme dans tous les sens.

— Vous avez entendu ? demanda-t-il.

— Entendu quoi ? demanda Quintin.

— Ça !

— Quoi, ça ? insista Quintin.

— Il y a quelqu'un dans la maison, affirma Scooter.

Quintin se leva, attrapa Skyler par les cheveux, l'obligea à quitter sa chaise et la traîna jusqu'à la porte.

David se précipita derrière eux.

— Stop ! hurla Scooter.

Kat, en voyant son père se retourner et blêmir, comprit que Scooter braquait son arme sur elle-même.

— Arrête, Scooter, jeta Craig.

A la grande surprise de Kat, il s'interposa entre elle et le revolver de Scooter.

— Allons, viens d'abord voir ce qui se passe.

Avant que Scooter n'ait pu objecter, Craig l'avait attrapé par le bras et l'entraînait hors de la cuisine. Toute la famille courut jusqu'au salon dans leur sillage. Là, Quintin maintenait Skyler contre lui, comme un bouclier humain, et regardait frénétiquement autour de lui, le revolver brandi, comme s'il cherchait une cible.

Kat vit son père foncer vers Quintin. Craig agrippa David au passage, non pas pour l'agresser, mais pour l'empêcher d'aller plus loin.

— Que tout le monde se calme, supplia-t-il. Quintin, arrête de malmener Skyler.

— Un peu, que je vais la malmener. Je vais lui envoyer une balle directement dans le crâne, si la personne qui est en haut des marches ne descend pas sur-le-champ.

— Qu'est-ce qui te prend, Quintin ? demanda Craig.

— Scooter n'est peut-être pas une lumière, mais il a autant de flair qu'un chien, répliqua Quintin. S'il dit qu'il y a quelqu'un là-haut, c'est que c'est vrai.

Il enchaîna en élevant la voix :

— Et qui que ce soit, il a intérêt à venir ici tout de suite. Immédiatement !

Puis il tira un coup de feu plus assourdissant qu'un coup de tonnerre.

— J'ai dit, immédiatement ! hurla-t-il.

Kat retint son souffle. Une onde de terreur la submergea. Ses jambes se dérobèrent sous elle et elle manqua défaillir.

Sa mère...

Quintin...

Le revolver...

— Descendez immédiatement. Sinon, je la tue, et ce sera de votre faute.

Une demi-seconde s'écoula. Puis, du palier du premier étage, une voix d'homme leur parvint :

— Stop ! Attendez !

Kat, le souffle coupé, consternée, sentit tout espoir l'abandonner en voyant Tim Graystone descendre l'escalier, les mains en l'air.

— Jetez votre arme, ordonna Quintin.

— Lâchez d'abord Mme O'Boyle, répondit Tim.

Kat vit qu'il tremblait, mais qu'il avait l'air résolu. En outre, il était seul.

— Je pense que je vais plutôt l'abattre, et c'est tout, répondit Quintin, l'air méprisant.

— Abattez-moi à sa place, plaida Tim.

— Arrêtez ! Personne ne va tirer sur personne, tonna Craig.

Etonnamment, tout le monde dans la pièce fit volte-face pour le regarder.

— Calmez-vous tous, poursuivit-il. Quintin, je t'en prie, lâche Mme O'Boyle. Vous, officier, jetez votre arme. Allons, l'un et l'autre.

— Posez lentement votre arme, intima Quintin.

— D'accord, fit Tim.

Dès que Tim eut déposé son arme sur le sol, juste devant Quintin, ce dernier relâcha Skyler.

— Scooter, ramasse le revolver, commanda-t-il.

Ce n'était pas à Craig qu'il s'adressait, remarqua Kat.

— Où est votre collègue ? demanda Quintin à Tim.

— Mon collègue ?

— Ne jouez pas les idiots. Votre collègue, la femme avec laquelle vous êtes venu hier soir. Elle est forcément quelque part par là.

— Oh, Sheila ! dit Tim.

— C'est ça. Il faut qu'elle descende aussi. Tout de suite.

— Elle n'est pas là. Elle est partie répondre à un appel d'urgence, reprit Tim.

— Vous mentez.

— Non. Nous ne sommes que deux de permanence et nous avons dû nous séparer.

Il y eut alors un moment atroce, effrayant, durant lequel Quintin frappa Tim de son revolver. Violemment. Si violemment que le jeune policier fut projeté contre le mur avant de s'effondrer. Puis Quintin le tint en joue :

— Où est votre collègue ?

— Elle a répondu à un appel, sur l'autoroute.

Quintin fit un pas vers Tim. Il visa de son revolver l'un des genoux du jeune homme.

— Où est votre collègue ? répéta-t-il.

— Vous pouvez m'abattre morceau par morceau si ça vous chante, jeta Tim, mais je n'y peux rien : Sheila est partie répondre à une autre urgence. Je me disais bien qu'il se passait quelque chose de bizarre ici, mais elle m'a dit que je me faisais des idées.

Qu'elle n'allait sûrement pas revenir avec moi, vu ce qu'avait fait le gamin l'an dernier, et qu'elle préférait se déplacer pour une vraie urgence.

— Qu'est-ce que c'est que cette histoire ? s'enquit Quintin.

— Il parle de moi, marmonna Jamie. J'ai voulu faire une blague, l'an dernier, j'ai appelé les flics en faisant semblant d'appeler à l'aide… c'est de ma faute.

Craig s'avança pour se placer entre Quintin et le policier, toujours à terre.

— Réfléchis, Quintin, dit-il. Tu ne crois pas qu'elle serait déjà venue nous rejoindre, maintenant, si elle était vraiment dans la maison ?

Quintin soutint le regard de Craig, puis leva son arme et la braqua devant le visage du jeune homme.

— Eh bien vas-y, tire, dit Craig impatiemment. Ça ne changera rien au fait que Sheila n'est pas là. En plus, écoute, le vent se lève de nouveau. La tempête n'est pas finie, finalement.

— Elle le sera bientôt, répondit Quintin, le regard filtrant.

— Nous avons tous besoin de nous calmer, dit Craig avec lenteur, debout face à Quintin, sans prêter attention à l'arme que l'autre tenait à quelques centimètres de son nez.

Quintin, crispé, furieux, parcourut la pièce du regard. Kat était stupéfaite qu'il n'ait pas encore fait feu.

— Vous allez me le ligoter. Et serré, jeta-t-il en donnant un coup de pied à Tim, pour souligner ses paroles.

— Nous n'avons pas de corde, dit Scooter.

— Donnez-moi le fil du téléphone, ordonna Quintin.

Craig s'approcha du mur et arracha le fil téléphonique.

— Attache-le bien serré et ne joue pas au plus malin. commanda Quintin.

— Je n'ai pas l'intention de jouer au plus malin, promit Craig.

Kat vit qu'il regardait Tim d'un air désolé, s'excusant à l'avance.

Tim eut une imperceptible inclinaison de la tête, comme pour répondre « Fais ce que tu as à faire ».

— Je veux voir comment tu l'attaches. Garde l'œil sur les autres, Scooter.

— Je les surveille, Quintin. Je les tiens en joue. Et dinde ou pas dinde, j'abattrai le premier qui fait l'imbécile, je le jure.

Quintin observa Craig tandis que ce dernier maintenait les poignets de Tim dans son dos et les nouait solidement. Quand ce fut fait, Quintin se mit à rire.

— Qu'est-ce qui t'amuse ? demanda Craig.

— Les menottes ! C'est un flic, nous aurions pu utiliser des menottes ! Ce n'est pas grave, tu t'en es bien tiré. Maintenant, emmène-le dans la cuisine, pour qu'on puisse garder l'œil sur lui tout en mangeant.

Personne ne bougea. La tension qui régnait dans la pièce les pétrifiait comme s'ils étaient collés sur place.

— Allons ! hurla Quintin avant d'ajouter à l'adresse de Frazier : Aide Craig à emmener le flic dans la cuisine.

Frazier soutint son regard un moment, puis se mit de l'autre côté de Tim Graystone, pour le soutenir tandis qu'il marchait.

Dans la cuisine, après que Craig et Frazier, à l'aide d'une rallonge électrique, aient attaché le policier à la rampe de l'escalier de la cave, ils reprirent tous leur place à table.

— Sers la dinde, ordonna Quintin à David.

David le regarda.

— Blanc ou pilon ? demanda-t-il, la voix assourdie de haine et de fureur contenue.

— Blanc.

Au bout d'un moment, tout le monde fut servi, mais bien que les assiettes fussent remplies personne n'y touchait.

— Mangez, ordonna Quintin.

Skyler piqua un morceau de dinde de sa fourchette, le regarda, puis le reposa.

— Je suis incapable de manger. Et je n'ai pas l'intention de me forcer.

— Je me suis montré très patient, répliqua Quintin. Mais vous commencez à dépasser les bornes.

Skyler se pencha en avant, les yeux rivés sur lui.

— Ah bon ? C'est vous, pourtant, qui avez décidé de nous tuer, tous autant que nous sommes. Et vous n'avez attendu que parce que… eh bien, je n'en sais rien. Peut-être parce que vous ne vouliez pas avoir un carnage sous les yeux le temps d'attendre la fin de la tempête. Ou bien pour que Scooter puisse avoir son Noël. Est-ce que je sais ? Mais tout ce temps-là, en tout cas, vous nous avez manipulés comme des marionnettes pour nous faire gagner quelques miettes de vie supplémentaires. Vous nous avez obligés à chanter, à ouvrir nos cadeaux… Mais vous ne pourrez forcer personne à savourer ce repas de Noël. Vous ne pourrez jamais me faire avaler quoi que ce soit quand j'ai dans la gorge une boule qui doit avoir la taille du Texas. Et quand je vois un brave homme blessé et attaché aux barreaux de l'escalier.

— Un brave homme ? railla Quintin.

— Oui. Un homme digne de ce nom, insista-t-elle.

— Et qu'est-ce qui fait de lui un homme digne de ce nom ? ironisa Quintin. Le fait qu'il soit flic ? Sornettes. L'homme digne de ce nom, c'est celui qui sait à qui faire confiance ou ne pas faire confiance. Et à qui ceux qui dépendent de lui peuvent faire confiance.

— Une définition à laquelle Tim Graystone répond exactement, fit Skyler.

— J'ai de l'affection pour Scooter. Est-ce que ça fait de moi un brave homme ? persifla Quintin.

— Si vous voulez que j'aie bonne opinion de vous, laissez Tim s'asseoir à table et manger quelque chose, répondit Skyler.

— Ne soyez pas ridicule, jeta Quintin.

— Vous n'avez pas besoin de le détacher, insista David. Mais laissez-le s'asseoir à table et se faire nourrir par l'un de nous.

— Sinon, aucun de nous ne pourra rien avaler, renchérit Skyler.

— Franchement, je ne vous comprends pas, intervint Brenda à brûle-pourpoint, les prenant tous par surprise.

Elle sourit, regarda la bague glissée à son doigt, puis Frazier, et poursuivit :

— Tenez, dit-elle en retirant la bague pour la poser devant Quintin. Vous êtes des voleurs, n'est-ce pas ? Je veux dire, vous alliez prendre cette bague de toute façon avant de partir, non ? Eh bien, la voilà. Je ne veux même plus y penser.

— Brenda…, souffla Frazier d'une voix fêlée.

— Ce n'est pas grave, Frazier. Laisse-les prendre la bague. Ce n'est qu'un objet, Quintin, un symbole, et que je la conserve ou non, je sais que Frazier a travaillé dur pour l'acheter, expliqua-t-elle en souriant. Et je sais aussi qu'il l'a fait tout seul, car j'ai bien compris en voyant ses parents qu'ils ne s'y attendaient absolument pas. Alors, vous pouvez la prendre, vous pouvez même nous enlever la vie, mais ce que Frazier et moi ressentons l'un pour l'autre… ce que nous partageons… Personne ne pourra jamais nous l'enlever. Et quoi qu'il puisse arriver, j'en suis désolée pour vous.

Quintin se borna à la fixer, momentanément sans voix. Puis il reprit ses esprits et lança :

— Joli discours. Maintenant, tout le monde se tait et mange.

Scooter, indifférent à l'état d'esprit qui régnait autour de la table, attaqua son assiette avec enthousiasme, savourant la chair croustillante et parfaitement cuite. Les autres se bornèrent à pousser la nourriture de leur fourchette.

— Et merde ! Bon, amenez ce fichu flic, jeta Quintin.

Craig se leva pour aller chercher Tim Graystone et Quintin envoya Scooter chercher une chaise. Kat eut beau guetter, elle ne surprit aucun échange subreptice entre Craig et Tim. Skyler se leva pour laisser Tim s'asseoir.

Quand il fut installé, Quintin dévisagea Kat et lança :

— Vous ne mangez toujours pas.

— Je n'ai pas faim.

Etonnée, elle le vit se pencher en avant, l'air accusateur.

— Sale ingrate, lui dit-il.

Il s'adossa de nouveau et parcourut la tablée du regard.

— Vous me prenez tous pour un monstre, hein ? Peut-être que j'en suis un. Mais c'est les gens comme vous qui m'ont rendu comme ça.

— Pas d'accord, dit David. Nous avons tous une part de responsabilité dans ce que nous devenons.

— Ça vous va bien de dire ça. Tout vous est tombé tout cuit dans le bec.

— Sûrement pas, répondit David. Mes parents étaient immigrants et ont travaillé d'arrache-pied toute leur vie. J'ai commencé à tondre des pelouses quand j'avais treize ans et à livrer des sacs de glace pour les fontaines à eau quand j'en ai eu seize. Moi aussi, j'ai travaillé toute ma vie.

— Vous ne comprenez pas, fit Scooter.

— Ferme-la, Scooter, jeta Quintin.

Mais Scooter reprit sans l'écouter :

— Il ne s'agit pas seulement d'argent.

— Etrange remarque, venant d'un voleur armé, glissa Paddy.

Scooter lui jeta à peine un coup d'œil.

— Je répète, vous ne comprenez pas. La mère de Quintin était une prostituée. Elle ne savait pas qui était le père de son fils. Et comme elle n'était pas capable de s'occuper de lui, elle l'a mis dans une famille d'accueil.

— Scooter…, coupa Quintin d'un ton menaçant.

— Il y a des gens qui prennent des gamins juste pour l'argent qu'on vous donne pour le faire. C'est une sale affaire pour un gosse, ce genre de truc. Une sale affaire.

— Scooter, je vais te tirer dessus dans environ dix secondes, jeta Quintin.

— Prenez ma mère, enchaîna Scooter. Elle, elle buvait, c'est tout. Elle buvait et elle me battait comme plâtre. Quand j'ai eu quatorze ans, elle m'avait déjà cassé une douzaine d'os et j'avais bien dû passer dix-huit millions d'heures dans la salle de bains, à attendre pendant qu'elle couchait avec le dernier type de passage.

La première fois que j'ai volé quelque chose, c'était pour elle. Elle voulait une bouteille de vodka. Je n'ai plus jamais arrêté.

Il brandit sa fourchette et continua :

— Alors, quand j'ai eu dix-sept ans et que je me suis retrouvé au tribunal, ils ont décidé de ne pas me juger comme un mineur. Du coup, j'ai fini en prison, avec une bande de gros cons, et quand j'en suis sorti, devinez quoi ? Personne ne vous embauche quand vous sortez de taule. Alors je suis rentré chez ma mère. Et puis je ne sais pas bien ce qui s'est passé. Elle avait bu et elle hurlait contre moi, en agitant sa bouteille de vodka… Je le jure devant Dieu, elle est tombée. Je ne l'ai pas tuée. Cette salope méritait ce qu'elle a eu, mais je ne l'ai pas tuée. Dites donc, je peux avoir encore un peu de sauce ?

Ils étaient tous immobiles, les yeux fixés sur lui. Puis Kat entendit sa mère s'éclaircir la voix :

— Jamie… passe la saucière, s'il te plaît.

— Je sais que vous avez eu une vie très dure, dit David à Scooter. Mais vous pouvez en changer.

Quintin s'esclaffa :

— Va te faire foutre, O'Boyle.

David se tourna vers lui.

— Même chose pour vous. Vous mettez toute la responsabilité de vos choix de vie sur le fait que vous avez été élevé dans une mauvaise famille d'accueil.

Quintin eut un rire amer.

— Vous croyez ? Eh bien, c'est ma foi vrai.

— Nous avons tous la liberté de nos choix, insista David avec obstination.

— Exact, fit Quintin en se tournant vers Craig. Et toi, l'étudiant ? Quelle est ton histoire ? Elle a intérêt à être convaincante. Je vais peut-être réussir à être ému.

Incapable de s'en empêcher, Kat tourna comme les autres les yeux vers Craig. *Quelle est ton histoire ?* se demanda-t-elle. *Sois convaincant et peut-être que je serai émue, moi aussi.*

Craig haussa les épaules.

— Dans mon cas, c'est simple. Cocaïne, fit-il.

— Tu n'as jamais touché à la cocaïne, intervint Kat en le regardant droit dans les yeux.

Il esquissa un sourire mélancolique.

— Je ne parlais pas de moi. Mais de…

Il s'interrompit, puis reprit :

— De mon père. Il n'était pas comme ça, avant. Et puis… je ne sais pas ce qui est arrivé en premier, les mauvaises rencontres ou la drogue. En tout cas, pour la faire courte, un jour un type est venu me voir. Il m'a dit que mon père lui devait des masses de fric et qu'il allait devoir le tuer si je ne le remboursais pas. Qu'est-ce que j'étais censé faire ? Il s'agissait de mon père, après tout. C'était la drogue qui avait tout changé, et je savais qu'il pouvait s'en sortir.

— Tu devrais prendre ton violon, dit Quintin à Frazier d'un ton sec.

— Chut, coupa Scooter. C'est intéressant.

— Continue, dit Kat.

Craig haussa les épaules.

— Bref, j'étais étudiant, avec un job à mi-temps… Je n'avais aucun moyen de réunir une somme pareille. Ils le savaient, bien sûr. Ils avaient un plan et avaient déjà tout prévu. En fait, ils avaient d'abord pensé à mon père, mais il n'était pas en état. Alors, ils se sont tournés vers moi.

— C'était quoi, ce plan ? demanda Scooter avec curiosité.

— Avant d'être viré à cause de la drogue, mon père travaillait pour une entreprise de sécurité. Il avait installé le système d'alarme d'une bijouterie. Ils lui ont soutiré les plans, et puis ils m'ont emmené avec eux. Je représentais une sorte de garantie, d'assurance que mon père ne leur avait pas menti. Ils lui avaient dit qu'ils me tueraient s'il ne leur expliquait pas comment neutraliser les alarmes, et ils m'avaient dit à moi qu'ils le tueraient *lui* s'il refusait de les aider. Alors, j'y suis allé.

Il se tut un moment, puis reprit :

— Ils m'ont malgré tout tiré dessus. Mais ils ont mal visé et j'ai survécu. Entretemps, ils avaient dévalisé la bijouterie, tué le propriétaire, et ensuite ils ont quand même tué mon père.

Il y eut un silence.

Craig regardait Kat.

Elle soutint son regard. *Pourquoi ne m'as-tu rien dit?* questionna-t-elle muettement. *Pourquoi n'es-tu pas allé à la police?* Mais elle connaissait la réponse. Elle savait que quand on voit sa famille menacée, on est prêt à tout pour la défendre. On est prêt à tuer pour elle.

Et à mourir pour elle.

— Eh bien dites-moi! fit la voix de Paddy, brisant le silence.

Ils le regardèrent en écarquillant les yeux. Soit il était soûl, soit c'était vraiment bien imité, se dit Kat.

— Oncle Paddy, tu as assez bu, lui dit doucement Skyler.

— Au contraire, ma fille, je suis loin du compte, protesta Paddy. Mieux vaut être totalement ivre avant de se faire tirer dessus.

— Personne ne va tirer sur personne, dit Craig.

Quintin le fixa, sourcils haussés.

— Pour la bonne raison que ça n'aurait aucun sens, poursuivit Craig.

Il montra Tim et ajouta :

— Vous ne comprenez pas pourquoi? Sa collègue n'est pas venue avec lui, mais elle savait où il allait.

— Exact, acquiesça Tim.

— En somme, comme je l'ai dit, ça ne changera absolument rien de tuer qui que ce soit, conclut Craig.

— Maintenant, je crois que nous devrions prendre du dessert, lança Quintin, comme si Craig n'avait rien dit.

— Pardon? demanda Craig, troublé.

— A mon avis, la collègue de Tim est déjà dans la maison. J'ai donc décidé que nous allons d'abord finir de dîner, et qu'ensuite j'irai la chercher. Ça ne devrait pas être très difficile : elle est sûrement cachée tout près, à portée d'oreille. Et comme elle sait pertinemment qu'elle ne pourra pas neutraliser Scooter et moi d'un seul coup, elle ne tentera rien pour l'instant. Donc… dessert.

Ils le dévisagèrent, muets de stupéfaction.

— Dessert, répéta-t-il. Tout de suite.

Kat sentit son cœur se serrer.

La police avait échoué. La fin était proche.

Et maintenant…

Craig la regarda, l'air entendu, et articula silencieusement quelques mots dont elle ne comprit pas le sens.

Elle fronça les sourcils. Que se passait-il donc ? Que mijotait-il ?

— Je peux servir ? demanda Skyler.

Quintin l'y autorisa d'un grognement.

Elle leva les yeux vers lui.

— Tarte au potiron, ou aux noix de pécan ?

— Pour moi, noix de pécan, avec de la glace, dit Scooter.

— Craig ? demanda Skyler après avoir servi Scooter.

— Potiron, répondit-il.

— De la glace ?

— Non, merci.

Skyler posa une part de tarte au potiron devant lui.

— Ça a l'air délicieux, madame O'Boyle, dit-il avec naturel en soulevant sa fourchette.

Puis, brusquement, il hurla :

— Tous sous la table !

En même temps, il transperça violemment de sa fourchette la main de Scooter, le clouant sur place.

Tous les O'Boyle se précipitèrent sous la table, suffoquant, criant, hurlant…

Au milieu du vacarme, Kat entendit une détonation. Elle s'avança légèrement de sous la table pour jeter un coup d'œil au-dessus d'elle.

Quintin la regardait. Fixement. Mais il ne visait pas… et laissa même son revolver s'échapper de ses doigts. Puis sa tête s'abattit sur la table. Il avait un trou dans le crâne dont le sang se mit à jaillir, inondant son assiette à dessert, puis la nappe.

Scooter hurlait en continu, d'une voix haut perchée, hystérique. Bien qu'il eut la main rivée à la table par la fourchette de Craig, il avait pris son arme de l'autre main et, tant bien que mal, tentait de tirer.

Craig avait bondi sur la table pour se jeter sur lui et le désarmer. Il n'en eut pas le temps.

Kat entendit un claquement atroce. Les hurlements de Scooter se firent plus aigus, vrillant les tympans, et son bras se mit à pendouiller en faisant un angle étrange. Oncle Paddy se tenait debout à côté de lui, la canne à la main : il s'en était servi pour casser le bras de Scooter. Craig se précipita pour ramasser le revolver du malfrat. Il remit le cran de sûreté et glissa l'arme dans sa ceinture.

— Mon Dieu ! haleta Skyler. Mon Dieu !

Puis, sans transition, elle fondit en larmes.

Au milieu de la confusion, Kat comprit que Quintin avait vu juste au moins sur un point : Sheila Polanski était bel et bien dans la maison depuis le début. Maintenant, elle sortait de l'office et se précipitait dans la cuisine.

— Tout le monde va bien ? demanda-t-elle d'un ton anxieux.

La question semblait tellement ridicule, au vu des circonstances, que Kat faillit éclater de rire. Il y avait un cadavre sanguinolent sur la table, Scooter, immobilisé, continuait à hurler…

A sa grande horreur, Kat finit par rire pour de bon.

Puis sans savoir comment, elle se retrouva en train d'étreindre Sheila Polanski et ses frères. Quelqu'un détacha les liens de Tim Graystone et Kat serra Brenda dans ses bras. Toutes les deux sanglotaient. Ensuite, elle passa dans les bras de sa mère, puis dans ceux de son père.

La confusion, le mélange de rires et de larmes, les embrassades et les accolades parurent durer une éternité. Et durant tout ce temps-là, Kat ne cessait de tourner la question de Sheila dans sa tête.

Est-ce que tout le monde allait bien ?

Kat avait l'impression qu'ils ne pourraient jamais s'en sortir indemnes.

Alors, elle vit Craig. Il la dévisageait. Et elle comprit que, même si les choses ne reprenaient pas exactement leur cours d'avant, ils en sortiraient tous apaisés.

15.

Pendant un moment, le temps parut se ralentir sur un foisonnement d'images et de sons dont Skyler savait qu'ils la hanteraient à jamais.

Il y avait les cris de Scooter. Il y avait cette expression sur son visage, dans son regard. Elle était certaine qu'il les aurait tués si Quintin le lui avait ordonné. Il avait souhaité cette fête de Noël, l'avait sincèrement appréciée, mais il aurait obéi à Quintin sans se poser de questions.

Une autre image, c'était celle des restes de la dinde, avec la saucière toujours sur la table… les parts de tarte sur lesquelles la glace fondait…

La tête de Quintin dans son assiette, sanguinolente.

Une confusion extrême, la tempête, moins forte mais qui faisait toujours rage, et le besoin irrépressible de sortir de la maison avant de perdre la tête. Ils avaient attaché Scooter et Brenda soignait ses blessures, sans qu'il cesse de hurler.

Il fallait qu'ils partent, songea Skyler. Elle se savait incapable de passer la nuit dans cette maison.

Elle savait aussi qu'elle n'oublierait jamais la façon dont Quintin était mort, la vision du sang qui se répandait sur la table.

Et toute sa vie, elle serait reconnaissante qu'il se soit agi du sang de Quintin et que sa famille à elle, par miracle, ait survécu.

La tempête commençait enfin à se calmer pour de bon. Sheila ou Tim avaient dû lancer l'alerte ou téléphoner, car à la grande surprise de Skyler il s'écoula peu de temps avant qu'ils n'entendent du bruit dehors et comprennent que la police d'Etat venait d'arriver et cernait la demeure.

Tandis que les enquêteurs et les spécialistes des scènes de crime envahissaient son intérieur, elle se dit qu'elle avait dû vivre un rêve. Un cauchemar. Ils avaient traversé les heures écoulées avec une incroyable intensité, et maintenant…

Brusquement, tout semblait irréel.

Elle n'avait aucune envie de pleurer Quintin, mais se sentait presque désolée pour Scooter. Presque. Le danger qu'il avait représenté pour eux tous restait bien trop terrifiant pour qu'elle puisse envisager une forme de pardon, mais cela viendrait peut-être, avec le temps.

Quant à Craig, elle avait *vraiment* eu peur pour lui, à l'arrivée des policiers. Elle était même résolue à témoigner qu'il avait beau être un truand, il n'était pas un tueur et s'apprêtait même à se sacrifier pour les sauver.

Mais non seulement les policiers de l'Etat ne l'avaient pas arrêtés, ils s'étaient même mis à bavarder avec lui comme s'ils le connaissaient, comme s'ils savaient tout de lui.

Ce fut Tim qui vint tout expliquer à Skyler.

— Je savais bien que je l'avais déjà vu quelque part, fit-il avec un large sourire. Ça m'est enfin revenu. Il travaille pour l'Etat. Il a passé son diplôme de l'académie de police avec un de mes potes. Je l'ai vu sur la photo de remise du diplôme.

— Alors… c'était bel et bien un policier, depuis le début ! dit Skyler.

— Depuis le début, acquiesça Tim, amusé par sa formulation.

Son choix de mots n'était pas très heureux, elle s'en rendait compte. Craig n'était pas soudain devenu flic au milieu de la soirée.

Tim la regarda et lui prit les mains.

— Je suis désolé que nous n'ayons pas pu intervenir plus tôt. Je ne sais vraiment pas comment ce type, Scooter, a deviné que j'étais là-haut.

Skyler haussa les épaules.

— Il… je ne sais pas. Il a eu une sorte d'instinct.

— En tout cas, ça a failli tout fiche en l'air. Je ne comprends d'ailleurs pas non plus pourquoi l'autre type, Quintin, ne m'a pas abattu.

— Il voulait d'abord manger de la dinde, répondit Skyler.

— Est-il possible d'avoir autant envie de manger de la dinde ?

— Ce n'était pas tant le dîner que le reste. Quintin voulait faire plaisir à Scooter, et Scooter voulait… fêter Noël.

— Quelle drôle d'idée, commenta Tim.

Toute la famille fut interrogée, certes gentiment, mais cela leur parut durer des heures. Quand on échappait à un crime, on était puni et on devait remplir des formalités, plaisanta l'un des officiers.

Il y eut même quelques moments de vraie détente, malgré la douleur de devoir revivre les événements.

A un moment donné, Jamie s'interrompit brusquement au milieu d'une réponse et demanda qu'on l'excuse le temps de se laver les dents.

En fait, c'étaient les petites choses qui comptaient, se dit Skyler. Elles pouvaient être si importantes.

Finalement, elle vit enfin le corps de Quintin, emballé dans un sac mortuaire, sortir de la maison sur un brancard. Mais même ainsi, elle n'aurait absolument pas supporté de remettre les pieds dans la cuisine. Elle ne savait même pas si elle pourrait y revenir un jour.

La maison grouillait de monde. Quand les interrogatoires furent enfin finis, et les formulaires remplis, le soir tombait. Les policiers prirent congé. Skyler regarda par la fenêtre et vit une couche de neige fraîche et blanche scintiller sous la lune. L'écho lointain d'un cantique de Noël lui parvenait :

Dieu repose en les gens joyeux
Ne laissez rien vous consterner

Souvenez-vous que le Christ notre sauveur
Est né le jour de Noël
Oyez l'avènement de la consolation et de la joie
De la consolation et de la joie
Oyez l'avènement de la consolation et de la joie

Une poigne ferme et chaude s'empara de ses épaules. Elle se retourna. David s'était approché pour la prendre dans ses bras. Il ouvrit la bouche pour dire quelque chose, puis se ravisa.

— Je tiens le coup, je t'assure, dit-elle.

— Je voudrais te dire…, commença-t-il avec un sourire embarrassé. Nous… nous commençons tous comme Frazier et Brenda, je suppose. Avec des espoirs, des rêves, en se jurant l'un à l'autre que nous ne ferons pas comme nos parents. Et puis…

Il se tut de nouveau, sourit d'un air mélancolique et secoua la tête avant de reprendre :

— Et puis, nous laissons le quotidien nous envahir. Nous faisons une montagne de simples détails. Nous ne voyons plus les choses comme elles sont, nous rageons de ne pas pouvoir les changer, et du coup les problèmes s'enveniment, enflent, et… par exemple, j'étais furieux que Frazier ne puisse pas tenir le sapin droit. Je n'ai pas réfléchi une seconde qu'il faisait du mieux qu'il pouvait.

Skyler leva la tête, cherchant son regard.

— David… qui se soucie de savoir si le sapin est droit, maintenant ?

Le sourire de David se détendit un peu.

— Sûrement pas moi. En fait, tout ça n'a rien à voir avec le sapin, mais avec notre vie.

Elle se rendit compte qu'il tremblait.

— Nous sommes vivants, David. Nos enfants sont vivants, martela-t-elle.

— Je me demande si j'ai mérité de survivre, souffla-t-il.

Elle retint un cri, et il enchaîna aussitôt :

— Ne te méprends pas : je suis reconnaissant d'être en vie.

Seulement, en me rappelant le courage de tout le monde, la façon dont nos enfants ont tenu le coup alors qu'ils étaient terrifiés, je me dis que nous avons traversé cette tragédie comme une *famille*, une famille soudée. Et… et c'est cela que je ne mérite pas.

Elle lui caressa le visage.

— Mais nous sommes bel et bien une famille soudée, même si aucun d'entre nous n'est parfait. Personne ne peut être parfait. Il faut simplement… faire de son mieux et continuer son bonhomme de chemin. C'est ça, le voyage de la vie.

— Et si on… on fait du mal aux autres, au cours du voyage ? questionna David. Quand je pense aux horreurs que j'ai pu dire, à mes colères…

— David, encore une fois, on ne peut que faire de son mieux, aimer de son mieux. Je ne vais pas devenir une mère parfaite du jour au lendemain à cause de ce qui s'est passé et tu ne vas pas devenir un père parfait. Mais nous aurons appris que nos vies sont précieuses et que nos enfants sont encore plus précieux.

— Je t'aime.

— Je sais, assura-t-elle avant de murmurer : Noël… j'ai toujours pensé que c'était une saison de promesses…

— Ça l'est, dit-il d'une voix rauque.

— Hé, papa ! cria Jamie depuis l'étage. Devine un peu ? Tim vient de parler à sa mère, qui a une grande maison. Il s'est dit que nous n'aurions pas envie de passer la nuit ici et elle nous invite tous chez elle.

David leva la tête.

— C'est très gentil à elle, mais nous sommes bien trop nombreux pour…

— Mme Graystone dit que plus on est de fous, plus on rit, intervint Sheila.

— Alors, papa ? Maman ? S'il vous plaît ? supplia Jamie.

Skyler regarda son mari.

— Une chose est sûre, c'est que je ne passerai sûrement pas la nuit ici.

*
* *

Kat mesurait à quel point ils se donnaient tous du mal, et surtout la mère de Tim, Lydia Graystone, qui avait invité tous les O'Boyle — en plus de sa propre famille et de ses autres invités, dont Sheila — pour un vrai repas de Noël.

Lydia affirmait qu'elle était ravie d'avoir toute cette compagnie. Tout en l'aidant à préparer la dinde — une dinde que, cette fois, elle mangerait avec appétit, tant maintenant elle mourait de faim — Kat la remercia de sa générosité.

— C'est le moins que nous puissions faire. Quand Tim m'a raconté ce qui s'était passé…

Lydia s'interrompit, frissonnante, et enchaîna :

— Vous êtes une famille exceptionnelle.

Kat s'approcha de la porte et s'adossa au chambranle pour regarder dans la pièce voisine. Elle sourit malgré elle, et pas seulement parce que ses parents avaient l'air aussi amoureux que des jeunes mariés ou parce que Frazier et Brenda, tout occupés l'un de l'autre, ne prêtaient aucune attention à ce qui les entourait. Ni même parce que Jamie et la jeune sœur de Tim, Olivia, âgée de seize ans, s'entendaient comme s'ils se connaissaient depuis toujours.

En fait, elle souriait à cause d'oncle Paddy, leur héros.

Paddy lui-même ne se voyait pas du tout comme un héros, mais le fait était que s'il n'était pas intervenu d'un coup de canne, Craig serait mort en essayant de les sauver. Paddy estimait qu'il s'était simplement trouvé là au bon moment. Pour lui, la vie valait qu'on se batte pour elle, tous les immigrants savaient ça. Souriante, Kat comprit que cette réévaluation de son grand-oncle et du sang qui coulait dans leurs veines ne la quitterait plus. Oncle Paddy lui-même souriait aussi, et semblait particulièrement apprécier la compagnie de Sheila.

Ils venaient de prendre place à table quand la sonnette de l'entrée retentit.

La famille O'Boyle s'étrangla et, sans surprise, Kat entendit sa mère supplier d'une voix étouffée :

— N'ouvrez pas, je vous en supplie !

Tim Graystone posa une main sur l'épaule de Skyler.

— Tout va bien, dit-il.

Il allait voir qui sonnait, puis revint au bout d'une minute.

— Kat ?

— Oui ?

Elle se mit debout, le cœur palpitant, osant enfin espérer.

— Un vieil ami souhaite te voir, lui dit Tim.

Elle comprit aussitôt de qui il s'agissait.

Craig.

Elle avait envie de le voir.

Non, elle n'avait pas envie.

Mais on ne pouvait pas revenir en arrière. Elle en avait conscience, tout comme elle avait conscience d'ignorer totalement ce qu'il avait fait durant les trois dernières années. Pourtant…

Elle posa sa serviette.

— Excusez-moi, lança-t-elle à la cantonade avant de filer.

Il l'attendait dans la véranda. Il avait pris le temps de se doucher et de se changer, et il portait un jean, des bottes, une chemise de flanelle et un lourd manteau de laine. Ses cheveux blonds comme de la paille, luisants, retombaient souplement sur son front. Il avait un regard très bleu, intense, grave.

Kat se montra réservée.

— Je me demandais si nous te reverrions, dit-elle poliment.

Mon Dieu, quelle remarque ridicule ! Elle s'éclaircit la gorge et fit une nouvelle tentative.

— Je suis désolée. J'ai cru au début que… tu étais avec eux. Ça cadrait avec la façon dont tu avais laissé tomber l'université… Et le bruit a couru, un moment, que tu étais en prison.

— Oui. J'ai lancé la rumeur exprès. Cela me facilitait les choses, répondit-il.

— Je suis contente de te voir.

— Vraiment ? demanda-t-il, d'une voix où elle crut discerner une note d'espoir.

— Cela me donne l'occasion de te remercier pour tout ce que tu as fait. C'est sans doute grâce à toi si nous sommes en vie.

Il baissa la tête un moment, puis croisa de nouveau son regard.

— Je pense que c'est grâce à nous tous que nous sommes tous vivants, dit-il.

Elle haussa les épaules.

— Peut-être. Tu avais plus de chance de survivre si nous n'avions pas été là, cela dit.

— Qui sait ? répondit-il. Je pense que Quintin m'avait percé à jour dès le départ. C'était la première « affaire » que je faisais avec eux et je parierais qu'il savait très bien que je n'étais pas ce que je prétendais être.

— Merci tout de même.

— A ton service.

Il la fixait toujours. Elle secoua la tête.

— Tu n'avais pas le droit de me cacher la vérité.

— Pour dire quoi ? Que mon père était accro à la cocaïne, et que des usuriers s'apprêtaient à le tuer si je ne les aidais pas à cambrioler quelqu'un ? demanda-t-il à voix basse.

— Je t'aimais. Tu n'es pas ton père. Tu n'es pas ta famille.

Il eut l'air sceptique.

— Dans un sens, je pense que nous *sommes* nos familles. Tu ressembles beaucoup à tes parents, par exemple, dit-il en souriant. D'accord, je sais que tu disais souvent qu'ils te rendaient folle, mais quand je dis que tu leur ressembles c'est un compliment.

— Ce soir, je le prendrai comme tel.

Elle se tut un moment, puis plongea son regard dans celui de Craig :

— J'aurais compris que tu puisses avoir des problèmes, tu sais.

— Tes parents possèdent un bar. Mon père était plutôt du genre à en sortir en titubant.

— Je persiste à penser que tu aurais dû m'en parler, me faire confiance. J'aurais moins souffert.

Elle avait raison. Il l'avait lésée. Mais il était jeune, à l'époque, avec tout l'amour-propre mal placé de la jeunesse. En outre, il s'était retrouvé dans une situation réellement catastrophique, et connaissant Kat il savait qu'elle n'aurait pas pu s'empêcher d'intervenir. Pour ne pas la mettre elle aussi en danger, il n'avait eu d'autre choix que de disparaître.

Mais tout cela, c'était le passé. Qui pouvait dire ce qui serait arrivé s'ils avaient pris d'autres routes, fait d'autres choix ?

— Je suis certaine que tu seras le bienvenu si tu veux rester dîner avec nous, reprit-elle.

Il secoua la tête, embarrassé.

— Je… voulais juste te voir toi.

Elle opina, le dévisagea… Les souvenirs l'envahissaient, et c'était douloureux.

— On ne peut pas revenir en arrière, murmura-t-elle pour elle-même avec emportement.

Mais Craig l'entendit.

— C'est vrai. On ne peut jamais remonter le temps. Mais, curieusement… je ne suis pas sûr que j'en aurais envie, même si je pouvais. Je n'aimerais certainement pas revivre la journée d'aujourd'hui, et… je suis désolé de t'avoir fait souffrir.

— Tu m'as fait énormément souffrir. J'ai été ravagée de chagrin. Mais j'accepte tes excuses. Simplement, je… comme je l'ai dit, on ne peut pas réécrire le passé.

Il opina à son tour, sans la quitter des yeux.

— On pourrait… aller de l'avant, suggéra-t-il dans un souffle.

Elle le dévisagea. Derrière eux s'élevait un chant de Noël, accompagné par le violon de son frère. Elle ne put retenir un sourire. C'était incroyable, mais elle avait tout à coup envie d'éclater de rire. La vie était belle, bonne à croquer. Il ne fallait plus jamais l'oublier.

— Viens dîner, lui dit-elle.

Il hésita, prit une profonde inspiration, exhala.

Elle lui tendit la main.

— Tu n'as qu'un pas à faire.

Il sourit, lui prit la main. Ils se dirigèrent ensemble vers la table de dîner de Noël.

Épilogue

— C'est le soir de Noël, dit l'homme.

Hudson junior, de l'affaire Hudson & Fils, ressemblait tellement à son père que pendant un moment Craig crut qu'il avait la berlue.

Il était étonné de trouver la boutique ouverte : d'après Sheila, l'intention du vieux Lionel Hudson, avant de mourir, avait été de cesser définitivement son activité pour rejoindre son fils sur la côte Ouest.

Le fils n'était d'ailleurs pas si jeune que cela, et devait être dans la soixantaine.

— Je sais. Excusez-moi. Je vois que vous êtes en train de fermer. Mais j'ai vu l'enseigne, et…

Hudson le dévisagea, sourcils froncés.

— N'êtes-vous pas Craig Devon ?

— Je… oui, c'est moi, répondit Craig, étonné.

Il ajouta avec embarras, presque avec malaise :

— Je suis désolé, pour votre père.

Hudson hocha la tête, sans le quitter des yeux, puis lui tendit la main.

— Je suis Ethan Hudson. On m'a raconté comment vous avez tenté de sauver la vie de mon père.

Il semblait si reconnaissant que Craig en était gêné et se sentit obligé d'expliquer :

— Je ne me doutais pas que… qu'ils allaient le tuer. Je suis vraiment désolé. J'aurais dû m'y attendre. Je…

— Je vous en prie, coupa Hudson en souriant. Sheila et Tim

m'ont tout expliqué. Vous êtes quelqu'un de bien. Je sais que vous l'auriez sauvé si vous aviez pu. Mais vous savez, j'ai beaucoup réfléchi : il n'aurait pas aimé mettre des mois à mourir de maladie, dans la souffrance. Qui sait ce qui vaut mieux ?

Il haussa les épaules et sourit de nouveau.

— J'en garde un souvenir aimant. C'est ça l'important.

— J'avais cru comprendre que la boutique allait fermer, dit Craig.

— Moi aussi, à vrai dire. Mais quand... quand papa est mort, je suis revenu et je ne suis plus reparti. J'en suis content. J'adorais cet endroit, quand j'étais gamin. Je m'asseyais sur les genoux de mon père pour le regarder examiner les pierres précieuses à la loupe. Dans un sens, d'avoir repris la boutique, ça me donne l'impression qu'il est encore auprès de moi.

Son sourire se fit mélancolique et il enchaîna :

— Il y a des moments où l'on revoit ses priorités, vous ne croyez pas ? Une fois, une femme nous avait apporté une bague pour la vendre. Même moi j'avais compris qu'elle n'avait pas grande valeur, mais mon père l'avait tout de même payée un bon prix. Et il m'avait expliqué que ce qui est important, dans la vie, ce ne sont pas les objets eux-mêmes, c'est la signification qu'ils ont pour les gens et l'usage qu'on peut en faire.

Il se tut un moment, puis reprit :

— Excusez-moi. L'imminence de Noël me rend nostalgique, j'imagine.

Craig détourna un moment les yeux, puis remarqua d'un air interrogateur :

— L'enseigne... elle indique toujours Hudson & Fils...

— L'un de mes fils est venu travailler avec moi. Il n'est pas là ce soir, car il a des enfants en bas âge, et avec tous les préparatifs de Noël... De toute façon, j'avais envie d'être seul ici, ce soir.

— Je vois, répondit Craig d'une voix émue, de nouveau embarrassé.

Il s'éclaircit la gorge et baissa les yeux vers les présentoirs à bijoux.

— Vous avez de bien jolies pièces.
— Merci.
— Ce solitaire…
— Vous pensez à vous marier ?

Craig le regarda avec un curieux pincement au niveau du cœur. Est-ce qu'il pensait à se marier ? Eh bien, oui !

Mais est-ce qu'*elle* serait d'accord ?

Il avait peur. Il savait trop bien que certaines choses pouvaient vous être retirées. Les biens matériels, naturellement, ou même la vie. Mais si l'on était vigilant, personne ne pouvait vous retirer ce qui comptait vraiment. L'intégrité, l'amour, la confiance en soi… Tout cela, on le gardait pour toujours.

Est-ce qu'elle dirait oui ?

S'il ne se jetait pas à l'eau, il ne connaîtrait jamais la réponse.

— Montrez-le moi, reprit-il d'un ton décidé. Même s'il est sûrement trop cher pour un salaire de flic.

— Vous méritez une belle augmentation, si je peux me permettre, remarqua Hudson.

Craig sourit brièvement.

— Merci. Malheureusement, ça ne marche pas comme ça !

— Je peux vous faire cette bague à un prix que vous ne pourrez pas refuser, dit Hudson.

— Je… vous n'êtes pas obligé.

— Cela me ferait plaisir. En mémoire de mon père. Ce qui compte, ce n'est pas tant l'objet que l'usage qu'on en fait, vous vous souvenez ?

— Alors, merci, dit Craig. Merci de tout cœur.

Vingt minutes plus tard, Craig remontait l'allée des Graystone. Il se gara, sortit de sa voiture, regarda le ciel et secoua la tête. Dieu merci, cet hiver était très différent.

Le soir tombait et il voyait des millions d'étoiles. L'air était frais, le sol était jonché de neige. C'était une belle nuit.

Alors qu'il se dirigeait vers l'entrée, un flot de musique lui parvint.

Quelqu'un jouait du piano : sûrement Skyler. On entendait aussi le violon de Frazier et la belle voix de baryton de David.

Un an s'était écoulé.

Ils n'avaient jamais regardé en arrière. Ils avaient avancé.

Il fallait vivre au jour le jour. Rire, pleurer, se fâcher, s'émerveiller, être furieux, jaloux… des milliers de choses différentes et, en même temps, semblables. Certains jours étaient sombres et d'autres étaient lumineux, à part. Comme Noël.

Il entendit le rire de Paddy, suivi de celui de Sheila. Ils s'étaient mariés six mois plus tôt en disant qu'ils étaient tous les deux bien trop vieux pour prendre le temps de se fiancer.

Les O'Boyle avaient finalement gardé leur maison de campagne, même si dans les premiers temps Skyler avait eu envie de la vendre et l'aurait même cédée pour une bouchée de pain.

C'était Kat qui avait dit qu'elle ne laisserait personne lui dérober l'endroit où elle avait été heureuse. Skyler avait réfléchi, puis s'était finalement rendue à ses raisons. Ils avaient, cela dit, entièrement refait la cuisine.

Pour autant, ils avaient préféré ne pas y rester pour le dîner de Noël et avaient accepté avec reconnaissance l'invitation de Lydia Graystone.

La porte s'ouvrit à l'instant où Craig allait sonner. C'était Kat, ses cheveux flamboyant sous la lune, le regard radieux.

— Tu es en retard, lança-t-elle, mais elle se précipita dans ses bras, tout sourires.

Il ouvrit la bouche pour lui raconter qu'il était passé à la bijouterie, puis préféra attendre un peu.

— Joyeux Noël, dit-il simplement. Très, très joyeux Noël.

HEATHER GRAHAM

La nuit des loups

Roman

MIRA

Titre original :
THIS ROUGH MAGIC

Traduction de l'américain par :
PIERRE VANDEPLANQUE

83/85 boulevard Vincent Auriol 75646 PARIS CEDEX 13.

1.

La lune, ronde et pleine, apparut très haut dans le ciel brumeux, et nimba d'une pâle clarté la forêt qui s'étendait de part et d'autre de la piste menant au château Vadim.

Un loup hurla dans la solitude glacée des ténèbres.

Carly Kiernan sentit une sueur froide au creux de ses reins. Calée dans le velours de l'élégante voiture attelée du comte Vadim, elle se sourit à elle-même, tout en contemplant par un coin de la petite fenêtre la beauté toute particulière de cette nuit. Le comte semblait bénéficier de splendides effets spéciaux pour sa soirée de Halloween.

Le château Vadim était perché au cœur des pittoresques montagnes de Westphalie. Comme la Transylvanie, pays du véritable Vlad Drakul surnommé l'empaleur, la Westphalie est une terre de légendes, où abondent les hordes de chiens à demi sauvages et les hurlements de loups.

Dans la lumière du jour, le château présentait une admirable structure gothique. L'élégance immaculée de ses vieilles pierres n'était souillée par aucun lichen, par aucune toile d'araignée. La nuit, cependant — et Carly pouvait s'en apercevoir, à présent —, le château semblait implacable et glacial, auréolé d'une lumière blafarde quasi irréelle. Ses tours se découpaient en silhouettes acérées sur la pâleur du ciel.

Le loup poussa de nouveau un long cri plaintif.

L'absolue solitude de l'endroit était oppressante, presque terrifiante. Des lieues et des lieues de forêts plongées dans une brume tourbillonnante séparaient chaque minuscule hameau du suivant, et le brouillard enveloppant semblait imposer sa loi éternellement. Il flottait au-dessus du sol, dansait entre les arbres pour créer une image fantastique et illusoire.

Le loup hurla encore une fois.

Rien ne pouvait couvrir son cri : ni le bruit produit par les sabots des quatre chevaux qui tiraient la voiture ni le grincement aigu des roues.

« Je serai bientôt arrivée au château », se dit Carly pour se rassurer.

Elle fronça les sourcils et se pencha pour mieux observer la lune et son halo d'ivoire diaphane. Cette atmosphère l'impressionnait et l'émerveillait à la fois.

Elle ouvrit son sac de soirée et tâta la lettre que sa sœur lui avait envoyée aux Etats-Unis, la semaine précédente. Elle la sortit avec précaution de son enveloppe et la relut.

« Carly, je connais tes réticences, mais il faut que tu viennes ici pour la soirée de Halloween! Le comte est un homme extraordinaire. Je suis surexcitée à l'idée de cette soirée. J'ai absolument besoin de toi. Viens, je t'en prie. Il faut que tu viennes!

Jasmine »

Jasmine dirigeait une agence de voyages très en vogue auprès de la jet-set, et jamais on ne la rencontrait deux fois au même endroit. Carly était au courant de cette soirée depuis plus d'un mois. Elle avait conçu son propre costume ainsi que celui de sa sœur, avant même de savoir si elle s'y rendrait. Et puis, elle avait reçu cette lettre. Les mots : « J'ai absolument besoin de toi » l'avaient un peu inquiétée.

Carly était d'autant plus soucieuse qu'elle n'était pas parvenue à joindre sa sœur depuis son arrivée, dans l'après-midi. Quand elle avait appelé au château, elle n'avait obtenu que les réponses confuses d'une servante. Tout se passait comme si le comte ne désirait ni la voir ni même lui parler. Elle avait bien tenté d'expliquer qu'elle était invitée et que sa sœur Jasmine l'attendait, mais ça n'avait servi à rien.

Finalement, après une interminable attente, le portier de l'hôtel s'était présenté à sa porte pour l'avertir que le comte la verrait à sa soirée, et qu'il lui envoyait sa voiture pour 8 heures.

Tandis que l'attelage faisait des embardées sur la piste cahoteuse, Carly laissa son regard errer dans le ciel nocturne, et se remémora les circonstances dans lesquelles tout avait commencé.

Entre deux voyages, Jasmine était passée la voir à New York et lui avait parlé du bal costumé du comte Vadim. Comme la création de vêtements était précisément le métier de Carly, sa sœur s'était mis en tête d'user de ses relations pour donner un petit coup de pouce à sa carrière.

— Du point de vue professionnel, ce bal est une formidable opportunité, lui avait assuré Jasmine. Geoffrey Taylor sera là, et je suis persuadée qu'il te demandera de participer à la création de sa prochaine pièce. Il faudra aussi que tu sortes de cette bulle dans laquelle tu t'es toi-même enfermée depuis Tim… Ça te fera le plus grand bien.

Carly avait hésité, ce qui n'avait pas échappé à sa sœur. Mais, au fond, elle savait déjà qu'elle accepterait. Il était clair qu'elle en avait besoin. Depuis trop longtemps elle vivait coupée du monde. L'heure était sans doute venue de refaire surface, et elle s'en sentait de nouveau capable.

— Tu vas beaucoup aimer Geoffrey, lui avait affirmé Jasmine.

Carly admirait énormément cet auteur, et l'idée de collaborer avec lui l'enthousiasmait.

— Mais attends seulement de rencontrer le comte ! avait ajouté Jasmine, les yeux brillants de sous-entendus.

— Qui donc, le comte Dracula ?

— Tu peux rire, ma belle ! Je te parle du comte Vadim. Mais peut-être, en effet, te fera-t-il le même effet que Dracula ?

— Oh, vraiment ? s'écria Carly.

Elles étaient tellement différentes l'une de l'autre ! Jasmine était constamment en proie à des tourbillons d'émotions, tandis que Carly gardait la tête froide en toutes circonstances. Elle songeait souvent qu'une part d'elle-même était morte avec Tim, et elle ne se sentait plus capable du moindre sentiment à l'égard de ses semblables.

— Tu vas voir ! ajouta Jasmine solennellement. Il bouleverse toutes les femmes. Certaines y laissent leur vertu. D'autres vont jusqu'à perdre leur âme pour cet homme !

— Tiens, leur âme aussi ?

— Fais ta maligne, répliqua Jasmine. Nous en reparlerons...

Que se passait-il donc ? se demanda Carly. Elle n'avait pas eu beaucoup de contacts avec sa sœur, ces derniers temps. Jasmine avait été très occupée par ses affaires à New York, et elle était juste passée la voir pour lui faire retoucher son costume de Schéhérazade avant de partir pour la Westphalie.

Oubliant subitement cette conversation avec sa sœur, Carly se redressa, inquiète. Le cocher semblait conduire de plus en plus vite, et elle commençait à craindre sérieusement pour sa sécurité.

— Hé ! s'écria-t-elle, alors qu'une forte secousse la projetait durement contre la paroi du véhicule.

Elle ignorait si ce mot signifiait quelque chose en français, la langue officielle du duché, mais peu importait. L'homme ne pouvait pas l'entendre à travers le fracas des sabots.

Elle secoua la tête pour reprendre ses esprits. De toute manière, elle n'était pas fixée sur la raison de sa présence dans cette voiture. Le portier de l'hôtel lui avait assuré qu'il s'agissait d'un authentique équipage, et qu'il appartenait à la famille Vadim depuis des générations. Il était très beau, en effet, avec ses armoiries sculptées dans l'ébène et ses sièges de velours, ses immenses roues ferrées et son marchepied de cuivre jaune.

Mais, en ce moment précis, elle n'était nullement fascinée par ce moyen de transport plutôt inhabituel. Ils roulaient beaucoup trop rapidement. Carly n'avait aucune idée de l'état des routes dans le comté ni d'ailleurs des capacités de la voiture attelée, mais elle était certaine que son allure était absolument incompatible avec l'état de la vieille piste.

Elle s'agrippa au siège de velours.

— Holà, arrêtez!... Moins vite! cria-t-elle de toutes ses forces.

Inconsciemment elle serra les dents. Le cocher était-il devenu fou? Allait-elle finir tout au fond du ravin en contrebas?

— S'il vous plaît! cria-t-elle plus fort encore.

Elle voulut se pencher par la fenêtre, mais elle fut plaquée contre son siège par une violente secousse.

N'avait-elle pas déjà vu cela dans un film? Une nuit de pleine lune, la forêt dans la brume, un loup qui hurle... Un carrosse écrasé contre un arbre en plein brouillard, et une femme perdue au milieu de nulle part, vulnérable et angoissée.

Une proie tellement facile pour les terreurs nocturnes.

« Ressaisis-toi, pour l'amour du ciel! » se dit-elle.

Elle ne devait se préoccuper que du véritable danger qui la menaçait à l'instant présent : la course folle de l'équipage. Sa vie était en péril, et le véhicule pouvait se retourner à tout moment.

— S'il vous plaît! Cocher!... Monsieur!

Elle parvint à s'accrocher au montant de la petite fenêtre, malgré les forts soubresauts, et s'y cramponna de toutes ses forces. La voiture ripa dangereusement, mais Carly réussit à maintenir sa prise. Elle passa la tête à l'extérieur pour pouvoir observer le conducteur.

— Monsieur!

Un nuage masqua soudain la lune, puis s'effaça.

Carly fut saisie d'une panique glacée. Il n'y avait pas de conducteur. Le siège vide du cocher se dessinait à contre-jour sur la pâleur du ciel, sombre et fantomatique.

— Oh, non! murmura-t-elle dans un souffle.

Il lui sembla que toute son énergie la quittait. La voiture fit une violente embardée sous le choc d'un rocher, et Carly se retrouva projetée de l'autre côté de l'habitacle, tandis que sa tête allait durement cogner le panneau de la portière.

Pendant un moment, elle ne vit que des étoiles, mais elle reprit rapidement ses esprits et parvint à se rétablir sur le siège. Elle devait à tout prix recouvrer sa lucidité. Si elle sautait en marche c'était la mort certaine. Et si elle restait à l'intérieur du véhicule, les dérapages incontrôlés qu'aggravaient les ornières et la pierraille ne manqueraient pas, au premier virage, de l'expédier quinze mètres plus bas contre les rochers.

La voiture dérapa subitement dans un crissement aigu, sembla perdre de la vitesse, puis l'une des roues se détacha. Elle hurla de terreur au moment où le châssis percutait le sol dans un terrible vacarme. Elle songea alors que sa dernière heure était venue.

La voiture vira alors brutalement sur elle-même et s'écrasa dans un bruit épouvantable. Carly hurlait encore lorsqu'elle heurta le plafond.

Puis tout devint noir.

Quand elle rouvrit lentement les yeux, elle aurait été incapable de dire combien de temps elle était restée inconsciente. Elle se frotta le front ; sa tête lui faisait un mal atroce. Au-dessus d'elle, la lune brillait toujours.

Carly se redressa sur les coudes, tout endolorie. Elle se trouvait toujours dans la voiture, ou du moins dans ce qu'il en restait. Le châssis était en morceaux, et le siège de velours sur lequel elle était étendue reposait maintenant à même le sol. Une tornade n'eût pas provoqué de dégâts plus considérables.

Carly ne put retenir un grognement de douleur lorsqu'elle se massa les tempes, mais elle était apparemment saine et sauve. Certes, elle était toute décoiffée et dépenaillée, mais enfin, elle s'en était sortie.

Au moment même où elle se réjouissait d'être encore en vie, le loup hurla de nouveau, plus fort et plus près.

Glacée de frayeur, Carly réussit à se remettre sur pied au milieu des débris, et regarda autour d'elle. Elle se trouvait maintenant dans une petite clairière.

La brume était dense, tourbillonnait autour d'elle, et rendait la forêt plus inquiétante encore.

Le loup pouvait être n'importe où. Peut-être même était-il tapi dans les fourrés, tout près, à la guetter.

Elle entendit un crissement soudain sur sa gauche et pivota

vivement en poussant un cri. Elle était blessée à la cheville, et la douleur l'obligea à retomber sur le siège de velours. Carly plissa les yeux pour voir d'où provenait le bruit, mais la brume était trop épaisse pour que l'on pût distinguer quoi que ce fût.

Un nouveau bruissement se fit entendre au moment où un nuage noir passait devant la lune.

— Oh, mon Dieu ! dit-elle faiblement.

L'obscurité était totale, désespérante. Non ! Elle ne devait surtout pas céder aux superstitions. D'ailleurs, elle n'avait jamais cru aux loups-garous ni aux vampires.

Mais elle se trouvait bel et bien en Westphalie, seule au cœur de ces montagnes plongées dans une nuit d'encre, blessée et à la merci des loups.

— Ne sois pas idiote, dit-elle à voix haute, pour se rassurer.

Son imagination ne lui avait jamais joué de mauvais tours, et il en fallait bien plus pour l'effrayer. Elle était new-yorkaise, après tout. New York est une ville où l'homme est un loup pour l'homme, où les suceurs de sang se croisent à chaque coin de rue. Dans cette immense cité, Carly ne sortait jamais sans sa bombe lacrymogène. Mais, ici, ce n'était pas New York et… elle n'avait rien sous la main pour se protéger.

Quelque chose bougea dans les buissons.

Carly déglutit avec peine. Même si elle avait su dans quelle direction se diriger, elle aurait été incapable de marcher. Et, de toute façon, elle n'y voyait pas à deux mètres dans cette obscurité.

Elle tâtonna autour d'elle jusqu'à ce que sa main rencontrât un long éclat de bois.

Un nouveau hurlement la fit sursauter. Elle crispa la main sur son arme de fortune. Le morceau de bois éclaté ne paraissait pas bien solide, et Carly songeait tristement qu'un loup enragé le mettrait en pièces en deux secondes. Mais, au moins, il était acéré. Elle pourrait l'utiliser à la manière d'un pieu. Un pieu, comme pour tuer les vampires…

— Oh, non ! gémit-elle. Assez !

Le loup était pourtant bien là. Elle pouvait le deviner en train de tourner autour d'elle, de plus en plus près. Il faisait nuit noire. Le brouillard tournoyait, la caressait, la pénétrait jusqu'aux os.

Encore un froissement dans les taillis, juste devant elle…

Carly tenta de se persuader qu'il s'agissait des chevaux.

Mais la bête qui, à présent, s'approchait d'elle possédait, de toute évidence, la capacité de voir dans le noir, et se mouvait lentement, furtivement.

Enfin, le nuage s'éloigna. La clairière fut de nouveau baignée d'une lugubre clarté. Carly observa un instant le ciel, puis se figea subitement au bruit étouffé qui venait de se répéter.

Le loup était là.

Un loup énorme qui la regardait fixement de ses yeux jaunes.

Il se tenait à moins de dix mètres de Carly. La bave coulait de ses babines retroussées et menaçantes, d'où pointait l'ivoire de ses redoutables crocs.

« Il va me tuer », pensa Carly. Que pouvait son pauvre morceau de bois face à cette puissante mâchoire ? La bête ne ferait qu'une bouchée d'elle ou, dans le meilleur des cas, la réduirait en charpie.

Si ce n'était qu'un loup…

Non ! Elle secoua la tête pour se débarrasser de ses fantasmes morbides. Si elle n'avait pas été paralysée par la terreur, elle aurait volontiers souri de ses propres divagations.

« Tu dois défendre ta vie, même si tu ne disposes que de ce ridicule morceau de bois ! » se dit-elle.

Elle se releva tant bien que mal. Calmement, elle prit appui sur son pied valide et, le corps bien droit, leva le mince éclat de bois au-dessus de sa tête, dans une attitude qu'elle espérait menaçante.

Le loup s'avança d'un pas.

Carly savait qu'elle ne devait surtout pas courir. Du reste, cela lui aurait été impossible à cause de sa blessure. Mais, quand le loup s'approcha encore, elle ne put s'empêcher de reculer, tout en étouffant un cri car sa cheville était extrêmement douloureuse.

Le loup continuait d'avancer, lentement.

Carly recula de nouveau, en dépit de l'injonction qu'elle s'était faite de rester immobile.

Cette fois, son dos heurta quelque chose. Une chose massive, sombre et vivante. Sa gorge se serra dans un spasme, et elle pivota brusquement.

Un autre nuage passa devant la lune et, une fois de plus, l'obscurité envahit la nuit.

Puis la lune réapparut.

Un homme était là, devant elle, qui la toisait. Carly venait de se cogner contre le cheval d'une taille impressionnante sur lequel l'homme était monté. Il portait une grande cape au col relevé, et dégageait une élégance naturelle qu'accentuait le calme étrange de sa monture. Ses cheveux étaient d'un noir de jais, plus noir que la nuit. Quant à ses yeux…

Ils étaient du même ambre doré que ceux du loup. Un regard hypnotique dans un visage séduisant, aux traits rugueux.

La jeune femme ouvrit la bouche pour parler, mais aucun son n'en sortit. L'homme eut un léger sourire, puis son regard se porta vers le loup, derrière elle. Il adopta alors une expression sévère et s'adressa à la bête d'une voix douce et profonde.

— Va-t'en, Vixen !

Le loup émit un gémissement craintif et regagna précipitamment les sous-bois.

L'inconnu descendit alors de cheval, et vint se planter devant Carly. Sous sa cape, il était vêtu d'une chemise de coton satiné aux larges manches bordées de fine dentelle, d'un pantalon de velours noir qui s'arrêtait sous le genou, de bas blancs, et portait des chaussures à boucles de métal. Il était large d'épaules, et ses mouvements étaient empreints d'une grâce souple et athlétique.

— Madame Kiernan ? demanda-t-il sèchement.

Quelque chose de sombre et de fascinant émanait de lui. Dans les volutes de la brume qui tournoyait à leurs pieds, il semblait presque immatériel.

— Oui, répondit-elle d'une voix blanche.

Le visage de l'homme s'éclaira d'un lent sourire, et Carly pensa que c'était le sourire le plus sensuel qu'elle eût jamais vu. Ses yeux pétillaient d'un éclat juvénile, tout en demeurant profonds et scrutateurs. Ils étaient noisette, décida-t-elle. De beaux yeux noisette tout à fait humains.

— Vous êtes blessée, poursuivit-il d'une voix chaude et profonde.

Il paraissait immense à côté d'elle, et elle se sentait fortement intimidée. Lorsqu'elle se rendit compte qu'elle n'avait pas cessé de le dévisager, elle baissa aussitôt la tête en rougissant.

— Vous êtes blessée, répéta-t-il.

— Non, non, c'est juste une…

Elle ne put terminer sa phrase. L'homme venait de glisser les doigts dans sa chevelure pour en ôter un brin d'herbe. Carly prit soudain conscience de l'image qu'elle devait donner, et passa, à son tour, la main dans ses cheveux. Sa natte était à moitié défaite, et de longues mèches fauves retombaient en désordre sur ses épaules. L'homme plongea son regard dans le sien et lui sourit d'un air attristé. Carly se sentit comme paralysée, incapable de baisser les yeux.

Certes, elle était consciente que cet homme, sorti de nulle part au milieu de la forêt, était un étranger, une apparition nocturne et silencieuse, mais elle se sentait étrangement réconfortée par sa présence. Elle ne savait rien de lui, pas même d'où il venait. Elle savait simplement qu'il portait une cape, montait un cheval noir, et avait le pouvoir de faire fuir piteusement un grand loup de Westphalie.

Heureusement qu'il parlait l'anglais, pensa-t-elle. En ce qui la concernait, son niveau de français était à peine suffisant pour lui permettre de commander un plat dans un restaurant.

Elle ne pouvait se résigner à le quitter des yeux. Ni lutter contre l'idée qu'en cet instant, son sentiment de confiance et de sécurité était dû à sa seule présence.

Il regarda derrière elle pour évaluer l'ampleur des dégâts.

— Mon Dieu ! Que s'est-il passé ? demanda-t-il d'une voix blanche.

— Je… hmm… je ne sais trop. L'attelage s'est mis tout à coup à accélérer, et je me suis aperçue que le cocher avait disparu. Ensuite, la voiture s'est… s'est écrasée.

— Vous auriez pu mourir. Sa voix était devenue soudain très grave.

— Je n'ai rien, dit-elle.

— Où est passé ce satané cocher ?

— Je… je ne sais pas. J'espère qu'il n'est pas blessé.

— S'il n'est pas blessé, il mérite la cravache !

Il examina encore une fois l'épave d'un air consterné.

— Mon Dieu !

— Je vais très bien, vraiment, affirma Carly. Je vous remercie. Mais je dois avouer que ce loup m'a littéralement terrorisée.

— Ah oui, le loup…, ajouta-t-il d'une voix douce. Eh bien, il est parti, maintenant.

Un éclair déchira subitement les ténèbres et illumina la nuit. Pendant deux secondes, Carly vit très nettement le bel étranger. Il possédait un charme viril et dégageait une extraordinaire sensualité.

Affolé, le cheval noir piaffa et martela violemment le sol de ses sabots.

— Satan ! coupa l'homme d'un ton sec.

Satan… un nom tout à fait adapté aux circonstances, pensa Carly un court instant. Le cheval allait-il obéir aussi facilement que le loup ?

L'animal recula d'un mouvement brutal en faisant bruyamment claquer ses fers, tandis que son maître prenait Carly par les épaules pour l'éloigner du danger.

Elle poussa un cri de douleur au moment où le poids de son corps reposa sur sa cheville.

— Mais vous êtes blessée ! s'écria-t-il.

— Non, ce n'est rien.

— Ne soyez pas stupide. Vous vous êtes blessée dans l'accident, sinon vous n'auriez pas crié ainsi !

— Je vous…

La pluie va tomber. Il faut se mettre à l'abri.

— Attendez ! Ecoutez-moi, au moins ! J'étais en route pour le château…

— N'ayez aucune inquiétude : je vous y emmènerai, lui promit-il. Il plongea les yeux dans les siens, et Carly dut garder tout son sang-froid pour ne pas vaciller.

Jamais aucun homme ne lui avait fait un tel effet. Ses manières autoritaires la rendaient furieuse et la fascinaient tout à la fois. Il était si élégant dans ses vêtements d'époque, et si brutalement viril qu'elle ne pouvait empêcher son imagination de courir en sa compagnie sur des chemins dangereux et totalement interdits. Elle sentit brusquement le rouge lui monter aux joues. Jamais elle n'avait connu cela, auparavant.

Elle tenta de se raisonner. Tous ces bouleversements étaient à mettre sur le compte de la nuit, sans doute, du vent et du brouillard. Peut-être aussi des hurlements des loups dans l'obscurité de la forêt.

— Si vous voulez bien prendre ma main, dit-elle d'une voix mal assurée, je crois que je pourrai marcher.

Il s'approcha d'elle et la souleva sans effort pour la porter dans ses bras. Elle accrocha instinctivement les bras autour de son cou et, quand il baissa les yeux sur elle, elle se sentit une nouvelle fois rougir. Le contact était si intime qu'elle pouvait percevoir les battements de son cœur à travers sa chemise, et la chaleur de son corps.

Carly ne doutait pas que son trouble fût réciproque. Elle avait conscience que le décolleté de sa robe offrait au regard de l'étranger ses épaules nues et le tendre sillon à la naissance de ses seins, qui se soulevaient au rythme de sa respiration.

— Ce n'était pas nécessaire, lui dit-elle.

En le voyant sourire, Carly comprit qu'il avait deviné sa faiblesse.

— Je crois que si.

— Vous obéissez toujours à votre instinct ?

— Le plus souvent possible. Dans le cas présent, la question ne se pose même pas.

Ne trouvant rien à répondre, Carly lui lança un regard accusateur et froid, qui ne sembla aucunement l'affecter.

— Vous êtes gelée, dit-il d'une voix douce. Nous allons vite vous réchauffer.

Le seul son de sa voix suffisait à faire oublier à Carly le froid et l'humidité. Son cœur battait la chamade, et ses joues s'empourprèrent de nouveau.

Le flash d'un éclair les fit sursauter. L'homme se dirigea vers Satan. Un deuxième éclair suivit de peu le premier, et l'étalon noir recula nerveusement en poussant un hennissement affolé. Puis il prit la fuite au grand galop.

— Satan ! Maudite bête ! cria l'homme.

Carly sentit des bras se refermer sur elle : des bras solides et puissants. Son cœur s'emballa, tant la pression était ferme et chaude. Il lui revint à l'esprit qu'elle se trouvait en terre inconnue, perdue dans la brume, totalement isolée, tandis que le bruit des sabots s'estompait au lointain.

— Il semble que nous ne soyons pas près d'arriver, dit l'homme.

— Vous pourriez peut-être me lâcher, maintenant.

— Oh, non, je ne crois pas !

Elle trouvait cette situation grotesque. Il ne semblait pas avoir l'intention de lui rendre sa liberté. Cherchait-il uniquement à lui venir en aide ?

— Savez-vous au moins où nous sommes ? lui demanda-t-elle.

— Oui, je le sais.

Il lui sourit d'un air malicieux et, pendant un court instant, il ressembla de manière inquiétante au prince des ténèbres.

— Je connais très bien le chemin, ajouta-t-il. Ça va juste prendre un peu plus de temps que prévu. J'ai bien peur de ne pas être aussi rapide que cette rosse qui vient de nous abandonner.

Carly se mordit la lèvre. Elle ne pouvait s'empêcher de penser qu'il avait suffisamment d'autorité sur le cheval pour le faire revenir… s'il l'avait vraiment voulu.

— Eh bien, gente dame, susurra-t-il d'un ton galant, mettons-nous en route. Il partit d'un pas léger, portant Carly comme s'il eût porté un oiseau blessé.

Ils progressèrent en silence un bon moment. Un loup hurla au loin. D'un geste rassurant, l'inconnu serra davantage la femme qui s'accrochait à son cou et, lorsqu'elle leva les yeux vers lui, elle eut le sentiment d'être totalement en son pouvoir, envoûtée par la sourde et pernicieuse sensualité de son sourire.

— Vous êtes en sécurité, ne craignez rien.

Carly ne sut que répondre. Les endroits de son corps qui étaient en contact avec celui de l'inconnu la brûlaient, mais elle avait froid partout ailleurs. Elle était profondément perturbée par ce contact si étroit, si intime, et troublée par ses propres réactions. Jamais elle ne s'était abandonnée aussi facilement dans les bras d'un homme.

L'étranger dominait la noirceur de la nuit de sa présence vibrante, solide et assurée. Il l'avait enlevée dans ses bras sans lui laisser le temps de réagir. Il s'imposait à elle, l'effrayait et la fascinait.

Il fallait absolument qu'il la reposât à terre.

— Vous n'allez tout de même pas me porter jusqu'au château ? lui dit-elle.

Il pencha son visage vers le sien et lui sourit lentement. Ils savaient tous les deux que cela ne posait aucun problème.

— Je vous le répète : vous n'avez rien à craindre, dit-il simplement.

Un éclair illumina le ciel, immédiatement suivi par un terrible coup de tonnerre. La pluie commença à tomber. Le léger crépitement de l'eau se transforma rapidement en une averse diluvienne et aveuglante.

Il la serra davantage contre lui. L'eau ruisselait sur son visage aux traits rudes. D'une main, il saisit le bord de sa cape pour en couvrir Carly du mieux qu'il put.

— Je doute que nous puissions rejoindre le château dans cette tourmente! lui cria-t-il à travers la pluie. Allons plutôt au pavillon de chasse.

Ils bifurquèrent vers les bois. Il ne servait à rien de protester. Elle pouvait à peine bouger tandis que l'homme poursuivait sa marche forcée. La pluie était devenue dure, serrée. Carly n'avait pas d'autre solution que se taire et fermer les yeux. De fines branches se brisaient à leur passage, et le tapis de feuilles mortes et de brindilles crissait sous le pas pressé de l'étranger.

Le flash d'un nouvel éclair permit à Carly de voir qu'ils étaient arrivés devant une sorte de cabane faite de troncs juste équarris.

Ils s'engouffrèrent dans l'entrée. L'homme s'orientait sans problème, malgré la totale obscurité. Sans hésiter, il déposa son fardeau sur quelque chose de doux, de sec et de confortable. Carly resta là allongée, frissonnant de froid, tandis qu'il s'affairait dans le noir. Après deux ou trois secondes, la flamme d'une bougie posée sur une table de bois brut éclaira le centre de la pièce, et projeta sur le sourire de l'étranger une lueur inquiétante.

— Je vais faire du feu, dit-il. Il revint vers Carly, et se pencha sur elle.

— Mais vous tremblez! Vous devez être transie… Il faut vous sécher et vous réchauffer. Je m'en occupe.

Carly ne bougea pas. Elle l'observa en silence tandis qu'il s'accroupissait près de l'âtre. Il prit une longue allumette sur le manteau de la cheminée, la frotta et glissa la flamme à plusieurs endroits sous les bûches.

En moins d'une minute, le feu sembla prendre, et l'homme se redressa, satisfait. Carly frissonnait encore, malgré la chaleur qui, déjà, se dégageait de l'âtre.

L'homme se releva et se tourna vers elle. Une fois de plus, elle fut touchée par l'éclat doré de ses yeux, le noir de jais de ses cheveux, la courbe sensuelle de sa bouche et la grâce de tous ses gestes.

— Vous vous sentez mieux? lui demanda-t-il. Carly acquiesça, toujours blottie sur le lit.

— Nous pouvons faire mieux encore, lui assura-t-il.

Il traversa la pièce, ouvrit un placard, et en sortit deux verres ainsi qu'une bouteille de cognac.

— Vous... connaissez le propriétaire ? demanda Carly.

Pourquoi n'était-elle pas plus nerveuse ? Pourquoi se sentait-elle aussi à l'aise, aussi détendue avec cet homme étrange dans cet étrange endroit ? Il était vêtu comme Dracula, et il aurait pu tout aussi bien être ce génie malfaisant.

Il s'arrêta et la regarda un moment, un léger sourire aux lèvres. Puis il versa un peu de cognac dans les verres.

— Oui, je connais le propriétaire, répondit-il. Il s'avança vers Carly, et lui tendit son verre.

— Je propose que nous portions un toast, Votre Altesse. Car, pour moi, ce soir, vous êtes une princesse, ne vous déplaise !

Il la dominait de toute sa hauteur. Sa chemise mouillée collait à son torse puissant. Elle leva les yeux et tendit le bras jusqu'à ce que leurs verres se touchent.

— A votre santé, monseigneur. Je constate qu'après tout ce que vous avez déjà fait pour moi, nous ne nous sommes pas encore présentés. Mon nom, vous le connaissez, je crois. Je suis ici avec ma sœur Jasmine pour le bal du comte Vadim. Mais Jasmine n'est pas avec moi. Je la cherche. Sans doute est-elle déjà arrivée au château.

— Oh, je vois !

Ce fut la seule information qu'il daigna lui donner. Il restait là, debout devant elle, et c'était de nouveau l'homme qu'elle voyait en lui : cet homme qui la troublait tant et dont les yeux d'ambre doré exerçaient sur elle une irrésistible attraction.

Il revint vers la cheminée où les bûches crépitaient maintenant en une belle flambée.

Carly avala son cognac. Il lui brûla d'abord la gorge, puis la réchauffa agréablement et dégourdit ses membres transis. L'homme vida son verre d'un trait, puis le posa délicatement sur le manteau de la cheminée et se retourna. Carly se sentait littéralement tétanisée par cette noble et puissante assurance, par cette suprême virilité.

Il lui sourit alors, d'un sourire froid et ironique.

Allons, elle n'était plus une petite fille qui s'effraie d'un rien ! Elle était une femme dans sa maturité, qui avait une certaine expérience de la vie, de la mort… et des hommes. Celui-ci n'était pas différent des autres, se dit-elle.

Elle replia les jambes et s'installa confortablement sur la couchette que recouvrait une chaude courtepointe. D'un air légèrement arrogant, elle leva les sourcils et lui rendit son sourire.

— Qui êtes-vous ? demanda-t-elle sans préambule.

Il retourna prendre la bouteille de cognac qu'il avait laissée sur un petit comptoir, à l'autre bout de la pièce, puis revint vers elle. Elle parvint tant bien que mal à contrôler sa nervosité tandis qu'il versait une seconde dose dans le verre qu'elle lui tendait. Il reposa ensuite la bouteille et la regarda droit dans les yeux.

— Je suis le comte.

Carly ne put retenir un sourire.

— Je vois. Vlad Drakul ? Votre costume est très réussi. Mais qui êtes-vous réellement ?

— Je suis le comte, princesse. Elle fronça les sourcils.

Le comte…

— Comte Vadim, madame Kiernan. Je suis le comte Jon Vadim.

Dans l'âtre, le feu craquait voluptueusement, et les flammes s'élevaient en projetant une lumière d'incendie dans l'espace clos de la pièce. Elle voulut s'arracher de l'emprise de son regard mais n'y parvint pas.

Il vint tout près d'elle, et lui caressa doucement la joue.

— Bienvenue en Westphalie, Carly Kiernan.

Au contact de cette main sur son visage, la jeune femme sentit sa peau s'embraser. Elle se demanda confusément s'il n'était pas déjà trop tard, si elle n'avait pas déjà perdu la raison, perdu son âme.

C'était donc le comte Vadim. On l'avait mise en garde contre lui. Jasmine l'avait prévenue… Le sourire de l'homme devint soudain glacial.

— Très bien. On ne joue plus, madame Kiernan. Maintenant, je veux savoir qui vous êtes en réalité, et ce que vous êtes venue chercher ici. Je vous écoute.

2.

Carly s'écarta brusquement de lui. Ses yeux lui paraissaient durs, scintillants et froids comme ceux d'un loup.

— Je vous l'ai dit : je suis Carly Kiernan, répondit-elle d'une voix monocorde. Si vous êtes le comte, vous devez le savoir.

— Et pourtant, je l'ignore, répliqua-t-il. Jasmine n'est pas là. Si vous étiez vraiment sa sœur, vous seriez au courant.

— Jasmine est là, je le sais! Et je suis sa sœur! Je viens de recevoir une lettre d'elle.

Il dévisagea Carly en hochant lentement la tête.

— Jasmine a décidé de ne pas rester pour le bal. Elle est partie. Puisque vous êtes ici, venez passer la soirée au château. Après quoi vous rentrerez chez vous.

— Mais non, c'est impossible! Je ne peux pas venir au château sans Jasmine.

Peut-être était-il fou, songea-t-elle.

— Ecoutez, comte Vadim, reprit-elle, je n'irai nulle part. Ma sœur m'a écrit de votre château. Je ne partirai pas tant que je ne l'aurai pas retrouvée!

Il poussa un soupir, s'éloigna de quelques pas, puis revint vers elle.

— Carly, vous connaissez Jasmine : un jour ici, le lendemain ailleurs… Vous venez d'arriver et vous êtes déjà blessée. Vous feriez mieux de repartir.

— Non. Pas tant que je n'aurai pas retrouvé Jasmine. Dites-moi où elle se trouve.

— Aussi têtue qu'une mule! dit-il en éclatant de rire.

Il lui prit le menton, fermement mais sans lui faire de mal. Elle ne chercha pas à s'esquiver. Son cœur battait la chamade et sa respiration s'était accélérée.

— Je suis la sœur de Jasmine.

— Vous n'avez rien à faire ici, dit-il en soupirant.

— Elle m'a écrit…

— Je sais, je sais. Mais il faut rentrer chez vous.

— Non.

— Aussi têtue qu'une vieille mule !

Il l'observa un moment. L'éclat de ses yeux devint soudain plus humain, et Carly perçut dans son regard un curieux mélange de tendresse et de malice lorsqu'il lui caressa la joue, d'un geste trop intime à son goût.

Tout cela ressemblait un peu trop à de l'hypnose. Elle s'était laissé séduire beaucoup trop facilement et, même s'il n'avait pas l'intention de boire son sang, la jeune femme en venait à craindre qu'il prît son cœur.

Elle lui saisit la main et l'éloigna de son visage.

— Qu'avez-vous en tête ? Il nous est quasiment impossible de rejoindre le château, et vous voudriez me mettre dans un avion ?

— Vous pouvez rester pour le bal, dit-il. Et aussi pour la nuit, si vous le désirez.

— Merci, mais j'ai déjà une chambre d'hôtel.

— Vous seriez mieux au château. Juste pour une nuit.

— J'irai à l'hôtel, et j'y resterai aussi longtemps que je l'aurai décidé.

— Avez-vous peur de moi, madame Kiernan ? demanda-t-il avec un large sourire.

— Non.

— Peut-être avez-vous tort.

— Pourquoi donc ?

— Nous connaissons tous les deux la réponse, répliqua-t-il.

— Je suis navrée, comte, mais je ne vois pas de quoi vous voulez parler.

— Bien. Très bien. Alors, si vous n'avez pas peur de moi, venez au château.

— Soit, mais je ne repartirai pas demain.

— Nous verrons.

— Je veux voir Jasmine.

— Jasmine est comme un papillon ! Bon sang, qui sait où elle aura choisi de se poser !

Carly ferma les yeux.

— On tourne en rond, dit-elle dans un soupir.

Subitement, l'attitude du comte changea, et il éclata de rire, comme si tout cela n'avait été qu'une blague. Il vida son verre, se versa une nouvelle dose de cognac, puis tourna autour de Carly en l'examinant de la tête aux pieds.

— Alors, vous êtes la petite sœur de Jasmine ?

— Oui. Enfin, pas si petite que cela : il y a moins d'un an d'écart entre nous.

Elle tenta de s'approcher de la cheminée en boitillant, mais grimaça de douleur en posant son pied blessé sur le sol.

— Vous ne devriez pas marcher, lui dit-il.

Il y avait un banc devant l'âtre, et il l'aida à s'y installer. Le fait de sentir son bras autour de ses épaules lui parut étrangement naturel. Même pendant leur dispute, elle avait dû lutter contre un intense désir de le toucher. Ah, si seulement tout cela n'avait été que le fruit de son imagination !

A peine fut-elle assise qu'il s'agenouilla devant elle pour examiner sa cheville.

— Quels rapports entretenez-vous avec ma sœur ? demanda-t-elle d'un ton poli.

— Nous nous connaissons bien, tout simplement. C'est une jeune femme intelligente et dynamique.

— Vous avez raison. Elle est pleine de vie. Je m'inquiète pour elle.

— Vous ne devriez pas. Il leva la tête et la regarda. Je crois me souvenir qu'il y a un vieux pot, ici. Si j'arrive à faire chauffer de l'eau, vous pourrez tremper votre pied et soulager la douleur, le temps qu'on nous retrouve.

— Vous croyez que quelqu'un aura l'idée de venir nous chercher ici ?

— Oui, bien sûr. Je suis parti à cheval dans l'espoir de vous trouver. On va s'inquiéter de ne pas me voir revenir.

Il se leva et se dirigea vers le comptoir sous lequel il dénicha un grand pot de fer. Il le remplit à la pompe et alla le suspendre à l'ancienne crémaillère fixée dans l'âtre.

— Ce sera vite chaud, dit-il.

Accroupi près du feu, il tourna la tête vers elle. Les flammes se reflétaient dans ses yeux en un éclat changeant d'or et de vermeil.

— Styliste…, murmura-t-il en observant les vêtements mouillés de Carly.

— Jasmine vous a parlé de moi ?

— Oui, mais pas assez, apparemment.

— Que voulez-vous dire ?

— Eh bien, jusqu'à ce que vous téléphoniez, cet après-midi, j'ignorais que vous alliez venir.

— Pourquoi avez-vous refusé de me parler ?

— Parce que…

Il se tut quelques secondes, puis haussa les épaules.

— … parce que Jasmine n'est pas là. Carly se demanda s'il lui cachait quelque chose. Il sourit, et elle ne put s'empêcher de trouver son sourire merveilleux.

— Styliste de talent, précisa-t-il. Malgré les désagréments subis ce soir, votre robe est tout à fait étonnante.

— Merci. Elle fronça aussitôt les sourcils.

— Vous avez un accent britannique.

— Vraiment ?

— Bien sûr que oui !

Il s'esclaffa, mais, cette fois, Carly crut percevoir un soupçon de dédain dans son rire.

— Le français est notre langue officielle, madame Kiernan.

Ici, en Europe, lorsque nous apprenons l'anglais, ce n'est pas avec l'accent américain.

— Mais vous n'avez pas non plus l'accent français!

— Ni l'accent anglais quand je parle français, répliqua-t-il d'un air légèrement irrité.

Il soupira et regarda la jeune femme droit dans les yeux. Elle soutint son regard sans ciller, d'un air de défi.

— Ma mère est… pardon, était anglaise.

— Oh, je suis désolée! murmura Carly.

Elle était déçue de n'être pas parvenue à le coincer. La voyant ainsi désappointée, il lui sourit et, du bout des doigts, effleura sa joue d'un geste tendre. Puis il descendit jusqu'à l'ourlet de son corsage.

— Vous êtes très douée, vraiment. Cette robe est magnifique, et vous la portez divinement. Vous me faites penser à Désirée Clary, cette jeune et innocente beauté qui fut la première à voler le cœur de Napoléon.

— Elle était brune, je crois.

— C'est possible. Il est vrai que vos cheveux sont blond vénitien… Quoi qu'il en soit, vous avez beaucoup de talent, et je suis persuadé que, tôt ou tard, vos dons artistiques vous ouvriront toutes les portes.

— Jasmine a bavardé, apparemment.

— Jasmine est loyale. Et elle a beaucoup d'admiration pour vous.

— Oui, je le sais.

Carly ressentit un petit pincement de jalousie envers sa sœur. C'était exactement le genre de choses dont Jasmine était capable : tomber amoureuse d'un comte exotique et tout quitter pour le rejoindre. Sauf que ce comte, pour impressionnant et irrésistible qu'il fût, n'avait rien d'exotique. Il était bâti comme un athlète, et il avait la distinction d'un Anglais.

— Pas vraiment George Hamilton, remarqua-t-elle.

— Je vous demande pardon?

— Eh bien, si je dois être Désirée Clary, je me demande quel personnage vous pourriez évoquer pour moi.

— Le comte Dracula, voyons! Qui d'autre?

— Certainement, mais lequel? George Hamilton, suave, charmeur, ou Bela Lugosi, lugubre et inquiétant?

Elle marqua une pause, puis ajouta en souriant :

— A moins que vous ne ressembliez à Armand Assante, qui était incroyablement sexy?

Il éclata de rire, prit sa main entre les siennes et lui caressa doucement les doigts. Son sourire se fit alors tendre et chaleureux.

— Tous, princesse. Venant de vous, j'accepte toutes les comparaisons avec plaisir.

Le feu crépitait dans l'âtre, et les flammes semblaient s'élever et tourner autour d'eux. Une douce chaleur envahissait la jeune femme. Le monde entier semblait tenir dans ce petit chalet en rondins, perdu dans la brume au milieu des montagnes.

Et cet homme s'agenouillait devant elle, la touchait. Elle ne pensait plus à rien d'autre qu'à l'excitation qui l'envahissait, tel un philtre magique. Elle n'avait connu qu'un amour dans sa vie, et pour ainsi dire aucune liaison passagère. Elle s'était mariée en quittant le lycée et, après la mort de son époux, elle ne s'était engagée dans aucune forme de relation.

A présent, elle désirait être dans les bras de cet homme, rester pour toujours avec lui dans cette cabane, et sentir la chaleur du foyer sur leurs deux corps.

« Trop de cognac! » lui souffla une petite voix intérieure. « Peu importe! » répliqua-t-elle pour elle-même.

— Avez-vous une liaison avec ma sœur?

La question sembla le surprendre. Il prit son temps pour répondre :

— Non.

Elle le crut et hocha lentement la tête.

— Avez-vous eu une liaison avec elle?

Il garda le silence quelques instants, puis sourit d'un air attristé et répondit :

— Jamais. Je le jure.

Elle baissa les yeux. Il lui prit de nouveau le menton d'un geste délicat, et murmura :

— J'aimerais beaucoup que vous restiez.

— Mais vous étiez prêt à m'expédier de l'autre côté de l'Atlantique…

— Parce que ce serait mieux pour vous, même si ce n'est pas ce que je désire. Tout simplement.

— Tout simplement ?

— Vous courez peut-être un risque en restant ici.

— Quel risque ? Celui des loups ?

— Qui sait ? Il y a toutes sortes de loups.

Elle rit, puis baissa aussitôt la tête. Il avança la main et lui caressa les cheveux.

— La petite sœur de Jasmine… Vous êtes très belle.

La remarque la prit au dépourvu, et elle rougit. Elle le désirait. Elle désirait cet homme. Plus question de se voiler la face. Le sort en était jeté, et tant pis si elle devait y perdre son âme. Elle se sentait à la fois bouleversée et merveilleusement vivante.

— Je pense que l'eau est chaude, dit-il.

Il décrocha le pot de la cheminée et le posa devant elle. Doucement, il lui ôta son chausson de satin. Carly retira son bas avec des gestes légèrement embarrassés, et plongea le pied dans l'eau.

Elle le retira brusquement en poussant un cri aigu. L'eau était bouillante. Le comte parut affolé, et la rattrapa alors qu'elle perdait l'équilibre.

Il la garda dans ses bras et la serra contre lui, les yeux plongés dans les siens.

— Je crois que nous avons laissé chauffer l'eau trop longtemps, constata-t-il.

— Je le crois aussi.

Et il l'embrassa. Ses lèvres épousèrent les siennes, se fondirent en elles.

Carly se sentit littéralement enveloppée sous la cape encore humide qui les réunissait tous deux. Le corps de Jon était souple et ferme, et les muscles durs de son torse se pressaient contre ses seins. Sa bouche enflammait la sienne. Carly s'abandonna aux tendres exigences de l'homme qui la guidait. De sa bouche, il lui faisait l'amour ; il la malmenait, la maîtrisait, et puis, délicatement, doucement, il l'apaisait un instant pour mieux revenir, pour mieux l'anéantir.

Elle se sentait perdue, incapable de contrôler la situation. Elle s'accrocha à lui et plongea sauvagement les mains dans ses cheveux. Un sourd désir monta, brûlant, du plus profond d'elle-même. Ni le temps ni l'espace n'avaient plus d'importance. Ils ne voyaient qu'eux deux et ne connaissaient plus que l'ineffable beauté de ce premier baiser. Leurs regards se croisèrent, et à partir de cet instant, Carly cessa de se demander jusqu'où cela la mènerait. Elle était prête à tout, de tout son cœur, prête à s'abandonner. Et elle brûlait de retirer sa robe et de le voir nu, lui aussi, rayonnant dans la chaude lumière de l'âtre et marchant vers elle…

Il s'écarta soudain, le regard fixe et énigmatique.

— Ils sont là, dit-il doucement.

— Quoi ? murmura-t-elle.

— Ils sont venus nous chercher.

On frappa à la porte.

— Jon, vous êtes là ?

Jon Vadim se leva et alla ouvrir. Ils étaient deux, un homme et une femme. Elle déguisée en chat, et lui en vieille dame.

— Oui, Geoff, je suis là. La sœur de Jasmine est avec moi.

— Dieu soit loué ! répondit l'homme.

— Pourquoi ? Que se passe-t-il donc ?

— Le cocher a disparu, Jon. Il s'est purement et simplement volatilisé. Nous avons appelé la police, après votre départ, et ils ont engagé des recherches. Mais, pour le moment, aucune trace de l'homme. Nous étions très inquiets. J'ai pensé que vous vous étiez peut-être réfugié ici.

— Et vous aviez raison, dit Jon. Entrez donc, chère grand-mère. Geoffrey Taylor, Carly Kiernan, la sœur de Jasmine.

Grand-mère entra et tendit à Carly une main couverte de

bandages. Inutile d'essayer de deviner à quoi ressemblait le vrai Geoffrey, tant le déguisement était bien fait.

— Votre costume est fantastique, dit Carly.

— Je suis fantastique, rectifia-t-il.

Il l'examina d'un regard bienveillant.

— Votre tenue de Joséphine n'est pas mal non plus, déclara-t-il. Jasmine m'a dit que vous aviez travaillé sur plusieurs spectacles à Broadway.

— C'est la vérité.

— J'aimerais beaucoup que nous en discutions dans les jours qui viennent. Vous avez l'air de bien connaître votre métier.

— Carly ne sera plus là demain, dit Jon.

— Mais si, je serai là, répliqua-t-elle. Jusqu'à ce que je trouve Jasmine.

— Jasmine ? dit grand-mère en se tournant vers Jon. Je croyais que Jasmine était partie en vacances à Paris...

Jon leva les deux mains.

— Ce qui est certain, c'est qu'elle n'est plus ici. Mais Carly refuse de me croire.

— Dommage ! dit alors la femme qui était déguisée en chat. Jasmine est partie, et si cette fichue pagaille continue, il n'y aura bientôt plus personne. La soirée est déjà pratiquement gâchée !

Carly l'observa tandis qu'elle s'avançait. Son costume de chat, moulant et luisant, mettait en valeur de la plus flatteuse manière les courbes généreuses de son corps.

— Tanya, je vous présente Carly, coupa Jon Vadim. Carly, Tanya Bannister. Tanya salua vaguement de la tête.

— Quelle histoire ! dit-elle en se lamentant.

— Vous ne croyez pas si bien dire, ajouta Jon. Le carrosse n'est plus qu'une épave, et je ne sais pas ce qui est arrivé au cocher, mais nous pouvons nous estimer heureux que Carly n'ait pas été blessée, ou même tuée.

— Oui, oui, bien entendu, dit Tanya.

Carly se rendait compte que son état de santé n'avait qu'une importance relative pour Tanya qui ne songeait, en réalité, qu'à retourner à la soirée.

La « chatte » s'approcha de Jon et glissa son bras sous le sien.

— Mais Carly est saine et sauve, n'est-ce pas ? Je vous en prie, Jon, retournons au château ! Nous n'avons pas tous les jours l'occasion de voir un groupe comme les « Pathfinders ». Je meurs d'envie de les entendre, minauda-t-elle.

Jon Vadim ne put s'empêcher de lui sourire, et Carly crut que la fausse queue de Catwoman allait se mettre à battre de satisfaction.

— Il faut que j'aille éteindre le feu, Tanya, dit Jon.

— Mais j'ai à vous parler, Jon. Juste un instant.

— Je vous retrouve à la voiture…

— Je peux m'occuper du feu, proposa Geoffrey.

— Jon, c'est très important, dit Tanya d'un ton insistant.

Jon parut agacé. Il regarda vers Carly qui lui souriait d'un air tendre.

— Je vous en prie, allez-y tous les deux. Je suis moi-même très impatiente de connaître Geoffrey.

— Venez, Tanya, et soyez brève, dit le comte. Geoff adressa un large sourire à Carly.

— Tanya est une chatte, dit-il. Y compris pour les dents et les griffes !

— Mais qui est son maître ? demanda Carly. Geoffrey haussa les épaules d'un air embarrassé.

— J'avais très envie de discuter avec vous. Je m'étonne que Jasmine ne soit pas là. Elle tenait tellement à ce que nous nous rencontrions !

Il alla déplacer les bûches dans la cheminée. Puis il prit du sable dans un seau qui se trouvait à côté, et en versa sur les flammes pour les étouffer.

Il tourna ensuite la tête vers Carly et lui adressa un sourire grimaçant de petite vieille.

— Oui, Jasmine y tenait beaucoup, dit Carly. Et je suis très inquiète à son sujet.

— Ne vous en faites pas. Vous connaissez Jasmine mieux que moi : vous savez donc qu'elle ne tient pas en place. Elle aura eu une lubie, et elle sera partie sans prévenir.

— Oui, je sais bien, mais…

« Dans ce cas, elle ne m'aurait pas invitée ici », songea Carly.

— Très bien, poursuivit Geoff. Nous aurons certainement l'occasion de reprendre cette conversation. Avez-vous l'intention de rester quelque temps ?

— Oui.

— Jon n'a pas l'air d'accord, dit-il en souriant.

Carly se demanda ce qu'il pensait réellement. Il était très difficile de le percer à jour, à cause de cet extraordinaire maquillage.

— Je me moque de ce que les autres peuvent dire, réponditelle fermement. Si Jasmine est à l'étranger, au moins elle saura où me joindre.

— Bon. Si nous sortions, maintenant ?

Il lui ouvrit la porte. Jon et Tanya étaient tout près, dans l'humide obscurité de la nuit. Leurs têtes étaient très proches, et Carly se demanda ce qu'ils pouvaient se chuchoter.

Elle se sentit un peu stupide. Pourquoi Jon Vadim n'aurait-il pas une maîtresse ? Elle s'était inquiétée, au début, de ses relations avec Jasmine, puis il l'avait rassurée sur ce point. Maintenant, elle se posait des questions au sujet de la belle mais égoïste Tanya.

— Nous sommes prêts, déclara Geoffrey d'un ton jovial.

Carly s'efforça de rester souriante et évita de regarder du côté de Jon. Elle n'avait aucun droit, ici. Elle venait tout juste de rencontrer cet homme, et peut-être s'était-elle tout simplement comportée comme une oie blanche ?

Cependant, le baiser qu'ils avaient échangé n'avait rien d'anodin pour elle. Elle avait été séduite au point de désirer de toutes ses forces faire l'amour avec un homme qu'elle connaissait à peine. Elle secoua la tête. Qu'était-il donc advenu de son bon sens légendaire ?

— Quelle voiture avez-vous prise, Geoff ? demanda Jon.

— La Volvo.

— Peut-être est-il préférable que Jasmine ne soit pas là, au fond ? dit Tanya d'un ton mielleux. Elle déteste la Volvo.

— Vraiment ? demanda froidement Carly.

— Oui. Elle est plutôt Lamborghini, précisa Tanya.

Et elle s'éloigna en souriant, dans un déhanchement accentué qui fit balancer sa queue de chat tout au long du sentier qui descendait jusqu'à la route.

Carly avait envie de lui crier que ce snobisme n'était absolument pas le genre de Jasmine, mais à quoi bon ?

Elle prit alors conscience qu'elle n'avait pas vu sa sœur depuis des lustres. Au début du mois de septembre, Jasmine était venue la voir pour qu'elle prît ses mesures, afin de pouvoir lui confectionner son costume de Schéhérazade. Puis elle était revenue le chercher à la fin du mois. A part ça, Jasmine n'avait fait que voyager. Elle n'était pas tenue d'accompagner elle-même les groupes, mais elle adorait découvrir le monde, et elle s'était constitué une clientèle très riche de personnalités et d'aristocrates.

Soudain, Tanya poussa un cri, et ramena Carly à la réalité.

Quelqu'un venait de sortir des bois et s'avançait sur le sentier.

— Alexi, c'est vous ?

— Tanya ! Je suis désolé…

— Alexi, vous m'avez fait une peur bleue !

— Je suis vraiment navré, Tanya ! Je n'en avais aucunement l'intention. Je venais juste voir si Jon avait retrouvé la sœur de Jasmine. Ah, je vois que oui !

— Oui, je l'ai retrouvée, confirma Jon en rejoignant Carly.

Il la prit par la main et s'avança avec elle. Alexi était un beau garçon aux cheveux châtains, vêtu d'un costume à fines rayures dans le style des gangsters des années vingt. Il sourit à Tanya et à Jon, puis regarda Carly avec une curiosité mêlée d'admiration.

— Alors, c'est la petite sœur ! Petite sœur, je suis enchanté, dit-il avec un fort accent. Carly nota qu'il avait un sourire charmant et juvénile.

— Voici Alexi Moreau, dit Jon. Nous sommes voisins. Sa

famille possède depuis toujours un magnifique manoir, non loin du château.

— Je vous le ferai visiter, dit Alexi en s'adressant à Carly.

— C'est très gentil à vous. Merci beaucoup. Elle sentit la main de Jon Vadim lui serrer le bras.

— Si vous le désirez, dit-il, je vous y emmènerai.

— Et si vous montiez avec moi ? suggéra Alexi. Je suis venu avec la Mercedes.

— Elle voyagera dans la Volvo, répliqua Jon d'une voix calme mais tranchante.

— En fait, je..., commença Carly.

— Oui, la Mercedes ! coupa Tanya. Montons tous avec Alexi. Quelqu'un viendra récupérer la Volvo demain. Allons, venez, retournons à la soirée !

— Je suis sûr que la fête bat son plein, dit Jon. Mais Tanya a raison : nous devrions nous mettre en route.

Carly se retrouva installée avec Jon Vadim et Geoffrey sur la banquette arrière de la Mercedes, tandis que Tanya avait pris place devant, à côté d'Alexi.

Jon Vadim chercha dans le noir la main de Carly, et ses doigts vinrent s'enlacer aux siens, fermes et chauds. Il se pencha en avant et indiqua une direction devant eux.

— Le château Ban se trouve par là, vers l'est. Les gens disent que c'est le château de Dracula, même si Vlad Tepes n'a strictement rien à voir avec cet endroit. Nous pousserons jusque-là, dans quelques jours.

— Vlad Tepes ? murmura Carly.

— Vlad l'empaleur, précisa Jon.

— En fait, le nom de Dracula n'est pas exactement un nom propre ; ce serait plutôt une description, expliqua-t-il. Ce mot signifie « fils du dragon. »

— Et il n'a jamais été vampire, ajouta Alexi.

— Non, il était bien pire que cela. On raconte qu'il a exécuté jusqu'à trente mille personnes en une fois. Aux yeux de certains, c'était un héros parce qu'il détestait les Turcs et qu'il avait réussi à les maintenir hors des frontières. Un jour, cependant, il est entré dans une grande colère contre les habitants de Brasov, un village situé dans une vallée que nous visiterons aussi, d'ailleurs. Toute la population du village avait refusé de se soumettre à ses exigences. Il a résolu le problème très simplement : en se débarrassant d'eux. Hommes, femmes, enfants, ils ont tous été empalés.

— D'une manière extrêmement raffinée, précisa Alexi.

— En effet, poursuivit Jon. Il prenait bien soin de ne toucher aucun organe vital durant l'opération, et les pauvres bougres se vidaient lentement de leur sang pendant deux ou trois jours.

— C'est horrible ! s'exclama Carly.

— Et terriblement cruel, ajouta Alexi d'un ton badin.

— Arrêtez ! supplia Tanya. Vous m'effrayez. Et vous effrayez Carly.

Carly sentit que Jon avait les yeux fixés sur elle.

— Je ne suis pas du tout effrayée, répondit-elle en se tournant vers Jon. Il sourit lentement, avec un air de défi dans les yeux.

— Bien sûr que non, dit-il. La seule chose qui pourrait effrayer Carly serait de se retrouver nez à nez avec un loup de Westphalie !

Carly ne répondit pas, mais elle le regarda d'un air amusé.

— Les gens continuent à croire aux vampires, murmura Alexi tout en conduisant. Carly capta son regard dans le rétroviseur.

— Vous verrez, Carly, nos villages n'ont pas tellement changé depuis le Moyen Age. Les habitants mettent toujours un crucifix à leur porte pour chasser les mauvais esprits, et l'on trouve encore, tout au long de cette route, des chapelles censées protéger le voyageur des dangers de la nuit.

— Nous y voilà, dit Jon. C'est ici. Nous sommes arrivés au château.

Alexi manœuvra la voiture pour entrer par l'énorme portail du mur d'enceinte. Le château vu de près était moins effrayant qu'impressionnant. Il était construit en pierre du pays et paraissait littéralement surgir de la roche. Ses tours et ses parapets apportaient une touche de légèreté à l'ensemble. Les parties du rez-de-chaussée avaient néanmoins été aménagées selon les critères les plus modernes de confort et de lumière. De grandes baies vitrées encadraient une vaste terrasse où des couples dansaient et se déhanchaient sur une musique rock.

— Eh bien, princesse ? demanda Jon Vadim.

Carly sentit de nouveau son regard sur elle. Elle contempla le château encore un instant, puis se tourna vers Jon en souriant.

— Il est absolument magnifique !

— Il est beaucoup plus que cela, dit-il d'une voix douce, tandis qu'il l'aidait à sortir de la voiture.

Elle regarda sa robe mouillée d'un air dépité.

— C'est une catastrophe !

— J'emmène Carly à l'étage, déclara Tanya. Il faut qu'elle se sèche.

Jon acquiesça d'un signe de tête, et échangea un regard avec Carly.

— Allons, venez, dit Tanya. Vous aurez tout le temps de visiter, ensuite. Dépêchons-nous.

Elles évitèrent la terrasse et empruntèrent un étroit escalier de pierre aux marches usées qui débouchait sur un couloir voûté, puis elles poussèrent une lourde porte cloutée. Le vestibule où elles se trouvaient, sombre mais décoré avec goût de sabres anciens, de heaumes et d'éléments d'armures, conduisait à un large escalier.

— Par ici, dit Tanya.

Parvenues à l'étage, elles pénétrèrent dans une nouvelle pièce. C'était une chambre ancienne et rustique. Un tapis était disposé devant une large cheminée, et l'immense lit au cadre de cuivre était recouvert d'un épais édredon. Un service à thé en argent trônait sur une petite table précieuse et, de l'autre côté de la cheminée, une deuxième table identique supportait un poste de télévision.

— Vous habitez ici ? demanda Carly.

— Bien sûr, répondit Tanya. Ce n'est pas la place qui manque, au château. D'ailleurs, je ne suis pas la seule : Geoffrey, Jasmine, tout le monde vit ici. Jon pourrait accueillir une vingtaine d'invités en même temps, s'il le voulait. Bien sûr, Jasmine…

Elle s'interrompit et haussa les épaules.

— … Jasmine quoi ? demanda Carly.

— Oh, rien ! J'ai d'abord cru qu'elle avait réussi à mettre le grappin sur l'insaisissable comte. Mais elle est partie sans dire un mot. Allez donc comprendre !

Tanya sourit et haussa les épaules.

— Asseyez-vous. Je vais chercher le sèche-cheveux.

— Ne vous dérangez pas, Tanya, je me débrouillerai.

— Allons, je vous en prie. Je suis peut-être un peu brusque, mais je ne suis pas hypocrite. Moi aussi, j'ai une petite sœur. Laissez-moi vous aider.

Carly s'assit sur le lit, et Tanya lui sécha les cheveux.

— Levez-vous, maintenant, dit-elle quand l'opération fut terminée. Je vais sécher votre robe.

— Pardon ?

— Ça va marcher, je vous le garantis.

Au bout de quelques minutes, effectivement, la robe était sèche. En se regardant dans le miroir, elle dut reconnaître qu'elle avait retrouvé l'aspect qui était le sien en quittant l'hôtel.

— Vous voilà comme neuve ! dit Tanya en plaisantant. Il faut descendre, maintenant. Il y a une fête, en bas, au cas où vous l'auriez oublié !

— Merci de votre aide, dit Carly en souriant.

— Pas de problème. Cette fois, nous allons prendre l'escalier d'honneur, déclara Tanya.

L'escalier portait bien son nom. Construit en chêne entièrement sculpté, les marches tendues de velours cramoisi, il descendait majestueusement en double volute jusque dans le hall en rotonde. D'anciens portraits de famille datant du Moyen Age étaient accrochés sur toute la hauteur du mur du fond.

— C'est fabuleux. Presque surréaliste, murmura Carly. Tanya lui jeta un rapide coup d'œil et se mit à rire.

— Je savais bien que vous seriez impressionnée ! Venez, maintenant.

Elle lui prit la main et descendit avec elle jusqu'au bas de l'escalier, dans la rotonde qui ouvrait directement sur la terrasse. Un serviteur en smoking s'approcha d'elles. Carly prit deux coupes de champagne sur son plateau, et en tendit une à Tanya.

— Oh, voilà les Seabold ! dit Tanya. Il faudra qu'on vous les présente ; ce sont des amis de Jasmine. John Seabold est candidat aux prochaines présidentielles. Lord Bowden est avec eux. C'est un membre influent du Parlement britannique. Là-bas, c'est le marquis de Grasse… La famille de Grasse possède des vignobles, maintenant. Même les aristocrates doivent vivre, n'est-ce pas ?

Carly songea avec amusement que Tanya semblait décidée à la chaperonner pour la soirée.

Elle fit la connaissance d'un charmant diplomate russe, de l'héritière d'une chaîne de supermarchés, d'un roi du pneu, ainsi que d'une douzaine de politiciens. Tous étaient déguisés en princes et en princesses, en monstres, en vampires, en fruits ou en légumes, en chiens, en chats, en astronautes… Elle se laissa même inviter par une grenouille qui lui affirma qu'elle était, en réalité, un prince lituanien.

Tout en dansant, Carly cherchait Jon du regard, sans deviner qu'il avait déjà les yeux fixés sur elle. Elle s'en rendit compte alors qu'elle était encore entre les bras du prince des grenouilles.

Au milieu de la foule, Jon Vadim l'observait sans retenue. Sitôt qu'il eut croisé son regard, il posa sa coupe de champagne, s'excusa poliment auprès de ses hôtes et se dirigea vers elle. Il l'enleva au prince juste au moment où l'orchestre attaquait une valse viennoise. Carly se glissa entre ses bras, et leurs regards se fondirent l'un dans l'autre. Ils valsèrent ainsi, enlacés, tout autour de la piste.

— Vous vous amusez bien ? demanda-t-il.

— Oui, énormément.

— Moi, pas du tout… Jusqu'à ce que vous m'accordiez cette danse.

— Vous vous moquez ! protesta-t-elle.

— Non, c'est la vérité. Je vous le jure. Carly sourit et haussa les épaules.

— Croyez-vous au destin, Carly ? Je veux dire, croyez-vous

que certaines choses doivent arriver, tout simplement parce que c'est écrit ?

Elle hésita. La musique guidait ses pas, et le simple fait de se trouver dans les bras du comte provoquait en elle une émotion presque douloureuse. Que lui arrivait-il donc ? Rien de tout cela ne pouvait être réel : ni le château ni l'homme.

— Je ne crois que ce que je vois, répondit-elle finalement. Et il m'apparaît que Jon Vadim est un homme très sollicité.

— Voilà une remarque totalement infondée.

— Chacun, ici, a l'air de penser que vous et Jasmine…

— Je vous ai dit la vérité, répondit-il d'un ton ferme.

— Et il y a aussi cette adorable féline.

— Vous devriez pourtant savoir que les loups et les chats ne s'entendent pas, répliqua-t-il.

— Oh, vraiment ? Elle écarta légèrement la tête et lui sourit. Vous avez raison. Les loups préfèrent les pauvres agneaux innocents, n'est-ce pas ?

— Vous voulez dire que vous êtes un pauvre agneau innocent ?

— Pas tout à fait. Je sais me défendre.

— Parfait. Je n'aurai donc pas à me sentir coupable.

— Coupable de quoi ?

Ignorant la question, il reprit en souriant :

— Je crois que…

— Oui, Jon…

— Il doit être très difficile de gagner votre confiance, Carly. Vous ne devez pas tomber amoureuse de n'importe qui, mais, lorsque ça vous arrive, vous le vivez sans doute intensément. Il me semble aussi que, quand vous avez foi en quelqu'un, rien ni personne ne peut ébranler cette foi.

Carly eut un sourire ému.

— J'ai peur de ne pas bien vous comprendre.

— Comment le pourriez-vous ? murmura-t-il.

Elle ressentit alors plus que jamais le mystère qui planait sur cette nuit, la disparition de sa sœur et, maintenant, le comportement de Jon Vadim.

— Jon…

Elle s'interrompit en constatant qu'il ne la regardait plus. Sans la lâcher, il s'était arrêté de danser et observait la terrasse, derrière elle.

— Que se passe-t-il ?

— Un inspecteur est là. L'inspecteur Durand. Je dois vous demander de bien vouloir m'excuser.

Il se dirigea vers l'entrée, et Carly décida de le suivre. Elle vit le nouveau venu saluer le comte et lui parler rapidement. Jon l'écoutait avec attention, le visage tendu.

— Qu'y a-t-il, Jon ? demanda-t-elle en s'approchant d'eux.

— Carly…

— Bonsoir, madame, dit l'inspecteur en lui tendant la main.

C'était un homme mince avec une moustache tombante et des yeux tristes. Malgré un accent prononcé, il semblait fier de parler la langue de Shakespeare, pour autant que Carly pouvait en juger.

— Madame Kiernan ?

— Oui.

— On a retrouvé le cocher, expliqua Jon. Il est mort.

— Mon Dieu, c'est affreux ! Le pauvre homme ! Tomber de son siège à cette vitesse, au milieu des rochers…

— Vous avez raison : le pauvre homme ! dit l'inspecteur.

— Il n'est pas tombé, Carly, précisa Jon en regardant la jeune femme d'une curieuse manière, comme s'il cherchait à lire dans ses pensées. Il a été assassiné. On lui a tranché la gorge.

3.

Tandis que la soirée battait son plein, l'inspecteur procédait à un interrogatoire dans la bibliothèque. Il commença par les domestiques. Puis il questionna successivement Jon et Carly, Geoffrey, Alexi, et une Tanya passablement contrariée de rater la prestation de son groupe favori.

L'aspect financier de la soirée, lié à l'enjeu du tourisme dans le duché, n'avait pas échappé à l'inspecteur qui prit donc soin de s'excuser auprès du comte des désagréments qu'il pouvait causer par sa présence.

Il s'intéressa particulièrement aux témoignages du comte et de Carly, à qui il demanda à plusieurs reprises de relater depuis le début l'épisode de la voiture.

Jon certifia avoir loué les services d'un homme du village pour conduire l'attelage, son personnel étant totalement accaparé par les préparatifs de la soirée.

— Tout cela pour un simple cocher ! gémit Tanya. Vous devriez plutôt chercher du côté des ivrognes du village, inspecteur !

— Il n'y a pas que des idiots et des ivrognes dans ce village, mademoiselle Bannister, répliqua sèchement l'inspecteur.

— Il avait peut-être des ennemis parmi ses voisins, suggéra Carly.

— Tout est possible, dit Jon.

— Madame Kiernan, reprit l'inspecteur, je ne pense pas que vous-même ayez des ennemis en Westphalie, n'est-ce pas ?

— Je vous en prie, inspecteur ! C'est la première fois que Carly met les pieds dans ce pays ! protesta Tanya. L'inspecteur lui adressa un regard sévère.

— Qu'un simple villageois soit assassiné, c'est une chose que je ne parviens pas à comprendre, dit-il. Nous n'avons aucun problème de drogue ni de vols, par ici. Encore moins de meurtres. Je pense que c'est Mme Kiernan qui était visée, ou peut-être quelqu'un d'autre à travers elle. Vous, mademoiselle ? Ou les Vadim ? De toute manière, c'est l'un d'entre vous, j'en suis certain.

— Mais je ne connais personne ici, affirma Carly. Je viens juste d'arriver.

L'inspecteur les regarda l'un après l'autre en hochant la tête.

— Je voudrais savoir où chacun d'entre vous se trouvait ce soir, au moment du meurtre du cocher et de l'accident de Mme Kiernan.

— Oh, non ! gémit Tanya, Je rêve ! Un péquenaud a été tué, et c'est toute notre fête qui tombe à l'eau !

— Nous étions ici, dit Jon. Nous participions à la soirée.

— Euh, pas tout à fait, rectifia Alexi en regardant les autres d'un air penaud. En fait, eh bien... Nous étions tous inquiets. Jon nous avait prévenus qu'il avait loué un chauffeur pour aller chercher la sœur de Jasmine à l'hôtel. Voyant qu'elle n'arrivait pas, il a fait seller son cheval pour partir à sa recherche.

— Mon Dieu, Jasmine ! dit Carly d'une voix affolée.

— Je vous demande pardon ?

— Je suis très préoccupée, inspecteur. Voyez-vous, je suis venue ici pour voir ma sœur, et quand je suis arrivée elle avait disparu.

L'inspecteur se tourna vers Jon, et Carly crut voir le comte pâlir légèrement. Il parla, néanmoins, d'une voix calme et assurée.

— Il s'agit de Jasmine Michaelson, inspecteur : la sœur de Mme Kiernan. Vous l'avez déjà rencontrée, je crois.

— Et vous me dites que votre sœur a disparu, madame Kiernan ?

— En tout cas, elle n'est pas ici.

Carly se tourna vers Jon Vadim, qui lui adressa un demi-sourire.

— Je lui ai dit qu'elle était partie, précisa Jon. Pour Paris, me semble-t-il, mais je n'en suis pas sûr.

— Pourquoi vous inquiéter autant pour Jasmine ? demanda Tanya sans cacher son exaspération. Vous savez bien qu'elle fait toujours ce qu'elle veut, quand elle le veut !

— Mais elle m'a écrit une lettre ! protesta Carly. Elle disait qu'elle avait besoin de moi, et elle insistait pour que je vienne !

L'inspecteur soupira. Geoffrey s'approcha de Carly et posa le bras sur son épaule.

— Jasmine est quelqu'un de très indépendant, Carly. Vous le savez bien.

— Peut-être, mais elle s'était beaucoup investie dans cette soirée.

— Jasmine a l'habitude de s'investir dans beaucoup de choses. Et puis, d'un seul coup, elle se lasse et s'en va, ajouta-t-il calmement.

— Vous dites que votre sœur vous a envoyé une lettre, reprit l'inspecteur. Est-ce que vous l'auriez avec vous, par hasard ?

— Oui, inspecteur. Elle est dans ma trousse de voyage. Je l'ai laissée dans la chambre de Tanya, à l'étage.

— J'y vais, proposa aussitôt Tanya. Elle ne connaît pas encore bien les lieux, et...

— Laissez, interrompit Jon. J'envoie immédiatement la femme de chambre.

Il appuya sur un bouton placé sur le bureau et, après quelques secondes, une servante se présenta. Jon lui parla brièvement en français, et la jeune femme ressortit rapidement de la pièce.

— Bon. Revenons à notre cocher, si vous le voulez bien, poursuivit l'inspecteur. Comte Vadim, est-il exact que vous soyez parti seul, ce soir, à la recherche de Mme Kiernan ?

— C'est bien cela, répondit Jon.

— Mais nous nous sommes mis en route tout de suite après lui, précisa Tanya.

— Nous ?

— Oui : Geoffrey et moi.

— Et vous êtes restés tout le temps ensemble ?

— Non, bien sûr. Nous cherchions chacun de notre côté, expliqua Tanya.

— Et Alexi ?

— Moi, je suis parti après eux, répondit l'intéressé.

— Donc, vous étiez seul, vous aussi.

— Oui, évidemment.

— Pensez-vous sincèrement que l'un d'entre nous ait pu tuer ce cocher, inspecteur ? demanda Tanya qui semblait offusquée.

L'inspecteur leva les deux mains dans un geste pacifique.

— Très bien, très bien. Ça suffira pour ce soir, conclut-il. Mais j'ai le sentiment que la mort de ce malheureux villageois n'est que la conséquence d'un drame qui se trame dans ce château, ajouta-t-il en pointant le doigt vers Tanya. Et je suis bien décidé à en avoir le cœur net.

— Inspecteur, intervint sèchement Jon. Croyez bien que Tanya est aussi bouleversée que nous tous.

— Oui, bien sûr, répondit-il d'un ton désabusé.

Tanya rougit violemment, et affirma :

— Je suis très choquée, c'est vrai. Mais je ne peux pas imaginer que l'un d'entre nous puisse être mêlé de près ou de loin à cette affaire.

Puis elle sourit d'un air mielleux à l'inspecteur et ajouta :

— Allez-vous nous demander de ne pas quitter la ville ?

— Je vois que vous aimez beaucoup les romans policiers, mademoiselle Bannister. Mais la réponse est oui, cela va sans dire… Ah, nous y voilà !

La femme de chambre venait d'entrer dans la bibliothèque, tenant à la main un petit sac en velours vert qu'elle remit à Carly. La jeune femme la remercia et ouvrit la trousse. Tout était là : passeport, rouge à lèvres, porte-monnaie, traveller's cheques… Tout, sauf ce qu'elle cherchait.

Carly devint toute pâle.

— La lettre a disparu.

— Etes-vous bien sûre de l'avoir emportée ? demanda doucement Jon.

Elle le dévisagea et se demanda un instant si ce n'était pas lui qui l'avait subtilisée. Mais il n'avait pas quitté la pièce. Peut-être avait-il chargé la servante de procéder à ce vol ? Non, c'était impossible. Ils étaient tous présents lorsqu'il avait parlé à sa femme de chambre.

— Oui, je suis sûre que je l'avais avec moi.

— Vous l'avez peut-être perdue dans l'accident, suggéra l'inspecteur.

— Oui, peut-être, murmura Carly.

Elle regardait toujours Jon Vadim, qui lui souriait en retour.

— Eh bien, j'irai jeter un coup d'œil dans les affaires de votre sœur, promit l'inspecteur. Et si l'un d'entre vous détient une quelconque information, qu'il n'hésite pas à me contacter. J'apprécierai toute forme d'assistance. Comte Vadim, je vous souhaite une bonne nuit.

Jon salua, et l'inspecteur se retira. Chacun resta là, silencieux, jusqu'à ce que Tanya bondît subitement sur ses pieds.

— Bon sang ! Les musiciens se sont arrêtés de jouer.

— Il est 4 heures du matin, dit Geoffrey. Voilà une soirée inoubliable, Jon !

— Je vais me coucher, lança Tanya en regardant Jon avec insistance. Mais celui-ci ne lui prêtait aucune attention. Une soirée inoubliable, répéta-t-elle. Et, pour couronner le tout, je suis accusée de meurtre !

— Je crois que nous sommes tous suspects, répliqua Geoffrey.

— Non, dit Jon. L'inspecteur a l'habitude de mettre les gens au pied du mur et de fureter partout. C'est sa façon de procéder. Mais, en réalité, ce pauvre cocher a dû se faire estourbir par quelqu'un du village.

Carly sentit que Jon ne croyait pas un mot de ce qu'il venait de dire. Son beau visage était obscurci par l'inquiétude. Elle eut l'intuition que l'inspecteur avait au moins raison sur un point, à savoir que l'on avait assassiné le cocher dans le seul but de nuire aux Vadim. Malgré une apparente décontraction, le comte avait une mine préoccupée et distante, et Carly mourait d'envie d'aller vers lui, de le toucher, de caresser son visage.

Mais, en même temps, elle lui en voulait. Elle le soupçonnait d'avoir volé la lettre. Elle s'inquiétait également pour sa sœur, et elle se demandait ce que le comte lui cachait à son sujet.

— Je dois rentrer à l'hôtel, déclara-t-elle.

— Voyons, Carly ! protesta Tanya. Vous n'allez tout de même pas prendre la route pour l'hôtel à cette heure-ci !

— Vous n'avez rien à craindre, dit Jon. Restez.

Mais, en passant la nuit ici, Carly avait peur… pour son âme.

— Je ne peux vraiment pas rester, dit-elle. Toutes mes affaires sont là-bas.

— Nous vous fournirons ce dont vous avez besoin, assura Jon. Vous devez rester.

Cette façon cavalière de prendre les décisions à sa place agaça profondément Carly. Elle s'apprêtait à réagir lorsque Geoff s'approcha et prit doucement ses mains dans les siennes.

— Carly, soyez raisonnable. Il est très tard, et la soirée a été plutôt traumatisante.

— Je ne vous le fais pas dire ! intervint Tanya, exaspérée. Allons, venez, Carly. Soyez raisonnable, et allons dormir ! J'ai tout ce qu'il vous faut, là-haut.

Carly n'appréciait pas beaucoup l'idée d'être raisonnable, mais elle ne voulut pas paraître odieuse et s'abstint de répondre.

— Carly, je vous en prie, insista Jon.

Son regard d'ambre doré était posé sur elle. Elle savait qu'il s'efforçait d'être courtois, mais il y avait dans sa voix bien plus qu'une simple prière. C'était un ordre.

— Vous pourrez prendre la chambre qui se trouve juste en face de la mienne, dit Tanya. Elle a été préparée cet après-midi.

— Parfait, conclut Jon.

— Eh bien, quant à moi…, dit Geoffrey en embrassant Carly sur la joue, j'espère que nous pourrons bavarder un peu demain.

Je vais me coucher, moi aussi. Tanya, Alexi, Jon… Bonne nuit à tous.

— Je ferais mieux de rentrer, dit Alexi.

Il embrassa Tanya et Carly, puis déclara à l'intention de la jeune femme :

— Je reviendrai, c'est promis.

— Nous n'aurons pas l'outrecuidance de vous oublier pour la prochaine excursion, mon cher Alexi, lui assura Tanya. N'est-ce pas, Jon ?

— Non, bien sûr !

— Venez, Carly, je vais vous montrer votre chambre. Bonne nuit tout le monde !

Carly ne put s'empêcher de se retourner une dernière fois pour regarder Jon Vadim. Il souriait d'un air légèrement satisfait qui la mit vaguement mal à l'aise. Leurs regards se croisèrent, et Carly pensa un instant qu'il allait dire quelque chose, mais il se contenta de les regarder sortir de la bibliothèque sans prononcer un mot.

Si Tanya n'avait pas été là pour la guider, elle se serait probablement perdue, songea Carly.

— Ce n'est pas si compliqué, dit Tanya, comme si elle avait lu dans ses pensées. Il suffit de s'orienter par rapport aux montagnes. La terrasse est à l'est, ainsi que l'escalier, vous voyez ?

Elles venaient de rejoindre la terrasse. Les derniers invités étaient partis, laissant un grand désordre derrière eux. Carly aperçut la lune, toujours pleine et brillante, par les baies vitrées.

Elles montèrent l'escalier jusqu'à l'étage où se trouvaient leurs chambres. Tanya emmena Carly jusqu'à la sienne.

— Entrez un instant, dit-elle. Vous aurez besoin de dentifrice et d'une brosse à dents, n'est-ce pas ? Oh, et il vous faut aussi une chemise de nuit. Attendez, je dois en avoir une quelque part.

— Je vous remercie beaucoup, dit Carly.

Elle observa la jolie féline tandis qu'elle s'affairait dans la chambre. Tanya était un être tellement déroutant. Quel rôle jouait-elle dans toute cette histoire ?

— Comment avez-vous rencontré Jon Vadim ? lui demanda Carly d'un ton détaché.

— Sur la Côte d'Azur, il y a sept ans, répondit Tanya en faisant une drôle de grimace. Au début, je le trouvais très beau, mais il y avait quelque chose de bizarre en lui. A la même époque, j'ai fait la connaissance d'un baron français qui possédait des vignobles et, ma foi, le parti m'a paru plus intéressant.

— Mais vous êtes restés amis.

— Oh, il me tolère ! répondit Tanya en riant. Je ne suis pas démunie, et il m'arrive de participer à ses œuvres de charité. Et puis, il a quelques amis fort intéressants.

— Rien de sentimental entre vous ?

— J'ai bien cru un moment que… Mais oublions ça.

— Oublier quoi ?

Tanya regarda Carly et secoua la tête.

— Rien, je vous assure. Nous n'étions simplement pas faits l'un pour l'autre. Et puis, il a beaucoup changé, ces derniers temps. Il est devenu tellement sérieux, tellement dur. Mais nous sommes toujours amis. Et cet inspecteur n'a pas le droit de le harceler ainsi… Voilà, tenez. Avez-vous tout ce qu'il vous faut ?

— Oui, c'est parfait, répondit Carly. Je ne sais pas comment vous remercier.

— Ce n'est rien, je vous en prie, dit Tanya avec un grand sourire. Dommage que Jasmine ne soit pas là !

Carly eut un léger sursaut.

— Savez-vous pourquoi elle est partie ? demanda-t-elle.

— D'après ce que je sais, elle était fâchée contre Jon, répondit Tanya en haussant les épaules. Je vous l'ai dit : il a beaucoup changé, depuis quelque temps. Et, comme Jasmine ne tient pas en place… Elle a dû partir pour Paris dans un accès de mauvaise humeur. Ça lui ressemble bien, vous ne trouvez pas ?

— Peut-être, dit Carly d'une voix lasse. Quoi qu'il en soit, je vous remercie encore pour tout.

— Allez donc vous coucher, maintenant, et essayez de dormir un peu. Ah ! Et pensez à fermer votre porte à clé.

— Vous craignez qu'il m'arrive quelque chose ?

— Non. Sincèrement non. Mais, vu les circonstances, il est préférable de prendre des précautions.

Tanya l'emmena jusqu'à sa chambre et lui ouvrit la porte. C'était une belle et grande pièce, quoiqu'un peu trop gothique au goût de Carly, avec cheminée en pierre et lit à baldaquin. Une imposante armoire trônait contre le mur qui faisait face au lit, et deux fauteuils d'aspect confortable avaient été placés devant la cheminée. Un secrétaire ancien complétait le mobilier. Entre le lit et le secrétaire, une petite porte donnait sur une salle de bains munie d'une baignoire.

Bien qu'elle fût impatiente de se mettre au lit, Carly envisagea avec plaisir l'idée de se glisser dans une eau chaude et parfumée.

La salle de bains, qui datait des années vingt ou trente, était magnifique. La baignoire et le lavabo étaient dans le plus pur style Arts déco. Le sol était recouvert de petits carreaux de faïence noirs et blancs, et un grand miroir occupait tout le mur du fond. Carly poussa un petit cri de ravissement et, oubliant sa fatigue, fit immédiatement couler un bain.

— Je vois qu'elle vous plaît, lança Tanya depuis l'entrée de la chambre. N'oubliez pas de fermer à clé, n'est-ce pas ?

Carly acquiesça d'un signe de tête.

— Merci, Tanya. Merci pour tout. Bonne nuit !

Tanya lui fit un clin d'œil et ferma la porte. Carly trouva un flacon de bain moussant sur une étagère et en versa une dose dans la baignoire. Puis elle se déshabilla et entra progressivement dans l'eau. Après avoir attaché ses cheveux en chignon, elle s'allongea, laissant la chaleur du bain l'envahir et la mousse la recouvrir doucement.

Elle ferma les yeux, et l'image de Jon Vadim lui apparut. Grand, séduisant, impressionnant dans sa cape noire, les yeux plus troublants que jamais. Elle se rappela le contact de ses bras, de son torse, et sentit une onde de chaleur monter en elle.

« Je dois être folle », se dit-elle. Elle le connaissait à peine. Et pourtant… Il était peut-être temps, cette fois, de jeter sa prudence aux orties. Si cet homme n'était rien pour sa sœur, alors pourquoi hésiter ?

Elle se raidit soudain. Elle avait oublié de fermer la porte de sa chambre à clé, comme Tanya le lui avait recommandé. Et elle aurait juré avoir entendu quelqu'un marcher dans la chambre.

La gorge nouée, elle se retourna pour regarder vers la porte de la salle de bains. Le bouton de porte en cristal tournait lentement.

— Est-ce vous, Tanya ? demanda-t-elle.

Personne ne répondit. Carly sortit précipitamment de la baignoire et attrapa une serviette. D'un geste, elle ouvrit toute grande la porte, mais il n'y avait personne. Elle examina attentivement la chambre. Rien n'avait bougé. Elle ferma les yeux et essaya de se souvenir. Avait-elle oublié de remettre la lettre dans son sac, avant l'accident ? Non, elle était sûre de l'avoir fait. Quelqu'un avait pu monter discrètement dans la soirée pour la voler. A l'instant même, il lui semblait bien qu'on était entré dans sa chambre.

— Cet endroit me fait perdre la tête ! dit-elle en soupirant.

Elle se sécha, puis enfila la chemise de nuit que Tanya lui avait prêtée. Elle était longue et d'un satin bleu velouté. En se regardant dans le miroir, Carly se trouva très sexy. Malheureusement, elle avait les yeux cernés et la mine défaite.

Il était 5 heures du matin. Elle était fatiguée, certes, mais elle n'avait pas du tout sommeil. Essayer de dormir eût été peine perdue.

Elle décida de descendre et de se préparer un chocolat chaud… ou bien un cognac, selon ce qu'elle trouverait.

Elle sortit de la chambre, ferma discrètement la porte, et descendit au rez-de-chaussée. La terrasse avait été nettoyée. Le clair de lune déclinait, et une faible lueur à l'horizon indiquait l'imminence de l'aube.

Quand elle eut atteint le vestibule, elle regarda autour d'elle afin de repérer la direction du soleil. La bibliothèque se trouvait dans la partie ouest, et le comte Vadim y gardait certainement quelques spiritueux.

Elle trouva rapidement la bonne porte et l'ouvrit. A peine

fut-elle entrée qu'un cri de surprise lui échappa. Elle n'était pas seule dans la pièce. Jon Vadim était assis derrière son bureau, vêtu d'une élégante veste d'intérieur. Il étudiait des dossiers. Une carafe en cristal contenant un liquide doré était posée devant lui, ainsi qu'un verre à liqueur à moitié rempli.

— Carly ? dit-il en se levant.

Elle faillit rebrousser chemin, mais son regard était si chaud et son sourire si désolé qu'elle resta là.

— Je… euh… je ne pouvais pas dormir, expliqua-t-elle.

— Voulez-vous un peu de cognac ?

— Non… Merci.

Il fit le tour du bureau et s'y appuya en croisant les bras, d'un air décontracté et sûr de lui.

— Alors, vous rôdez la nuit dans la maison ?

— Non ! Bien sûr que non.

— Alors, c'est que vous aviez besoin d'un verre.

Elle s'avança dans la pièce d'un pas hésitant. Elle se sentait tellement stupide. Elle n'avait pas peur de lui, mais tout était allé si vite entre eux… Carly n'avait pas le sentiment d'être particulièrement naïve, mais il lui semblait essentiel de rester sur ses gardes, compte tenu de l'arrogance dont le comte faisait preuve à son égard.

Elle contourna le bureau et prit un verre sur un petit guéridon. Elle y versa deux doigts de cognac et, dans sa nervosité, en fit tomber quelques gouttes sur le napperon de dentelle.

Jon Vadim s'approcha, lui prit le verre des mains et nettoya les taches avec son mouchoir.

— J'aurais été ravi de vous le servir, Carly.

— Merci.

Elle eut un sourire gêné et tenta de dissimuler son malaise.

— Vous êtes encore debout, reprit-elle. Vous veillez… très tard.

— Mais je suis un oiseau de nuit ! répondit-il en souriant. Et vous, Carly, avez-vous l'habitude de veiller aussi tard ?

— D'ordinaire, je me couche plus tôt.

— Vous vous adaptez facilement, on dirait.

— Je m'adapte quand je l'ai décidé, répliqua-t-elle d'une voix claire et assurée.

— Le bon sens est une vertu essentielle.

Apparemment, il se moquait d'elle, mais d'une manière tendre et sans méchanceté. Elle sourit.

— Oui, c'est une grande vertu.

— Mais qui manque de fantaisie…

Il leva son verre.

— A votre santé !

— A votre santé !

Ils vidèrent leur verre. Carly ne contrôlait plus les battements insensés de son cœur, et craignait que Jon s'en aperçût. Que lui arrivait-il donc ? Cet homme était un voleur d'âmes. Elle voulait fuir. Elle voulait se jeter dans ses bras. Elle se sentait perdue.

Elle posa son verre et lui sourit.

— Je crois qu'il est temps pour moi d'aller dormir, déclara-t-elle.

Quelque part au loin, on entendit un aboiement. Puis la complainte légère et envoûtante d'une valse jouée sur un violon.

— Comme c'est beau ! murmura Carly.

— C'est très beau, en effet.

Il posa son verre à son tour, et prit délicatement les mains de la jeune femme.

— Nous avons été interrompus, tout à l'heure. Si nous reprenions notre danse ?

— Pardon ?

Il lui sourit et la prit par la main pour lui faire quitter la bibliothèque. Quelques instants plus tard, ils étaient sur la terrasse. La lune n'était plus qu'un cercle pâle dans le ciel, tandis qu'une brume légère et matinale se colorait des premiers rayons du soleil. Comme par magie, les chiens se turent, laissant l'air pur du matin s'emplir des harmonies limpides du violon qui jouait au loin.

Jon se pencha, saisit les mains de Carly et l'attira dans ses bras. La tenant serrée contre lui, il la fit tournoyer doucement sur la piste, d'un pas si léger que la jeune femme eut l'impression qu'ils dansaient sur un nuage.

Elle s'abreuvait de son regard. Toute la tendresse et la passion du monde étaient concentrées dans cet espace. Elle ne sentait qu'à peine sa main sur son épaule. Ne subsistait entre eux que le voile de satin si léger et si fin de sa robe. Les muscles de son torse étaient collés contre ses seins, et ses cuisses fermes contre les siennes. Il distillait en elle une douce chaleur.

Sans s'en rendre compte, ils s'étaient arrêtés de danser. Leurs corps ne faisaient qu'un, et Carly ressentait le moindre frémissement de ses jambes, de son ventre, de ses bras... D'une main, il lui souleva le menton, et vint poser sa bouche sur ses lèvres brûlantes. Elle eut alors l'impression que le souffle lui manquait, et que son cœur allait s'arrêter. Elle s'agrippa à ses épaules, fit courir ses doigts sur son dos. De sa langue, elle taquina ses lèvres, puis replongea avidement dans les délices de ce profond baiser. Il explora son corps à travers le satin, effleura de ses paumes la pointe de ses seins, puis les saisit pleinement, les pressa jusqu'à ce qu'une nouvelle onde de fièvre traversât le corps de Carly. Le désir et la faim emplissaient sa poitrine et pénétraient au plus profond d'elle-même, jusqu'au creux de son ventre où ils se consumaient. Elle voulait se fondre en lui, laisser glisser au sol sa robe de satin pour mieux sentir le contact de ses mains sur sa peau et se perdre pour toujours dans la magie de ce baiser.

Jon Vadim ressentait, lui aussi, cette magie. Jamais il n'avait rencontré une femme comme celle-là, capable de le bouleverser à ce point. Sa peau était plus douce que le satin de sa robe. En la serrant contre lui, il avait senti son propre pouls s'accélérer et ses muscles se durcir. Dès l'instant où il l'avait vue, pauvre princesse perdue parmi les vestiges du carrosse, il s'était senti ému et déstabilisé.

Si seulement il pouvait lui dire la vérité ! Mais non, il voulait simplement quitter cette terrasse et l'emmener jusque dans l'intimité de sa chambre.

Déjà, il sentait qu'elle s'écartait de lui. Au moment précis où la magie de la nuit succombait à l'aube naissante, la tendre confiance qu'elle lui avait offerte disparaissait aussi. Mais peut-être était-ce mieux ainsi puisque, de toute façon, tout n'était que mensonge…

Carly sembla saisir le fond de sa pensée car elle hocha la tête.

— Je ne sais pas ce qui nous arrive, dit-il d'une voix très douce. Ni vous ni moi ne pouvons lutter…

— Je… je veux savoir où est Jasmine, déclara alors Carly. Je veux savoir ce qui se passe ici.

— Jasmine est en sécurité, je vous le promets.

— Je voudrais pouvoir vous faire confiance.

— Vous pouvez, Carly.

Elle devait s'éloigner de lui. Il s'était produit quelque chose qui la dépassait, quelque chose de magique qui flottait dans la brume et dans l'air, et qu'elle ne pouvait plus ignorer ni combattre.

Elle hocha une nouvelle fois la tête, puis, sans un mot, se retourna et se dirigea vivement vers l'entrée de la terrasse.

La lune avait disparu, faisant place à un soleil matinal.

Elle ne se retourna pas. Elle savait qu'il n'avait pas bougé et qu'il la regardait s'enfuir.

Elle grimpa l'escalier comme si le diable était à ses trousses, et s'enferma dans sa chambre en prenant soin, cette fois, de fermer la porte à clé. Elle ôta rapidement sa chemise de nuit car elle avait trop chaud, et se glissa dans le lit. Puis elle tira les draps jusqu'à son cou. Elle sentait son cœur battre à tout rompre.

Elle jeta un bref regard vers la porte et sourit. Quelle idiote elle faisait ! Elle était sûre qu'il ne l'avait pas suivie. Petit à petit, sa respiration s'apaisa et elle se détendit.

Si le comte avait voulu la rejoindre, aucune serrure au monde n'aurait pu l'en empêcher. En une seule nuit, il avait pris possession de son esprit. Elle devait faire attention, désormais. Il était trop fascinant, trop masculin, trop fort. Et elle succombait trop facilement pour une femme douée de bon sens.

Elle entendit soudain des pas feutrés dans le couloir et retint sa respiration.

L'inspecteur avait dit qu'à travers le cocher, c'était peut-être elle qu'on visait. Ces pas qu'elle entendait étaient peut-être ceux de l'assassin…

Elle sortit rapidement du lit et s'approcha de la porte. Elle écouta sans faire de bruit. Les pas s'étaient arrêtés devant la chambre de Tanya.

Il y eut trois ou quatre petits coups discrets, et la porte s'ouvrit.

— Ah, c'est toi ! C'était la voix de Tanya. Entre, mon cœur.

Une voix d'homme chuchota quelque chose, et la porte se referma.

Le couloir redevint silencieux, mais, quelques instants plus tard, Carly entendit des gémissements étouffés. Elle se sentit rougir en comprenant que Tanya recevait un amant. Et elle l'espionnait !

Elle en avait le droit, après tout. Peut-être s'agissait-il de Jon Vadim ? Tanya lui avait assuré le contraire, mais elle avait vaguement laissé entendre qu'il s'était passé quelque chose entre eux. Tout cela était tellement confus…

Elle devait se reprendre. Un homme était mort, elle-même avait bien failli être tuée, et elle se tracassait à propos de Jon Vadim !

Carly retourna se coucher et finit par s'endormir, mais elle fut rapidement assaillie par de mauvais rêves.

Jon Vadim marchait vers elle à travers un océan de brume, et il lui souriait. Elle aurait dû être effrayée, mais elle restait là, calmement, à l'attendre. Il l'embrassa, et elle comprit que le vêtement qui les couvrait tous les deux devenait lui-même brouillard. L'instant d'après, ils étaient allongés dans les nuages. Il l'embrassa encore. Une lourde brume tourbillonnait autour d'eux. Elle le vit ensuite, debout au-dessus d'elle : il la regardait de ses yeux de loup, tandis que son rire résonnait dans l'espace.

Soudain, elle entendit la voix de Jasmine qui l'avertissait :

— Il va te voler ton âme… Il va te voler ton âme…

Carly le savait, mais elle ne pouvait rien contre cela. Et, lorsqu'il s'approcha d'elle, elle lui ouvrit grand les bras…

Carly n'avait aucune idée de l'heure qu'il pouvait être quand elle se réveilla. Elle resta un long moment dans le lit à se demander quelle était la part de réalité et celle du rêve dans ce qu'elle avait vécu la veille.

Elle se leva enfin, la tête lourde de n'avoir pas assez dormi. Il était près de 15 heures à sa montre.

Un bain lui ferait du bien, décida-t-elle.

Allongée dans la baignoire, elle songea qu'elle avait décidément perdu la tête. Le fait de se trouver en Westphalie devait avoir troublé son imagination. Les cauchemars et le mal de tête lancinant étaient à mettre sur le compte de la fatigue. Jon Vadim, lui, était bien réel. Il lui dévastait le cœur, mais elle n'était pas sans armes. Ni totalement stupide.

Dorénavant, elle ne se laisserait plus manipuler aussi facilement.

— Carly? Elle ouvrit grand les yeux. Le miroir mural était juste en face d'elle, et c'est là qu'elle le vit. Il portait un jean et un polo noirs. Ses cheveux étaient encore mouillés, et une mèche lui retombait sur le front.

Leurs regards se croisèrent.

Elle fut rassurée de constater que l'image du comte se reflétait dans le miroir. Ce n'était donc pas un vampire.

Mais elle était incapable de le quitter des yeux. Elle remarqua les battements d'une petite veine sur son cou et la tension sur son visage. Il paraissait calme, mais elle pouvait percevoir toute l'énergie qui vibrait en lui.

L'énergie et la faim.

Cela, Carly le ressentait aussi dans sa chair, comme une tornade intérieure qui lui ôtait toute volonté et toute force. Elle découvrait pour la première fois la puissance de son propre désir.

— Que faites-vous ici? demanda-t-elle.

— La femme de chambre a frappé, mais personne n'a répondu. J'ai moi-même essayé, sans plus de résultat, et je me suis inquiété.

— Vous n'avez pas frappé.

— J'ai frappé, mais vous n'avez pas entendu.

Elle voulut manifester son indignation, mais parvint tout juste à murmurer :

— Vous ne devriez pas être ici.
— Je voulais m'assurer que tout allait bien, dit-il.
— Je vais très bien.
— C'est ce que je vois.
Elle aurait dû lui crier de partir. Au lieu de cela, elle se contenta de lui jeter un regard suppliant. Mais il ne bougea pas et continua à la regarder comme si de rien n'était. Elle se sentit vulnérable et ridicule, allongée ainsi dans la baignoire, à sa merci. Elle devait trouver la force de lui faire front, quitte à l'insulter. Mais elle se sentait incapable de bouger, ne fût-ce que le petit doigt.
Il entra dans la salle de bains, s'approcha et se pencha derrière elle. Sans cesser de l'observer par le biais du miroir, il lui caressa délicatement la joue, puis lui releva le menton, comme à son habitude.
Leurs visages se trouvèrent, cette fois, face à face, et il l'embrassa, d'un baiser chaud et profond. Il plongea ensuite les mains dans l'eau et les plaqua sur ses seins.
Puis, sans aucune retenue, il la prit dans ses bras et la souleva hors de la baignoire. Elle s'accrocha à son cou, et il la porta jusque dans la chambre.
Carly leva la tête vers lui. Elle aurait voulu lui dire d'arrêter, mais les mots se bloquèrent dans sa gorge.
Il la déposa sur le lit, s'allongea près d'elle, et contempla longuement son corps. Puis il l'embrassa de nouveau. Carly s'abandonna à son souffle fiévreux, à sa langue, et à la douce brûlure de ses caresses. Elle lui offrit ses lèvres, son cou, sa gorge, tandis que, de sa main, il parcourait la rondeur de ses seins, la finesse de son ventre, la courbe de ses hanches. Tout son corps s'embrasa lorsqu'elle sentit ses doigts descendre sur sa cuisse.
Jon Vadim glissa la bouche vers sa poitrine, et prit entre ses lèvres la pointe d'un sein dressée qu'il mordit délicatement du bout des dents. Une vague de désir submergea alors Carly.
Son corps était secoué de tremblements. L'urgence de son désir la mettait à l'agonie. Elle se cambra d'un coup, puis s'écarta de lui en murmurant :

— Non, je vous en supplie… Non… C'est trop rapide.

Il s'immobilisa aussitôt et la garda un temps interminable dans ses bras, sans dire un mot. Elle pouvait nettement percevoir les battements de son cœur et l'extrême tension de tous ses muscles.

Elle mourait de désir pour lui. Il devait la haïr, et il allait probablement l'ignorer, désormais. Elle n'aurait pas dû le laisser commencer. Elle aurait dû se montrer indignée et se mettre en colère dès qu'elle l'avait vu apparaître dans la salle de bains…

Mais il était trop tard. Elle était allongée nue à côté de lui ; elle le refusait et le voulait tout à la fois. Elle se sentit honteuse et coupable.

Il se décida enfin à bouger, et vint poser un baiser entre ses seins. Puis il se redressa pour mieux la regarder. Il ne semblait pas lui en vouloir.

— Je suis désolée, murmura-t-elle.

Elle se tendit alors vers lui avec un petit gémissement, l'entoura de ses bras et blottit sa tête dans le creux de son cou en tremblant de la tête aux pieds.

Puis, en prenant conscience de ce qu'elle faisait, elle s'écarta de nouveau de lui. Elle quitta alors le lit et se précipita dans la salle de bains pour se couvrir d'une serviette.

Quand elle revint dans la chambre, il était parti.

4.

Carly resta encore un long moment dans le lit, à réfléchir. Que pouvait-elle lui dire ? « Moi aussi j'ai envie de toi. Mais c'est beaucoup trop… »

Trop soudain, trop rapide. Vingt-quatre heures plus tôt, elle ne le connaissait pas, mais il fallait se rendre à l'évidence : une force indicible les liait l'un à l'autre.

Elle avait été si maladroite. Laisser les choses aller aussi loin pour ensuite se refuser, telle une lycéenne sur la banquette arrière d'une voiture !

Elle se leva enfin et alla jeter un coup d'œil par la fenêtre. Le soir tombait déjà.

Elle enfila des vêtements prêtés par Tanya, tout en se demandant qui était son mystérieux amant. C'était sans doute un secret. Un de plus.

Carly se brossa les cheveux et réfléchit encore, devant le miroir. Elle devait faire confiance à Jon Vadim. Il n'avait pas tué le cocher, et il ne s'était pas non plus débarrassé de sa sœur, elle en était certaine. Peut-être n'était-ce qu'une intuition, mais elle savait qu'elle pouvait le croire.

Elle devait lui parler.

Elle sortit de sa chambre et descendit par le grand escalier jusqu'à la terrasse. Une jeune fille était en train de balayer. Carly lui sourit en se demandant combien de personnes étaient au service du comte. Apparemment, aucune de celles qu'elle avait vues ne semblait le considérer comme un monstre.

Elle s'arrêta devant la bibliothèque. L'idée de frapper lui vint à l'esprit mais elle se ravisa aussitôt, et fut prise d'une soudaine envie de faire demi-tour et de courir jusqu'à sa chambre. Elle respira profondément et se dit qu'il fallait saisir la chance lorsqu'elle se présentait.

Elle frappa à la porte en tournant simultanément le bouton de cuivre, puis s'avança dans la pièce, le cœur battant.

Jon Vadim était assis à son bureau et étudiait des dossiers. La jeune femme resta là, immobile et silencieuse, incapable de se concentrer sur ce qu'elle voulait lui dire.

Il leva les yeux vers elle sans même lui adresser un sourire.

— Madame Kiernan, dit-il d'une voix neutre.

Non, il n'avait pas le droit d'utiliser un ton aussi formel, se dit-elle intérieurement. Son expression était froide, distante et arrogante.

— Que voulez-vous ? demanda-t-il.

Elle le regarda fixement, paralysée par la tournure que prenaient les choses. Il se leva, fit le tour du bureau et s'assit sur le bord en examinant sa visiteuse d'un air circonspect.

Carly hocha doucement la tête.

— Je voulais juste vous dire que j'étais navrée.

— Navrée de quoi ?

Même si ce qui s'était passé n'avait aucune importance pour lui, il lui devait un peu plus de considération, se dit-elle avec un sentiment de révolte.

— Rien, rien du tout ! Ce n'est pas grave.

Elle se retourna brusquement pour quitter la pièce. Elle se sentait totalement stupide.

— S'il vous plaît, attendez ! Attendez !

Il l'attrapa par les épaules et l'obligea à se tourner vers lui. Ses cheveux étaient coiffés en arrière, et il semblait avoir vieilli.

— Je vous en prie, dites-moi pourquoi vous êtes ici ! Et de quoi êtes-vous navrée ?

Il semblait sincère, et cette sincérité rendait les choses encore plus terribles aux yeux de Carly. Elle repoussa doucement ses mains qu'il avait posées sur ses épaules, et recula vers la porte.

— Comte, je sais que vous allez souvent jouer à la roulette à Monte-Carlo, ou faire du yachting dans les Caraïbes, et je conçois très bien que cela puisse être un style de vie. Mais ce n'est pas le mien. Je viens de New York, vous le savez et, même là-bas, les gens réfléchissent à ce qu'ils font et aux raisons pour lesquelles ils le font !

Il la regarda d'un air perplexe, et lui sourit en croisant les bras sur sa poitrine.

— Je ne comprends absolument pas ce que vous essayez de me dire.

Elle ne le savait pas trop elle-même. Ce dont elle était sûre, c'est qu'elle venait de se rendre ridicule.

— Tout à l'heure, dans ma chambre, ce que vous avez fait... Ce que j'ai dit... Oh, oubliez ça ! Je m'en vais. Merci beaucoup pour cette... intéressante soirée. Et, si vous avez des nouvelles de Jasmine, soyez gentil de lui dire que je me fais un sang d'encre pour elle.

— Carly !

Elle ne répondit pas et sortit en claquant la porte. Elle était rouge de colère en traversant la terrasse. Comment pouvait-il être aussi froid ? Avait-il oublié ce qui s'était passé dans le pavillon de chasse et, plus tard, la manière dont ils avaient dansé ? Avait-il oublié qu'une heure auparavant, elle était nue dans ses bras et qu'il la caressait ?

Elle grimpa l'escalier aussi vite qu'elle le put, décidée à quitter immédiatement le château Vadim. Elle avait fait une erreur, la veille, en acceptant de rester.

Sur le palier, elle faillit se heurter à la servante qu'elle avait vue dix minutes plus tôt sur la terrasse.

— Oh ! Excusez-moi, madame ! dit la jeune fille en français.

Carly eut un sourire navré et réussit tant bien que mal à lui répondre dans sa langue.

— Non, c'est ma faute. Pardonnez-moi. Comment vous appelez-vous ?

— Marie, madame.

— Marie, où puis-je téléphoner ?
— Ici, madame. Un peu plus loin dans le couloir.
La jeune fille l'accompagna. Carly la remercia et décrocha le combiné. Au moment de composer le numéro, elle s'aperçut qu'il n'y avait pas de cadran.
— Marie !
Mais la servante était déjà repartie. Carly appuya deux ou trois fois sur la fourche, et elle entendit bientôt la voix d'une standardiste.
— Taxi, s'il vous plaît. Je suis au château Vadim, expliqua-t-elle dans un français approximatif.
La standardiste n'eut pas l'air de comprendre, et Carly dut répéter plusieurs fois le mot « taxi ».
— Un moment, s'il vous plaît.
Puis Carly eut l'impression que la communication était coupée. Elle rappuya sur la fourche, mais en vain. Dépitée, elle raccrocha le combiné en soupirant.
Elle allait se mettre à la recherche de Tanya. Celle-ci avait eu une liaison avec un Français, et elle se débrouillait sans doute mieux qu'elle dans cette langue.
Elle s'approcha d'une fenêtre qui donnait sur la cour du château. Jon était là, en bas, et tenait Satan par la bride. Il était entièrement vêtu de noir — polo, jean et bottes —, et venait juste de rentrer, apparemment.
Il ne traînait jamais, pensa Carly amèrement. Mais elle ressentit aussitôt une douce chaleur, et son pouls s'accéléra : Jon venait de l'apercevoir et fixait sur elle ses yeux dorés de loup. Son sourire était tout simplement radieux. Il lui fit un signe de la main. Carly se sentit chavirer devant l'irrésistible séduction de cet homme grand et puissant, campé près de son fougueux cheval noir.
Elle s'écarta vivement de la fenêtre, effrayée par ses propres pensées. Le souvenir d'autres hommes lui revint à l'esprit. Des hommes respectables et dignes d'intérêt, qui l'avaient invitée au restaurant ou au théâtre. Elle avait passé des moments agréables

avec eux, et s'était souvent amusée. Mais jamais elle n'avait pu ressentir pour eux autre chose que de l'amitié.

Depuis, Jon Vadim était entré dans sa vie.

Alors qu'elle aurait dû ne montrer qu'une politesse courtoise et se protéger de lui derrière une solide carapace, elle s'était laissé séduire comme une gamine.

Elle regarda de nouveau par la fenêtre. Il était parti.

Carly sursauta en entendant la sonnerie du téléphone. Le standard avait peut-être fait suivre son message et, dans ce cas, son taxi était en route.

Elle alla décrocher. Et ce fut la voix de Jon Vadim qu'elle entendit à l'autre bout du fil. Il avait décroché une demi-seconde plus tôt, et parlait en français avec l'opératrice. Elle l'entendit prononcer le mot « taxi », puis la femme murmura « d'accord ».

— Attendez! cria Carly.

— J'arrive tout de suite, répondit Jon.

— Non! Ce n'est pas ce que je...

Mais le téléphone s'était tu. Carly raccrocha sèchement. Elle était agacée et frustrée. Elle releva la tête et faillit pousser un hurlement. Il était déjà là, à côté d'elle, élégant dans ses vêtements noirs.

Carly se dressa devant lui.

— Vous n'avez pas le droit de faire ça!

Il fronça légèrement les sourcils.

— De faire quoi? demanda-t-il précautionneusement.

— Vous avez annulé le taxi, n'est-ce pas?

— Je... Oui, j'ai annulé le taxi.

— Pourquoi?

— Pourquoi? répéta-t-il.

— Oui, pourquoi? Allez au diable! Je veux partir d'ici et rentrer à l'hôtel, vous le savez bien.

— Mais vous ne pouvez pas partir!

— Si, je le peux. Et j'en ai la ferme intention.

— Il faut que vous restiez, dit-il en secouant la tête.

Il se rapprocha d'elle, et elle se retrouva plaquée contre le mur. Le parfum de son eau de toilette imprégnait l'air autour d'eux, comme un philtre magique et entêtant. Carly s'étonna de ne pas l'avoir remarqué plus tôt, mais elle ne s'attarda pas sur la question. Jon avait plaqué les mains contre le mur et l'emprisonnait en souriant.

— Ne partez pas, je vous en prie ! dit-il d'une voix douce.

— Je ne peux pas rester.

— Et moi, je ne peux pas vous laisser partir. Il y a trop de choses entre nous. Je vous donnerai du temps, tout le temps que vous voudrez, mais je ne peux pas vous laisser partir.

— C'est merveilleux ! Il y a à peine cinq minutes vous ne sembliez même plus vous souvenir de mon nom, répliqua-t-elle froidement.

— Il y a cinq minutes ?

— Oui. Dans la bibliothèque !

— Ah oui, dans la bibliothèque.

Carly le repoussa brutalement et se faufila sous son bras.

— Ça suffit, maintenant ! Ce petit jeu ne m'amuse pas du tout.

Le regard de Jon devint soudain sombre et inquiétant. Il l'attrapa par le bras et l'attira vers lui.

— Mais je ne joue pas ! Je m'efforce simplement de me comporter aussi courtoisement que possible, compte tenu des circonstances.

— Quelles circonstances, je vous prie ?

— Eh bien, madame Kiernan, vous soufflez le chaud et le froid.

— Vraiment ?

— Je dois avouer qu'il m'a fallu une bonne dose de patience, de tolérance et de self-control avec vous, jusqu'ici.

— Quelle vanité ! Je n'en crois pas mes oreilles !

Après avoir fait comme si rien ne s'était passé, il se permettait maintenant de renverser les rôles !

— Vous n'aviez rien à faire dans ma chambre ! Vous êtes seul responsable de ce qui est arrivé. Maintenant, si vous ne me laissez pas appeler un taxi, je regagnerai à pied ce maudit village.

Carly tenta de se dégager, mais il la tenait solidement. Elle sentit ses jambes vaciller, et une vague de panique l'envahit. Il avait assez de force pour faire d'elle ce qu'il voulait, et il pouvait la retenir aussi longtemps qu'il lui plaisait.

Mais elle n'avait pas peur. Elle ne savait toujours pas pourquoi, mais elle était sûre qu'il ne lui ferait aucun mal.

Ce qu'elle craignait, en revanche, c'était d'abandonner le combat. D'oublier à quel point elle pouvait se sentir stupide en sa présence. Et, par-dessus tout, elle redoutait qu'il la touchât de telle façon qu'elle ne désirât plus rien d'autre au monde que ses mains sur sa peau et le contact de son corps.

— Jon…, protesta-t-elle d'une voix blanche.

La mâchoire serrée, il libéra son bras et la laissa partir.

— J'irai à pied, déclara-t-elle.

— Le village est à plus de vingt kilomètres : c'est hors de question.

— C'est ce que nous verrons.

Elle le regarda d'un œil sévère et s'éloigna rapidement en direction de sa chambre. Elle n'avait besoin que de son sac. Il suffirait d'envoyer quelqu'un récupérer sa robe de bal. Quant aux vêtements de Tanya, elle les ferait nettoyer avant de les lui renvoyer.

Carly entendit Jon l'appeler au moment où elle arrivait devant sa chambre. A peine eut-elle ouvert la porte que, déjà, il était derrière elle et la poussait à l'intérieur. Il la saisit par les bras et la regarda droit dans les yeux. Il était extrêmement tendu, mais on pouvait lire sur son visage une grande sincérité.

— Je ne veux pas que vous partiez, dit-il simplement. Il hésita un instant, puis ajouta : sauf si vous rentrez chez vous.

— Oh, non ! Je ne rentrerai pas chez moi. Je veux savoir où est ma sœur avant de quitter cet endroit.

— Alors, vous devez rester ici.

— Rien ne m'y oblige.

— S'il vous plaît…

— Comment pouvez-vous manipuler les gens de la sorte ? Bon sang ! Vous ne faites que me donner des ordres et, dès que vous redevenez un peu aimable j'ai l'impression de n'être moi-même qu'une marionnette !

Il eut un léger sourire, et répéta :

— Je tiens absolument à ce que vous restiez.

— Vous me faites perdre la tête ! déclara-t-elle en écartant sa main.

Il suffisait qu'il la touchât pour qu'elle cédât à tous ses désirs.

— Carly, approchez, lui dit-il d'une voix douce.

Elle aurait voulu refuser, mais elle se retrouva malgré elle dans ses bras, accrochée à son cou, sans avoir le temps de comprendre ce qui lui arrivait.

— Je peux vous garantir que Jasmine est à Paris, dit-il. Elle va très bien ; il ne lui est rien arrivé. Et je ne peux pas vous laisser partir.

— Si vous tenez autant à moi, Jon, pourquoi insistez-vous tellement pour que je retourne à New York ?

Il haussa les épaules, puis joua avec les longues mèches blondes qui tombaient sur les épaules de la jeune femme.

— Le cocher a été tué, répondit-il. J'avoue que je suis inquiet. Le fait est que les villageois ne se font pas assassiner tous les jours, par ici.

— Donc, vous soupçonnez…

— Je ne soupçonne personne. Je veux juste que vous suiviez mon conseil : ou vous restez ici, ou vous rentrez chez vous.

— Pardon ?

— Je vous en prie, Carly.

— J'aimerais bien comprendre.

— J'aimerais bien que vous me fassiez confiance.

— Jon, je…

— Oui ?

— J'ai confiance en vous, répondit-elle dans un souffle.

Une fois de plus, elle avait cédé.

Il la serra contre lui, et elle appuya la tête contre sa poitrine, heureuse de ressentir de nouveau sa force et sa chaleur. Elle voulait jouir de l'instant présent, oublier le futur et le passé, les secrets et les malentendus. Elle désirait par-dessus tout se sentir aimée, choyée, laisser vibrer en elle toute la richesse de son désir, s'abandonner enfin au feu qui couvait au plus profond d'elle-même.

— J'ai vos affaires, lui dit-il.

— Pardon ?

— J'ai vos affaires. Je suis allé les chercher à l'hôtel.

— Mais, je…

— J'envoie tout de suite quelqu'un vous les apporter.

Il lui baisa le front et caressa sa nuque du bout des doigts.

— Doucement…, ajouta-t-il en se retirant. Il faut que j'apprenne à ne plus poser les mains sur vous. Ce ne sera pas facile, vous savez ?

Carly rougit en comprenant qu'il faisait allusion à ce qui s'était passé sur le lit.

— Ne sommes-nous pas en retard pour le dîner ? demanda-t-elle brusquement.

Il ne put s'empêcher de rire.

— Toutes les excuses sont bonnes, n'est-ce pas ? Mais ne vous inquiétez pas : le dîner est servi à 20 heures, sur la terrasse. C'est dans une heure. Je viendrai vous chercher.

— Je peux trouver mon chemin.

— Je viendrai vous chercher.

Il lui adressa un sourire amusé et s'éloigna. Carly se laissa tomber sur le lit et essaya de se remémorer tout ce qui s'était passé. Elle avait eu l'intention de partir, mais elle était toujours là, et il allait revenir la chercher dans une heure pour le dîner.

Quelqu'un frappa à la porte.

— Entrez, cria Carly.

C'était un jeune domestique d'à peu près dix-huit ans qui venait lui apporter ses bagages. Il les déposa près du lit et se retira en souriant après que Carly l'eut remercié.

— Je devrais être à l'hôtel, en ce moment, se dit-elle.

A 7 h 55, il était de retour, vêtu d'un smoking noir qui mettait en valeur l'extraordinaire ambre doré de ses yeux.

— Vous êtes ravissante, lui dit-il.

— Merci.

Elle avait fait le choix d'une fine blouse qui lui dégageait les épaules, assortie d'une jupe bouffante de soie de chine brodée.

— L'une de vos créations ?

— Oui.

— Je suis au désespoir de constater que vous vous êtes habillée pour Geoffrey, et pas pour moi, dit-il avec une évidente mauvaise foi.

— Je ne me suis habillée pour personne, répondit-elle en croisant son regard.

Elle baissa les yeux. C'était un mensonge, et il le savait.

Il lui prit la main, et ils se dirigèrent vers l'escalier.

— Vous êtes très imbu de votre personne, lui dit-elle lorsqu'ils parvinrent au rez-de-chaussée. Et d'une arrogance ridicule.

— Vous vous trompez, Carly. Je suis, au contraire, angoissé et terrorisé.

— De quoi avez-vous donc si peur ?

— J'ai peur de vous perdre.

— Vous ne pouvez pas me perdre puisque vous ne m'avez pas. De plus, j'apprécierais beaucoup que vous ne me parliez plus de cela.

— N'y voyez aucune mauvaise intention. Je fais, d'ailleurs, de gros efforts pour garder mes distances, comme vous pouvez le constater.

Elle ne répondit pas. Ils étaient arrivés à la terrasse. Tanya était déjà là, superbe dans une longue robe moulante fendue jusqu'à mi-cuisse. Geoffrey était à son côté. Il était très séduisant sans son déguisement de vieille harpie. Grand et mince, le visage anguleux et sympathique… Il rit en remarquant le regard étonné de Carly.

— Vous préfériez peut-être mon ancien costume ? lui demanda-t-il en haussant les sourcils.

— Oh, non, pas du tout ! Je suis simplement sous le choc !

Il rit de plus belle. Tanya s'approcha de Carly et la félicita pour sa tenue.

— Vous allez faire fortune, ma chérie : vos créations sont splendides.

— Ne lui montez pas la tête, intervint Geoffrey. Pas avant qu'elle n'ait travaillé pour moi.

— Vous le souhaitez vraiment ? demanda-t-elle.

— Quelle question !

— Vous voyez, Carly : finalement, vous ne serez pas venue pour rien, dit Jon sur le ton de l'ironie. Mais Carly se demanda s'il plaisantait réellement.

— Alexi n'est pas là ? demanda-t-elle.

— Si, je suis là, répondit l'intéressé en s'avançant sur la terrasse, un verre à la main. J'étais au bar. Carly, Jon, je peux peut-être vous préparer quelque chose ?

— Je m'en occupe, dit Jon. Que désirez-vous boire, Carly ?

Elle s'apprêtait à décliner l'offre, mais elle se rendit compte qu'elle avait très envie d'un verre. Elle commanda un alexandra. Jon eut de nouveau son sourire amusé, puis il se dirigea vers le bar.

— Oui, le comte apprécie l'élégance, dit Alexi en remarquant que Carly était en admiration devant le raffinement de la table.

— Je suis sûre que vous partagez cette qualité avec lui, dit la jeune femme.

— Oh, non, pas du tout ! répondit Alexi en riant. Ce n'est pas aussi élégant, chez moi, mais la maison est chaude et confortable. Et je préfère de loin ma situation à celle des Vadim, compte tenu de la malédiction qui pèse sur eux.

— La malédiction des Vadim ? répéta Carly d'un air stupéfait.

— C'est la vérité ! intervint Geoffrey.

— La folie…, ajouta Tanya, l'air mystérieux.

— Voyons, soyons sérieux ! protesta Carly.

— Il n'y a qu'un ou deux squelettes dans les placards, ici, dit Geoffrey.

— Exact, poursuivit Tanya. Tous les autres sont dans les caves, n'est-ce pas, Geoff ?

— Riez si vous voulez ! dit Alexi. On peut même entendre leurs hurlements, certains soirs.

— Encore en train de raconter des histoires, Alexi ?

Jon était revenu. Carly se sentit un peu coupable et ne dit rien. Il traversa la terrasse, sourit à Alexi, puis tendit un verre à Carly.

— Nous essayons de détendre l'atmosphère, dit Tanya d'un ton léger.

— Bien sûr.

Jon prit en souriant la main de Carly, et entraîna la jeune femme de l'autre côté de la table.

— Le fait est que notre folie est incurable, et que nous sommes aussi malfaisants qu'une armée de vampires. L'hérédité, sans doute.

Carly savait qu'il plaisantait, mais elle avait perçu une certaine amertume derrière ses propos.

Elle avait décidé de faire confiance à Jon, et c'était pour cette raison qu'elle était restée, mais elle ne pouvait s'empêcher de se poser des questions.

Elle se retrouva à table entre Jon et Geoffrey. Le repas fut servi par le majordome, aidé de Marie et d'une autre domestique. Tout était irréprochable. Aucun détail ne manquait. Jasmine était probablement habituée à un tel faste, mais Carly préférait, quant à elle, un peu plus de simplicité et d'intimité.

Geoffrey monopolisa son attention pendant presque tout le dîner. Le vin était exceptionnel, et l'agneau rôti l'un des meilleurs que Carly eût jamais goûtés. Tout en écoutant Geoffrey lui parler d'une manière enthousiaste de sa prochaine création, la jeune femme mangea et but plus que d'ordinaire, si bien qu'elle se sentit, vers la fin du repas, envahie d'une douce chaleur, d'une agréable langueur.

A un moment, Jon prit part à la conversation, pour comparer les théâtres de Londres à ceux de New York. Carly se contenta alors d'écouter. C'était si bon de se sentir ainsi à l'aise et détendue, aussi… normale.

Elle ferma les yeux et entendit les propos d'Alexi et de Tanya qui étaient plongés dans une grande conversation en français. Alexi paraissait passablement énervé tandis que Tanya semblait s'ennuyer ferme. Elle jeta un coup d'œil du côté de Geoffrey et de Jon. Aucun des deux ne lui prêtait attention.

Tanya se fit soudain remarquer en bâillant bruyamment. Après quoi elle regarda ostensiblement sa montre.

— Il n'est que minuit, et je tombe de sommeil. Vous vous rendez compte ?

— Que voulez-vous, répondit Geoffrey, nous nous sommes tous couchés au petit matin. Carly bâilla à son tour.

— Apparemment c'est contagieux ! dit Geoffrey en riant.

— Je suppose que oui, renchérit Carly. Puis la jeune femme se leva et, aussitôt, Geoffrey, Alexi et Jon l'imitèrent.

Carly constata qu'elle appréciait cette atmosphère un peu surannée. Son euphorie était sans doute à mettre sur le compte du vin. Elle en avait consommé plus qu'il n'était raisonnable, et le lit lui semblait l'endroit le mieux indiqué pour poursuivre sa nuit.

— Je partage l'avis de Tanya, dit-elle sur un ton d'excuse. Pardonnez-moi. Je tombe de sommeil.

— C'est votre faute, Geoffrey, dit Alexi. Vous l'avez tellement ennuyée avec vos bavardages !

— Ne l'écoutez pas, Geoffrey : c'est totalement faux, affirma Carly.

— Je vous accompagne jusqu'à votre chambre, proposa Jon.

— Non !

Elle se mordit la lèvre pour avoir répondu aussi brutalement.

— Je vous en prie, restez ici, Jon, reprit-elle. Tanya peut m'accompagner.

— Excellente idée, dit Tanya en se levant à son tour.

Elle embrassa Alexi sur les deux joues et lui souhaita une bonne nuit. Puis elle se leva sur la pointe des pieds, et déposa un léger baiser sur les lèvres de Geoffrey, puis sur celles de Jon.

— Bonne nuit à tous ! ajouta-t-elle d'un air mutin.

Carly avait déjà fait quelques pas vers la porte, afin d'éviter les embrassades.

— Bonne nuit, Alexi, j'ai été sincèrement ravie de vous revoir.

— Vous ne vous débarrasserez pas de moi avant un moment, promit-il. Je tenais beaucoup à venir dîner ce soir, et je resterais bien pour la nuit.

— Mais vous êtes le bienvenu, mon cher Alexi, dit Jon.

Carly se demanda s'il était sincère. Mais ce n'était pas son problème, après tout. Elle était trop fatiguée pour réfléchir, et elle voulait juste échapper à Jon. Elle n'avait ni la force ni le courage de l'affronter ce soir.

— Bonne nuit, dit Jon d'une voix douce.

Elle lui adressa un petit sourire navré, et rejoignit rapidement Tanya.

— On dirait que vous lui avez tapé dans l'œil, fit remarquer Tanya tandis qu'elles montaient l'escalier.

Elle s'arrêta en poussant un soupir et ôta ses escarpins à hauts talons.

— Il ne m'aurait pas déplu d'être la maîtresse de ces lieux, poursuivit-elle.

— Mais…

— Non, je vous l'ai déjà dit : il n'y a rien entre nous, affirma Tanya avec un large sourire. Pendant un moment, j'ai cru que Jas…

Elle s'arrêta net.

— Jasmine ?

Tanya secoua la tête.

— Non, non…

— Qu'alliez-vous me dire, Tanya ?

— Sincèrement, je ne m'en souviens plus.

Elle sauta d'un bond les deux dernières marches, en tenant ses chaussures à la main.

— Je suis morte de fatigue ! Nous avons une journée chargée, demain. Une excursion dans les environs. Vous verrez : ce pays est le plus beau d'Europe. Bonne nuit !

Puis elle disparut dans sa chambre.

Carly entra dans la sienne et constata que ses valises étaient vides. Elle se précipita vers l'armoire. Toutes ses affaires s'y trouvaient, soigneusement rangées.

Marie était sans doute venue s'en occuper, se dit-elle. Elle repensa à la disparition de la lettre de Jasmine. De toute évidence, quelqu'un était venu la prendre dans son sac.

Mais elle était trop fatiguée pour réfléchir à la question.

Elle ôta rapidement ses vêtements et décrocha dans l'armoire sa chemise de nuit en flanelle, beaucoup moins élégante et beaucoup moins sexy que celle que lui avait prêtée Tanya, la veille. Un autre style de vie, songea-t-elle, désabusée.

Peut-être serait-il bon qu'elle modifiât le sien, pensa-t-elle en se glissant sous les couvertures.

Elle nicha sa tête dans le creux de l'oreiller et s'installa confortablement. Cela n'avait pas été simple, mais elle savait que, désormais, Jon allait faire les choses pour le mieux…

Carly rêva qu'elle n'était pas seule, que quelqu'un était là et se penchait sur elle pour lui baiser les lèvres. C'était plus un chuchotement, une douce respiration qu'un véritable contact.

Elle se réveilla alarmée, convaincue qu'il y avait réellement quelqu'un dans la chambre. Ce n'était pas un simple rêve, se dit-elle. Non, pas cette fois. Elle était tendue et effrayée. Le danger était bien réel.

Personne n'avait pu entrer dans la chambre. Elle se rappelait avoir fermé la porte à clé. Et, cependant, elle percevait une présence dans la pièce…

Elle tourna lentement la tête, regarda du côté du balcon, puis vers le fond de la chambre que ne baignait qu'une très faible clarté provenant de la lune. L'obscurité estompait les contours des objets, et il lui était impossible de distinguer quoi que ce fût dans cette pénombre.

Elle ferma les yeux, puis les rouvrit. Il n'y avait rien.

En tremblant, elle se redressa dans le lit, alluma la lampe de chevet et serra les bras sur sa poitrine.

Elle était seule dans la chambre.

Elle resta assise pendant un long moment, puis bondit hors du lit pour aller vérifier la porte. Elle était fermée à double tour. Elle se dirigea ensuite vers les portes-fenêtres qui donnaient sur le balcon. Elles aussi étaient fermées. Elle les ouvrit en grand, et une brise nocturne lui balaya le visage. La lune était encore presque pleine.

Carly entendit alors la plainte lugubre d'un loup.

Elle se pencha vers la cour du château. Le loup était là et regardait dans sa direction. C'était un grand loup, et elle pouvait voir ses yeux dorés briller dans le noir sous la clarté lunaire.

Il hurla une nouvelle fois, puis disparut dans la nuit, tel un spectre.

Carly frissonna. « Il ne s'est rien passé, se dit-elle pour se rassurer, personne n'est entré ici. »

Elle ferma soigneusement les portes-fenêtres, et retourna se coucher en laissant la lampe allumée.

La fatigue eut finalement raison de son anxiété, et elle sombra dans un sommeil agité, peuplé de rêves inquiétants. Elle était poursuivie par un loup. Un loup aux yeux dorés qui ne la lâchait pas. Il se rapprochait de plus en plus. Elle se retourna, paniquée, pour constater qu'il s'était maintenant métamorphosé en homme. Un homme dont les yeux couleur d'ambre scintillaient dans l'obscurité, et qui portait une grande cape noire.

L'homme se pencha sur elle et lui scella les lèvres d'un baiser.

Il s'apprêtait à lui voler jusqu'à son dernier souffle…

A lui voler son âme.

5.

Au matin, Marie apporta à Carly le plateau du petit déjeuner en expliquant dans un mauvais anglais que le comte lui demandait d'être prête à 10 heures pour une visite du domaine et de ses environs.

Le groupe de cavaliers était composé de Geoffrey, Alexi, Tanya, Jon Vadim et Carly. Jon, qui montait Satan, se tenait discrètement à distance de Carly et l'observait par intermittence.

Tanya était, de toute évidence, une excellente cavalière. Quant à Geoffrey et à Alexi, ils semblaient plutôt à l'aise sur leurs montures. Carly, qui avait fait un peu d'équitation à Central Park, ne se sentait pas totalement ridicule. Ce soir-là, cependant, elle ressentit de telles courbatures pendant le dîner qu'elle fila à l'anglaise, aussitôt le repas terminé.

Le lendemain, ils croisèrent des troupeaux de moutons et passèrent près de charmantes chaumières aux cheminées coiffées de nids de cigognes. Ils pique-niquèrent sous un arbre, près d'un ruisseau.

A cette occasion, Carly but du vin, rit aux plaisanteries de Geoffrey, et mangea du raisin, la tête appuyée sur la cuisse de Jon Vadim. De temps à autre, leurs regards se croisaient. La magie était toujours intacte.

Le troisième jour, ils se rendirent au village. Les maisons, plus ravissantes les unes que les autres, semblaient tout droit sorties d'un album d'Hänsel et Gretel.

Ils déjeunèrent dans le meilleur restaurant, où ils furent servis avec toute la déférence qui convenait au comte et à ses amis.

Ils s'attardèrent dans les boutiques et les rues étroites, puis, vers 5 heures, ils s'arrêtèrent dans une très ancienne bâtisse transformée en auberge où ils commandèrent du vin et des gâteaux. Jon fut appelé au téléphone. Pendant que les autres s'attardaient à table, Carly en profita pour étudier l'architecture du lieu.

Son instinct l'avertit alors qu'elle était observée.

Elle se retourna pour se trouver nez à nez avec un vieil homme voûté aux cheveux gris. Elle lui adressa un sourire gêné auquel il répondit avec spontanéité.

— Vous aimez ? demanda-t-il.

— La maison ?

Elle regretta, une fois de plus, de mal connaître le français, et chercha le moyen de lui dire qu'elle la trouvait exquise.

— Oui, elle est très belle.

— Belle ? Je ne sais pas, reprit-il en anglais. Mais riche et fascinante, ça oui ! Nous vivons ici comme aux temps obscurs du Moyen Age, voyez-vous. La brume enveloppe nos bois, et nos forêts sont profondes. Le mystère règne sur cette contrée. Vous avez sans doute noté que nous avions une grande croix dans ce village, et qu'il y en avait une sur chacune des jolies portes que vous avez pu voir. Partout où vous irez, vous trouverez des chapelles. Chapelles de l'Enfant Jésus, de la Vierge Marie et de tous les saints possibles et imaginables.

Ce discours provoqua chez la jeune femme une sensation désagréable.

Elle était maintenant parvenue à un passage en arcade, et pouvait entendre des rires. Tanya était en train de se moquer d'Alexi, et Geoffrey fit une remarque que Carly ne put comprendre de là où elle se trouvait. Où était donc passé Jon ?

— Le comte est un homme très occupé, fit remarquer le vieil homme.

Elle hocha la tête en frissonnant. Elle se sentit soudain ridicule et se décida à lui tendre la main.

— Je m'appelle Carly Kiernan. Vous êtes le propriétaire ?

Il prit sa main dans la sienne, une main noueuse mais chaleureuse.

— Oui. Je m'appelle Henri Gasteau. Ma famille est aussi ancienne ici que celle des Vadim.

— C'est extraordinaire.

— Où est votre sœur, Mme Kiernan ?

— Jasmine ?

— Oui. Elle m'a souvent parlé de votre venue ici. Elle était très impatiente de vous présenter à tout le monde.

— Elle… elle est partie. Pour Paris.

Henri Gasteau cligna des yeux, et son visage perdit soudain toute expression.

— Elle est partie… sans attendre votre arrivée. Il haussa les épaules et retrouva son sourire. Bienvenue chez nous, madame Kiernan.

Il fit une sorte de courbette et s'éloigna. Carly se rendit compte alors qu'elle tremblait, et elle rejoignit rapidement la table. Jon était revenu. Il la dévisagea attentivement tandis qu'elle se rasseyait en regardant les pâtisseries qu'elle avait commandées. Elle ne pouvait plus rien avaler.

Le quatrième jour, Jon décida qu'ils se rendraient en Transylvanie. Il y avait, cependant, une légère ombre au tableau : il avait dû informer l'inspecteur qu'ils seraient partis plusieurs jours, et lui avait promis de rentrer dès que celui-ci voudrait l'interroger.

C'est ainsi qu'ils se retrouvèrent dans la province roumaine de Transylvanie. Ils passèrent la première nuit à Sibiu, une ville de conte de fées qui, disait-on, était la favorite du comte légendaire. Elle faisait penser à un petit duché du Moyen Age avec ses étroites rues pavées, et Carly tomba sous le charme.

Jon se montra tout simplement adorable. Alexi et Geoffrey rivalisèrent d'anecdotes sur la vie du prince des ténèbres. C'était, d'après eux, un très bel homme au teint pâle, avec d'étranges yeux verts. Des yeux qui brillaient parfois d'un éclat doré, précisa Alexi.

Ils passèrent deux jours à Sighisoara, où Jon recruta un jeune homme du nom de Michael pour leur servir de guide. Michael leur assura que Sighisoara était l'une des villes du XVe siècles les mieux préservées d'Europe.

Geoffrey éclata de rire et lui expliqua que Jon était le comte Vadim. Michael rougit et s'empressa d'ajouter que le château du comte devait être au moins aussi bien préservé que la ville de Sighisoara. Jon acquiesça en souriant, et Michael commença la visite.

— C'est ici qu'est né Vlad Tepes, expliqua-t-il.

Tandis qu'ils déambulaient dans d'étroites ruelles où les maisons semblaient presque se toucher, Alexi dit à Geoffrey que ce serait un endroit merveilleux pour tourner un film. Geoffrey lui rappela que son domaine était le théâtre.

— Peut-être, mais il y a un début à tout, fit observer Tanya. C'est d'un gothique tout à fait délicieux!

— Vous n'avez encore rien vu, leur assura Michael.

Il les emmena un peu plus loin, jusqu'à un bâtiment ocre où était apposée une plaque indiquant que c'était là, en 1431, que Vlad Drakul avait vu le jour.

Une table leur avait été réservée à l'étage pour le déjeuner. Tandis qu'on leur servait une *tuica*, une eau-de-vie de prune d'excellente cuvée, un groupe de gitans commença à danser un fandango sensuel et fougueux. L'alcool fit briller les joues de Carly et lui réchauffa les sens. Elle se tourna vers Jon, qui l'observait, le sourire aux lèvres. Il but une gorgée d'alcool et se rapprocha d'elle. La mélodie nostalgique du violon se mêlait au rythme entêtant des tambourins au moment même où il glissait doucement son index sur les lèvres de Carly. Elle plongea son regard dans le sien et ressentit immédiatement le feu qui couvait en lui, comme une promesse de ce qui, déjà, la rendait fiévreuse. Elle savait maintenant qu'un jour, il la caresserait autant qu'elle le voudrait. Jamais, jusque-là, elle n'avait éprouvé à ce point la violente douceur de l'anticipation.

Les lamentations du violon allaient crescendo. Une danseuse se détacha du groupe, lança un cri aigu et se laissa tomber en tournoyant sur le sol, déclenchant les applaudissements des convives.

Carly remarqua sur le mur en face de leur table une peinture ancienne représentant Vlad Drakul, et ce dernier semblait la fixer d'un air grotesque et menaçant.

Elle s'excusa et se leva de table pour se diriger vers les toilettes, où elle s'aspergea le visage d'eau froide afin de dissiper son malaise.

Le matin du septième jour les vit prendre la direction d'un autre et fameux repaire de Vlad Drakul : Brasov.

Ils passèrent près de cimetières où les fleurs recouvraient en partie de très belles pierres tombales. Ils virent également nombre de vignobles soigneusement entretenus et tout à fait pittoresques, avec les montagnes en toile de fond. Les couleurs de l'automne étaient encore magnifiques, les rouges et les ors le disputant aux orange et aux mauves partout où se portait le regard.

Carly remarqua des panneaux sur le bord de la route, et Jon lui expliqua qu'ils étaient là pour mettre les voyageurs en garde contre les ours.

— Ici, ce sont les ours, nota Alexi. Chez nous, ce sont les loups.

— A Manhattan, ce serait plutôt les délinquants et les psychopathes, répliqua Carly en plaisantant.

Ils dînèrent dans une auberge où l'on servait du steak d'ours. Carly trouva la nourriture délicieuse mais se demanda si le plaisir d'être en aussi bonne compagnie n'y était pas pour quelque chose. Jon faisait tout pour lui être agréable. Leur table se trouvait près d'une cheminée où brûlait un feu de bois, et la bière ambrée qu'on leur servit acheva de les réchauffer.

Après le repas, Jon loua les services d'un nouveau guide : une femme entre deux âges aux cheveux gris qui s'appelait Dahlia. Tout en leur faisant visiter la ville, elle leur raconta l'histoire de Brasov. C'était le 24 août 1460 que Vlad Drakul avait rendu Brasov tristement célèbre en anéantissant sa population. Il avait fait empaler quelque trente mille hommes, femmes et enfants en une seule journée.

— C'est ignoble ! s'écria Tanya. Comment un individu pareil a-t-il pu acquérir une telle renommée ?

C'était un homme puissant, expliqua leur guide. Il combattit farouchement les Ottomans et, lors d'une bataille, il tua près de vingt mille soldats sur un terrain d'à peine quelques hectares. Lorsque Mohammed II, vainqueur de Constantinople, constata l'ampleur du carnage, il fit retirer ses troupes plutôt que d'affronter Vlad Drakul. C'était un homme cruel dans une époque cruelle.

Ils retournèrent à l'auberge, mais, juste avant qu'ils ne rentrent, la femme retint Carly par le bras.

— Noroc ! lui chuchota-t-elle, l'air inquiet. Noroc !

— Je suis désolée, je ne comprends pas…, commença Carly.

Elle fut interrompue par Jon qui venait régler à leur guide le prix de la visite.

— Alexi, dit Carly en le tirant par la manche, est-ce que vous comprenez le roumain ?

— Quelques mots. Pourquoi ?

— Que signifie *noroc* ?

Il hésita, l'air surpris.

— La chance. Le mot *noroc* signifie « chance ». Pourquoi me demandez-vous cela ?

— Oh, juste un mot que j'ai entendu !

Il était déjà tard, et Alexi suggéra de passer la nuit sur place. Tanya et Carly décidèrent de partager la même chambre.

Au milieu de la nuit, Carly fut réveillée par des hurlements de loups.

Elle se leva, alla jusqu'à la fenêtre et écarta le rideau. Il faisait très sombre, dehors, et elle entendit de nouveau les hurlements. Un léger courant d'air la fit frissonner. A l'extérieur, le sol disparaissait sous une brume mouvante.

— Carly ! cria Tanya.

Carly fut si surprise qu'elle aussi poussa un petit cri. Toutes deux éclatèrent de rire.

— Pour l'amour du ciel, que faites-vous debout ?

— J'ai entendu des loups.

— Vous avez oublié que nous étions en Transylvanie, dit Tanya. Ne vous occupez donc pas de ces bêtes. Quoique… A bien y réfléchir, une femme devrait toujours se méfier des loups !

Elles sourirent toutes deux d'un air complice. Carly se recoucha et ne tarda pas à s'endormir.

Une fois de plus, elle rêva. Un grand loup d'un beau gris argenté courait dans la brume, souple et silencieux. Elle pouvait voir ses yeux, et elle savait que c'était pour elle qu'il venait. La brume changea d'aspect et obscurcit les formes de la bête, jusqu'à ce qu'une nouvelle silhouette apparût. C'était maintenant celle d'un homme. Un homme nu. Il était grand et svelte, et sa peau lisse luisait sous la lune. Elle savait qu'elle devait fuir, mais le désir de lui ouvrir les bras était plus fort que tout…

Elle se réveilla, le cœur palpitant. Tanya dormait encore profondément.

Il était très tôt, entre le crépuscule et l'aube. La salle de bains de l'étage devait être libre, à cette heure-là. Elle emporta sa trousse de toilette, et s'enferma dans la pièce avec l'idée de prendre un long bain chaud. Allongée dans la baignoire, elle réfléchit et se rendit compte que quelque chose la préoccupait en permanence.

Elle prenait un gros risque en s'engageant dans une aventure sentimentale, mais là n'était pas le problème.

Un homme avait été tué, mais quel rapport cela avait-il avec eux ?

Elle sortit de l'eau et s'essuya rapidement. Il faisait très froid dans la salle de bains. Elle enfila un jean et un pull chaud et moelleux, se brossa les cheveux, se maquilla discrètement et sortit.

De retour dans la chambre, elle regarda sa montre et s'assit au pied de son lit. Son rêve l'avait décidément réveillée très tôt.

Il fallait bien admettre qu'elle mourait de désir pour Jon Vadim. Ce n'était pas raisonnable, mais elle n'y pouvait rien.

A ses yeux, Jasmine avait disparu mystérieusement, et elle se permettait de voyager avec Jon et ses amis sans se soucier du reste.

Elle se promit d'aller voir l'inspecteur dès son retour, puis se leva. Par la fenêtre de leur chambre du troisième étage, elle voyait la forêt, dense, touffue et d'un vert sombre, que trouaient par endroits quelques rares clairières.

Au milieu de l'une d'elles, elle aperçut Jon Vadim, apparemment tout juste sorti de la salle de bains et fraîchement rasé. Il portait un jean et un pull marin qui mettait en valeur le hâle de son visage et la largeur de ses épaules. Il alluma une cigarette en protégeant la flamme d'une main, et releva la tête en expirant lentement la fumée. Il leva alors les yeux vers Carly, comme s'il avait deviné qu'elle l'observait.

— Venez ! lui cria-il d'une voix claire.

Elle hésita. Cet homme la fascinait. Il était aussi beau, aussi souple et puissant qu'un loup. Il en était un, à sa manière… et tout aussi dangereux.

Elle lui sourit, puis quitta la chambre sans faire de bruit pour ne pas réveiller Tanya. Deux minutes plus tard elle était dans les bois.

Elle l'appela, doucement. Elle se trouvait au milieu des arbres, et une légère brume flottait encore sur le sol. Au fur et à mesure qu'elle s'avançait sur le sentier, la forêt devenait plus verte et plus sombre.

— Jon ! cria-t-elle.

Un bruissement se fit entendre dans les taillis, et elle se rappela les avertissements concernant les ours. Elle devait rester prudente : il pouvait tout aussi bien y avoir des loups.

Elle entendit soudain comme un battement sourd dans les feuillages.

— Jon ! cria-t-elle.

Un sentiment de panique l'envahit brusquement. C'est alors qu'elle le vit arriver en courant, d'une foulée rapide et élégante.

— Carly, vous n'avez rien ?

Elle ne sut que répondre, mais se précipita vers lui et se jeta dans ses bras. Il prit doucement son visage entre ses mains, la regarda dans les yeux et l'embrassa. Tout en goûtant ses lèvres, il l'attira davantage contre lui, réveillant en elle cette faim qu'elle s'était efforcée de contenir jusque-là. Après un long moment, elle se laissa glisser contre son épaule, le souffle court et le cœur battant. Il n'était plus question de se voiler la face.

Il posa une main sur ses reins et, de l'autre, lui caressa tendrement la joue.

— Les petites filles doivent toujours se méfier des loups, vous ne le saviez pas ? dit-il d'une voix douce. Sauf s'il leur prend l'envie de les affronter.

— Peut-être..., murmura Carly.

Elle sentait la tiédeur de son corps contre le sien, et ne souhaitait rien d'autre qu'être allongée près de lui sur le sol embrumé, voir son rêve se réaliser et pouvoir enfin toucher, goûter et caresser sa peau nue.

— Prenez garde, lui dit-il en retirant délicatement une brindille de ses cheveux dorés, le loup est affamé.

— Vraiment ?

Elle lui sourit en le regardant droit dans les yeux, et s'arc-bouta légèrement. Il glissa une main sous son pull et remonta jusqu'à ses seins qu'il palpa à travers la dentelle de son soutien-gorge. De nouveau, sa bouche vint chercher la sienne, tandis que, dans son dos, il défaisait l'agrafe. Il fit alors courir la paume de sa main sur son téton dressé et, d'un lent mouvement circulaire, caressa sensuellement son mamelon. Elle poussa un gémissement.

Ils étaient maintenant collés l'un à l'autre. Carly pouvait nettement sentir à travers le jean que portait Jon la dure émergence de son désir. Son baiser se fit plus profond, plus passionné. Elle eut la sensation de se fondre littéralement en lui, et de descendre lentement vers le sol. Déjà, ils étaient à genoux, et se laissaient tomber sur une épaisse couche de feuilles mortes.

Sans cesser de l'embrasser, il l'allongea sur le dos et releva son pull. Elle rouvrit les yeux et vit au-dessus d'elle le ciel et les ramures des arbres, tandis que, de la terre, montaient des effluves riches et parfumés.

Jon passa une main chaude sur son ventre avant d'y déposer un baiser humide qui la fit frissonner. Il baissa alors la fermeture de son jean et alla explorer la finesse de sa chair, jusque-là interdite. Puis sa bouche retourna s'abreuver à ses lèvres.

Avidement, fébrilement.

Il glissa de nouveau vers ses seins qu'il prit à pleine bouche, les happa, les suça, tantôt avec tendresse tantôt fougueusement. Tout en haletant, Carly enfonça ses doigts dans les cheveux de Jon. Elle le voulait, là, tout de suite, nu auprès d'elle. Elle en rêvait depuis si longtemps ! Peu importait qu'ils fussent dans la forêt. Le parfum de la terre était aussi tendre, aussi naturel que le désir qui les liait l'un à l'autre. Elle avait attendu trop longtemps.

Il l'aida à ôter son pull, et le soutien-gorge tomba sur les feuilles mortes. Il la coucha ensuite sur le sol. Ses cheveux blonds défaits rayonnaient autour de son visage. Carly le regarda, impatiente.

L'attention de Jon était maintenant concentrée sur ses seins. Il promena un doigt sur le doux sillon qui les séparait, puis effleura tendrement les tétons de ses paumes. Elle ferma les yeux. Quand elle les rouvrit, elle vit les rayons du soleil percer entre les frondaisons aux teintes chaudes et dorées qui leur servaient de toit. Il souleva ses seins, joua avec les pointes, les pinçant entre le pouce et l'index, provoquant chez la jeune femme une sensation presque insupportable qui fondit en elle comme une coulée de lave.

Elle voulut se redresser pour le rejoindre, mais il la repoussa doucement sur leur lit de feuilles. Il la regarda, retira son pull marin et s'allongea sur elle. Le contact de ce torse nu et rugueux sur sa poitrine fut si saisissant, si excitant que Carly ne put se retenir de jeter ses bras autour de son cou. Elle enfonça ses doigts dans ses cheveux, lui embrassa l'épaule, la mordit. Il lui baisa la gorge, la joue sur sa poitrine, d'où il pouvait percevoir les battements affolés de son cœur. Carly se laissa aller à crier sans même y penser, et à le supplier…

Il s'écarta soudain. Appuyé sur un coude, il posa son index à la naissance du cou de sa compagne, puis descendit lentement entre ses seins, glissa délicatement sur son ventre et poursuivit son voyage jusqu'à l'endroit où la fermeture Eclair était restée ouverte.

— Il est encore temps de fuir, lui dit-il. C'est peut-être un loup que vous avez rencontré. Sinon, le moment est venu…

Il avait parlé d'un ton froid et sévère, mais elle n'était pas dupe. Elle savait qu'il la voulait, qu'il ressentait, lui aussi, l'ardente brûlure du désir. S'il partait maintenant, elle ne le supporterait pas.

Elle leva la main et la laissa un moment sur la joue de Jon. Il la prit par le poignet et embrassa sa paume, glissant la pointe de sa langue sur sa ligne de vie. Carly retint sa respiration. Son corps était en feu, et cette attente la mettait à l'agonie.

Il prononça soudain quelques mots que Carly ne comprit pas, et se laissa tomber sur elle, la crucifiant sur le sol. Il l'embrassa alors sauvagement, couvrit son visage, son cou et sa gorge de baisers enfiévrés et haletants. Il se releva ensuite pour retirer ses chaussures et le reste de ses vêtements qu'il jeta à côté de lui. Carly ne bougeait pas. Elle l'observait, les lèvres humides et gonflées, le corps douloureusement avide et impatient.

Nu, il était encore plus beau. Il était le loup, le loup de ses rêves devenu homme, musclé, souple et léger, bronzé de la tête aux pieds. Il s'allongea près d'elle, et Carly ne put retenir un frisson. Il lui ôta ses tennis, ses chaussettes, son jean, tout en baisant la peau tendre et délicate de son ventre. Carly se cambra lorsqu'il fit glisser sa culotte de fine dentelle qu'il déposa sur le tapis de feuilles rouges et mordorées aux parfums de l'automne. Ils étaient, à présent, tous les deux nus au cœur de la forêt.

Alors, il l'embrassa et s'allongea contre elle. Pour mieux s'offrir à lui, elle releva les bras loin derrière la tête. Il se redressa sur un genou en pivotant, souple et animal, puis chercha sa bouche, et leurs langues se trouvèrent une nouvelle fois.

Carly sentit les battements de son cœur s'accélérer au contact rigide de sa virilité sur son ventre. Le soleil commençait à réchauffer l'atmosphère. Leurs deux corps s'étreignaient, se frottaient l'un à l'autre. Il se mit à califourchon sur elle et lui palpa les seins, la taille et les hanches. Carly redressa le torse d'un coup de reins, le saisit par les épaules et le ramena sur elle. Leurs lèvres s'enflammèrent lorsque sa bouche rencontra de nouveau la sienne. Il plongea les mains dans ses cheveux, puis les lissa tendrement vers la nuque.

— Jamais je n'ai ressenti une telle faim, lui dit-il.

Pour toute réponse, Carly se cambra contre lui. Il se déplaça alors en douceur, posa les mains sur ses genoux et lui écarta les cuisses. Sans la quitter des yeux il se plaça entre ses jambes, le sexe tendu. Il glissa alors les mains dans son dos, lui empoigna les fesses et les pétrit en lui soulevant le bassin.

Délicatement, il la pénétra, sans cesser de la regarder. Il s'insinua en elle comme une main dans un gant de soie, doucement, lentement, et il sembla à Carly qu'il ne pourrait aller plus loin. Mais elle se trompait. Son corps en voulait davantage et l'accueillit complètement dans une excitation farouche et fiévreuse.

Il se retira, et elle crut mourir de frustration, mais il revint, plus fortement, cette fois. Elle cria. Il se retira de nouveau, puis revint à la charge, comblant encore et encore le lieu de son désir. Elle fit passer ses jambes au-dessus de ses reins et l'emprisonna tandis qu'il se mouvait en elle de plus en plus violemment. C'était un ouragan qui lui ravageait le ventre et le cœur.

Une vague de plaisir la submergea, et elle se laissa emporter. Il la prenait avec une indéniable tendresse, mais sa faim était terrible. Une faim de loup. Ils roulèrent parmi les feuilles multicolores que le soleil faisait briller d'un éclat irisé. La fougue de ses élans incendiait les entrailles de Carly. Le parfum de la terre et des feuilles se mêlait à celui de l'homme qui prenait son corps.

Elle perdit ensuite toute conscience, sauf celle de cette lame de fond, de cette explosion des sens qu'elle avait si fortement désirée et qui se déclencha soudain en un tourbillon de lumière dorée, aussi brillant que l'éclat du soleil d'automne.

Il faisait encore frais sous les arbres. Carly était allongée sur le sol recouvert des vestiges de l'été, des feuilles dans ses cheveux défaits. La main de Jon était toujours sur son ventre, et sa tête brune, moite de transpiration, reposait sur sa poitrine.

— Nous sommes sur un lit de feuilles, et vous avez un parfum de rose, lui chuchota-t-il à l'oreille.

Il se redressa et contempla sa nudité d'un œil averti. Carly prit conscience qu'elle venait de faire l'amour comme une nymphe des bois, et cette idée la fit rougir. Elle s'appuya sur un coude et chercha son pull, mais Jon l'en empêcha et retomba à côté d'elle.

— Non, dit-il. Je veux graver cette image dans ma mémoire. Des feuilles mortes dans vos cheveux défaits, la splendeur de votre corps après l'amour, le turquoise de vos yeux…

Il eut un large sourire et ajouta :

— Vous êtes si belle, ainsi couchée au milieu des feuilles !

Elle rougit une nouvelle fois, hésitant entre l'envie de récupérer ses vêtements et celle de passer les doigts dans la toison noire qui recouvrait la poitrine de Jon. Elle n'hésita pas bien longtemps.

— Vous n'êtes pas mal non plus, comte Vadim, dit-elle tendrement. Elle l'observa quelques instants en souriant.

— Nous devrions rentrer, dit-elle.

— Pourquoi ?

— Quelqu'un pourrait nous surprendre.

— Dans la forêt ? Il n'y a que des loups !

— Des loups affamés, ajouta-t-elle d'un ton solennel.

Elle restait fascinée par la tendresse qui émanait de ses yeux dorés. Elle l'avait tant désiré, et la réalité avait dépassé son imagination. Mais peut-être n'avait-elle jamais osé aller aussi loin dans ses rêves.

— Il y a aussi des ours, par ici, reprit-elle, en se rappelant les panneaux sur la route.

— Aucun ours n'osera s'aventurer là où un loup a marqué son territoire, répondit-il, sûr de lui.

Elle lui caressa les lèvres du bout du doigt, et murmura :

— Seriez-vous un loup, par hasard ?

— Je serai tout ce que vous voudrez que je sois.

Il sourit et posa un léger baiser sur sa bouche. Il était toujours aussi saisissant de beauté virile, le corps luisant de sueur en dépit de la fraîcheur matinale.

— Je suis votre amant, maintenant.

— Oui, répondit-elle en essayant, cette fois, de ne pas rougir.

Il se glissa de nouveau sur elle, retira de ses cheveux feuilles et brindilles, et l'embrassa, d'abord sur la bouche puis sur la poitrine.

Carly sentit la chaleur de son corps sur elle, ainsi qu'une érection qui renaissait contre sa cuisse. Elle émit une sorte de petit miaulement et encercla Jon de ses bras. Ils se regardèrent dans les yeux. Carly paraissait surprise. Elle n'aurait pas imaginé que le premier accès de passion pût renaître aussi vite, même si son propre désir se révélait plus intense que jamais.

— Je vous avais prévenue, petite fille. Vous êtes tombée sur un loup terriblement affamé.

— Je ne suis pas une petite fille.

— C'est vrai, reconnut-il tandis que sa main parcourait les courbes de son corps et lui pressait les seins. Vous n'êtes plus du tout une petite fille.

— Je voudrais…

— Quoi ? demanda-t-il, impatient.

— Je voudrais… vous toucher, moi aussi. J'ai tellement rêvé de vous toucher !

— Alors, ne rêvez plus, mon amour, lui dit-il d'une voix légèrement brisée. Touchez-moi, et vous verrez que je ne suis pas un rêve.

Elle donna libre cours à ses fantasmes avec la plus grande aisance. Elle put enfin explorer pleinement ce corps, de ses mains et de sa bouche. Elle le mordit, puis le lécha, se colla à lui. Et il la plaqua de nouveau sur le sol, toute tremblante. La force de son désir balaya ses dernières réticences, et elle glissa la main entre ses cuisses. Il l'embrassa alors avec une telle fougue qu'elle crut un instant qu'il allait la dévorer. Leurs mains s'aventuraient de plus en plus loin. Il lui caressa les hanches et plongea vers son intimité. Elle s'enroula autour de lui en gémissant lorsqu'il saisit entre ses doigts le tendre bouton de sa féminité, attisant dans un spasme le feu qui consumait sa chair. Elle recula et se mit à genoux, l'embrassa, lui mordilla les lèvres, puis planta ses ongles dans son dos et descendit jusqu'aux fesses dont elle pétrit les muscles souples et fermes.

Elle ne pensait plus à rien, ni à Dieu ni au diable, lorsqu'elle s'empara de son membre érigé et le caressa. Elle eut le sentiment qu'une force magique avait pris possession de son âme et l'enhardissait sans limites.

Jon haletait, la serrait contre lui. Sa voix était devenue rauque. Il la saisit soudain par les épaules et la renversa brutalement sur le sol en la couvrant de son corps. Elle faillit suffoquer lorsqu'il s'enfonça en elle, et elle cria à plusieurs reprises quand les vagues ardentes du plaisir les submergèrent dans un éblouissement ultime de tous leurs sens.

Après l'amour, cette fois, il resta silencieux. Il la garda enlacée et lui caressa les cheveux en regardant le ciel. Ils restèrent ainsi allongés jusqu'à ce que Carly commençât à frissonner.

— Vous avez froid, lui dit-il.

Il se leva et réunit leurs vêtements éparpillés. Voyant le désordre dans les cheveux de la jeune femme, il entreprit d'en ôter les feuilles.

— Nous aurons du mal à arranger cela! Ils se rhabillèrent rapidement.

— J'espère que les autres dorment encore, dit Carly d'un air ennuyé. Sinon…

— Sinon?

— Ils devineront ce qui s'est passé.

Il l'aida à se relever en riant et l'attira près de lui.

— Je suis persuadé qu'ils se sont tous demandé pourquoi ce n'était pas encore arrivé.

Carly leva alors vers lui un regard soucieux.

— Vous êtes sûr que vous n'avez jamais… qu'il ne s'est jamais rien passé… entre vous et Jasmine?

— Encore une fois, Carly, la réponse est non.

Il ne pouvait pas mentir, pensa-t-elle. L'honnêteté se lisait dans ses yeux.

Il passa la main sur la nuque de sa compagne, puis lui caressa la joue.

— Comment vous sentez-vous, ici ? lui demanda-t-il.

— Très bien, acquiesça-t-elle en souriant. Sauf que toutes ces feuilles me démangent et que je ne pourrai sans doute pas utiliser la salle de bains avant une heure ou deux.

— Mais c'est vous qui avez choisi le moment, le lieu… et les feuilles. S'il n'avait tenu qu'à moi, un lit eût été préférable, pour cette première fois. D'ailleurs, il me semble que j'ai essayé.

— Vous ne comprenez pas, répondit-elle en baissant les yeux.

— Si, je comprends, dit-il doucement. Vous aviez le choix de l'endroit et de l'heure. Et vous avez opté pour les feuilles mortes.

— C'est vrai.

— Vous voulez peut-être rentrer ?

— Chez moi ?

— Non. Au château.

— Certainement pas. Attendez, je… Il est hors de question que je retourne au château. Pas maintenant.

— Bon sang, Carly, ne commencez pas ! répliqua-t-il, agacé.

Le ton de sa voix exaspéra Carly. Elle chercha à s'écarter de lui, mais il la tenait fermement par le bras.

— Vous êtes beaucoup trop émotive et, de plus, vous avez un sale caractère ! déclara-t-il en riant.

— Mais, Jon…

— Je veux que nous rentrions au château, Carly. Là-bas, vous pourrez prendre autant de bains que vous le voudrez. Allons, rentrons. Si nous bouclons nos bagages maintenant, nous pourrons être au château dans la soirée.

Elle n'eut pas la force de s'opposer à lui. Elle comprit alors qu'elle avait bel et bien rencontré le loup, son loup, dans la forêt.

Et qu'il avait revendiqué ses droits.

6.

Une petite voiture gris métallisé était garée dans l'allée du château lorsque le groupe arriva, tard dans la soirée.

Dès qu'elle la vit, Carly eut un petit pincement d'appréhension.

— C'est la voiture de l'inspecteur, murmura Jon en fronçant les sourcils. Je me demande ce qu'il fait ici.

Il contourna son propre véhicule et ouvrit la portière de Carly.

— Venez, allons voir ce qui se passe.

Il la prit par la main et se dirigea à grands pas vers l'entrée en la tirant presque derrière lui. Geoffrey, Alexi et Tanya les suivirent.

Ils entrèrent par la terrasse. Marie fut la première à les accueillir. Elle salua Carly, puis s'entretint rapidement avec Jon, le regard inquiet. Il lui adressa un signe de tête affirmatif, et entraîna rapidement Carly vers le hall.

— Que s'est-il passé ? demanda-t-elle.

— Un autre meurtre, répondit-il brièvement.

Elle se figea et frissonna de frayeur. Tout avait été tellement magique, jusque-là… L'enchantement s'était évanoui au moment même où ils avaient franchi les grilles du château. Ce meurtre dressait un mur entre elle et Jon qui était redevenu soudain dur et froid.

— Dépêchez-vous ! lui dit-il.

— Jon…, protesta-t-elle.

— Bon Dieu, Carly, ne traînez pas ! Je veux savoir ce qui s'est passé, cette fois-ci.

— Cette fois-ci ?

Il ne répondit pas. Ils étaient arrivés dans la bibliothèque. Carly l'attrapa par le bras avant qu'il n'ouvrît la porte.

— Jon, dites-moi quelque chose ! Pourquoi l'inspecteur est-il là ? Nous avons été absents toute une semaine. Aucun d'entre nous ne peut être impliqué dans cette affaire !

— La fille est morte depuis plus d'une semaine, dit-il en ouvrant la porte.

L'inspecteur Durand était assis sur le bord du bureau de Jon et se grattait le menton. Il se leva et tendit la main au maître des lieux.

— Désolé de cette intrusion, comte Vadim. J'ai appelé hier après-midi, et votre servante m'a dit que vous seriez de retour aujourd'hui dans la soirée.

Jon acquiesça. Carly nota l'inquiétude sur son visage.

— Vous nous avez demandé de toujours signaler où l'on pourrait nous joindre, et c'est ce que nous avons fait. Marie m'a dit que vous aviez retrouvé le corps.

Durand hocha la tête.

— Exactement comme l'an dernier.

— L'an dernier ? murmura Carly.

— Je suis navré, dit-il. Je ne voulais pas vous alarmer, madame Kiernan. J'ai pensé que votre hôte vous en avait déjà parlé.

Jon eut un léger haussement d'épaules.

— Tous les jours, des gens meurent de mort violente. Je ne suis pas obligé d'en parler chaque fois à Mme Kiernan.

— Mais, Jon, c'était Rochelle ! lui fit remarquer Alexi.

— Rochelle ? demanda Carly.

— Une adorable jeune fille du village qui travaillait au château, expliqua l'inspecteur. Elle n'avait que dix-huit ans. On a trouvé son corps atrocement mutilé dans une caverne au milieu des bois, sur les terres du comte.

Il guetta la réaction de Carly. Elle s'efforça de rester impassible, à l'exemple de Jon, et pria intérieurement pour que son amant n'eût rien à voir avec ce crime.

— Qu'en est-il, cette fois ? demanda Jon.

L'inspecteur sortit une photo de sa poche et la lança sur le bureau. Ils s'approchèrent tous d'un même mouvement. Tanya pâlit aussitôt, et Carly se dit qu'elle-même ne devait pas faire meilleure figure.

La jeune fille sur la photo avait de longs cheveux blonds épais et bouclés, des yeux très sombres, et elle souriait d'un air tendre et innocent.

— Où l'avez-vous découverte ? demanda Jon.

— Dans une caverne, répondit l'inspecteur en remettant la photo dans sa poche.

Jon se dirigea vers l'un des tiroirs de son bureau d'où il sortit des verres et une bouteille de cognac.

— Quelqu'un veut-il un peu d'alcool ? proposa-t-il poliment.

Tout le monde accepta.

— Vous ne semblez pas particulièrement attristé, comte, dit l'inspecteur sur un ton de reproche. Carly baissa les yeux sur le verre que lui tendait Jon. Elle devait reconnaître que Durand avait raison.

Jon prit son temps avant de répondre. Il épiait la réaction de Carly mais ne semblait ni choqué ni horrifié. Il avait l'air tout simplement indifférent. Il servit un verre à chacun de ses hôtes.

Il but ensuite une gorgée de cognac et reposa sèchement son verre sur le bureau.

— Au contraire, inspecteur, répondit-il enfin. Cette affaire me préoccupe beaucoup plus que vous ne l'imaginez. Le meurtre s'est produit sur ma propriété, et c'est moi que vous semblez accuser.

— Je n'accuse personne pour le moment.

— Certes, mais vos insinuations sont sans ambiguïté, et je trouve cela extrêmement offensant.

— Mon métier m'oblige à poser des questions, un point c'est tout. D'après le médecin légiste, la fille a été tuée il y a à peu près dix jours. Sa gorge a été littéralement arrachée, comme si une bête fauve s'était acharnée sur elle.

— Un loup, peut-être ? suggéra Geoffrey.

— Les loups ne déshabillent pas leurs victimes, monsieur Taylor. Pas plus qu'ils ne leur joignent les mains en position de prière. Non, ce crime est l'œuvre d'un homme.

— Ou d'une femme..., rectifia Tanya.

— Qu'est-ce qui vous fait croire cela ? coupa sèchement l'inspecteur.

Tanya sursauta presque.

— Je ne sais pas, moi. L'égalité des sexes, peut-être ?

L'inspecteur Durand lui lança un regard noir, puis se tourna vers Carly.

— Toujours aucune nouvelle de votre sœur, madame Kiernan ?

— Non, euh... toujours rien, reconnut Carly.

Elle regarda Jon, l'air vaguement coupable. Ce dernier n'avait cessé de l'observer froidement. Elle se dit qu'il y avait bien un mur entre eux, désormais.

Un sourire moqueur flotta un instant sur son visage.

— Je ne serais pas surpris que Mme Kiernan trouve un billet de sa sœur Jasmine dans sa chambre, déclara-t-il.

— Comment ? s'écria Carly.

— Marie m'a averti qu'on avait fait suivre une lettre de votre domicile jusqu'ici. Elle vient d'arriver.

— Vous permettez, inspecteur ? demanda-t-elle vivement.

— Mais je vous en prie. Cette lettre pourra peut-être nous aider.

Carly acquiesça d'un signe de tête, et sortit en courant.

L'étage était à peine éclairé. Elle longea l'ancien couloir dallé de marbre en réfléchissant aux derniers événements. Un an auparavant, une innocente jeune fille avait été sauvagement assassinée, et voilà qu'on s'en prenait une nouvelle fois à une adolescente à qui l'on volait sa beauté et sa vie. Ici même.

Et, de toute évidence l'inspecteur soupçonnait Jon Vadim.

Carly fit une pause en arrivant à la porte de sa chambre.

Les deux victimes avaient été sauvagement égorgées, comme par un animal furieux…

— Non ! dit-elle à voix basse.

Elle ouvrit la porte et s'immobilisa aussitôt. Il lui avait semblé entendre un bruit, une sorte de léger bourdonnement. Son sang se glaça dans ses veines. Quelqu'un était dans sa chambre. Une présence furtive et discrète.

Elle respira profondément et alluma le plafonnier. La chambre était vide. Les portes-fenêtres donnant sur le balcon étaient fermées à clé. Son sac de voyage était posé sur le tapis au pied du lit.

Elle prit son courage à deux mains, se précipita vers la salle de bains et tourna l'interrupteur. Il n'y avait rien non plus de ce côté-là.

Elle en conclut que cette présence, ce bourdonnement, tout cela n'était, en définitive, que le fruit de son imagination.

Elle repensa aussitôt à la lettre et courut jusqu'à la coiffeuse où une enveloppe couverte de tampons avait été déposée. Elle laissa échapper un petit cri en reconnaissant l'écriture de Jasmine.

Elle prit la lettre et la décacheta d'une main tremblante.

« Carly,

» J'ai essayé de t'appeler toute la nuit. Où étais-tu passée ? Tu sais que je déteste écrire, mais ce que j'ai à te dire est très important. Ne viens pas ! S'il te plaît, ne viens pas. Aussi étrange que cela puisse paraître, moi-même je m'en vais. Ça peut être dangereux, ici. Tu penses sans doute que je dramatise à l'excès, mais fais ce que je te dis. Tu me connais. Je t'adore. Reste chez toi. Je t'expliquerai plus tard, c'est promis.

Jasmine »

Carly lut la lettre une nouvelle fois, puis la retourna pour examiner les différents tampons. Apparemment, Jon avait dit la vérité.

Un léger bruit la fit sursauter, et elle faillit hurler. Elle tourna la tête vers la porte de la chambre en portant la main à sa gorge. Le couloir était toujours dans la pénombre. Une silhouette sombre et masculine se détachait dans l'encadrement de la porte. Elle reconnut Jon immédiatement. Cet homme qu'elle avait si intensément désiré et qui lui avait procuré tant de bonheur l'effrayait, à présent.

— Vous l'avez trouvée ? demanda-t-il en s'approchant. Carly hocha la tête, incapable de parler.

— Je peux ? demanda-t-il en désignant la lettre.

Il caressa doucement la nuque de Carly, mais elle s'écarta d'un geste vif. Il la regarda, étonné, laissa retomber son bras et s'intéressa de nouveau à la lettre qu'elle tenait à la main.

— Dieu merci ! dit-il lentement. Au moins, me voilà blanchi de ce côté-là.

— Oui, dit Carly.

Il releva les yeux vers elle. Elle tenta de sourire mais n'y parvint pas. Elle était tétanisée. Il se tut un instant, puis demanda :

— Puis-je la montrer à l'inspecteur ?

— Oui, oui, bien sûr.

Il lui fit signe de passer devant lui. Elle voulut se retourner, lui dire qu'elle était désolée, mais désolée de quoi ? La plus grande confusion régnait dans son esprit. Au fond d'elle-même, elle savait qu'il n'était pas un meurtrier. Ce qui lui faisait peur, en revanche, c'était de croire en son innocence uniquement parce qu'elle était tombée follement amoureuse de lui.

Il resta silencieux pendant tout le trajet jusqu'à la bibliothèque et ne la toucha pas.

Tanya venait d'entamer son deuxième ou troisième cognac. Alexi et Geoffrey s'arrêtèrent de parler et regardèrent vers Jon, l'air gêné.

— Eh bien, dit l'inspecteur, heureusement que cette lettre-là n'a pas disparu !

— En effet. La voici, dit Jon.

L'inspecteur Durand la lut rapidement et se tourna vers Carly.

— Apparemment, votre sœur se porte bien.

— Oui, répondit Carly. C'est ce que j'espère, en tout cas.

— Elle fait allusion à un danger, ajouta-t-il à l'intention de Jon. Celui-ci prit un air exaspéré.

— Jasmine a toujours eu un grand talent pour dramatiser. Qui peut savoir ce qu'elle avait en tête ?

— A votre avis, pourquoi est-elle partie si vite, alors qu'elle avait initialement prévu de rester pour votre soirée ? poursuivit l'inspecteur.

— Je ne sais pas.

— J'ai cru comprendre que vous aviez eu une dispute.

Jon jeta un regard mauvais en direction d'Alexi et de Geoffrey.

— J'ignore ce qu'on a pu vous raconter, mais il n'y a eu aucune dispute entre Jasmine et moi. Sa sœur vous le dira : Jasmine a un tempérament un peu vif. Il aura suffi qu'elle n'apprécie pas l'organisation de la soirée pour qu'elle décide de partir.

L'inspecteur hocha la tête en souriant.

— J'ai également appris qu'un jour ou deux avant cette soirée, elle était sortie précipitamment de l'écurie en hurlant.

Jon fronça les sourcils et hésita.

— Quelque chose l'aura effrayée.

— Elle s'est peut-être fait agresser, suggéra l'inspecteur. Jon tendit les bras en avant.

— Vous m'arrêtez, inspecteur ? Sinon, pardonnez-moi, mais je suis très fatigué. Et je suis las de vos insinuations. Si vous n'avez rien de plus concret…

— Non, je n'ai rien d'autre. L'inspecteur salua le petit groupe.

— Je vous demanderai, toutefois, de ne pas quitter le pays, ni les uns ni les autres.

Il sourit à Carly.

— A ce propos, je trouve curieux qu'aucun poste frontière n'ait gardé de traces du passage de votre sœur.

— Comment ? demanda Carly avec inquiétude.

— Il n'y a là aucun mystère, assura Jon. C'est à peine s'ils jettent un coup d'œil aux passeports.

— Mais Jasmine a un passeport américain et, dans cette région, ils sont plutôt stricts avec les Américains.

— Jasmine n'a qu'à battre des paupières pour qu'on la laisse passer n'importe où, répondit sèchement Jon.

Carly eut un nouveau frisson. Il semblait si bien connaître sa sœur, en dépit de tout ce qu'il lui avait dit. Elle se laissa tomber dans l'un des lourds fauteuils de la bibliothèque. Si seulement elle avait pu voir Jasmine, lui parler, la toucher…

Elle était effrayée, et elle continuerait à se faire du mauvais sang tant qu'elle ne l'aurait pas retrouvée.

Elle leva la tête. L'inspecteur était en train de leur souhaiter une bonne nuit. Jon sortit avec lui. Quand la porte de la bibliothèque fut refermée, Geoffrey, Alexi, Tanya et Carly se regardèrent en silence.

— Ne soyez pas absurdes ! s'écria soudain Tanya. Ce n'est pas Jon !

— Bien sûr que non, dit Geoffrey. Si le simple fait de se trouver au château constitue un mobile, il me semble que nous étions tous là, l'an dernier, quand l'autre fille a été assassinée. A l'exception de Carly, bien sûr.

Puis il se tourna vers les autres en bâillant.

— Excusez-moi, je vais me coucher. Bonne nuit à tous !

Tanya se leva.

— Je monte aussi, dit-elle. Je suis épuisée. Souhaitez bonne nuit à Jon de ma part, voulez-vous ?

Elle sortit derrière Geoffrey tandis que Carly restait seule avec Alexi. Celui-ci prépara deux verres de cognac et en plaça un dans la main de Carly, qui était toujours choquée par la tournure que prenaient les événements.

— Tout va bien. Ne vous inquiétez pas, lui dit-il.

— Pourquoi l'inspecteur s'acharne-t-il autant sur Jon ? demanda-t-elle.

Alexi parut soudain mal à l'aise et hésita avant de répondre :

— Eh bien, les Vadim sont une famille très ancienne, plus ancienne encore que ne le sont les légendes qui courent sur Vlad

Drakul. Leurs titres de noblesse datent de bien avant la christianisation de cette région…

— Alexi, pour l'amour du ciel, dites-moi la vérité! Il fit un geste évasif de la main.

— Ce sont des légendes, vous savez…

— Non, je ne sais pas.

— Ce pays est plein de vieilles superstitions. Les nuits de pleine lune, on entend les loups hurler. Les gens mettent des crucifix un peu partout et disent leurs prières chaque fois qu'ils doivent traverser la forêt.

— Continuez.

— Certaines légendes parlent de créatures mi-hommes, mi-loups.

— Voyons, Alexi! Essayez-vous de me dire que Jon est un loup-garou? Je vous en prie! Son visage s'empourpra.

— Non, je n'ai pas dit que Jon était un loup-garou. Simplement, les gens d'ici croient à la magie et aux malédictions. Il existe une maladie…

— Une maladie?

— La lycanthropie. J'ai lu certains rapports. En 1850, un pauvre dément s'est pris pour un loup et a égorgé une vingtaine de jeunes gens des deux sexes avant d'être pris en flagrant délit : il était en train de dévorer un cœur humain. Il ne tuait que les nuits de pleine lune.

Un toussotement impatient les fit tous les deux sursauter. Jon était revenu discrètement et fixait sur eux des yeux glacés de colère.

— Nom de Dieu, Alexi! Qu'est-ce que c'est que ces sornettes? hurla-t-il.

— Ce n'est rien, Jon.

Alexi était devenu livide. Il lança un regard désolé à Carly.

— Je lui parlais d'une légende locale, c'est tout. Jon, réfléchissez : ces meurtres sont vraiment bizarres.

Jon contourna le bureau, s'enfonça dans son fauteuil et regarda fixement Carly. Celle-ci sentit son cœur s'emballer sans bien savoir si c'était de peur ou de désir. Elle repensa alors à Jasmine et détourna son regard, consciente de la position de faiblesse dans laquelle elle se mettait et qui n'avait pas échappé à Jon.

Elle se leva brusquement.

— Je vais me coucher, lança-t-elle.

— Carly, restez, s'il vous plaît, dit Jon d'une voix calme mais ferme.

Puis il se tourna vers Alexi.

— Si vous voulez bien nous excuser, Alexi, il est tard et j'aimerais avoir une petite conversation avec Carly, seul à seule.

— Mais certainement, répondit Alexi en jetant un coup d'œil attristé à Carly.

— Je suis très fatiguée, moi aussi, Jon…, commença-t-elle.

Mais Jon s'était déjà levé et faisait le tour du bureau pour se placer entre Carly et la porte. Elle savait qu'il était prêt à l'arrêter physiquement s'il le fallait, sans se soucier de la présence d'un tiers.

— Alors, bonne nuit, dit Alexi. Puis il se retira après les avoir longuement regardés l'un et l'autre. Jon lui souhaita à son tour une bonne nuit sans quitter Carly des yeux. La jeune femme se sentait paralysée. Elle se demandait avec angoisse ce que pensait Jon.

Il s'approcha d'elle, posa les lèvres sur les siennes et l'attira contre lui.

— Vous avez peur de moi, n'est-ce pas ?

— Non.

— Vous mentez.

— Je ne mens pas. Seulement…

— Seulement quoi ?

— Rien.

Elle ne savait plus que penser. Des sentiments contradictoires se bousculaient dans sa tête. L'eau-de-vie rendait ses idées un peu confuses, mais elle savait que jamais elle ne pourrait échapper à la fascination que cet homme exerçait sur elle. Si, aujourd'hui, elle devait le quitter, la force hypnotique de son regard doré et la chaude vibration de sa voix resteraient pour toujours gravées dans sa mémoire.

Il caressa doucement son visage, et plongea les yeux dans les siens.

— Vous avez peur, répéta-t-il. Vous devriez partir, prendre un avion pour New York et rester bien à l'abri dans votre petit nid.

— Vous voulez que je parte ?

Il secoua la tête.

— Je... je vous veux ici. Près de moi. A moins que vous ne préfériez écouter tout ce qu'on vous raconte. Je vois bien que vous êtes terrorisée.

— J'ai sans doute de bonnes raisons pour cela. Carly perçut la tension derrière son sourire.

— Alors, partez, lui dit-il. Je ne veux pas d'une femme qui se crispe quand je la touche.

Il la relâcha et, d'une voix où perçait la déception, il ajouta :

— Allez-vous-en, Carly. Retournez donc dans votre chambre et enfermez-vous à double tour.

— Pour me protéger de vous ? demanda-t-elle d'une voix oppressée.

Il ne répondit pas. Elle était furieuse et se sentait humiliée. Elle fit trois pas vers la porte, puis s'arrêta.

— Demain matin, j'aurai quitté le château.

— Vous rentrez aux Etats-Unis ?

— Non. Je veux voir ma sœur.

— Ça ne va pas être simple, je vous le garantis.

Elle lui adressa un petit sourire glacé, puis quitta la bibliothèque en claquant violemment la porte derrière elle.

Le couloir était vide et froid. Elle traversa la terrasse en courant et grimpa les marches de l'escalier aussi vite qu'elle le put. Arrivée sur le palier, elle entendit les premiers hurlements des loups, et une peur indicible se réveilla en elle. Elle se précipita vers sa chambre et s'y enferma.

Son cœur battait bien trop vite. Elle vérifia la salle de bains, revint dans la chambre en soupirant et se laissa tomber au pied de son lit, les bras croisés sur la poitrine.

C'était la première fois qu'elle vivait une telle passion. Certes, elle avait déjà été amoureuse, profondément amoureuse, mais cet amour s'était installé d'une manière douce et progressive, et jamais une ombre n'était venue l'obscurcir.

Même la mort était venue lentement. Elle et Tim s'étaient battus longtemps contre le cancer qui le rongeait. Chaque jour avait été marqué par l'effort et la douleur.

Tout était tellement différent, aujourd'hui.

Jamais elle n'aurait imaginé qu'en s'abandonnant aux bras de cet homme, elle se perdrait irrémédiablement, sans réserve et sans honte.

Mais deux jeunes filles avaient été assassinées d'une manière sordide, et sa propre sœur avait disparu.

L'homme qui lui avait volé son cœur était peut-être un assassin.

Elle enfila sa chemise de nuit, puis se mit au lit, mais elle se sentait trop nerveuse pour pouvoir dormir.

L'épuisement eut, néanmoins, raison de sa frayeur, et elle sombra dans un profond sommeil.

Une fois de plus, elle rêva du loup, de ce même loup au pelage argenté et qui se métamorphosait en homme. Jon...

Carly lutta, se débattit et parvint finalement à se réveiller, haletante et le corps en sueur.

Un léger parfum d'homme flottait dans la chambre. Elle rêvait encore, se dit-elle. A moins que ce ne fût le cognac...

Les yeux écarquillés dans l'obscurité, elle chercha à se convaincre qu'elle se trompait, qu'il ne s'agissait pas de ce parfum si évocateur, qu'elle connaissait si bien. Mais il n'y avait pas d'erreur possible...

Elle prononça son nom à voix haute, se redressa dans son lit et alluma. La chambre était vide.

Elle vérifia les portes et regarda une nouvelle fois dans la salle de bains. Personne.

Les portes-fenêtres s'ouvrirent alors brutalement sous l'effet d'un grand coup de vent. Carly hurla. Le balcon était vide, lui aussi.

Le ciel se teintait de gris et de rose, et un vent froid et violent s'engouffra dans la pièce. Une tempête se préparait.

Elle courut refermer les portes-fenêtres en luttant contre le vent. Une autre bourrasque les rouvrit presque aussitôt, balayant la chambre d'un courant d'air glacé. Carly s'avança sur le balcon et se pencha sur la balustrade.

Le loup était là.

Un grand loup argenté qui se tenait assis en contrebas et hurlait dans la nuit sa sinistre plainte. Il leva ensuite la tête, et Carly eut l'impression que c'était elle qu'il regardait. Il poussa une nouvelle fois son cri lugubre, puis s'enfuit en direction des bois, souple et puissant.

La vent redoubla de vigueur, chargé des premiers frimas de l'hiver. Carly dut pousser de toutes ses forces pour refermer les portes-fenêtres. Elle alla ensuite prendre une chaise et la coinça sous la poignée.

Elle regagna son lit en grelottant, et se blottit sous les couvertures. Elle comprit alors qu'elle était purement et simplement terrorisée.

Elle allait devoir quitter cet endroit si elle ne voulait pas devenir folle.

7.

Le lendemain matin, Carly était toujours là.

Elle dormit tard et se réveilla fatiguée, fiévreuse et vaguement irritée par ses impressions de la nuit, réelles ou imaginaires. Elle sortit lentement du lit. Le monde autour d'elle paraissait étrangement silencieux. Elle s'approcha de la fenêtre et aperçut dans la cour Jon qui montait Satan. L'étalon piaffa nerveusement, puis elle les vit partir vers les bois au galop.

Elle resta un moment devant la fenêtre, le regard perdu dans le vide.

Elle devait partir. L'inspecteur leur avait demandé de ne pas quitter le duché, mais elle pouvait toujours reprendre une chambre à l'hôtel du village. Une fois hors du château, elle se sentirait enfin libérée de l'emprise hypnotique que le comte exerçait sur elle.

Un homme sur lequel pesaient de terribles soupçons.

Elle secoua la tête pour chasser cette idée. Elle l'aimait, c'était évident, et elle se devait d'avoir confiance en lui.

Après s'être habillée, elle descendit tranquillement l'escalier et se rendit sur la terrasse où elle trouva Geoffrey qui lisait un manuscrit en sirotant son café.

— Heureux de vous voir, Carly. Je commençais à me sentir seul, ici.

— Vous avez l'air fort occupé.

— Pas du tout. Asseyez-vous, je vous en prie.

Une servante apparut comme par enchantement et demanda à Carly ce qu'elle désirait pour le petit déjeuner. Elle commanda du café et des toasts. Lorsqu'elle fut servie et qu'ils se retrouvèrent de nouveau seuls sur la terrasse, Carly demanda à Geoffrey ce qu'il lisait.

— C'est le texte de ma prochaine pièce, répondit-il. Notre prochaine pièce. Vous êtes toujours d'accord pour travailler avec moi, n'est-ce pas ?

Carly acquiesça, ravie. Elle se sentait encore un peu intimidée. Il ne connaissait que la robe qu'elle avait dessinée pour le bal costumé, et cela l'avait convaincu de l'engager pour la prochaine saison théâtrale.

— Je vais vous en donner une copie, dit-il. Carly prit un peu de café et reposa sa tasse.

— Combien de temps avez-vous prévu de rester ici ? demanda-t-elle.

— Oh, il faut juste que je sois rentré pour le 15 janvier. Cela dit, j'aurai besoin de vous à partir de cette date-là. Dieu merci, nous avons suffisamment de temps devant nous. A moins que l'inspecteur trouve une bonne raison pour nous arrêter tous !

Sans trop savoir pourquoi, Carly décida de se ranger aux côtés de l'inspecteur Durand.

— Des gens sont morts. Il doit découvrir ce qui s'est passé.

Geoffrey eut un sourire ironique.

— Carly à la rescousse ! Jasmine m'a dit un jour que, dès qu'il s'agissait de partir en croisade, vous pouviez être redoutable.

— Je ne pars pas en croisade, je…

— Vous avez peur ?

— Non, pas vraiment, répondit-elle un peu trop vite.

Il haussa les épaules et reprit :

— Ne les laissez pas vous effrayer. Je connais Jon depuis très longtemps. Il est tout ce qu'on voudra sauf un meurtrier psychopathe. Et Alexi peut raconter ce qu'il veut.

— Que raconte-t-il ?

— Oh, toutes ces histoires de lycanthropie et de loups-garous, vous voyez ce que je veux dire ! Ce ne sont là que des superstitions.

— Alexi est un garçon charmant.

— Et revoilà notre chevalier blanc !

Carly grignota son toast d'un air pensif, consciente du sourire amusé de Geoffrey.

— Si seulement Jasmine pouvait appeler, murmura-t-elle en espérant vaguement qu'il la rassurât sur ce point.

Mais il ne dit rien. Elle tourna alors les yeux vers lui. Il semblait plongé dans ses pensées.

— Geoffrey ? demanda-t-elle.

— Je ne sais pas. Jasmine est comme le vent. C'est une très belle femme, et nous l'aimons tous, mais elle est plus insaisissable qu'un feu follet. Pourtant…

— … pourtant quoi, Geoffrey ? Dites-moi.

— Eh bien, je réfléchissais… Il y a bien eu cette fois où elle et Jon…

— Que s'est-il passé avec Jon ?

— Pas grand-chose, en fait, dit-il, l'air vaguement coupable. L'an dernier, Jasmine et lui étaient censés organiser ensemble la soirée de Halloween. Mais c'est surtout votre sœur qui a choisi les invités. Bien sûr, Jon ne voyait aucun inconvénient à ce qu'elle invitât autant de monde, d'autant que tous les convives participaient à ses œuvres de charité, mais… en réalité, c'était la soirée de Jasmine. Et, cette année, bien sûr, elle vous a invitée.

— Bien sûr, dit Carly. Est-ce tout, Geoffrey ?

— Oui, c'est tout. Il ne s'est rien passé d'autre, je vous assure.

Elle aurait voulu le croire, mais elle continuait à se poser des questions à propos de sa sœur et de Jon. Elle pria pour qu'il lui eût dit la vérité. Geoffrey l'observait d'un œil compatissant.

— Carly, Jon est parti à cheval, Tanya et Alexi dorment encore. Que diriez-vous d'aller faire un tour au village ? proposa-t-il joyeusement.

Carly n'en avait même pas le courage. Elle remercia Geoffrey, mais refusa de l'accompagner en lui expliquant qu'elle préférait rester pour lire la pièce. Il lui remit le manuscrit et la laissa seule sur la terrasse. Elle essaya de lire, mais son esprit était totalement absorbé par Jon Vadim.

Quand ils se revirent, ce soir-là, ils se montrèrent tous deux froids et distants. Tôt dans la soirée, la jeune femme s'excusa et monta se réfugier dans sa chambre. Allongée sur son lit, elle comprit qu'elle ne désirait qu'une chose : qu'il vînt la rejoindre et s'efforçât de nouveau de la convaincre de son innocence. Elle voulait le croire, de toutes ses forces.

Mais elle n'avait toujours pas confiance en lui. Elle se sentit horrifiée à l'idée qu'il pût s'être servi d'elle uniquement pour remplacer Jasmine.

Qu'était-il donc advenu de sa sœur ?

Une fois de plus, Carly s'endormit en se promettant de quitter le château le lendemain. Et, une fois de plus, elle n'en fit rien.

Quand elle descendit sur la terrasse pour le petit déjeuner, elle tomba sur une Tanya esseulée qui lui expliqua que Jon et l'inspecteur s'étaient enfermés dans la bibliothèque. Après avoir bu leur café et grignoté quelques croissants, elles décidèrent d'un commun accord de faire une visite du château.

Carly fut émerveillée en découvrant l'imposante salle de bal, le salon de musique, le solarium et d'autres pièces plus récentes. Elles passèrent par le fumoir jadis réservé aux hommes, et par un délicieux boudoir rajouté dans les années 30. Tanya se moqua gentiment de Carly lorsqu'elle hésita avant d'entrer dans la chambre de Jon.

La pièce semblait avoir été imaginée par un décorateur de cinéma. Une série de portes à la française ouvraient sur un vaste patio, tandis qu'un dais circulaire surplombait un grand lit à baldaquin aux colonnes délicatement sculptées. Un large bureau en chêne massif trônait dans un coin de la chambre, et de confortables fauteuils étaient disposés face à une imposante cheminée. Une alcôve accueillait une petite table ronde et deux chaises pour les dîners en tête à tête.

— Un coup d'œil dans les tiroirs ? suggéra Tanya d'un air malicieux.

— Non ! s'exclama Carly.

Il lui était suffisamment pénible de se trouver dans sa chambre quand tout ce qui les avait rapprochés paraissait déjà si lointain. Elle mourait du désir de le retrouver et de se blottir dans ses bras, mais elle ne pouvait se l'autoriser. Il n'était plus question de se comporter comme une oie blanche.

Ce soir-là, pendant le dîner, Jon fut un hôte parfait. Carly décida de ne pas regagner sa chambre comme elle l'avait fait la veille et de rester près de lui. Malheureusement, ce fut Jon qui s'excusa après le repas. Elle se sentit très mal à l'aise pendant les conversations qui accompagnèrent les alcools et les liqueurs.

Elle rêva de nouveau du loup, cette nuit-là. Il s'approchait de plus en plus. Son pelage argenté était épais et luisant, et il fixait sur elle ses prunelles dorées. Carly pouvait nettement percevoir le danger, mais cela ne l'empêcha pas de lui ouvrir les bras. La brume les enveloppa tandis qu'il s'avançait sur elle et, dans la seconde qui suivit, il se transforma en un homme souple, viril et fascinant. Elle cria lorsqu'il se jeta sur elle. Qu'il fût homme ou bête n'avait plus aucune importance. Elle le voulait. Elle voulait le toucher et être aimée de lui…

Les jours passèrent dans une sorte de tension mélancolique. Carly lut la pièce de Geoffrey. Puis elle explora les sous-sols avec Tanya et Alexi. Apparemment, personne n'y mettait plus les pieds depuis très longtemps.

Derrière la cave à vins, dans des pièces voûtées couvertes de poussière et de toiles d'araignées se trouvaient les anciens cachots. Un peu plus loin, en empruntant un étroit couloir de pierres grises suintantes d'humidité, ils débouchèrent dans la salle des tortures, avec son attirail de chaînes et d'anneaux, de fouets, de pinces et de carcans d'acier rouillé.

— Quels braves gens, n'est-ce pas ? chuchota Alexi.

Carly ne tenta même pas de sourire. Elle n'aimait pas du tout cette partie du château.

— Il faudrait donner un bon coup de balai dans cette cave, dit-elle.

— Vous plaisantez ? s'écria Tanya. Cet endroit présente une grande valeur historique.

Alexi expliqua à Carly de quelle manière les ancêtres du comte utilisaient les divers instruments de torture, et lui montra les taches de sang sur les murs. La jeune femme sentit une onde glacée lui parcourir le dos.

— Comment se passe la visite ? demanda brusquement une voix dans la pénombre.

Carly sursauta, et poussa un cri. Tanya et Alexi, quant à eux, étaient trop paralysés pour prononcer le moindre mot.

C'était Jon. Il était arrivé silencieusement et se tenait debout devant la faible lumière d'une ampoule, de sorte que Carly ne pouvait voir son visage. La colère transparaissait dans sa voix.

Il entra dans la pièce, se saisit d'un vieux fouet accroché au mur et souffla dessus pour en enlever la poussière.

— J'imagine que cet objet pourrait fort bien arracher quelques livres de chair à n'importe qui, dit-il froidement.

Il le fit claquer, et le bruit sec résonnant dans l'air arracha un gémissement à Carly. Leurs regards se croisèrent. Il n'y avait aucune chaleur dans celui de Jon. Il posa le fouet et se tourna vers Alexi en souriant.

— Mon cher, il semble que vous dramatisiez un peu rapidement. Vous devriez savoir qu'aucun de mes ancêtres n'a jamais pratiqué la torture.

Le regard froid, il se tourna vers les deux femmes, et poursuivit :

— Nous nous contentions de désigner les victimes. Nos hommes de main se chargeaient de les fouetter jusqu'à l'os ou de leur briser les membres.

Tout le monde le regardait en silence.

— Amusez-vous bien, ajouta-t-il. Puis il fit demi-tour et s'éloigna dans un claquement de bottes.

Tanya frissonna.

— Mon Dieu, qu'est-ce qui lui a pris ?

— Comment a-t-il pu surgir sans qu'on l'entende ? demanda Alexi.

Carly songea au déplacement furtif des loups dans la forêt. Elle se sentait profondément troublée. Coupable, aussi. Ne rôdait-elle pas dans le château de Jon Vadim en se permettant de juger ses ancêtres ?

— Sortons d'ici, proposa-t-elle.

— Vous avez raison, sortons, dit Alexi.

Geoffrey était seul quand Carly rejoignit la terrasse pour dîner. Elle lui expliqua ce qui s'était passé et lui demanda si, à son avis, ils avaient pu offenser Jon. Geoffrey haussa les épaules.

— J'en doute. Jon connaît bien Alexi.

— Je sais, mais est-ce qu'il y a toujours autant de cadavres, d'habitude ?

Geoffrey prit son temps avant de répondre.

— Non, dit-il avec un profond soupir. J'aimerais que l'inspecteur s'occupe un peu plus de trouver la vérité et un peu moins de Jon. Il a besoin qu'on le laisse tranquille.

— Pardon ? dit Jon qui venait d'arriver sur la terrasse. Qui doit-on laisser tranquille ?

Ils se retournèrent tous les deux. Il avait échangé les vêtements décontractés qu'il portait dans l'après-midi contre un élégant smoking noir, une chemise de soie et un gilet de velours. Il s'avança vers eux en souriant, un verre de whisky à la main.

— Carly s'inquiétait pour vous, expliqua Geoffrey.

— Vraiment ? dit Jon en reportant son attention sur elle. Comme c'est gentil !

Elle lui rendit son regard sans ciller mais ne dit rien. Il se tourna de nouveau vers Geoffrey.

— Vous avez raté une excursion dans le royaume des ténèbres, mon cher.

— Il m'est déjà arrivé de visiter les caves avec Alexi, lui rappela-t-il.

— C'est vrai. Je l'avais oublié.

— Si vous êtes gêné par ce qu'il y a dans la cave, pourquoi ne pas vous en débarrasser ? demanda Carly d'un ton cassant.

— Oui, m'dame Kiernan, bien, m'dame Kiernan.

— Je ne vois pas ce que cela a de drôle, répliqua-t-elle en se dressant face à lui.

Elle songea alors à ces caves sombres et humides où régnait une odeur de moisi. Dans ce labyrinthe de couloirs étroits et de cachots, une victime pouvait agoniser pendant des semaines, voire des mois sans que personne ne le sût.

Au regard scrutateur qu'il posa sur elle, elle devina qu'il avait lu dans ses pensées. Il s'approcha et lui présenta poliment une chaise, mais son visage n'exprimait que dédain.

Carly ne bougea pas. Il lui adressa un sourire de courtoisie, et elle daigna finalement s'asseoir sans un regard pour lui. Elle sentit son souffle sur sa nuque, et un frisson la parcourut tout entière.

« Parlez-moi, je vous en supplie ! aurait-elle voulu lui crier. Dites-moi la vérité, expliquez-moi ce qui se passe ! »

Elle était certaine, à présent, qu'il savait quelque chose et qu'il le lui cachait.

Tanya arriva à son tour et embrassa Jon sur la joue.

— Espèce de vieil ours ! Je reconnais que je n'avais pas le droit de m'aventurer dans le château sans vous le demander, mais, franchement, vous avez été horrible.

— Je suis ici chez moi, Tanya.

Elle prit place à la table sans dire un mot. Alexi tenta de détendre l'atmosphère par quelques plaisanteries sinistres de son cru, et la soirée se poursuivit, somme toute, agréablement.

Carly aurait bien voulu parler à Jon, mais, dès la fin du repas, il fut demandé au téléphone. Geoffrey et Alexi entamèrent une partie d'échecs. Tanya commençait à s'ennuyer, et Carly tenta de la distraire en lui parlant de tout et de rien pendant près d'une heure. Alexi mit Geoffrey échec et mat. Tanya bâilla, puis s'excusa avant de regagner sa chambre. Quelques minutes plus tard les deux hommes en firent autant, et Carly décida d'attendre seule sur la terrasse.

Jon ne revint pas.

Au bout d'une demi-heure, elle décida d'aller jeter un coup d'œil dans la bibliothèque. Arrivée devant la porte, elle entendit des voix et reconnut celle de Jon qui parlait rapidement en français sur un ton excédé.

Elle hésita un instant, puis frappa à la porte. Impatiente de savoir avec qui Jon pouvait bien se quereller, elle entra sans attendre la réponse.

Jon était assis derrière son bureau, en robe de chambre, une paire de lunettes sur le nez. Il était seul.

— Madame Kiernan, dit-il doucement, quelque chose ne va pas ?

— Cessez donc de me donner du Mme Kiernan, Jon. Avec qui étiez-vous en train de vous chamailler ?

— Je ne me chamaillais avec personne.

— Je vous ai entendu !

Il ouvrit un tiroir du bureau et en sortit un magnétophone.

— Je dictais des notes, c'est tout.

— Vous mentez !

Elle marcha à grands pas vers le bureau et s'y appuya des deux mains.

— Assez ! Vous me mentez, Jon. Vous me cachez des choses. Vous n'avez pas le droit d'agir ainsi !

Il se leva en fronçant les sourcils.

— Madame Kiernan, je suis désolé. S'il vous plaît…

— Non ! cria-t-elle.

Elle le haïssait lorsqu'il mettait ce mur entre eux et se comportait comme s'ils n'avaient été que de vagues relations.

— C'en est assez !… Cessez ce petit jeu !

Elle se retourna et partit en courant. Il la rappela aussitôt, mais elle avait déjà traversé la terrasse. Elle grimpa l'escalier quatre à quatre et s'enferma dans sa chambre.

Cet homme lui faisait perdre la raison.

Elle l'avait bien entendu se quereller avec quelqu'un.

Etait-ce avec lui-même ?

Elle se jeta en travers du lit, découragée. Elle regrettait de ne pas avoir étudié le français plutôt que l'allemand, à l'université de Columbia. Si seulement elle avait pu comprendre ce qui s'était dit dans la bibliothèque !

Frustrée et déçue, elle se déshabilla et enfila sa chemise de nuit. Elle s'apprêtait à éteindre lorsqu'elle entendit des pas dans le couloir. Son pouls s'accéléra. C'était Jon qui venait lui parler. Il allait de nouveau la prendre dans ses bras, et elle croirait tout ce qu'il lui dirait… Elle lui ferait confiance.

On frappa discrètement à une porte. Mais c'était celle de Tanya. Quelques secondes plus tard, le rire étouffé de Tanya lui parvenait, depuis le couloir.

— Te voilà ! Entre vite !

Carly tendit l'oreille pour en entendre davantage, mais tout était redevenu silencieux.

Elle bondit jusqu'à sa porte et regarda dans le couloir. Celle de Tanya s'était déjà refermée.

— Et m… !

Elle réfléchit et se dit qu'après tout, il suffirait d'en parler à Tanya le lendemain matin. Celle-ci aurait probablement agi de même avec elle si les rôles avaient été inversés.

Allongée dans son lit, Carly s'efforça de faire le point. Plusieurs personnes avaient été assassinées, et il se pouvait que Jon fût impliqué dans ces crimes. Elle-même aurait pu mourir, la première nuit, quand le cocher avait été tué.

Et sa propre sœur avait disparu.

Carly pensait constamment à Jon. Durant le dîner, chaque fois que son regard s'était tourné vers elle, son cœur s'était mis à battre violemment. Et, lorsqu'il s'était approché d'elle et qu'elle avait senti son souffle sur sa nuque, une vague de désir s'était emparée d'elle.

Elle finit par s'endormir d'un sommeil agité.

Au milieu de la nuit, elle fut réveillée par son instinct qui lui soufflait qu'il était là, dans la chambre. Le parfum de son eau de toilette n'était pas une illusion. Il lui suffirait d'ouvrir les yeux pour le voir devant elle, et alors, il ne pourrait plus se dérober.

Si, toutefois, il était réel. Carly ouvrit les yeux. Elle était seule.

— Va au diable! dit-elle à voix basse.

Puis elle sentit sa gorge se nouer, et elle eut envie de pleurer. Jon Vadim n'était pas un esprit. Il ne pouvait venir et disparaître tel un fantôme. Et, cependant, son parfum flottait toujours dans la chambre. Une peine indicible lui transperçait le cœur.

Elle ne bougea pas et resta là, allongée et tremblante sous les couvertures. Progressivement, elle glissa dans une douce somnolence. Mais, au moment où elle se laissait emporter pour de bon par le sommeil, un détail lui revint à l'esprit. Quelque chose d'imprécis et d'indéfinissable. Ce devait être le parfum, pensa-t-elle, cette eau de toilette si agréable dont les essences étaient tellement associées à l'image de Jon.

Elle sentait qu'elle était sur le point de trouver la réponse, mais elle s'endormit sans en avoir conscience, et tout devint flou dans son esprit.

Le matin, au réveil, elle essaya de se rappeler ce qui l'avait intriguée. Tandis qu'elle marchait de long en large dans sa chambre en réfléchissant, un rai de lumière matinale lui renvoya un reflet brillant à un endroit précis sur le tapis. Elle s'arrêta, s'approcha en retenant sa respiration, et s'agenouilla. Un anneau d'or serti d'un diamant était pris dans les mailles du tapis.

Elle le tourna et le retourna entre ses doigts, puis elle le reconnut.

C'était une boucle d'oreille appartenant à Jasmine.

Carly serra le bijou dans sa main, et la peur s'insinua de nouveau en elle. Elle ferma les yeux et pria désespérément le ciel pour qu'il ne fût rien arrivé à sa sœur.

Toujours vêtue de sa chemise de nuit, les cheveux en bataille, elle sortit précipitamment de sa chambre et jeta un coup d'œil vers la porte de Tanya. Non, son visiteur nocturne ne pouvait être

Jon. Et, d'ailleurs, Jon n'était pas un meurtrier. Elle ne pouvait pas imaginer une chose pareille.

Elle se dirigea vers la partie ouest du château, là où se trouvait sa chambre. Sans se demander s'il était réveillé ou non, elle cogna énergiquement contre sa porte.

Personne ne répondit. Son cœur battait violemment dans sa poitrine. Elle se sentait stupide et pathétique. Peut-être était-il dans la chambre de Tanya, après tout.

La porte s'ouvrit soudain. De toute évidence elle l'avait réveillé. Ses cheveux étaient en désordre, et il avait l'air irrité. Il regarda fixement sa visiteuse tout en nouant la ceinture de sa robe de chambre.

— Encore vous ! dit-il.

Elle pénétra dans la pièce sans attendre qu'il l'y eût invitée.

— Jasmine est ici, affirma-t-elle sans préambule.

— Non.

Elle l'observa un instant, puis s'avança vers lui et lui mit la boucle d'oreille sous le nez.

— Ce bijou n'est pas à Jasmine, dit-il.

Il voulut prendre l'anneau, mais elle referma la main dessus et recula.

— Donnez-le-moi, dit-il en marchant vers elle.

— Non ! Il appartient à ma sœur.

Il prit une profonde inspiration et soupira.

— Oui, vous avez raison : cette boucle d'oreille est à Jasmine. Où l'avez-vous trouvée ?

— Sur le tapis, dans ma chambre.

— Eh bien, c'est tout simple. Elle l'aura perdue avant de partir, et vous venez de la retrouver.

— Je l'aurais vue avant.

— Non. Vous n'avez pas fait attention, voilà tout.

— Vous mentez !

Elle avait dit cela d'une voix aiguë et hystérique. Et elle tremblait à la fois de peur et de colère.

— Mais non, je ne vous mens pas. Jasmine a dû la perdre quand…

— Elle l'a perdue récemment, sinon je l'aurais remarquée avant, j'en suis certaine.

Il leva les mains en signe de reddition.

— Comme vous voudrez ! Si je ne me trompe pas, vous avez d'abord imaginé que j'avais fait disparaître votre sœur. Dans un cachot, par exemple. Et voilà que, soudain, elle ressuscite, s'introduit dans votre chambre et repart en catimini, sans même avoir la délicatesse de prévenir sa charmante petite sœur qu'elle est revenue. Voyons, madame Kiernan, ce n'est pas raisonnable !

Il fit un pas vers elle.

Elle reconnut que son raisonnement était assez logique. Encore que… Elle ne savait plus que penser.

— Allons, approchez.

— Non, non !

Elle ne voulait plus l'écouter. Elle avait besoin de réfléchir.

— Je vous jure que Jasmine…

— Non ! Taisez-vous. Je ne veux plus vous entendre jurer quoi que ce soit !

— S'il vous plaît…

— Non ! Je pars ce matin même. Je vais à l'hôtel, et n'essayez pas de m'en empêcher.

Elle ressortit en coup de vent et courut jusqu'à sa chambre. A peine eut-elle le temps de sortir sa valise du placard et de la jeter sur le lit que, déjà, la porte s'ouvrait brutalement. Jon se tenait sur le seuil.

Carly fut stupéfaite de le voir déjà habillé, d'un jean sombre, d'un pull rouge à col en V et d'une paire de bottes de cheval.

— Que faites-vous ? demanda-t-il d'un ton sévère.

— Mes bagages.

Il s'avança dans la pièce et l'observa un moment.

— Carly, arrêtez !

Elle s'immobilisa deux secondes, le temps de le foudroyer du regard, puis retourna à ses occupations.

— Carly !

Il la saisit par le bras et la força à s'arrêter. Elle s'aperçut alors qu'elle tremblait de tous ses membres. Il n'était pas question qu'elle perdît sa dignité devant lui. Elle regarda d'un air de mépris la main bronzée de Jon sur la flanelle de sa chemise de nuit.

— Comte Vadim, dit-elle, j'apprécierais beaucoup que vous ôtiez votre… patte de mon bras.

— Ma patte ? Ah, je vois ! Je suis une bête dangereuse qui attaque les gens à la pleine lune. Quand je ne les torture pas !

Elle tenta de se libérer, mais il la tenait solidement.

— Comte Vadim…

— Cessez donc de m'appeler ainsi.

— C'est pourtant votre nom, il me semble.

— Vous n'êtes pas raisonnable.

— Parce que vous, vous l'êtes ?

— J'essaie simplement de vous parler.

— Eh bien, j'ai, moi aussi, tenté vainement de vous parler à plusieurs reprises, mais je n'en ai plus envie, maintenant. Je veux partir.

— Vous voulez partir ? demanda-t-il sèchement.

— Oui.

— Bien. Très bien. Nous partons demain.

— Qu'est-ce que…

Il la tira brutalement vers lui sans lui laisser le temps d'exprimer sa colère et son indignation. Puis il glissa un bras sous ses jambes et la souleva du sol. Il y avait dans son regard une détermination froide et dure.

— Vous ne pouvez pas faire ça !

— Si, je le peux, madame Kiernan. Et je ne vais pas m'en priver.

Tout en la portant dans ses bras, il se mit à marcher d'un pas si énergique qu'elle dut s'accrocher à son cou pour ne pas se cogner contre lui.

— Qu'est-ce que vous faites ? Où allons-nous ? Vous n'avez pas le droit !

Il ne répondit pas et l'emmena ainsi, au pas de charge, de la chambre jusqu'au pied de l'escalier. Ils croisèrent une servante sur la terrasse, mais Jon l'ignora.

— Je vous préviens : je vais hurler, menaça Carly.

— Si ça vous amuse !

Elle prit sa respiration, mais ne parvint pas à émettre le moindre son. Il ne s'arrêta qu'après avoir traversé la cour du château. Satan était là, sanglé et sellé.

— Qu'est-ce que vous faites ? s'exclama Carly, au comble de l'exaspération. Je ne suis même pas habillée !

Un vague sourire flotta sur le visage de Jon.

— Vous êtes parfaite pour ce que j'ai en tête.

— Quoi ?

Il partit d'un grand éclat de rire. L'instant d'après, il l'avait hissée sur le cheval et sautait en croupe derrière elle. Satan hennit et piaffa. Carly eut un moment de frayeur lorsque l'étalon recula, et elle se cogna contre Jon. Il passa les bras autour d'elle et saisit les rênes. Ils partirent aussitôt au grand galop sur les pavés.

— Où allons-nous ? cria Carly.

— Au diable, dirait-on ! Au diable !

Carly s'agrippa au pommeau de la selle en claquant des dents. Ils pénétrèrent dans les bois. Elle aurait dû se sentir terrorisée, mais elle se rendit compte que ce n'était pas le cas. Ses sentiments se bousculaient en une véritable tempête et, tandis que la brume s'élevait du sol, elle savait déjà que, quelle que fût leur destination, un ouragan allait se déchaîner, et qu'une magie brutale et tendre s'abattrait sur eux et sur le magnifique cheval noir qui les conduisait vers leur destin.

8.

La matinée était belle et ensoleillée, et les derniers feux de l'automne éclataient en une symphonie de couleurs lumineuses et chaudes.

Carly était partagée entre la peur et la colère. Elle était révoltée, mais, par certains côtés, les événements qui venaient de se produire éveillaient en elle des sentiments difficilement avouables. L'air de la forêt était pur, entêtant et, de la terre, s'élevaient de riches fragrances qui se mêlaient à la tendre rosée du matin. La journée était prometteuse. Carly ressentit un léger mais douloureux pincement au cœur au contact du torse puissant de Jon Vadim contre son dos.

Apparemment, il savait parfaitement où il la conduisait. Le vent les fouettait tandis qu'ils s'enfonçaient davantage dans les bois. Après une longue chevauchée, ils arrivèrent au relais de chasse où il l'avait emmenée la première nuit, et où il l'avait embrassée pour la première fois.

Ils n'étaient plus des étrangers, à présent, mais des adversaires. Des adversaires et des amants.

— Hoo, Satan, lança Jon.

Il lâcha les rênes et se laissa glisser à terre.

— Allez, venez, dit-il en tendant les bras à Carly.

Elle l'observa un instant. Ses cheveux décoiffés retombaient sur son front, et il avait les yeux brillants. Il était prêt pour le combat.

— Vous savez ce que vous êtes, comte Vadim ? dit-elle d'un ton froid.

Elle se sentait hardie et téméraire : prête, elle aussi, à engager la bataille.

— Descendez, dit-il.

— Il n'en est pas question.

— Descendez, vous dis-je.

— Non.

— Vous êtes ridicule ! s'écria-t-il.

Il l'attrapa par la taille et la fit descendre de force. Elle se sentit glisser contre son corps. Sa chemise de nuit se prit dans la boucle du ceinturon de Jon, et leurs jambes s'emmêlèrent. Il était très tendu. Les muscles de ses cuisses étaient durs comme de la pierre, et elle sentit contre la chair tendre de son ventre nu la pression de ses hanches ainsi qu'un gonflement significatif sous son jean. L'émotion lui coupa le souffle et, pendant quelques secondes, elle fut incapable de parler. Il la posa doucement sur le sol, et garda les mains plaquées sur la peau satinée de sa taille.

Elle comprit alors que, depuis le jour où il l'avait touchée pour la première fois, elle n'avait cessé d'attendre le moment où elle se retrouverait dans ses bras. Son ventre se nouait à l'idée qu'il la caressât et, tandis que son regard se noyait dans l'ambre doré de ses yeux, une onde de désir monta violemment en elle. Elle n'était plus la Carly Kiernan réservée, logique et prudente. Elle connaissait désormais l'urgence de la chair. La peur était toujours là, dans un coin de son esprit, mais un besoin aigu et désespéré balayait ses ultimes réserves.

Il noua les bras autour d'elle. Elle voulut résister, mais il croisa les mains au niveau de ses reins et la pressa contre lui.

— Vous vous comportez comme un rustre, comte Vadim, dit-elle d'une voix tremblante.

— Comme un rustre ? répéta-t-il d'un air surpris.

— Comme un être immature, un vulgaire macho !

— C'est ce que vous pensez ?

— Exactement. Et vous m'avez menti…

— Je ne vous ai jamais menti !

— Vous me dissimulez la vérité !

— C'est faux, je vous l'ai déjà dit. Du moins, pour les choses importantes.

— Donc, vous avez menti.

— Je n'ai pas dit cela !

— Qu'avez-vous dit, alors ?

— Je dis que vous n'êtes qu'une gamine capricieuse, trop gâtée. Quand les choses vont bien, pas de problème ! Mais, à la moindre contrariété…

— Contrariété ?

Elle sentait qu'elle tremblait et criait en même temps. Elle aurait voulu le frapper jusqu'à ce qu'il lui avouât toute la vérité.

— Ma sœur a disparu et plusieurs personnes sont mortes !

— Et c'est à moi que vous vous en prenez. C'est parfait ! Je croyais que ce qui se passait entre nous avait un peu d'importance pour vous…

— Oh ! s'exclama-t-elle, outrée. Elle tenta de le frapper, mais il l'immobilisa contre lui.

— Arrêtez ! Maintenant que je vous ai amenée ici, aidez-moi. Vous allez devoir me faire confiance.

— Vous faire confiance ? Après ce que vous venez de faire ! Vous n'avez aucun droit sur moi. Vous forcez les gens à faire ce que vous voulez. Vous m'enlevez, tel un homme de Cro-Magnon. Vous n'avez pas le droit !

— Ah, vous croyez ?

— Oui.

— Voilà ce que j'en fais, du droit !

Et il l'embrassa. Durement. Impérieusement. Il l'embrassa comme s'il avait attendu ce moment-là depuis des siècles. Il plaqua son corps contre le sien. Toute son énergie semblait libérée brusquement pour incendier Carly jusqu'au plus profond de son être. Elle pouvait à peine respirer et, cependant, elle goûtait avec ivresse la saveur de ce baiser.

Quand il l'embrassa dans le cou avec fougue, elle se cabra pour mieux s'abandonner à lui. Il la souleva alors et l'emmena dans ses bras jusqu'au cabanon.

— Il fallait que je le fasse, dit-il. Ça devenait insupportable de vous voir sans pouvoir vous toucher.

— Oui, je le sais.

La porte se referma derrière eux. Jon déposa doucement sa compagne sur la couchette du cabanon, et leurs lèvres se joignirent de nouveau.

— Je ne pouvais plus supporter de lire la peur dans vos yeux.

— Je sais que vous êtes incapable de… commettre de tels crimes.

— Pendant le dîner, j'ai dû me faire violence pour ne pas me jeter sur vous, vous embrasser, sentir votre corps contre le mien…

— Pendant le dîner ?

— Mais oui.

Elle sourit. Il s'allongea à côté d'elle.

— Le dîner, c'était hier. Qu'est-ce qui vous arrête, maintenant ?

— Cette chemise de nuit ridicule.

— Elle n'est pas ridicule !

— Pour un homme qui meurt d'envie de vous caresser, si.

Il tendit une main jusqu'à l'ourlet et passa les doigts sur ses mollets, puis il remonta vers l'intérieur de sa cuisse et suivit la courbe de sa hanche, au creux de laquelle il déposa un baiser humide. Il retroussa ensuite la chemise de flanelle jusque par-dessus la tête de Carly, et l'envoya négligemment sur le plancher.

Elle plongea les doigts dans ses cheveux en le tenant serré contre elle. La sensation de sa bouche sur sa peau nue la fit frissonner délicieusement. Elle percevait nettement les battements furieux de son cœur, tout contre elle.

Elle passa une main sous sa ceinture et tira sur le pull rouge. Une seconde après, il allait rejoindre la chemise de nuit. Elle fit alors glisser ses seins sur le torse brun de son amant.

Il poussa un cri étouffé et s'écarta d'elle pour se débarrasser sans ménagement de ses bottes, de son jean et de tout le reste. Elle le regarda faire, l'œil brillant d'anticipation et tous les sens en émoi. Lorsqu'il revint près d'elle, elle l'enserra dans ses bras afin de jouir sans attendre de ce corps viril et fiévreux. Il se recula soudain et passa délicatement le dos de sa main sur la joue de Carly.

— Vous ne devez pas avoir peur de moi, dit-il d'une voix rauque.

— Je n'ai pas peur de vous.

Il passa une main crispée dans ses cheveux et ajouta :

— Il faut me croire.

— Je vous crois, Jon.

Ce n'était pas un mensonge. Elle plongea son regard dans l'or de ses yeux.

— Est-ce que vous me désirez vraiment ? demanda-t-il, les traits tendus.

— Oh, oui ! chuchota-t-elle.

Toutes ses craintes l'avaient quittée. Elle lui sourit. Les mains de Jon étaient fébriles et son corps tremblait, mais cela ne faisait qu'ajouter à la passion de la jeune femme. Elle lui caressa la joue et, lentement, descendit redécouvrir son corps.

Ses doigts jouèrent sur sa poitrine et sur son ventre, s'enfoncèrent dans le poil noir qui les couvrait avant de s'aventurer plus bas, plus loin… Elle se sentit curieusement en paix, et furieusement vivante. Elle pouvait, à présent, se laisser guider par cette sensualité torride et malicieuse qu'elle découvrait en elle, aussi claire et limpide que la pureté de son amour pour lui.

Jon se tenait toujours légèrement à l'écart, et elle ne pouvait plus le supporter. Elle passa alors une main le long de son membre érigé, et la referma sur lui.

Un spasme le fit aussitôt sursauter, et elle put ainsi mesurer les effets de son nouveau pouvoir.

— Je suis affamée, dit-elle. Je suis une louve et je meurs de faim…

Il émit une sorte de râle, et lui saisit la main. D'un brusque mouvement, il s'immisça alors entre ses cuisses et, la tête renversée et les dents serrées, entra promptement en elle. Il n'était plus question de jeux ni de préliminaires, mais de la manifestation brute et sans ambages d'une passion avide. Il s'enfonça comme une lame dans le fourreau satiné de sa chair, et le corps de Carly absorba le choc dans une frénésie débridée, comblant l'intense frustration des jours passés. Elle s'accrochait à lui, le chevauchait, jouissait d'une volupté qu'elle avait ignorée jusque-là.

Puis Jon s'allongea sur elle en criant sans retenue, et leurs mouvements s'harmonisèrent dans une même cadence. De sa bouche, il happa un téton, et une onde électrique traversa le corps de Carly qui se cambra et ondula sous les chocs répétés des coups de reins de Jon. Elle agrippa ses fesses aux muscles durcis par l'étreinte au moment où un déferlement de sensations sauvages et brutales cognait contre son cœur et dans l'intimité de son ventre, en une éruption liquide et ardente qui la laissa hagarde et étourdie.

Elle trouva à peine la force de prononcer son nom, tandis qu'il se laissait retomber à son côté.

Ils restèrent couchés là, silencieux et immobiles. Leurs corps collés l'un à l'autre se soulevaient et s'affaissaient au rythme de leur respiration retrouvée.

La fraîcheur de l'air fit frissonner la jeune femme. Jon se redressa et attrapa un coin de la couverture qui recouvrait la couchette pour l'enrouler autour d'elle.

Puis il se leva, et alla jusqu'à la cheminée. Il déposa du petit bois dans l'âtre et plaça une bûche sur les chenets. Il prit ensuite une longue allumette et y mit le feu. Quand les premières flammes s'élevèrent, il se releva et alla chercher une deuxième couverture dont il se couvrit.

Il sortit une cafetière et un paquet de café d'un autre placard et fit chauffer de l'eau. Carly le regardait faire sans dire un mot. Il faisait encore froid dans la pièce, mais elle se sentait comblée. Elle se blottit dans la position du fœtus et se concentra sur les derniers frémissements de plaisir qu'elle ressentait encore à l'intérieur d'elle-même.

— Ce sera prêt dans une minute, annonça-t-il.

Avec un large sourire, il revint vers elle et la prit dans ses bras, tout en maintenant la couverture autour de son corps. Il la déposa devant l'âtre rougeoyant et se laissa glisser derrière elle en l'enlaçant.

— N'est-ce pas mieux ainsi ? demanda-t-il.

— Oui.

— J'espère que vous n'attendez pas d'excuses de ma part, dit-il d'un air sérieux.

Carly sourit et garda les yeux baissés.

— Non. Je ne vous en demande pas.

Il chercha son regard et posa un doux baiser sur ses lèvres. Ce fut la première véritable expression de tendresse qu'il lui offrit ce jour-là. Certes, elle avait été transportée de plaisir et de passion au-delà de ce qu'elle avait pu espérer, mais cette tendresse inattendue la toucha si profondément qu'elle dut cligner des yeux pour maîtriser ses larmes.

— Je vous aime, vous savez, dit-il presque négligemment.

Carly sentit les battements de son cœur s'accélérer.

— Vous m'aimez ? En êtes-vous seulement capable ? demanda-t-elle d'une voix lasse.

— Je suis sincère, Carly.

Elle passa l'index sur son menton fraîchement rasé et le regarda droit dans les yeux.

— Moi aussi, je vous aime.

— J'adore la façon dons vous me le montrez, dit-il spontanément.

— Moi ? Il est vrai que je n'ai pas eu l'idée de vous enlever en chemise de nuit…

— Etant donné que je dors nu, nous aurions sans doute eu droit à quelques regards offusqués !

Elle se mit à rire, puis se rappela qu'il portait, ce matin-là, un pyjama sous sa robe de chambre. Un autre mensonge ?

— Si seulement vous pouviez cesser de vous comporter d'une manière aussi étrange !

— Que voulez-vous dire ?

— Je parle de ce matin.

— Oh ! Il resta silencieux un moment, puis reprit :

— Eh bien, pardonnez-moi. Pas de vous avoir enlevée, non. C'était ma seule chance. Vous étiez sur le point de partir, et je ne pouvais pas vous laisser faire ça. Pardonnez-moi pour… tout ce que j'ai pu faire ou dire ce matin.

Elle s'écarta de lui et fixa son attention sur le feu. Il l'attira de nouveau contre lui.

— Carly, je vous ai présenté mes excuses.

Elle se retourna brusquement.

— Oui, oui. Très bien. Mais vous m'avez effrayée.

— Je… euh… J'étais à moitié endormi.

— A moitié endormi ? Vous vous êtes comporté avec moi comme un sauvage.

— Je sais. J'étais désespéré. Je savais que vous étiez très en colère contre moi.

Sans lui laisser le temps de répondre, il se leva et alla s'occuper du café. Il dénicha deux gobelets, puis revint vers elle.

— J'espère que vous l'aimez noir. Je n'ai malheureusement ni lait ni sucre, ici.

— S'il est chaud, je m'en contenterai.

Il s'assit à côté d'elle et lui tendit un gobelet. Le café était bouillant, et elle faillit se brûler les lèvres, mais il la réconforta en passant un bras autour de son épaule, et elle se laissa aller contre lui.

— Pourquoi étiez-vous aussi énervé ? murmura-t-elle.

Il prit son temps et avala une longue gorgée de café avant de répondre :

— Chaque fois que vous me regardiez, j'avais l'impression que vous voyiez en moi un odieux criminel. Et Alexi n'a rien fait pour arranger les choses.

— Jamais je ne pourrais vous imaginer dans le rôle d'un bourreau, en train de mettre quelqu'un aux fers ou de donner le fouet, dit-elle candidement.

— Et je n'en ai nullement l'intention… tant que vous serez raisonnable, bien sûr ! répliqua-t-il sur le ton de la plaisanterie.

— Jon !

Il éclata de rire et la serra dans ses bras.

— Pardonnez-moi. Je n'ai pas pu résister à la tentation.

Carly resta silencieuse quelques minutes et sirota le reste de son café. Puis elle se tourna brusquement vers lui et le regarda d'un air déterminé.

— Jon, je vous aime et j'ai confiance en vous. Mais pourquoi me mentez-vous ?

— Carly…

Elle posa un doigt sur ses lèvres.

— Je le sais. Quand vous ne me mentez pas, vous me cachez la vérité. Il y a des choses que vous ne me dites pas.

Il saisit alors sa main et plongea les yeux dans les siens d'un air profondément sérieux.

— Carly, s'il y a des choses que je ne vous dis pas, c'est parce que d'autres personnes sont concernées. La situation pourrait devenir trop dangereuse. Je fais tout ce que je peux pour éviter de vous blesser, mais je n'ai pas toujours le choix. Est-ce que vous me croyez ?

Elle demeura silencieuse. La même magie les liait de nouveau l'un à l'autre, et la façon dont il la regardait anéantissait toute sa volonté.

— Carly ?

Il accentua la pression de sa main, et l'éclat de ses yeux devint aussi ardent que le feu qui les consumait tous deux.

— Ayez confiance en moi. Je vous aime sincèrement, il faut me croire.

Elle tourna la tête et contempla les flammes qui montaient dans l'âtre.

— J'aimerais revoir ma sœur.

— Jasmine est en sécurité, je vous le promets.

— Elle avait peur. Elle insistait pour que je vienne.

— Elle ne court aucun danger. Je peux vous le garantir.

— Tout le monde m'a plus ou moins laissé entendre qu'il y avait quelque chose entre vous. Vous continuez à affirmer le contraire ?

— Oui. En toute honnêteté. Quoi que vous puissiez entendre,

soyez certaine que Jasmine et moi n'avons jamais été que des amis.

Elle le crut. La sincérité se lisait dans ses yeux et dans sa voix. Il ne pouvait pas mentir.

Jon la contempla en souriant. La couverture avait glissé des épaules de Carly. Il songea alors qu'il n'avait jamais vu une femme aussi parfaite. Sa poitrine était pleine, haute et ferme, et les tétons aux larges aréoles pointaient fièrement sous ses yeux. Sa peau avait la texture et la douceur du satin. Son buste s'affinait des seins jusqu'à sa taille mince et souple, tandis que, plus bas, s'arrondissaient ses hanches fascinantes de plénitude.

Elle avait le visage en forme de cœur, les pommettes hautes et écartées. Ses yeux couleur des mers du sud brillaient de détermination et d'intelligence. Quant à sa chevelure, elle était aussi dorée que les blés sous le soleil d'été. Tout en elle respirait une sensualité et une féminité infiniment émouvantes.

D'un geste, il fit tomber la couverture. Carly leva vers lui un regard surpris mais toujours avide de plaisir. Il se dénuda à son tour et se dressa à genoux devant elle. Puis il prit ses seins à pleines mains et en taquina les pointes du bout des doigts. Elle émit un gémissement et se redressa, elle aussi, pour se retrouver face à lui. Enfin, elle ouvrit les bras et posa les mains sur les muscles de ses épaules, l'invitant à goûter au creux de sa gorge la tiédeur parfumée de sa peau.

Quand leurs deux corps furent pressés l'un contre l'autre, Jon se mit à jouer avec les tétons dressés de la jeune femme, et se délecta de leur douceur saline tandis que ses mains s'immisçaient entre ses cuisses. Il caressa d'abord longuement la peau si fine à cet endroit, puis remonta de plus en plus haut, jusqu'à l'intimité brûlante où ses doigts s'aventurèrent.

Carly laissa échapper un faible cri, et appuya la tête sur son épaule. Leurs lèvres se retrouvèrent en un baiser fiévreux, puis il la souleva et la laissa petit à petit redescendre sur lui. Carly écarta les jambes pour l'enfourcher et le fit doucement entrer en elle. Elle ne put retenir un timide sourire de plaisir lorsque le regard doré de Jon plongea dans le sien et fit frémir son corps tout entier. Il lui empoigna fermement les fesses, et elle commença à bouger sur lui en un furieux va-et-vient.

C'était la première fois qu'une femme lui procurait de telles sensations. Le simple fait de la regarder avivait son état d'excitation jusqu'à l'amener à la limite du supportable.

Le corps de Carly était agité de secousses. Alors, une fièvre inconnue et sauvage s'empara de Jon. Il la touchait, la prenait, la guidait et se laissait guider. Il caressa ses seins et lui pétrit les fesses, exacerbant ainsi la fougue qui la possédait. Et, quand il la rejoignit dans l'ultime et voluptueuse explosion des sens, il pria intérieurement pour qu'elle ne s'éloignât pas de lui lorsqu'elle apprendrait la vérité.

Elle retomba, épuisée, à son côté. Il passa tendrement la main dans ses cheveux et lui redit en chuchotant à quel point il l'aimait. Il la garda contre lui, blottie dans le creux de ses bras, et pria une nouvelle fois.

Ils étaient couchés devant la cheminée qui projetait sur eux une lumière rougeoyante, colorant d'ocre et de bronze la peau encore frissonnante de la jeune femme.

Elle se retourna sur les coudes et passa un doigt sur le torse de Jon.

— Vous vous êtes comporté comme un rustre. Et cependant…

— … cependant ?

— Cela ne manquait pas d'un certain romantisme, ajouta-t-elle en posant la joue sur l'oreiller.

Il réfléchit un instant. Il allait lui répondre lorqu'il s'aperçut qu'elle s'était assoupie. Il ferma alors les yeux et s'endormit à son tour.

Elle se réveilla la première et l'observa longuement. Elle était fascinée par la rude harmonie de son visage et l'élégance musclée qui se dégageait de chaque partie de son corps. Elle resta ainsi immobile à le contempler jusqu'à ce qu'il rouvrît les yeux.

Il lui sourit tendrement, puis demanda :

— Qu'est-il arrivé à votre mari, Carly ? Jasmine m'a dit un jour qu'il était très malade.

— Le cancer, répondit-elle doucement.

— Ça a dû être très pénible.

— C'était l'être le plus courageux que j'aie jamais rencontré. Jusqu'au bout, il est resté digne.

— Vous semblez l'avoir beaucoup aimé, murmura Jon.

— En effet.

Elle se redressa sur un coude et lui sourit d'un air triste.

— Je l'aimerai toujours. Ça ne m'empêche pas de vous aimer aussi, Jon. Oui, profondément. Mais c'est différent, vous comprenez ?

Il sentit sa gorge se serrer. Elle était totalement honnête avec lui ; elle lui avait parlé simplement, à cœur ouvert. Alors que lui vivait un mensonge…

— Je comprends très bien, répondit-il. Cela n'enlève rien à notre relation.

Elle lui prit la main et lui baisa les doigts.

— Rien ne pourra jamais nous être enlevé, dit-elle d'une voix chaude et passionnée.

Il ferma les yeux un moment et, quand il les rouvrit, Carly fut frappée par l'émotion qu'elle y lut.

— Je vous aime, Carly, ne l'oubliez jamais. Je vous aime vraiment.

— Je vous crois, répondit-elle.

— Je veux être certain que vous vous en souviendrez.

— Pourquoi, Jon ?

— Parce que… Carly, je vous demande juste de me faire confiance. Il se passe ici des choses que vous ignorez et que vous ne pourriez pas comprendre. Et je ne suis pas la seule personne impliquée.

Elle l'écouta avec attention, hocha la tête, puis se leva sans se soucier de sa nudité.

— Je meurs de faim, dit-elle. Y a-t-il quelque chose à manger, ici ?

— Nous allons voir, répondit-il en se levant à son tour.

Ils fouillèrent dans les placards et trouvèrent des biscuits ainsi que plusieurs sortes de fromages. Jon dénicha même un morceau de saucisse sèche, et ils apportèrent le tout sur la couchette. Ils pique-niquèrent ainsi, détendus et insouciants, comme si le temps s'était arrêté autour d'eux.

Quand ils eurent terminé, Jon balaya de la main les miettes qui jonchaient leur couche, et son regard retrouva cette lueur dorée et passionnée que Carly reconnut aussitôt. Il se glissa de nouveau sur elle et l'embrassa avidement. Sa bouche explora son corps. Il la dévora fébrilement comme si sa vie en dépendait, et Carly s'émerveilla de cette soudaine et puissante renaissance de leur désir.

Leurs gestes gagnèrent en audace. Ils transgressèrent leurs dernières pudeurs en une étreinte totale, et se laissèrent retomber, comblés et heureux, dans la lumière changeante de la chaude flambée.

Carly se rendormit pendant quelques instants. Quand elle se réveilla, elle s'aperçut qu'il faisait nuit et qu'ils avaient passé toute la journée dans cette cabane de rondins, à faire l'amour.

— Nous devrions rentrer, dit-elle à voix basse.

— Je préférerais rester toujours ici.

Carly ramassa sa chemise de nuit et lui lança son jean en souriant.

— Vous, au moins, vous avez des vêtements décents ! lui fit-elle remarquer.

— Tout le monde devinera ce que nous avons fait aujourd'hui, répliqua-t-il, amusé.

— Et cela vous est égal ?

— Je m'en fiche comme de l'an quarante. Je suis amoureux !

Elle enfila sa chemise de flanelle en riant et le taquina une nouvelle fois.

— Monsieur Macho ! Vous agissez comme bon vous semble. Ce qui vous plaît, vous le prenez, et tant pis pour ceux qui ne sont pas d'accord !

— Et je fais ensuite comme Tarzan : je me tape sur la poitrine en poussant un grand cri !

Ils rirent de bon cœur. Il se leva alors et la serra contre lui.

— Oui, il faut rentrer, maintenant : vous avez raison. Puis il la lâcha et s'habilla.

— J'ai bien peur de ne pas me sentir tout à fait à l'aise, dit Carly. Rentrer en chemise de nuit à 7 heures du soir…

— Auriez-vous peur du qu'en-dira-t-on ?

— En tout cas, je ne pense pas que Tanya puisse me critiquer, répondit-elle. Elle reçoit quelqu'un dans sa chambre presque chaque nuit.

— Comment ?

Jon se retourna si soudainement que Carly faillit bondir de frayeur. Son visage était devenu excessivement sérieux.

— Je… Oui, elle reçoit quelqu'un, répéta Carly.

— Avez-vous vu son visiteur ?

— Non, répondit la jeune femme, troublée, en serrant les genoux contre sa poitrine. Au début, j'ai pensé qu'il pouvait s'agir de vous.

— Non, ce n'est pas moi. Et vous le savez. Il s'arrêta et fronça les sourcils. Vous le savez, n'est-ce pas ?

— Oui, répondit-elle en lui souriant.

Il s'assit sur le bord du lit pour remettre ses chaussettes et ses bottes.

— Vous ne savez donc pas qui est cette personne ? demanda-t-il lentement. Je veux dire… vous ignorez si c'est un domestique, ou Geoffrey, ou bien Alexi ?

— Je n'en ai aucune idée, dit Carly. Mais pourquoi est-ce si important ?

— Oh, ce n'est rien ! Je suis simplement curieux. Je me demande pourquoi Tanya tient tant à garder cette liaison secrète.

Carly haussa les épaules. Elle l'ignorait, et cela lui était parfaitement égal. Tant qu'il ne s'agissait pas de Jon.

— Je suis tracassée par cette boucle d'oreille, reprit-elle.

— Quelle boucle d'oreille ?

— Celle de Jasmine.

— Carly, de quoi parlez-vous donc ? Elle se redressa, le regard réprobateur.

— Franchement, Jon, je me demande parfois si vous ne cherchez pas à me rendre folle. Vous êtes tellement lunatique ! La boucle d'oreille, je vous en ai parlé ce matin.

Il regarda la pointe de ses bottes.

— Pardon, j'avais oublié.

Elle plissa les yeux. La peur et le doute s'étaient de nouveau insinués dans son esprit.

— Nous nous sommes querellés à ce sujet, ce matin, et j'ai failli partir. Vous avez couru après moi et… je vous fais grâce de la suite, dit-elle d'un ton las.

Il s'assit à côté d'elle, se massa les tempes, puis secoua la tête.

— Je suis désolé, Carly. Je vous demande un peu de patience. Expliquez-moi pour cette boucle d'oreille.

— C'est celle de Jasmine. Je l'ai trouvée sur le tapis de ma chambre.

— Rien d'étonnant. Jasmine était au château il n'y a pas si longtemps.

— Sans doute, mais j'aurais dû découvrir ce bijou plus tôt.

— Peut-être appartient-il à quelqu'un d'autre.

Elle remarqua que lui aussi semblait troublé et inquiet.

— Impossible. Je reconnaîtrais cette boucle n'importe où. C'était un cadeau de papa. Il n'en existe qu'une seule paire, j'en suis absolument certaine.

Il se leva en évitant son regard.

— Eh bien, vous avez mis du temps à la remarquer, voilà tout.

Carly se demanda s'il croyait vraiment ce qu'il disait, mais elle restait, malgré tout, persuadée qu'il serait aussi surpris qu'elle s'ils découvraient que Jasmine n'avait pas quitté le château.

— Rentrons, dit-il.

Il la prit par les bras, l'attira contre lui et l'embrassa d'un baiser ardent et profond.

— Jamais je ne pourrai oublier cette journée, dit-il. Elle restera gravée dans ma mémoire, quoi qu'il arrive.

— Oui..., murmura Carly en soupirant.

Il se dirigea vers la cheminée, éteignit le feu avec du sable et revint prendre la main de sa compagne. Puis il ouvrit en grand la porte, et la fraîcheur de la nuit les saisit tous les deux. La forêt était sombre et brumeuse.

— Satan ! Où es-tu ? appela Jon. Ils le virent aussitôt s'approcher en s'ébrouant.

— Dieu merci, tu ne t'es pas sauvé dans la nature ! dit-il d'un ton affectueux, tout en flattant l'encolure de son cheval.

Carly fut impressionnée par la docilité de l'animal. Cependant, un doute lui traversa l'esprit.

— Il s'est enfui, la nuit de Halloween, n'est-ce pas ?

— Ah oui, c'est vrai !

— Un cheval aussi bien dressé ! Vous l'avez laissé toute la journée en liberté, et le voilà qui accourt au premier appel.

— Oh, il est lunatique, lui aussi !

— Vous savez ce que je crois ?

— Non, mais vous allez me le dire, répondit-il en souriant.

Il la prit par la taille, l'aida à grimper sur la selle et monta derrière elle.

— Je crois que vous avez fait exprès de le laisser partir, cette nuit-là.

— Pensez-vous vraiment que je sois capable d'une chose pareille ?

— Oui, dit Carly.

— Vous avez peut-être raison.

— Vous avouez, alors ?

— Je n'avoue rien du tout.

Elle se laissa aller contre lui tandis qu'ils chevauchaient vers le château.

— Il y a aussi ce loup...

Jon serra imperceptiblement les bras autour d'elle.

— Oui ? demanda-t-il.

Elle crut percevoir une note d'inquiétude dans sa voix. Le loup. Le loup des bois au pelage gris argent. Lui et Jon s'étaient toujours manifestés aux mêmes moments, et ils semblaient parfois ne former qu'un seul être. L'un apparaissait quand l'autre disparaissait.

— Non, rien.

La jeune femme trouvait brusquement cette idée tout à fait ridicule.

Les fers des sabots résonnèrent sur les pavés lorsqu'ils entrèrent dans l'enceinte du château. C'était presque l'heure du dîner. Geoffrey, Alexi et Tanya étaient déjà sur la terrasse, impeccablement habillés. Ils observèrent le couple qui s'avançait au milieu de la cour.

Carly décida de prendre son courage à deux mains et de faire comme si de rien n'était. Elle mit pied à terre sans l'aide de Jon, et ils pénétrèrent dans le hall.

— Merci pour cette magnifique randonnée, dit-elle à son compagnon.

Elle vit alors Tanya qui fixait sur elle de grands yeux incrédules.

— Oh, nous sommes en retard ? Je vais vite m'habiller, lança-t-elle d'un ton détaché.

Personne ne dit rien. Carly adressa un large sourire à la ronde, et monta rapidement dans sa chambre.

Elle était amoureuse. A peine eut-elle refermé la porte derrière elle qu'elle éclata d'un grand rire et se rendit compte qu'elle rêvait déjà avec délices à la nuit qui s'annonçait.

Elle prit un bain et choisit sa tenue avec soin. Elle opta pour une robe fourreau de velours noir qu'elle rehaussa d'un rang de perles. Quant à ses cheveux, elle les laissa retomber librement sur ses épaules.

Pendant le dîner, elle parla avec Geoffrey de sa nouvelle pièce, et plaisanta avec Alexi. Elle répondit au regard curieux de Tanya par un haussement d'épaules innocent.

Elle rit facilement avec Jon, ce soir-là ; elle se sentait insouciante et le cœur léger. Leurs genoux se touchaient, leurs mains se cherchaient et, à plusieurs reprises, il l'embrassa.

Il était impressionnant d'élégance dans son smoking noir. Il couvait la jeune femme de son regard doré, et elle était merveilleusement heureuse. Chacun de ses chuchotements ne s'adressait qu'à elle… Des chuchotements chargés de toutes les promesses de la nuit.

Dès la fin du dîner, Carly quitta la table et regagna sa chambre, afin de se préparer pour lui. Elle était toujours sur un nuage. Il allait la rejoindre, et elle souriait à cette idée.

Elle referma la porte de sa chambre derrière elle, puis se débarrassa négligemment de ses chaussures, ôta son collier de perles qu'elle déposa sur un guéridon, et se retourna, l'esprit ailleurs. C'est alors qu'elle la vit, debout au centre de la pièce. Ses épais cheveux noirs, qui tombaient en boucles jusque sur ses épaules, encadraient son visage d'une grande beauté. Elle la regardait de ses grands yeux saphir.

— Jasmine ! s'écria Carly.

— Chut !

Elles se précipitèrent dans les bras l'une de l'autre et s'étreignirent de toutes leurs forces. Immédiatement, Carly ressentit un immense soulagement. Jasmine était vivante : elle pouvait enfin la voir et la toucher.

Elle s'écarta et remarqua alors avec étonnement le pull à col roulé et le jean noirs qui ne correspondaient pas du tout au style habituel de sa sœur.

— Pour l'amour du ciel, explique-moi ce qui se passe ! dit Carly. J'étais morte d'inquiétude. Tu m'as fait venir de l'autre bout de la planète pour me rendre à moitié folle.

— Arrête, je t'en prie ! supplia Jasmine.

— Alors, donne-moi quelques explications. Vite.

— Calme-toi ! répliqua Jasmine, l'air désespéré. Et, s'il te plaît, parle plus bas. Tu ne comprends pas ! Je suis en danger. Il se passe ici de drôles de choses, crois-moi !

Carly hésita et regarda sa sœur en fronçant les sourcils.

— J'étais sûre que tu étais venue ici récemment. J'ai retrouvé ta boucle d'oreille, aujourd'hui.

— Je ne m'étais même pas aperçue que je l'avais perdue.

— Mais tu es venue ici, n'est-ce pas ?

— Oui. Oh, c'est une longue histoire !

— Raconte. Je t'écoute.

Elle prit les mains de Carly et les serra fortement dans les siennes.

— Carly, nous sommes en danger. Nous sommes vraiment en danger.

A son regard, Carly comprit qu'elle était réellement effrayée.

— Il faut en parler au comte, dit-elle.

— Mais non ! s'exclama Jasmine en secouant furieusement la tête. Celui-là n'est pas Jon Vadim.

Carly eut l'impression de recevoir un coup violent sur la tête.

— Pardon ? dit-elle d'une voix blanche.

— Ce n'est pas lui, Carly. Ce n'est pas le comte… Jasmine blêmit soudain.

— Mon Dieu, le voilà !

Carly était tétanisée, tandis que Jon l'appelait, depuis le couloir.

— Carly ! Ouvrez cette porte, bon sang ! Est-ce que ça va ? Carly ! Je vais entrer.

Il allait le faire, elle le savait. Il se jetterait contre la porte et ferait sauter la serrure. Jon était bien capable de ça.

Oui, mais cet homme n'était pas Jon Vadim.

— Réponds-lui ! supplia Jasmine. Il va entrer !

Carly regarda sa sœur, puis la porte. Jon criait de nouveau son nom. Sa voix était rauque et tendue. Elle courut vers la porte pour lui répondre. Il lui avait menti. Il n'était pas Jon Vadim.

Qui était-il, alors ? Elle tremblait de peur.

Arrivée devant la porte, elle se retourna. Jasmine avait disparu.

— Carly ! hurla de nouveau Jon.

Puis la porte s'ouvrit brutalement.

9.

Carly pouvait à peine respirer.

Elle ne savait plus si elle devait appeler à l'aide ou faire semblant d'ignorer la vérité.

Jasmine avait disparu. Elle se demanda où elle avait bien pu se dissimuler. Sous le lit ? Dans la baignoire ?… Elle n'avait pas eu le temps de fuir par le balcon. En tout cas, elle devait être terrifiée pour se volatiliser ainsi.

Il se tenait droit devant elle, les mains sur les hanches. D'un large coup d'œil, il fit le tour de la pièce, puis son regard revint se poser sur Carly. Il portait toujours son smoking et, malgré son extraordinaire force de séduction, il se dégageait de lui une tension inquiétante.

« Je suis un oiseau de nuit », lui avait-il dit un jour. En cet instant, Carly avait le sentiment qu'il appartenait à un autre monde. Le monde du mal, peuplé des prédateurs et de leurs proies.

Elle fit quelques pas en arrière et décida de ne pas lui parler de Jasmine. Sa sœur comptait probablement sur elle pour l'éloigner aussi rapidement que possible.

Mais où était-elle donc passée ?

— Pourquoi n'avez-vous pas répondu ? demanda-t-il, l'air hagard, en se passant une main dans les cheveux.

Carly ne réussit pas à parler tout de suite. Elle avala sa salive, puis répliqua d'une voix mal assurée :

— Qu'est-ce qui vous a pris de défoncer cette porte ?

— Ce qui m'a pris ? répéta-t-il d'un air indigné. Je me suis fait un sang d'encre à cause de vous, voilà tout ! Je vous ai appelée plusieurs fois. J'ai crié, sans obtenir de réponse, alors que vous étiez censée m'attendre !

— Ah oui, c'est vrai ! dit-elle sans grande conviction.

Il la regardait d'un air sévère, et elle se sentait très mal à l'aise, incapable de bouger. Elle ne pouvait pas lui laisser deviner ce qu'elle savait, et elle devait absolument aider sa sœur à s'échapper.

— Carly ! Que se passe-t-il ?

— Rien, répondit-elle gauchement.

Il avait fait un pas vers elle. Elle recula. Il avança encore.

— Mais que vous arrive-t-il, à la fin ?

— Rien, je vous dis !

Il arriva sur elle, mais elle sauta sur le lit et passa de l'autre côté. Le souffle court, elle continuait à le regarder fixement, tout en se disant qu'elle devait avoir l'air ridicule.

Il serra la mâchoire et se dirigea vers la porte. Il fit jouer plusieurs fois la serrure, puis se retourna.

— Elle n'est pas cassée, dit-il. Mais, maintenant, nous sommes enfermés tous les deux.

Carly le regardait d'un air hébété. Elle pensa un moment se réfugier sur le balcon, mais il l'aurait rattrapée en une seconde. Elle se contenta donc d'attendre, malgré son anxiété.

Il poussa un profond soupir.

— Très bien, Carly. Allons-y. Le jeu est terminé. Dites-moi quel est le problème.

Elle fit non de la tête. Il marcha lentement vers elle. Il était impossible qu'il n'eût pas remarqué la panique dans ses yeux…

Arrivé devant elle, il posa les mains sur sa poitrine, et elle frémit de la tête aux pieds. Mais tout était faux. Jon était faux, et tout ce qu'il pouvait dire n'était que mensonge.

Elle mourait d'envie de lui demander qui il était, mais cela risquait de compromettre Jasmine. Elle pria de toute son âme pour qu'il ne la trouvât pas.

— Votre cœur bat tellement fort que je peux presque l'entendre, dit-il.

— Vraiment ?

— Et je n'ai pas l'impression que votre émotion soit provoquée par le plaisir de me voir.

— Vous m'avez fait peur en entrant de cette manière.

— Je pensais que vous m'attendiez. C'est vous qui m'avez invité. Du moins c'est ce que j'ai cru comprendre.

— Je… euh… J'ai changé d'avis.

— Vous avez changé d'avis ?

— Oui.

Il ferma les yeux, sans ôter les mains de sa poitrine. Elle s'écarta de lui.

— Je ne suis pas très en forme, c'est tout.

Elle sentit ses jambes vaciller, et se laissa glisser au pied du lit. Il se baissa, passa une main dans ses cheveux et lui releva la tête afin de mieux voir son visage.

— Pas très en forme ? répéta-t-il, incrédule.

— Oui, c'est ça, répliqua-t-elle d'un ton brusque. Il n'y a pas lieu d'en faire toute une histoire. D'ailleurs, je ne veux plus en parler.

Elle baissa les yeux pour tenter de cacher son malaise. Elle aurait donné n'importe quoi pour ne plus sentir son regard sur elle.

Il reprit alors, d'une voix tendre et sensuelle :

— Comment auriez-vous pu oublier ? Changer d'avis ? Vous m'avez dit que vous m'aimiez, et vous me l'avez prouvé. Jamais une femme ne s'est donnée à moi aussi librement, aussi intimement que vous.

Quelque chose dans sa voix faisait resurgir les heures de tendresse et de passion qu'ils venaient de partager. Carly craignit un instant de s'évanouir sous l'effet de la tension insupportable qui l'habitait. Elle devait absolument trouver le moyen de le faire partir, et ne plus jamais se laisser ensorceler par son parfum et par ses gestes.

— S'il vous plaît…, dit-elle. J'ai une affreuse migraine.

— Une migraine ? répéta-t-il en pouffant presque de rire.

— Oui, une migraine.

— Carly, je vous en prie, soyez plus originale ! Trouvez autre chose que cette excuse usée jusqu'à la corde !

— Ce n’est pas une excuse. J’ai un mal de tête lancinant. Il faut me croire. S’il vous plaît…

Il finit par se relever et se dirigea vers la salle de bains. Carly songea immédiatement à Jasmine, et courut pour lui barrer le passage. Il s’arrêta et leva les sourcils, l’air curieux et amusé.

— Que… Où voulez-vous… Qu’est-ce que vous faites ? demanda-t-elle.

— Je voulais juste me laver les mains. Je me suis taché en vérifiant la serrure.

— Oh !

— Je peux passer ?

« A-t-il tué le vrai comte Vadim ? » se demanda Carly en tremblant. Elle ne pouvait pas y croire, et pourtant…

— Non ! cria-t-elle.

— Comment ? Vous ne voulez pas que j’aille dans la salle de bains ?

Sans réfléchir, elle se jeta alors dans ses bras et l’embrassa avec une énergie féroce. Puis elle plongea les doigts dans ses cheveux et pressa sa poitrine contre son torse.

Il la serra contre lui et lui rendit son baiser. Ses mains descendirent le long de son dos. Elle se hissa légèrement sur la pointe des pieds. Leurs corps étaient plaqués l’un contre l’autre, et Carly sentit le feu de la passion se réveiller en elle. Elle lutta pour retrouver sa raison, mais les larmes lui vinrent aux yeux quand elle se rendit compte qu’elle le désirait toujours désespérément. Il lui avait menti depuis le début et, malgré cela, elle redevenait un jouet entre ses mains. Mais il ne fallait pas oublier Jasmine. C’était pour elle qu’elle tentait de faire diversion. Elle devait à tout prix permettre à sa sœur de s’échapper.

Il s’écarta légèrement, et lui caressa la joue.

— Et votre migraine ?

— Disparue. Miraculeusement disparue.

— Hmm. Bien rapidement, dit-il d’un air sceptique. Vous m’avez dit aussi que vous n’étiez pas très en forme…

— Je… euh… je me sens beaucoup mieux depuis que la migraine a disparu.

Il l'effleura doucement de ses lèvres, puis la reprit dans ses bras, et elle se sentit envahie par une vague de bien-être. Elle l'aimait toujours. Jasmine devait se tromper. Il n'y avait rien de mauvais chez cet homme, c'était évident. Et elle l'aimait.

Elle se sentit basculer sur le matelas et s'accrocha à lui, les mains dans ses cheveux, tandis qu'il la couvrait de baisers dans le cou et derrière l'oreille. Elle croisa les mains sur sa nuque et retrouva ses lèvres, chaudes et sensuelles.

Tout en s'abandonnant ainsi à son désir, elle pensait confusément à Jasmine : allait-elle profiter de la situation pour s'éloigner discrètement ?

— Je vous aime, murmura-t-il dans un souffle.

Il défit sa cravate et déboutonna son col, puis il se leva pour ôter sa veste. Carly le regarda faire, les yeux mi-clos. Il se retourna alors et se dirigea vers la salle de bains.

Carly songea soudain que ce n'était pas elle qui l'avait séduit, mais l'inverse, et qu'il trichait avec elle depuis le début. Il était de nouveau à l'affût. Elle bondit sur ses pieds et courut derrière lui, mais il avait eu le temps d'écarter le rideau de la douche. Il n'y avait personne derrière.

— Que faites-vous ? demanda-t-elle, tout en poussant un soupir de soulagement.

Il ne répondit pas et retourna dans la chambre en lui lançant au passage un regard de mépris. Il s'agenouilla pour regarder sous le lit.

— Non, je vous en prie ! Non ! Attendez ! Il lui adressa un nouveau regard de reproche, puis se remit debout. Jasmine n'était pas sous le lit.

Il se dirigea à grands pas vers l'armoire. « C'est la fin, se dit Carly. Jasmine ne peut être que là. »

— Non ! cria-t-elle de toutes ses forces en se précipitant vers lui.

Elle tomba à ses pieds et lui enlaça les jambes. Il la toisa d'un regard froid et dédaigneux.

— Non, je vous en supplie…

Il se pencha sur elle et la força à se remettre debout.

— Arrêtez, Carly, dit-il sèchement. Je veux savoir ce qui se passe ici.

Il fit glisser les portes coulissantes de l'armoire. Carly crut qu'elle allait s'évanouir de terreur.

— Nom d'un chien ! cria-t-il.

Jasmine n'était pas non plus dans l'armoire. Il se dirigea alors vers le balcon et sortit dans la nuit embrumée, éclairée seulement par la lune. Un courant d'air frais s'engouffra dans la pièce. Carly frissonna et retint son souffle.

Le balcon était vide. C'était à n'y rien comprendre.

L'homme que Carly avait longtemps pris pour Jon Vadim revint au milieu de la pièce et fixa sur elle un regard dénué de tendresse.

— Que se passe-t-il ici, bon sang ?

— Vous me le demandez ? répliqua-t-elle, les yeux écarquillés.

— Avec qui parliez-vous ?

Il s'avança vers elle d'un air menaçant. En cet instant, il n'avait plus rien de l'amant qu'elle avait connu.

— Avec personne.

Sentant la panique monter en elle, elle courut pour l'éviter, et alla se réfugier sur le balcon. Elle se pencha sur la balustrade et regarda dans la cour, tout en bas. Elle remercia le ciel de ne pas y découvrir le corps fracassé de Jasmine.

Il était juste derrière elle. Il glissa les bras autour de sa taille. Elle ouvrit la bouche pour hurler, mais une main vint aussitôt l'en empêcher, et elle ne put émettre qu'un faible gémissement.

— Par tous les diables, Carly, qu'est-ce qui vous prend, ce soir ?

Tout en maintenant sa main sur sa bouche, il lui murmura à l'oreille :

— Vous m'entendez, mon amour ? Sa voix trahissait une profonde amertume.

— Vous m'entendez ? reprit-il. Je ne cherche pas à vous faire du mal.

Elle lui mordit les doigts avec une telle force qu'il poussa un cri rauque et retira aussitôt sa main. Mais, très vite, il plaqua l'autre sur sa bouche en poussant un juron. Il tira ensuite la jeune femme jusque dans la chambre et, de sa main endolorie, referma les portes du balcon derrière lui.

— N'ayez pas peur : je ne vous ferai aucun mal, lui répéta-t-il froidement.

Il la jeta sans ménagement sur le lit. Elle tenta de se relever, mais il se mit à califourchon sur elle tout en maintenant la main sur sa bouche. Carly était terrorisée. Lorsqu'elle croisa son regard glacial, elle comprit que Jasmine lui avait dit la vérité. Cet homme avait quelque chose à cacher.

— Je vais commencer par vous laisser reprendre votre souffle, lui dit-il. Mais attention : ne criez pas. Vous m'avez bien compris ?

Il s'écarta légèrement d'elle sans relâcher la pression sur sa bouche. C'était lui qui contrôlait la situation : il fallait donc trouver une autre parade. Elle hocha la tête.

Il ôta alors sa main.

— Avec qui parliez-vous ? Qui était dans la pièce ?

— Personne.

— Ne mentez pas.

— Vous êtes mal placé pour exiger la vérité !

Il se redressa et parut un instant plongé dans une grande perplexité.

— Ah… Voilà enfin une information ! déclara-t-il avec une sorte de soulagement.

Au fond de son cœur, Carly souhaitait plus que tout au monde retrouver la confiance qu'elle avait mise en lui. Jasmine était à l'abri, et elle pouvait désormais affronter la vérité.

La colère lui fournit un regain d'énergie. Elle parvint à libérer ses bras et se mit soudain à frapper le torse de son amant.

— Espèce de menteur ! Pourquoi ne me dites-vous pas qui vous êtes ?

— Quoi ?

— Vous n'êtes pas Jon Vadim.

Il paraissait interloqué. Il saisit des poignets de Carly et les lui immobilisa au-dessus de la tête. Un vague sourire apparut ensuite sur son visage.

— Qui vous a dit que je n'étais pas Jon Vadim ?

— C'est la vérité, n'est-ce pas ?

— Qui vous a dit cela ?

— Peu importe.

— Votre mystérieux visiteur vous a raconté des histoires, Carly. Bon sang, qui est-ce ? Dites-le-moi !

— Avouez d'abord que vous n'êtes pas Jon Vadim.

Il plissa les yeux, puis la libéra d'un adroit mouvement des hanches. Carly sentit sa terreur revenir. Cet homme faisait partie des créatures de la nuit, souples, silencieuses et familières des crimes de sang.

— Quel est le problème, Carly ? C'est le titre qui vous importe ? Ou bien est-ce le nom, la fortune et le château ?

Elle se raidit aussitôt.

— Comment pouvez-vous…

Il l'interrompit en plaquant une nouvelle fois la main sur sa bouche.

— Taisez-vous, s'il vous plaît !

D'un mouvement brusque, elle se débarrassa de son bâillon.

— C'est vous l'escroc, et vous osez me dire ça ? Vous n'êtes pas seulement menteur, vous êtes aussi stupide ! Je me moque des titres, et je déteste ce château, sans parler des cachots ! Je ne sais pas qui vous êtes, mais je hais pardessus tout le mensonge et le crime !

— Que voulez-vous dire ?

— Le vrai comte Vadim, qu'est-il devenu ?

Il bondit hors du lit, aussi vif qu'un loup, et attrapa la jeune femme par le poignet.

— Venez ! lui dit-il d'une voix sourde.

Carly tenta désespérément de se libérer mais il la tenait solidement. Il marcha vers le balcon en la tirant derrière lui.

— Oh, mon Dieu ! Que voulez-vous faire ?

Allait-il la précipiter dans la cour du château en la poussant par-dessus la balustrade ?

— Non ! cria-t-elle.

Il s'arrêta près du mur et déplaça légèrement un petit chandelier. Un panneau s'ouvrit alors silencieusement sur l'entrée d'un couloir sombre et étroit.

Carly se figea. Elle regarda le panneau, puis se tourna vers lui. Il n'avait pas l'intention de la tuer. Du moins pas tout de suite. Mais elle était sûre, maintenant, qu'il était venu dans sa chambre à son insu en utilisant ce passage secret.

Elle lui donna un coup de pied. Il jura et lui lança un regard furieux.

— Vous êtes déjà venu ici pendant la nuit.

— Oui…

— Je vois ! Non content d'être un menteur et un imposteur, vous êtes en plus un…

— Je suis venu ici pour vérifier que tout allait bien et que vous étiez en sécurité, un point c'est tout ! Allons-y, maintenant.

Il lui secoua le bras et la poussa devant lui.

Elle fit quelques pas dans la pénombre et s'arrêta. Un vague relent de parfum flottait dans l'atmosphère confinée du passage. Elle savait maintenant comment Jasmine avait disparu.

Il entra à son tour, et le panneau se referma sans un bruit derrière eux. A intervalles réguliers, des ouvertures situées sous le toit laissaient passer quelques rayons de lune, apportant une faible clarté.

Ils avancèrent en silence l'un derrière l'autre. Au bout de quelques mètres Carly stoppa brusquement et se retourna en tremblant.

— Où m'emmenez-vous ? demanda-t-elle.

— Vous verrez.

— Oh, non ! Si vous devez me tuer, faites-le ici et tout de suite. Ne comptez pas sur moi pour vous précéder jusqu'aux oubliettes !

— Pour l'amour du ciel, Carly, je n'ai pas l'intention de vous tuer ! Comment pouvez-vous penser une chose pareille ? Allons, avancez.

Elle ne répondit pas, et ils poursuivirent leur chemin.

— Qui êtes-vous ? lui demanda-t-elle une nouvelle fois.

— Vous le saurez dans quelques minutes.

— Non ! C'est maintenant que je veux le savoir ! Comment vous appelez-vous ?

— Vadim.

— Cessez de mentir ! Je sais que vous n'êtes pas Vadim.

— Comme vous voudrez, répondit-il, agacé. Il la prit par le bras et passa devant elle.

— Mon nom est bien Vadim, reprit-il. Seulement, je ne suis pas Jon. Mon prénom, c'est Dustin.

— Mais oui, bien sûr ! répliqua Carly d'une voix ironique.

— Croyez ce que vous voudrez… Attention !

Il la tira de côté alors qu'ils passaient près d'une large ouverture dans le sol. C'était un escalier. Carly sentit son cœur s'emballer une nouvelle fois, et elle dut s'appuyer à la paroi pour reprendre sa respiration.

— S'il vous plaît, juste un instant…

— Oh, non, ma belle ! Vous l'avez voulu, alors allons jusqu'au bout.

— C'est vous le responsable ! Vous m'avez menti !

Il s'arrêta net et se retourna. Leurs corps se touchaient, et ses yeux brillaient dans l'obscurité.

— Je vous ai laissé entendre que d'autres que moi étaient impliqués ! Je vous ai dit également que je ne vous avais jamais menti sur nous deux. Vous m'avez alors assuré que vous m'aimiez, et je vous ai crue. Dieu m'est témoin que je ne voulais pas vous mentir… Oh, et puis laissons tomber !

Il la prit par la main et se remit en route. Ils arrivèrent rapidement à destination. Il s'arrêta et appuya sur une commande située dans le mur en face de lui. Un autre panneau se déplaça, et la lumière les éclaira de nouveau.

Carly cligna des yeux et reconnut la chambre. C'était celle de… Jon Vadim.

Le véritable Jon Vadim était là, en veste d'intérieur, confortablement installé sur son lit, une bouteille de champagne à portée de main. Comme il leur tournait le dos, il ne remarqua pas tout de suite leur arrivée. Il était plongé dans une grande conversation avec une femme brune assise près de lui sur le lit. Celle-ci souriait et l'écoutait avec attention, une coupe à la main.

C'était Jasmine.

— Jasmine ! s'exclama l'homme qui accompagnait Carly. J'aurais dû m'en douter.

Celle-ci poussa un cri de surprise et renversa un peu de champagne. Elle bondit hors du lit et regarda les deux visiteurs d'un air étonné.

— Dustin… Carly !

Le vrai Jon Vadim se leva tranquillement et alla prendre la coupe de champagne des mains de Jasmine.

— Dustin, dit-il sur un ton de reproche, tu as effrayé Jasmine. Tu aurais pu prévenir !

— J'ai l'impression d'être devenue folle, murmura Carly.

— Je suis vraiment navrée…, commença Jasmine.

— Vous pouvez l'être ! coupa Dustin en s'avançant au milieu de la pièce.

Carly regarda successivement les deux hommes. Ils se ressemblaient d'une manière incroyable, et il fallait être fin observateur pour remarquer les infimes détails qui les différenciaient.

— Vous êtes jumeaux, c'est ça ? demanda-t-elle. Dustin se tourna vers elle.

— Non. Nous sommes cousins. Vous noterez au passage que le vrai Jon Vadim est bien vivant, répondit-il d'un ton laconique.

— Jasmine, dit Carly, j'attends tes explications !

— Ne te mets pas en colère, Carly…

— Comment ? Tu me fais venir de New York, puis tu disparais sans donner de nouvelles. Je suis morte d'angoisse à ton sujet, et toi…

Dustin intervint alors, et ajouta ses reproches à ceux de Carly.

— Vous vous introduisez dans sa chambre par le passage secret pour lui apprendre que je ne suis pas Jon, mais vous oubliez de lui dire qui je suis vraiment !

Jon Vadim s'approcha de son cousin et posa la main sur son épaule.

— Dustin, s'il te plaît, quelqu'un pourrait nous entendre.

— Je vous demande pardon, Dustin, dit doucement Jasmine, mais je ne savais pas qui était là, et j'ai pensé qu'il valait mieux que je disparaisse. Je n'ai pas réalisé que je vous faisais passer pour un criminel aux yeux de ma sœur.

— S'il vous plaît ! supplia Carly. Quelqu'un aurait-il la bonté de m'expliquer ? Dustin leva les mains en signe d'abandon.

— Tu vas boire un peu de champagne, Carly, décida Jasmine en allant chercher deux coupes.

Carly nota que sa sœur se comportait exactement comme si elle avait été chez elle. Et il semblait y avoir quelque chose d'intime entre elle et Jon Vadim. Elle se sentait trahie. Personne ne lui avait fait confiance.

— Je vais tout vous raconter, dit Jon. Mais installez-vous d'abord.

Il lui désigna les fauteuils placés devant la cheminée. Quant à Jasmine, elle lui tendit une coupe de champagne et la prit par le bras.

— Je t'en prie, Carly, viens.

Dustin resta debout au milieu de la pièce. Jasmine s'assit en face de Carly, tandis que Jon s'installait derrière Jasmine.

— Vous savez qu'une fille du village a été tuée, l'an dernier ? dit Jon.

— Oui, répondit Carly qui se demandait où il voulait en venir.

— Ils ont accusé Jon, expliqua Jasmine. Enfin, ils ont fait des insinuations. Mais ce n'est pas lui !

— L'inspecteur n'a rien trouvé, poursuivit Jon. Le crime a eu lieu dans des circonstances particulières : la nuit de Halloween, la pleine lune, etc. Et je craignais que cela ne se reproduise. Tout portait à croire que quelqu'un se servait de moi pour assouvir ses fantasmes morbides, vous comprenez ?

Carly fut frappée par la similitude entre les deux hommes, jusque dans le sourire et la couleur des yeux, dorés et fascinants. Elle songea alors qu'elle devait prendre garde à ne pas se laisser charmer une seconde fois.

— Continuez. Je vous écoute, dit-elle.

— Dustin et moi sommes cousins. Nous avons toujours été très proches. Nos pères respectifs ont épousé deux sœurs, ce qui, je suppose, explique notre ressemblance.

Dustin, qui était toujours de mauvaise humeur, restait silencieux.

— Quoi qu'il en soit, poursuivit Jon, Dustin était autrefois membre des services spéciaux britanniques…

— L'équivalent de la C.I.A. ? demanda Carly.

— Quelque chose comme ça. Jusqu'à l'an dernier, nous n'avions l'un et l'autre aucune idée de notre étonnante ressemblance. Je suis allé le voir à Londres lorsqu'il a ouvert son cabinet.

— Son cabinet ? répéta Carly en se tournant vers Dustin.

— Détective privé, précisa-t-il.

— Evidemment !

— J'avais besoin d'aide, Carly, dit Jon.

— Vous avez donc échangé vos places.

— Dustin a dû modifier sa coupe de cheveux et se raser la barbe, reprit-il, l'air amusé, mais ça a marché. Personne n'était capable de faire la différence, mis à part quelques proches.

— Mais…

— Carly, dit Jasmine en soupirant, quelqu'un a tenté de m'agresser dans la grange, vers la mi-octobre. J'ai réussi à m'échapper, et j'en suis venue par la suite à me demander si je n'avais pas simplement rêvé. Mais c'était vrai. Jon était au courant. Nous étions tellement tendus que nous avons fini par nous quereller, et je suis partie.

J'étais terrorisée. Je n'étais pas encore au courant, pour Jon et Dustin.

Carly respira profondément.

— Donc, pendant tout ce temps, tu n'étais pas ici ? Jasmine secoua la tête.

— Je suis arrivée la nuit dernière. Je savais qu'il se passait quelque chose, et je voulais en avoir le cœur net. Quand j'ai appris que tu étais au château, j'ai eu peur pour toi.

— Bon sang, Jasmine ! s'écria Dustin. Comment aurais-je pu deviner que vous étiez cachée derrière le panneau ? Je craignais pour la vie de Carly. J'ai cru que l'assassin était dissimulé quelque part dans sa chambre.

Jasmine baissa la tête.

— Je vous demande pardon. Sincèrement.

Carly but une gorgée de champagne, puis les regarda tous les trois.

— Il y a aussi les deux autres meurtres. Dustin hocha la tête. Pensez-vous connaître le meurtrier ? demanda-t-elle.

— C'est quelqu'un d'ici, répondit-il.

— Mais pas Jon, précisa aussitôt Jasmine.

— Dustin a eu une idée, dit Jon.

— C'est délicat, tant que je ne suis pas sûr, expliqua Dustin. Je ne veux pas jeter la suspicion sur un innocent.

Carly se tourna vers Jon. Elle ne voulait toujours pas croiser le regard de Dustin car elle était toujours en proie à des émotions contradictoires.

— L'inspecteur sait-il que vous êtes deux ?

— Non, répondit Jon d'un air soucieux. Pourquoi ?

— Eh bien, quand il l'apprendra, il deviendra deux fois plus suspicieux, et aucun alibi ne saura le convaincre de votre innocence.

— Ce n'est pas vraiment un problème, déclara Dustin. J'ai bon espoir de démasquer l'assassin dès la prochaine nuit de pleine lune.

Il se tourna vers Carly.

— Les meurtres se produisent toujours pendant la pleine lune, vous le savez.

Elle sentit un frisson lui parcourir le dos, et se mordit la lèvre. Il devenait évident qu'ils étaient tous deux innocents : aussi bien Jon que Dustin et...

Elle l'aimait en dépit de tout. Il n'était pas comte et ne s'appelait pas Jon, mais cela ne changeait rien. Elle releva la tête et se sentit soulagée. Soulagée et épuisée. Mais ce n'était pas terminé. Elle leva enfin les yeux vers lui.

— Pourquoi ne m'avez-vous pas dit qui vous étiez ?

— Je ne pouvais pas. Je ne savais pas où était Jasmine. Je savais juste qu'elle était partie pour Paris. Mais comment vous faire comprendre tout cela ? Vous auriez pensé que nous étions tous dérangés, et vous seriez allée voir l'inspecteur.

Elle acquiesça.

— Est-ce vous qui avez volé la lettre ?

— Non, ce n'est pas moi... Jon ?

— Non, bien sûr que non. Jamais je n'irais fouiller dans le sac d'une dame.

Dustin haussa les épaules en souriant.

— C'est toute la différence entre un gentleman et un détective privé. Je n'aurais pas hésité si j'avais estimé que c'était nécessaire. Mais je ne l'ai pas fait.

— Alors, quelqu'un d'autre a pénétré dans ma chambre, dit Carly.

— Oh, mon Dieu ! s'exclama Jasmine.

— J'ai conseillé à Carly de s'en aller, poursuivit Dustin en se tournant vers la jeune femme. Mais elle ne voulait pas partir avant de vous avoir retrouvée.

— Tu devrais rentrer, dit Jasmine.

— Et te laisser ici ?

— Mais, Carly...

Carly se mit à trembler, tout à coup. Elle chercha désespérément le regard de son amant. Si elle partait, elle le perdrait. Elle ne ressentirait plus jamais la brûlure de ses mains sur son corps...

— Je… je ne peux pas partir maintenant, déclara-t-elle.
— Carly ! s'exclama Jasmine.
— C'est bon, Jasmine, dit Dustin.
Il s'approcha de Carly et lui prit la main.
— Je reste avec elle. Venez, Carly. Laissons ces deux-là… se mettre au lit.
Il aida la jeune femme à se lever et l'entraîna sans lui demander son avis.
— Bonne nuit, lança-t-il à Jasmine et à Jon. Tout le monde se tut, et Carly suivit docilement Dustin vers l'entrée du passage secret.
Elle se promit de tordre le cou à sa sœur lorsque tout serait terminé.

10.

Carly resta silencieuse tandis qu'ils regagnaient la chambre. Dustin se demandait combien de temps il allait devoir attendre avant qu'elle se décidât à lui adresser de nouveau la parole. Mais, de toute façon, ce serait sans doute pour l'insulter et lui témoigner sa haine.

Il n'avait pas décidé de tomber amoureux.

Il n'avait pas non plus décidé de se trouver là.

Mais Jon avait des ennuis. Le plan qu'ils avaient mis sur pied semblait devoir marcher. Il lui restait au moins une chance de prouver son innocence. Certes, Jon était un homme déterminé et courageux, mais il n'était pas, comme Dustin, en contact avec certaines instances judiciaires. Il n'avait pas non plus été entraîné pendant des années à analyser le moindre détail.

Il posa la main sur la commande du panneau coulissant, et ils se retrouvèrent dans la chambre de Carly. La jeune femme entra la première. Il la suivit, et le panneau se referma derrière eux. Puis il attendit.

Carly se mit à marcher de long en large dans la pièce. Dustin regretta que les choses ne se fussent pas passées différemment. Dès le premier instant, il était tombé sous le charme de ses yeux turquoise, de ses cheveux blond vénitien et de sa lumineuse présence sous la pleine lune.

Non, se répéta-t-il, il n'avait pas décidé de tomber amoureux. Il avait insisté pour qu'elle rentrât chez elle, il l'avait mise en garde, et maintenant, il craignait plus que tout au monde qu'elle ne suivît ses conseils. Elle était celle qu'il attendait depuis toujours. Il avait été touché au plus profond de son être, non par la perfection de son visage ou l'élégance de sa démarche, mais par le sourire timide qu'elle lui offrait quand elle était en confiance, par sa sincérité et par son rire.

Elle s'arrêta de marcher et fit brusquement volte-face.

— Vous auriez pu me parler avant !

— C'était impossible, dit-il en secouant la tête.

— Vous m'avez demandé de vous faire confiance, mais à aucun moment vous n'avez eu confiance en moi.

— Vous vous trompez, Carly. Par ailleurs, je vous ai bien dit que je n'étais pas seul à être impliqué. Il s'agit d'un jeu très dangereux. Dans ce pays, on pend les assassins. C'est de la vie de Jon que nous parlons.

Elle baissa la tête et ne dit rien.

— N'oubliez pas que je joue aussi ma propre vie dans cette affaire, ajouta-t-il.

— L'inspecteur Durand connaît Dustin Vadim ?

Il acquiesça. Il était trop tard pour lui demander de lui pardonner.

— Je vous l'ai dit, reprit-il d'une voix blanche, Jon et moi sommes très proches. Je venais souvent ici quand nous étions enfants.

— Vous n'avez pas peur que l'inspecteur soupçonne quelque chose ? Dustin secoua la tête.

— Nous n'avions pas mesuré à quel point nous nous ressemblions avant que Jon ne vienne à Londres, l'année dernière. J'ai toujours eu les cheveux un peu plus longs que lui, et je portais la barbe. Je l'ai rasée la nuit où nous avons mis au point notre projet.

Carly réfléchit un moment, puis marcha tranquillement vers le lit. L'instant d'après, Dustin recevait un oreiller sur le nez. Il chancela sous le choc.

— Carly !

— Espèce de sale… Quand je pense à tout ce que j'ai pu lui dire en croyant m'adresser à vous !

— Vous ne lui avez rien dit…

— Qu'en savez-vous ? Je vous trouvais tellement bizarre, parfois.

Vous ne vous souveniez de rien. Vous auriez très bien pu être un dangereux maniaque.

— Carly…

— Allez au diable ! Tous les deux !

Il se raidit aussitôt. Elle le regardait froidement, les yeux embués de larmes. Il eut envie de courir vers elle et de la prendre dans ses bras, mais, apparemment, elle ne lui avait toujours pas pardonné.

Il ramassa l'oreiller d'un geste maladroit.

— Je vais dormir par terre. Je devrais vous laisser, mais je ne pense pas que ce soit une bonne idée. Vous êtes toujours en danger.

Elle l'observa, intriguée, tandis qu'il traversait la chambre et allait s'installer devant la porte.

Puis elle s'approcha lentement de lui. Elle portait toujours sa robe fourreau noire, et elle était pieds nus. Bien que ses cheveux fussent tout décoiffés, elle lui parut plus élégante et plus sexy que jamais. Elle s'agenouilla près de lui. Ses yeux étaient encore humides, mais elle souriait.

— Pourquoi par terre ?

— Parce que je ne veux pas vous laisser seule.

— Oui, oui, vous me l'avez déjà dit. Je vous crois. Je ne veux pas que vous partiez.

— Alors…

— Justement… Pourquoi ici ? Il y a un lit tout à fait confortable, pas très loin.

Pendant quelques secondes, il resta muet, le cœur battant.

— Dois-je prendre ça pour une invitation ? demanda-t-il.

— Je suppose que oui.

Il n'osa pas bouger. Elle se pencha et lui caressa la joue.

— Oui, c'en est une, déclara-t-elle.

— Mais je croyais que…

— … que quoi ?

— … que vous étiez furieuse contre moi.

— Je le suis.

Un sourire malicieux se dessina sur ses lèvres, et elle se lova à côté de lui en un mouvement gracieux et félin.

— Furieuse, exaspérée, en colère, tout ce que vous voudrez, mais…

— … mais ? demanda-t-il en retenant son souffle.

— … mais je crois bien que je vous aime.

— Vous croyez ?

— Voulez-vous que je vous le prouve ?

Elle approcha les lèvres des siennes et l'embrassa voluptueusement. Ils roulèrent ensemble sur le sol et il s'enivra de son parfum, de sa peau et de ses lèvres.

Il glissa la main sous sa robe et lui caressa les jambes fébrilement. Ils s'étreignirent dans un frémissement de velours et de soie, et le feu attisé d'une passion ardente se réveilla en eux.

Dustin se redressa sur les genoux et attira la jeune femme vers lui. Elle souriait, un éclat langoureux dans les yeux.

— Il y a un lit tout à fait confortable, dit-il.

— Mmm…

Il se leva et alla s'installer sur le lit. Elle le rejoignit aussitôt, et commença à défaire les boutons de sa chemise.

— C'est triste, dit-elle en soupirant.

— Triste ?

Elle effleura sa peau ici et là, du bout des doigts.

— Oui. Je suis furieuse contre Jon et Jasmine.

— Je comprends.

Elle s'occupa de la ceinture de son pantalon, tout en poursuivant :

— Ils ont été odieux. Tous les deux.

— Odieux. Vous avez raison.

Il tâtonna un instant, puis trouva la fermeture Eclair de sa robe et la fit descendre jusqu'à la taille de la jeune femme.

— Mais ce sont eux qui ont le champagne, dit Carly.

— Vous en voulez ?

— Pourquoi pas ? murmura-t-elle d'un air pensif, tout en

enroulant les doigts autour de son membre. Il émit un sourd grognement et resserra son étreinte.

— Carly ?

— Oui ?

— Au diable le champagne !

Il débarrassa le lit des vêtements qui l'encombraient et couvrit la jeune femme de son corps. Au loin, quelque part dans la montagne, un grand loup gris argent hurla sous la lune. La nuit passa rapidement, magique et impudique.

Les trois semaines qui suivirent furent placées à la fois sous le signe d'une grande tendresse et d'une forte tension.

Bien qu'il eût été plus simple de prouver à l'inspecteur que Jasmine était en vie, Jon décida qu'il était préférable qu'elle restât cachée. De cette façon, Carly put rendre visite à sa sœur par le passage secret.

A mesure que les jours passaient, Tanya devenait de plus en plus maussade. Elle aurait voulu rentrer chez elle. Carly se sentait désolée pour elle, mais aucun d'eux n'était censé aller où que ce soit. L'inspecteur leur avait confisqué leurs passeports, et ils étaient tous tenus de rester dans les limites du duché.

Ils firent une randonnée à cheval, pique-niquèrent, allèrent voir un film au cinéma du village. Chaque soir, ils dînaient avec la même élégance et, chaque nuit, Dustin retrouvait Carly dans sa chambre.

Tanya semblait s'être lassée de sa liaison clandestine. Carly ne surprit plus aucun rendez-vous furtif, la nuit, dans le couloir. Elle-même ne portait plus la moindre attention à ce qui se passait dans le monde : elle concentrait toute son attention sur le mystère qui planait sur le château Vadim.

Elle découvrit que le passage secret menait à n'importe quelle partie du bâtiment, ce qui permettait à Jon de se rendre discrètement à la bibliothèque pour s'occuper des affaires courantes. Elle y prit le petit déjeuner avec lui et Jasmine, un matin où Dustin dut se rendre au village pour expédier un télégramme.

Carly découvrit, amusée, les infimes détails qui différenciaient les deux cousins : certaines inflexions de la voix, un grain de beauté sous la ligne des cheveux, une petite cicatrice…

— Comment peux-tu sourire ? lui demanda soudain Jasmine d'un air de reproche.

Carly se rendit alors compte de l'état d'extrême nervosité dans lequel se trouvait sa sœur.

— Tu aurais dû rester à Paris, ma chérie, lui fit observer Jon.

Jasmine frissonna dans son fauteuil.

— Cette histoire n'en finira donc jamais ?

Jon se leva, vint derrière elle et posa les mains sur ses épaules.

— Ce sera bientôt terminé, dit-il. Puis il ajouta pensivement :

— Cette nuit, c'est la pleine lune.

Ce fut au tour de Carly de se sentir mal. Ses mains devinrent glacées. Elle marmonna quelques mots d'excuse, puis se leva pour regagner sa chambre.

Elle faillit heurter Geoffrey dans le couloir.

— Hello, l'étrangère ! dit-il avec un regard chaleureux.

— Oh, Geoffrey ! Elle rougit subitement et pria pour qu'il n'allât pas dans la bibliothèque. Elle glissa son bras sous le sien et l'emmena vers la terrasse.

— J'ai fait quelques croquis pour la pièce.

— Oh, vraiment ?

— Si, toutefois, vous voulez toujours de moi, ajouta-t-elle.

— Bien sûr, bien sûr. Je me demandais simplement… Je sais que cela ne me regarde pas, mais je me demandais si vous aviez l'intention de repartir pour les Etats-Unis ou non.

Carly baissa la tête. Elle n'en savait rien elle-même.

— Eh bien, répondit-elle en souriant, je suis plus que jamais impatiente de travailler sur ce spectacle.

— Vous me rassurez, dit-il d'un ton jovial.

— Maintenant que je vous connais bien, Geoffrey, je dois vous avouer que j'étais très intimidée à l'idée de rencontrer un producteur de Broadway. Je le suis toujours, d'ailleurs.

Il éclata de rire et lui rappela le déguisement de vieille harpie qu'il portait quand ils s'étaient vus pour la première fois.

— Allez vite me chercher ces dessins, lui dit-il. Je suis tellement impatient de les voir. Vous me trouverez dans la bibliothèque.

— Non ! lâcha-t-elle aussitôt. Non... Je préférerais la terrasse, si ça ne vous ennuie pas.

— Il y fait un peu froid, non ?

— Il y fait meilleur, maintenant que le soleil s'est levé. Et nous aurons plus de lumière.

— Comme vous voudrez. Je vous y attends.

Il était assis à la grande table lorsque Carly redescendit avec ses croquis, et Marie venait juste d'apporter du chocolat chaud.

Ils passèrent ainsi l'après-midi à étudier les différents projets conçus par Carly. A mesure que les heures passaient, la jeune femme se sentait de plus en plus excitée et griffonnait avec force détails les idées qu'elle avait en tête, sous le regard impressionné de Geoffrey. Quand le soir commença à tomber, il dut convenir que Carly avait abattu un travail énorme et d'une grande qualité.

— Je meurs d'impatience de voir les tissus, dit-elle en rectifiant un dessin d'un coup de gomme.

— Alexi ! Comment allez-vous ? s'exclama Geoffrey.

Carly leva les yeux. Alexi venait d'entrer sur la terrasse, vêtu d'un jean et d'un pull bordeaux. Il lui adressa un sourire chaleureux.

— Hello ! Puis-je me joindre à vous ?

— Bien sûr ! dit Carly.

Il prit place à la table et allongea les jambes sur l'un des sièges. Puis son sourire se teinta d'inquiétude.

— L'inspecteur a chargé ses hommes de me suivre, annonça-t-il.

— Il ne ferait pas une chose pareille ! répliqua Carly.

— Mais si. Et je suis prêt à parier qu'il fait aussi surveiller Jon.

— Pourquoi dites-vous cela ? demanda Geoffrey.

— Parce que nous entrons dans une période de pleine lune, répondit-il avec conviction.

Carly se sentit soudain oppressée. Elle observa les mains d'Alexi posées sur la table. Elles étaient larges et solides. Il ne fallait pas se fier aux apparences. Derrière une allure jeune, mince et séduisante, il cachait une grande énergie et une force redoutable.

Dustin le suspectait, elle en était sûre, même s'il ne lui en avait rien dit. L'inspecteur aussi. Ce n'était certainement pas par hasard qu'il avait décidé de le faire surveiller.

Mais, d'après Alexi, il faisait également suivre Jon Vadim. Ou Dustin Vadim. Et la lune serait bientôt pleine.

— Où est Jon ? demanda Alexi.

— Il est allé au village, répondit Carly.

— Quand doit-il rentrer ?

— Je ne sais pas.

Elle songea alors qu'il aurait dû être rentré depuis longtemps. Il ne fallait pas des heures pour envoyer un télégramme.

— Pourquoi ? demanda Geoffrey.

— Oh… J'ai un petit problème de maçonnerie dans mon hall. Jon a fait faire des travaux, l'année dernière, et je voulais juste avoir son opinion.

Il sourit ensuite d'un air gêné.

— Mais ce n'est pas si important que cela, ajouta-t-il. Je crois que j'avais simplement besoin d'un peu de compagnie.

— Essayons de rester ensemble, cette nuit, murmura Geoffrey.

— Toute la nuit ? demanda Alexi en retrouvant sa bonne humeur.

— Pourquoi pas ? Nous avons prévu une soirée spéciale ronflements dans la salle d'honneur, dit Geoffrey en riant.

— Croyez-vous vraiment que l'heure soit à la plaisanterie ? intervint Carly.

Ils la regardèrent sans dire un mot, et elle se sentit soudain mal à l'aise. Alexi s'en rendit compte et détourna les yeux.

— Je suis sûr qu'ils surveillent le château, dit-il. Avec l'histoire qui court sur les Vadim…

— Quelle histoire ? demanda Carly.

— Oh, des élucubrations. Les légendes ne reposent pas nécessairement sur la réalité. Il y a toujours eu des loups dans nos forêts, et les gens du village sont très superstitieux. Cela fait des siècles qu'ils accrochent des crucifix à leurs portes. Il arrive parfois qu'un esprit malade se prenne réellement pour un loup… La lune a des effets étranges sur les nerfs, vous savez ?

Pendant qu'il parlait, la nuit était tombée, et la brume commençait à se lever en formant des volutes au-dessus du sol, dans la cour du château.

Un bruit de verre cassé fit sursauter Carly. Elle se retourna vivement. Tanya était là et regardait à l'extérieur, les yeux exorbités comme si elle avait vu un fantôme. Son verre de vin venait de lui glisser des mains.

— Tanya, que se passe-t-il ? demanda Carly.

— Je suis désolée, dit Tanya en hochant la tête. J'ai dû avoir une hallucination.

Elle se baissa pour ramasser les morceaux de verre, mais Marie, qui avait dû entendre le bruit, arrivait déjà en courant.

— Voulez-vous que je vous apporte un autre verre, mademoiselle ?

Tanya se laissa tomber dans un fauteuil, à côté de Carly.

— Oui, ce serait gentil. Merci beaucoup.

Sans savoir exactement pourquoi, Carly fut tout à coup persuadée que l'homme que Tanya voyait la nuit était Alexi. Si elle avait gardé cette relation secrète, c'était sans doute parce que ce dernier n'était pas censé se trouver au château, ces nuits-là, même s'il était un visiteur assidu. Il avait son propre domicile non loin de là.

Carly se souvint qu'il ne s'était pas beaucoup montré, ces derniers jours.

— Vous êtes venu pour… le dîner ? lui demanda Tanya d'un ton mielleux.

— Je ne suis pas habillé, murmura-t-il, mais… eh bien, oui, je vais rester quand même. Il se tourna alors vers Carly. C'est la pleine lune, vous savez…

Le ton sur lequel il avait dit cela donna la chair de poule à la jeune femme. Elle se leva et rassembla ses dessins.

— Je… je vais prendre une douche, dit-elle, embarrassée.

— Excellente idée, déclara Geoffrey en se levant à son tour. Je vais faire la même chose. Mais dans ma propre salle de bains, rassurez-vous !

Carly rit avec lui, et ils se dirigèrent ensemble vers l'escalier. Arrivée à mi-chemin, elle jeta un coup d'œil derrière elle. Tanya et Alexi demeuraient seuls sur la terrasse ; ils étaient penchés l'un vers l'autre.

Elle eut envie de crier, d'avertir Tanya, mais qu'aurait-elle pu dire ? Elle n'avait aucune preuve de la culpabilité d'Alexi. Elle les vit alors se séparer. Alexi sortit en direction du bâtiment principal tandis que Tanya s'avançait tranquillement vers l'escalier.

Carly grimpa rapidement les marches pour ne pas être surprise en train d'espionner. Le reste du château était plongé dans la pénombre. Les lumières n'avaient pas encore été allumées. Il lui semblait presque que le brouillard s'était infiltré par les portes et les murs.

Elle se précipita dans sa chambre, ferma la porte à clé et s'assit au pied du lit, les jambes repliées contre sa poitrine.

Dès que Dustin serait rentré, elle lui ferait part de ses soupçons concernant Alexi.

Un détail, cependant, la tracassait.

Tanya. Elle avait laissé tomber son verre après avoir vu quelque chose à l'extérieur. Elles étaient ensemble, à ce moment-là, en compagnie de Geoffrey et d'Alexi. Quant à Jon, Dustin et Jasmine, ils se trouvaient ailleurs.

Mais peut-être avait-elle été simplement effrayée par quelque forme fantasmagorique créée par la brume ?

Carly se releva et sortit sur le balcon. Le brouillard était de plus en plus dense, mais sa chambre se trouvait à l'étage, et elle pouvait apercevoir l'écurie de l'autre côté de la cour.

Plusieurs voitures étaient garées devant. Elle plissa les yeux. Il lui sembla aussi reconnaître, sur le côté du bâtiment, la Mercedes que Dustin avait prise le matin même. Pourquoi l'avait-il garée là ?

La jeune femme s'apprêtait à rentrer dans sa chambre lorsqu'un mouvement soudain retint son attention. Une femme se dirigeait vers l'écurie en courant.

C'était Jasmine.

Sa sœur venait de sortir du château, alors qu'elle ne devait se montrer sous aucun prétexte. Décidément, elle ne tenait pas en place, se dit Carly. Elle disparut bientôt à l'intérieur de l'écurie.

Carly n'hésita pas une seconde : elle sortit rapidement de la chambre, dévala l'escalier quatre à quatre, traversa la terrasse en courant et déboucha dans la cour quasiment à bout de souffle.

Il commençait à faire très sombre. Les dernières lueurs du crépuscule avaient disparu à l'horizon depuis longtemps.

Carly leva la tête et regarda le ciel. La lune s'était levée et projetait sa froide lumière sur les pierres du château.

— Jasmine... tu ne pourras donc jamais rester tranquille! marmonna-t-elle entre ses dents.

Elle courut vers l'écurie et poussa le portail. Il était fermé de l'intérieur. Elle actionna la poignée dans tous les sens, sans plus de résultat.

— Jasmine!

Aucune réponse. C'est alors que Carly entendit sa sœur hurler. D'un cri déchirant qui se répéta plusieurs fois. Un cri de terreur.

— Jasmine! appela-t-elle de toutes ses forces.

Elle se jeta alors violemment contre le portail, une épaule en avant. Celui-ci céda avec un bruit sourd de bois vermoulu et, dans son élan, la jeune femme fut précipitée sur le sol.

L'écurie était plongée dans une totale obscurité. Un cheval hennit tout près d'elle. Un autre s'ébroua.

— Jasmine!

— Carly!

Jasmine arriva comme une flèche au moment où sa sœur se relevait, et elles tombèrent toutes les deux en roulant dans la poussière.

— Dieu merci, tu n'as rien ! dit Carly, des larmes dans la voix.

Elle la serra fortement dans ses bras. Jasmine était secouée de tremblements convulsifs. Elle-même tremblait de tous ses membres. Jasmine commença à parler, d'une manière hachée et décousue.

— Je… J'avais besoin de sortir. Juste quelques minutes. J'ai cru… Je voulais voir les chevaux. Oh, c'était horrible ! Comme la dernière fois, avant que je m'échappe. J'ai eu tellement peur… j'étais terrorisée. Oh, Carly ! Il m'a attrapée par-derrière et m'a mis un couteau sous la gorge. Quelqu'un a réussi à m'arracher à ses griffes. Et tu es arrivée. Si tu n'avais pas été là…

— Il faut sortir d'ici ! dit Carly.

Jasmine s'écarta et regarda sa sœur, les yeux écarquillés.

— Oh, Carly… Elle s'arrêta soudain. Des pas résonnaient près de l'entrée. Carly reconnut Dustin à sa silhouette en contre-jour. Il se précipita à l'intérieur et s'agenouilla près des deux femmes. Doucement, il releva le menton de Jasmine.

— Vous n'avez rien ? Elle fit non de la tête.

— Mais qui…

— Je ne sais pas, dit-il.

— C'était vous. Vous étiez ici dans l'écurie, dit Carly en se rappelant la Mercedes garée sur le côté.

Il lui lança un regard exaspéré. Ses prunelles dorées brillaient dans le noir comme celles d'un loup.

— Oui, j'étais là. Et j'étais sur le point de mettre la main sur l'assassin. Au lieu de cela, c'est lui qui a bien failli avoir Jasmine.

Carly se sentit envahie par le découragement. L'homme qu'elle aimait se trouvait dans l'écurie au moment de l'agression. Avait-il vraiment sauvé Jasmine, ou était-ce lui le tueur ?

— Venez. Sortons d'ici, dit-il en les aidant à se relever.

Ils marchaient vers l'entrée du château quand deux formes se détachèrent dans la brume. En s'approchant, Carly reconnut Geoffrey et Alexi.

— Voilà les curieux, maintenant, marmonna Dustin.

— Que s'est-il passé ? demanda Geoffrey en accourant. J'ai entendu un hurlement.

— Jasmine ! s'écria Alexi.

Il paraissait sincèrement inquiet. Carly ne savait plus que penser.

— Quelqu'un a attaqué Jasmine dans l'écurie, expliqua-t-elle.

Geoffrey leva les sourcils d'un air stupéfait.

— Comment cela a-t-il pu arriver ? Je croyais Jasmine à Paris !

Il regarda Carly, puis Jasmine.

— Qu'est-ce que vous faites ici, trésor ?

Jasmine, toujours choquée, se massait la gorge. Elle embrassa Geoffrey sur la joue.

— Bonsoir, dit-elle. Je… euh… Je venais juste d'arriver.

— Pauvre Jasmine ! dit Alexi d'une voix éteinte.

Carly eut soudain l'impression d'avoir des fourmis sous la peau. Elle observa les trois hommes. Chacun d'eux avait pu tendre un piège à sa sœur, disparaître ensuite et revenir comme si de rien n'était.

Dustin avait reconnu qu'il se trouvait sur les lieux…

— Ne restons pas là, dit-il soudain. Rentrons.

Carly le regarda d'un œil approbateur et faillit l'appeler par son prénom. Comme s'il l'avait deviné, il la regarda en fronçant les sourcils.

— Vous avez raison, Jon. Je crois qu'un verre de cognac ne nous ferait pas de mal.

— Certainement. Il faudra également faire un rapport pour l'inspecteur.

— Oh, non ! gémit Alexi. Il va encore en profiter pour nous harceler. D'ailleurs, il doit déjà être au courant, avec les hommes qu'il a postés ici.

Il ne croyait pas si bien dire, songea Carly en voyant arriver deux hommes dans la cour du château.

Quelques instants plus tard, l'inspecteur était là, questionnait chacun d'eux sans relâche et se faisait préciser jusqu'aux moindres détails.

Bien qu'elle n'eût pas à mentir, Carly ne put s'empêcher de se sentir coupable. Elle savait pertinemment que l'homme qui se faisait appeler Jon s'appelait en réalité Dustin. Et il y avait toujours un Vadim de trop dans son esprit.

Un Vadim qui n'avait pas besoin d'alibi. Mais cela, elle était seule à le savoir, avec Jasmine.

Le dîner fut expédié, ce soir-là. Marie apporta des sandwichs au rosbif et une salade de pâtes, tandis que l'inspecteur poursuivait ses interrogatoires.

Quand leur tour fut passé, Jasmine et Carly montèrent se coucher avec soulagement. Quand elles furent parvenues dans la chambre de Carly, Jasmine se frotta nerveusement la gorge.

— J'étais terrorisée. Il s'en est vraiment fallu de peu. Jon a tout entendu, et il a failli sortir, lui aussi. Il était fou d'angoisse pour moi.

Et s'il avait menti ? se demanda Carly. Où était Jon Vadim pendant tout ce temps ? Jasmine l'embrassa soudain.

— Je vais le rejoindre.

— Attends, dit Carly. Il faut que tu restes avec moi, au moins pour cette nuit.

— Non, non, je ne peux pas. Il doit être trop inquiet. Je te vois demain matin à la première heure. Il a besoin de moi. N'oublie pas que je suis son alibi.

Elle fit coulisser le panneau et disparut par le passage secret.

Alibi, ou victime ? songea Carly. Puis elle s'aperçut qu'elle se posait la même question à son propre sujet.

Elle prit un bain et enfila sa chemise de nuit en flanelle. Dustin n'était pas venu la rejoindre. Un long frisson envahit tout son corps. Était-ce le désir… ou était-ce la peur ?

Elle alla ouvrir les portes-fenêtres du balcon. La lune était maintenant à son zénith, et sa lumière blafarde tombait sur les pavés de la cour.

— Carly…

Elle se retourna vivement, le souffle coupé. C'était Dustin.

— Comme tu es belle, ce soir. Et si désirable !

Il posa les mains sur ses épaules et lui baisa les lèvres et la gorge. Carly sentit son pouls s'accélérer tandis qu'il dénouait le cordon qui maintenait le haut de sa chemise de nuit. Le vêtement glissa sur le sol, et elle se retrouva nue sous la lune.

De la bouche, il s'empara de ses seins dont les pointes se dressèrent au contact de sa langue. Carly sentit une douce chaleur monter en elle, et elle en oublia la fraîcheur de la nuit. Dustin se mit à genoux, et ses lèvres s'aventurèrent sur ses hanches et son ventre. Il plaqua les mains sur le dos de ses cuisses, et Carly ne put retenir un cri lorsqu'il explora de sa langue sa tendre et chaude intimité. Elle renversa le buste en arrière, oubliant la nuit et la pleine lune. Rien d'autre ne lui importait que les caresses de cet homme et le plaisir brûlant et indicible qu'elles lui procuraient.

Elle sentait ses forces l'abandonner. Il la porta jusque sur le lit, et ils firent l'amour sous les rayons de la pleine lune.

Puis la jeune femme s'assoupit quelques minutes. Quand elle rouvrit les yeux, son amant était debout.

— Que se passe-t-il ? lui demanda-t-elle.

— J'ai soif, dit-il en l'embrassant. Cette fois, je vais chercher le champagne.

Il se glissa hors du lit, et Carly en profita pour se blottir sous les couvertures. On entendait au loin les hurlements des loups, lugubres et inquiétants.

— Je reviens tout de suite, promit Dustin. Carly marmonna vaguement quelque chose, puis elle ferma les yeux et s'endormit. Elle se réveilla beaucoup plus tard. Quelqu'un était en train de lui secouer l'épaule.

Elle cligna des yeux et remonta les couvertures jusqu'à son cou. Sa sœur était agenouillée au bord du lit.

— C'est affreux ! gémit-elle. Réveille-toi, Carly. Il faut t'habiller. Il est en bas et il attend.

— Qui attend ? demanda doucement Carly. Et que s'est-il passé de si affreux ?

Jasmine se releva pour permettre à sa sœur de sortir du lit.

— L'inspecteur est là. C'est horrible, Carly… Tanya a été assassinée cette nuit !

Tanya !

Carly sentit son sang se glacer. Tanya ne pouvait pas être morte. Ce n'était pas possible…

— Le médecin légiste dit qu'elle a été tuée au milieu de la nuit. Oh, Carly ! Tu vois que j'ai eu raison de retrouver Jon. Je sais qu'il est innocent. J'étais avec lui toute la nuit. Et Dustin ! Vous étiez ensemble, cette nuit, n'est-ce pas ? Alors, tu vois…

Carly sentit son cœur se serrer comme dans un étau. Non, elle ne voyait pas. Elle ne savait rien du tout. Dustin l'avait quittée au milieu de la nuit.

Au moment où elle avait entendu les loups hurler. Une nuit de pleine lune.

11.

Une fois de plus, ils se retrouvèrent réunis dans la bibliothèque.

Tous, sauf Tanya, bien sûr, et le véritable comte Vadim qui, aux yeux de Carly, brillait singulièrement par son absence.

Ce fut pathétique. On avait retrouvé le corps de Tanya dans le même état que celui des autres victimes. La police était persuadée qu'elle avait été tuée à l'endroit où on l'avait découverte : dans une grotte, au milieu de la forêt.

Sur la propriété de Jon Vadim.

Carly observa Dustin. Il était vêtu d'un costume de tweed sombre à carreaux, un imper négligemment jeté sur les épaules, comme s'il s'apprêtait à sortir. Ou comme s'il venait de rentrer.

Elle se sentait mal à l'aise. Elle aurait préféré ne pas être confrontée à lui en présence de l'inspecteur, et elle dut se retenir pour ne pas crier, pour ne pas le frapper.

Chaque fois qu'elle tournait les yeux vers lui, son regard l'accusait un peu plus.

Il se trouvait dans l'écurie, la veille, quand Jasmine avait été attaquée. Et, cette nuit, il avait disparu.

Non. En dépit de tout, elle devait le croire. Aussi loyalement que Jasmine croyait en Jon.

Il n'en restait pas moins que le vrai Jon n'avait probablement pas quitté Jasmine de toute la nuit. Alors que Dustin…

Carly se leva sans prêter attention à ce que disait l'inspecteur. D'ailleurs, c'était toujours la même chose : « Où étiez-vous ? Qu'avez-vous fait ? » Il n'y avait pourtant qu'une réponse : ils étaient tous allés se coucher. Seulement, voilà : Tanya avait ensuite quitté sa chambre, et quelqu'un l'avait accompagnée dans les bois.

— Vraiment, je ne comprends pas ! s'exclama la jeune femme.

Tous les yeux se tournèrent vers elle. L'inspecteur, qu'elle venait d'interrompre, toussota. Carly l'ignora.

— Des gens continuent de se faire tuer, et personne ne fait rien ! Que font donc vos experts ? Il suffirait d'analyser les cheveux, le sang, les fibres...

— C'est ce que nous faisons, madame Kiernan ! coupa froidement l'inspecteur. Voyez-vous, il arrive qu'il n'y ait ni fibres ni cheveux. Quelquefois, les victimes se font attaquer soudainement, comme par un loup sorti de la forêt. Ensuite, nous devons tenir compte des éléments. La brume tend à faire disparaître des indices qui pourraient nous aider. Mais peut-être avez-vous d'autres suggestions ?

Carly se tenait droite devant lui, les mains sur les hanches.

— Oui, monsieur. Je pense que vous auriez dû nous protéger. Chacun ici s'attendait qu'il arrive quelque chose pendant la nuit. La suite, vous la connaissez.

L'inspecteur prit un air navré.

— Nous avons surveillé le château.

— Et alors ?

— Je ne sais pas.

L'inspecteur se tourna alors vers Dustin.

— Il semble que le comte ait un alibi.

— Oui. Il était avec moi, déclara vivement Carly.

Puis elle rougit et tourna les yeux vers Jasmine. Celle-ci avait déjà ouvert la bouche pour donner la même réponse. Elle comprit immédiatement son erreur, mais c'était trop tard. L'inspecteur renifla, comme s'il avait flairé quelque chose...

— Nous sommes restés ensemble plusieurs heures, ajouta-t-elle pour se rattraper.

— En voilà une nouvelle ! dit Alexi.

Carly se demanda s'il avait passé la nuit là, ou s'il avait été convoqué par l'inspecteur. Elle le regarda droit dans les yeux.

— Alexi, vous étiez bien placé pour connaître les habitudes nocturnes de Tanya, il me semble.

— Quoi ?

Son beau visage juvénile se colora instantanément. Il croisa et décroisa les jambes nerveusement.

— Vous lui rendiez visite la nuit.

— De quoi parlez-vous ? demanda l'inspecteur.

— Attention, Carly. Vous accusez à la légère, intervint Dustin.

Oh, non ! pensa-t-elle. Si Dustin n'était pas coupable, alors c'était Alexi. Elle pria de toutes ses forces pour ne pas s'être trompée.

— Vous la retrouviez dans sa chambre, la nuit.

Tous les regards se tournèrent vers Alexi. Il secoua vivement la tête.

— Nous avions une liaison, Tanya et moi. Jamais je n'aurais pu lui faire de mal. J'étais fou amoureux d'elle, et je suis certainement celui qui souffre le plus, aujourd'hui. Je l'aimais !

— Elle avait un tempérament sauvage, et elle pouvait parfois se montrer cruelle, dit l'inspecteur. Peut-être vous méprisait-elle ? Peut-être l'avez-vous tuée pour cette raison ?

— Ne soyez pas ridicule ! C'est Jon qui…

A ces mots, Dustin pâlit et se leva.

— Continuez, Alexi, dit-il. J'attends. Que vouliez-vous dire ? Je suis curieux de le savoir. Alexi baissa la tête.

— Rien. Rien du tout. Dustin retourna s'asseoir derrière son bureau, et un lourd silence s'installa dans la pièce. Puis l'inspecteur se tourna lentement vers lui.

— Comte, je vais vous demander de me suivre.

Carly sentit sa gorge se serrer. Jasmine bondit sur ses pieds. Dustin se raidit. Seul Geoffrey qui, jusque-là, était resté silencieux, eut la présence d'esprit de protester.

— Voyons, inspecteur, vous ne pouvez pas faire ça. Vous n'avez pas la moindre preuve contre le comte !

— J'ai juste quelques questions à lui poser… Comte, suivez-moi, je vous prie. Dustin hésita une seconde.

— Bien, dit-il.

L'inspecteur se tourna alors vers les autres.

— Il se pourrait que j'aie besoin de vous interroger de nouveau. En attendant, je vous demande de ne pas quitter le château, c'est bien clair ?

Personne ne dit mot. L'inspecteur se leva, et Dustin le suivit. En arrivant à la hauteur de Carly, il s'arrêta.

— Comte Vadim ? insista l'inspecteur.

— Un moment, s'il vous plaît, dit-il calmement. Je voudrais être seul avec Mme Kierman pendant quelques minutes.

Ils quittèrent tous la bibliothèque sans demander davantage d'explications.

Carly avait désormais l'impression qu'un océan la séparait de Dustin. La nuit avait rempli son office. La nuit des loups…

Elle avait dormi avec cet homme. Elle s'était abandonnée à la chaleur de ses bras, et elle y avait trouvé la tendresse, l'amour, la volupté dont elle avait toujours rêvé. Ils avaient souvent ri ensemble. La passion les avait consumés, et elle avait découvert en lui un être sensible et émouvant.

Celui qui se tenait maintenant en face d'elle ne lui inspirait plus que de la peur et de la suspicion.

— Où étiez-vous ? demanda-t-elle à voix basse en soutenant son regard. Vous êtes resté absent longtemps, et il y avait de la boue sur vos pantoufles. Qu'avez-vous fait ?

Il ne répondit pas tout de suite, et haussa les épaules, les yeux toujours plongés dans les siens.

— Vous croyez que c'est moi, dit-il enfin. Vous vous imaginez que je suis sorti furtivement du château, que j'ai retrouvé Tanya et que je l'ai assassinée.

— Je… je ne sais plus ce que je dois croire.

— Mais vous n'avez rien dit à l'inspecteur.

Elle hésita. Elle avait envie de le toucher, de se jeter dans ses bras. Mais elle voulait d'abord qu'il lui donne une explication, n'importe laquelle.

— Dustin…

— Je suis descendu pour le champagne, Carly. Et j'ai juste fait quelques pas dehors. C'est tout. Son explication ne tenait pas debout. Elle attendit. Il serra les dents et n'en dit pas plus. On frappa à la porte.

— Comte Vadim, s'il vous plaît !

C'était l'inspecteur. Voyant qu'il devait partir, Dustin enlaça Carly et la serra contre lui.

— Faites attention ! lui dit-il. Pour l'amour du ciel, faites très attention aujourd'hui. Restez toujours en compagnie de quelqu'un à qui vous faites entièrement confiance. Jasmine, par exemple… Vous m'entendez ?

Il la secoua légèrement, et elle acquiesça en se disant intérieurement qu'il ne serait pas aussi véhément s'il était réellement coupable de tels crimes.

Il l'embrassa fougueusement, et ne la lâcha qu'au moment où l'inspecteur ouvrit la porte et passa la tête à l'intérieur.

— Comte ?

Dustin recula, et Carly cacha son visage dans ses mains. Tandis qu'il s'éloignait dans le couloir, elle frissonna en songeant que l'inspecteur l'avait déjà condamné. A ses yeux, la culpabilité de Dustin ne faisait aucun doute.

Seule dans la bibliothèque, Carly tenta de faire le point. Logiquement Dustin semblait être le coupable. Il avait disparu au milieu de la nuit. Et il se trouvait dans l'écurie quand Jasmine avait été agressée…

Elle songea soudain qu'elle pouvait le laver de tout soupçon, tout simplement en trouvant quelqu'un qui pût affirmer qu'il n'était pas là l'année précédente, quand le premier meurtre avait eu lieu.

Elle quitta vivement la bibliothèque. Il n'y avait personne dans le couloir.

— Carly !

C'était Alexi qui l'appelait. Elle se retourna, secoua la tête et s'éloigna. Elle ne voulait pas lui parler. Ce ne pouvait être que lui… puisque ce n'était pas Dustin.

— Carly !

Il la suivait. Elle fut prise de panique et se retourna brusquement.

— Non, Alexi. Fichez-moi la paix.

Elle s'enfuit en courant, grimpa l'escalier aussi vite qu'elle put, et faillit heurter Geoffrey en arrivant sur le palier.

— Oh, Geoffrey ! Il la prit par les épaules pour la calmer, et lui sourit.

— Excusez-moi, dit-il. J'étais au téléphone. Un petit problème à régler chez moi, vous comprenez ? Elle hocha la tête.

— Détendez-vous, reprit-il. Ils ne pourront pas garder Jon bien longtemps.

— Pardon ? murmura-t-elle.

Il avait parlé de Jon. Mais elle savait que c'était Dustin qui venait de partir avec l'inspecteur.

— Ne vous inquiétez pas : ils n'ont aucune preuve. Ils ne peuvent pas enfermer quelqu'un sans preuves. Elle le regarda en souriant.

— Puis-je vous poser une question, Geoffrey ?

— Je vous écoute.

— Je voudrais savoir, pour l'an dernier. Qui était là, le soir de Halloween ?

— L'année dernière ? Oh, beaucoup de monde ! Les McCorkindale, lord et lady Ashberry, le duc et la duchesse, bien sûr… Il y avait aussi ce fabricant américain de papier toilette et…

— Non, non, je voulais parler des proches amis, comme cette année. Vous étiez là, n'est-ce pas ? Tanya aussi ; Jon, bien sûr, et…

Elle s'arrêta soudain. Alexi l'appelait depuis le rez-de-chaussée.

Elle tressaillit. Bien sûr, elle voulait absolument qu'il fût le meurtrier, alors qu'elle ne connaissait toujours pas la vérité concernant Dustin.

Geoffrey l'observa d'un air compréhensif et lui fit un clin d'œil.

— Allons parler ailleurs. Venez, dépêchons-nous.

Il la prit par le bras, et ils longèrent le couloir. Ils passèrent devant la niche du téléphone et la chambre de Jon Vadim. A ce moment-là, Carly crut entendre la voix de sa sœur, mais Geoffrey sembla ne rien remarquer.

Le vrai Jon Vadim était dans sa chambre avec Jasmine, songea-t-elle. Mais pouvait-on être sûr que cet homme n'était pas le tueur ? Bien sûr, s'ils étaient restés ensemble, la nuit précédente… Mais Jasmine avait très bien pu mentir sur ce point.

— C'est ici, dit Geoffrey en ouvrant la porte de sa chambre.

La pièce était vaste et donnait sur la forêt. La vue était magnifique. Les rideaux étaient grands ouverts, et Carly put admirer le paysage, depuis les montagnes jusqu'aux cheminées et aux toits du village en contrebas.

— C'est ravissant, dit-elle.

— Oui. Tant de beauté et tant de discorde…

Carly baissa la tête et se retourna. Geoffrey souriait en lui indiquant deux fauteuils en osier, placés devant une petite table où étaient éparpillées des pages manuscrites.

— Comme vous le voyez, je suis en plein travail. Je sais que vous en faites autant de votre côté. Une bonne manière de passer le temps… Eh bien, installez-vous. Où en étions-nous ? Vous m'aviez posé une question.

Ils prirent chacun un siège. Geoffrey joignit les mains et sourit à la jeune femme d'un air vaguement attristé.

— Que vouliez-vous savoir ?

Carly se pencha en avant.

— Qui était là, au château, l'année dernière, pour fêter Halloween ?

Geoffrey réfléchit quelques instants, puis haussa les épaules.

— Exactement les mêmes personnes que cette année.

Carly poussa un soupir de soulagement.

— En êtes-vous certain ?

— Absolument. Tous ceux qui sont ici aujourd'hui étaient là l'année dernière. Il y avait Jon, Alexi et moi. Jasmine était présente, elle aussi, ainsi que cette pauvre Tanya.

— Personne d'autre ?

— Non.

Il fronça les sourcils, et reprit, l'air pensif :

— Dustin était là, l'an dernier, mais il n'est pas venu cette année.

— Dustin ? répéta-t-elle faiblement. Elle eut soudain l'impression que tout tournait autour d'elle.

Dieu du ciel, non ! Si elle aimait vraiment cet homme, elle devait croire en lui, quoi qu'il pût arriver.

— Qu'avez-vous ? lui demanda Geoffrey. Elle secoua la tête ; elle était pâle comme un linge.

— Dustin est le cousin de Jon, dit-il. Vous serez amenée à le rencontrer un jour ou l'autre, je suppose.

Elle se leva. Elle voulait être seule.

— Je vous remercie, Geoffrey.

— Pourquoi donc ?

— Pour avoir bien voulu répondre à mes questions… et aussi pour votre compagnie.

— Ne vous en faites pas : notre ami Jon sera bientôt libéré.

Carly pensa soudain à Tanya, et elle frissonna. La vérité la frappait dans toute sa cruauté. Tanya était morte. Elles étaient presque devenues des amies, et elle était partie d'une manière si tragique.

— Merci, Geoffrey, murmura-t-elle.

Il lui adressa un petit signe de la main en souriant. Carly lui répondit de la même façon, et le quitta pour se diriger vers sa chambre. Au moment où elle passait devant le téléphone, Alexi surgit de l'alcôve et lui attrapa le bras.

— Carly, il faut que je vous parle. C'est très important.

— Lâchez-moi !

Elle secoua brutalement son bras et parvint à se libérer. Alexi la regarda alors d'un air inquiétant.

— Il faut absolument que je vous parle…

— Allez-vous me laisser ?

— J'ai quelque chose à vous montrer.

Carly s'écarta de lui.

— Alexi, je sais que vous êtes souvent allé la voir. Vous connaissiez Tanya mieux qu'aucun d'entre nous.

— Carly, ne partez pas !

Elle s'éloigna rapidement en direction de sa chambre.

— Carly, j'ai des choses à vous dire.

— Je ne veux pas les entendre !

— Je ne vous lâcherai pas tant que vous ne m'aurez pas écouté, même si je dois forcer votre porte ! Vous devez absolument comprendre !

Elle ne savait que trop bien ce dont il voulait lui parler : de l'influence de la pleine lune sur notre psychisme, de l'animal qui sommeille au fond de chaque être humain, etc.

Elle crut qu'elle allait devenir folle. Elle se sentait perdue et ne savait plus dans quelle direction se tourner.

Dustin. Malgré l'amour qu'elle lui portait, elle ne savait que penser. Il existait tant d'éléments qui semblaient le désigner comme coupable.

— Carly…

Alexi était là ; il l'observait. Elle se plaqua les mains sur les oreilles.

— Non ! Non ! Je ne veux plus rien entendre !

Elle se précipita dans sa chambre et claqua violemment la porte derrière elle. Puis elle resta appuyée contre le chambranle pour reprendre sa respiration.

— Carly !

C'était toujours Alexi qui l'appelait. Mais sa voix était devenue bizarre. Il s'efforçait, apparemment, de rester calme.

— Laissez-moi entrer ou je défonce la porte.

Carly ne répondit pas. Quelques secondes plus tard, elle sentit une première secousse à travers le battant. Encore deux ou trois tentatives et la porte céderait. Il fallait absolument faire quelque chose.

Elle se rappela alors la présence du panneau coulissant.

La porte vibra une deuxième fois dans un bruit sourd.

Carly n'attendit pas plus longtemps. Elle bondit de l'autre côté de la chambre et chercha le mécanisme. La porte fut secouée une nouvelle fois, et la jeune femme dut lutter contre la panique.

— Carly…

Il chuchotait presque. « Vite, vite… », se disait-elle.

Le panneau bougea enfin, et Carly se faufila aussitôt dans l'étroit passage. Au même instant, la porte cédait derrière elle dans un grand bruit.

Elle devait se dépêcher. Le couloir était sombre et ne laissait passer que très peu d'air. La brume s'y infiltrait, néanmoins, et rendait l'atmosphère sinistre et effrayante. Carly entendait l'écho de ses propres pas et le halètement de sa respiration…

Elle s'arrêta soudain en entendant un nouveau bruit. Elle était suivie.

Etait-ce Alexi ?

En tout cas, son poursuivant se rapprochait très vite, et elle ne pourrait plus lui échapper bien longtemps.

Arrivée près de l'ouverture du petit escalier, elle s'arrêta un court instant pour écouter.

Il arrivait rapidement dans le passage.

Elle descendit, pas à pas, en évitant de faire le moindre bruit. C'était un escalier en colimaçon, obscur et dangereux. Elle rata soudain une marche et se retint aux pierres glissantes de la paroi en étouffant un cri.

Elle s'immobilisa quelques secondes.

Son poursuivant en fit autant, sans doute pour mieux écouter. Elle pria en silence. Vainement.

Il s'était remis en marche et descendait l'escalier, à présent.

La jeune femme poussa un cri d'effroi. Il n'était plus question de se préoccuper du bruit.

Elle dévala le reste des marches et s'aperçut alors qu'elle était dans un cul-de-sac. La porte donnant sur la cour était fermée à clé. Affolée, elle s'acharna frénétiquement sur le verrou, tandis que les pas s'approchaient, plus lentement, cette fois.

— Carly... Elle tira de toutes ses forces sur le verrou, dans un sens puis dans l'autre. Il grinça, gémit... et finalement céda.

Carly sortit précipitamment dans le brouillard épais qui s'était levé dehors. Elle entendit son poursuivant jurer, et elle poussa un cri avant de foncer au hasard dans la nuit. Tout ce qu'elle espérait, c'était qu'il fût, lui aussi, aveuglé par le brouillard.

Mais elle perçut, derrière elle, un crissement de chaussures. De toute évidence, il se dirigeait dans sa direction.

— Nooon! hurla-t-elle.

Elle se cogna contre quelque chose de dur. C'était une voiture de police. La voiture de l'inspecteur. Il était de retour.

Cela pouvait aussi signifier que Dustin était revenu, et que c'était lui qui l'appelait et la poursuivait ainsi...

— Oh, non! répéta-t-elle d'une voix tremblante.

La voiture! Si seulement elle pouvait y entrer pour s'y cacher. Elle essaya d'ouvrir la portière mais elle était verrouillée. Quelle ironie! C'était justement au moment où elle en avait le plus besoin que...

Elle entendit de nouveau les pas. Une onde glacée lui parcourut le dos, des reins jusqu'à la nuque. Il était tout près.

— Au secours! cria-t-elle de toutes ses forces.

Elle devait absolument bouger, mais elle ne savait ni où elle était ni dans quelle direction aller. Elle cria de nouveau, et courut au hasard. Bientôt, une forme indistincte apparut devant elle dans la brume. Elle était arrivée près de l'écurie. A bout de souffle, suffoquant, elle longea le mur à tâtons jusqu'à ce qu'elle trouvât l'entrée.

Elle s'arrêta pour écouter, et il lui sembla que son cœur s'était arrêté.

Le bruit des pas se rapprochait. Inexorablement.

Le portail n'était pas fermé. Elle entra aussitôt. Les lampes étaient allumées à l'intérieur. Et puis, soudain, elles s'éteignirent, et la jeune femme se retrouva plongée dans l'obscurité.

— Non! supplia-t-elle à voix basse.

La porte se referma brusquement. Carly courut dans tous les sens, à la recherche d'un endroit où se cacher. Comme ils sentaient une atmosphère de peur, les chevaux piétinaient et hennissaient nerveusement.

La jeune femme longea les stalles les unes après les autres dans le noir.

Soudain, le portail s'ouvrit dans un léger grincement.

Sans réfléchir, Carly se réfugia dans l'une des stalles et referma silencieusement le portillon. Elle se glissa entre l'animal affolé et la cloison, puis s'accroupit dans le fond du box en osant à peine respirer.

Elle l'entendit alors. Il se déplaçait lentement, s'arrêtait, repartait…

Le portillon s'ouvrit tout à coup, et elle fut aveuglée par la lumière d'une torche électrique.

— Carly…

La jeune femme laissa échapper un cri épouvanté, et leva une main pour se protéger les yeux. Ce n'était pas possible! Ce ne pouvait pas être…

— Oui, Carly, c'est moi, dit-il.

Elle était totalement paralysée de terreur, et elle n'eut pas le temps de réagir. La torche s'abattit de tout son poids sur sa tempe.

Ils étaient à mi-chemin du château lorsque Dustin ressentit un désagréable frisson d'appréhension.

— Vous ne pourriez pas rouler un peu plus vite? demanda-t-il.

L'inspecteur eut un geste d'impuissance en indiquant l'épais brouillard qui obscurcissait la route.

— Je conduis aussi vite que possible. Mais pourquoi êtes-vous si pressé, tout à coup?

— Parce que, maintenant, nous savons, répondit-il d'une voix tendue.

L'inspecteur lui jeta un coup d'œil irrité.

— Je vous signale que cette information de dernière minute ne constitue pas une preuve.

— Je veux bien parier ma vie, murmura Dustin.

— N'oubliez pas quand même que vous me devez certaines explications.

— Oui, répondit Dustin, qui se sentait mal à l'aise en songeant que l'inspecteur ne savait toujours pas qui il était.

— Nous sommes arrivés, dit-il.

Il avait les nerfs à fleur de peau, et il n'arrivait pas à se calmer. L'angoisse ne le lâchait pas. Il avait peur pour Carly. Une peur irraisonnée car elle n'était pas seule. Elle devait se trouver en sécurité avec Jon et Jasmine.

Dustin bondit hors de la voiture avant même que l'inspecteur eût coupé le contact. Il tenta de voir à travers le brouillard, mais il connaissait suffisamment les lieux pour trouver intuitivement son chemin.

— Attendez-moi ! dit l'inspecteur en haletant. Comte Vadim !

Mais Dustin ne pouvait attendre. Un sentiment d'urgence le poussait à agir. Il s'arrêta net, croyant avoir entendu un cri.

— Qu'y a-t-il ? Qu'y a-t-il ? demanda l'inspecteur en arrivant près de lui.

Ce devait être un effet de son imagination, pensa Dustin. Il n'entendit plus aucun bruit. A part le hurlement d'un loup, au loin.

— Rien, marmonna-t-il.

Il se précipita dans la maison et courut jusqu'à la bibliothèque. Il n'y avait personne.

— Bon sang ! gronda-t-il.

— Comte…, dit l'inspecteur en arrivant derrière lui.

— Je n'ai pas le temps ! coupa sèchement Dustin.

Il repartit aussitôt, traversa la terrasse et grimpa l'escalier quatre à quatre. Sans hésiter, il entra dans la chambre de Carly. Elle était vide. Il respira profondément pour se calmer. La jeune femme devait être avec Jasmine et Jon.

Il rebroussa chemin et faillit heurter l'inspecteur dans le couloir. Sans lui fournir d'explications, il courut vers la chambre de son cousin et frappa du poing sur la porte. Jasmine ouvrit d'un air ébahi.

— Où est Carly? demanda-t-il. Il la regarda, puis regarda Jon.

— Mon Dieu! dit-il en se sentant défaillir. Elle n'est pas avec vous.

— Vous ne l'avez pas trouvée dans sa chambre? demanda Jasmine. Il secoua la tête, tandis que l'inspecteur arrivait à son tour.

Son regard passa de Dustin à Jon, puis revint sur Dustin.

— Alors, j'avais raison. Vous êtes revenu, Dustin Vadim. Et vous avez contacté vos petits amis des services spéciaux, c'est ça?

— Oui, mais…

— Je devrais vous arrêter tous les deux!

— Inspecteur…

— Vous devrez m'expliquer tout cela, et en détail!

— Oui, mais pas maintenant! s'écria Dustin. Carly est en danger de mort. Il faut la trouver, tout de suite, avant qu'il ne soit trop tard!

Jasmine fondit en larmes. Jon et Dustin se regardèrent un court instant.

— Le cabanon! dit Dustin. Il a dû l'emmener là-bas.

— Une seconde. Elle est peut-être avec Alexi…, commença Jon.

C'est alors qu'Alexi fit irruption dans la pièce, alerté par le bruit et l'agitation. Dustin le souleva presque par les revers de sa veste.

— Alexi, où est Carly? Est-ce que vous l'avez vue? Alexi fit non de la tête.

— J'ai essayé de lui parler, dit-il d'un ton dépité, mais elle s'est enfermée dans sa chambre.

Dustin le relâcha et repartit en toute hâte vers l'escalier. Une fois dehors, il traversa d'un pas hésitant la cour noyée de brume et parvint jusqu'à l'écurie. Satan pouvait trouver son chemin dans le brouillard. Durand et Jon le suivraient en voiture. Il n'était pas question de perdre une seule seconde.

Carly sentit la chaleur d'un feu tout près d'elle, lorsqu'elle se réveilla.

Son crâne lui faisait affreusement mal. Elle réussit à ouvrir les yeux, mais quand elle voulut bouger le bras, elle s'aperçut qu'elle était attachée sur une couchette, complètement nue. Elle était si près de la cheminée qu'il lui semblait que les flammes lui léchaient le corps.

Il portait une grande cape noire. Penché au-dessus de l'âtre, il faisait chauffer un long couteau effilé.

Il se retourna soudain, comme s'il avait senti qu'elle était réveillée. Elle se retint de crier, car elle savait bien que cela n'aurait fait qu'aggraver les choses.

Ils se trouvaient dans le relais de chasse où Dustin l'avait emmenée, la première nuit, et où ils avaient passé une journée entière à faire l'amour. Elle lui avait promis sa confiance, mais elle avait trahi cette promesse à plusieurs reprises, tant elle était déchirée par le doute.

Elle aperçut une lueur de démence dans les yeux de Geoffrey.

— C'est presque prêt, annonça-t-il.

— Geoffrey, lui dit-elle d'une voix faible et suppliante, vous n'allez pas faire ça. Il faut que je dessine les costumes, et…

— De très jolis costumes, Carly. Vous avez beaucoup de talent. Je vous aime bien. C'est un honneur que je vous fais, Carly. Je suis un être unique. Vous allez nourrir la bête qui est en moi, vous comprenez ?

Il avait mis des gants, mais, à part ça, il ne portait rien sous sa cape. C'était sans doute la raison pour laquelle il échappait aussi facilement aux recherches. Après avoir commis ses crimes, il brûlait la cape et les gants, puis nettoyait jusqu'à la moindre trace de sang.

Maintenant, il allait la tuer. Il allait sauvagement lui ouvrir la gorge et boire son sang. Et elle était totalement à sa merci.

— Non! cria-t-elle d'une voix brisée.

Elle s'agita frénétiquement sur la couchette en essayant de se défaire de ses liens, mais elle ne fit que s'écorcher les poignets.

— Geoffrey, vous ne pouvez pas faire ça maintenant! La lune n'est pas encore levée : vous allez tout gâcher!

Il souriait en tournant la lame dans le feu.

— C'est plus facile quand la lame est rouge. Elle glisse dans la chair comme dans du beurre. Tout devient facile. Très facile. La première fois, le travail n'était pas très… propre.

Carly n'avait pratiquement aucun espoir de s'en sortir. Il était probable que personne ne s'était aperçu de sa disparition. En dernier recours, elle se dit qu'elle devait essayer de faire parler Geoffrey.

Malgré sa terreur et son désespoir, une sorte d'instinct lui disait de ne pas abandonner.

— Vous voulez dire l'an dernier, à Halloween?

Il la regarda d'un air étonné.

— Oh, non! C'était il y a des années, à Brooklyn…

Les flammes de l'âtre se mêlaient dans ses yeux à celles de la folie.

— Oui, à Brooklyn. Quand j'ai été touché pour la première fois par la pleine lune. J'étais devenu l'un d'eux. Un loup puissant et immortel. La lune était pleine, et elle était entre mes bras. Une petite garce qui jouait les ingénues. Elle voulait un rôle, je lui en ai donné un. Mais le travail a été salement bâclé. Après ça, je suis resté un moment à l'écart du théâtre.

Il fit une pause et fronça les sourcils.

— Je crois qu'il y en a eu une autre. Une actrice, je ne sais plus…

Il reporta son regard vers la lame.

— C'est prêt. Elle est bien chaude; elle va gentiment venir vous embrasser le cou. Vous ne sentirez rien pendant que je m'abreuverai de votre sang.

Carly ne pouvait se résoudre à accepter son sort.

Geoffrey s'approchait d'elle, le couteau rouge et brillant à la main. Le corps de la jeune femme luisait de transpiration. Elle aurait voulu crier, hurler son désespoir, mais elle savait que c'était totalement inutile. Elle devait trouver un moyen de l'arrêter. Faire quelque chose. Mais quoi ?

— Ils vont vous arrêter ! cria-t-elle.

— Impossible. Je suis un loup. Je suis immortel.

— Non ! Vous voulez que Jon Vadim soit accusé à votre place, mais ils comprendront que ça ne pouvait pas être lui.

Il ne l'écoutait plus. Il contempla la lame avec un grand sourire, puis toucha la poitrine nue de Carly.

— Ce sera rapide, ma belle, je vous le promets.

Non. C'était impossible ! Geoffrey Taylor était un artiste américain de renom, bien placé au box-office. C'était impossible…

— Rapidement, et en douceur…, murmura-t-il en lui souriant d'un air tendre. Elle vit soudain le couteau briller d'un éclat métallique, et un hurlement déchirant jaillit de ses entrailles. La porte s'ouvrit alors brutalement, et Carly perçut à travers ses larmes une succession de mouvements confus. Dustin Vadim venait de se jeter violemment sur Geoffrey, et les deux hommes roulaient maintenant sur le sol.

La jeune femme aperçut le couteau que brandissait Geoffrey.

— Dustin ! Le couteau ! cria-t-elle de toutes ses forces. Elle tira furieusement sur ses liens, tandis que les coups redoublaient de férocité.

Elle entendit Dustin jurer de rage. Puis, brusquement, tout devint silencieux.

Elle sentit ensuite quelque chose de doux et de chaud la couvrir, et elle leva les yeux.

Il était là. Il posait sur elle ses yeux dorés, ardents et tendres.

— Oh, Dustin…

Elle tremblait. Il coupa les cordes qui retenaient ses bras.

— Dustin, il a tué plusieurs personnes à New York.

— Je sais. Quand j'ai commencé à le suspecter j'ai appelé un ami à Manhattan pour qu'il fouille dans son passé, et il a déniché quelques cadavres qui conduisaient à lui.

— Dustin…

Il lui libérait les pieds, à présent.

— Oui, ma chérie, je vous écoute.

— Dustin, je suis tellement désolée. Je ne vous ai pas fait confiance. J'avais peur. Mais vous aviez disparu et…

— Oh, non, vous ne m'avez pas fait confiance ! Il faut dire que j'avais sali mes pantoufles en faisant quelques pas dehors. J'étais un peu nerveux. J'avais entendu un bruit provenant de l'écurie.

Elle se redressa sur la couchette en se couvrant avec la couverture, et se frotta les poignets.

— Vous m'avez sauvé la vie.

— Oui. Mais j'ai du mal à vous pardonner.

— Dustin…

— La confiance, c'est essentiel dans une relation, vous savez ?

— Dustin.

— Quoi ?

Elle l'entoura de ses bras et le serra contre elle. Son cœur battait très fort. Elle était passée si près de la mort. De la même manière qu'elle s'était obstinément accrochée à la vie, elle s'accrochait maintenant à lui.

La porte s'ouvrit de nouveau brusquement. C'était l'inspecteur, accompagné de Jon, Jasmine et Alexi. Il jeta un rapide coup d'œil de leur côté, puis s'approcha de Geoffrey qui gisait, inconscient, sur le sol. Jasmine fondit en larmes et courut embrasser Carly et Dustin.

— Carly, tu es saine et sauve ! Oh, mon Dieu !

Ce furent des moments d'une intense émotion. Emmitouflée dans sa couverture, Carly embrassa chacun d'eux, même l'inspecteur Durand. Elle s'excusa auprès d'Alexi, qui lui expliqua d'un air penaud qu'il avait simplement cherché à lui parler de sa relation avec Tanya.

— Vous l'aimiez, n'est-ce pas ? murmura-t-elle.

— Oui, mais elle ne m'aimait pas.

Jon posa amicalement sa main sur son épaule.

— Messieurs Vadim, commença l'inspecteur, je compte sur

vous pour tout m'expliquer. J'attends une totale coopération de votre part.

— Vous avez ma parole, dit Dustin. Mais laissez-moi d'abord m'occuper de Mme Kiernan.

Puis il se tourna vers Carly en souriant.

— Alors, demain matin, dit l'inspecteur.

— Oh, non ! Il me faut plus de temps que cela !

Sans quitter la jeune femme des yeux, il la souleva dans ses bras.

— Je l'emmène à Paris demain. Et je l'épouse aussi vite que possible. Voyez-vous, elle peut être dangereuse si l'on ne veille pas sur elle. Une fois que nous serons mariés, elle ne pourra plus témoigner contre moi.

— Comment ? s'écria Carly d'une voix outrée.

Jasmine éclata de rire, mais Carly l'entendit à peine. Elle fixait sur Dustin un regard chargé d'une passion sauvage tandis qu'il l'emportait dans ses bras.

Comme par miracle, le brouillard s'était levé.

— Vous voulez bien m'épouser, n'est-ce pas ?

— Vous êtes d'une prétention ! En tout cas, laissez-moi vous rappeler que je n'ai jamais témoigné contre vous. Même lorsque j'avais peur, je vous ai défendu.

— Mais oui, certainement ! dit-il d'un ton ironique.

— C'est la vérité !

— Très bien. Je vous pardonne.

— Vous me pardonnez ?

— Seulement si vous m'épousez. Etes-vous d'accord ?

Carly fit mine de réfléchir à la question, mais elle répondit presque aussitôt :

— Oui.

— Oui ?

— Oui, Dustin. Je veux vous épouser. Il posa sur elle un regard d'une infinie tendresse. Il allait l'embrasser lorsqu'elle se raidit soudain.

Le loup était là. Celui de ses rêves : grand, le poil gris argent.

Il venait de surgir des taillis et se dirigeait droit vers eux. Elle se rappela avec angoisse cette nuit où il avait failli bondir sur elle pour l'égorger. Elle sentit de nouveau la peur lui étreindre le ventre.

— Dustin ! Le loup…

L'animal fonça sur lui. Dustin lança un juron et souleva Carly un peu plus haut.

— Couché, Vixen !

Aussi obéissant qu'un chiot, le loup rampa aux pieds de Dustin en remuant la queue.

— Pourquoi Vixen ? demanda Carly d'un air étonné.

Dustin haussa les épaules en souriant.

— C'est une louve. Jon et moi l'avons recueillie quand elle était bébé. Nous avions quatorze ans.

— Un animal de compagnie ! s'écria Carly, de plus en plus stupéfaite. Vous m'avez laissé croire que vous aviez maté une bête dangereuse pour me sauver la vie, alors qu'elle est aussi docile qu'un caniche !

— Vous allez l'adorer quand vous la connaîtrez mieux.

Il marcha alors vers Satan, et Carly retrouva le sourire lorsqu'il la hissa sur la magnifique monture.

— Il n'y a pas qu'à l'inspecteur que vous devez des explications !

Il monta derrière elle et l'embrassa sur la nuque.

— Nous avons toute la vie pour cela, chuchota-t-il. Il donna un petit coup sur le flanc de Satan, et le cheval partit dans un galop souple et rapide. Dustin venait de l'enlever à la brume et aux cauchemars.

Son rêve devenait réalité, songea-t-elle en se laissant aller contre le torse de Dustin. Et ils avaient toute la vie devant eux pour explorer, découvrir… et expliquer.

Quand ils en auraient fini avec l'inspecteur. Mais, avant cela, il y aurait un mariage et une lune de miel.

— Vous croyez à la magie ? demanda Dustin.

— Oui, murmura-t-elle, bercée par ses bras. Satan les emmenait vers la lumière. Un loup gris argent courait à son côté.

Épilogue

Minuit.

L'heure de toutes les magies.

Les portes à la française donnant sur le patio étaient ouvertes, et Carly pouvait voir la lune, haute et brillante sur le velours noir de la nuit.

Une brise légère soulevait le drapé translucide des rideaux. De temps à autre, un courant d'air plus fort les gonflait comme des voiles de bateau, mais Carly n'alla pas refermer les portes. Elle bénissait ce vent et bénissait la nuit.

Elle attendait impatiemment le moment d'ouvrir les bras à celui qu'elle aimait.

Elle était vêtue d'une fine chemise de nuit de soie blanche qui retombait en plis légers jusqu'aux chevilles. Maintenue sur ses épaules nues par de fines bretelles, elle s'ouvrait largement sur la gorge et laissait apparaître la rondeur laiteuse de ses seins.

En cet instant, elle n'était plus qu'une femme attendant un amant.

Elle poussa soudain un petit cri. Il était là. Il venait de sortir silencieusement de l'obscurité. Elle courut vers lui et jeta les bras autour de sa taille.

— Dustin ! Comment ça s'est passé ? Est-ce qu'il a compris ? Il a bien dû admettre que tu n'avais pas d'autre choix !

Sans effort, Dustin la souleva du sol en riant. Carly posa les mains sur ses épaules et le regarda dans les yeux.

— Dustin, je t'en prie, dis-moi ! Est-ce que tout est réglé ?

— Oui. Tout va bien.

— Oh ! Il la porta jusqu'au lit et l'y déposa en souriant.

Ils s'allongèrent tous les deux. Il voulut l'embrasser, mais elle le repoussa gentiment.

— Dustin !

— Oui, ça s'est très bien passé, dit-il en soupirant. Tu connais Durand : il a vaguement marmonné quelque chose à propos de l'illégalité de mon séjour ici. Mais il passera l'éponge : il n'y a aucun problème.

— Et Geoffrey ?

— Il est très malade. Il sera interné à vie. Il ne quittera jamais l'hôpital.

— Dieu merci !

Dustin embrassa sa femme, en espérant que son amour lui ferait oublier les moments terribles pendant lesquels elle était passée si près de la mort.

— J'ai une autre bonne nouvelle à t'annoncer, lui dit-il. Jon et Jasmine vont se marier le mois prochain.

— C'est vrai ? Oh, c'est merveilleux !

— Ce sera l'événement de la saison.

— Connaissant Jasmine, je n'en doute pas une seconde, dit Carly en riant.

Dustin hésita un instant.

— Ça ne te gêne pas de... Je veux dire, tu es tombée amoureuse d'un comte. Et nous nous sommes mariés dans une petite église de quartier, à Paris. Tu n'auras pas de château mais juste une maison de style Tudor, dans le Surrey.

Elle posa sur lui des yeux pétillants de malice et de bonheur, et elle lui adressa un sourire désarmant.

— D'abord, notre mariage aura été un moment romantique et inoubliable, déclara-t-elle. Ensuite, je préfère que l'on t'appelle monsieur, plutôt que comte. Le château m'a toujours fait froid dans le dos. Et puis, j'adore Londres. De toute façon, nous pourrons toujours garder mon appartement à Manhattan... Mais il y a quelque chose de beaucoup plus important que tout cela...

— De plus important ?

— Oui. Je suis amoureuse, plus que je ne l'ai jamais été. Amoureuse de l'homme, du loup que j'ai rencontré dans la forêt.

— Il faut te méfier des loups, dit-il en fronçant les sourcils.

Au même moment, ils entendirent un concert de hurlements, au loin, sous la pleine lune.

— Tes congénères t'ont entendu ! dit-elle d'un ton ironique.

— Celui qui est devant toi n'aura plus jamais besoin de hurler sous la lune.

— Vraiment ?

— Il a trouvé dans tes bras tout ce dont il a toujours rêvé.

— Oh, Dustin...

— Et il te dit merci.

Elle vit alors un éclat doré dans l'ambre de ses yeux. Un éclat chaud et lumineux. C'était un signe qu'elle comprenait. Elle connaissait le langage de son corps.

Et, quand il l'embrassa, elle ressentit sans erreur possible toute l'ardeur de son désir et de son amour.

Les loups continuaient leur étrange sérénade, mais Carly ne les entendait plus. Le feu de la passion brûlait en elle. Aucune bête sauvage ne pouvait plus la menacer, désormais. Elle était en sécurité près du loup le plus singulier, le plus impétueux, le plus têtu et le plus arrogant qu'il lui eût été donné de rencontrer, et celui-ci l'aimait. L'amour les avait touchés au plus profond d'eux-mêmes. Il était venu comme par magie, contre peurs et dangers, et garderait à jamais tout son pouvoir.

Brut et sauvage.

DANS LA MÊME COLLECTION

Par ordre alphabétique d'auteur

OLGA BICOS	*Nuit d'orage*
OLGA BICOS	*La mort dans le miroir*
LAURIE BRETON	*Ne vois-tu pas la mort venir ?*
BARBARA BRETTON	*Le lien brisé*
JAN COFFEY	*La dernière victime*
JASMINE CRESSWELL	*La Manipulatrice*
JASMINE CRESSWELL	*Le secret brisé*
JASMINE CRESSWELL	*La mort pour héritage*
JASMINE CRESSWELL	*Soupçons mortels*
JASMINE CRESSWELL	*Je saurai te retrouver*
CAMERON CRUISE	*La perle de sang*
MARGOT DALTON	*Amnésie*
MARGOT DALTON	*Kidnapping*
MARGOT DALTON	*Le sceau du mal*
MARGOT DALTON	*Crimes inavoués*
WINSLOW ELIOT	*L'innocence du mal*
LYNN ERICKSON	*Le Prédateur*
SUSANNE FORSTER	*Le cercle secret*
TESS GERRITSEN	*Présumée coupable*
TESS GERRITSEN	*Crimes masqués*
TESS GERRITSEN	*Ne m'oublie pas*
HEATHER GRAHAM	*L'invitation*
HEATHER GRAHAM	*L'ennemi sans visage*
HEATHER GRAHAM	*Le complot*
HEATHER GRAHAM	*Soupçons*
HEATHER GRAHAM	*La griffe de l'assassin*
HEATHER GRAHAM	*Prémonition*
HEATHER GRAHAM	*L'ombre de la mort*
HEATHER GRAHAM	*Danse avec la mort*
HEATHER GRAHAM	*Noires visions*
HEATHER GRAHAM	*Nuits blanches*
GINNA GRAY	*Le voile du secret*
GINNA GRAY	*La cavale*
GINNA GRAY	*Les bois meurtriers*
KAREN HARPER	*Testament mortel*
KAREN HARPER	*Le saut du diable*
KAREN HARPER	*L'œuvre du mal*
KAREN HARPER	*Les portes du mal*
KAREN HARPER	*Une femme dans la nuit*
KATHRYN HARVEY	*La clé du passé*
BONNIE HEARN HILL	*La disparue de Sacramento*
BONNIE HEARN HILL	*Mortelle perfection*

.../...

DANS LA MÊME COLLECTION

Par ordre alphabétique d'auteur

CHRISTIANE HEGGAN	*Miami Confidential*
CHRISTIANE HEGGAN	*L'Alibi*
CHRISTIANE HEGGAN	*Intime conviction*
CHRISTIANE HEGGAN	*Labyrinthe meurtrier*
CHRISTIANE HEGGAN	*Par une nuit d'hiver*
CHRISTIANE HEGGAN	*Troublantes révélations*
CHRISTIANE HEGGAN	*Intention de tuer*
CHRISTIANE HEGGAN	*Meurtre à New York*
METSY HINGLE	*Le masque de la mort*
METSY HINGLE	*La fille de l'assassin*
GWEN HUNTER	*Faux diagnostic*
GWEN HUNTER	*Virus*
GWEN HUNTER	*Les mains du diable*
GWEN HUNTER	*Le triangle du mal*
GWEN HUNTER	*La piste du mal*
LISA JACKSON	*Noire était la nuit*
LISA JACKSON	*Dans l'ombre du bayou*
CHRIS JORDAN	*L'étau*
PENNY JORDAN	*De mémoire de femme*
PENNY JORDAN	*La femme bafouée*
R.J. KAISER	*Qui a tué Jane Doe ?*
ALEX KAVA	*Sang Froid*
ALEX KAVA	*Le collectionneur*
ALEX KAVA	*Les âmes piégées*
ALEX KAVA	*Obsession meurtrière*
ALEX KAVA	*Le Pacte*
RACHEL LEE	*Neige de sang*
RACHEL LEE	*Le lien du mal*
RACHEL LEE	*Secret meurtrier*
DINAH McCALL	*Le silence des anges*
HELEN R. MYERS	*Mortelle impasse*
HELEN R. MYERS	*Les ombres du doute*
HELEN R. MYERS	*Mort suspecte*
HELEN R. MYERS	*Suspicion*
HELEN R. MYERS	*La marque du diable*
CARLA NEGGERS	*L'énigme de Cold Spring*
CARLA NEGGERS	*Piège invisible*
CARLA NEGGERS	*La dernière preuve*
BRENDA NOVAK	*L'étrangleur de Sandpoint*
BRENDA NOVAK	*Noir secret*

.../...

DANS LA MÊME COLLECTION

Par ordre alphabétique d'auteur

MEG O'BRIEN	*Le piège*
MEG O'BRIEN	*En lettres de sang*
MEG O'BRIEN	*Pluie de sang*
MEG O'BRIEN	*La déchirure*
MEG O'BRIEN	*Spirale meurtrière*
SHIRLEY PALMER	*Zone d'ombre*
SHIRLEY PALMER	*Le bûcher des innocents*
EMILIE RICHARDS	*Le refuge irlandais*
EMILIE RICHARDS	*Mémoires de Louisiane*
EMILIE RICHARDS	*Le testament des Gerritsen*
EMILIE RICHARDS	*L'héritage des Robeson*
EMILIE RICHARDS	*L'écho de la rivière*
EMILIE RICHARDS	*Promesse d'Irlande*
EMILIE RICHARDS	*Du côté de Georgetown*
NORA ROBERTS	*Possession*
NORA ROBERTS	*Le cercle brisé*
NORA ROBERTS	*Et vos péchés seront pardonnés*
NORA ROBERTS	*Tabous*
NORA ROBERTS	*Coupable innocence*
NORA ROBERTS	*Maléfice*
NORA ROBERTS	*Enquêtes à Denver*
NORA ROBERTS	*Crimes à Denver*
NORA ROBERTS	*L'ultime refuge*
NORA ROBERTS	*Une femme dans la tourmente*
FRANCIS ROE	*L'engrenage*
FRANCIS ROE	*Soins intensifs*
KAREN ROSE	*Le lys rouge*
M. J. ROSE	*Rédemption*
M. J. ROSE	*Le cercle écarlate*
M. J. ROSE	*La cinquième victime*
JOANN ROSS	*La femme de l'ombre*
SHARON SALA	*Sang de glace*
SHARON SALA	*Le soupir des roses*
SHARON SALA	*Meurtre en eaux troubles*
SHARON SALA	*L'œil du témoin*
SHARON SALA	*Expiation*
MAGGIE SHAYNE	*Noir paradis*
MAGGIE SHAYNE	*Un parfait coupable*
TAYLOR SMITH	*Le carnet noir*
TAYLOR SMITH	*La mémoire assassinée*
TAYLOR SMITH	*Morts en série*

... / ...

DANS LA MÊME COLLECTION
Par ordre alphabétique d'auteur

ERICA SPINDLER	*Rapt*
ERICA SPINDLER	*Black Rose*
ERICA SPINDLER	*Le venin*
ERICA SPINDLER	*La griffe du mal*
ERICA SPINDLER	*Trahison*
ERICA SPINDLER	*Cauchemar*
ERICA SPINDLER	*Pulsion meurtrière*
ERICA SPINDLER	*Le silence du mal*
ERICA SPINDLER	*Jeux macabres*
ERICA SPINDLER	*Le tueur d'anges*
ERICA SPINDLER	*Collection macabre*
AMANDA STEVENS	*N'oublie pas que je t'attends*
AMANDA STEVENS	*La poupée brisée*
TARA TAYLOR QUINN	*Enlèvement*
ELISE TITLE	*Obsession*
CHARLOTTE VALE ALLEN	*L'enfance volée*
LAURA VAN WORMER	*La proie du tueur*
KAREN YOUNG	*Passé meurtrier*

6 TITRES À PARAÎTRE EN JANVIER 2009

MIRA

Mot de l'Éditeur

Vous aimeriez lire en langue originale, mais le vocabulaire, les expressions figurées, ou la syntaxe vous arrêtent parfois ?

Cette collection est faite pour vous !

Vous trouverez en effet, en note dans la marge, une traduction de certains mots et expressions qui vous permettra d'avancer facilement dans votre lecture. Les mots sont traduits dans le contexte du texte original.

Nous n'avons pas cherché à vous donner une traduction littéraire de l'ouvrage et nous sommes parfois écartés du sens littéral pour vous fournir le sens qui convient le mieux à l'histoire. Aussi les mots sont-ils traduits dans le contexte du texte original.

Les expressions figées anglaises sont, bien entendu, rendues par une expression équivalente en français.

Les allusions à des réalités culturelles du monde anglo-saxon sont expliquées également dans la marge, pour vous aider à mieux comprendre la trame de l'histoire, .

Vous aurez ainsi, en regard du texte original, tout le savoir-faire d'un dictionnaire rien que pour vous et adapté à ce livre !

Notre objectif est de vous mener jusqu'au mot fin en vous donnant les clés nécessaires à la compréhension du récit.

Laissez-vous gagner par l'angoisse, l'humour et le suspense qui règnent chez les maîtres de la littérature anglo-saxonne.

Lire en VO ? You can indeed!

In happy memory of my parents and brothers, Luke, Nora,
Joseph and John Higgins, who did, indeed,
give joy to my youth

Acknowledgement

My very special thanks to Dr. John T. Kelly, M.D., M.P.H., Professor of Psychiatry and Professor and Associate Head of the Department of Family Practice and Community Health, University of Minnesota Medical School, for his generous and expert assistance in helping me design[1] and interpret the psychopathic personalities found in this book and in *The Cradle Will Fall*[2].

1. à concevoir
2. [La Clinique du docteur H.]

Coup de pouce pour vous aider à bien comprendre le début de l'histoire...

Par une température glaciale d'un jour de février, après avoir sillonné la campagne recouverte de neige, Jenny a enfin trouvé le chalet qu'elle cherchait depuis l'aube. Il regorge de toiles superbes dues au talent d'Erich, le peintre absent.

Qu'a-t-elle vu à l'intérieur ? Quelle est cette toile qui lui arrache un cri d'horreur ? Quel est ce cauchemar qui doit prendre fin ?

Prologue

Jenny began looking for the cabin[1] at dawn[2]. All night she had lain motionless[3] in the massive four-poster bed[4], unable to[5] sleep, the stillness[6] of the house oppressive and clutching[7].

Even after weeks of knowing it would not come, her ears were still tuned for[8] the baby's hungry cry. Her breasts still filled[9], ready to welcome the tiny, eager lips[10].

Finally she switched on[11] the lamp at the bedside[12] table. The room brightened[13] and the leaded crystal bowl[14] on the dresser top[15] caught and reflected the light. The small cakes of pine soap[16] that filled the bowl cast an eerie green tint on[17] the antique silver mirror and brushes.

She got out of bed and began to dress, choosing the long underwear[18] and nylon Windbreaker[19] that she wore under her ski suit[20]. She had turned on[21] the radio at four o'clock. The weather report[22] was unchanged for the area of Granite Place, Minnesota; the temperature was twelve degrees Fahrenheit[23]. The winds were blowing at an average of twenty-five miles per hour[24]. The windchill factor[25] was twenty-four below zero[26].

1. se mit en quête du chalet
2. à l'aube
3. était restée sans bouger, couchée
4. l'énorme lit à baldaquin
5. incapable de
6. silence
7. paralysant
8. guettaient encore
9. Les seins toujours pleins
10. les petites lèvres avides
11. alluma
12. de chevet
13. s'illumina
14. la coupe à facettes en cristal
15. sur la coiffeuse
16. pains de savon au pin
17. teintaient d'un vert glauque
18. caleçon
19. coupe-vent doublé
20. sa combinaison de ski
21. allumé
22. bulletin météo
23. de – 11° C
24. à une moyenne de 40 km/h
25. température ressentie [due au vent]
26. – 31° C

It didn't matter. Nothing mattered. If she froze to death in the search[1] she would try to find the cabin. Somewhere in that forest of maples[2] and oaks[3] and evergreens[4] and Norwegian pines[5] and overgrown brush[6] it was there. In those sleepless hours[7] she had devised[8] a plan. Erich could walk three paces to her one[9]. His naturally long stride[10] had always made him unconsciously walk too fast for her. They used to joke about it[11]. "Hey, wait up for a city girl," she'd protest.

Once he had forgotten his key when he went to the cabin and immediately returned to the house for it. He'd been gone forty minutes. That meant that for him the cabin was usually about a twenty-minute walk[12] from the edge of the woods[13].

He had never taken her there. "Please understand, Jenny," he'd begged[14]. "Every artist needs a place to be totally alone."

She had never tried to find it before. The help on[15] the farm was absolutely forbidden[16] to go into the woods. Even Clyde, who'd been the farm manager for thirty years, claimed[17] he didn't know where the cabin was.

The heavy, crusted[18] snow would have erased any path[19], but the snow also made it possible for her to try the search on cross-country[20] skis. She'd have to be careful not to get lost. With the dense underbrush[21] and her own miserable sense of direction[22], she could easily go around in circles.

Jenny had thought about that, and decided to take a compass[23], a hammer[24], tacks[25] and pieces of cloth[26]. She could nail[27] the cloth to trees to help her find her way back.

Her ski suit was downstairs in the closet off[28] the kitchen. While water boiled for coffee, she zipped it on[29]. The coffee helped to bring her mind into focus[30]. During the night she had considered[31] going

1. Même si elle devait en mourir de froid,
2. érables
3. de chênes
4. de conifères
5. de pins rouges
6. de broussailles inextricables
7. Durant ses insomnies,
8. élaboré
9. faisait une enjambée pendant qu'elle en faisait trois.
10. foulée
11. en riaient
12. à 20 mn à pied
13. de l'orée du bois
14. supplié
15. Le personnel de
16. n'avait absolument pas le droit
17. affirmait
18. croûteuse
19. avait sûrement effacé les sentiers
20. de fond
21. broussaille
22. très mauvais sens de l'orientation
23. boussole
24. marteau
25. des punaises
26. des bouts de tissu
27. punaiser
28. le placard près de
29. l'enfila
30. à se concentrer
31. envisagé d'

to Sheriff Gunderson. But he would surely refuse help and would simply stare at her[1] with that familiar look of speculative disdain.

She would carry a thermos of coffee with her. She didn't have a key to the cabin, but she could break a window with the hammer.

Even though Elsa had not been in for over two weeks, the huge old house still glistened and shone[2] with visible proof[3] of her rigid standards of cleanliness[4]. Her habit as she left was[5] to tear off the current day from the daily calendar[6] over the wall phone. Jenny had joked about that to Erich. "She not only cleans what was never dirty, she eliminates every weekday evening."

Now Jenny tore off Friday, February 14, crumpled[7] the page in her hand and stared at the blank sheet[8] under the bold lettering[9], Saturday, February 15. She shivered[10]. It was nearly fourteen months since that day in the gallery when she'd met Erich. No that couldn't be.[11] It was a lifetime ago.[12] She rubbed her hand across her forehead[13].

Her chestnut-brown hair had darkened to near-black during the pregnancy[14]. It felt drab and lifeless as she stuffed it[15] under the woolen ski cap[16]. The shell-edged[17] mirror to the left of the kitchen door was an incongruous touch[18] in the massive, oak-beamed[19] kitchen. She stared into it now. Her eyes were heavily shadowed[20]. Normally a shade somewhere between aqua[21] and blue, they reflected back at her wide-pupiled[22] and expressionless. Her cheeks were drawn[23]. The weight loss[24] since the birth had left her too thin. The pulse in her neck throbbed[25] as she zipped the ski suit to the top. Twenty-seven years old. It seemed to her that she looked at least ten years older, and felt a century older. If only the numbness[26] would go away. If

1. ne ferait que la toiser
2. brillait encore de mille feux
3. en témoignage
4. propreté
5. Elle avait l'habitude en partant
6. d'arracher la feuille du jour de l'éphéméride
7. réduisit en boule
8. page blanche
9. caractères gras
10. frissonna
11. Non, impossible.
12. Ça faisait des siècles.
13. frotta son front de la main
14. grossesse
15. Ils lui parurent ternes et mous quand elle les fourra
16. bonnet
17. encadré de coquillages
18. saugrenu
19. à poutres apparentes
20. très cernés
21. bleu-vert
22. les pupilles dilatées
23. creuses
24. perte de poids
25. battait vite
26. engourdissement

only the house weren't so quiet, so fearfully, frighteningly quiet[1].

She looked at the cast-iron stove[2] at the east wall of the kitchen. The cradle[3], filled with wood, was beside it again, its usefulness restored[4].

Deliberately she studied the cradle, made herself absorb the constant shock of its presence in the kitchen, then turned her back on it and reached for[5] the thermos bottle. She poured coffee into it[6], then collected[7] the compass, hammer and tacks and strips of cloth. Thrusting them into a canvas knapsack[8] she pulled a scarf over her face, put on her cross-country ski shoes, yanked[9] thick, fur-lined mittens[10] on her hands and opened the door.

The sharp, biting[11] wind made a mockery of the face scarf[12]. The muffled lowing[13] of the cows in the dairy barn[14] reminded her of[15] the exhausted sobs of deep mourning[16]. The sun was coming up, dazzling against[17] the snow, harsh[18] in its golden-red beauty, a far-off god[19] that could not affect the bitter[20] cold.

By now Clyde would be inspecting the dairy barn. Other hands[21] would be pitching hay in the pole-barns[22] to feed the scores[23] of black Angus cattle[24], which were unable to graze[25] beneath the hard-packed[26] snow and would habitually head there[27] for food and shelter[28]. A half-dozen men working on this enormous farm, yet there was no one near the house—all of them were small figures, seen like silhouettes, against the horizon …

Her cross-country skis were outside the kitchen door. Jenny carried them down the six steps from the porch, tossed them on the ground[29], stepped into them[30] and snapped them on[31]. Thank God she'd learned to ski well last year.

It was a little after seven o'clock when she began looking for the cabin. She limited herself to skiing

1. si terriblement silencieuse
2. poêle en fonte
3. berceau
4. son utilité retrouvée
5. prit
6. y versa du café,
7. rassembla
8. Les fourrant dans une besace en toile,
9. enfila vite
10. de grosses moufles doublées de fourrure
11. vif et mordant
12. rendait dérisoire le foulard
13. meuglements étouffés
14. grange laitière
15. lui rappelèrent
16. les sanglots sourds d'un grand deuil
17. éblouissant sur
18. âpre
19. dieu lointain
20. cuisant
21. employés
22. remplissaient de foin les mangeoires abritées
23. nourrir la multitude
24. vaches
25. paître
26. tassée
27. venaient là
28. un abri
29. les jeta par terre
30. les chaussa
31. attacha les fixations

no more than thirty minutes in any direction. She started at the point where Erich always disappeared into the woods. The overhead[1] branches were so entangled[2] that the sun barely penetrated through them[3]. After she'd skied in as straight a line as possible[4], she turned right, covered about one hundred feet[5] more, turned right again and started back to the edge of the forest. The wind covered her tracks[6] almost as soon as she passed any spot[7] but at every turning point she hammered[8] a piece of cloth into the tree.

At eleven o'clock she returned to the house, heated[9] soup, changed into dry socks, forced herself to ignore the tingling pain[10] in her forehead and hands, and set out again[11].

At five o'clock, half frozen, the slanting rays[12] of the sun almost vanishing[13], she was about to give up[14] for the day when she decided to go over one more hilly mound[15]. It was then she came upon it[16], the small, bark-roofed log cabin[17] that had been built by Erich's great-grandfather in 1869. She stared at it, biting her lips as savage[18] disappointment sliced her[19] with the physical impact of a stiletto[20].

The shades were drawn[21]; the house had a shuttered look[22] as though it had not been open for a time. The chimney was snow-covered; no lights shone from within[23].

Had she really dared[24] to hope that when she came upon it, that chimney would be smoking, lamps would glow through the curtains, that she'd be able to go up to the door and open it?

There was a metal shingle[25] nailed to the door. The letters were faded[26] but still readable: ABSOLUTELY NO ADMITTANCE.[27] VIOLATORS WILL BE PROSECUTED.[28] It was signed Erich Fritz Krueger and dated 1903.

There was a pump house[29] to the left of the cabin, an outhouse[30] discreetly half-hidden by full-

1. au-dessus
2. enchevêtrées
3. filtrait à peine
4. autant que possible en ligne droite
5. une trentaine de mètres
6. ses traces
7. tout de suite après son passage
8. clouait
9. réchauffa
10. les picotements douloureux
11. repartit
12. rayons obliques
13. disparaissant à l'horizon
14. renoncer
15. gravir une dernière butte
16. qu'elle l'aperçut
17. cabane en rondins au toit d'écorce
18. féroce
19. lui perçait le cœur
20. stylet
21. Les stores étaient baissés
22. avait l'air clos
23. à l'intérieur
24. osé
25. plaque
26. à moitié effacées
27. Entrée strictement interdite.
28. Tout intrus sera poursuivi.
29. station de pompage
30. des toilettes extérieures

branched pines. She tried to picture[1] the young Erich coming here with his mother. "Caroline loved the cabin just as it was," Erich had told her. "My father wanted to modernize the old place but she wouldn't hear of it[2]."

No longer aware of the cold,[3] Jenny skied over to the nearest window. Reaching into the knapsack, she pulled out the hammer, raised it[4] and smashed the pane[5]. Flying glass grazed[6] her cheek. She was unaware of the trickle[7] of blood that froze as it ran down her face. Careful to avoid the jagged peaks[8], she reached in, unfastened the latch[9] and shoved the window up[10].

Kicking off[11] her skis,she climbed over[12] the low sill[13], pushed aside the shade and stepped into[14] the cabin.

The cabin consisted of a single room about twenty feet square[15]. A Franklin stove[16] on the north wall had wood piled neatly next to it. A faded Oriental rug[17] covered most of the white pine flooring[18]. A wide-armed[19], high-backed[20] velour couch[21] and matching[22] chairs were clustered around[23] the stove. A long oak table and benches[24] were near the front windows. A spinning wheel[25] looked as though it might still be functional. A massive oak sideboard[26] held willowware china[27] and oil lamps. A steep stairway[28] led to the left. Next to it, rows of file baskets[29] held stacks[30] of unframed canvases[31].

The walls were white pine, unknotted[32], silk-smooth[33] and covered with paintings. Numbly[34] Jenny walked from one to the other of them. The cabin was a museum. Even the dim[35] light could not hide the exquisite beauty of the oils and watercolors[36], the charcoals and pen-and-ink[37] drawings. Erich had not even begun to show his best work yet. How would the critics react when they saw these masterpieces[38]? she wondered.

1. imaginer
2. s'y opposait
3. Sans plus sentir le froid,
4. le brandit
5. brisa le carreau
6. Des éclats de verre éraflèrent
7. ruisselet
8. pointes en dents de scie
9. défit le loquet
10. releva la vitre
11. Retirant vivement
12. enjamba
13. rebord
14. entra dans
15. d'env. 37 m²
16. poêle
17. tapis
18. plancher
19. à larges bras
20. à haut dossier
21. canapé
22. assortis
23. entouraient
24. des bancs
25. rouet
26. buffet
27. de la porcelaine
28. escalier raide
29. casiers
30. des séries
31. toiles sans cadre
32. sans nœuds
33. lisses
34. Hébétée,
35. faible
36. aquarelles
37. au fusain et à la plume
38. chefs-d'œuvre

Some of the paintings on the walls were already framed. These must be the next ones he planned to exhibit[1]. The pole-barn in a winter storm[2]. What was so different about it? The doe[3], head poised[4], listening, about to flee[5] into the woods. The calf reaching up to its[6] mother. The fields of alfalfa[7], blue-flowered, ready for harvest[8]. The Congregational Church with worshipers[9] hurrying toward it. The main street of Granite Place suggesting timeless[10] serenity.

Even in her desolation, the sensitive[11] beauty of the collection gave Jenny a momentary sense of quietude and peace.

Finally she bent over[12] the unframed canvases in the nearest rack[13]. Again admiration suffused her being[14]. The incredible dimensions of Erich's talent, his ability to paint landscapes[15], people and animals with equal authority[16]; the playfulness[17] of the summer garden with the old-fashioned baby carriage[18], the ...

And then she saw it. Not understanding, she began to race through[19] the other paintings and sketches[20] in the files.

She ran to the wall from one canvas to the next. Her eyes widened in disbelief.[21] Not knowing what she was doing, she stumbled toward[22] the staircase leading to the loft[23] and rushed up[24] the stairs.

The loft sloped with the pitch of the roof[25] and Jenny had to bend forward at the top stair before she stepped into the room.

As she straightened up,[26] a nightmarish blaze of color[27] from the back wall assaulted her vision. Shocked, she stared at her own image. A mirror?

No. The painted face did not move as she approached it. The dusky[28] light from the slitlike[29] window played on the canvas, shading it in streaks[30], like a ghostly[31] finger pointing.

1. exposer
2. tempête de neige
3. biche
4. aux aguets
5. fuir
6. veau cherchant le pis de sa
7. luzerne
8. à être récoltés
9. les fidèles
10. intemporelle
11. délicate
12. se pencha sur
13. bac
14. la submergea
15. les paysages,
16. avec la même maîtrise
17. le caractère enjoué
18. le landau à l'ancienne
19. à fouiller vivement dans
20. esquisses
21. Elle écarquilla les yeux, incrédule.
22. chancela jusqu'à
23. grenier
24. grimpa quatre à quatre
25. suivait la pente raide du toit
26. Quand elle se redressa,
27. un flamboiement de couleurs de cauchemar
28. du crépuscule
29. fine
30. dessinant des rayures sur la toile
31. fantomatique

1. s'en détacher
2. les coins de sa bouche s'abaisser
3. dans une angoisse désespérée,
4. perçant
5. réticents
6. à l'arracher
7. l'étouffait
8. lui coupait le souffle
9. assourdissait sa plainte éperdue
10. hurlait-elle
11. cueillit le cri sur ses lèvres
12. le répandit
13. les bois qui s'assombrissaient

For minutes she stared at the canvas, unable to wrench her eyes from it[1], absorbing every grotesque detail, feeling her mouth slacken[2] in hopeless anguish[3], hearing the keening[4] sound that was coming from her own throat.

Finally she forced her numbed, reluctant[5] fingers to grasp the canvas and yank it[6] from the wall.

Seconds later, the painting under her arm, she was skiing away from the cabin. The wind, stronger now, gagged her[7], robbed her of breath[8], muffled her frantic cry[9].

"Help me," she was screaming[10]. "Somebody, please, please help me."

The wind whipped the cry from her lips[11] and scattered it[12] through the darkening wood[13].

1

It was obvious that the exhibition of paintings by Erich Krueger, the newly discovered[1] Midwest artist, was a stunning success[2]. The reception for critics and specially invited guests[3] began at four, but all day long[4] browsers[5] had filled the gallery, drawn[6] by *Memory of Caroline*, the magnificent oil in the showcase window[7].

Deftly[8] Jenny went from critic to critic, introducing[9] Erich, chatting with collectors[10], watching that[11] the caterers[12] kept passing[13] fresh trays[14] of hors d'œuvres and refilling[15] champagne glasses.

From the moment she'd opened her eyes this morning, it had been a difficult day. Beth, usually so pliable[16], had resisted leaving for the day-care center[17]. Tina, teething with two-year molars,[18] awakened[19] a half-dozen times during the night, crying fretfully[20]. The New Year's Day[21] blizzard had left New York a nightmare of snarled traffic[22] and curbsides[23] covered with mounds of slippery, sooty snow[24]. By the time she'd left the children at the center and made her way across town she was nearly an hour late for work. Mr. Hartley had been frantic[25].

1. récemment découvert
2. très réussie
3. le cercle des invités
4. toute la journée,
5. des passants
6. attirés
7. dans la vitrine
8. Avec aisance,
9. présentant
10. causant avec les collectionneurs
11. veillant à ce que
12. les employés du traiteur
13. fassent circuler
14. de nouveaux plateaux
15. remplissent
16. d'habitude si docile
17. la garderie
18. qui, à 2 ans, faisait ses premières molaires,
19. s'était réveillée
20. en pleurnichant
21. du Jour de l'An
22. d'embouteillages
23. de trottoirs
24. de paquets de neige glissante et boueuse
25. affolé

1. vous préviens
2. de fiable
3. À quelle heure M. Krueger doit-il arriver ?
4. n'ont été livrées qu'il y a quelques minutes
5. dans la soixantaine
6. redevenait un gamin de sept ans
7. contrarié
8. fronçait les sourcils
9. d'une voix apaisante
10. à l'idée qu'
11. soit exposé
12. bien qu'il ne soit pas à vendre
13. On jurerait que vous êtes le modèle de
14. résista à l'envie
15. de tapoter
16. Dépêchons-nous de les accrocher.
17. Rapidement,
18. se rassérénant
19. qu'on y arriverait
20. réprimant un soupir
21. À 10 h 55,
22. le tableau vedette
23. calligraphié
24. avis encadré de velours
25. Première exposition new-yorkaise,
26. les passants

"Everything is going wrong, Jenny. Nothing is ready. I warn you[1]. I need someone I can count on[2]."

"I'm so sorry." Jenny tossed her coat in the closet. "What time is Mr. Krueger due?[3]"

"About one. Can you believe three of the paintings weren't delivered until a few minutes ago[4]?"

It always seemed to Jenny that the small, sixtyish[5] man reverted to being about seven years old[6] when he was upset[7]. He was frowning[8] now and his mouth was trembling. "They're all here, aren't they?" she asked soothingly[9].

"Yes, yes, but when Mr. Krueger phoned last night I asked if he'd sent those three. He was terribly angry at the prospect[10] they'd been lost. And he insists that the one of his mother be exhibited[11] in the window even though it's not for sale[12]. Jenny, I'm telling you. You could have posed for[13] that painting."

"Well, I didn't." Jenny resisted the impulse[14] to pat[15] Mr. Hartley on the shoulder. "We've got everything. Let's get on with hanging them.[16]"

Swiftly[17] she helped with the arrangement, grouping the oils, the watercolors, the pen-and-ink sketches, the charcoals.

"You've got a good eye, Jenny," Mr. Hartley said, visibly brightening[18] as the last canvas was placed. "I knew we'd make it[19]."

Sure you did! she thought, trying not to sigh[20].

The gallery opened at eleven. By five of eleven[21] the featured painting[22] was in place, the handsomely lettered[23], velvet-framed announcement[24] beside it: FIRST NEW YORK SHOWING,[25] ERICH KRUEGER. The painting immediately began to attract the passersby[26] on Fifty-seventh Street. From her desk, Jenny watched as people stopped to study it. Many of them came into the gallery to see the rest of the exhibit. Not a few of them[1] asked her,"Were you the model for that painting in the window?"

Jenny handed out[2] brochures with Erich Krueger's bio:

> Two years ago, Erich Krueger achieved instant prominence[3] in the art world. A native of Granite Place, Minnesota, he has painted as an avocation[4] since he was fifteen years old. His home is a fourth-generation family farm[5] where he breeds[6] prize cattle[7]. He is also president of the Krueger Limestone Works[8]. A Minneapolis art dealer[9] was the first to discover his talent. Since then he has exhibited in Minneapolis, Chicago, Washington, D.C., and San Francisco. Mr. Krueger is thirty-four years old and is unmarried[10].

Jenny studied his picture on the cover of the brochure. And he's also marvelous-looking[11], she thought.

At eleven-thirty, Mr. Hartley came over to her[12]. His anxious fretful look[13] had almost disappeared. "Everything's all right?"

"Everything's fine," she assured him. Anticipating his next question she said, "I reconfirmed the caterer. *The Times, The New Yorker, Newsweek, Time* and *Art News* critics are definitely coming[14]. We can expect at least eight at the reception, and allowing for gatecrashers[15] about one hundred. We'll close to the public at three o'clock. That will give the caterer plenty of time to set up[16]."

"You're a good girl, Jenny." Now that everything was in order, Mr. Hartley was relaxed and benign[17]. Wait till she told him that she couldn't stay till the end of the reception! "Lee just got in," Jenny continued, referring to[18] her part-time assistant, "so we're in good shape[19]." She grinned at him[20]. "Now please stop worrying."

1. Beaucoup
2. distribua
3. se hissait d'emblée à une place de premier plan
4. il est peintre de vocation
5. une ferme dans la famille depuis quatre générations
6. il fait l'élevage de
7. bétail de concours
8. carrières
9. marchand d'art
10. célibataire
11. merveilleusement beau
12. vint la retrouver
13. Son air soucieux
14. sûrs de venir
15. en tenant compte des pique-assiette,
16. pour s'installer
17. bienveillant
18. en parlant de
19. nous sommes parés
20. lui adressa un grand sourire

"I'll try. Tell Lee I'll be back before one to have lunch with Mr. Krueger. You go out and get yourself something to eat now, Jenny."

She watched him march briskly[1] out the door. For the moment there was a lull[2] in the number of new arrivals. She wanted to study the painting in the window. Without bothering to[3] put on a coat, she slipped outside. To get perspective on the work she backed up a few feet[4] from the glass. Passersby on the street, glancing at her and the picture, obligingly walked around her.

The young woman in the painting was sitting in a swing[5] on a porch[6], facing the setting sun[7]. The light was oblique, shades of red and purple[8] and mauve. The slender figure[9] was wrapped in a[10] dark green cape. Tiny tendrils[11] of blue-black hair blew around[12] her face, which was already half-shadowed[13]. I see what Mr. Hartley means, Jenny thought. The high forehead, thick brows[14], wide eyes, slim, straight nose[15] and generous mouth were very like her own features[16]. The wooden porch was painted white with a slender corner column. The brick wall of the house behind it was barely suggested in the background[17]. A small boy, silhouetted by the sun[18], was running across a field toward the woman. Crusted snow suggested the penetrating cold of the oncoming night[19]. The figure in the swing was motionless, her gaze riveted on the sunset[20].

Despite the eagerly[21] approaching child, the solidity of the house, the sweeping sense[22] of space, it seemed to Jenny that there was something peculiarly isolated[23] about the figure. Why? Perhaps because the expression in the woman's eyes was so sad. Or was it just that the entire painting suggested biting cold? Why would anyone sit outside in that cold? Why not watch the sunset from a window inside the house?

1. d'un pas vif
2. une accalmie
3. Sans prendre la peine de
4. recula de quelques pas
5. une balancelle
6. une terrasse
7. face au soleil couchant
8. violet
9. La mince silhouette
10. enveloppée d'une
11. mèches
12. voletaient autour de
13. à moitié dans l'ombre
14. sourcils
15. nez droit et fin
16. ses propres traits
17. en arrière-plan
18. dont la silhouette se détachait à contre-jour
19. du crépuscule
20. le regard rivé sur le soleil couchant.
21. avec empressement
22. l'impression générale
23. de bizarrement solitaire

Jenny shivered. Her turtleneck sweater[1] had been a Christmas gift from her ex-husband Kevin. He had arrived at the apartment unexpectedly[2] on Christmas Eve[3] with the sweater for her and dolls for the girls. Not one word about the fact that he never sent support payments[4] and in fact owed her[5] over two hundred dollars in "loans."[6] The sweater was cheap[7], its claim to warmth feeble[8]. But at least it was new and the turquoise color was a good background for Nana's gold chain and locket[9]. Of course one asset[10] of the art world was that people dressed to please themselves[11] and her too-long wool skirt[12] and too-wide boots were not necessarily an admission[13] of poverty. Still she'd better[14] get inside. The last thing she needed was to catch the flu that was making the rounds[15] in New York.

She stared again at the painting, admiring the skill[16] with which the artist directed the gaze of the viewer from the figure on the porch to the child to the sunset. "Beautiful," she murmured, "absolutely beautiful." Unconsciously she backed up as she spoke, skidded on the slick pavement[17] and felt herself bump into someone[18]. Strong hands gripped her elbows[19] and steadied her[20].

"Do you always stand outside in this weather without a coat and talk to yourself?" The tone of voice combined annoyance and amusement[21].

Jenny spun around[22]. Confused, she stammered[23], "I'm so sorry. Please excuse me. Did I hurt you?[24]" She pulled back and as she did realized that the face she was looking at was the one depicted on[25] the brochure she'd been passing out all morning. Good God, she thought, of all people I have to go slamming into Erich Krueger[26]!

She watched as his face paled[27]; his eyes widened, his lips tightened[28]. He's angry, she thought, dismayed[29]. I practically knocked him down[30].

1. pull à col roulé
2. à l'improviste
3. la veille de Noël
4. les pensions alimentaires
5. lui devait
6. en « emprunts ».
7. bon marché
8. et tenait très peu chaud
9. médaillon
10. l'un des avantages
11. pour se faire plaisir
12. jupe
13. aveu
14. Mieux valait pourtant qu'elle
15. la grippe qui sévissait
16. le talent
17. dérapa sur le trottoir glissant
18. sentit qu'elle heurtait quelqu'un
19. la rattrapèrent par les coudes
20. la stabilisèrent
21. agacement et amusement
22. se retourna vivement
23. bredouilla
24. Vous ai-je fait mal ?
25. celui de
26. il a fallu que ce soit Erich Krueger que je bouscule
27. pâlit
28. se serrèrent
29. consternée
30. l'ai presque fait tomber

1. L'air penaud,
2. Pardonnez-moi.
3. impossible à décrire
4. s'attarda
5. s'adoucit
6. ajouta
7. peu importe
8. infiniment
9. des talons de 7 cm
10. env. 1,75 m
11. profondément enfoncés
12. empêchaient
13. large
14. parsemés de
15. pièce de monnaie
16. en poil de chameau
17. en soie
18. en jean
19. la ramena
20. ridicule
21. la poussait fermement
22. que c'était une chance

Contritely[1] she held out her hand. "I'm so sorry, Mr. Krueger. Please forgive me.[2] I was so lost in admiring the painting of your mother. It's … It's indescribable[3]. Oh, do come in. I'm Jenny MacPartland. I work in the gallery."

For a long moment his gaze remained[4] on her face as he studied it feature by feature. Not knowing what to do, she stood silently. Gradually his expression softened[5].

"Jenny." He smiled and repeated, *"Jenny."* Then he added[6], "I wouldn't have been surprised if you told me … Well, never mind[7]."

The smile brightened his appearance immeasurably[8]. They were practically eye to eye and her boots had three-inch heels[9] so she judged him to be about five nine[10]. His classically handsome face was dominated by deep-set[11] blue eyes. Thick, well-shaped brows kept[12] his forehead from seeming too broad[13]. Bronze-gold hair, sprinkled with[14] touches of silver, curled around his head, reminding her of the image on an old Roman coin[15]. He had the same slender nostrils and sensitive mouth as the woman in the painting. He was wearing a camel's hair[16] cashmere coat, a silk[17] scarf at his throat. What had she expected? she wondered. The minute she'd heard the word *farm*, she had had a mental image of the artist coming into the gallery in a denim[18] jacket and muddy boots. The thought made her smile and snapped her back[19] to reality. This was ludicrous[20]. She was standing here shivering. "Mr. Krueger …"

He interrupted her. "Jenny, you're cold. I'm so terribly sorry." His hand was under her arm. He was propelling her[21] toward the gallery door, opening it for her.

He immediately began to study the placement of his paintings, remarking how fortunate it was[22] that the last three had arrived. "Fortunate for the shipper[1]," he added, smiling.

Jenny followed him around as he made a meticulous inspection, stopping twice[2] to straighten[3] canvases that were hanging a hairbreadth off-center[4]. When he was finished, he nodded[5], seemingly satisfied. "Why did you put *Spring Plowing*[6] next to *Harvest*[7]?" he asked.

"It's the same field, isn't it?" Jenny asked. "I felt a continuity between plowing the ground and then seeing the harvest. I just wish there was[8] a summer scene as well."

"There *is*," he told her. "I didn't choose to send it.[9]"

Jenny glanced at[10] the clock over the door. It was nearly noon[11]. "Mr. Krueger, if you don't mind[12], I'm going to settle you[13] in Mr. Hartley's private office. Mr. Hartley's made a luncheon reservation[14] for you and him at the Russian Tea Room for one o'clock. He'll be along soon[15] and I'm going to go out now for a quick sandwich."

Erich Krueger helped her on with[16] her coat. "Mr. Hartley is going to have to eat alone today," he said. "I'm very hungry and I intend[17] to go to lunch with you. Unless,[18] of course, you're meeting[19] someone?"

"No, I'm going to get something fast at the drugstore."

"We'll try the Tea Room. I imagine they'll find room for us."

She went under protest[20], knowing Mr. Hartley would be furious, knowing that her hold on her job[21] was becoming increasingly more[22] precarious. She was late much too often. She'd had to stay home two days last week because Tina had croup[23]. But she realized she wasn't being given a choice[24].

In the restaurant he brushed aside the[25] fact they had no reservation and succeeded in[26] being placed

1. transporteur
2. deux fois
3. remettre droites
4. qui étaient un poil de travers
5. hocha la tête
6. Labourage de printemps
7. Moissons
8. regrette qu'il n'y ait pas
9. J'ai décidé de ne pas l'envoyer.
10. jeta un coup d'œil à
11. midi
12. si ça ne vous dérange pas
13. vous installer
14. a réservé un déjeuner
15. ne va pas tarder
16. l'aida à enfiler
17. j'ai l'intention
18. À moins,
19. que vous n'ayez rendez-vous avec
20. en protestant
21. sa position à ce poste
22. de plus en plus
23. avait eu une laryngite
24. qu'il ne lui laissait pas le choix
25. ne tint pas compte du
26. réussit à

at the corner table he wanted. Jenny turned down[1] the suggestion of wine. "I'd be drowsy[2] in fifteen minutes. I was a bit short on sleep[3] last night. Perrier for me, please."

They ordered[4] club sandwiches, then he leaned across[5] the table. "Tell me about yourself, Jenny MacPartland."

She tried not to laugh. "Did you ever take the Dale Carnegie course?[6]"

"No, I didn't. Why?"

"That's the kind of question they teach you to ask on a first meeting. Be interested in the other fellow.[7] I *want* to *know* about *you*."

"But it happens that I do want to know about you[8]."

The drinks came and they sipped[9] as she told him: "I am the head[10] of what the modern world calls 'the single parent family[11].' I have two little girls. Beth is three and Tina just turned two. We live in an apartment in a brownstone[12] on East Thirty-seventh Street. A grand piano[13], if I had one, would just about take up the whole place[14]. I've worked for Mr. Hartley for four years."

"How could you work for him four years with such young children?"

"I took a couple of weeks off[15] when they were born."

"Why was it necessary to go back to work so quickly?"

Jenny shrugged[16]. "I met Kevin MacPartland the summer after I finished college[17]. I'd been a fine arts major[18] at Fordham University in Lincoln Center. Kev had a small part[19] in an off-Broadway show[20]. Nana told me I was making a mistake but naturally I didn't listen."

"Nana?"

1. refusa
2. somnolente
3. n'ai pas assez dormi
4. commandèrent
5. se pencha par-dessus
6. Vous avez pris des cours de Réussite & compétences personnelles ?
7. Montrez votre intérêt pour votre interlocuteur.
8. il se trouve que c'est le cas
9. sirotèrent
10. le chef
11. famille monoparentale
12. immeuble en grès [typique de NYC]
13. piano à queue
14. occuperait à peu près tout l'espace
15. 2 ou 3 semaines de congés
16. haussa les épaules
17. l'université
18. diplômée en beaux-arts
19. petit rôle
20. un spectacle à petit budget

"My grandmother. She raised me[1] since I was a year old. Anyhow[2] Nana was right. Kev's a nice enough guy but he's a—lightweight[3]. Two children in two years of marriage wasn't on his schedule[4]. Right after Tina was born he moved out[5]. We're divorced now."

"Does he support the[6] children?"

"The average income[7] for an actor is three thousand dollars a year. Actually Kev is quite good and with a break or two[8] might make it. But at the moment the answer to the question is no."

"Surely you haven't had[9] those children in a day-care center from the time they were born[10]?"

Jenny felt the lump[11] start to form in her throat. In a minute her eyes would be filling with tears. She said hurriedly[12], "My grandmother took care of them while I worked. She died three months ago. I really don't want to talk about her now."

She felt his hand close over hers[13]. "Jenny, I'm sorry. Forgive me. I'm not usually so dense[14]."

She managed a smile. "My turn. *Do* tell *me* all about *you*."

She nibbled on[15] the sandwich while he talked. "You probably read the bio on the brochure—I'm an only child[16]. My mother died in an accident on the farm when I was ten … on my tenth birthday[17] to be exact. My father died two years ago. The farm manager really runs the place.[18] I spend most of my time in my studio[19]."

"It would be a waste[20] if you didn't," Jenny said. "You've been painting since you were fifteen years old, haven't you? Didn't you realize how good you were?"

Erich twirled[21] the wine in his glass, hesitated, then shrugged. "I could give the usual answer, that I painted strictly as an avocation, but it wouldn't be the whole truth. My mother was an artist. I'm afraid

1. m'a élevée
2. Quoi qu'il en soit,
3. … sans envergure
4. dans son programme
5. est parti
6. Est-ce qu'il contribue financièrement à l'entretien des
7. Le revenu moyen
8. avec un peu de veine
9. Vous n'avez tout de même pas mis
10. depuis leur naissance
11. la boule habituelle
12. s'empressa de dire
13. qu'il posait la main sur la sienne et la serrait
14. aussi bouché
15. grignota
16. enfant unique
17. le jour de mes 10 ans
18. C'est le contremaître qui gère l'affaire, en réalité.
19. atelier
20. du gâchis
21. fit tourner

she wasn't very good but her father was reasonably[1] well known. His name was Everett Bonardi."

"Of *course* I know of him," Jenny exclaimed. "But why didn't you include that in your bio?"

"If my work is good, it will speak for itself. I hope I've inherited something of his talent. Mother simply sketched and enjoyed doing it[2], but my father was terribly jealous of her art. I suppose he'd felt like a bull in a china shop[3] when he met her family in San Francisco. I gather they treated him[4] like a Midwest hunky[5] with hayseed[6] in his shoes. He reciprocated by[7] telling mother to use her skill to do useful things like making quilts[8]. Even so[9] he idolized her. But I always knew he would have hated[10] to find me 'wasting my time painting,' so I kept it from him[11]."

The noonday sun had broken through the overcast[12] sky and a few stray beams[13], colored by the stained-glass window[14], danced on their table. Jenny blinked[15] and turned her head.

Erich was studying her[16]. "Jenny," he said suddenly, "you must have wondered about my reaction when we met. Frankly[17] I thought I was seeing a ghost[18]. Your resemblance to Caroline is quite startling[19]. She was about your height[20]. Her hair was darker than yours and her eyes were a brilliant green. Yours are blue with just a suggestion of green. But there are other things about you. Your smile. The way you tilt[21] your head when you listen. You're so slim[22], just as she was. My father was always fretting over[23] her thinness. He'd keep trying[24] to make her eat more. And I find myself wanting to say, 'Jenny, finish that sandwich. You've barely touched it.'"

"I'm fine," Jenny said. "But would you mind[25] ordering a quick coffee? Mr. Hartley will be having a heart attack as it is[26] that[27] you arrived when he was

1. assez
2. aimait ça
3. un éléphant dans un magasin de porcelaine
4. J'ai cru comprendre qu'ils l'avaient traité
5. un bouseux
6. du foin
7. s'est vengé en
8. du patchwork
9. Pourtant,
10. détesté
11. je lui ai caché ça
12. couvert
13. de rares rayons
14. vitrail
15. cligna des paupières
16. la regardait attentivement
17. Franchement,
18. fantôme
19. saisissante
20. faisait à peu près votre taille
21. Votre façon d'incliner
22. mince
23. s'inquiétait de
24. s'efforçait
25. pourriez-vous
26. va déjà avoir une attaque
27. en voyant que

out. And I have to sneak away from the reception[1] early which won't endear me to him[2]."

Erich's smile vanished. "You have plans for tonight?"

"Big ones. If I'm late picking up[3] the girls at Mrs. Curtis' Progressive Day Care Center, I'm in trouble[4]."

Jenny raised her eyebrows, pursed[5] her lips, imitated Mrs. Curtis. "'My usual time for closing is five P.M. but I make an exception for working mothers, Mrs. MacPartland. But five-thirty is the finish[6]. I don't want to hear anything about[7] missed buses[8] or last-minute phone calls. You be here by five-thirty, or you keep your kids home the next morning. Understan?'"

Erich laughed. "I *understan*. Now tell me about your girls."

"Oh, that's easy," she said. "Obviously[9] they're brilliant and beautiful and lovable and ..."

"And walked at six months and talked at nine months. You sound like my mother. People tell me that's the way she used to talk about me."

Jenny felt an odd catch[10] at her heart at the wistful[11] expression that suddenly came over his face. "I'm sure it was true," she said.

He laughed. "And I'm sure it wasn't. Jenny, New York staggers me[12]. What was it like growing up here?[13]"

Over coffee[14] they talked. She about city life: "There isn't a building in Manhattan I don't love." He, drily[15], "I can't imagine that. But then you've never really experienced the other way of life." They talked about her marriage. "How did you feel when it was over[16]?"

"Surprisingly, only the same degree of regret that I imagine I'd have for the typical first love. The dif-

1. m'esquiver
2. ce qui ne va pas redorer mon blason
3. je suis en retard pour aller chercher
4. j'aurai des ennuis
5. pinça
6. l'heure limite
7. d'excuses comme
8. des bus loupés
9. Il va de soi qu'
10. un drôle de pincement
11. mélancolique
12. me stupéfie
13. Ça fait quoi d'y avoir grandi ?
14. Tout en prenant leur café,
15. sèchement
16. ça s'est terminé

ference is I have my children. For that I'll always be grateful[1] to Kev."

When they got back to the gallery, Mr. Hartley was waiting. Nervously Jenny watched the angry red points on his cheekbones[2], then admired the way Erich placated him[3]. "As I'm sure you'll agree,[4] airline food is not fit to eat[5]. Since Mrs. MacPartland was just leaving for lunch, I prevailed on her[6] to allow me to join her[7]. I merely[8] nibbled and now look forward to[9] lunching with you. And may I compliment you on the placement of my work."

The red points receded[10]. Thinking of the thick sandwich Erich had consumed[11], Jenny said demurely[12], "Mr. Hartley, I recommended the chicken Kiev to Mr. Krueger. Please make him order it."

Erich quirked one eyebrow[13] and as he passed her he murmured, "Thanks a lot."

Afterward[14] she regretted her impulsive teasing[15]. She hardly knew the man[16]. Then why this sense of rapport?[17] He was so sympathetic[18] and yet gave an impression of latent strength[19]. Well, if you're used to money all your life and have good looks and talent thrown in[20], why wouldn't you feel secure[21]?

The gallery was busy[22] all afternoon. Jenny watched for[23] the important collectors. They'd all been invited to the reception but she knew many of them would come in early to have a chance to study the exhibit. The prices were steep[24], very steep, for a new artist. But Erich Krueger seemed to be quite indifferent whether or not they sold[25].

Mr. Hartley got back just as the gallery was closed to the public. He told Jenny that Erich had gone to his hotel to change for the reception. "You made quite an impression on him, Jenny," he said, sounding rather puzzled[26]. "He did nothing but[27] ask questions about you."

1. reconnaissante
2. pommettes
3. l'apaisa
4. Vous en conviendrez,
5. la nourriture qu'on sert dans les avions est immangeable
6. je l'ai persuadée
7. de bien vouloir se joindre à moi
8. seulement
9. me réjouis à l'idée de
10. s'estompèrent
11. consommé
12. sans avoir l'air d'y toucher
13. haussa un sourcil
14. Après coup,
15. sa taquinerie spontanée
16. le connaissait à peine
17. Alors, pourquoi ce sentiment de complicité ?
18. compatissant
19. de force sous-jacente
20. par-dessus le marché
21. sûr de soi
22. connut une grande activité
23. guettait
24. élevés
25. à ce qu'ils se vendent ou non
26. d'un ton assez perplexe
27. Il n'a fait que

By five o'clock the reception was in full swing[1]. Efficiently[2] Jenny escorted Erich from critics to collectors, introducing him, making small talk[3], giving him a chance to chat[4], then extricating him[5] to meet another visitor. Not infrequently[6] they were asked, "Is this young lady your model for *Memory of Caroline*?"

Erich seemed to enjoy the question. "I'm beginning to think she is."

Mr. Hartley concentrated on greeting[7] guests as they arrived. From his beatific smile, Jenny could surmise[8] that the collection was a major success.

It was obvious that the critics were equally impressed by Erich Krueger, the man. He had changed his sports jacket and slacks[9] for a well-tailored[10] dark blue suit[11]; his white French-cuffed shirt[12] was obviously custom-made[13]; a maroon tie[14] against the crisp white collar[15] brought out[16] his tanned[17] face, blue eyes and the silver tints in his hair. He wore a gold band[18] on the little finger of his left hand. She'd noticed it[19] at lunch. Now Jenny realized why it looked familiar. The woman in the painting had been wearing it. It must be his mother's wedding ring[20].

She left Erich talking with Alison Spencer, the elegant young critic from *Art News* magazine. Alison was wearing an off-white[21] Adolfo suit[22] that complemented[23] her ash-blond[24] hair. Jenny became suddenly aware of the drooping quality[25] of her own wool skirt, the fact that her boots still looked scuffed[26] even though she'd had them resoled[27] and shined[28]. She knew that her sweater looked just like what it was, a cheap, misshapen[29], polyester rag[30].

She tried to rationalize her sudden depression. It had been a long day and she was tired. It was time for her to leave and she almost dreaded[31] picking

1. battait son plein
2. Avec efficacité,
3. parlant de choses et d'autres
4. l'occasion de bavarder
5. lui permettant de s'échapper
6. Il n'était pas rare qu'
7. l'accueil des
8. présumer
9. son pantalon [décontracté]
10. de bonne coupe
11. costume
12. chemise à manchettes
13. du sur-mesure
14. cravate bordeaux
15. col blanc amidonné
16. mettait en valeur
17. bronzé
18. anneau
19. l'avait remarqué
20. l'alliance
21. blanc cassé
22. tailleur
23. allait bien avec
24. blond cendré
25. de l'affaissement
26. éculées
27. les avait fait ressemeler
28. cirer
29. informe
30. du vulgaire synthétique
31. redoutait presque

up the girls. When Nana was still with them, going home had been a pleasure.

"Now sit down, dear," Nana would say, "and get yourself relaxed. I'll fix us[1] a nice little cocktail." She'd enjoyed hearing what was going on at the gallery, and she'd read the children a bedtime[2] story while Jenny got dinner. "From the time you were eight years old, you were a better cook[3] than I am, Jen."

"Well, Nana," Jenny would tease, "maybe if you didn't cook hamburgers so long they wouldn't look like hockey pucks[4]..."

Since they'd lost Nana, Jenny picked up the girls at the day-care center, bused them[5] to the apartment and placated them with cookies while she threw a meal together[6].

As she was reaching for her coat, one of the most important collectors cornered her[7]. Finally at 5:25 she managed to get away. She debated about[8] saying good night to Erich but he was still deep in conversation[9] with Alison Spencer. What possible difference would it make to him[10] that she was going? Shrugging away[11] the renewed[12] sensation of depression, Jenny quietly[13] left the gallery by the service door.

1. Je vais nous préparer
2. avant de s'endormir
3. cuisinière
4. palets de hockey
5. les ramenait en bus
6. le temps qu'elle ait bricolé un dîner
7. la coinça
8. hésita à
9. plongé dans sa conversation
10. Qu'est-ce que ça pouvait bien lui faire
11. Repoussant
12. renouvelée
13. sans bruit

2

Patches[1] of ice on the sidewalk[2] made the going treacherous[3]. Avenue of the Americas, Fifth, Madison, Park, Lexington, Third. Second. Long, long blocks[4]. Whoever said Manhattan was a narrow[5] island had never run across it[6] on slick pavements. But the buses were so slow, she was better off[7] on foot. Still[8] she'd be late.

The day-care center was on Forty-ninth Street near Second Avenue. It was quarter of six[9] before, panting from running,[10] Jenny rang the bell[11] of Mrs. Curtis' apartment. Mrs. Curtis was clearly angry, her arms folded[12], her lips a narrow slash[13] in her long, unpleasant face. "Mrs. MacPartland!"

"We had a terrible day," the grim[14] lady continued. "Tina wouldn't stop crying. And you told me that Beth was terlet-trained, but let me tell you[15] she isn't."

"She is terlet-, I mean toilet-trained,[16]" Jenny protested. "It's probably that the girls aren't used to being here yet."

"*And they won't get the chance*[17]. Your kids are just too much of a handful[18]. You try to understand my position; a three-year-old who isn't trained and a two-year-old who never stops crying are a full-time job by themselves[19]."

1. Des plaques
2. sur le trottoir
3. rendaient la marche périlleuse
4. pâtés de maison
5. étroite
6. ne l'avait jamais parcourue
7. irait plus vite
8. Il n'empêche,
9. 17 h 45
10. essoufflée,
11. sonna à la porte
12. les bras croisés
13. fente
14. revêche
15. croyez-moi,
16. propre
17. n'en auront pas l'occasion
18. trop pénibles
19. c'est trop de boulot

"Mommy."

Jenny ignored Mrs. Curtis. Beth and Tina were sitting together on the battered[1] couch in the dark foyer[2] that Mrs. Curtis grandly referred to as[3] the "play area[4]." Jenny wondered how long they'd been bundled[5] in their outside clothes. With a rush[6] of tenderness, she hugged them fiercely[7]. "Hi, Mouse. Hello, Tinker Bell[8]." Tina's cheeks were damp with[9] tears. Lovingly, she smoothed back[10] the soft auburn hair that spilled over[11] their foreheads. They'd both inherited[12] Kev's hazel[13] eyes and thick, sooty lashes[14] as well as his hair.

"Her was scared[15] today," Beth reported[16], pointing at Tina. "Her cried and cried."

Tina's bottom lip quivered.[17] She reached up her arms[18] to Jenny.

"And you're late again," Mrs. Curtis accused.

"I'm sorry." Jenny's tone was absentminded[19]. Tina's eyes were heavy, her cheeks flushed[20]. Was she starting another siege[21] of croup? It was this place. She never should have settled on it[22].

She picked up Tina. Fearful of[23] being left behind, Beth slid off the[24] couch. "I'll keep both girls until Friday, which is a favor," Mrs. Curtis said, "but *that's it*[25]."

Without saying good night, Jenny opened the door and stepped out[26] into the cold.

It was completely dark now and the wind was sharp. Tina burrowed[27] her head in Jenny's neck. Beth tried to shield[28] her face in Jenny's coat. "I only wet once[29]," she confided[30].

Jenny laughed. "Oh, Mouse, love! Hang on.[31] We'll be in the nice warm bus in a minute."

But three buses went by full. At last she gave up and began walking downtown[32]. Tina was a dead weight[33]. Trying to hurry meant she had to half-drag[34] Beth. At the end of two blocks, she bent

1. vieux
2. vestibule
3. appelait pompeusement
4. coin jeux
5. emmitouflées
6. élan
7. les serra très fort
8. fée Clochette
9. mouillées de
10. repoussa doucement
11. recouvraient
12. hérité
13. noisette
14. cils noirs
15. Elle a eu peur [anglais enfantin]
16. signala
17. La lèvre inférieure de Tina tremblota.
18. tendit les bras
19. distrait
20. rouges
21. Couvait-elle une nouvelle attaque
22. le choisir
23. Craignant d'
24. se glissa au bas du
25. c'est tout
26. sortit
27. enfouit
28. protéger
29. Je n'ai fait pipi dans ma culotte qu'une fois
30. confia
31. Tiens bon.
32. vers le sud de Manhattan
33. pesait des tonnes
34. tirer à demi

down and scooped her up[1]. "I can walk, Mommy," Beth protested. "I'm big[2]."

"I know you are," Jenny assured her, "but we'll make better time[3] if I carry you." Locking her hands together[4], she managed to balance[5] both small bottoms[6] on her arms. "Hang on,[7]" she said, "the marathon is under way[8]."

She had ten more blocks to go downtown, then two more across town. They're not heavy, she told herself. They're your children. Where in the name of God[9] would she find another day care by next Monday[10]? Oh, Nana, Nana, we need you so much! She couldn't dare take more time off from the gallery. Had Erich asked Alison Spencer to have dinner with him? she wondered.

Someone fell in step beside her[11]. Jenny looked up startled[12] as Erich reached down and took Beth from her arms. Beth's mouth formed a half-surprised, half-frightened circle. Seeming to realize she was about to protest he smiled at her. "We'll get home a lot faster if I carry you and we race[13] Mommy and Tina." His tone was conspiratorial[14].

"But ..." Jenny began.

"Now surely you're going to let me help you, Jenny?" he said. "I'd like to carry the little one too but I'm sure she wouldn't come to me."

"She wouldn't," Jenny agreed[15], "and I'm grateful, of course, Mr. Krueger, but ..."

"Jenny, will you please stop calling me Mr. Krueger? Why did you leave me stuck with[16] that tiresome[17] woman from *Art News*? I kept expecting you to rescue me.[18] When I realized you were gone, I remembered the day-care center. That awful[19] woman told me you'd left but I got your address from her. I decided to walk down to your apartment and ring your bell. Then right in front of me I see a pretty girl in need of help, and here we are."

1. la prit dans ses bras
2. grande
3. on ira plus vite
4. Entrecroisant les doigts
5. à caler
6. fesses
7. Accrochez-vous,
8. va commencer
9. pour l'amour du ciel
10. d'ici lundi
11. lui emboîta le pas
12. surprise
13. on fait la course contre
14. celui d'un conspirateur
15. convint
16. m'avez-vous laissé entre les pattes de
17. assommante
18. J'espérais toujours que vous viendriez à ma rescousse.
19. horrible

She felt his arm tuck firmly[1] under her elbow. Suddenly instead of feeling fatigued and depressed, she was absurdly happy. She glanced at his face.

"Do you go through this every night?[2]" he asked. His tone was both incredulous and concerned[3].

"We usually manage to get a bus in bad weather," she said. "Tonight they were so full, there was hardly room for the driver."

The block between Lexington and Park was filled with high-stooped[4] brownstones. Jenny pointed to the third house on the uptown side[5]. "That's it." She eyed[6] the street affectionately. To her[7] the rows of brownstones offered a sense of tranquillity: houses nearly one hundred years old, built when Manhattan still had large neighborhoods[8] of single-family homes[9]. Most of them were gone now, reduced to rubble[10] to make way for skyscrapers[11].

Outside her building, she tried to say good night to Erich but he refused to be dismissed[12].

"I'll see you in,[13]" he told her.

Reluctantly[14] she preceded him into the ground-level[15] studio. She'd made slipcovers[16] in a cheerful yellow-and-orange pattern[17] for the battered second-hand upholstery[18]; a piece of dark brown carpet[19] covered most of the scarred[20] parquet floor; the cribs fit into[21] the small dressing room off the bathroom and were almost concealed[22] by the louver door[23]. Chagall prints[24] hid some of the peeling wall paint[25] and her plants brightened the ledge[26] over the kitchen sink[27].

Glad to be released[28] Beth and Tina ran into the room. Beth spun around. "I'm very glad to be home, Mommy," she said. She glanced at Tina. "Tina is glad to be home too."

Jenny laughed. "Oh, Mouse, I know what you mean. You see," she explained to Erich, "it's a little place but we love it."

1. se glisser fermement
2. C'est infernal comme ça tous les soirs ?
3. inquiet
4. à perrons hauts
5. sur le trottoir nord
6. contempla
7. À ses yeux,
8. quartiers
9. de maisons individuelles
10. détruites
11. pour faire place à des gratte-ciel
12. congédié
13. Je vous accompagne à l'intérieur,
14. À contre-cœur,
15. du rez-de-chaussée
16. des housses
17. aux joyeux motifs jaune et orange
18. banquette d'occasion
19. moquette
20. rayé
21. tenaient dans
22. dissimulés
23. la porte à claire-voie
24. Des reproductions de Chagall
25. la peinture murale qui s'écaillait
26. corniche
27. surplombant l'évier
28. libérées,

"I can see why. It's very pleasant."

"Well, don't look too hard[1]," Jenny said. "The management[2] is letting it run down[3]. The building is going co-op[4] so they're not spending any more money on it now."

"Are you going to buy your apartment?"

Jenny began to unzip Tina's snowsuit[5]. "I haven't a prayer.[6] It will cost seventy-five thousand dollars, if you can believe it, for this room. We'll just hang in till[7] they evict us[8] and then find someplace else."

Erich picked up Beth. "Let's get out of those heavy clothes." Quickly he unfastened[9] her jacket, then said, "Now we've got to make up our minds[10]. I've invited myself to dinner, Jenny. So if you have plans for the evening, kick me out[11]. Otherwise[12] point me to[13] a supermarket."

They stood up together and faced each other. "Which is it, Jenny," he asked, "the supermarket or the door?"

She thought she detected a wistful note in the question. Before she could answer, Beth tugged at his leg[14]. "You can read to me[15] if you want," she invited.

"That settles it[16]," Erich said decisively. "I'm staying. You have nothing more to say about it, Mommy."

Jenny thought. He really wants to stay. He honestly wants to be with us. The realization sent unexpected waves of delight through her[17]. "There's no need to go shopping," she told him. "If you like meatloaf[18] we're in great shape."

She poured Chablis, then turned on the evening news for him[19] while she bathed and fed the children. He read a story to them while she prepared dinner. As she set the table and made a salad she stole glances[20] at the couch. Erich was sitting, one little girl under each arm, reading *The Three Bears*[21] with appropriate histrionics[22]. Tina began to doze[23]

1. n'y regardez pas de trop près,
2. syndic
3. se délabrer
4. va être vendu en copropriété
5. doudoune
6. Aucune chance.
7. On va juste s'incruster jusqu'à ce qu'
8. on nous expulse
9. déboutonna
10. prendre une décision
11. chassez-moi
12. Sinon,
13. indiquez-moi
14. lui tira sur la jambe du pantalon
15. me lire une histoire
16. C'est décidé donc
17. l'emplit d'une joie inattendue
18. le pain de viande
19. lui mit le journal du soir
20. regardait à la dérobée
21. Boucle d'or et les trois Ours
22. les mimiques qui s'imposaient
23. somnoler

and quietly he pulled her on his lap[1]. Beth listened rapturously[2], her eyes never leaving his face. "That was very, very good," she announced when he finished. "You read almost as good as Mommy."

He lifted one eyebrow to Jenny, smiling triumphantly.

After the children were in bed they ate at the dinette table[3] that overlooked[4] the garden. The snow in the yard was still white. The bare-limbed[5] trees glistened in the reflection of the lights from the house. Thick, high evergreens almost hid the fence[6] that separated the property from the adjacent yards[7].

"You see," Jenny explained, "country within the city[8]. After the girls are settled,[9] I linger over[10] coffee here and imagine I'm gazing at my acreage[11]. Turtle Bay, about ten blocks uptown, is a beautiful area. The brownstones have magnificent gardens. This is sort of mock[12] turtle bay but I'll be very sorry when moving day arrives[13]."

"Where will you go?"

"I'm not sure but I've got six months to worry about it. We'll find something. Now how about coffee?"

The bell rang. Erich looked annoyed[14]. Jenny bit her lip. "It's probably Fran from upstairs. She's between boyfriends[15] now and pops in to visit[16] every couple of nights[17]."

But it was Kevin. He filled the doorway[18], boyishly handsome[19] in his expensive ski sweater, a long scarf casually knotted[20] over his shoulder, his dark red hair well-barbered[21], his face evenly[22] tanned.

"Come in, Kevin," she said, trying not to sound exasperated. Timing,[23] she thought. By heaven,[24] he's got it.

He strode into the room[25], kissing her quickly. She felt suddenly embarrassed[26], knowing Erich's eyes were on them.

1. sur ses genoux
2. avec ravissement
3. à la table du coin-repas
4. qui donnait sur
5. dépouillés
6. la clôture
7. des cours jardins adjacentes
8. la campagne à la ville
9. Une fois les filles couchées,
10. je m'attarde avec un
11. mon arpent de terre
12. un faux
13. le jour du déménagement arrivera
14. contrarié
15. entre deux petits copains
16. passe me voir
17. un soir sur deux environ
18. l'embrasure de la porte
19. d'une beauté juvénile
20. nonchalamment nouée
21. soigneusement coupés
22. uniformément
23. Le sens de l'à-propos,
24. Grands dieux,
25. entra à grands pas
26. gênée

"Kids in bed, Jen?" Kevin asked. "Too bad.[1] I was hoping to see them. Oh, you have company."

His voice changed, became formal, almost English. Ever the actor[2], Jenny thought. The former husband meeting the ex-wife's new friend in a drawing-room comedy[3]. She introduced the men and they nodded to each other[4] without smiling.

Kevin apparently decided to lighten[5] the atmosphere. "Smells good in here, Jen. What have you been cooking?" He examined the stove top. "My word,[6] what a fancy[7] meatloaf." He sampled it[8]. "Excellent. I can't imagine why I let you get away from me."

"It was a dreadful[9] mistake," Erich said, his voice chipped with ice[10].

"It surely was," Kevin agreed easily. "Well, look I won't delay[11]. Just thought I'd pop by on my way past[12]. Oh, Jen, could I speak with you outside for a minute?"

She knew exactly why he wanted to speak with her. It was payday[13]. Hoping Erich wouldn't notice she slipped her purse[14] under her arm as she went out to the foyer. "Kev, I really haven't ..."

"Jen, it's just that going overboard[15] for Christmas for you and the kids left me short[16]. My rent is due[17] and the landlord is getting nasty[18]. Just lend me[19] thirty dollars for a week or so."

"*Thirty dollars*. Kevin, I can't."

"Jen, I *need* it."

Reluctantly she took out her wallet[20]. "Kevin, we've got to talk. I think I'm going to lose my job."

Quickly he took the bills[21]. Stuffing them in his pocket, he turned toward the outside door. "That old joker[22] would never let you go, Jen. He knows a good thing when he has it. Call his bluff[23] and strike for a raise[24]. He'll never hire[25] anyone for what he's paying you. You'll see."

1. Dommage.
2. Toujours à cabotiner,
3. comédie de boulevard
4. se saluèrent d'un signe de tête
5. détendre
6. Ma foi,
7. super
8. goûta
9. terrible
10. glaciale
11. m'attarder
12. en chemin
13. jour de paie
14. sac à main
15. m'être emballé
16. m'a mis à sec
17. Je dois payer mon loyer,
18. le propriétaire devient mauvais
19. prête-moi
20. portefeuille
21. billets
22. type
23. Mets-le au pied du mur
24. exige une augmentation
25. ne peut embaucher

She went back into the apartment. Erich was clearing[1] the table, running water[2] in the sink. He picked up the pan[3] with the remaining[4] meatloaf and walked over to the garbage can[5].

"Hey, hold it[6]," Jenny protested. "The kids can have that tomorrow night for dinner."

Deliberately he dumped it out[7]. "Not after that actor-ex of yours[8] touched it they won't[9]!" He looked directly at her. "How much did you give him?"

"Thirty dollars. He'll pay me back[10]."

"You mean to say you allow him to walk in here[11], kiss you, joke about abandoning you and breeze out[12] with your money to spend at some expensive bar?"

"He's short on his rent.[13]"

"Don't kid yourself,[14] Jenny; how often does he pull that[15]? Every payday, I suppose."

Jenny smiled wearily[16]. "No, he missed one last month. Look, Erich, please leave those dishes[17]. I can do them myself."

"You've got far too much work to do as it is."

Silently Jenny picked up a towel[18]. Why had Kevin chosen just this evening to walk in? What a fool[19] she was to hand him money.

The rigid disapproval in Erich's face and stance[20] began to ease[21]. He took the towel from her hands. "That's enough of that," he smiled.

He poured wine into fresh glasses[22] and brought it over to the couch. She sat beside him, keenly aware of[23] a deep but vague intensity about him. She tried to analyze her feelings and could not. In a little while[24] Erich would leave. Tomorrow morning he was going back to Minnesota. Tomorrow night at this time she'd be here by herself[25] again. She thought of the happiness on the children's faces when Erich read to them, the blessed relief[26] she'd felt when he appeared beside her and took Beth

1. débarrassait
2. tout en faisant couler l'eau
3. la poêle
4. les restes de
5. poubelle
6. Hé, une minute
7. jeta le tout
8. votre acteur d'ex
9. sûrement pas
10. me remboursera
11. se pointer
12. filer
13. Il n'a pas de quoi payer son loyer.
14. Regardez les choses en face,
15. il vous fait le coup souvent
16. d'un air las
17. cette vaisselle
18. un torchon
19. sotte
20. maintien
21. s'atténua
22. des verres propres
23. percevant fortement
24. D'ici peu,
25. toute seule
26. merveilleux soulagement

from her. Lunch and dinner had been such fun, as though by his very presence[1] he could dispel worry and loneliness[2].

"Jenny." His voice was tender. "What are you thinking?[3]"

She tried to smile. "I don't think I was thinking. I was … just content, I suppose."

"And I don't know when I've been this content[4]. Jenny, you're sure you're not still in love with Kevin MacPartland."

She was astonished enough[5] to laugh. "Good Lord,[6] no."

"Then why are you so willing to give him money[7]?"

"A misguided[8] feeling of responsibility, I suppose. The worry that maybe he does need his rent."

"Jenny, I have an early flight[9] tomorrow morning. But I can get back to New York for the weekend. Are you free on Friday night?"

He was coming back to see her. The same delicious sense of relief and pleasure that had been hers when he suddenly appeared on Second Avenue filled her. "I'm free. I'll find a sitter[10]."

"How about Saturday? Do you think the children would enjoy going to the Central Park Zoo if it isn't too cold? And then we could take them to Rumpelmayer's[11] for lunch."

"They'd love it. But Erich, really …"

"I'm not only sorry I can't just stay in New York for a while. But I've got a meeting in Minneapolis about some investments I'm planning to make[12]. Oh, may I[13]…?

He had spotted[14] the photo album on the shelf[15] under the cocktail table[16].

"If you wish. It's not terribly exciting."

They sipped wine as he inspected the book. "That's me being picked up at the children's home[17],"

1. rien que par sa présence
2. dissiper les soucis et l'impression de solitude
3. À quoi pensez-vous ?
4. je me suis senti aussi bien
5. suffisamment stupéfaite
6. Mon Dieu,
7. lui donnez-vous de l'argent aussi facilement
8. mal avisé
9. reprends l'avion tôt
10. babysitter
11. [salon de thé chic pour enfants, avec doudous disponibles]
12. que j'envisage
13. puis-je
14. remarqué
15. étagère
16. table basse
17. l'orphelinat

she told him. "I was adopted. Those are my new parents."

"They're a nice-looking young couple."

"I don't remember them at all. They were in an automobile accident[1] when I was fourteen months old. After that it was just Nana and me."

"Is that a picture of your grandmother?"

"Yes. She was fifty-three when I was born. I remember when I was in the first grade[2] and came home with a long face[3] because the kids were making Father's Day[4] cards and I didn't have a father. She said, 'Listen, Jenny, I'm your mother, I'm your father, I'm your grandmother, I'm your grandfather. I'm all you need. You make *me* a card for Father's Day!"

She felt Erich's arm around her shoulders. "No wonder you miss her so.[5]"

Hurriedly Jenny went on: "Nana worked in a travel agency[6]. We took some terrific trips.[7] See, here we are in England. I was fifteen. This is our trip to Hawaii."

When they came to the pictures of her wedding to[8] Kevin, Erich closed the album. "It's getting late[9]," he said. "You must be tired."

At the door he took both her hands in his and held them to his lips[10]. She had kicked off[11] her boots and was in her stocking feet[12]. "Even this way you are so like Caroline," he said, smiling. "You look tall in heels[13] and quite small without them. Are you a fatalist, Jenny?"

"What is to be will be.[14] I suppose I believe that."

"That will do.[15]" The door closed behind him.

1. sont morts dans un accident de voiture
2. au CP
3. en faisant grise mine
4. pour la fête des pères
5. Pas étonnant qu'elle vous manque autant.
6. agence de voyages
7. Nous avons fait des voyages sensationnels.
8. de son mariage avec
9. Il se fait tard
10. les porta à ses lèvres
11. enlevé
12. en collants
13. quand vous portez des talons
14. Arrivera ce qui doit arriver.
15. Ça fera l'affaire.

3

At exactly eight o'clock the phone rang. "How did you sleep, Jenny?"

"Very well." It was true. She had drifted off to sleep[1] in a kind of euphoric anticipation[2]. Erich was coming back. She would see him again. For the first time since Nana's death she did not wake up around dawn with the sickening feeling[3] of heavyhearted pain[4].

"I'm glad. So did I. And I might add I enjoyed some very pleasant dreams. Jenny, starting this morning,[5] I've arranged for[6] a limousine to come for you and the girls at eight-fifteen. He'll take them to the day-care center and you to the gallery. And he'll pick you up evenings at ten after five."

"Erich, that's impossible."

"Jenny, *please*. It's such a little thing for me. I simply can't be worrying about you struggling with[7] those babies in this weather."

"But, Erich!"

"Jenny, I have to run[8]. I'll call you later."

At the day-care center Mrs. Curtis was elaborately pleasant[9]. "Such a distinguished[10] boyfriend you have, Mrs. MacPartland. He phoned this morning. And I want you to know that you don't have to transfer the children. I think we just need to get to know

1. s'était endormie
2. une sorte d'impatience euphorique
3. la sensation écœurante
4. d'un lourd chagrin
5. à compter de ce matin,
6. j'ai pris des dispositions pour qu'
7. vous débattant avec
8. il faut que je file
9. se montra d'une amabilité appuyée
10. distingué

each other better[1] and give them a chance to settle in[2]. Isn't that right, girls?"

He called her at the gallery. "I just landed[3] in Minneapolis. Did the car get there?"

"Erich, it was a blessing[4]. Not having to rush the girls out[5] made such a difference. Whatever did you say to Mrs. Curtis? She was oozing sweetness and light[6]."

"I'll bet she was.[7] Jenny, where do you want to eat Friday night?"

"It doesn't matter."

"Choose a restaurant that you've always wanted to try … someplace you've never been with anyone else."

"Erich, there are thousands of restaurants in New York. The ones on Second Avenue and Greenwich Village are my speed[8]."

"Have you ever been to Lutèce?"

"Good Lord, no."

"Fine. We'll eat there Friday night."

In a daze Jenny got through the day.[9] It didn't help to have Mr. Hartley repeatedly comment[10] how taken Erich had been with her[11]. "Love at first sight[12], Jenny. He's got it."

Fran, the flight attendant[13] who lived in apartment 4E of the brownstone, dropped in[14] that evening. She was consumed with[15] curiosity. "I saw that gorgeous[16] guy in the foyer last night. I figured[17] he had to have been here. And you have a date[18] with him Friday. Wow!"

She volunteered to mind[19] the girls for Jenny. "I'd love to meet him. Maybe he has a brother or a cousin or an old college pal[20]."

Jenny laughed. "Fran, he'll probably think this through[21] and call to tell me to forget it."

"No, he won't." Fran shook her tightly curled head[22]. "I've got a hunch[23]."

1. que nous devons encore faire connaissance
2. le temps de s'habituer
3. Je viens d'atterrir
4. une bénédiction
5. Ne pas avoir à bousculer mes filles
6. tout sucre tout miel.
7. Ça ne m'étonne pas.
8. assez mon truc
9. Jenny passa la journée dans le brouillard.
10. soulignant constamment
11. à quel point Erich était sous le charme
12. Le coup de foudre
13. l'hôtesse de l'air
14. passa
15. dévorée de
16. superbe
17. Je me suis dit qu'
18. rendez-vous
19. proposa de garder
20. vieux copain de fac
21. il va sûrement y repenser à deux fois
22. ses boucles serrées
23. un bon pressentiment

The week dragged[1]. Wednesday. Thursday. And then miraculously it was Friday.

Erich came for her[2] at seven-thirty. She had decided to wear a long-sleeved[3] dress she'd bought on sale[4]. The gold locket was set off by[5] the oval neckline[6] and its center diamond gleamed brilliantly against[7] the black silk. She had twisted her hair[8] into a French braid[9].

"You're lovely[10], Jenny." He looked quietly expensive[11] in a dark blue suit with a faint pinstripe[12], a dark blue cashmere coat, a white silk scarf.

She phoned Fran to come down, caught the amused gleam in Erich's eye at Fran's open approval[13].

Tina and Beth were enchanted with the dolls Erich had brought them. Jenny looked at the beautiful painted faces on the dolls[14], the eyelids[15] that opened and closed, the dimpled hands[16], the curling hair and compared them with the shabby gifts[17] Kevin had chosen for Christmas.

She caught Erich's frown as she handed him her well-worn thermal coat[18] and for a moment wished that she'd accepted[19] Fran's suggestion that she borrow[20] her fur jacket. But Nana always told her not to borrow.

Erich had hired[21] a limousine for the evening. She leaned back[22] against the upholstery and he reached for her hand. "Jenny, I've missed you. These were the longest four days of my life."

"I've missed you too." It was the simple truth but she wished she hadn't sounded so fervent[23].

In the restaurant she glanced around at the other tables, spotting celebrity faces[24].

"Why are you smiling, Jenny?" Erich asked.

"Culture shock. Jet lag from one[25] life-style to another. Do you realize not one person in this room is even aware of Mrs. Curtis' Day Care Center."

1. s'écoula lentement
2. vint la prendre
3. à manches longues
4. en solde
5. mis en valeur par
6. décolleté
7. scintillait sur
8. s'était fait
9. une grande natte africaine
10. ravissante
11. Il transpirait le luxe discret,
12. à fines rayures,
13. devant l'air ouvertement approbateur de Fran
14. poupées
15. paupières
16. mains potelées
17. aux cadeaux miteux
18. sa doudoune usée jusqu'à la trame
19. regretta d'avoir refusé
20. lui emprunte
21. loué
22. s'adossa
23. ne pas s'exprimer avec autant d'ardeur
24. reconnaissant des célébrités
25. Le décalage horaire en passant d'un

"Let's hope not." His eyes had a look of amused tenderness.

The waiter poured champagne. "You were wearing that locket the other day, Jenny. It's quite lovely. Did Kevin give it to you?"

"No. It was Nana's."

He leaned across the table; his slender, sculptured fingers entwined around hers[1]. "I'm glad. Otherwise it would have been bothering me[2] all night. Now I can enjoy seeing it on you."

In excellent French he discussed the menu with the captain[3]. She asked him where he had acquired[4] the language.

"Abroad.[5] I did quite a bit of traveling. Finally I realized I was happiest and least lonely[6] when I was at the farm, painting. But these last few days were pretty bad."

"Why?"

"I was lonely for you.[7]"

On Saturday they went to the zoo. Endlessly[8] patient, Erich rotated having the girls on his shoulders[9] and at their entreaties[10] returned to the monkey section[11] three times.

At lunch he cut Beth's food as Jenny prepared Tina's plate[12]. He talked Tina into[13] finishing her milk by promising to finish his Bloody Mary and with mock solemnity shook his head at Jenny's twitching lips[14].

Over Jenny's protests[15] he insisted the girls each select one of Rumpelmayer's famed stuffed animals[16] and seemed blissfully[17] unaware of the interminable time Beth took to make her decision.

"Are you sure you don't have six kids on your Minnesota farm?" Jenny asked him as they stepped onto the street. "Nobody comes naturally by[18] that kind of patience with children."

1. il entrelaça ses beaux doigts fins autour des siens.
2. ça m'aurait tracassé
3. maître d'hôtel
4. appris
5. À l'étranger.
6. me sentais moins seul
7. Je me sentais seul sans vous.
8. Infiniment
9. porta tour à tour les filles sur ses épaules
10. satisfaisant à leurs demandes insistantes,
11. voir les singes
12. assiette
13. convainquit Tina de
14. devant la moue de Jenny
15. Malgré les protestations de Jenny
16. célèbres peluches
17. parfaitement
18. Ce n'est inné chez personne,

"But I was raised by someone who had that kind of patience and it's all I know."

"I wish I'd known your mother."

"I wish I'd known your grandmother."

"Mommy," Beth asked, "why do you look so happy?"

On Sunday Erich arrived with double-runner ice skates[1] for Tina and Beth and took them all to the rink[2] at Rockefeller Center to skate[3].

That evening he took Jenny to the Park Lane for a quiet dinner. Over coffee they both became silent. Finally he said, "It's been a very happy two days, Jenny."

"Yes."

But he didn't say anything about coming back. She turned her head and looked out at Central Park, now sparkling[4] from the combination[5] of street-lights[6], headlights[7] and the windows of the apartments that bordered it[8]. "The park is always so pretty, isn't it?"

"Would you miss it[9] very much?"

"Miss it?"

"Minnesota has a different kind of beauty."

What was he saying? She turned to face him. In a spontaneous gesture their hands met, their fingers entwined. "Jenny, it's fast but it's right. If you insist I'll come to New York every weekend for six months—for a year—and court you[10]. But is it necessary?"

"Erich, you hardly[11] know me!"

"I've always known you.[12] You were a solemn baby; you swam when you were five; you won the general excellence medal in the fifth, sixth and seventh grades[13]."

"Seeing an album doesn't mean you know me."

1. des patins à glace à lame double [pour débutants]

2. patinoire

3. faire du patin

4. étincelant

5. du mélange

6. des réverbères

7. des phares de voitures

8. en bordure

9. Cela vous manquerait

10. pour vous faire la cour

11. à peine

12. Je vous connais depuis toujours.

13. au CM2, en 6e et en 5e

"I think it does. And I know myself. I've always understood what I was looking for, was confident that[1] when it came I would recognize it. You feel it too. Admit it."

"I've already made one mistake. I thought I felt all the right things for Kevin."

"Jenny, you're not fair to yourself[2]. You were very young. You told me he was the first date[3] you ever cared about[4]. And don't forget wonderful as your grandmother was,[5] you have to have missed having[6] a man in your life, a father, a brother. You were *ready* to fall in love with Kevin."

She considered[7]. "I suppose that's true."

"And the girls. Don't lose their childhood, Jenny. They're so happy when you're with them. I think they could be happy with me. Marry me, Jenny. Soon."

A week ago she hadn't known him. She felt the warmth of his hand, looked into his questioning eyes, felt that her own reflected the same blaze of love[8].

And she knew without a doubt what her answer would be.

They sat up till dawn in the apartment and talked[9]. "I want to adopt the girls, Jenny. I'll have my lawyers[10] prepare forms[11] for MacPartland to sign."

"I don't think he'll give up the children."

"My guess is that he will.[12] I want them to have my name. When we have[13] a family of our own[14] I don't want Beth and Tina to feel like outsiders[15]. I'll be a good father to them. He's worse than a bad one. He's indifferent to them. By the way, what kind of engagement ring[16] did you get from MacPartland?"

"I didn't."

"Good. I'll have Caroline's ring reset[17] for you."

1. étais sûr que
2. injuste avec vous-même
3. petit ami
4. important
5. aussi merveilleuse qu'ait été votre grand-mère,
6. il vous a forcément manqué
7. réfléchit
8. passion
9. restèrent à deviser dans l'appartement jusqu'à l'aube
10. Je demanderai à mes avocats de
11. des documents
12. À mon avis, si.
13. nous aurons
14. des enfants à nous,
15. se sentent exclues
16. bague de fiançailles
17. Je ferai rajuster la bague de Caroline

Wednesday evening on the phone he told her that he'd arranged to meet Kevin on Friday afternoon. "I think it's best if I see him alone, dear."

All week Tina and Beth kept asking when "Mr. Kruer" would come back. When he arrived at the apartment on Friday evening they flew into his arms[1]. Jenny felt happy tears in her eyes at their whoops of joy[2] as he hugged them.

Over dinner at The Four Seasons he told her about his session[3] with Kevin. "He wasn't too friendly[4]. I'm afraid he's something of a spoiler[5], darling. He doesn't want you or the children, but he doesn't want anyone else to have you. But I persuaded him it was in their best interest[6]. We'll complete the formalities by[7] the end of the month. Then the adoption will take about six months to finalize. Let's get married on February third[8]; that will be almost a month to the day[9] we met.

"Which reminds me.[10]" He opened his attaché case. She'd been surprised that he brought that case to the dinner table. "Let's see how this fits[11]."

It was an emerald-cut[12] solitaire. As Erich slipped it on her finger, Jenny stared down into the fiery beauty[13] of the perfect stone.

"I decided not to have it reset," he told her. "It really is perfect just as it is."

"It's beautiful, Erich."

"And, darling—let's get this out of the way too[14]." He pulled out a sheaf[15] of papers. "When my lawyers prepared the adoption papers, they also insisted on taking care of the premarital agreement[16]."

"The premarital agreement?" Jenny asked absently[17]. She was absorbed in admiring her ring. It was not all a dream. It was real. It was happening. She was going to marry Erich. She almost laughed thinking of Fran's reaction. "Jenny, he's too perfect. He's handsome; he's rich; he's talented[18]; he wor-

1. couruvent dans ses bras
2. devant leurs cris de joie
3. sa rencontre
4. très aimable
5. aime tout gâcher
6. dans leur intérêt
7. Les formalités seront achevées d'ici
8. le 3 février
9. un mois jour pour jour que
10. Ce qui me fait penser.
11. si elle vous va
12. taillé en émeraude
13. la beauté incandescente
14. débarrassons-nous aussi de cela
15. liasse
16. du contrat de mariage
17. distraitement
18. talentueux

ships you[1]. God, he can't take his eyes off you; he's crazy about the[2] kids. Let me tell you there's got to be something wrong[3]. He's gotta be a gambler or a drinker or a bigamist.[4]"

She'd almost told[5] Erich that and then decided against it[6]. She knew Fran's brash[7] humor didn't go over very well with him[8]. What was he saying?

"It's just that I am a rather—wealthy[9]—man … My lawyers weren't happy about the way things have moved so rapidly. This simply says that if we were to break up[10] before ten years have passed the Krueger interests will remain intact."

She was taken aback[11]. "If we broke up,[12] I wouldn't want anything from you, Erich."

"I would rather die than[13] lose you, Jen. This is just a formality." He laid[14] the papers by her plate. "Of course you may want your lawyers to go over these carefully[15]. In fact I was instructed to tell you that even if you or they are satisfied with all the clauses, you should not mail them back[16] before you've held them two days."

"Erich, I don't have a lawyer." She glanced at the top page, was aghast at[17] the legal jargon and shook her head. Incongruously she remembered Nana's habit of carefully checking the grocery tape[18], her occasional triumphant, "He charged me *twice* for the lemons.[19]" Nana would scrutinize[20] any document like this before she signed it.

"Erich, I don't want to wade through[21] all this. Where shall I sign?"

"I've marked the places for you, darling."

Quickly Jenny scrawled[22] her name. Obviously Erich's lawyers feared[23] that she might be marrying him for his money. She supposed she couldn't blame them[24] but even so it felt uncomfortable.

"And, darling, besides that one provision[25], this sets up a trust fund[26] for each of the girls which

1. t'adore
2. fou des
3. il y a forcément un truc qui ne va pas
4. Il doit jouer, boire ou être bigame.
5. avait failli en parler à
6. s'était ravisée
7. insolent
8. ne passait pas très bien auprès de lui
9. riche
10. si nous devions nous séparer
11. déconcertée
12. Si nous rompions,
13. Plutôt mourir que
14. posa
15. les regardent attentivement
16. ne devez pas les renvoyer [par la poste]
17. atterrée par
18. vérifier la note de l'épicier
19. Il m'a compté deux fois les citrons.
20. examinait de près
21. me farcir
22. griffonna
23. craignaient
24. se dit qu'elle ne saurait le leur reprocher
25. en plus de cette clause
26. un fond en fidéicommis

they'll inherit at twenty-one[1]. It goes into effect[2] as soon as the adoption is complete. It also provides that you will inherit everything I have on my death[3]."

"Don't even *talk* about that, Erich."

He put the papers back in his case. "What a terribly unromantic thing to have to do," he said. "What do you want for our fiftieth anniversary[4], Jen?"

"Darby and Joan."

"What?"

"They're Royal Doulton[5] figurines. An old man and an old woman sitting contentedly[6] side by side. I've always loved them."

The next morning when Erich came to the house he had a gift box[7] under his arm. The two figurines were in it.

Even more than the ring, they made Jenny sure about the rest of her life.

1. à 21 ans
2. Elle prendra effet
3. à ma mort
4. nos 50 ans de mariage
5. [céramique anglaise]
6. l'air heureux
7. paquet cadeau

4

I appreciate this, Jen. Three hundred bucks[1] is a big help. You were always a good sport[2]."

"Well, you and I collected[3] this stuff together. The money is rightfully half yours[4], Kev."

"God, when I think of how we'd go around[5] late at night to pick up the furniture[6] people were leaving out with their garbage. Remember how we just beat someone to the love seat?[7] You sat on it before the other guy could get to it."

"I remember," Jenny said. "He was so mad[8] I thought he'd pull a knife on me[9]. Look, Kevin, I wish you'd come earlier. Erich will be here in a few minutes and I don't think he'll be pleased to run into you[10]."

They were standing in the dismantled[11] apartment. The furniture had been taken out—Jenny had sold everything for just under six hundred dollars. The walls, now bare of[12] the cheerful prints, looked soiled and cracked[13]. The basic shabbiness of[14] the apartment was cruelly revealed without the furniture and carpet to hide its nakedness[15]. The handsome new suitcases[16] were the only items[17] in the room.

Kevin was wearing an Ultrasuede jacket[18]. No wonder he's always broke[19], she thought. Dispassionately[20] she studied him, noticing the puffy lines[21] un-

1. dollars
2. une chic fille
3. toi et moi avons amassé
4. La moitié te revient de droit
5. on traînait
6. les meubles
7. nous avons raflé le confident sous le nez de quelqu'un ?
8. furieux
9. qu'il allait me flanquer un coup de couteau
10. de tomber sur toi
11. vidé
12. sans
13. tachés et fissurés
14. L'aspect réellement miteux
15. sa nudité
16. valises
17. seuls objets
18. une veste en suédine
19. fauché
20. Froidement,
21. les poches

der his eyes. Another hangover,[1] she guessed. With guilt[2] she realized that she felt more nostalgia at leaving this tiny apartment than she did at the prospect of not seeing Kevin again.

"You look beautiful, Jen. That blue is a great color on you."

She was wearing a two-piece blue silk dress[3]. On one of his visits, Erich had insisted on outfitting her and the children[4] at Saks[5]. She'd protested but he'd overridden[6] her objection. "Look at it this way. By the time the bill[7] comes in you'll be my wife."

Now her Vuitton bags were filled with designer[8] suits and blouses[9] and sweaters and slacks and evening skirts, Raphael boots and Magli shoes. After her first uneasiness about[10] having Erich paying for them before they were married, she'd had a marvelous time. And what joy it had been to shop for the girls. "You're so good to us." It became a constant refrain.

"I love you, Jenny. Every penny I spend is pleasure for me. I've never been happier."

He'd helped her select the clothes. Erich had an excellent sense of style. "The artist's eye," she joked.

"Where are the girls?" Kevin asked. "I'd like to say goodbye to them."

"Fran took them for a walk[11]. We'll pick them up after the ceremony. Fran and Mr. Hartley are having lunch with us. Then we'll go right to the airport."

"Jen, I think you've rushed into this too fast[12]. You've only known Krueger a month."

"That's long enough when you're sure, when you're very sure. And we both are."

"Well, *I'm* still not sure about the adoption. I don't want to give up my kids."

Jenny tried not to show irritation. "Kevin, we've been through this[13]. You've signed the papers. You don't bother with the[14] girls. You don't support them[15]. In fact whenever you're interviewed you deny having a[16] family."

1. Encore la gueule de bois,
2. Avec culpabilité,
3. un ensemble bleu en soie
4. pour les équiper, elle et les enfants
5. [magasin de mode de la 5e avenue]
6. il n'avait pas tenu compte de
7. la facture
8. griffés
9. de chemisiers
10. une première sensation de malaise à l'idée que
11. promenade
12. que tu t'es engagée trop vite
13. on a déjà eu cette discussion
14. ne t'occupes pas des
15. ne contribues pas à leur entretien
16. dis que tu n'as pas de

"How are they going to feel when they're grown[1] and understand that I gave them up[2]?"

"Grateful for giving them the chance to be with a father who wants them. You seem to forget I'm adopted. And I'll always be grateful to whoever gave me up. Being raised by Nana was mighty special[3]."

"I agree Nana was mighty special. But I don't like Erich Krueger. There's something about him …

"Kevin!"

"All right. I'll go. I'll miss you, Jen. I still love you. You know that." He took her hands. "And I love my kids too."

Act three, curtain[4], Jenny thought. Not a dry eye[5] in the house. "Please, Kevin. I don't want Erich to find you here."

"Jen, there's a chance I may be coming to Minnesota. I've got a good crack at getting in[6] the repertory company at the[7] Guthrie Theater in Minneapolis. If I do, I'll look you up[8]."

"Kevin, don't look me up!"

Firmly she opened the apartment door. The buzzer[9] rang. "That must be Erich," Jenny said nervously. "Darn it.[10] I didn't want him to see you here. Come on, I'll walk you out[11]."

Erich was waiting behind the locked French-glass foyer doors[12]. He was holding a large gift-wrapped[13] box. Dismayed, she watched his expression change from anticipation to displeasure as he saw her coming down the hall with Kevin.

She opened the outer door to admit him[14] then said quickly, "Kevin stopped over for just a minute[15]. Good-bye, Kevin."

The two men stared at each other. Neither spoke. Then Kevin smiled and bent over Jenny. Kissing her on the mouth, he said, his tone intimate. "It was wonderful being with you. Thanks again, Jen. See you[16] in Minnesota, darling."

1. elles seront grandes
2. les ai abandonnées
3. sensationnel
4. Fin de l'acte trois, rideau
5. Pas un œil de sec
6. J'ai une assez bonne chance d'intégrer
7. la troupe permanente du
8. je passerai te voir
9. interphone
10. Mince !
11. je te raccompagne
12. porte vitrée du hall
13. emballée dans du papier cadeau
14. pour le faire entrer
15. a juste fait un saut
16. À bientôt

5

"We are crossing over[1] Great Bay, Wisconsin. Our altitude is thirty thousand feet[2]. We'll be landing at the Twin Cities[3] Airport at five-fifty-eight P.M. The temperature in Minneapolis is eight degrees Fahrenheit[4]. It's a clear, beautiful afternoon. Hope you're enjoying your flight, folks.[5] Thanks again for flying Northwest[6]."

Erich's hand covered Jenny's. "Enjoying your flight?"

She smiled at him. "Very much." They both looked down at his mother's gold wedding band now on her finger.

Beth and Tina had fallen asleep. The flight attendant had removed the center arm[7] and they were curled up together[8], auburn ringlets overlapping[9], their new green velvet jumpers[10] and white turtleneck pullovers somewhat rumpled[11] now.

Jenny turned to study the cushion of clouds[12] that floated outside the plane window[13]. Underneath her happiness she was still furious with Kevin. She'd known he was weak[14] and irresponsible but she'd always thought of him as being casually good-natured[15]. But he was a spoiler. He'd managed to cloud[16] their wedding day.

1. Nous survolons
2. 9 144 mètres
3. [Minneapolis et Saint Paul]
4. -13° C
5. J'espère que vous passez un bon voyage, mesdames et messieurs.
6. d'avoir choisi la compagnie Northwest
7. relevé l'accoudoir du milieu
8. blotties l'une contre l'autre
9. leurs boucles auburn emmêlées
10. robes-chasubles
11. légèrement froissés
12. la bande de nuages
13. hublot
14. faible
15. nonchalant et facile à vivre
16. assombrir

In the apartment after he left, Erich had said, "Why did he thank you and what did he mean? Did you invite him to our home?"

She'd tried to explain but the explanation felt hollow in her own ears[1].

"You gave him three hundred dollars?" Erich asked incredulously. "How much does he owe you in support payments and loans?"

"But I don't need that and the furniture was half his."

"Or maybe you wanted to be sure he had fare[2] to come visit you?"

"Erich, how can you believe that?" She'd forced back the tears[3] that threatened to fill her eyes[4] but not before Erich had seen them.

"Jenny, forgive me. I'm sorry. I'm jealous of you. I admit that. I hate the fact that man ever touched you. I don't want him to ever put a finger on you again."

"He won't. I can promise you that. God, if anything I'm so grateful to him[5] for signing the adoption papers. I kept my fingers crossed right to the last minute[6] on that."

"Money talks.[7]"

"Erich, you didn't pay him?"

"Not much. Two thousand dollars. A thousand per girl. A very cheap price to get rid of him[8]."

"He sold you his children." Jenny had tried to keep the contempt from showing[9] in her voice.

"I'd have paid[10] fifty times more."

"You should have told me."

"I wouldn't have told you now except I don't want any leftover pity for him[11] … Let's forget him. This is our day. How about opening your wedding present?"

It was a Blackglama mink coat[12]. "Oh, Erich."

"Come on—try it on[13]."

1. sonnait faux à ses propres oreilles
2. le prix du billet
3. retenu les larmes
4. prêtes à couler
5. je lui suis plutôt reconnaissante
6. jusqu'au dernier moment
7. L'argent permet beaucoup.
8. nous débarrasser de lui
9. de dissimuler le mépris
10. J'étais prêt à payer
11. qu'il te fasse encore pitié
12. un vison de chez Blackglama
13. enfile-le

It felt luxurious, soft, lightweight[1], warm. "It's exactly right with your hair and eyes," Erich said, pleased. "Do you know what I was thinking this morning?"

"No."

He'd put his arms around her. "I slept so badly last night. I hate hotels and all I could think is that to-night Jenny will be with me in my own home. Do you know that poem, 'Jenny Kissed Me'?"

"I'm not sure."

"I could only remember a couple of the lines[2]. 'Say I'm weary[3], say I'm sad' ... and then the triumphant last line is 'Jenny kissed me.' I was thinking that as[4] I rang the bell and then a minute later I have to watch Kevin MacPartland kiss you."

"Please, Erich."

"Forgive me. Let's get out of this place.[5] It's depressing."

She hadn't had time to take a final look[6] before he rushed her to the limousine.

Even during the ceremony Kevin had been on her mind,[7] especially her marriage to him at St. Monica's four years ago. They'd chosen that church because Nana had been married there. Nana sat beaming[8] in the first row. She hadn't approved of Kevin but put her doubts behind her[9] when she couldn't dissuade Jen. What would she think of this ceremony before a judge instead of a priest[10]? "I, Jennifer, take you ..." She hesitated. Dear God, she'd almost said *Kevin*. She felt Erich's questioning eyes[11] and began again. Firmly. "I, Jennifer, take you, Erich...[12]"

"What God has joined together, man must not separate.[13]"

The judge had spoken the words solemnly.

But they'd said that at her wedding to Kevin.

They arrived in Minneapolis one minute ahead of schedule[14]. A large sign said, WELCOME TO THE TWIN CIT-

1. léger
2. quelques vers
3. exténué
4. C'est à ça que je pensais quand
5. Sortons d'ici.
6. de regarder une dernière fois [l'appartement]
7. elle avait pensé à Kevin,
8. radieuse
9. de côté
10. d'un mariage civil et non à l'église ?
11. le regard interrogateur d'Erich
12. ... [pour époux – formule consacrée]
13. Ce que Dieu a uni, que l'homme ne le sépare pas [Évangile selon saint Marc]
14. avec une minute d'avance sur l'horaire

ies. Jenny studied the airport with avid interest. "I've been all over Europe but never farther west than Pennsylvania[1]," she laughed. "I had a mental image of landing in the midst of[2] a prairie."

She was holding Beth by the hand. Erich was carrying Tina. Beth looked backward[3] at the ramp[4] that led to the plane. "More plane, Mommy," she begged.

"You may have started something,[5] Erich," Jenny said. "They seem to be developing a taste for[6] first-class travel."

Erich was not listening. "I told Clyde to have Joe waiting for us[7]," he said. "He should have been at the arrival gate[8]."

"Joe?"

"One of the farmhands[9]. He's not too bright[10] but he's excellent with horses and a good driver. I always have him chauffeur me[11] when I don't want to leave the car at the airport. Oh, here he is."

Jenny saw rushing toward them a straw-haired[12], slenderly built[13] young man of about twenty, with wide innocent eyes and rosy cheeks. He was neatly dressed in a thermal coat, dark knit trousers[14], heavy boots and gloves. A chauffeur's cap[15] sat[16] incongruously on his thick hair. He pulled it off[17] as he stopped in front of Erich, and she had time to reflect[18] that for such a handsome young man he looked awfully worried.

"Mr. Krueger, I'm sorry I'm late. The roads are pretty icy."

"Where's the car?" Erich asked brusquely. "I'll get my wife and children settled[19], then you and I can attend to[20] the luggage."

"Yes, Mr. Krueger." The worried look deepened[21]. "I'm really sorry I'm late."

"Oh, for heaven sake[22]," Jenny said. "We're early, one minute early." She held out her hand. "I'm Jenny."

1. jamais plus à l'ouest qu'en Pennsylvanie
2. au beau milieu d'
3. en arrière
4. rampe d'accès
5. Tu sembles avoir déclenché un truc,
6. prendre goût au
7. d'envoyer Joe nous chercher
8. porte d'arrivée
9. ouvriers agricoles
10. pas très malin
11. lui demande toujours de me conduire
12. aux cheveux paille
13. frêle
14. un pantalon en laine sombre
15. casquette
16. était posée
17. la retira
18. songer
19. installer ma femme et mes enfants
20. nous occuperons
21. s'accentua
22. pour l'amour du ciel !

He took it, holding it gingerly[1] as though he feared hurting it. "I'm Joe, Mrs. Krueger. Everybody's looking forward to seeing you. Everybody's been talking about you."

"I'm sure they have," Erich said shortly[2]. His arm urged Jenny forward.[3] Joe fell back behind them[4]. She realized Erich was annoyed. Maybe she wasn't supposed to have been so friendly[5]. Her life in New York and Hartley gallery and the apartment on Thirty-seventh Street suddenly seemed terribly far away.

1. avec précaution
2. sèchement
3. Du bras, il poussa Jenny à avancer.
4. leur emboîta le pas
5. amicale

6

1. [modèle de Cadillac]
2. flambant neuve
3. qui ne soit pas maculée de
4. de s'asseoir à l'avant
5. à prendre les bagages
6. s'engageaient sur
7. autoroute
8. Si tu te mettais contre
9. faisais un petit somme
10. cordial
11. son accès de colère
12. savait s'y prendre
13. sortit Jenny
14. mélancolie passagère
15. filait dans la campagne
16. se resserrait
17. alluma les pleins phares
18. des bosquets
19. difformes
20. affreuse impression d'être étrangère et seule

Erich's maroon Fleetwood[1] was mint-new[2] and the only car in the parking area not spattered with[3] crusted snow. Jenny wondered if Joe had taken precious minutes to have it washed before arriving at the airport. Erich settled her and Tina in the back seat, gave permission to Beth to ride in front[4], and hurried away to help Joe collect the baggage[5].

A few minutes later they were pulling onto[6] the highway[7]. "It's nearly a three-hour drive to the farm," Erich told her. "Why don't you lean against[8] me and nap[9]?" He seemed relaxed, even genial[10] now, the spasm of anger[11] forgotten.

He reached for Tina, who willingly settled in his lap. Erich had a way[12] with the little girl. Seeing the contentment on Tina's face snapped Jenny out[13] of her momentary homesickness[14].

The car sped into the country[15]. The lights along the highway began to disappear. The road darkened and narrowed[16]. Joe switched on the high beams of the headlights[17] and she could discern clumps[18] of graceful maples and irregular, poorly shaped[19] oaks. The land seemed absolutely flat. It was all so different from New York. That was why she'd felt that terrible sense of alienation[20] as they left the airport.

She needed time to think, to get in focus[1], to adjust[2]. Settling her head on Erich's shoulder, she murmured, "You know something, I am tired." She didn't want to talk any more, not right now. But, oh, how good it was to lean against him, to know that their time together wouldn't ever again be[3] rushed and frantic. He had suggested that they defer[4] an official honeymoon[5]. "You don't have anyone to leave with the girls[6]," he'd said. "Once they're comfortably settled on the farm, we'll find a reliable[7] sitter and take a trip." How many other men would have been that thoughtful[8]? she wondered.

She felt Erich looking down at her.

"Awake[9], Jenny?" he asked but she didn't answer. His hand smoothed back her hair; his fingers kneaded her temple[10]. Tina was asleep now; her breathing came soft and measured[11]. In the front seat, Beth had stopped chattering to[12] Joe so she too must be napping.

Jenny made her own breath rise and fall evenly[13]. It was time to plan ahead[14], to turn away from the life she had left and begin to anticipate the[15] one that was waiting for her.

Erich's home had been without a woman's touch for[16] a quarter of a century. It probably needed a massive overhaul[17]. It would be interesting to see how much of Caroline's influence remained in it.

Funny, she mused[18], I never think of Erich's mother as his mother. I think of her as Caroline.

She wondered if his father hadn't referred to her that way. If instead of saying "your mother" to Erich, when he reminisced[19] he'd say, "Caroline and I used to …"

Redecorating would be a joy. How many times had she studied the apartment and thought, If I could afford it,[20] I'd do this … and this … and this …

1. de se recentrer
2. de s'adapter
3. ne serait plus jamais
4. qu'ils remettent à plus tard
5. lune de miel
6. Tu n'as personne à qui confier les filles
7. fiable
8. aussi attentionnés
9. Tu ne dors pas
10. lui pétrirent la tempe
11. sa respiration était calme et régulière
12. de papoter avec
13. s'efforça d'avoir elle aussi une respiration régulière
14. d'envisager l'avenir
15. d'aller au-devant de
16. pendant
17. complète réorganisation
18. songea-t-elle
19. évoquait ses souvenirs,
20. Si j'en avais les moyens,

What a sense of freedom it would be to wake up in the morning and know she didn't have to rush off to work[1]. Just to be with the children, to spend time with them, real time, not end-of-the-day exhausted time! She'd already lost the best part of their baby years.

And to be a wife. Just as Kevin had never been a real father to the children, he'd never been a real husband to her. Even in their most intimate moments, she'd always felt that Kevin had a mental image of himself playing the romantic lead[2] in an M-G-M film. And she was certain that he'd been unfaithful[3] to her even during the short time they lived together.

Erich was mature. He could have married long before now but he'd waited. He welcomed responsibility[4]. Kevin had shunned it[5]. Erich was so reticent[6]. Fran said she thought he was a bit stodgy[7] and Jenny knew that even Mr. Hartley wasn't comfortable[8] with him. They didn't realize that his seeming aloofness[9] was simply a cover for an innately shy nature[10]. "I find it easier to paint my sentiments than to express them," he'd told her. There was so much love expressed in everything he painted …

She felt Erich's hand stroking[11] her cheek. "Wake up, darling, we're nearly home."

"What? Oh. Did I fall asleep?" She pulled herself up.

"I'm glad you slept, darling. But look out the window now. The moon is so bright you should be able to see quite a bit." His voice was eager[12]. "We're on county road[13] twenty-six. Our farm begins at that fence, on both sides of the road. The right side eventually ends at[14] Gray's Lake. The other side winds and twists[15]. The woods take up[16] nearly two hundred acres[17] alone[18]; they end at the river valley that slopes into[19] the Minnesota River. Now, watch, you'll

1. courir travailler
2. jouant le rôle du jeune premier
3. infidèle
4. acceptait volontiers d'avoir des responsabilités
5. s'était employé à les éviter
6. réservé
7. guindé
8. à l'aise
9. son air distant
10. un caractère foncièrement timide
11. caresser
12. enthousiaste
13. la nationale
14. va jusqu'à
15. fait des lacets
16. s'étendent sur
17. 80 ha
18. à eux seuls
19. qui descend jusqu'à

see some of the outer buildings[1]. Those are the pole-barns, where we feed the cattle in the winter. Beyond them[2] are the granary[3] and stables[4] and the old mill[5]. Now as we come around this bend[6] you can see the west side of the house. It's set on that knoll[7]."

Jenny pressed her face against the car window. From the background glimpses[8] she'd seen in some of Erich's paintings, she knew that at least part of the exterior of the house was pale red brick. She'd imagined a Currier and Ives[9] kind of farmhouse. Nothing Erich had said had prepared her for what she was looking at now.

Even viewed from the side, it was obvious that the house was a mansion[10]. It was somewhere between seventy and eighty feet long[11] and three stories high[12]. Lights streamed[13] from the long graceful windows on the first floor[14]. Overhead the moon blanched[15] the roof and gables[16] into glistening tiaras[17]. The snow-covered fields shone like layers of white ermine[18], framing the structure, enhancing[19] its flowing lines[20].

"Erich!"

"Do you like it, Jenny?"

"Like it? Erich, it's magnificent. It's twice, no five times larger than I expected. Why didn't you warn me?"

"I wanted to surprise you. I told Clyde to be sure and have it lighted[21] for your first impression. I see he took me at my word[22]."

Jenny stared, trying to absorb every detail as the car moved slowly along the road. A white wooden porch with slender columns began at the side door and extended to the rear of the house. She recognized it as the setting[23] of *Memory of Caroline*. Even the swing in the painting was still there, the only

1. bâtiments extérieurs
2. Au-delà,
3. la grange à blé
4. les écuries
5. moulin
6. après ce virage,
7. tertre
8. D'après les arrière-plans fugaces
9. [célèbre atelier de gravures américain du XIXe s.]
10. un manoir
11. avait entre 20 et 25 m de long
12. deux étages
13. De la lumière filtrait
14. du rez-de-chaussée
15. blanchissait
16. les pignons
17. les transformant en tiares étincelantes
18. comme des couches d'hermine blanche
19. faisant ressortir
20. ses lignes fluides
21. de veiller à l'allumer
22. qu'il m'a pris au mot
23. cadre

piece of furniture on the porch. A gust of wind[1] was making it sway gently to and fro[2].

The car turned left and drove through open gates. A sign[3], KRUEGER FARM, was lighted by the torchères that topped[4] the gateposts[5]. The car followed the driveway skirting[6] snow-covered fields. To their right the woods began, a thick heavy forest of trees whose branches were bare and skeletal against the moon. The car turned left and completed the arc[7], stopping in the driveway in front of wide stone steps.

Massive, ornately carved double doors[8] were illuminated by the fan window[9] arching over[10] them. Joe hurried to open Jenny's door. Quickly Erich handed the sleeping Tina to him. "You bring in the girls, Joe," he said.

Taking Jenny's hand, he hurried up the steps, turned the latch and pushed open the doors. Pausing, he looked directly into her eyes. "I wish I could paint you now," he said. "I could call the painting *Coming Home*. Your long, lovely dark hair, your eyes so tender looking at me ... You do love me, don't you, Jenny?"

"I love you, Erich," she said quietly.

"Promise you'll never leave me. Swear that[11], Jenny."

"Erich, how can you even think that now?"

"Please promise, Jenny."

"I'll never leave you, Erich." She put her arms around his neck. His need is so great, she thought. All this month she'd been troubled by the one-sided aspect[12] of their relationship, he the giver, she the taker[13]. She was grateful to realize it wasn't that simple[14].

He picked her up[15]. "Jenny kissed me." Now he was smiling. As he carried her into the house he kissed her lips, at first tentatively[16], then with gathering emotion[17]. "Oh, Jenny!"

1. brise
2. la balançait doucement
3. panneau
4. qui surplombaient
5. les piliers de la grille
6. l'allée contournant
7. acheva son arc de cercle
8. double porte richement sculptée
9. la verrière
10. qui s'incurvait au-dessus
11. Jure-le
12. le côté unilatéral
13. lui donnant, elle prenant
14. aussi simple
15. la porta dans ses bras
16. timidement
17. de plus en plus de fougue

He set her down[1] in the entrance hall. It had gleaming parquet floors, delicately stenciled[2] walls, a crystal and gold chandelier[3]. A staircase with an ornately carved balustrade led to the second floor. The walls were covered with paintings, Erich's bold[4] signature in the right-hand corner[5]. For a moment Jenny was speechless[6].

Joe was coming up the steps with the girls. "Now don't run," he was cautioning them[7]. But the long nap had revived[8] them and they were eager[9] to explore. Keeping one eye on them, Jenny listened as Erich began to show her through[10] the house. The main parlor[11] was to the left of the entry foyer. She tried to absorb everything he was telling her about the individual pieces[12]. Like a child showing off his toys[13], he pointed out the walnut étagère[14], kidney-shaped[15] and marble-based[16]. "It's early eighteenth century[17]," he said. Ornate oil lamps, now wired[18], stood on either side of a massive high-backed[19] couch. "My grandfather had that made in Austria. The lamps are from Switzerland."

Memory of Caroline was hung above the couch. An overhead light revealed the face in the portrait more intimately than it had appeared in the gallery window. It seemed to Jenny that in this lighting[20], in this room, her own resemblance to Caroline was accentuated. The woman in the painting seemed to be looking directly at her. "It's almost like an icon," Jenny whispered. "I feel as though her eyes are following me."

"I always feel that way," Erich said. "Do you think they might be?"

An immense rosewood[21] reed organ[22] on the west wall immediately attracted the children. They climbed onto the velvet-cushioned bench[23] and began to press the keys[24]. Jenny saw Erich wince[25] as the buckle of Tina's shoe[26] scratched the leg[27] of the

1. la déposa
2. peints au pochoir
3. lustre
4. assurée
5. en bas à droite
6. resta sans voix
7. leur enjoignait-il
8. revigorées
9. impatientes
10. à lui faire visiter
11. salon principal
12. chaque bel objet
13. faisant admirer ses jouets
14. l'étagère en noyer
15. en forme de haricot
16. marquetée de marbre
17. du début du XVIIIe s.
18. raccordées à l'électricité
19. à dossier haut
20. sous cet éclairage
21. en palissandre
22. harmonium
23. tabouret tapissé de velours
24. touches
25. tiquer
26. quand la bouche de la chaussure de Tina
27. érafla le pied

bench. Quickly she lifted the protesting girls[1] down. "Let's see the rest of the house," she suggested.

The dining room was dominated by a banquet table large enough to accommodate[2] twelve chairs. An elaborate heart motif[3] was carved out of each of the chairbacks[4].

A quilt was hung like a tapestry[5] on the far wall. Pieced entirely[6] of hexagons with a scalloped border[7] and stitched in flower motifs[8], it added a bright note to the austerely handsome[9] room. "My mother made it," Erich said. "See her initials."

All the walls of the large library[10] were covered with walnut bookcases[11]. Each shelf held an even row of precisely placed books[12]. Jennie glanced at some of the titles. "Am I going to have a good time![13]" she exclaimed. "I can't wait to catch up on reading.[14] About how many books have you got?"

"Eleven hundred and twenty-three."

"You know *exactly* how many?"

"Of course."

The kitchen was huge. The left wall contained the appliances[15]. A round oak table and chairs were placed exactly in the center of the room. On the east wall, a giant old iron stove with highly polished[16] nickel chrome and isinglass[17] windows looked capable of heating the whole house. An oak cradle next to the stove held firewood[18]. A couch covered in a colonial print[19] and matching chair were at rigid right angles[20] to each other. In this room, as in the others she had seen, absolutely nothing was out of place[21].

"It's a little different from your apartment, isn't it, Jenny?" His tone was proud[22]. You see why I didn't tell you. I wanted to enjoy your reaction."

Jenny felt an urge[23] to defend the apartment. "It's certainly bigger," she agreed. "How many rooms are there?"

1. les filles, qui protestèrent
2. pour accueillir
3. motif compliqué en forme de cœur
4. dossiers de chaise
5. tapisserie
6. Entièrement constituée
7. bordure festonnée
8. parsemée de fleurs brodées
9. à l'élégance austère
10. bibliothèque
11. rayonnages
12. un rang net de livres bien rangés
13. Je vais me régaler !
14. J'ai hâte de me remettre à lire.
15. l'électroménager
16. briqués
17. en mica
18. contenait des bûches
19. tissu imprimé [de style XVIIIe s.]
20. exactement à angle droit
21. n'était à sa place
22. fier
23. ressentit le besoin

"Twenty-two," Erich said proudly. "Let's just have a quick look at our bedrooms. We'll finish the tour tomorrow."

He put his arm around her as they walked up the stairs. The gesture was comforting and helped to relieve some of the strangeness she was feeling. All right, she thought, I do feel as though I'm on a guided tour[1]. Look but don't touch.

The master bedroom[2] was a large corner room in the front of the house. Dark mahogany[3] furniture gleamed with a fine velvet patina[4]. The massive four-poster bed was covered with a spread[5] of cranberry-colored brocade[6]. The brocade was repeated in the canopy[7] and draperies[8]. A leaded crystal bowl on the left side of the dresser was filled with small bars[9] of pine soap. An initialed silver dressing set[10], each piece an inch apart[11], was to the right of the bowl. The dressing set had been[12] Erich's great-grandmother's; the bowl was Caroline's and had come from Venice. "Caroline never wore perfume but loved the scent of pine," Erich said. "That soap is imported from England."

The pine soap. That was what she had detected as she came into the room—the faint aroma of pine, so subtle[13] it was almost impossible to distinguish.

"Is this where Tina and I sleep, Mommy?" Beth asked.

Erich laughed. "No, Mouse. You and Tina will be across the hall[14]. But do you want to see my room first? It's right next door."

Jenny followed, expecting to see the room of a bachelor[15] in the family home. She was anxious to experience[16] Erich's personal taste in furnishing. Almost everything she had seen so far seemed to have been left to him[17].

He threw open[18] the door of the room next to the master bedroom. Here too the overhead light was al-

1. comme si je faisais une visite guidée
2. La chambre principale
3. en acajou
4. une patine veloutée
5. couvre-lit
6. de brocart grenat
7. ciel de lit
8. les tentures
9. savons
10. nécessaire de toilette en argent monogrammé
11. chaque élément à 3 cm de l'autre
12. avait appartenu à
13. légère
14. de l'autre côté du couloir
15. célibataire
16. de découvrir
17. lui avoir été laissé tel quel
18. ouvrit grand

ready on. She saw a single maple bed[1] covered by a colorful quilt[2]. A rolltop desk[3], half-open, revealed[4] pencils and crayons[5] and sketch pads[6]. A three-shelf bookcase contained the *Book of Knowledge*[7]. A little League[8] trophy stood on the dresser. A high-backed rocker[9] was in the left corner near the door. A hockey stick[10] was propped against[11] the right wall.

It was the room of a ten-year-old child.

1. un lit en érable d'une personne
2. couverture en patchwork
3. bureau à cylindre
4. laissait voir
5. des crayons de couleurs
6. des carnets à croquis
7. [encyclopédie]
8. [championnat de base-ball pour moins de 12 ans]
9. rocking-chair
10. crosse de hockey
11. appuyée contre

7

I never slept here after Mother died," Erich explained. "When I was little I used to love lying in bed, listening to the sound of her moving around in her room. The night of the accident I couldn't stand to[1] come in here. To calm me down, Dad and I both moved to the two back[2] bedrooms. We never moved back."

"Are you saying that this room and the master bedroom haven't been slept in[3] in nearly twenty-five years?"

"That's right. But we didn't close them off[4]. We just didn't use them. But someday[5] our son will use this room, sweetheart[6]."

Jenny was glad to go back into the foyer. Despite the cheerful quilt and warm maple furniture there was something disquieting[7] about Erich's boyhood[8] room.

Beth tugged at her restlessly[9]. "Mommy, we're hungry," she said positively[10].

"Oh, Mouse, I'm sorry. Let's go to the kitchen." Beth raced down the long hall, her footsteps[11] noisy for such little feet. Tina ran behind her. "Wait for me, Beth."

"Don't run," Erich called after them.

1. je n'ai pas supporté de
2. de derrière
3. qu'on n'a pas dormi ni dans cette chambre ni dans la principale
4. condamnées
5. un jour,
6. chérie
7. de troublant
8. d'enfant
9. avec impatience
10. sans ambages
11. ses pas

"Don't break anything," Jenny warned, remembering the delicate porcelain in the parlor.

Erich lifted the mink off her shoulders, dropped it over his arm. "Well, what do you think?"

Something about the way he asked the question was disturbing[1]. It was as though he was too eager for approval[2], and she reassured him now the same way she answered a similar question from Beth. "It's perfect. I love it."

The refrigerator was well-stocked[3]. She heated milk for cocoa[4] and made ham sandwiches. "I have champagne for us," Erich said. He put his arm over the back of her chair.

"I'll be ready for it in a little while." Jenny smiled at him and tilted[5] her head toward the girls. "As soon as I clear the decks.[6]"

They were just about to get up when the doorbell rang. Erich's scowl[7] changed to a look of pleasure when he opened the door. "Mark, for heaven sake! Come on in.[8]"

The visitor filled the entry. His windblown sandy hair[9] almost touched the top of the doorway. Rangy shoulders[10] were not hidden by his heavy hooded parka[11]. Piercing blue eyes dominated his strong-featured face[12]. "Jenny," Erich said. "This is Mark Garrett. I've told you about him.[13]"

Mark Garrett. *Dr.* Garrett, the veterinarian, who had been Erich's closest friend[14] since boyhood. "Mark's like a brother," Erich had told her. "In fact if anything had happened to me before I married, he would have inherited the farm."

Jenny extended her hand, felt his, cold and strong, cover hers.

"I've always said you had good taste, Erich," Mark commented. "Welcome to Minnesota, Jenny."

She liked him immediately. "It's lovely to be here." She introduced the girls to him. They were both

1. perturbant
2. comptait trop sur une approbation
3. bien garni
4. le chocolat chaud
5. inclina
6. Dès que j'aurai fait un peu de rangement.
7. l'air renfrogné
8. Entre donc !
9. Ses cheveux blond roux décoiffés par le vent
10. Ses épaules larges
11. sa lourde parka à capuche
12. visage aux traits puissants
13. Je t'ai parlé de lui.
14. le meilleur ami

unexpectedly[1] shy. "You're very, very big," Beth told him.

He refused coffee. "I hate to barge in,[2]" he told Erich, "but I wanted you to hear it from me[3]. Baron pulled a tendon[4] pretty badly this afternoon."

Baron was Erich's horse. Erich had talked about him. "A thoroughbred[5], flawless breeding[6], nervous, bad-tempered[7]. A remarkable animal. I could have raced him[8] but prefer having him for myself."

"Were any bones broken?" Erich's voice was absolutely calm.

"Positively not."

"What happened?"

Mark hesitated. "Somehow[9] the stable door was left open and he got out. He stumbled[10] when he tried to jump the barbed-wire fence on[11] the east field."

"*The stable door was open?*" Each word was precisely enunciated[12]. "Who *left* it open?"

"No one admits to it[13]. Joe swears he closed it when he left the stable after he fed Baron this morning."

Joe. The driver. No wonder he had looked so frightened, Jenny thought. She looked at the girls. They were sitting quietly at the table. A minute ago they'd been ready to scamper away[14]. Now they seemed to sense the change in the atmosphere, the anger Erich wasn't bothering to hide.

"I told Joe not to discuss it with you until I had a chance to see you. Baron will be fine in a couple of weeks. I think Joe probably didn't pull the door fast[15] when he left. He'd never be deliberately careless[16]. He loves that animal."

"Apparently no one in his family inflicts harm[17] *deliberately*," Erich snapped[18]. "But they certainly manage to inflict it. If Baron is left lame[19]..."

1. étonnamment
2. Désolé de vous interrompre comme ça,
3. que ce soit moi qui te l'apprenne
4. s'est déchiré un tendon
5. pur-sang
6. issu d'une lignée sans tache
7. emporté
8. en faire un cheval de course
9. D'une façon ou d'une autre,
10. a trébuché
11. la clôture de barbelé du
12. articulé
13. ne veut le reconnaître
14. à détaler
15. n'a pas bien fermé la porte
16. volontairement négligent
17. ne fait de mal
18. rétorqua
19. en reste boiteux

“He won’t be. I’ve hosed him down[1] and bandaged him. Why don’t you walk out and see him now? You’ll feel better.[2]”

“I might as well.[3]” Erich reached into the kitchen closet for his coat. His expression was coldly furious.

Mark followed him out. “Again, welcome, Jenny,” he said. “My apologies[4] for being the bearer of bad news[5].” As the door closed behind them, she heard his deep[6], calm voice: “Now, Erich, don’t get upset[7].”

It took a warm bath and bedtime story before the children finally settled down[8]. Jenny tiptoed out[9] of the room exhausted. She’d pushed the beds together with one against the wall. Then she’d shoved[10] the steamer trunk[11] against the exposed side of the other one. The room that an hour before had been in perfect order was a mess[12]. The suitcases were open on the floor. She’d rifled through them[13] hunting for[14] pajamas[15] and Tina’s favorite old blanket[16] , but had not bothered to unpack[17] properly[18]. She was too tired now. It could wait till morning. Erich was there just as she came out. She watched his expression change as he surveyed[19] the untidiness inside.

“Let’s leave it darling,” she said wearily. “I know it’s every which way[20] but I’ll put it right tomorrow.”

It seemed to her that he made a deliberate attempt[21] to sound casual[22]. “I’m afraid I couldn’t go to bed and leave this.”

It took him only a few minutes to completely unpack, to stack underwear and socks[23] in furniture drawers[24], to hang[25] dresses and sweaters in the closet. Jenny gave up trying to help. If they wake up they’ll be around for hours, she thought, but was suddenly too tired to protest. Finally Erich pushed the outer[26] bed so that it was lined exactly with its twin, straightened the small shoes and boots, stacked the suitcases on an upper shelf and closed the closet door which Jenny had left ajar[27].

1. Je lui ai passé la jambe au jet
2. Ça te rassurera.
3. Tu as raison.
4. Mes excuses
5. le porteur de mauvaises nouvelles
6. grave
7. ne te fâche pas
8. ne retrouvent leur sérénité
9. sortit sur la pointe des pieds
10. poussé
11. le coffre [de marin]
12. était sens dessus dessous
13. les avait fouillées
14. pour trouver
15. les pyjamas
16. vieille couverture préférée
17. n'avait pas pris la peine de les défaire
18. correctement
19. lorsqu'il contempla
20. un vrai bazar
21. s'efforçait
22. d'avoir l'air détaché
23. sous-vêtements et chaussettes
24. des tiroirs
25. suspendre
26. extérieur
27. entrouverte

When he was finished, the room was infinitely neater[1] and the children hadn't awakened[2]. Jenny shrugged. She knew she should be grateful but could not help feeling that the risk of waking the children should have overcome the need for a clean-up session, particularly on a wedding night[3].

In the hall, Erich put his arms around her. "Sweetheart, I know what a long day this has been. I drew a tub for you.[4] It should be about the right temperature now. Why don't you get changed and I'll fix a tray for us[5]. I've got champagne cooling and a jar[6] of the best caviar I could find in Bloomingdale's. How does that sound?"

Jenny felt a rush of shame at her feeling of irritation. She smiled up at him. "You're too good to be true[7]."

The bath helped. She soaked in it[8], enjoying the unaccustomed length and depth[9] of the tub, which was still mounted on its original brass claw feet[10]. As the hot water soothed[11] the muscles in her neck and shoulders she determined to relax.

She realized now that Erich had carefully avoided describing the house to her. What had he said? Oh, yes, things like, "Nothing much has been changed since Caroline died. I think the extent of the redecorating[12] was to replace[13] some curtains in the guest bedroom[14]."

Was it just that nothing had worn out[15] in these years or was Erich religiously preserving intact everything that reminded him of[16] his mother's presence here? The scent[17] she loved was still lingering[18] in the master bedroom. Her brushes and combs[19] and nail buffer[20] were on the dresser. She wondered if there might not still be a few strands[21] of Caroline's hair caught in one of the brushes.

His father had been desperately wrong[22] to have allowed Erich's childhood bedroom to be left intact, frozen in time[23], as though growth[24] in this house

1. mieux rangée
2. ne s'étaient pas réveillées
3. nuit de noces
4. Je t'ai fait couler un bain.
5. je nous fais un plateau
6. un bocal
7. le mari idéal
8. y resta longtemps
9. longueur et profondeur inhabituels
10. ses griffes d'origine en cuivre
11. détendait
12. le seul changement dans la décoration
13. remplacer
14. chambre d'amis
15. ne s'était usé
16. lui rappelait
17. senteur
18. était encore perceptible
19. peignes
20. lime à ongles
21. mèches
22. avait eu grand tort
23. arrêté dans le temps
24. toute croissance

had stopped with Caroline's death. The thought made her uneasy and she deliberately pushed it aside. Think of Erich and yourself, she told herself. Forget the past. Remember that you belong to each other[1] now. Her pulse[2] quickened.

She thought of the lovely new nightgown[3] and peignoir inside her new suitcase. She'd bought them in Bergdorf Goodman with her last paycheck[4], splurging extravagantly[5], but wanting to truly look like a bride[6] tonight.

Suddenly lighthearted, she got out of the tub, released the stopper[7] and reached for a towel[8]. The mirror above the sink[9] was clouded over[10]. She started to dry herself then paused and began to wipe away the steam[11]. She felt that in the midst of all the newness she needed to see herself, find her own image. As the glass dried, she glanced into it. But it was not her own blue-green eyes that she saw reflected back[12].

It was Erich's face, Erich's midnight-blue eyes meeting hers in the reflection. He had opened the door so silently she hadn't heard him. Spinning around, she instinctively clutched[13] the towel in front of her, then deliberately let it fall.

"Oh, Erich, you scared me[14]," she said. "I didn't hear you come in."

His eyes never left her face. "I thought you'd want your gown, darling," he said. "Here it is."

He was holding an aquamarine satin nightgown with a deep V cut in the front and back.

"Erich, I have a new gown. Did you just buy this one for me?"

"No," Erich said, "it was Caroline's." He ran[15] his tongue nervously over his lips. He was smiling strangely. His eyes as they rested on her[16] were moist with love[17]. When he spoke again his tone was pleading[18]. "For my sake,[19] Jenny, wear it tonight."

1. que vous êtes l'un à l'autre
2. Son pouls
3. chemise de nuit
4. salaire
5. faisant une folie
6. jeune mariée
7. retira la bonde
8. serviette
9. lavabo
10. embué
11. effacer la buée
12. se refléter dans le miroir
13. saisit
14. tu m'as fait peur
15. passa
16. posés sur elle
17. éperdus d'amour
18. suppliant
19. Pour me faire plaisir,

8

For minutes Jenny stood staring at the bathroom door, not knowing what to do. I don't want to wear a dead woman's nightgown, she protested silently. The satin felt soft and clinging[1] under her fingers.

After Erich handed her the gown he'd abruptly left the room. She began to shiver as she looked at the suitcase. Should she simply put on her own gown and peignoir, simply say, "I prefer this, Erich."

She thought of his expression when he handed his mother's gown to her.

Maybe it won't fit[2], she hoped. That would solve[3] everything. But when she pulled it over her head, it might have been made for her. She was thin enough for the tapered waist[4], the narrowly cut hips[5], the straight line[6] to the ankles[7]. The V cut[8] accentuated her firm breasts. She glanced in the mirror. The steam was evaporating now and tiny driblets[9] of water were running down[10]. That must be why she looked different. Or was it that something in the aqua tone of the gown emphasized[11] the green in her eyes?

She could not say the gown did not fit and certainly it was becoming[12]. But I don't want to wear it, she thought uneasily. I don't feel like myself in it.

1. collant
2. que la taille ne m'ira pas
3. Ça résoudrait
4. taille cintrée
5. hanches moulantes
6. le tombé droit
7. jusqu'aux chevilles
8. col en V
9. gouttelettes
10. dégoulinaient
11. faisait ressortir
12. seyante

She was about to pull it over her head when there was a soft tap[1] on the door. She opened it. Erich was wearing gray[2] silk pajamas and a matching dressing gown[3]. He had turned off all the lights except for the one on the night table and his burnished gold[4] hair was a counterpoint to[5] the glow[6] of the lamp.

The brocaded cranberry-colored spread was off the bed. The sheets were turned back.[7] Lace embroidered pillows[8] were propped[9] against the massive headboard[10].

Erich was holding two glasses of champagne. He handed one of them to her. They walked to the center of the room and he touched his glass to hers[11]. "I looked up[12] the rest of the poem, darling." His voice soft, he spoke the words slowly:

"Jenny kissed me when we met,
Jumping from the chair she sat in[13];
Time, you thief[14], who love to get
Sweets[15] into your list, put that in:
Say I'm weary, say I'm sad,
Say that health and wealth[16] have missed me,
Say I'm growing old[17], but add,
Jenny kissed me."

Jenny felt tears in her eyes. This was her wedding night. This man who had offered so much love to her and whom she loved so much was her husband. This beautiful room was theirs. What difference what nightgown she wore! It was such a little thing to do for him. She knew her smile was as happy as his as they toasted each other[18]. When he took the glass from her hand and set it down, she joyfully went into his arms.

Long after Erich slept[19], his arm pillowing her head,[20] his face buried in her hair, Jenny lay awake. She was so accustomed to the street noises that were part of the night sounds of the New York apartment

1. un toc toc
2. gris
3. robe de chambre assortie
4. aux reflets bruns dorés
5. formaient un contrepoint au
6. halo
7. Les draps étaient ouverts.
8. Des oreillers aux taies de dentelle
9. calés
10. tête de lit
11. ils trinquèrent
12. J'ai vérifié
13. Sautant de sa chaise
14. espèce de voleur
15. des douceurs
16. santé et richesse
17. que je vieillis
18. quand ils avaient trinqué
19. Longtemps après qu'Erich se fut endormi
20. son bras lui servant d'oreiller,

that she was not yet able to absorb the absolute stillness of this room.

The room was very cool[1]. She liked that and reveled in[2] the clear fresh air. But it was so quiet, so absolutely still, except for the even breathing[3] that rose and fell against her neck.

I am so happy, she thought. I didn't know it was possible to be this happy[4].

Erich was a shy, tender and considerate[5] lover. She had always suspected that there were far deeper emotions possible than Kevin had ever aroused in her[6]. It was true.

Before Erich fell asleep they had talked. "Was Kevin the only one before me, Jenny?"

"Yes, he was."

"There's never been anyone before for me."

Did he mean he'd never *loved* anyone before or he'd never slept with anyone before? Was that possible?

She drifted off to sleep[7]. Light was just beginning to trickle[8] into the room when she felt Erich stir[9] and slip out of[10] bed.

"Erich."

"Darling, I'm sorry to wake you. I never sleep more than a few hours. In a little while[11] I'll go to the cabin and paint. I'll be back around noon."

She felt his kiss on her forehead and lips as she drifted back to sleep. "I love you," she murmured.

The room was flooded with[12] light when she awoke again. Quickly she ran to the window and pulled up the shade[13]. As she watched she was surprised to see Erich disappearing into the woods.

The scene outside was like one of his paintings. The tree branches were white with frozen snow. Snow covered the gambrel roof[14] of the barn near-

1. fraîche
2. se délecta de
3. souffle régulier
4. si heureuse
5. attentionné
6. avait éveillées en elle
7. s'endormit
8. s'infiltrer
9. bouger
10. se glisser hors du
11. D'ici peu,
12. inondée de
13. tira le store
14. le toit à double pente

est the house. Far back[1] in the fields she could catch glimpses of cattle[2].

She glanced at the porcelain clock on the night table. Eight o'clock. The girls would be waking up soon. They might be startled to find themselves in a strange[3] room.

Barefoot[4] she hurried out of the bedroom and started down the wide foyer[5]. As she passed Erich's old room, she glanced into it, then stopped. The coverlet[6] was tossed back[7]. The pillows were bunched up[8]. She went into the room and touched the sheet. It was still warm. Erich had left their room and come in here. Why?

He doesn't sleep much, she thought. He probably didn't want to toss and turn[9] and wake me up. He's used to sleeping alone. Maybe he wanted to read.

But he said he'd never slept in this room since he was ten years old.

Footsteps were running down the hall. "Mommy. Mommy."

Quickly she hurried to the foyer, bent down and opened her arms. Beth and Tina, their eyes shining from the long sleep, ran to her.

"Mommy, we were looking for you[10]," Beth said accusingly[11].

"Me like it here," Tina chirped in[12].

"And we have a present," Beth said.

"A present? What have you got, love?"

"Me too," Tina cried. "Thank you, Mommy."

"It was on our pillows," Beth explained.

Jenny gasped[13] and stared. Each little girl was holding a small round cake of pine soap.

She dressed the children in new red corduroy overalls[14] and striped tee shirts[15]. "No school," Beth said positively.

1. Au loin
2. entrapercevait des vaches
3. inconnue
4. Pieds nus,
5. parcourut le vestibule
6. couvre-lit
7. défait
8. tassés
9. se tourner et se retourner
10. on te cherchait
11. d'un ton accusateur
12. gazouilla
13. hoqueta
14. salopettes en velours côtelé rouge
15. tee-shirts à rayures

"No school," Jenny agreed happily. Quickly she put on slacks and a sweater and they went downstairs. The cleaning woman[1] had just arrived. She had a scrawny frame[2] with incongruously powerful arms and shoulders. Her small eyes set in a puffy face were guarded[3]. She looked as though she rarely smiled.[4] Her hair, too tightly braided,[5] seemed to be pulling up the skin[6] around her hairline[7], robbing her of expression[8].

Jenny held out her hand. "You must be Elsa. I'm ..." She started to say "Jenny" and remembered Erich's annoyance at her too friendly greeting to Joe. "I'm Mrs. Krueger." She introduced the girls.

Elsa nodded. "I do my best.[9]"

"I can see that," Jenny said. "The house looks lovely."

"You tell Mr. Krueger that stain[10] on the dining-room paper was not my fault. Maybe he had paint on his hand."

"I didn't notice a stain last night."

"I show you."

There was a smudge[11] on the dining-room paper near the window. Jenny studied it. "For heaven sake, you almost need a microscope to see it."

Elsa went into the parlor to begin cleaning and Jenny and the girls breakfasted[12] in the kitchen. When they were finished she got out their coloring books[13] and crayons. "Tell you what," she proposed, "let me have a cup of coffee in peace and then we'll go out for a walk."

She wanted to think. Only Erich could have put those cakes of soap on the girls' pillows. Of course it was perfectly natural that he'd look in on them[14] this morning and there was nothing wrong with the fact that he obviously liked the smell of pine. Shrugging, she finished her coffee and dressed the children in snowsuits.

1. femme de ménage
2. était très maigre
3. circonspects
4. Elle donnait l'impression de rarement sourire.
5. coiffés en tresses trop serrées,
6. lui tirer la peau
7. à la naissance des cheveux
8. la privant de toute expression
9. Je fais de mon mieux.
10. cette tache
11. une vague trace
12. prirent leur petit déjeuner
13. albums à colorier
14. qu'il soit allé voir si elles dormaient bien

The day was cold but there was no wind. Erich had told her that winter in Minnesota could range from severe to vicious[1]. "We're breaking you in easy[2] this year," he'd said. "It's just middlin bad[3]."

At the doorway she hesitated. Erich might want to show them around the stables and barns and introduce her to the help. "Let's go this way," she suggested.

She led Tina and Beth around the back of the house and toward the open fields on the east side of the property. They walked on the crunching[4] snow until the house was almost out of sight[5]. Then as they strolled[6] toward the country road that marked the east boundary[7] of the farm, Jenny noticed a fenced-off area[8] and realized they had come upon the family cemetery. A half-dozen granite monuments were visible through the white pickets[9].

"What's that Mommy?" Beth asked.

She opened the gate[10] and they went inside the enclosure[11]. She walked from one to the other of the tombstones[12], reading the inscriptions. Erich Fritz Krueger, 1843-1913, and Gretchen Krueger, 1847-1915. They must have been Erich's great-grandparents[13]. Two little girls: Marthea, 1875-1877, and Amanda, 1878-1890. Erich's grandparents, Erich Lars and Olga Krueger, both born in 1880. She died in 1941, he in 1948. A baby boy, Erich Hans, who lived eight months in 1911. So much pain, Jenny thought, so much grief[14]. Two little girls lost in one generation, a baby boy in the next one. How do people bear that kind of hurt[15]? At the next monument, Erich John Krueger, 1915-1979. Erich's father.

There was one grave[16] at the south end of the plot[17], as separate from the others as it was possible to be[18]. It was the one she realized she had been looking for. The inscription read Caroline Bonardi Krueger, 1924-1956.

1. pouvait aller de rigoureux à terrible
2. Tu as un hiver doux pour commencer
3. frisquet sans plus
4. craquante
5. hors de vue
6. alors qu'elles se dirigeaient tranquillement
7. limite orientale
8. un endroit clos
9. piquets blancs [de la barrière]
10. le portillon
11. l'enceinte
12. pierres tombales
13. arrière-grands-parents
14. tant de chagrin
15. peine
16. une tombe
17. terrain
18. aussi à l'écart qu'on pouvait l'être

Erich's father and mother were not buried[1] together. Why? The other monuments were weathered[2]. This one looked as though it had been recently cleaned. Did Erich's love for his mother extend to taking extraordinary care[3] of her tombstone? Inexplicably Jenny felt a stab[4] of anxiety. She tried to smile. "Come on, you two. I'll race you[5] across the field."

Laughing, they ran after her. She let them catch[6] and then pass her[7], pretending[8] to try to keep up with them[9]. Finally they all stopped breathless[10]. Clearly Beth and Tina were elated[11] to have her with them. Their cheeks were rosy, their eyes sparkled[12] and glowed. Even Beth had lost her perpetually solemn look. Jenny hugged them fiercely.

"Let's walk as far as that knoll," she suggested, "then we'll turn back."

But when they reached the top of the embankment[13], Jenny was surprised to see a fair-sized[14] white farmhouse nestled[15] on the other side. She realized it had to be the original family farmhouse now used by the farm manager.

"Who lives there?" Beth asked.

"Some people who work for Daddy."

As they stood looking at the house, the front door opened. A woman came out on the porch and waved to them[16], clearly indicating she wanted them to come up to the house. "Beth, Tina, come on," Jenny urged[17]. "It looks as though we're about to meet our first neighbor[18]."

It seemed to her that the woman stared at them unrelentingly[19] as they walked across the field. Unmindful of the[20] cold day she stood in the doorway, the door wide open behind her. At first Jenny thought from her slight frame[21] and sagging[22] body that she was elderly[23]. But as she got closer, she realized that the woman was no more than in

1. enterrés
2. patinés par le temps
3. apporter un soin extrême
4. une pointe
5. On fait la course
6. les laissa la rattraper
7. la dépasser
8. faisant semblant
9. d'avoir du mal à ne pas se laisser distancer
10. hors d'haleine
11. ravies
12. brillaient
13. remblai
14. assez grande
15. nichée
16. les salua de la main
17. dit avec empressement
18. voisine
19. fixement
20. Indifférente au
21. sa charpente menue
22. affaissé
23. âgée

1. la cinquantaine bien tassée
2. un chignon négligé
3. Ses lunettes sans monture
4. grossissaient
5. large
6. doublé
7. osseuses
8. extrême maigreur
9. beauté
10. la bouche aux coins tombants
11. un soupçon de fossette
12. menton

her late fifties[1]. Her brown hair was streaked with gray and twisted high on her head in a carelessly pinned knot[2]. Her rimless glasses[3] magnified[4] sad gray eyes. She wore a long, shapeless sweater over baggy[5], double-knit[6] slacks. The sweater accentuated her bony[7] shoulders and acute thinness[8].

Still there were vestiges of prettiness[9] about the face, and the drooping mouth[10] had well-shaped lips. There was a hint of a dimple[11] in her chin[12], and somehow Jenny visualized this woman younger, more joyous. The woman stared at her as she introduced herself and the girls.

"Just like Erich told me," the woman said, her voice low and nervous. " 'Rooney,' he said, 'wait till you meet Jenny, you'll think you're looking at Caroline.' But he didn't want me talking about it." She made a visible effort to calm herself.

Impulsively Jenny held out both her hands. "And Erich has told me about you, Rooney, how long you've been here. I understand your husband is the farm manager. I haven't met him yet."

The woman ignored that. "You're from New York City?"

"Yes, I am."

"How old are you?"

"Twenty-six."

"Our daughter Arden is twenty-seven. Clyde said she went to New York. Maybe you met her?" The question was asked with fierce eagerness.

"I'm afraid I haven't," Jenny said. "But of course New York is so big. What kind of work does she do? Where does she live?"

13. a fugué
14. M'man
15. Je ne lui ai jamais rien refusé.

"I don't know. Arden ran away[13] ten years ago. She didn't have to run away. Could just as easily have said, 'Ma[14], I want to go to New York." I never denied her.[15] Her dad was a bit strict with her. I guess she knew he wouldn't let her go so young. But she was such a good girl, why[1] she was president of the 4-H club[2]. I didn't know she wanted to go so bad[3]. I thought she was really happy with us."

The woman's gaze was fixed on the wall. She seemed to be in a reverie of her own, as though explaining something she had explained many times before. "She was our only one[4]. We waited a long time for her. She was such a pretty baby, and so *wanting*[5], you know what I mean. So active, right from the minute she was born. So I said, let's call her Arden, short for ardent. It suited her real nice.[6]"

Beth and Tina shrank[7] against Jenny. There was something about this woman, about the staring eyes[8] and slight tremor[9], that frightened them.

My God, Jenny thought. Her only child and she hasn't heard from her in ten years. I would go mad.[10]

"See her picture here." Rooney indicated a framed picture on the wall. "I took that just two weeks before she left."

Jenny studied the picture of a sturdy[11], smiling teenager[12] with curly blond hair.

"Maybe she's married and has babies too," Rooney said. "I think about that a lot. That's why when I saw you coming along with the little ones, I thought maybe that's Arden."

"I'm sorry," Jenny said.

"No, it's all right. And please don't tell Erich I've been talking about Arden again. Clyde said Erich is sick[13] of listening to me always going on about[14] Arden and Caroline. Clyde said that's why Erich retired me from my job at the house[15] when his dad died. I took real good care of that house, just like my own. Clyde and I came here when John and Caroline were married. Caroline liked the way I did things and even after she died I kept everything just so[16] for her, as though she'd be walking in any minute[17].

1. tenez, par exemple,
2. chef de la section locale d'un mouvement de jeunesse [Head, Heart, Hands, Health]
3. qu'elle avait tant envie de partir
4. notre seule enfant
5. demandeuse
6. Ça lui allait parfaitement
7. s'étaient reculées
8. regard fixe
9. sa voix tremblotante
10. Je serais devenue folle.
11. robuste
12. adolescente
13. en a assez
14. de toujours m'entendre parler de
15. m'a mise à la retraite de mon travail de gouvernante
16. j'ai continué tout pareil
17. à tout instant

1. des beignets
2. le café passe
3. en train de filtrer
4. laquée blanche
5. dévorèrent
6. encore chauds
7. couverts de sucre glace
8. la seule à qui Caroline le confiait
9. encore maintenant,
10. après not' mariage
11. carillonner
12. Précipitamment,
13. y veut pas
14. j'y vais en douce
15. un goûter

But come on in the kitchen. I made doughnuts[1] and the coffeepot's on[2]."

Jenny could smell the perking[3] coffee. They sat around the white enamel[4] table in the cheerful kitchen. Hungrily Tina and Beth munched at[5] still-warm[6] powdered[7] doughnuts and drank milk.

"I remember when Erich was that age," Rooney said. "I used to make those doughnuts for him all the time. I was the only one Caroline ever left him with[8] if she went out shopping. Felt almost like he was my own. Still do,[9] I guess. I didn't have Arden for ten years after we wuz married[10] but Caroline had Erich that first year. Never saw a little boy loved his mother more. Never wanted her out of his sight. Oh, you do look like her, you do."

She reached for the coffeepot and refilled Jenny's cup. "And Erich's been so good to us. He spent ten thousand dollars on private detectives trying to find where Arden went."

Yes, Jenny thought, Erich would do that. The clock over the kitchen sink began to chime[11]. It was noon. Hastily[12] Jenny got up. Erich would be home. She wanted terribly to be with him. "Mrs. Toomis, we'd better run. I do hope you'll come and visit us."

"Call me Rooney. Everybody does. Clyde don't want me[13] to go to the big house anymore. But I fool him[14]. I go up there a lot to make sure everything's nice. And you come back here again and visit. I like having company."

A smile made a remarkable transformation in her face. For a moment the drooping, sad lines disappeared and Jenny knew she'd been right in guessing that at one time Rooney Toomis had been a very pretty woman.

Rooney insisted they take a plate of doughnuts home. "They're good for an afternoon snack[15]." As she held open the door for them she started to turn up the collar of her sweater. "I think I'll start looking for Arden now," she sighed. Once again her voice had become vague.

The noon sun was brilliant, high in the heavens[1], shining on the snow-covered fields. As they turned the bend, the house came into view. The pale red of the brick glowed under the sun's rays. Our home, Jenny thought. She held the girls by the hand. Was Rooney going to walk aimlessly[2] around these acres looking for her lost child?

"That was a very nice lady," Beth announced.

"Yes, she was," Jenny agreed. "Come on, now. On the double.[3] Daddy's probably waiting for us."

"Which daddy?" Beth asked matter-of-factly[4].

"The only one."

Just before she opened the kitchen door, Jenny whispered to the children. "Let's tiptoe in[5] and surprise Daddy."

Eyes sparkling, they nodded.

Noiselessly[6] she turned the handle. The first sound they heard was Erich's voice. It was coming from the dining room, each angry word pitched slightly higher[7] than its predecessor. "How dare you[8] tell me that I might have caused that stain! It's obvious that you let the oil rag[9] touch the wallpaper when you dusted[10] the windowsill. Do you realize the entire room will have to be repapered[11] now? Do you know how difficult it will be to get that pattern again? How many times have I warned you about[12] those oil rags?"

"But, Mr. Krueger ..." Elsa's protest[13], nervously loud, was cut off[14].

"I want you to apologize for blaming that mess on me[15]. Either apologize or get out of this house and don't come back."

There was silence.

"Mommy," Beth whispered, frightened.

1. dans le ciel

2. errer

3. Au trot.

4. sur un ton neutre

5. Entrons sur la pointe des pieds

6. Sans un bruit,

7. légèrement plus aigu

8. osez-vous

9. chiffon gras

10. en époussetant

11. qu'il va falloir reposer du papier peint dans toute la pièce

12. vous ai-je dit de faire attention avec

13. protestation

14. interrompue

15. de m'avoir tenu pour responsable de ce bazar

1. Chut !
2. fâché à ce point
3. pour une simple
4. Ne t'en mêle pas
5. morne

"Sshh[1]," Jenny said. Erich couldn't be that upset[2] over that[3] little smudge on the paper, could he? she wondered. Stay out of it[4], some instinct warned. There's nothing you can do.

As she heard Elsa's sullen[5], unhappy voice say, "I apologize, Mr. Krueger," she pulled the children outside and closed the door.

9

"Why is Daddy mad[1]?" Tina asked.

"I'm really not sure, love. But we'll pretend that[2] we didn't hear him. All right?"

"But we did hear him," Beth said seriously.

"I know," Jenny agreed, "but it doesn't have anything to do with us[3]. Now, come on. Let's go in again."

This time she called, "Erich, hi," before they were even in the house. Not pausing to allow an answer she called again, "Is there a husband in this place?"

"Sweetheart!" Erich hurried into the kitchen, his smile welcoming[4], his entire manner relaxed[5]. "I've just been asking[6] Elsa where you were. I'm disappointed you went out. I wanted to show you around myself."

His arms were around her. His cheek, still cold from the outdoors[7], rubbed against hers[8]. Jenny blessed[9] the instinct that had kept her from visiting the farm buildings.

"I knew you'd want to give us the tour," she said, "so we just walked across the east fields and got some fresh air. You can't imagine how wonderful it is not to stop for a traffic light[10] every few feet[11]."

"I'll have to teach you to be sure to avoid[12] the fields where the bulls are kept[13]," Erich smiled. "Be-

1. fâché
2. on va faire comme si
3. ça ne nous concerne pas
4. accueillant
5. entièrement détendu
6. Je demandais justement à
7. avec le grand air
8. frôla la sienne
9. bénit
10. à un feu rouge
11. tous les 2 m
12. veiller à éviter
13. où l'on garde les taureaux

lieve me, you'd prefer the traffic lights." He became aware of[1] the plate she was holding. "What's that?"

"Mrs. Toom gave that to Mommy," Beth told him.

"Mrs. Toomis," Jenny corrected.

"Mrs. Toomis," Erich said. His arms dropped to his sides. "Jenny, I hope you're not going to tell me you were in Rooney's house?"

"She waved to us," Jenny explained. "It would have been so rude[2] ..."

"She waves to anyone who passes," Erich interrupted. "This is why you really ought to have waited for me to take you around, darling. Rooney is a very disturbed[3] woman and if you give her an inch she'll take a stranglehold on you[4]. I finally had to lay it to[5] Clyde that he must keep her away from this house. Even after I retired her, I'd come home and find her puttering in here[6]. God help her, I'm sorry for her, Jenny, but it got pretty rough[7] waking up in the middle of the night and hearing her walking around the hall or even standing in my room." He turned to Beth. "Come on, Mouse. Let's get that snowsuit off." He lifted Beth in the air and to her delight sat her on top of the refrigerator.

"Me too, me too," Tina cried.

"You too, you too," he mimicked[8]. "Now isn't this a good way to get your boots off?" he asked them. "Just the right height isn't it, Mommy?"

Apprehensively[9] Jenny moved nearer to the refrigerator to make sure that one of the girls didn't lean forward too far[10] and topple off it[11] but she realized there was no need to worry. Erich quickly yanked the small overshoes[12] off and lifted the girls down. Before he put them on the ground he said, "Okay, you two, what's my name?"

Tina looked at Jenny. "Daddy?" she said, her voice a question.

1. aperçut
2. impoli
3. dérangée
4. plus tu lui en donneras, plus elle voudra prendre d'emprise sur toi
5. J'ai finalement dû dire expressément à
6. qui traînassait ici
7. pénible
8. l'imita-t-il
9. Avec appréhension,
10. ne se penche trop
11. bascule
12. galoches

"Mommy said you're the only daddy," Beth informed him.

"Mommy said that?" Erich put the girls down and smiled at Jenny. "Thank you, Mommy."

Elsa came into the kitchen. Her face was flushed[1] and set in angry, defensive lines[2]. "Mr. Krueger, I finish upstairs[3]. You want me to do something special now?"

"Upstairs?" Jenny asked quickly. "I meant to tell you.[4] I hope you didn't bother to separate the beds in the children's room. They're on their way up for a nap.[5]"

"I told Elsa to straighten[6] the room," Erich said.

"But, Erich, they can't sleep on those high beds the way they are," Jenny protested. "I'm afraid we'll really have to get them youth beds[7]." A thought occurred to her.[8] It was a gamble[9] but it would be a natural request[10]. "Erich, couldn't the girls nap in your old room? That bed is quite low."

She studied his face, waiting for his reaction. Even so she did not miss the sly look Elsa threw at him[11]. She's enjoying this, Jenny thought. She knows he wants to refuse.

Erich's expression became closed[12]. "As a matter of fact,[13] Jenny," he said, his tone suddenly formal[14], "I intended to speak to you about allowing the children to use that room. I thought I made myself plain[15] about the fact that that room is not to be occupied. Elsa tells me she found the bed unmade this morning."

Jenny gasped. Of course it had never occurred to her that Tina and Beth might have gotten into that bed when they were wandering around[16] before she woke up.

"I'm sorry."

1. Elle était rouge
2. avait l'air irrité, sur la défensive
3. à l'étage
4. J'ai oublié de vous dire.
5. Elles vont monter faire la sieste.
6. ranger
7. des lits d'enfant
8. Une idée lui vint.
9. un pari
10. une demande naturelle
11. le coup d'œil sournois que lui glissa Elsa
12. se ferma
13. En fait,
14. plus solennel
15. Je pensais avoir été clair
16. quand elles s'étaient promenées

His face softened. "It's all right, darling. Let the girls nap in the beds they used last night. We'll order youth beds for them immediately."

Jenny prepared soup for the children, then took them upstairs. As she pulled down the shades, she said, "Now, look, you two, when you wake up, I don't want you getting into any other beds. Understand?"

"But we always get into your bed at home," Beth said, her tone injured[1].

1. offensé

"That's different. I mean any other beds in this house." She kissed them gently. "Promise. I don't want Daddy to get upset."

"Daddy yelled loud[2]," Tina murmured, her eyes closing. "Where's my present[3]?"

2. a crié très fort
3. cadeau

The cakes of soap were on the night table. Tina slipped hers[4] under her pillow. "Thank you for giving that to me, Mommy. We didn't get into your bed, Mommy."

4. glissa le sien

Erich had begun slicing turkey[5] for sandwiches. Deliberately Jenny closed the door that shut the kitchen off[6] from the rest of the house.

5. à couper des tranches de dinde
6. qui séparait la cuisine

"Hi," she said. Putting her arms around him, she whispered, "Look, we had our wedding dinner with the children. At least let me fix our first by-ourselves meal[7] on Krueger Farm and you pour us[8] some of that champagne we never got around to finishing last night."

7. repas en tête-à-tête
8. pendant que tu nous sers

His lips were on her hair. "Last night was beautiful for me, Jenny. Was it for you?"

"It was beautiful."

"I didn't get much done this morning. All I could think of is how you look when you're asleep."

He made a fire in the cast-iron stove and they sipped the[9] champagne and ate the sandwiches, curled up together on the couch in front of it "You know," Jenny said, "walking around today made me

9. burent leur

realize the sense of continuity this farm has. I don't know my roots[1]. I don't know if my people[2] lived in the city or country. I don't know if my birth mother[3] liked to sew[4] or paint or if she could carry a tune[5]. It's so wonderful that you know everything about your people. Just looking at the burial plot[6] made me appreciate that"

"You went to the burial plot?" Erich asked quietly.

"Yes, do you mind?"

"Then you saw Caroline's grave?"

"Yes, I did."

"And you probably wondered why she and my father aren't together the way the others are?"

"I was surprised."

"It isn't any mystery. Caroline had those Norwegian pines planted. At that time she told my father she wanted to be buried at the south end of the graveyard[7] where the pines would shelter her. He never really approved, but he respected her wishes. Before he died he told me he'd always expected to be placed in the grave next to his parents. Somehow I felt that was the right thing to do for both of them. Caroline always wanted more freedom than my father would give her anyway. I think that afterward he regretted the way he ridiculed her art[8] until she threw out[9] her sketch pad. What difference would it have made if she'd painted instead of making quilts? He was wrong[10]. *Wrong!*"

He paused, staring into the fire. Jenny felt that Erich seemed to be unaware of her presence. "But so was she," he whispered.

With a tremor of anxiety Jenny realized that for the first time Erich was hinting[11] that the relationship between his mother and father had been troubled.

Jenny settled into a daily[12] routine that she found immensely satisfying. Each day she realized how

1. mes racines
2. ma famille
3. mère biologique
4. coudre
5. savait chanter juste
6. petit cimetière
7. cimetière
8. d'avoir dénigré son talent
9. jusqu'à ce qu'elle ait jeté
10. a eu tort
11. laissait entendre
12. quotidienne

much she had missed by being away from the children so much. She learned that Beth, the practical, quiet child, had a definite[1] musical talent and could pick out[2] simple tunes[3] on the spinet[4] in the small parlor after hearing them played only a few times. Tina's whiny streak[5] vanished as she blossomed[6] in the new atmosphere. She who had always cried so easily became positively sunny-dispositioned[7] and showed signs of a natural sense of humor.

Erich usually left for the studio by dawn and never returned until noon. Jenny and the girls had breakfast around eight and at ten o'clock, when the sun was becoming stronger, bundled up[8] in snowsuits and went for a walk.

The walks soon assumed a pattern[9]. First the chicken house[10], where Joe taught the girls to collect[11] the fresh-laid[12] eggs. Joe had decided that Jenny's presence had saved his job after Baron's accident. "I bet[13] if Mr. Krueger wasn't so happy about your being here, he'd have fired me[14]. My maw[15] says he's not a forgiving man[16], Mrs. Krueger."

"I really didn't have a thing to do with it," Jenny protested.

"Dr. Garrett says I'm taking real good care of Baron's leg. When the weather gets warmer and he can exercise a little it will be fine. And, Mrs. Krueger, I tell you, now I check that stable door ten times every day."

Jenny knew what he meant. Unconsciously she had begun to check so many little things a second time, things she never would have dreamed of noticing before. Erich was more than tidy[17], he was a perfectionist. She quickly learned to tell[18] by a certain tenseness[19] in his face and body if something had upset him—a closet door left open, a glass standing in the sink[20].

1. indéniable
2. jouer à peu près
3. mélodies
4. épinette
5. tendance à pleurnicher
6. s'épanouissait
7. d'humeur carrément radieuse
8. s'emmitouflaient
9. ne tardèrent pas à suivre un schéma régulier
10. poulailler
11. ramasser
12. tout juste pondus
13. Je parie que
14. il m'aurait renvoyé
15. Ma mère
16. qu'il ne pardonne pas facilement
17. ordonné
18. remarquer
19. tension
20. oublié dans l'évier

The mornings Erich didn't go to the cabin, he worked in the farm office next to the stable with Clyde Toomis, the farm manager. Clyde, a stocky[1] man of about sixty with a leathery, wrinkled face[2], and thick, yellow-white hair, had a matter-of-fact manner[3] that approached brusqueness[4].

When he introduced Jenny to him, Erich said, "Clyde really runs the farm. Sometimes I think I'm just window dressing[5] around here."

"Well, you're certainly not window dressing in front of an easel[6]," she laughed, but was surprised that Clyde did not make even a perfunctory[7] effort to contradict Erich.

"Think you'll like it here?" Clyde asked her.

"I do like it here," she smiled.

"It's quite a change for a city person," Clyde said abruptly. "Hope it isn't too much for you."

"It isn't."

"Funny business,[8]" Clyde said. "The country girls hanker after[9] the city. The city girls claim they love the country." She thought she heard a note of bitterness[10] in his voice and wondered if he was thinking about his own daughter. She decided he was when he added, "My wife's all excited about having you and the children here. If she starts dropping in on you[11], just let me know. Rooney don't mean to bother people[12] but sometimes she kind of forgets herself[13]."

It seemed to Jenny there was a defensive tone in his voice when he spoke of Rooney. "I enjoyed visiting with her," she said sincerely.

The brusque manner softened. "That's good to hear.[14] And she's looking up patterns[15] to make jumpers or some such things for your girls. Is that all right?"

"It's fine."

1. trapu
2. un visage tanné et ridé
3. des manières directes
4. qui confinaient à la brusquerie
5. je ne suis là que pour la galerie
6. sûrement pas pour la galerie qui demande un chevalet
7. de pure forme
8. Bizarre,
9. rêvent de
10. amertume
11. à vous importuner
12. elle veut pas embêter
13. perd la notion des choses
14. Ça fait plaisir à entendre.
15. cherche des patrons

When they left the office Erich said, "Jenny, Jenny, don't encourage Rooney."

"I promise I won't let it get out of hand.[1] Erich, she's just lonely."

Every afternoon after lunch while the children napped, she and Erich put on cross-country skis and explored the farm. Elsa was willing to mind the children as they slept. In fact it was she who suggested the arrangement. It occurred to Jenny that Elsa was trying to make up[2] for accusing Erich of damaging[3] the dining-room wall.

And yet she wondered if it weren't possible that he *had* caused the stain. Often when he came in for lunch his hands would still have paint or charcoal smudges. If he noticed anything out of order, a curtain not centered on the rod[4], bric-a-brac not exactly in place, he would automatically adjust[5] it. Several times Jenny stopped him before he touched something with paint-spattered fingers[6].

The paper in the dining room was replaced. When the paperhanger[7] and his assistant came in, they were incredulous. "You mean to say[8] that he bought eight double rolls[9] at these prices and he's replacing exactly what he has?"

"My husband knows what he wants."

When they were finished, the room looked exactly the same except that the smudge was gone.

During the evenings she and Erich liked to settle in the library reading, listening to music, talking. He asked her about the faint scar[10] at her hairline. "An automobile accident when I was sixteen. Someone jumped the divider[11] and plowed into us[12]."

"You must have been frightened, darling."

"I don't remember a thing about it,[13]" Jenny laughed. "I'd just[14] leaned my head back and fallen asleep. The next thing I was aware of was being in the hospital three days later. I had a pretty bad

1. Je te promets de ne pas me laisser déborder.
2. essayait de se racheter
3. d'avoir abîmé
4. un rideau qui n'était pas centré sur la tringle
5. rectifier
6. ses doigts tachés de peinture
7. tapissier
8. Vous voulez dire
9. rouleaux
10. cicatrice
11. la barrière de sécurité
12. nous a heurtés de plein fouet
13. Je ne me souviens de rien,
14. Je venais juste de

concussion[1] — enough to give me amnesia for those days. Nana was frantic. She was sure I'd be brain-damaged[2] or something. I did have headaches[3] for a while and even did some sleepwalking[4] around final exam time[5]. Stress brought it on[6] according to[7] the doctor. But gradually it stopped."

At first hesitantly, then the words tumbling out[8], Erich talked about his mother's accident. "Caroline and I had just gone into the dairy barn to see the new calf. It was being weaned[9] and Caroline held the nursing bottle[10] to its lips. The stock tank[11]— that's that thing that looks like a bathtub in the calving pen[12]— was full of water. It was muddy underfoot[13] and Caroline slipped. She tried to grab[14] something to keep from falling. The something was the lamp cord[15]. She fell into the tank, pulling the lamp with her[16]. That fool of a workman[17], Joe's uncle incidentally[18], was rewiring[19] the barn and he'd left the lamp slung over[20] a nail on the wall. In a minute it was all over."

"I hadn't realized you were with her."

"I don't like to talk about it. Luke Garrett, Mark's father, was here. He tried to revive her[21] but it was hopeless[22]. And I stood there holding the hockey stick she'd just given me for my birthday ..."

Jenny was sitting on the hassock[23] at the foot of Erich's leather easy chair[24]. She raised his hands to her lips. Leaning down he lifted her up and held her tightly against him. "For a long time I hated the sight of that hockey stick. Then I started to think of it as her last present to me." He kissed her eyelids. "Don't look so sad, Jenny. Having you makes up for everything. Please, Jenny, promise me."

She knew what he wanted to hear. With a wrench of tenderness,[25] she whispered, "I'll never leave you."

1. commotion cérébrale
2. que j'aurais des lésions cérébrales
3. des maux de tête
4. j'ai même été un moment somnambule
5. à l'époque de mes derniers partiels
6. C'était dû au stress,
7. d'après
8. se déversant comme un torrent
9. On était en train de le sevrer
10. biberon
11. L'abreuvoir
12. l'enclos de vêlage
13. Le sol était boueux
14. d'attraper
15. le fil de la lampe
16. entraînant la lampe avec elle
17. Ce crétin d'ouvrier
18. soit dit en passant
19. refaisait l'installation électrique de
20. accrochée à
21. de la ranimer
22. sans espoir
23. le pouf
24. fauteuil
25. Dans un élan de tendresse douloureuse,

10

One morning when she was walking with Tina and Beth, Jenny spotted Rooney leaning over the picket fence at the southern end of the graveyard. She seemed to be looking down at Caroline's grave.

"I was just thinking of all the nice times I had when Caroline and I were young and Erich was little and then when Arden was born. Caroline drew a picture[1] of Arden once. It was so pretty. I don't know what happened to it. It disappeared right out[2] of my room. Clyde says I was probably carrying it around[3] like I used to do sometimes. Why don't you come visit me again?"

Jenny had braced herself for[4] the question. "It's just we've been so busy settling[5]. Beth, Tina, aren't you going to say hello to Mrs. Toomis?"

Beth said hello, shyly[6]. Tina ran forward[7] and raised her face for a kiss. Rooney bent down and smoothed Tina's hair from her forehead. "She reminds me of Arden, this one. Always jumping from one place to the next. Erich probably told you to keep away from me. Well, I can't say I blame him. I guess I am an awful nuisance [8]sometimes. But I found the pattern[9] I was looking for. Can I make the jumpers for the girls?"

1. a fait un croquis
2. a tout bonnement disparu
3. que je le trimballais avec moi
4. s'était préparée à
5. si occupés par notre emménagement
6. timidement
7. arriva en courant
8. une vraie plaie
9. le patron

"I'd like that," Jenny said, deciding that Erich would have to get used to the idea[1] that she would become friendly[2] with Rooney. There was something infinitely appealing[3] about the woman.

Rooney turned so that once again she was gazing into the graveyard. "Do you get lonesome here yet?[4]" she asked.

"No," Jenny said honestly. "It's different, of course. I was used to a busy job and talking to people all day, and the phones ringing and friends popping into my apartment. Some of that I miss, I suppose. But mostly[5] I'm just so glad to be here."

"So was Caroline," Rooney said. "So happy for a while. And then it changed." She stared down at the simple headstone[6] on the other side of the fence. There were snow clouds in the air and the pines threw restless shadows across the pale pink granite. "Oh, indeed[7] it changed for Caroline," she whispered, "and after she was gone, it started right then to change for us all."

"You're trying to get rid of me," Erich protested. "I don't want to go."

"Sure I'm trying to get rid of you," Jenny agreed. "Oh, Erich, this is perfectly beautiful." She held up a three-by-four-foot oil[8] to examine it more closely. "You've caught[9] the haze[10] that comes around the trees just before they start to bud[11]. And that dark spot circling the ice in the river. That shows the ice is about to break up, that there's moving water below, doesn't it?"

"You've got a good eye, darling. That's right."

"Well, don't forget I was a fine arts major[12]. *Changing Seasons* is a lovely title. The change is so subtle here."

1. allait devoir se faire à l'idée

2. se lierait d'amitié

3. attendrissant

4. Vous êtes-vous déjà sentie seule, ici ?

5. dans l'ensemble,

6. stèle

7. çà oui,

8. une huile d'env. 90 cm sur 120 cm

9. as réussi à saisir

10. la brume

11. bourgeonner

12. suis diplômée en beaux-arts

1. posa un bras sur

2. de faire grandir

3. plus tard,

4. On dira en me voyant

5. Mais oui

6. prévenir

7. que je ne pourrai pas être présent

8. prévu

9. les emmener avec nous

10. ranger

11. énormément

12. poignée

13. depuis une semaine

14. ne sonnait jamais

15. Allez vers l'autre, passez-lui un coup de fil [slogan d'une campagne de pub de l'entreprise de télécom AT&T]

16. sont filtrés par le bureau

17. Je ne les bascule vers

18. me passe l'appel

Erich draped an arm across[1] her shoulders and studied the painting with her. "Remember, anything you want us to keep, I won't exhibit."

"No, that's foolish. This is the time to keep building[2] your reputation. I won't mind at all eventually[3] being known as the wife of the most prestigious artist in America. They'll point me out and say[4], 'See, isn't she lucky? And he's gorgeous too!' "

Erich pulled her hair. "Is that what they'll say?"

"Uh-huh[5], and they'll be right."

"I could just as easily send word[6] that I can't make the show[7]."

"Erich, don't do it. They've already planned[8] a reception for you. I just wish I could go but I can't leave the kids yet and dragging them with us[9] won't work. Next time."

He began to stack[10] the canvases. "Promise you'll miss me, Jenny."

"I'll miss you lots[11]. It's going to be a lonesome four days." Unconsciously Jenny sighed. In nearly three weeks, she'd spoken only to a handful[12] of people: Clyde, Joe, Elsa, Rooney and Mark.

Elsa was taciturn almost to the point of absolute silence. Rooney, Clyde and Joe were hardly companions. She'd only chatted with Mark briefly once since that first evening, even though she knew from Joe that he'd checked on Baron at least half a dozen times.

She'd been on the farm a week[13] before she realized that the telephone never rang[14]. "Haven't they heard about the 'reach out and touch someone'[15] campaign around here?" she joked.

"The calls all go through the office[16]," Erich explained. "I only have them come directly to[17] the house if I'm expecting a particular one. Otherwise whoever is in the office will buzz me[18]."

"But suppose no one's in the office?"

"Then the Phone-Mate[1] will take messages."

"But Erich, *why*?"

"Darling, if I have one quirk[2], it's that I despise[3] the intrusion of a telephone ringing constantly. Of course whenever I'm away[4], Clyde will set the line to ring through to the house at night[5] so I can call you."

Jenny wanted to protest, then decided against it. Later on[6] when she had[7] friends in the community[8] it would be time enough to coax Erich into[9] normal phone service.

He finished separating[10] the canvases. "Jenny, I was thinking. It's about time[11] I showed you off a bit[12]. Would you like to go to church next Sunday?"

"I swear you can read my mind[13]," she laughed. "I was just thinking that I'd like to meet some of your friends."

"I'm better at[14] donating money[15] than attending services[16], Jen. How about you?"

"I never missed Sunday Mass growing up[17]. Then after Kev and I were married, I got careless. But as Nana always said the apple doesn't fall far from the tree[18]. I'll probably be back at Mass regularly one of these days."

They attended[19] Zion Lutheran[20] the following Sunday. The church was old and not very large, actually almost chapel-sized[21]. The delicate stained-glass windows[22] diffused the winter light so that it shone blue and green and gold and red on the sanctuary. She could read the names on some of the windows: DONATED BY ERICH AND GRETCHEN KRUEGER, 1906 … DONATED BY ERICH AND OLGA KRUEGER, 1930.

The window over the altar[23], an Adoration of the Magi[24] scene, was particularly beautiful. She gasped at the inscription: IN LOVING MEMORY OF CAROLINE BONARDI KRUEGER, DONATED BY ERICH KRUEGER.

1. le répondeur
2. une manie
3. je déteste
4. quand je ne serai pas là
5. le soir
6. Plus tard,
7. quand elle aurait
8. parmi les gens du pays,
9. de convaincre Érich de faire installer
10. de trier
11. Il est grand temps
12. que je te montre un peu
13. lis dans mes pensées
14. Je suis plus doué pour
15. donner des fonds
16. que pour aller à la messe,
17. dans mon enfance
18. bon sang ne saurait mentir
19. Ils allèrent au service religieux de
20. l'église luthérienne de Sion
21. en fait plutôt de la taille d'une chapelle
22. vitraux
23. Le vitrail au-dessus de l'autel
24. Mages

She tugged at his arm. "When did you give that window?"

"Last year when the sanctuary was renovated."

Tina and Beth sat between them, sedately[1] conscious of their new blue coats and bonnets. People looked over at the children throughout[2] the service. She knew Erich was aware of the glances too. He had a contented smile on his face and during the sermon slipped his hand into hers.

Midway through the sermon he whispered, "You're beautiful, Jenny. Everybody is looking at you and the girls."

After the service he introduced her to Pastor Barstrom, a slight man in his late sixties with a gentle face. "We're happy to have you with us, Jenny," he said warmly. He looked down at the girls. "Now who's Beth and who's Tina?"

"You know their names," Jenny commented, pleased.

"Indeed I do.[3] Erich told me all about you when he stopped by the parsonage[4]. I hope you realize what a very generous husband you have. Thanks to him our new senior citizen center[5] will be very comfortable and well-equipped. I've known Erich since he was a boy and we're all very happy for him now."

"I'm mighty happy too," Jenny smiled.

"There's a meeting[6] of the women in the parish[7] Thursday night. Perhaps you'd like to join them? We want to get to know you.[8]"

"I'd love to," Jenny agreed.

"Darling, we'd better start[9]," Erich said. "There are others who want to visit with[10] the pastor."

"Of course." As she extended her hand, the pastor said, "It certainly must have been very difficult for you to be widowed[11] so young with such little babies, Jenny. Both you and Erich are surely de-

1. sagement
2. durant tout
3. Bien sûr.
4. presbytère
5. maison de retraite
6. une réunion
7. de la paroisse
8. Nous aimerions faire plus ample connaissance.
9. nous ferions mieux d'y aller,
10. s'entretenir avec
11. de vous retrouver veuve

serving[1] of much good fortune[2] and many blessings now."

Erich propelled her forward[3] before she could do more than gasp. In the car she exclaimed, "Erich, surely you didn't tell Pastor Barstrom that I was widowed, did you?"

Erich steered the car from the curb[4]. "Jenny, Granite Place isn't New York. It's a small town in the Midwest. People around here were shocked to hear I was getting married a month after I met you. At least a young widow is a sympathetic image[5]; a New York divorcée says something quite different in this community. And I never exactly said you were a widow. I told Pastor Barstrom you had lost your husband. He surmised[6] the rest."

"So you didn't lie[7] but in effect I've lied for you by not correcting him," Jenny said. "Erich, don't you understand the kind of position that places me in?"

"No, I don't, dear. And I won't have people around here wondering if I had my head turned by[8] a sophisticated New Yorker taking advantage of[9] a hayseed[10]."

Erich had a mortal fear of looking ridiculous, so much so that he would lie to his clergyman[11] to avoid the possibility.

"Erich, I will have to tell Pastor Barstrom the truth when I go to the meeting Thursday night."

"I'll be gone Thursday."

"I know. That's why I think it would be pleasant to be there. I'd like to meet the people around here."

"Are you planning to leave the children alone?"

"Of course not. Surely there are baby-sitters?"

"Surely you don't intend to leave the children with just anyone[12]?"

"Pastor Barstrom could recommend …"

"Jenny, please wait. Don't start getting involved[13] in activities. And don't tell Pastor Barstrom you're

1. méritez certainement
2. beaucoup de bonheur
3. la fit avancer d'une poussée
4. s'éloigna du trottoir d'un coup de volant
5. une image touchante
6. en a déduit
7. menti
8. si je me suis amouraché d'
9. profitant d'
10. péquenot
11. pasteur
12. faire garder les enfants par n'importe qui
13. à t'impliquer

1. il n'y reviendra pas
2. à moins que tu le fasses
3. ne veux-tu pas que j'y aille
4. Je ne veux pas te partager avec qui que ce soit

a divorcée. Knowing him, he'll never bring up the subject again[1] unless you introduce it[2]."

"But why do you object to my going[3]?"

Erich took his eyes from the road and looked at her. "Because I love you so much I'm not ready to share you with other people, Jenny. I *won't* share you with anyone[4], Jenny."

11

Erich was leaving for Atlanta on February 23. On the twenty-first, he told Jenny he had an errand[1] to do and would be late for lunch. It was nearly one-thirty when he returned. "Come over to the stable," he invited. "I've got a surprise for you." Grabbing[2] a jacket, she ran out with him.

Mark Garrett was waiting there, smiling broadly. "Meet[3] the new tenants[4]," he said.

Two Shetland ponies[5] stood side by side in the stalls[6] nearest the door. Their manes and tails[7] were full and lustrous[8], their copper[9] bodies gleaming. "My present to my new daughters," Erich said proudly. "I thought we'd call them Mouse and Tinker Bell. Then the Krueger girls will never forget their pet names[10]."

He hurried her to the next stall.

"And this is your gift."

Speechless, Jenny stared at a bay[11] Morgan mare[12] who returned her gaze amiably[13].

"She's a treasure," Erich exulted. "Four years old, impeccable breeding, gentle. She's already won half a dozen ribbons[14]. Do you like her?"

Jenny reached a hand to pat[15] the mare's head and was thrilled[16] that the animal did not draw back[17]. "What's her name?"

1. une course
2. Prenant vite
3. Je vous présente
4. locataires
5. poneys
6. stalles
7. crinières et queues
8. bien fournies et brillantes
9. cuivrés
10. [jeu de mots entre surnoms et animaux de compagnie]
11. baie
12. jument [de race américaine, polyvalente et docile] Morgan
13. aimablement
14. flots [récompenses de concours hippiques]
15. pour caresser
16. ravie
17. ne se dérobe pas

1. L'éleveur
2. Pouliche de feu
3. une bonne lignée
4. enchantée
5. que tu montes à cheval pour l'instant
6. pourrez commencer les leçons
7. S'il te plaît, accepte,
8. tellement
9. que j'ai oublié de te remercier
10. décontracté
11. à l'aise
12. caniche
13. des chiots
14. eu l'impression de rater quelque chose

"The breeder[1] called her Fire Maid[2]. Claims she has fire and heart as well as heritage[3]. Of course you can call her anything you want."

"Fire and heart," Jenny whispered. "That's a lovely combination. Erich, I'm so delighted[4]."

He looked pleased. "I don't want you riding yet[5]. The fields are still too icy. But if you and the girls start making friends with the horses and visiting them every day, by next month you can get started on lessons[6]. Now if you don't mind, how about lunch?"

Impulsively Jenny turned to Mark. "You can't have had lunch either. Won't you join us? It's just cold meat and a salad."

She caught Erich's frown but was relieved to see it disappear as fast as it came. "Please do,[7] Mark," he urged.

Over lunch Jenny realized that she was constantly thinking about Fire Maid. Finally Erich said, "Darling, you have the most happy-child smile on your face. Is it me or the bay mare?"

"Erich, I have to say I'm so darn[8] delighted about that horse I haven't even begun to think about thanking you[9]."

"Have you ever had a pet, Jenny?" Mark asked.

There was something sturdy and easygoing[10] about Mark that made her feel instantly at home[11] in his presence. "I *almost* had a pet," she laughed. "One of our neighbors in New York had a miniature poodle[12]. When puppies[13] were born I used to stop every afternoon on my way home from school to help take care of them. I was about eleven or twelve. But we weren't allowed to have pets in our apartment."

"So you always felt cheated[14]," Mark guessed.

"I certainly felt as though I missed something growing up."

They finished coffee and Mark pushed back his chair. "Jenny, thank you. This has been very pleasant."

"I wish you'd come to dinner when Erich gets back from Atlanta. Bring a date.[1]"

"That's a good idea," Erich agreed, and she thought he sounded as though he meant it[2]. "How about Emily, Mark? She's always had an eye for you[3]."

"She always had an eye for *you*," Mark corrected. "But yes, I will ask her."

Before Erich left, he held her tightly. "I'll miss you so, Jenny. Be sure to lock the doors at night."

"I will. We'll be fine."

"The roads are icy. If you want something from the store let Joe drive you."

"Erich, I'm a big girl," she protested. "Don't worry about me."

"I can't help it.[4] I'll call you tonight, darling."

That night Jenny felt a guilty sense of freedom as she lay propped up in bed[5] reading. The house was still except for the occasional hum[6] of the furnace[7] as it went off and on[8]. From across the hallway she could hear Tina occasionally talking in her sleep. She smiled, realizing that Tina never woke up crying anymore.

Erich should have gotten to[9] Atlanta by now. He'd be calling soon. She glanced around the room. The closet door was half open and she'd left her robe tossed over the slipper chair[10]. Erich would have objected, of course, but tonight she didn't have to worry.

She returned to her book. An hour later the telephone rang. She reached for the receiver[11] eagerly. "Hello, darling," she said.

"What a nice way to be greeted, Jen."

It was Kevin.

1. Venez avec une amie.
2. qu'il paraissait sincère
3. eu un faible pour toi
4. C'est plus fort que moi.
5. une fois dans son lit, bien calée sur ses oreillers
6. bourdonnement
7. chaudière
8. qui s'éteignait puis redémarrait
9. devait être arrivé à
10. la chauffeuse
11. le combiné

"Kevin." Jenny pulled herself up from the pillows so suddenly that her book slid from the bed onto the floor. "Where are you?"

"In Minneapolis. The Guthrie Theater. I'm auditioning.[1]"

Jenny felt acute uneasiness[2]. "Kevin, that's wonderful." She tried to sound convincing[3].

"We'll see what happens. How's it going with you[4], Jen?"

"Very, very well."

"And the kids?"

"They're simply fine."

"I'm coming down to see them. You gonna be home tomorrow?" His words were slurred[5], his tone aggressive.

"Kevin, no."

"I want to see my kids, Jen. Where's Krueger?"

Something warned Jenny not to admit that Erich would be gone for four days.

"He's out at the moment. I thought he was calling now."

"Give me directions for getting to your place.[6] I'll borrow a car."

"Kevin, you can't do that. Erich would be furious. You have no right here."

"I have every right[7] to see my children. That adoption isn't final yet[8]. I can stop it by snapping my fingers[9]. I want to be sure Tina and Beth are happy. I want to be sure you're happy, Jen. Maybe we both made a mistake. Maybe we should talk about it. Now how do I get to your place?"

"You're not coming!"

"Jen, Granite Place is on the map. And I guess everybody there knows where Mr. High and Mighty[10] lives."

Jenny felt her palms become sticky[11] as she gripped[12] the phone. She could imagine the

1. Je passe une audition.
2. un grand sentiment de malaise
3. convaincante
4. Et toi, comment vas
5. indistincts
6. Indique-moi le chemin.
7. tout à fait le droit
8. n'est pas encore définitive
9. juste comme ça
10. Monseigneur
11. poisseuses
12. serrait

gossip[1] in town if Kevin showed up asking directions[2] to Krueger Farm. It would be just like him to say he'd been married to her. She remembered the look in Erich's face when he'd seen Kevin in the foyer of the apartment on their wedding day.

"Kev," she pleaded, "don't come here. You'll spoil everything for us. The girls and I are very happy. I've always been pretty decent to you[3]. Have I ever once turned you down[4] when you asked me for money even when I hardly had my own rent? That should count for something.[5]"

"I know you did, Jen." Now his voice took on the intimate, coaxing[6] tone she knew so well. "As a matter of fact I'm a little short right now and you're loaded[7]. How about giving me the rest of the furniture money?"

Jenny felt relief flood her[8]. He was just looking for money. That would make it a lot easier. "Where do you want me to send it?"

"I'll come down for it."

He was obviously determined to see her. There was no way she could allow him to come to this house, even to this town. She shuddered[9], thinking how painstakingly[10] Erich had been teaching the girls to say Beth Krueger, Tina Krueger.

There was a small restaurant in the shopping center[11] twenty miles away[12]. It was the only place she could think of to suggest[13]. Quickly she gave Kevin directions and agreed to meet him at one o'clock the next day.

After he hung up[14] she leaned back on the pillows. The relaxed pleasure of the evening was gone. Now she dreaded[15] Erich's call. Should she tell him that she was going to see Kevin?

When Erich's call came she still was not sure what to do. Erich sounded tense. "I miss you. I'm sorry I came[16], darling. Did the girls ask for me tonight?"

1. les commérages
2. demandant son chemin
3. correcte envers toi
4. J'ai-je jamais dit non
5. Merci de ne pas l'oublier.
6. enjôleur
7. pleine aux as
8. le soulagement la submerger
9. trembla
10. avec quelle minutie
11. centre commercial
12. à env. 32 km de là
13. qui lui vint à l'esprit
14. Quand il eut raccroché,
15. redoutait
16. Je regrette d'être venu,

She still hesitated to tell him about Kevin. "Of course they did. And Beth is starting to call her dolls 'critters[1].' "

Erich laughed. "They'll end up talking[2] like Joe yet[3]. I should let you go to sleep."

She had to tell him. "Erich …"

"Yes, darling."

She paused, suddenly remembering Erich's astonishment when she admitted giving Kevin half the furniture money, his suggestion that maybe she wanted him to have plane fare to Minnesota. She *couldn't* tell him about meeting Kevin. "I … I love you so much, Erich. I wish you were here right now."

"Oh, darling, so do I. Good night."

She could not sleep. The moonlight[4] filtered into the room, reflecting against the crystal bowl. Jenny thought that the bowl seemed almost urn-shaped[5] as it stood silhouetted on the dresser. Could ashes[6] be pine-scented? she wondered. What a crazy, horrible thought, she chided herself[7] restlessly. Caroline was buried in the family cemetery. Even so, Jenny suddenly felt uneasy enough to want to go in and check the girls. They were deeply asleep. Beth had her cheek pillowed on her hand. Tina was fetal-positioned[8], the satin binding[9] of the blanket hugged[10] against her face.

Jenny kissed them softly. They looked so content. She thought about how happy they were to have her home with them all day, about their ecstasy[11] when Erich had shown them the ponies. Silently she vowed that[12] Kevin was not going to spoil this new life for them[13].

1. bestioles
2. Elles finiront par parler
3. tu verras
4. clair de lune
5. en forme d'urne [funéraire]
6. des cendres
7. se reprocha-t-elle
8. en position fœtale
9. la bordure en satin
10. serrée
11. ravissement
12. se jura que
13. gâcher leur nouvelle vie

12

The keys to[1] the Cadillac were in the farm office, but Erich kept spare keys[2] to all the buildings and machines in the library. It would make sense[3] that the extra[4] Cadillac keys were there as well.

Her guess was right.[5] Slipping them in the pocket of her slacks, she fed the girls an early lunch[6] and settled them for a nap. "Elsa, I have an errand to do. I'll be back by two o'clock[7]."

Elsa nodded. Was Elsa naturally this taciturn? She didn't think so. Sometimes when she'd come in after skiing with Erich, Tina and Beth would be already awake and she'd hear Elsa chatting with them, her Swedish[8] accent more pronounced when she spoke quickly. But when Jenny or Erich was around, she was silent.

The country roads had a few patches of ice but the highway was completely clear[9]. Jenny realized how good it felt to drive again. She smiled to herself, remembering the weekend jaunts[10] she and Nana took in her secondhand[11] Beetle[12]. But after she and Kev were married she'd had to sell it; the upkeep[13] had become too expensive. Now she would ask Erich to pick up a small car for her.

It was twenty of one[14] when she got to the restaurant. Surprisingly Kevin was already there, a nearly

1. Les clefs de
2. un double
3. Il serait logique
4. supplémentaires
5. Elle avait deviné juste.
6. fit déjeuner les enfants tôt
7. vers 14 h
8. suédois
9. dégagée
10. balades
11. d'occasion
12. Coccinelle
13. l'entretien
14. 12h40

empty carafe of wine in front of him. She slid into the booth[1] and looked across the table. "Hello, Kev." Incredible that in less than a month he could seem older, less buoyant[2]. His eyes were puffy. Was Kevin drinking too much? she wondered.

He reached for her hand. "Jenny, I've missed you. I've missed the kids."

She disengaged[3] her fingers. "Tell me about the Guthrie."

"I'm pretty sure I've got the job. I'd better have it.[4] Broadway is tight as a drum[5]. And I'll be that much nearer you and the kids out here. Jen, let's try again."

"Kev, you're crazy."

"No, I'm not. You're beautiful, Jenny. I like that outfit[6]. That jacket must have cost a fortune."

"I guess it was expensive."

"You're classy[7], Jen. I always knew it but didn't think about it. I always believed you'd be there for me."

Again he covered her hand with his. "Are you happy, Jen?"

"Yes, I am. Look, Erich would be terribly upset about my seeing you. I have to tell you you didn't make much of an impression on him[8] the last time you met."

"And he didn't make much of an impression on me when he stuck a piece of paper in front of me and told me you'd sue me[9] for non support[10] and attach[11] every nickle[12] I ever made[13] if I didn't sign."

"Erich said that!"

"*Erich said that.* Come on, Jen. That was a lousy trick[14]. I was up for[15] a part in the new Hal Prince[16] musical[17]. That would have really queered me.[18] Too bad I didn't know I'd already been eliminated. Believe me, there wouldn't have been any adoption papers signed."

1. se glissa dans le box
2. moins allègre
3. retira
4. J'ai intérêt.
5. super blindé
6. tenue
7. élégante
8. que tu ne lui as pas fait bonne impression
9. que tu me traînerais en justice
10. pour défaut de paiement de pension alimentaire
11. saisirais
12. le moindre centime
13. que je pourrais gagner
14. un sale coup
15. Je postulais à
16. [Harold Prince, metteur en scène connu de Broadway]
17. comédie musicale
18. Ça m'aurait vraiment mis dans de sales draps.

"It isn't that simple," Jenny said. "I know Erich gave you two thousand dollars."

"That was just a loan[1]."

She was torn between[2] pity for Kevin and the nagging certainty[3] that he would always use the girls as a wedge[4] for staying in her life. She opened her pocketbook[5]. "Kev, I must get back. Here's the three hundred dollars. But after today, please don't contact me; don't try to see the children. If you do, you'll make trouble for them[6], for you, for me."

He took the money, flipped his fingers idly through the bills[7], then put them in his wallet. "Jen, you want to know something. I have a bad feeling[8] about you and the kids. It's something I can't explain. But I do."

Jenny got up. In an instant Kevin was beside her, his arms were pulling her to him. "I still love you, Jenny." His kiss was harsh and demanding[9].

She could not pull away[10] without creating a scene[11]. It was fully half a minute[12] before she felt his arms loosen[13] and she could step back. "Leave us alone[14]," she whispered, "I beg you, I *warn* you, Kevin, leave us alone."

She almost bumped into the waitress[15] who was standing behind her, order pad[16] in hand. The two women at the window table[17] were staring at them.

As Jenny fled[18] from the restaurant she realized why one of the women seemed familiar. She had sat across the aisle[19] from them at church on Sunday morning.

1. un prêt
2. partagée entre
3. la certitude lancinante
4. comme levier
5. pochette [sac à main plat et sans poignée]
6. tu leur créeras des ennuis
7. feuilleta machinalement les billets
8. un mauvais pressentiment
9. brutal et exigeant
10. le repousser
11. sans que ça fasse une scène
12. Il s'écoula bien 30 secondes
13. se relâcher
14. Laisse-nous tranquilles
15. serveuse
16. carnet de commande
17. la table près de la vitre
18. fuyait
19. de l'autre côté de l'allée centrale

13

After that first evening, Erich did not call again. Jenny tried to rationalize her uneasiness. Erich had a thing about telephones.[1] But he had planned to call every night. Should she try to reach him[2] at the hotel? A half-dozen times she put her hand on the phone and then removed it.

Did Kevin get hired by[3] the Guthrie? If he did, he'd be trying the same thing here that he'd done at the apartment, dropping in[4] when he was broke or feeling sentimental. Erich would never stand for it[5] and it was no good for the children.

Why didn't Erich phone?

He was due home[6] on the twenty-eighth. Joe was picking him up at the airport. Should she ride up to[7] Minneapolis with Joe? No, she'd wait at the farm and have a good dinner ready. She missed him. She hadn't realized how totally she and the girls had embraced[8] their new life in these past weeks.

* * *

If it weren't for[9] the miserable feeling of guilt[10] over meeting Kevin, Jenny knew she wouldn't be troubled that Erich hadn't phoned. Kevin was the spoiler. Suppose[11] when the three hundred dollars was gone, he came back? It would be twice as bad[12] if Erich learned she'd met him and said nothing.

1. Erich avait du mal, avec le téléphone.
2. le joindre
3. Kevin avait-il été embauché par
4. débarquant
5. ne le tolérerait pas
6. Il devait revenir
7. Devait-elle faire le voyage jusqu'à
8. adopté
9. S'il n'y avait pas eu
10. terrible sentiment de culpabilité
11. Et si
12. encore pire

She flew into Erich's arms when he opened the door. He held her against him. In the short distance from the car to the porch the chill of the evening had caught in[1] his coat and his lips were cool. They warmed quickly as he kissed her. With a half-sob[2] she thought, *It will be all right*.

"I've missed you so." They said it together.

He hugged the girls, asked them if they'd been good[3], and at their enthusiastic response presented them with[4] brightly wrapped packages. He smiled indulgently at their squeals of delight[5] over their new dolls.

"Thank you very, very much," Beth said solemnly.

"Thank you, Daddy," he corrected.

"That's what I mean," Beth said, her tone puzzled.

"What did you bring Mommy?" Tina asked.

He smiled at Jenny. "Has Mommy been a good girl?"

They agreed that she had.

"You're sure, Mommy?"

Why was it that the most ordinary teasing[6] seemed double-edged[7] when you have something to hide? Jen thought of Nana shaking her head about an acquaintance[8]. "That one's bad news[9]; she'd lie[10] even when the truth would serve her better[11]."

Was that what she'd done? "I've been a good girl." She tried to make her voice sound amused, casual[12].

"Jenny, you're blushing[13]." Erich shook his head.

She knew her smile was forced. "Where's my present?"

He reached into his suitcase. "Since you like Royal Doulton figurines, I thought I'd try to find another one for you in Atlanta. This one leaped out at me[14]. It's called *The Cup of Tea*."

She opened the box. The figurine was of an old woman sitting in a rocking chair, a cup of tea in her hand, a look of contentment on her face.

1. imprégné
2. demi-sanglot
3. sages
4. leur offrit
5. cris de joie
6. la taquinerie la plus banale
7. à double tranchant
8. une connaissance
9. Elle n'est pas fréquentable
10. elle ment
11. même quand il vaudrait mieux dire la vérité
12. naturelle
13. tu rougis
14. m'a tapé dans l'œil

"It even looks like Nana," she sighed.

His eyes were tender as he watched her examine the figurine. Her eyes bright with tears, she smiled at him. And Kevin would spoil this for me, she thought.

She had made a fire in the stove; a carafe of wine and wedge[1] of cheese were on the table. Linking her fingers in his,[2] she brought him over to the[3] couch. Smiling, she poured wine into his glass and handed it to him. "Welcome home." She sat beside him, turning so that her knee touched his. She was wearing a green, ruffle-necked[4] Yves St. Laurent silk blouse and tweed slacks in a brown-and-green weave[5]. She knew it was one of Erich's favorite outfits. Her hair was growing longer and fell loosely[6] on her shoulders. Except when it was bitterly cold[7] she liked to go bareheaded[8] and the winter sun had bleached gold highlights[9] in her dark hair.

Erich studied her, his face inscrutable. "You're a beautiful woman, Jen. Aren't you quite dressed up?[10]"

"It isn't every night my husband comes home after being away four days."

"If I hadn't come home tonight, it would have been a waste getting all dolled up[11], I hope."

"If you hadn't come home tonight, I'd have worn this for you tomorrow." Jenny decided to change the subject. "How did it go in Atlanta?"

"It was miserable. The gallery people spent most of their time trying to persuade me to sell *Memory of Caroline*. They had a couple of big offers for it and could smell[12] the commission."

"You ran into the same thing[13] in New York. Maybe you'll have to stop showing that painting."

"And maybe I choose to show it because it's still my best work," Erich said quietly. Was there an implied[14] criticism of her suggestion in his voice?

1. un morceau
2. Les doigts entrelacés,
3. le mena au
4. à col jabot
5. tissu
6. librement
7. il faisait vraiment trop froid,
8. tête nue
9. doré des mèches
10. N'est-ce pas un peu trop habillé ?
11. te faire belle aurait été du gâchis
12. flairaient
13. Tu as eu le même problème
14. implicite

"Why don't I finish putting dinner together[1]?" As she got up, Jenny leaned over and kissed him. "Hey,' she whispered, "I love you."

While she was tossing[2] the salad and stirring[3] hollandaise sauce, he called Beth and Tina over. A few minutes later he had both girls on his lap and was animatedly telling them the story of the Peachtree Hotel in Atlanta where the elevators were glass[4] and went up outside the building just like a magic carpet[5]. Someday he'd take them there.

"Mommy too?" Tina asked.

Jenny turned, smiling, but the smile ended when Erich said, "If Mommy wants to come with us."

She'd cooked a rib roast[6]. He ate well but his fingers drummed[7] restlessly on the table and no matter what she said[8] he answered in monosyllables. Finally Jenny gave up and started talking only to the children. "Did you tell Daddy that you sat on the ponies' backs?"

Beth put down her fork and looked at Erich. "It was fun. I said giddyap[9] but Mouse didn't go."

"I said giddyap too," Tina chimed in[10].

"Where were the ponies?" Erich asked.

"Right in the stalls," Jenny said hastily, "and Joe lifted them up for just a minute."

"Joe takes too much on himself[11]," Erich interrupted. "I want to be there when the girls are put on the ponies. I want to be sure he's watching them carefully. How do I know he's not as careless as that fool of an uncle was?"

"Erich, that was so long ago."

"It doesn't seem long ago when I bump into that drunken sot[12]. And Joe tells me he's back in town again."

Was that the reason Erich was so upset? "Beth, Tina, if you're finished[13] you can excuse yourselves[14] and play with your new dolls." When the children

1. de préparer le dîner

2. remuait

3. touillait

4. en verre

5. tapis volant

6. une côte de bœuf

7. tambourinaient

8. quoi qu'elle dise

9. hue dada !

10. intervint

11. prend trop d'initiatives

12. je croise ce poivrot

13. si vous avez fini,

14. sortir de table

were out of earshot[1] she said, "Is Joe's uncle the problem, Erich, or is it something else?"

He reached across the table in that familiar gesture of entwining their fingers. "It's that. It's the fact that I think Joe has been tootling around in the car[2] again. It has at least forty extra miles on it[3]. Of course he denies driving it but he used it once in the fall[4] without permission. He didn't drive you anywhere, did he?"

She clenched her fist.[5] "No."

She had to say something about Kevin. She wouldn't have Erich believe[6] that Joe had deceived him[7].

"Erich … I …"

He interrupted her. "And it's the damn art galleries. For four days I had to keep telling that fool in Atlanta that *Memory of Caroline* was not for sale. I think it's still my best work and I want to exhibit it but …" His voice stopped. When he spoke again, it was calmer. "I'll be doing more painting, Jen. You don't mind, do you? It means I'll have to hole up[8] in the cabin for three or four days at a stretch[9]. But it's necessary."

Dismayed, Jenny thought how these last days had dragged[10]. She tried to make her voice sound casual. "If it's necessary, of course."

When she came back to the library from putting the girls to bed, Erich's eyes were filled with tears.

"Erich, what is it?"

Hastily he brushed his eyes with the back of his hand. "Forgive me, Jenny. It's just I was so depressed. I missed you so much. And Mother's anniversary is[11] next week. You can't know how hard a time that always is for me. Every year it's still as though it's just happened[12]. When Joe told me his uncle is around, it was like a punch[13] in the stomach. I felt so lousy[14]. Then the car turned in from the road and the house

1. hors de portée de voix
2. a fait un petit tour en voiture
3. au moins 64 km de plus au compteur
4. cet automne
5. Elle serra le poing.
6. ne voulait pas qu'Erich croie
7. l'avait trompé
8. me terrer
9. d'affilée
10. lui avaient paru longs
11. c'est l'anniversaire de la mort de Maman
12. c'est encore comme si ça venait d'arriver
13. un coup
14. J'avais le moral à zéro

was lighted. I was so afraid it would be dark and empty; and I opened the door and you were there, so beautiful, so glad to see me. I was so afraid that maybe while I was away somehow I'd lost you."

Jenny slipped to her knees. She smoothed the hair back from his forehead.

"Glad to see you. You can't guess!"

His lips silenced her.

When they went up to bed, Jenny reached for[1] one of her new nightgowns then stopped. Reluctantly she opened the dresser drawer that held the aqua gown. The bosom[2] of the gown felt too small[3]. Well, maybe that's one solution, she thought. I'll outgrow the damn thing.[4]

Later just before she fell asleep she realized what it was that had been teasing her subconscious[5]. The only times Erich made love to her was when she was wearing this gown.

1. faillit prendre
2. La poitrine
3. était trop serrée
4. Je ne vais plus rentrer dedans.
5. ce qui l'avait titillée inconsciemment

14

She heard Erich walking around the bedroom before dawn. "Are you going to the cabin?" she murmured, trying to pull herself[1] from sleep.

"Yes, darling." His whisper was barely audible.

"Will you be back for lunch?" As she started to wake up she remembered that he had talked about staying at the cabin.

"I'm not sure." The door closed behind him.

She and the girls took their usual walk after breakfast. The ponies had replaced the chickens as first attraction for Beth and Tina. They ran ahead of[2] her now. "Hold it[3], you two," she called. "Make sure Baron is locked up."

Joe was already in the stable. "Good morning, Mrs. Krueger." His round face broke into a smile. The soft, sandy hair spilled out[4] from under his cap. "Hello, girls."

The ponies were immaculate. Their thick manes and tails were brushed and shining. "Just groomed them[5] for you," Joe said. "Did you bring some sugar with you?

He held the girls up[6] to feed the sugar[7]. "Now how about sitting on their backs for a couple of minutes?"

"Joe, I'm afraid not," Jenny said. "Mr. Krueger didn't approve of putting the girls on the ponies."

1. s'extraire
2. devant
3. On se calme
4. débordaient de
5. Je viens de les panser
6. souleva les filles
7. pour qu'elles donnent leur sucre [aux poneys]

"I want to sit on Tinker Bell's back," Tina said.

"*Daddy* will let us," Beth said positively. "Mommy, you're mean[1]."

"Beth!"

"Mean Mommy," Tina said. Her lip trembled.

"Don't cry, Tina," Beth said. She looked up at Jenny. "Mommy, *please*."

Joe was looking at her too.

"Well …" Jenny wavered[2], then thought of Erich's face when he said that Joe took too much on himself. She could not have Erich accuse her of deliberately ignoring his wishes.

"Tomorrow," she said positively. "I'll talk to Daddy. Now let's go see the chickens."

"I want to ride my pony," Tina cried. Her small hand slapped[3] Jenny's leg. "You're a bad mommy."

Jenny reached down. In a reflex action[4] she swatted[5] Tina's bottom. "And you're a very fresh[6] little girl."

Tina ran from the barn, crying. Beth was right behind her.

Jenny hurried after the girls. They were holding hands, walking toward the barn. As she caught up with them she heard Beth say soothingly, "Don't be sad, Tina. We'll tell Daddy on Mommy.[7]"

Joe was at her side. "Mrs. Krueger."

"Yes, Joe." Jenny turned her face from him[8]. She did not want him to see the tears that were swimming in her eyes. In her bones[9] she knew that when they asked him, Erich would give permission to the girls to sit on the ponies in the stable.

"Mrs. Krueger, I was wondering. We have a new puppy[10] at our place[11]. We're just down the road about half a mile. Maybe the girls would like to see Randy. It might take their minds off the ponies.[12]"

1. méchante
2. hésita
3. frappa
4. Par réflexe,
5. donna une tape sur
6. insolente
7. On va rapporter à Papa ce qu'a dit Maman.
8. se détourna
9. Au fond d'elle-même,
10. chiot
11. à la maison
12. Ça leur ferait oublier les poneys.

1. s'accroupit devant
2. Je suis désolée de t'avoir fessée
3. tout boueux
4. un manège
5. une femme trapue
6. l'air franche et directe
7. pleine de vieux meubles et chaleureuse
8. bibelots
9. couverts de
10. photos
11. accrochées çà et là
12. mon Dieu
13. Appelez-moi
14. berger allemand
15. Gauchement,
16. il se leva [difficilement]
17. digracieuses
18. Si je n'étais pas passé par là,
19. errants
20. le plus gros cœur
21. Pas doué pour l'école

"Joe, that would be nice." Jenny caught up with the children. She crouched in front of[1] Tina. "I'm sorry I spanked you[2], Tinker Bell. I want to ride Fire Maid just as much as you want to ride your pony, but we have to wait till Daddy says okay. Now Joe wants to take us to see his puppy. Want to go?"

They walked together, Joe pointing out the first signs of the approaching spring. "See how the snow is going. In a couple of weeks the ground will be real muddy[3]. That's because all the frost will be coming out of it. Then the grass starts to grow. Your dad wants me to build a ring[4] for you to ride in."

Joe's mother was home; his father had died five years ago. She was a heavyset woman[5] in her late fifties with a practical, no-nonsense approach[6]. She invited them in. The small house was comfortably shabby[7]. Souvenir knickknacks[8] covered the tables. The walls were strewn with[9] family pictures[10] indiscriminately hung[11].

"Nice to meet you, Mrs. Krueger. My Joe talks about you all the time. No wonder he says you're pretty. You sure are. And oh, my land[12], how you look like Caroline! I'm Maude Ekers. You call me[13] Maude."

"Where's Joe's dog?" Tina asked.

"Come on in the kitchen," Maude told them.

They followed her eagerly. The puppy looked to be a combination of German shepherd[14] and retriever. Awkwardly[15] it struggled up[16] on ungainly[17] legs. "We found it on the road," Joe explained. "Somebody must have pushed it out of a car. If I hadn't come along[18] it probably would have frozen to death."

Maude shook her head. "He's always bringing home stray[19] animals. My Joe has the kindest heart[20] I ever come across. Never was one for schoolwork[21], but let me tell you, he's magic with animals. You shoulda seen[1] his last dog. He was a beauty. Smart as a whip too.[2]"

"What happened to him?" Jenny asked.

"We don't know. We tried to keep him fenced in[3] but sometimes he'd get away[4]. He used to want to trail after[5] Joe to your farm. Mr. Krueger didn't like it."

"I don't blame Mr. Krueger," Joe said hastily. "He had a purebred bitch[6] and he didn't want Tarpy to get near her. But one day Tarpy did follow me and was on Juna[7]. Mr. Krueger was real mad."

"Where's Juna now?" Jenny asked.

"Mr. Krueger got rid of her. Said she wouldn't be any use[8] if she carried a litter[9] from a mongrel[10]."

"What happened to Tarpy?"

"We don't know," Maude said. "He got out again one day and never came back. I've got my suspicions," she hinted darkly[11].

"Maw," Joe said hastily.

"Erich Krueger threatened to shoot[12] that dog," she continued simply. "If Tarpy ruined[13] his expensive bitch I don't much blame him for getting sore[14]. But least[15] he coulda[16] told you. Joe hunted high and low for[17] that dog," she told Jenny. "I thought he'd get sick[18]."

Tina and Beth squatted on the floor beside Randy. Tina's face was rapturous. "Mommy, can we have a dog, please?"

"We'll ask Daddy," she promised.

The children played with the puppy while she had coffee with Maude. The woman immediately began interrogating her. How did she like the Krueger home? Pretty fancy[19], wasn't it? Must be tough[20] to come out from New York City to a farm. Jenny replied that she was sure she'd be happy.

"Caroline said that too," Maude hinted darkly. "But the Krueger men aren't very sociable. Kind of

1. Si vous aviez vu
2. Et malin comme un singe.
3. de le garder enfermé
4. il se sauvait
5. suivre
6. une chienne de race
7. a monté Juna
8. qu'elle ne servirait à rien
9. si elle avait une portée
10. bâtard
11. d'une voix sombre
12. de tuer [à coup de fusil]
13. lui a gâté
14. je ne lui en veux pas de l'avoir mal pris
15. au moins
16. aurait pu
17. a cherché partout
18. qu'il allait en être malade
19. Assez luxueuse
20. dur

makes it hard on[1] their wives. Everybody around here thought the world of[2] Caroline. And they respected John Krueger. Same as they do Erich. But the Kruegers aren't warm[3] even with their own[4]. And they're not forgiving people. When they get angry, they stay angry."

Jenny knew Maude was referring to her brother's role in Caroline's accident. Quickly she finished her coffee. "We'd better get back."

The kitchen door was pushed open just as she stood up. "Well, who's this?" The voice was raspy[5], as though the vocal cords had been strained[6]. The man was in his mid-fifties. His eyes were bloodshot[7] and faded with[8] the bleary[9] expression of the heavy drinker[10]. He was painfully thin[11], so that the waist of his pants[12] settled somewhere around his hips[13].

He stared at Jenny, then his eyes narrowed thoughtfully. "You gotta be the new Mrs. Krueger I've been hearing about."

"Yes, I am."

"I'm Josh Brothers, Joe's uncle."

The electrician who had been responsible for the accident. Jenny sensed immediately that Erich would be furious if he heard about this meeting.

"I can see why Erich picked you," Josh said heavily. He turned to his sister. "Swear it was Caroline[14], wouldn't you, Maude?" Without waiting for an answer he asked Jenny, "Heard all about the accident, I suppose?"

"Yes, I did."

"The Krueger version. Not mine." Clearly Josh Brothers was about to tell an often-repeated story. Jenny got the smell of whiskey[15] from his breath. His voice took on a reciting quality[16]. "In spite of[17] the fact they were divorcing, John was crazy about Caroline. ..."

1. Ça n'est pas facile pour
2. adorait
3. ne sont pas chaleureux
4. même entre eux
5. rocailleuse
6. avaient été mises à rude épreuve
7. injectés de sang
8. ternis par
9. trouble
10. gros buveur
11. maigre à faire peur
12. pantalon
13. lui tombait sur les hanches
14. On jurerait voir Caroline
15. whisky ou bourbon
16. un ton de récitation
17. En dépit du

"Divorcing!" Jenny interrupted. "Erich's father and mother *divorcing*!"

The bleary eyes became crafty[1]. "Oh, Erich didn't tell you that? He likes to pretend it didn't happen. Lots of gossip here, let me tell you, when Caroline didn't even *try* to get custody[2] of her only child. Anyhow[3] the day of the accident I was working in the dairy barn and Caroline and Erich came in. She was leaving for good[4] that afternoon. It was his birthday and he was holding his new hockey stick and crying his eyes out[5]. She waved me away[6]; that's why I hung the lamp over the nail[7]. I heard Caroline say, 'Just like this little calf has to be weaned away[8] from its mother …' Then I pulled the door closed behind me so they could say good-bye to each other and a minute later Erich began screaming. Luke Garrett pounded on her chest[9] and did that mouth-to-mouth breathing[10], but we all knew it was no good[11]. When she slipped and fell into the stock tank, she grabbed the cord and pulled the lamp in[12] with her. That voltage went right through her[13]. … She never had no chance[14]."

"Josh, keep quiet[15]," Maude said sharply.

Jenny stared at Josh. Why had Erich never told her that his parents were divorcing, that Caroline was leaving him and his father? And to have witnessed[16] that ghastly[17] accident! No wonder Erich was so terribly insecure[18] now, so afraid of losing her.

Deep in thought[19] she collected the girls and murmured goodbyes.

As they walked back home, Joe spoke timidly to Jenny. "Mr. Krueger wouldn't be pleased to hear my mom talked so much and that you met my uncle."

"I'm not going to discuss it, Joe, I promise," she reassured him.

The country road back to Krueger Farm was peaceful in the late morning. Beth and Tina ran ahead of

1. rusés
2. d'avoir la garde
3. Quoi qu'il en soit,
4. pour de bon
5. pleurait à chaudes larmes
6. m'a fait signe de m'en aller
7. au clou
8. sevré
9. lui a fait des compressions thoraciques
10. du bouche-à-bouche
11. que c'était fichu
12. a fait tomber la lampe dans l'eau
13. l'a traversée de part en part
14. ne pouvait pas en réchapper
15. tais-toi
16. avoir été témoin de
17. horrible
18. peu sûr de lui
19. Plongée dans ses pensées,

them, happily scooping up[1] loose snow[2]. Jenny felt depressed and frightened. She thought of the countless times[3] Erich had talked about Caroline. Never once had he even hinted about the fact that she had been planning to leave him.

If only I had a friend here, Jenny thought, someone I could talk to. She remembered how she and Nana had been able to talk through[4] any problem that came up[5] in their lives, how she and Fran would have coffee after the girls were in bed and exchange confidences.

"Mrs. Krueger," Joe said softly, "you look as though you feel real bad. I hope my uncle didn't upset you. I know Mom talks kind of mean[6] about the Kruegers but please don't take offense[7]."

"I won't," Jenny promised. "But, Joe, will you please do one thing for me?"

"Anything.[8]"

"For God sake when Mr. Krueger isn't around, call me Jenny. I'm beginning to forget my own name around here."

"I call you Jenny whenever I think about you."

"Terrific,[9]" Jenny laughed, feeling better, then glanced at Joe. The open worship on his face was unmistakable.[10]

Oh, dear God, she thought, if he ever looks at me like that in front of Erich there'll be hell to pay[11].

1. ramassant
2. de la poudreuse
3. les innombrables fois où
4. régler en en parlant
5. survenu
6. ne parle pas très gentiment
7. ne le prenez pas mal
8. Ce que vous voudrez.
9. Génial,
10. Son visage arborait une adoration évidente.
11. ça va barder

15

As they neared the big house Jenny thought she saw someone watching them from the window of the farm office. Erich often stopped there on his way back from the cabin.

She hurried the girls into the house and began preparing grilled cheese[1] sandwiches and hot cocoa. Tina and Beth perched at the table[2], expectantly watching the toaster oven[3] as the bubbling[4] smell of melting[5] cheese filled the kitchen.

What could have made Caroline so desperately unhappy that she would leave Erich? How much resentment[6] was mixed in with[7] Erich's love for her? Jenny tried to visualize any circumstance under which she'd leave Beth and Tina. There was none.

The children were tired from the long walk and fell asleep as soon as she put them in for their nap. She watched as their eyes drooped[8] and closed[9]. She was reluctant to[10] leave the room. She sat on the window seat[11] for a moment, realizing she felt lightheaded[12]. Why?

Finally she went downstairs, pulled on a jacket and walked over[13] to the office. Clyde was working at the big desk. Trying to sound casual, she remarked, "Erich hasn't come in yet for lunch. I thought he might have been delayed over here."

1. au fromage fondu
2. s'assirent à table [sur des chaises trop hautes pour elles]
3. minifour
4. pétillante
5. en train de fondre
6. rancœur
7. se mêlait à l'
8. leurs paupières devenir lourdes
9. leurs yeux se fermer
10. n'avait pas envie de
11. banquette près de la fenêtre
12. étourdie
13. entra

1. des provisions
2. Sans un mot,
3. la corbeille du courrier reçu

Clyde looked puzzled. "He just stopped in for a couple of minutes on his way back from getting supplies[1]. He told me you knew he's planning to stay up at the cabin and paint."

Wordlessly[2] Jenny turned to leave. Then her eye spotted the incoming mail basket[3]. "Oh, Clyde, if I get any mail while Erich is at the cabin, will you be sure that someone brings it over to me?"

"Sure will. Usually I just give anything for you to Erich."

4. une seule lettre
5. tension
6. cartes postales

Anything for you … In the month she'd been here, even though she'd written to Fran and Mr. Hartley, she hadn't received a single piece of mail[4]. "I'm afraid he forgot about it." She could hear the strain[5] in her voice. "How much has come in?"

"A letter last week, a couple of postcards[6]. I don't know."

"I see." Jenny looked at the telephone. "How about phone calls?"

"Someone from church phoned last week about a meeting. And the week before you got a call from New York. You mean Erich didn't give you those messages?"

"He was so concerned with getting ready for the trip," Jenny murmured. "Thanks, Clyde."

7. en bourrasques piquantes et cinglantes
8. à dégeler
9. tombait rapidement

Slowly she started back to the house. The sky was overcast now. Snow was beginning to fall in stinging, slapping gusts[7]. The ground that had begun to thaw[8] had hardened again. The temperature was dropping swiftly[9].

I won't share you, … Jenny. Erich had meant that literally. Who had phoned from New York? Kevin to say he was coming to Minnesota? If so, why didn't Erich warn her?

Who had written? Mr. Hartley? Fran?

I can't let this happen, Jenny thought. I've got to do something.

"Jenny!" Mark Garrett was hurrying from the barn. With his long strides he covered the distance between them in seconds. His sandy hair was rumpled[1]. He was smiling but his eyes were serious. "Haven't had a chance to say hello for a while. How's everything?"

How much did he suspect? Could she discuss Erich[2] with him? No, that wouldn't be fair to[3] Erich. But there was one thing she could do.

She tried to make her smile seem natural. "I'm fine," she replied. "And you're just the person I wanted to see. Remember we talked about having you and your friend—is it Emily?—for dinner?"

"Yes."

"Let's make it March eighth[4]. That's Erich's birthday. I want to have a little party[5] for him."

Mark frowned[6]. "Jenny, I have to warn you. Erich still finds his birthday a pretty rough day."

"I know," Jenny said. She looked up at Mark, aware of his tallness[7]. "Mark, that was twenty-five years ago. Isn't it about time that Erich got over losing[8] his mother?"

Mark seemed to be choosing his words. "Go easy[9], Jenny," he suggested. "It takes time to wean someone like Erich off imprinted reactions[10]." He smiled. "But I must say it shouldn't take him very long to start to appreciate what he has now."

"Then you will come?"

"Definitely.[11] And Emily's been dying to[12] meet you."

Jenny laughed wistfully[13]. "I've been dying to meet some people too."

She said good-bye and went into the house. Elsa was just ready to leave. "The girls are still asleep. Tomorrow I can shop on my way in[14]. I have the list."

"List?"

1. ébouriffés
2. parler d'Erich
3. juste envers
4. Disons le 8 mars
5. fête
6. fronça les sourcils
7. consciente de sa grande taille
8. se remette d'avoir perdu
9. Allez-y doucement
10. de réactions bien ancrées
11. Certainement.
12. meurt d'envie de
13. eut un rire mélancolique
14. faire les courses avant d'arriver

1. à partir de maintenant
2. absurde
3. sa consternation
4. en s'attaquant à
5. boîtes [à aliments]
6. sur le plan de travail
7. prenaient tellement de place
8. rarement
9. solennelle
10. surchargée
11. mettait son empreinte
12. une étagère dans l'office
13. pratiques
14. sur le buffet [faisant aussi office de bar]
15. d'avoir vue sur
16. Se fichant que
17. raclent
18. entreprit de la pousser
19. Le tapis artisanal
20. monté au grenier
21. regrouper
22. le fauteuil allant avec
23. coin de détente

"Yes, when you were out with the girls this morning, Mr. Krueger came in. He said I should do the shopping from now on[1]."

"That's nonsense[2]," Jenny protested. "I can go or Joe can take me."

"Mr. Krueger said he was taking the keys to the car."

"I see. Thank you, Elsa." Jenny would not let the woman see the dismay she felt[3].

But when the door closed behind Elsa, she realized she was trembling. Had Erich taken the keys to make sure Joe didn't use the car? Or was it possible he guessed that *she* had used it? Nervously she glanced around the kitchen. In the apartment whenever she'd been upset she'd calmed herself by tackling[4] some big cleaning job that needed to be done. But this house was immaculate.

She stared at the canisters[5] on the counter space[6]. They took up so much room[7] and were so seldom[8] used. Every room here was formal[9], cold, overcrowded[10]. It was her home. Surely Erich would be pleased if she put her own stamp[11] on this place?

She made room for the canisters on a pantry shelf[12]. The round oak table and chairs were exactly centered in the middle of the room. Placed under the window on the south wall, they'd be infinitely more convenient[13] to the buffet bar[14], and at meals it would be pleasant to look out at[15] the far fields. Not caring if[16] the table legs scuffed[17] the floor, Jenny dragged it over[18].

The hook rug[19] that had been in the girls' bedroom had been taken up to the attic[20]. She decided that placing it near the cast-iron stove and grouping[21] the couch, its matching chair[22] and a slipper chair from the library on it would create a pleasant den area[23] in the kitchen.

Fired[1] now with nervous energy, she went into the parlor, swept[2] some of the bric-a-brac into her arms and carried it to a cupboard[3]. Tugging and straining,[4] she managed to pull down the lace curtains that blocked sunlight and view from the parlor and the dining room. The couch in the parlor was almost too heavy to push. Somehow she managed to reverse it with[5] the mahogany trestle table[6]. When she was finished the room seemed airier[7], more inviting[8].

She went through the rest of the downstairs rooms, making mental notes. A little at a time,[9] she promised herself. She folded[10] the curtains neatly and carried them up to the attic. The braided[11] rug was there. If she couldn't manage to bring that down by herself she'd call Joe.

She yanked at the rug she wanted, realized there was no way she could manage it alone and with idle curiosity[12] glanced at the other pieces[13] in the room.

A small blue leather vanity case with the initials C.B.K. caught her eye[14]. She pulled it out to examine it. Was it unlocked? Hesitating for only an instant, she deflected one then the other of the catches[15]. The lid[16] swung up[17].

Toilet articles were set in a traylike holder[18]. Creams and makeup[19] and pine-scented soap. A leather-bound[20] daily reminder notebook[21] was under the tray. The date on the cover was twenty-five years old. Jenny opened the book and flipped through the pages. January 2, 10 A.M., teacher conference[22], Erich. January 8: dinner, Luke Garrett, the Meiers, the Behrends. January 10: return[23] library books. She skimmed through the entries[24]. February 2: judges chambers[25], 9 A.M. Would that have been the divorce hearing[26]? Feb. 22: order hockey stick[27] for E. The last entry, March 8: Erich b-day[28]. That had been written in light blue ink. Then with a different pen, 7 P.M., Northwest flight 241, Minneapolis to San Fran-

1. Animée
2. ramassa vivement
3. placard
4. À force d'efforts,
5. à le mettre à la place de
6. table campagnarde
7. plus aérée
8. plus conviviale
9. Petit à petit,
10. plia
11. tressé
12. par simple curiosité
13. éléments
14. attira son attention
15. défit une à une les fermetures
16. couvercle
17. s'ouvrit
18. sur un compartiment en plateau
19. du maquillage
20. relié en cuir
21. agenda
22. réunion parents-profs
23. rendre
24. parcourut les annotations
25. tribunal
26. l'audience du divorce
27. commander crosse de hockey
28. anniv.

cisco. A ticket unused[1], one-way[2], clipped[3] to that page, a note[4] under it.

The name printed across the top of the note: EVERETT BONARDI. Caroline's father, Jenny thought. Quickly she read the uneven handwriting[5]: "Caroline, dear. Your mother and I are not surprised to learn you are leaving John. We are deeply concerned[6] about Erich but after reading your letter agree it is best if[7] he stays with his father. We had no idea of the true circumstances[8]. Neither of us has been well but are looking forward to[9] having you with us. Our love to you."

Jenny folded the letter, dipped it back[10] in the notebook and closed the lid of the vanity case. What had Everett Bonardi meant when he wrote "We had no idea of the true circumstances"?

Slowly she went down the attic stairs. The girls were still asleep. Lovingly she looked down at them, then her mouth went dry. The girls' dark red[11] hair was tumbled out[12] on their pillows. On the top of each pillow, positioned so it almost seemed to be a hair ornament, was a small round cake of pine soap. The faint scent of pine permeated[13] the air.

"Aren't they the little beauties?" a voice sighed in her ear. Too startled to scream, Jenny spun around. A thin, bony[14] arm encircled her waist. "Oh, Caroline," Rooney Toomis sighed, her eyes vacant[15] and moist, "don't we just love our babies?"

Somehow Jenny got Rooney out[16] of the room without waking the girls. Rooney went willingly[17] although she kept her arm wrapped around Jenny's waist. Awkwardly[18] they descended the stairs.

"Let's have a cup of tea," Jenny suggested, trying to keep her voice normal. How had Rooney gotten in? She must still have a house key.

1. n'ayant pas servi
2. aller simple
3. agrafé
4. message
5. l'écriture irrégulière
6. très inquiets
7. convenons qu'il vaut mieux qu'
8. de la réalité des choses
9. avons hâte de
10. la replaça
11. roux foncé
12. répandus
13. imprégnait
14. décharné
15. vides
16. parvint à faire sortir Rooney
17. de bonne grâce
18. Tant bien que mal,

Rooney sipped the tea silently, never taking her gaze from the window. "Arden used to love those woods," she said. "Course[1] she knew she wasn't to go any farther than the edge[2]. But she was always climbing trees. She'd perch up there in that one"—Rooney pointed vaguely to a large oak—"and watch the birds. Did I tell you she was president of the 4-H club one year?"

Her voice was calming. Her eyes were clearer when she turned to look at Jenny. "You're not Caroline," she said, puzzled.

"No, I'm not. I'm Jenny."

Rooney sighed. "I'm sorry. I guess I forgot. Something came over me, one of my spells[3]. I was thinking I was late getting to work. Thought I'd overslept[4]. Course Caroline would never care but Mr. John Krueger was so exacting[5]."

"And you had a key?" Jenny asked.

"I forgot my key. The door was unlocked. But I don't have a key anymore, do I?"

Jenny was positive[6] the lock had been on the kitchen door. On the other hand … She decided not to try to pin Rooney down[7].

"And I went upstairs to make the beds," Rooney said. "But they were all finished. And then I saw Caroline. No, I mean I saw you."

"And you put the pine soap on the children's pillows?" Jenny asked.

"Oh, no. Caroline must have done that. She was the one who loved that scent."

It was useless. Rooney's mind was too confused to attempt to separate imagination from reality. "Rooney, do you ever go out to church or to any meetings? Do you ever have friends in?[8]"

Rooney shook her head. "I used to go to all the activities with Arden, the 4-H, the school plays[9], her band concerts[10]. But no more."

1. Bien sûr,
2. qu'elle n'avait pas le droit de dépasser la lisière
3. une de mes crises
4. que je ne m'étais pas réveillée [à temps]
5. exigeant
6. sûre
7. de ne pas insister
8. Invitez-vous des amis ?
9. les pièces de théâtre de l'école
10. les concerts de sa fanfare

Her eyes were clear now. "I shouldn't be here. Erich won't like it." She looked fearful. "You won't tell him or Clyde, will you? Promise you won't tell."

"Of course I won't."

"You're like Caroline, pretty and gentle and sweet. I hope nothing happens to you[1]. That would be such a shame[2]. Toward the end[3] Caroline was so anxious to[4] get away. She used to say, 'I just have a feeling, Rooney, that something terrible is going to happen. And I'm so helpless[5].' " Rooney got up to go.

"Didn't you wear a coat?" Jenny asked.

"I guess I didn't notice.[6]"

"Wait a minute." Jenny dug her thermal coat out of the[7] foyer closet[8]. "Put this on. Look, it fits you perfectly. Button it up around the neck.[9] It's cold out."

Hadn't Erich said practically the same thing to her at that first lunch in the Russian Tea Room? Was that really less than two months ago?

Rooney glanced around uncertainly. "If you want I'll help you move the table back before Erich comes."

"I don't intend to move the table back. It's staying right where it is.[10]"

"Caroline had it at the window once but John said she was just trying to show herself off to the[11] men on the farm."

"What did Caroline say?"

"Nothing. She just put on her green cape and went outside and sat on the porch swing. Just like in the picture. Once she told me she used to like to sit out there and face west[12] because that's where her folks[13] were. She got awful homesick for them.[14]"

"Didn't they ever come here to visit?"

"Never. But Caroline still loved the farm. She was raised in the city but she'd always say, 'This country is so beautiful, Rooney, so special in what it does for me.' "

"And then she left?"

1. qu'il ne vous arrivera rien
2. tellement dommage
3. Vers la fin,
4. si désireuse de
5. impuissante
6. Je ne sais pas trop.
7. tira sa doudoune du
8. placard de l'entrée
9. Boutonnez-la bien jusqu'en haut.
10. Elle va rester là.
11. se rendre intéressante auprès des
12. en regardant vers l'ouest
13. ses parents
14. Ils lui manquaient affreusement.

"Something happened and she decided she had to go."

"What was that?"

"I don't know." Rooney glanced down. "This coat is nice. I like it."

"Please keep it," Jenny told her. "I've hardly worn it since I came here."

"If I do, can I make the girls jumpers like you promised?"

"Of course you can. And, Rooney, I'd like to be your friend."

Jenny stood at the kitchen door, watching the slight figure[1], now warmly wrapped[2], bend forward[3] against the wind.

1. frêle silhouette
2. bien couverte
3. se pencher

16

It was the waiting[1] that was so hard. Was Erich angry? Had he simply become so involved in painting that he hadn't wanted to break his concentration? Did she dare[2] go into the woods, try to find the cabin and confront him?

No, she must not do that.

The days seemed endlessly long[3]. Even the children became restless. Where's Daddy? was a constant inquiry[4]. In this short time, Erich had become terribly important to them.

Let Kevin stay away[5], Jenny prayed[6]. Make him leave us alone.

She spent her time concentrating on the house. Room by room she rearranged furniture, sometimes switching[7] only a chair or table, sometimes making radical adjustments[8]. Unwillingly Elsa helped her take down the rest of the heavy lace[9] curtains. "Look, Elsa," Jenny finally said firmly, "these curtains are coming down and I don't want any more talk about checking with Mr. Krueger first[10]. Either help me or don't."

Outside, the farm seemed gray and depressing. When the snow was on the ground, it had had a Currier and Ives beauty. When spring came, she was sure the lush[11] green of the fields and trees would

1. l'attente
2. Oserait-elle
3. sans fin
4. était la question qui revenait tout le temps
5. Pourvu que Kevin reste à l'écart
6. priait
7. changeant de place
8. changements
9. de dentelle
10. vérifier d'abord auprès de M. Krueger
11. luxuriant

be magnificent. But now the frozen mud, the brown fields, the dark tree trunks and overcast[1] skies chilled and depressed her.

Would Erich come back to the house for his birthday? He'd told her that he was always on the farm that day. Should she cancel[2] his birthday dinner?

The evenings alone were interminable. In New York when the children were settled for the night she'd often gone to bed with a book and a cup of tea. The library on the farm was excellent. But the books in this library didn't invite leisurely reading[3]. They were placed in exact rows, seemingly by size[4] and color rather than author or subject. To her, they had the same effect as furniture with plastic covers[5]; she hated to touch them. Her problem was solved[6] when on one of her trips to the attic she noticed a box marked BOOKS—CBK. Happily she helped herself to[7] a couple of the comfortably shabby, well-read[8] volumes.

But even though she read far into the night[9], she was finding it harder and harder to sleep. All her life she'd only had to close her eyes and instantly she'd be in a sound sleep[10] for hours. Now she began to wake up frequently, to dream vague, frightening dreams in which shadowy figures[11] slithered through[12] her subconscious.

On March 7, following a particularly restless night[13], she made up her mind[14]. She needed more exercise. After lunch she went out to hunt for[15] Joe and found him in the farm office. His unaffected[16] pleasure at the visit was reassuring. Quickly she explained: "Joe, I want to start riding lessons today."

Twenty minutes later she was sitting astride[17] the mare, trying to keep Joe's instructions straight in her head.

She realized she was enjoying herself thoroughly[18]. She forgot the chill, the sharp wind, the fact

1. couverts
2. annuler
3. n'incitaient pas à une lecture détendue
4. apparemment par ordre de taille
5. des housses en plastique
6. résolu
7. elle se choisit
8. beaucoup lus
9. tard dans la nuit
10. sommeil profond
11. des ombres
12. se glissaient dans
13. après une nuit particulièrement mauvaise
14. prit une décision
15. partit à la recherche de
16. sincère
17. à cheval sur
18. énormément

that her thighs were getting sore, that her hands were tingling[1] against the reins. Softly she spoke to Fire Maid. "Now you at least give me a chance, old girl," she suggested. "I'll probably make mistakes but I'm new at this business."

By the end of an hour she was getting the feel of[2] moving her body in cadence with the horse. She spotted Mark watching her and waved to him. He came over.

"You look pretty good. This your first time on a horse?"

"The very first.[3]" Jenny started to dismount[4]. Quickly Mark took the horse's bridle[5]. "The other side," he said.

"What, oh, sorry." She slid down easily.

"You did real good, Jenny," Joe told her.

"Thank you, Joe. Monday okay with you?"

"Anytime, Jenny."

Mark walked with her to the house. "You've got a fan in Joe."

Was there some kind of warning[6] in his voice?

She tried to sound matter-of-fact. "He's a good teacher and I think Erich will be pleased that I'm learning to ride. It will be a surprise for him that I've started taking lessons."

"I hardly think so[7]," Mark commented. "He was watching you for quite a while[8]."

"*Watching me?*"

"Yes, for nearly half an hour from the woods. I thought he didn't want to make you nervous."

"Where is he now?"

"He went up to the house for a minute and then started back to the cabin."

"*Erich was in the house?*" I sound stupid, Jenny thought, hearing the astonishment in her voice.

Mark stopped, took her arm and turned her to him. "What's the matter, Jenny?" he asked. Some-

1. s'irritaient
2. commençait à saisir comment
3. La toute première fois
4. mettre pied à terre
5. bride
6. avertissement
7. Je ne pense pas
8. pendant un bon moment

how she could imagine him examining an animal, searching for the source of pain[1].

They were almost at the porch. She said stiffly[2], "Erich has been staying at the cabin since he came back from Atlanta. It's just that it's rather lonely for me[3] now. I'm used to being terribly busy[4] and around people[5] and now ... I guess I feel out of touch all around[6]."

"See if it doesn't get much better after tomorrow," Mark advised. "By the way, are you sure you want us for dinner?"

"No. I mean, I'm not even sure Erich will be home. Could we make it the thirteenth instead? That will separate his birthday party from the anniversary. If he still hasn't come back by then, I'll give you a call and you two can decide if you want to come just to visit me or go out and enjoy yourselves[7]."

She was afraid she sounded resentful[8]. What's the matter with me? she thought, dismayed.

Mark took both her hands in his. "We'll come, Jenny, whether Erich is home or not. For what it's worth[9] I've had Erich turn on me[10] when he gets in one of his moods[11]. The rest of the picture is that[12] when he comes out of them, he's all the good things—intelligent, generous, talented, kind. Give him a chance to get through tomorrow and see if he isn't the real Erich again."

With a quick smile, he squeezed[13] her hands, released them and left her. Sighing[14], Jenny entered the house. Elsa was ready to go. Tina and Beth were cross-legged[15] on the floor, crayons in hand. "Daddy brought us new coloring books," Beth announced. "Aren't they good?"

"Mr. Krueger left note for you." Elsa pointed to a sealed[16] envelope on the table.

Jenny felt the curiosity in the woman's eyes. She slipped the note into her pocket. "Thank you."

1. cherchant ce qui pouvait provoquer la douleur
2. avec raideur
3. je me sens assez seule
4. avoir plein de choses à faire
5. de voir du monde
6. j'ai l'impression d'avoir perdu tout contact
7. vous amuser seuls
8. amère
9. Si ça peut vous rassurer,
10. Erich s'en est déjà pris à moi
11. quand ça lui prend
12. Pour le reste,
13. serra
14. Poussant un soupir
15. assises en tailleur
16. cachetée

As the door closed behind the cleaning woman, Jenny pulled the envelope from her pocket and ripped it open[1]. The sheet of paper, covered by oversized[2] letters in Erich's bold[3] handwriting, held one sentence[4]: *You should have waited for me to ride with you.*

"Mommy, Mommy." Beth was tugging at her jacket. "You look sick, Mommy." Trying to smile, Jenny looked down at the woebegone[5] face. Tina was next to Beth now, her face puckered[6], ready to cry.

Jenny crumbled[7] the note and shoved it[8] in her pocket. "No, love, I'm fine. I just didn't feel so well for a minute."

She was not reassuring Beth. A wave of nausea had come over her as she read the note. Dear God, she thought he can't mean this. He won't let me go to the church meetings. He won't let me use the car. Now he won't let me even learn to ride when he's painting.

Erich, don't spoil it for us[9], she protested silently. You can't have it both ways.[10] You can't hole up and paint and expect me to sit with my hands folded waiting for you. You can't be so jealous that I'm afraid to be honest[11] with you.

She glanced around wildly. Should she take a stand[12], pack[13] and go back to New York? If there was any chance to keep their relationship from being destroyed, he'd have to get counseling[14], get some help to overcome[15] this possessiveness[16]. If she left, he'd know she meant it[17].

Where could she go? And with what?

She didn't have a dollar in her pocketbook. She had no money for fare, no place to go, no job. And she didn't want to leave him.

She was afraid she was going to be sick[18]. "I'll be right back," she whispered and hurried upstairs. In the bathroom she wrung out[19] a cold cloth[20] and

1. l'ouvrit
2. trop grandes
3. assurée
4. tenait en une phrase
5. affligé
6. tout chiffonné
7. froissa
8. la fourra
9. ne nous gâche pas la vie
10. Tu ne peux pas tout avoir.
11. franche
12. se rebiffer
13. faire ses valises
14. se faire soigner
15. dépasser
16. son côté possessif
17. qu'elle ne plaisantait pas
18. vomir
19. tordit
20. une serviette trempée d'eau froide

washed her face. Her reflection had a sickly, unnatural pallor[1].

"Mommy, Mommy." Beth and Tina were in the hallway. They had followed her upstairs.

She knelt down, swooped them to her, hugging them fiercely.

"Mommy, you're hurting me," Tina protested.

"I'm sorry, Moppet[2]." The warm, wiggling[3] bodies close to hers[4] restored her balance[5]. "You two certainly got yourselves one brilliant mother[6]," she said.

The afternoon dragged slowly[7]. To pass the time, she sat with the girls at the spinet and began to teach them to pick out notes. Without the curtains it was possible to look out the parlor windows and see the sunset. The clouds had been blown away[8] and the sky was coldly beautiful in shades of mauve and orange, gold and pink.

Leaving the children banging on the keyboard[9], she walked to the kitchen door that opened onto the west porch. The wind was making the porch swing move gently. Ignoring the cold, Jenny stood on the porch and admired the last of the sunset. When the final lights were ebbing into[10] grayness[11], she turned to go back into the house.

A movement in the woods caught her attention. She stared. Someone was watching her, a shadowy figure, nearly concealed by the double trunk of the oak tree that Arden used to climb.

"Who's there?" Jenny called sharply.

The shadow receded[12] into the woods as though trying to step back into the protection of the underbrush.

"Who's there?" Jenny called again sharply. Aware only of her anger at the intrusion on her privacy[13], she started down the porch steps toward the woods.

1. était d'une pâleur malsaine
2. mon chou
3. qui se tortillaient
4. contre elle
5. la remirent d'aplomb
6. Vous voilà flanquées d'une mère du tonnerre
7. s'étira
8. balayés par le vent
9. taper sur le clavier
10. se fondirent en
11. grisaille
12. recula
13. intimité

Erich stepped out from the shelter of the oak[1] and with outstretched arms[2] started running toward her.

"But, darling, I was only joking[3]. How could you have thought for a minute that I wasn't joking?" He took the crumbled note from her. "Here, let's throw that out." He shoved it in the stove. "There, it's gone."

Bewildered[4], Jenny looked at Erich. There wasn't a trace of nervousness about him. He was smiling easily[5], shaking his head at her in amusement. "It's hard to believe you took that seriously, Jenny," he said, then he laughed. "I thought you'd be flattered[6] that I pretended[7] to be jealous."

"Erich!"

He locked his arms around her waist[8], rubbed his cheek against hers. "Umm, you feel good."

Nothing about the fact that they hadn't seen each other for a week. And that note *wasn't* a joke. He was kissing her cheek. "I love you, Jen."

For a moment she held herself rigid. She had vowed that she would have it out with him[9], the absences, the jealousy, her mail. But she didn't want to start an argument[10]. She'd missed him. Suddenly the whole house seemed cheerful again.

The girls heard his voice and came running back into the room. "Daddy, Daddy." He picked them up.

"Hey, you two sounded great on the piano. Guess we'll have to start lessons for you pretty soon. Would you like that?"

Jenny thought, Mark's right. I've got to have patience, give him time. Her smile was genuine[11] when he looked at her over the children's heads.

Dinner had a festive air. She prepared carbonara and an endive salad. Erich brought a bottle of Chablis from the wine rack[12]. "It gets harder and harder to work in the cabin, Jen," he said. "Especially when

1. sortit de derrière le chêne
2. les bras ouverts,
3. je plaisantais, voyons
4. Déroutée,
5. avait un sourire détendu
6. flattée
7. fasse semblant
8. lui enserra la taille de ses bras
9. de s'expliquer avec lui
10. une dispute
11. sincère
12. casier à bouteilles

I know I'm missing[1] dinners like this." He tickled[2] Tina. "And it's no fun being away from my family."

"And your home," she said. It seemed a good moment to bring up[3] the changes she'd made. "You haven't mentioned how you like the way I've moved things around."

"I'm slow to react," he said lightly[4]. "Let me think about it."

It was better than she'd hoped for. She got up, walked around the table and put her arms around his neck. "I was so afraid you might be upset."

He reached up and smoothed her hair. As always the feel of his nearness[5] thrilled her, pushed away the doubts and uncertainties.

Beth had just left the table. Now she came running back. "Mommy, do you love Daddy better than our other daddy?"

Why in the name of God had she thought to ask that question now? Jenny wondered despairingly[6]. Desperately she tried to frame[7] an answer. She could only find the truth. "I loved your first daddy mostly because of you and Tina. Why do you want to know that?" To Erich she said, "They haven't mentioned Kevin for weeks."

Beth pointed at Erich. "Because *this daddy* asked me if I love him better than our first daddy."

"Erich, I wouldn't discuss that with the girls."

"I shouldn't[8]," he said contritely[9]. "I guess I was just anxious to see if their memory of him was beginning to fade." He put his arms around her. "How about your memory, darling?"

She took a long time with the children's baths. Somehow it was calming to watch their uncomplicated pleasure[10] splashing[11] in the tub. She wrapped them in[12] thick towels, rejoicing in the[13] sturdy[14] little bodies and brushing back the freshly

1. je rate
2. chatouilla
3. d'aborder
4. sur un ton léger
5. son contact
6. au désespoir
7. formuler
8. Je n'aurais pas dû
9. d'un air contrit
10. plaisir simple
11. à barboter
12. les enveloppa de
13. se réjouissant des
14. vigoureux

1. lavées de frais
2. se morigéna-t-elle
3. malhonnête
4. à prendre mal tout ce que dit Erich
5. Que Dieu bénisse
6. entonna
7. les borda
8. Les nuits de vent,
9. un gémissement lugubre
10. infiltrait
11. cette nuit
12. drôlement sales
13. assimiler
14. pull à torsades
15. couronné de succès
16. une pointe

shampooed[1] ringlets. Her hands trembled as she buttoned their pajamas. I'm getting so nervous, she fumed at herself[2]. It's just I feel so dishonest[3] that the smallest thing Erich says I take the wrong way[4]. *Damn* Kevin.

She heard the girls' prayers. "God bless[5] Mommy and Daddy," Tina intoned[6]. She paused then looked up. "Should we say God bless both daddies?"

Jenny bit her lip. Erich had started this. She wasn't going to tell the children not to pray for Kevin. Still … "Why not tonight say God bless everyone?" she suggested.

"And Fire Maid and Mouse and Tinker Bell and Joe …" Beth added.

"And Randy," Tina reminded her. "Can we have a puppy too?"

Jenny tucked them into bed[7], realizing how every night she was becoming more and more reluctant to go downstairs again. When she was alone, the house seemed too big, too silent. On windy nights[8] there was a mournful wail[9] from the trees that penetrated[10] the quiet.

And now when Erich was here she didn't know what to expect. Would he stay overnight[11] or go back to the cabin?

She went downstairs. He had made the coffee. "They must have been pretty dirty[12] for you to be so long with them, sweetheart."

She had planned to ask him for the keys to the car but he didn't give her the chance. He picked up the tray with the coffee service. "Let's sit in the front parlor and let me absorb[13] your changes."

As she followed him she realized how well the white cableknit sweater[14] he was wearing set off his dark, gold hair. My handsome, successful[15], talented husband, she thought, and with a tinge[16] of irony remembered Fran saying, "He's too perfect."

In the parlor she pointed out to him how moving some furniture and putting away the excessive bric-a-brac made it possible to appreciate the lovely pieces in the room.

"Where did you put everything?"

"The curtains are in the attic. The small pieces are in the cupboard in the pantry. Don't you think having the trestle table under *Memory of Caroline* is better? I always felt the pattern in the couch was distracting so near[1] the painting."

"Perhaps."

She couldn't be sure of his reaction. Nervously she tried to fill the silence with conversation. "And don't you think with the light that way, we see more of the little boy—of you? Before this your face was rather shadowed."

"That's a bit fanciful[2]. The child's face was never meant to be defined. As a fine arts major who worked in a prominent[3] gallery, you should realize that, Jenny."

He laughed.

Was he intending to joke? Was it just that no matter what he said tonight, there seemed to be a sting in it[4]? Jenny picked up her coffee cup and realized her hand was shaking. The cup slipped from her hand and the coffee splattered on[5] the couch and Oriental rug.

"Jenny, darling. Why are you so nervous?" Erich's face creased[6] into worried lines. With his napkin[7] he began to swab[8] the stain.

"Don't rub it in,[9]" Jenny cautioned. Rushing into the kitchen, she grabbed a bottle of club soda[10] from the refrigerator.

With a sponge[11] she dabbed[12] furiously[13] at the spots. "Thank God I hadn't put cream in yet," she murmured.

1. jurait avec
2. fantaisiste
3. importante
4. une critique implicite
5. éclaboussa
6. se plissa
7. serviette de table
8. essuyer
9. Ne le fais pas pénétrer,
10. eau de seltz
11. éponge
12. tamponna
13. vigoureusement

Erich said nothing. Would he consider the couch and carpet destroyed as he had[1] the dining-room wallpaper?

But the club soda did the trick[2]. "I think I've got it all." She got up slowly. "I'm sorry, Erich."

"Sweetheart, don't worry about it. But can't you tell me why you're so upset? You *are* upset, Jen. That note for example. A few weeks ago you would have known I was teasing you[3]. Darling, your sense of humor is one of the most delightful parts of your personality. Please don't lose it."

She knew he was right. "I'm sorry," she said miserably. She was going to tell Erich about meeting Kevin. No matter what[4], she had to clear the air[5]. "The reason I'm so ..."

The phone rang.

"Answer it please, Jenny."

"It won't be for me."

It rang again.

"Don't be so sure. Clyde tells me in the last week there have been a dozen disconnects[6] where someone didn't want to leave a taped message[7]. That's why I told him to let it ring through tonight."

With a sense of fatality she preceded him into the kitchen. The phone rang a third time. She knew even before she picked it up that it was Kevin.

"Jenny, I can't believe I finally got through to you[8]. That damn answering machine! How are you?" Kevin's voice was buoyant.

"I'm all right, Kev." She felt Erich's eyes on her face; he bent over the phone so he could hear the conversation. "What do you want?" *Would Kevin talk about their meeting?* If only she'd told Erich first[9].

"To share the good news. I'm officially in the repertory company[10] at the Guthrie, Jen."

"I'm glad for you," she said stiffly. "But Kevin, I don't want you calling me. I forbid you[11] to call me.

1. comme il l'avait fait pour
2. marcha très bien
3. que c'était pour rire
4. À tout prix
5. assainir la situation
6. d'appels interrompus
7. laisser de message
8. que j'arrive enfin à te joindre
9. elle en avait parlé à Erich dès le début
10. pris dans la troupe
11. t'interdis

Erich is right here and he's very upset that you're contacting me."

"Listen, Jen, I'll call all I want[1]. You tell Krueger for me that he can tear up[2] those adoption papers. I'm going to court to stop the adoption. You can have custody, Jen, and I'll pay support, but those kids are MacPartlands and that's the way it's going to be. Who knows? Someday Tina and I might be doing a Tatum and Ryan O'Neal number[3]. She's a real little actress. Oh, Jen. Gotta run.[4] They're calling for me.[5] I'll get back to you. Bye."

Slowly Jenny hung up the phone. "Can he stop the adoption?" she asked.

"He can try. He won't succeed[6]." Erich's eyes were cold, his tone icy.

"A Tatum and Ryan O'Neal number, my God," Jenny said disbelievingly[7]. "I'd almost admire him if I thought he wanted the children, really wanted them. But this!"

"Jenny, I predicted you were making a mistake letting him sponge off you[8]," Erich said. "If you'd been yanking him into court[9] for support payments, you'd have been finished with him[10] two years ago."

As usual, Erich was right. Suddenly she felt infinitely weary[11] and the faint[12] nausea she'd experienced[13] earlier was coming back. "I'm going to bed," she said abruptly. "Are you staying here tonight Erich?"

"I'm not sure."

"I see." She started down the foyer from the kitchen to the staircase. She had gone only a few feet when he caught up with her.

"Jenny."

She turned. "What is it Erich?"

His eyes were warm now, his face concerned and gentle. "I know it isn't your fault that MacPartland is

1. j'appellerai si je veux
2. déchirer
3. un numéro de réconciliation père-fille [pour la téléréalité]
4. Faut que je file.
5. On me demande.
6. n'y arrivera pas
7. incrédule
8. en le laissant vivre à tes crochets
9. l'avais traîné devant le juge
10. tu en aurais fini avec lui
11. lasse
12. légère
13. ressentie

bothering you[1]. I promise I know that. I shouldn't get upset with you[2]."

"It makes it so much harder for me when you do."

"We'll work this out.[3] Let me get through these next few days. I'll feel better then.[4] Try to understand. Maybe it's because Mother promised me just before she died that she'd always be here on my birthday. Maybe that's why I'm so depressed around this time[5]. I feel her presence—and her loss—so much. Try to understand me; try to forgive me when I hurt you. I don't *mean* it, Jenny. I love you."

They were wrapped in each other's arms[6]. "Erich, *please*," Jenny begged, "let this be the last year you react like this. Twenty-five years. *Twenty-five years.* Caroline would be fifty-seven years old. You still see her as a young woman whose death was a tragedy. It was, but it's over[7]. Let's get on with life.[8] It could be good for us. Let me share your life, really share it. Bring your friends in. Take me to see your studio. Get me[9] a small car so I can go shopping or to an art gallery or take the kids to a movie when you're painting."

"You want to be able to meet Kevin, don't you?"

"Oh, my God." Jenny pulled away. "Let me go to bed, Erich. I really don't feel well."

He did not follow her up the stairs. She looked in on[10] the girls. They were fast asleep. Tina stirred[11] when she kissed her.

She went into the master bedroom. The faint scent of pine that always lingered in the room seemed heavier tonight. Was it because she felt queasy[12]? Her eyes fell on the crystal bowl. Tomorrow she'd move that bowl to a guest bedroom. Oh, Erich, stay tonight, she pleaded silently. Don't go away feeling like this. Suppose Kevin started pestering them with[13] calls? Suppose he stopped the adoption? Suppose he had regular visitation rights[14]? It would

1. si MacPartland t'embête
2. te faire de reproches
3. Tout va s'arranger.
4. Je me sentirai mieux après.
5. à cette époque de l'année
6. dans les bras l'un de l'autre
7. du passé
8. Continuons de vivre.
9. Achète-moi
10. passa voir
11. remua
12. nauséeuse
13. se mette à les harceler de
14. droits de visite

be unbearable for Erich. It would destroy[1] their marriage.

She got into bed and determinedly[2] opened her book. But it was impossible to concentrate. Her eyes were heavy and her body ached[3] in unaccustomed places[4]. Joe had warned her the riding would cause that. "You'll hear from muscles[5] you didn't know you had[6]," he'd grinned[7].

Finally she turned off the light. A little later she heard footsteps in the hall. Erich? She pulled herself up on one elbow[8] but the footsteps continued up the stairs to the attic. What was he doing there? A few minutes later she heard him coming down. He must be dragging something. There was a thudding sound[9] every few steps[10]. What was he doing?

She was about to get up and investigate when she heard sounds from downstairs, the sounds of furniture being moved.

Of course, she thought.

Erich had gone upstairs for the carton of curtains. Now he was rearranging the furniture, putting it back in its original places.

In the morning when Jenny went downstairs, the curtains were rehung[11]; every table and chair and piece of bric-a-brac was in place and her plants were missing. Later she found them in the trash container[12] behind the barn.

1. Ce serait la fin de
2. avec détermination
3. lui faisait mal
4. à des endroits inhabituels
5. Vous sentirez des muscles
6. dont vous n'aviez pas connaissance
7. dit en souriant
8. se redressa sur un coude
9. un bruit sourd
10. périodique [dans l'escalier]
11. raccrochés
12. poubelle

17

Slowly Jenny walked through the downstairs rooms a second time. Erich had not failed to[1] return[2] a single vase or lamp or footstool[3] to its original exact spot. He'd even found the ornately ugly[4] owl[5] sculpture that she'd poked away[6] in an unused cabinet[7] over the stove.

She had known what to expect but even so[8] the absolute rejection of her wishes and taste shocked her. Finally she made coffee and went back to bed. Shivering[9], she pulled the covers around her and leaned back on the pillows propped against the massive headboard. It would be another cold and gloomy[10] day. The sky was gray and misty[11]; a sharp wind rattled the windowpanes[12].

The eighth of March, Erich's thirty-fifth birthday, Caroline's twenty-fifth anniversary. That last morning of her life had Caroline[13] awakened in this bed[14], heartsick that she was leaving[15] her only child? Or had she awakened counting the hours until she could leave this house?

Jenny rubbed her forehead. It ached dully.[16] Once again her sleep had been restless[17]. She'd been dreaming of Erich. Always he had that same expression on his face, an expression she could never quite understand. Once this anniversary was over and he

1. n'avait pas manqué de
2. remettre
3. repose-pied
4. laide
5. de chouette
6. cachée
7. petit placard
8. tout de même,
9. Frissonnante
10. déprimant
11. brumeux
12. faisait claquer les volets
13. Caroline s'était-elle
14. réveillée dans ce même lit
15. malade à l'idée de quitter
16. La douleur sourdait.
17. agité

came back to the house she'd talk to him quietly. She would ask him to go with her for counseling. If he refused she'd have to consider taking the children to New York.

Where?

Maybe her job would be available[1] again. Maybe Kevin would lend her[2] a few hundred dollars for airfare[3]. *Lend.* He owed her hundreds[4]. Fran would let her and the girls bunk in her place[5] for a short time. It was a terrible inconvenience[6] to ask of anyone but Fran was a good scout[7].

I don't have a cent, Jenny thought, but it isn't that. I don't want to leave Erich. I love him. I want to spend the rest of my life with him.

She was still so chilled. A hot shower[8] might help. And she'd wear that warm argyll[9] sweater. It was in the closet.

Jenny glanced at the closet and understood what had been subconsciously bothering her.

When she got up she'd taken her robe from the closet. But last night she had left the robe thrown over the vanity bench[10]. The bench had been pulled back from the dressing table[11]. Now it was precision-straight[12].

No wonder she dreamed of Erich's face. She must have subconsciously realized he was in the room. Why hadn't he stayed? She shivered. Her skin felt prickly[13]. But it wasn't the cold. She was afraid. Afraid of Erich, of her own husband? Of course not, she told herself. I am afraid of his rejection.[14] He came to me and then left me. Had Erich gone back to the cabin during the night or had he slept in the house?

Quietly she put on her robe and slippers[15] and went into the hall. The door of Erich's boyhood room was closed. She listened at the door. There

1. disponible
2. lui prêterait
3. les billets d'avion
4. lui en devait des centaines
5. squatter chez elle
6. très gênant
7. une fille chouette
8. douche
9. à motifs en losanges
10. tabouret de la coiffeuse
11. coiffeuse
12. parfaitement droit
13. Elle avait l'impression d'avoir la chair de poule
14. J'ai peur qu'il me rejette.
15. pantoufles

was no sound. Slowly she turned the handle and opened the door.

Erich was curled up in bed[1], the gaily patterned patchwork quilt wrapped around him. Only his ear and hairline showed. His face was buried[2] in folds[3] of soft material[4]. Silently Jenny entered the room and became aware of a familiar faint scent. She bent over Erich. In his sleep[5] he was nuzzling the aqua nightgown to his face[6].

She and the children had almost finished breakfast when Erich came downstairs. He refused even coffee. He was already wearing one of his heavy parkas and was carrying what was obviously an expensive hunting rifle[7], even to Jenny's inexperienced[8] eye. Jenny eyed it nervously.

"I don't know if I'll be back tonight," he told her. "I don't know what I'll do. I'll just be around the farm today."

"All right."

"Don't go changing any of the furniture again, Jenny. I didn't like it your way.[9]"

"I gathered that[10]," Jenny said evenly.

"It's my birthday, Jen." His tone sounded high-pitched[11], *young*, like the voice of a boy. "Aren't you going to wish me a happy birthday?"

"I'd rather wait until Friday night. Mark and Emily are coming to dinner. We'll celebrate it with them. Wouldn't you prefer that?"

"Maybe." He came over to her. The cold steel of the rifle brushed her arm. "Do you love me, Jenny?"

"Yes."

"And you'll never leave me?"

"I'd never want to leave you."

"That's what Caroline said, those very words." His eyes became reflective[12].

The children had been silent. "Daddy, can I go with you?" Beth begged.

1. lové dans son lit
2. enfoui
3. les plis
4. tissu
5. Tout en dormant,
6. il tenait la chemise de nuit bleu-vert contre son visage
7. fusil de chasse
8. de novice
9. Tes arrangements ne m'ont pas plu.
10. C'est ce que j'ai cru comprendre
11. aigu
12. songeurs

"Not now. Tell me your name."

"Beth Crew-grr[1]."

"Tina, what's your name?"

"Tina Crew-grr."

"Very good. I'll get both of you presents." He kissed them and came back to Jenny. Propping[2] the rifle against the stove, he took her hands and ran them through his hair. "Do it like that," he whispered. "Please, Jen."

His eyes were on her intently[3] now. They looked as they had in her dream. With a wrench of tenderness she obeyed. He looked so vulnerable, and last night he had not been able to come to her for comfort[4].

"That's good," he smiled. "That feels so good. Thank you."

He picked up the rifle and walked to the door. "Good-bye, girls."

He smiled at Jenny, then hesitated. "Sweetheart, I have an idea. Let's go out together for dinner tonight, just the two of us. I'll ask Rooney and Clyde to stay with the children for a few hours."

"Oh, Erich, I'd love that!" If he began to share this date with her … it's a breakthrough[5], she thought, a good omen[6].

"I'll phone and make reservations for eight o'clock at the Groveland Inn. I've been promising to take you there, darling. It's the best food around.[7]"

The Groveland Inn where she had met Kevin. Jenny felt her face pale[8].

When she and the girls got to the stable, Joe was waiting for them. His usually sunny smile was missing; his young face was set in[9] unfamiliar lines of worry.

"Uncle Josh came over this morning. He was pretty drunk and Maw told him to get lost[10]. He left the

1. [tentative enfantine de prononcer Krueger]
2. Calant
3. la fixaient avec intensité
4. chercher du réconfort auprès d'elle
5. un tournant
6. un bon présage
7. C'est là qu'on mange le mieux par ici.
8. se sentit pâlir
9. montrait
10. de ficher le camp

door open and Randy got out. I just hope nothing happens to him. He's not used to cars."

"Go look for him," Jenny said.

"Mr. Krueger won't like ..."

"It will be all right, Joe. I'll see it is.[1] The girls would be heartsick if anything happened to Randy."

She watched him hurry down the dirt road[2], then said, "Come on, girls. Let's take our walk now. You can visit the ponies later."

They ran ahead of her across the fields. Their rubber boots[3] made soft squishing sounds[4]. The ground was thawing[5]. Maybe it would be an early spring after all. She tried to imagine these fields fleshed out with[6] alfalfa and grass, those sparse[7] empty[8] trees weighted with[9] leaves.

Even the wind had lost something of its biting edge[10]. In the south pastures[11] she could see that the cattle had their heads down and were sniffing at[12] the ground as though anticipating the shoots[13] of grass that would soon be coming.

I'd like to start a garden, Jenny thought. I don't know a thing about it but I could learn. Maybe it was because she needed exercise that she was feeling physically rotten[14]. It wasn't just nerves; once again the clammy[15], queasy feeling was back. She stopped abruptly. Was it possible? Dear God, was it possible?

Of course it was.

She'd felt this way when she was carrying[16] Beth.

She was pregnant[17].

That explained why the nightgown felt too tight in the bodice[18]; it explained the light-headedness, the queasiness; it even explained the periods of depression.

What a marvelous gift to tell Erich tonight that she believed she was expecting[19] a child! He wanted a son to inherit this farm. Surely the night staff[20]

1. J'y veillerai.
2. s'engager rapidement dans le chemin
3. bottes en caoutchouc
4. de petits bruits de succion
5. dégelait
6. couverts de
7. clairsemés
8. nus
9. alourdis par
10. son froid mordant
11. pâturages
12. reniflaient
13. les premières pousses
14. toute patraque
15. moite
16. quand elle avait été enceinte de
17. enceinte
18. au niveau du corsage
19. qu'elle pensait attendre
20. l'équipe du soir

at the restaurant was different from the lunchtime help[1]? It would be all right. *Erich's son.*

"Randy," Tina called. "Look, Mommy, there's Randy."

"Oh, good," Jenny said. "Joe was so worried." She called to him. "Randy come here."

The puppy must have cut through[2] the orchard[3]. He stopped, turned and looked at her. Squealing, Beth and Tina began running toward him. With a bark[4] of delight he turned tail[5] and began to run toward the south fields. "Randy, stop," Jenny shouted. Now barking noisily, the puppy loped ahead[6]. Don't let Erich hear him, she prayed. Don't let him run toward the cow pastures. Erich would be furious if he upset the cows. Nearly a dozen of them were coming to term with calves[7].

But he wasn't heading toward the pastures. Instead he veered[8] and started running along the east line of the property.

The cemetery. He was heading straight for it[9]. Jenny remembered how Joe joked about Randy digging[10] around their house. "Swear he's trying[11] to get to[12] China, Jenny. You should just see him. Every spot that shows a bit of thawing, he's into."

If the dog ever started digging in the graves …

Jenny passed the girls, running as fast as she could on the mushy[13] ground. "Randy," she called again. "Randy, *come here.*"

Suppose Erich heard her? Puffing heavily[14] she ran around the line of Norwegian pines that screened[15] the graveyard and into the clearing[16]. The gate was open and the puppy was leaping among the tombstones. In its isolated corner Caroline's grave was covered with a blanket of fresh roses. Randy romped over it[17], crushing[18] the flowers.

1. celle du déjeuner
2. avait dû passer par
3. verger
4. jappement
5. vira de bord
6. courait devant en bondissant
7. étaient sur le point de vêler
8. bifurqua
9. allait droit dessus
10. creusant
11. À croire qu'il essaie
12. d'aller jusqu'en
13. meuble
14. Haletant,
15. masquant
16. clairière
17. s'ébattit dessus
18. piétinant

1. l'éclat
2. ralentie
3. Le bruit sec de la détonation
4. déclencha une stridente volée de moineaux
5. hurlement
6. s'effondra
7. disparaissant
8. réarma
9. culasse mobile
10. un cliquetis bien huilé
11. gémissant
12. Lorsque
13. déflagration
14. se perdit

Jenny saw the glint[1] of metal coming from the woods. Instantly she realized what it was. "No, no," she screamed, "don't shoot! Erich, don't shoot him!"

Erich stepped from the shelter of the trees. With slow-motion[2] precision he raised it to his shoulder. "Don't, please!" she screamed.

The sharp crack of the rifle[3] sent sparrows squawking from the trees[4]. With a howl[5] of pain the puppy crumbled[6] to the ground, his small body sinking[7] into the roses. As Jenny watched in disbelieving horror, Erich worked[8] the bolt[9] with a well-oiled click[10], and shot the whimpering[11] animal again. As[12] the echo of the blast[13] died away[14], the whimpering ceased.

18

Later Jenny remembered the hours after the shooting as a nightmare[1], blurred[2] and difficult to piece together[3]. She remembered her own frantic rush to head off[4] the girls before they saw what had happened to Randy, yanking their hands[5]. "We have to go home now."

"But we want to play with Randy."

She thrust them[6] in the house. "Wait here. Don't come out again."

A shirt-sleeved, grave Erich[7] was carrying Randy's still form[8]; the parka he had wrapped the animal in was soaked with[9] blood. Joe tried to blink back tears[10].

"Joe, I thought it was one of those damn strays[11]. You know half of them are rabid[12]. If I'd only realized[13]…"

"You shouldn't have put him on your good coat[14], Mr. Krueger."

"Erich, how can you be so cruel? You shot him twice. You shot him after I called to you[15]."

"I had to, darling," he insisted. "The first bullet[16] shattered his spine[17]. Do you think I could have left him like that? Jenny, I was frantic when I thought the girls were chasing[18] a stray. A child nearly died[19] last year after being bitten by one of them."

1. cauchemar
2. flou
3. confus
4. détourner
5. les tirant par la main
6. les poussa
7. Un Erich en bras de chemise et le regard sombre
8. le corps sans vie
9. imbibée de
10. s'efforçait de retenir ses larmes
11. chiens errants
12. ont la rage
13. Si je m'étais douté
14. votre plus beau manteau
15. malgré mon appel
16. balle
17. lui avait brisé la colonne vertébrale
18. couraient après
19. a failli mourir

Clyde, looking uncomfortable, shifted from one foot to the other. "You just can't go around petting[1] animals on a farm, Miz[2] Krueger."

"I'm sorry to give you so much trouble[3], Mr. Krueger," Joe said apologetically[4].

Her own anger dissipated into confusion. Erich smoothed her hair. "Joe, I'll replace him with a good hunter[5]."

"You don't need to do that, Mr. Krueger." But there was hope in his voice.

Joe took Randy to bury him on his own property. Taking her back to the house, Erich insisted she lie[6] on the couch, bringing her a steaming[7] cup of tea. "I forget my darling is still a city girl." And then he left her.

Finally she got up and got the girls' lunch. While they napped she rested[8], forcing herself to read, willing her mind to stop squirming about[9] in hopeless worry.

"It will be a fast dinner for you two tonight," she told Beth and Tina. "Daddy and I are going out."

"Me too," Tina volunteered.

"No, not you too," Jenny said, hugging her. "For once Daddy and I have a date[10]." But no wonder the girls expected to be included. The few places she and Erich had gone to in this last month, he'd always insisted on bringing them along. How many stepfathers[11] would be so considerate?

She took elaborate care with her own preparations.[12] Soaking in a steaming tub took some of the soreness from her body[13]. Hesitating only a minute, she filled the tub with the pine-scented bath crystals[14] that she'd so far ignored in the bathroom cabinet.

1. câliner
2. madame
3. autant de souci
4. s'excusa Joe
5. chien de chasse
6. pour qu'elle s'allonge
7. fumant
8. se reposa
9. d'errer nerveusement
10. sortons ensemble
11. de beaux-pères
12. Elle mit un soin tout particulier à se préparer.
13. calma son corps endolori
14. sels de bain

She washed her hair and pulled it back in a Psyche knot[1]. When she'd been in the restaurant with Kevin her hair had been loose on her shoulders.

She studied the contents[2] of her closet, choosing a long-sleeved, hunter-green[3] wraparound silk[4] that accentuated her narrow waist and the green in her eyes.

Erich came into the room just as she was fastening[5] her locket. "Jenny, you dressed especially for me. I love you in green."

She cupped his face in her hands[6]. "I always dress for you. I always will."

He was carrying a canvas. "Miraculous as it might seem, I managed to finish it this afternoon."

It was a spring scene, a new calf half-hidden in a hollow[7], the mother watchfully[8] beside it, eyeing[9] the other cattle, seeming to warn them to stay away[10]. The sunlight filtered through pine trees; the sun was a five-pointed star[11]. The painting had the aura of a Nativity scene.

Jenny studied it and felt all her senses quickening to[12] its profound beauty. "It's magnificent," she said quietly. "There's so much tenderness there."

"Today you told me I was cruel."

"Today I was terribly stupid and terribly wrong. Will this be for the next exhibit?"

"No, darling, this is my gift to you."

She pulled the collar of her coat around her face[13] as they went into the restaurant. The other time[14] she'd been so anxious to escape[15] quickly that she'd hardly noticed the details of the place. Now she realized that with its bright red carpeting[16], pine furniture, mellow lighting[17], colonial curtains and blazing fire[18], the inn[19] was immensely appealing. Her eyes slid to the booth where she'd sat with Kevin.

1. les releva en chignon
2. le contenu
3. vert chasseur
4. robe portefeuille en soie
5. fermait
6. lui prit le visage dans les mains
7. un creux
8. vigilante
9. regardant
10. rester à distance
11. étoile à cinq branches
12. fut très émue de
13. remonta le col de son manteau sur son visage
14. La dernière fois,
15. de s'échapper
16. moquette
17. éclairage tamisé
18. feu crépitant
19. auberge

1. Par ici.
2. retint son souffle
3. par bonheur
4. ne s'y arrêta pas
5. seau à glace

"Right this way.[1]" The hostess led them in that direction. Jenny held her breath[2] but mercifully[3] the hostess sailed past it[4] and led them to a window table. There was a bottle of champagne already in the cooler[5] beside the table.

When their glasses had been filled Jenny held hers up to Erich. "Happy birthday, darling."

"Thank you."

Quietly they sipped.

6. gris anthracite
7. la bougie à la flamme vacillante

Erich was wearing a dark gray tweed jacket, a narrow black tie, charcoal gray[6] trousers. His thick charcoal eyebrows and lashes intensified the blue of his eyes. His bronze-gold hair was highlighted by the flickering candle[7] on the table. He reached for her hand.

"I enjoy taking you to places for the first time, darling."

Her mouth went dry. "I enjoy being everywhere … anywhere with you."

8. un bijou
9. que tu aurais porté
10. les tâtonnements du premier apprentissage

"I think that's why I left that note. You're right, sweetheart. I wasn't only teasing. I *was* jealous watching Joe teach you to ride. All I could think was that I wanted to share the first minute you were on Fire Maid. I suppose it's as though I'd bought you a piece of jewelry[8] and you'd worn it[9] for someone else."

"Erich," Jenny protested. "I just thought it would be nice for you not to be bothered with the ABCs of the learning process[10]."

11. avec ses fenêtres sans rideaux
12. ses chlorophytums
13. dont je croyais qu'il risquait d'
14. tu as régi de façon impulsive

"It's not unlike the house, is it, Jenny? You came in, and in four weeks you try to transform a historical treasure into a New York studio complete with bare windows[11] and spider plants[12]. Darling, may I suggest a birthday present for me? Take a little time to find out who I am … who we are. You accused me of cruelty when I shot an animal I thought might[13] attack our children. May I suggest that you in a different way shoot from the hip[14] utterly without justification[1]? And, Jenny, I have to say this, you have the distinction[2] of being the first Krueger woman in four generations to create a scene in front of a hired hand[3]. Caroline would have fainted dead away before[4] she would publicly criticize[5] my father."

"I'm not Caroline," Jenny said quietly.

"Darling, just understand that I'm not cruel to animals. I'm not unreasonably rigid.[6] That first night in your apartment I could see you didn't understand why I was astonished that you gave MacPartland money; the same thing on our wedding day. But it's come back to haunt us[7], hasn't it?"

If you only knew, Jenny thought.

The maître d'[8] was heading toward them with menus, a professional smile plastered[9] on his face. "And now, my sweet," Erich said, "let's consider that we've cleared the air[10] a bit. Let's have a wonderful dinner together and please know that I'd rather be here with you in this place at this moment than anywhere else with anyone else in the world."

When they arrived home she deliberately put on the aqua gown. She had not told Erich at dinner about her possible pregnancy. She'd been too shaken[11] by the truth of his observations. When they were in bed, his arms around her, she would tell him.

But he did not stay with her. "I need to be completely alone. I'll be back by Thursday but not before then."

She did not dare to protest. "Now don't get into a creative haze and forget[12] that Mark and Emily are coming to dinner on Friday."

He looked down at her as she lay in bed. "I won't forget." Without kissing her, he left. Once again she was alone in the cavernous[13] bedroom to fall into the uneasy, dream-filled sleep that was becoming a way of life[14].

1. alors que c'était complètement injustifié
2. l'honneur
3. devant un employé
4. aurait préféré s'évanouir plutôt que
5. de critiquer en public
6. Je ne suis pas d'une rigidité excessive.
7. c'est revenu nous hanter
8. maître d'hôtel
9. plaqué
10. réglé nos différents
11. secouée par
12. ne pars pas dans une envolée créative au point d'oublier
13. immense
14. une habitude

19

In spite of everything, planning the dinner party was a pleasant diversion. She wanted to shop herself but would not make driving the car an issue[1]. Instead she compiled[2] a long list for Elsa. "Coquilles St. Jacques," she told Erich when he came to the house on Friday morning. "Mine is really good. And you say Mark likes a rib roast?" She chatted on, determined to bridge[3] the perceptible estrangement[4]. He'll get over it, she thought, especially when he knows about the baby.

Kevin had not called again. Maybe he had met a girl in the cast[5] and had become involved[6]. If so, they wouldn't hear from him for a while. If necessary, as soon as the adoption became final they could take legal steps[7] to make him stay away. Or if he did try to block the adoption, Erich might as a last resort[8] buy him off[9]. Silently, she prayed: Please let the children have a home, a real family. Let it be good again between Erich and me.

The night of the dinner she set out[10] the Limoges china, delicately beautiful with its gold-and-blue border[11]. Mark and Emily were due at eight[12]. Jenny found herself[13] eagerly looking forward to meeting Emily. All her life she'd had girlfriends[14]. She'd lost touch[15] with most of them because of lack of

1. ne voulait pas que prendre la voiture soit un problème
2. dressa
3. défaire
4. la brouille installée entre eux
5. la troupe
6. noué une relation sérieuse
7. entamer des démarches légales
8. en dernier recours
9. le soudoyer
10. sortit
11. liseré
12. étaient attendus pour 20 h
13. se surprit à
14. des amies
15. avait perdu de vue

time[1] to keep up contacts after Beth and Tina came along[2]. Maybe Emily and she would hit it off[3].

She said as much to Erich.[4] "I doubt it," he told her. "There was a time when the Hanovers looked very fondly at the prospect[5] of having me as a son-in-law[6]. Roger Hanover is the president of the bank in Granite Place and has a good idea of my net worth[7]."

"Did you ever go out with[8] Emily?"

"A little. But I wasn't interested and didn't want to get into a situation that would prove[9] uncomfortable. I was waiting for the perfect woman, you see."

She tried to make her voice teasing. "Well, you found her, dear."

He kissed her. "I certainly hope so."

She flinched[10]. He's joking, she told herself fiercely.

After she got Beth and Tina into bed, Jenny changed into a white silk blouse with lace cuffs and a multicolored, ankle-length skirt[11]. She studied her reflection in the mirror and realized she was deathly pale. Adding a touch of rouge[12] helped.

Erich had set up the tea table in the parlor as a bar[13]. When she came into the room he studied her carefully. "I like that costume[14], Jen."

"That's good," she smiled. "You certainly paid enough for it."

"I thought you didn't like it. You've never worn it before."

"It seemed kind of dressed up[15] for just sitting around."

He came over to her. "Is that a spot on your sleeve?"

"That? Oh, it's just a speck of dust[16]. It must have happened in the store."

"Then you haven't worn this outfit before?"

Why did he ask that? Was he simply too sensitive[17] not to know[18] she was hiding something from him?

"First time, girl scout's honor[19]."

1. par manque de temps
2. après la naissance de Beth et de Tina
3. s'entendraient bien
4. Elle s'en ouvrit à Erich.
5. auraient vu d'un très bon œil
6. pour gendre
7. ma valeur nette
8. As-tu fréquenté
9. qui se révélerait
10. tressaillit
11. jupe tombant aux chevilles
12. un peu de rouge à joue
13. en bar où chacun se sert lui-même
14. tenue
15. faisait trop habillé
16. un grain de poussière
17. hypersensible
18. au point de se douter qu'
19. parole d'honneur

The door chimes[1] were a welcome interruption. Her mouth had begun to go dry. It's getting so that no matter what Erich says, I'm afraid of giving myself away[2], she thought.

Mark was wearing a pepper-and-salt jacket that suited him well. It brought out the gray in his hair, accentuated his broad shoulders, the lean strength[3] of his tall frame. The woman with him was about thirty, small-boned[4], with wide inquisitive[5] eyes and dark blond hair that skimmed the collar[6] of her well-cut brown velvet suit[7]. Jenny decided that Emily had the air of someone who never had experienced an instant of self-doubt[8]. She made no secret of looking Jenny over from head to toe[9]. "You do realize I have to report to everyone in town what you're like; the curiosity is overwhelming[10]. My mother gave me a list of twenty questions I'm to discreetly toss in[11]. You haven't exactly made yourself available to the community.[12]"

Before Jenny could answer, she felt Erich's arm slip around her waist. "If we'd taken a two-month honeymoon cruise[13] nobody would have thought a thing of it[14]. But as Jenny says, because we chose to honeymoon in our own home, Granite Place is outraged not to be camped[15] in our living room."

I never said that! Jenny thought helplessly[16] as she watched Emily's eyes narrow[17].

Over cocktails, Mark waited until Erich and Emily were deep in conversation before he commented, "You look pale, Jenny. Are you all right?"

"Fine!" She tried to sound as though she meant it.

"Joe told me about his dog. I understand you were pretty upset."

"I guess I have to learn to understand that things are different here. In New York we cliff dwellers[18] weep collectively[19] over the picture of a stray about

1. carillon
2. me trahir
3. la force subtile
4. fluette
5. curieux
6. qui lui tombaient jusqu'au col
7. ensemble
8. n'avait jamais douté d'elle-même un seul instant
9. dévisagea longuement et ouvertement
10. extrême
11. glisser
12. On ne peut pas dire que vous ayez été très sociable.
13. croisière
14. n'y aurait rien trouvé à redire
15. de ne pas camper
16. incapable de réagir
17. se plisser
18. nous les habitants de gratte-ciel
19. sanglotons comme un seul homme

to be destroyed. Then somebody shows up to adopt him and we all cheer[1]."

Emily was looking around the room. "You haven't changed anything, have you?" she asked. "I don't know whether Erich has mentioned it but I am an interior designer[2] and if I were you[3], I'd get rid of those curtains. Sure they're beautiful but the windows are so overdressed[4] and you lose that glorious[5] view."

Jenny waited for Erich to defend her. "Apparently, Jen doesn't agree with you," he said smoothly[6]. His tone and smile were indulgent.

Erich, that's unfair, Jenny thought furiously. Should she contradict him? *The first Krueger woman in four generations to create a scene in front of a hired hand.* How about a scene in front of friends? What was Emily saying?

" … and I happen to be never at peace[7] if I'm not switching things around but maybe that isn't your interest. I understand you're an artist too."

The moment had passed. It was too late to correct the impression Erich had left. "I'm not an artist," Jenny said. "My degree is in fine arts. I worked in a gallery in New York. That's where I met Erich."

"So I've heard. Your whirlwind[8] romance[9] has created quite a stir[10] in these parts[11]. How does our rustic life compare with[12] the Big Apple[13]?"

Jenny chose her words carefully. She had to undo[14] the impression that she felt Erich had given that she was scornful of the local people[15]. "I miss my friends, of course. I miss bumping into[16] people who know me and comment[17] on how big the children are getting[18]. I like people and I make friends easily. But once[19]," she glanced at Erich, "once our honeymoon is officially over, I hope to be active in the community."

1. faisons hourrah
2. décoratrice d'intérieur
3. si j'étais vous
4. trop chargées
5. splendide
6. suavement
7. tranquille
8. éclair
9. histoire d'amour
10. a fait jaser
11. dans le coin
12. Que vaut notre vie campagnarde, comparée à
13. New York
14. rectifier
15. qu'elle méprisait les habitants de la région
16. Ça me manque, de ne plus tomber sur des
17. qui remarquent
18. comme les enfants ont grandi
19. une fois que

"Report that to your mother, Emily," Mark suggested.

Jenny thought, Bless you[1] for underscoring[2]. Mark knew what she was trying to do.

Emily laughed, a brittle[3], mirthless[4] sound. "From what I hear you've got at least one friend to keep you amused."

She had to be referring to the meeting with Kevin. The woman from church had been gossiping. She felt Erich's questioning look and did not meet his eyes[5].

Jenny murmured something about seeing to the[6] dinner and went into the kitchen. Her hands were shaking so she could hardly lift the roasting pan[7] from the oven. Suppose Emily followed through on[8] her insinuations? Emily believed she was a widow; now her telling the truth would in effect be branding Erich as a liar[9]. What about Mark? The question had not come up[10] but undoubtedly[11] he too thought she had been a widow.

Somehow she managed to get the food onto serving dishes[12], to light the candles and call them to the table. At least I'm a good cook, she reflected. Emily can tell her mother that.

Erich carved[13] and served the rib roast. "One of our own steers[14]," he said proudly. "Are you sure that doesn't repel you[15], Jenny?"

He was teasing her. She mustn't overreact[16]. The others didn't seem to notice. "Think, Jenny," he continued in the same bantering tone[17], "the yearling[18] you pointed out to me in the field last month, the one you said looked so wistful. You're eating him now."

Her throat closed. She was afraid she would gag[19]. Please, God, please don't let me get sick.

1. Mille fois merci
2. de souligner mes propos
3. cassant
4. forcé
5. évita de croiser son regard
6. vaguement qu'elle allait s'occuper du
7. la cocotte
8. persistait avec
9. trahir le fait qu'Erich avait menti
10. n'avait pas été abordée
11. à n'en pas douter
12. les plats du service
13. découpa
14. bœufs
15. ça ne te dégoûte pas
16. dramatiser
17. ton badin
18. veau
19. avoir un haut-le-cœur

Emily laughed. "Erich, you are so mean. Remember you used to bait[1] Arden like that and have her in tears[2]?"

"Arden?" Jenny asked. She reached for her water glass. The knot in her throat started to dissolve.

"Yes. What a nice kid she was. Talk about the all-American girl.[3] Crazy about animals. At sixteen she wouldn't touch meat or poultry[4]. Said it was barbaric and that she was going to be a vet[5] when she grew up[6]. But I guess she changed her mind[7]. I was in college when she ran away."

"Rooney's never given up hope that she'll come back," Mark commented. "It's incredible, the mother instinct. You see it from the first moment of birth. The dumbest animal[8] knows[9] its own calf and will protect it to the death."

"You're not eating your meat, darling," Erich commented.

A flash of anger made it possible for her to square her shoulders[10] and look across the table directly into his eyes. "And you're not eating your vegetables, darling," she told him.

He winked at her. He *was* just teasing. "Touché[11]," he smiled.

The peal[12] of the door chimes startled all of them. Erich frowned. "Now, who could that ..." His voice trailed off as[13] he stared at Jenny. She knew what he was thinking. Don't let it be Kevin, she prayed, and realized as she pushed back her chair that all evening she'd been sending frantic prayers for divine intervention.

A heavily built[14] man of about sixty, with massive shoulders, a bulging[15] leather jacket and narrow, heavy-lidded[16] eyes, was there. His car was parked directly in front of the house, an official car with a red dome top[17].

"Mrs. Krueger?"

1. tourmenter
2. jusqu'à la faire pleurer
3. Ça, c'était une vraie Américaine
4. ni volaille
5. vétérinaire
6. serait grande
7. a changé d'avis
8. Le plus idiot des animaux
9. reconnaît
10. redresser les épaules
11. Très juste,
12. tintement
13. Il ne termina pas sa phrase et
14. costaud
15. trop serrée
16. aux paupières tombantes
17. gyrophare rouge

"Yes." Relief made her weak. No matter what this man wanted, at least Kevin hadn't come.

"I'm Wendell Gunderson, sheriff of Granite County. May I come in?"

"Of course. I'll get my husband."

Erich was hurrying down the hall, into the foyer. Jenny noticed the instant[1] respect that came into the sheriff's face. "Sorry to bother you, Erich. Just have to ask your wife a few questions."

"*Ask me a few questions?*" But even as she spoke, Jenny knew that this visit had to do with[2] Kevin.

"Yes, ma'am[3]." From the dining room they could hear the sound of Mark's voice. "Could we speak quietly for a few minutes?"

"Why don't you come and join us for coffee?" Erich suggested.

"Perhaps your wife would rather answer my questions privately[4], Erich."

Jenny felt clammy perspiration[5] on her forehead. She realized her palms were damp. The queasiness was so strong, she had to clamp her lips together[6]. "There's certainly no reason we can't talk at the table," she murmured helplessly.

She led the way into the dining room, listened as Emily greeted the sheriff with quickly concealed surprise, watched as Mark leaned back in his chair, an attitude she had begun to realize meant he was diagnosing[7] a situation. As Erich offered the sheriff a drink which was refused "because of being on official business," she set out the coffee cups.

"Mrs. Krueger, do you know a Kevin MacPartland?"

"Yes." She knew her voice was trembling. "Has Kevin been in an accident?"

"When and where did you last see him?"

She put her hands in her pockets, clenched them into fists[8]. Of course it had had to come out[9]. But why this way? Oh, Erich, I'm so sorry, she thought.

1. immédiat
2. concernait
3. madame
4. en privé
5. la sueur perler
6. serrer les lèvres
7. évaluait
8. serra les poings
9. on l'aurait su un jour ou l'autre

She could not look at Erich. "On February twenty-fourth at the shopping center in Raleigh."

"Kevin MacPartland is the father of your children?"

"He is my former husband[1] and the father of my children." She heard Emily gasp[2].

"When did you last speak with him?"

"He phoned on the evening of March seventh about nine o'clock. Please tell me. Has anything happened to him?"

The sheriff's eyes narrowed into slits[3]. "On Monday afternoon, March ninth, Kevin MacPartland received a telephone call during a rehearsal[4] at the Guthrie Theater. He said his former wife[5] had to see him about the children. He borrowed a car from one of the other actors and left half an hour later, about four-thirty P.M., promising to return in the morning. That was four days ago and he hasn't been heard from since[6]. The car he borrowed was only six weeks old and the actor who lent it had just met MacPartland so you can understand that he's pretty concerned. Are you saying that you did not ask him to meet you?"

"No, I did not."

"May I ask why you've been in touch with your former husband? We understood[7] around here that you were a widow."

"Kevin wanted to see the girls," Jenny said. "He was talking about stopping the adoption." It surprised her how lifeless[8] her voice sounded. She could see Kevin as though he were in the room: the expensive ski sweater[9], the long scarf draped over his left shoulder, the dark red hair so carefully barbered, the poses[10] and posturing[11]. Had he deliberately staged[12] a disappearance to embarrass her? She had warned him that Erich was upset. Did Kevin hope to destroy their marriage before it had a chance?

1. ex-mari
2. avoir un cri de surprise
3. devinrent des fentes
4. répétition
5. ex-femme
6. depuis, on est sans nouvelles de lui
7. avions cru comprendre
8. morne
9. blouson de ski
10. ses poses
11. son affectation
12. mis en scène

"And what did you tell him?"

"When I saw him, and when he called, I told him to leave us alone." Her voice was getting higher[1].

"Erich, were you aware[2] of this meeting, of the phone call on March seventh?"

"I was aware of the phone call on March seventh. I was here when it came. I was not aware of the meeting. But I can understand it. Jenny knew my feelings about Kevin MacPartland."

"You were home with your wife on the evening of March ninth?"

"No, as a matter of fact, I stayed in the cabin that night. I was just completing[3] a new canvas."

"Did your wife know you were planning to be away?"

There was a long silence. Jenny broke it. "Of course I knew."

"What did you do that evening, Mrs. Krueger?"

"I was very tired and went to bed shortly after[4] I had settled[5] my little girls in their room."

"Did you speak to anyone on the phone?"

"No one. I went to sleep almost immediately."

"I see. And you are very sure you did not invite your former husband to visit you during Erich's absence?"

"No, I did not … I would never ask him to come here." It was as though she could read their minds[6]. Of course they didn't believe her.

Her untouched[7] plate[8] was on the serving buffet. Congealed fat[9] was forming a narrow rim[10] around the beef. The beef had a crimson[11] center. She thought of Randy's body turning crimson with blood as he collapsed[12] among the roses; she thought of Kevin's dark red hair.

Now the plate was going around and around. She had to get fresh air. She was spinning too[13]. Pushing back her chair, she tried to struggle to her feet[14].

1. montait dans les aigus
2. avez-vous eu connaissance
3. mettais la dernière main à
4. peu après
5. avoir installé
6. lire dans leurs pensées
7. intacte
8. assiette
9. De la graisse figée
10. pourtour
11. cramoisi
12. s'était effondré
13. Elle aussi avait l'impression de tourner
14. se mettre debout

Her last conscious recollection[1] was Erich's expression—was it concern or annoyance[2]?—as her chair slammed[3] against the buffet behind her.

When she woke up she was lying on the couch in the parlor. Someone was holding a cold cloth[4] on her head. It felt so good. Her head hurt so much. There was something she didn't want to think about.

Kevin.

She opened her eyes. "I'm all right. I'm so sorry."

Mark was bending over her. There was so much concern in his face. It was oddly[5] comforting. "Take it easy[6]," he said.

"Can I get something for you, Jenny?" There was an undercurrent of excitement[7] in Emily's voice. She's enjoying this, Jenny thought. She's the kind of person who wants to be in on everything[8].

"Darling!" Erich's tone was solicitous[9]. He came over and took both her hands.

"Not too close[10]," Mark warned. "Give her air.[11]"

Her head started to clear. Slowly she sat up, the taffeta skirt rustling[12] as she moved. She felt Mark slip pillows behind her head and back.

"Sheriff, I can answer any questions you have. I'm sorry. I don't know what came over me. I've not felt quite well these past few days."

His eyes seemed wider and shinier now, as though they'd locked into an intense focus on her. "Mrs. Krueger, I'll make this brief[13]. You did not phone your former husband on the ninth of March to request a meeting, nor did he arrive here that night?"

"That's correct[14]."

"Why would he have told his colleagues that you had called him? What purpose would he have in lying?[15]"

1. souvenir
2. de la contrariété
3. claqua
4. linge frais
5. étrangement
6. Allez-y doucement
7. une excitation sous-jacente
8. qui veut toujours être de la partie
9. plein de sollicitude
10. trop près
11. Laisse-lui de l'air.
12. froufroutant
13. Je serai bref.
14. exact
15. Dans quel but aurait-il menti ?

"The only thought I have is that sometimes Kevin used to say he was visiting me and the children when he wanted to get out of[1] other plans. If he was in the process of dropping one girlfriend[2] for another, he'd often use us as an excuse."

"Then may I ask why you're so upset at his disappearance if you think he might be off with[3] some woman?"

Her lips were so stiff it was hard to form words. She spoke slowly, like a teacher enunciating for a first-year language class. "You must understand there is something terribly wrong. Kevin *had* been accepted by the Guthrie Theater for the repertory company. That is true, isn't it?"

"Yes, it is."

"You must look for him," she said. "He would never jeopardize[4] that opportunity[5]. Kevin's acting[6] is the most important thing in his life."

They all left a few minutes later. She insisted on walking with them to the front door. Jenny could imagine the conversation that would take place[7] when Emily reported back to her mother. "*She's* not a widow … that was her ex-husband she was kissing in the restaurant … and now he's missing[8] … the sheriff obviously thinks she's lying … poor Erich …"

"I'll treat this as a missing person[9]. … Get out some flyers[10]. … We'll be back to you, Mrs. Krueger."

"Thank you, Sheriff."

He was gone. Mark pulled on his coat. "Jenny, you ought to go right to bed. You still look mighty rocky[11]."

"Thanks for coming you two," Erich said. "Sorry our evening ended so badly." His arm was around Jenny. He kissed her cheek. "Shows what happens when you marry a woman with a past doesn't it?"

His tone was amused. Emily laughed. Mark's face showed no emotion. When the door closed behind

1. échapper à
2. plaquer une petite amie
3. qu'il a dû partir avec
4. ne ferait rien pour compromettre
5. une telle chance
6. Pour Kevin, sa carrière d'acteur
7. qui se déroulerait
8. il a disparu
9. comme recherche de personne disparue
10. Je ferai circuler des avis de recherches
11. passablement secouée

him, Jenny wordlessly started up the staircase. All she wanted to do was to go to bed.

Erich's astonished voice stopped her. "Jenny, surely you're not planning to leave the house in this condition[1] overnight[2]?"

1. dans cet état
2. en pleine nuit

20

1. entra

2. ébouriffés

3. visage d'oiseau

Rooney let herself in[1] as Jenny was sipping a second cup of tea after breakfast. Jenny spun around at the faint click of the door. "Oh!"

"Did I scare you?" Rooney sounded pleased. Her eyes were vague; her thin hair, scattered[2] by the wind, blew around her birdlike face[3].

"Rooney, that door was locked. I thought you said you're not supposed to have a key."

"I must have found one."

4. Je ne trouve plus la mienne.

"Where? Mine is missing.[4]"

"Did I find yours?"

Of course, Jenny thought. The coat I gave her. It was in the pocket. Thank God I didn't admit to Erich that I lost it. "May I have my key, please?" She held out her hand.

Rooney looked puzzled. "I didn't know there was a key in your coat. We gave you back your coat."

"I don't think so."

5. m'y a obligée

6. Et qu'est-ce que ça peut faire ?

7. Montrez-moi

"Yes. Clyde made me[5]. He put it back himself. I saw you wear it."

"It's not in the closet," Jenny said. What difference?[6] she thought. She tried a new approach. "Let me see[7] your key, Rooney, please."

Rooney pulled a heavy key ring out of her pocket. The large bunch of keys[1] were all individually tagged[2]: house, barn, office, grainery …

"Rooney, aren't these Clyde's keys?"

"I guess so."

"You must put them back. Clyde will be angry if you take his keys."

"He says I shouldn't take them."

So that was how Rooney got into the house. I'll have to tell Clyde to hide his keys, Jenny thought. Erich would have a fit[3] if he knew she could get at them[4].

Jenny looked at Rooney with pity. In the three weeks since the sheriff had come, she hadn't visited Rooney and in fact had tried to avoid running into her. "Sit down and let me pour you a cup of tea," she urged. For the first time she noticed that Rooney had a package tucked under her arm. "What have you got there?"

"You said I could make the girls jumpers. You promised."

"Yes, I did. Let me see."

Hesitantly Rooney opened the brown paper and shook[5] two violet-blue corduroy jumpers from tissue wrapping[6]. The stitching[7] was fine; the strawberry-shaped pockets[8] were embroidered in[9] red and green. Jenny could see that the sizes would be perfect.

"Rooney, these are lovely," she said sincerely. "You sew[10] beautifully."

"I'm glad you like them. I made Arden a skirt with this material and had some left over[11]. I was going to make her a jacket too but then she ran away. Don't you think this is a pretty shade of blue?"

"Yes, I do. It will be wonderful with their hair."

1. Les clefs du gros trousseau
2. étiquetées
3. aurait une attaque
4. mettre la main dessus
5. sortit
6. papier de soie
7. Les points
8. poches en forme de fraise
9. rebrodées de
10. cousez
11. il m'en restait

"I wanted you to see the material before I started, but when I came that night you were on your way out and I didn't want to interfere."

On the way out at night? Not likely[1], Jenny thought, but let it go[2]. She found herself glad for Rooney's company. These weeks had dragged so. Ceaselessly she thought[3] about Kevin. What had happened to him? He was a fast driver.[4] He'd been driving a strange[5] car. The roads were icy[6] that day. Could he have been in an accident, maybe not hurt himself but have wrecked[7] the borrowed car? Would that have panicked him into[8] leaving Minnesota? Always she got back to one irrefutable fact. Kevin would never walk away from[9] the Guthrie Theater.

She felt so rotten. She should tell Erich she was pregnant. She should see a doctor.

But not yet. Not until something was resolved about Kevin. The news of the baby should be joyful. It shouldn't be told in this tense, hostile atmosphere.

The night of the dinner party Erich had insisted that every piece of china and crystal be hand-washed[10], every pot[11] scrubbed[12] before they went upstairs.

As they got into bed, he'd commented, "I must say you look pretty upset, Jenny. I didn't realize that MacPartland meant that much to you[13]. No, I'll correct myself[14]. Maybe I've sensed it; maybe that's why I'm not even surprised that you had a clandestine meeting with him."

She'd tried to explain but to her own ears the justification seemed feeble[15] and halting[16]. Finally she'd been too tired, too upset, to discuss it any further[17]. As she'd drifted off to sleep, he'd put his arm around her. "I'm your husband, Jenny," he said. "No matter what,[18] I'll stand by you[19] as long as you tell me the truth."

1. Peu probable
2. ne releva pas
3. Elle ne cessait de penser
4. Il conduisait très vite.
5. qu'il ne connaissait pas
6. verglacées
7. démoli
8. Aurait-il alors paniqué au point de
9. n'aurait jamais lâché
10. lavé à la main
11. casserole
12. récurée
13. autant pour toi
14. je reformule
15. peu convaincante
16. dite sans conviction
17. pour continuer d'en parler
18. Quoi qu'il arrive,
19. je te soutiendrai

"... Like I said, I didn't want to interfere with your visit," Rooney was saying.

"What ... Oh, I'm sorry." Jenny realized she had not been listening to Rooney. She looked across the table. Rooney's eyes were clearer. How much of her problem was her absolute obsession with Arden? How much was the loneliness of no outside contacts? "Rooney, I've always wanted to learn to sew. Do you think you could teach me?"

Rooney brightened[1]. "Oh, I'd love that. I can teach you to sew and knit[2] and crochet[3] if you want."

She left a few minutes later. "I'll get everything together and come back tomorrow afternoon," she promised. "It will be like old times[4]. Caroline didn't know how to do none of those things neither. I was the one who taught her. Maybe you can make a nice quilt before something happens to you."

"Hal-lo, Jenny," Joe called cheerfully.

Oh, God, Jenny thought. Erich was just a few steps behind her with the girls but had not turned the corner into the stable.

"How are you, Joe?" she asked nervously. Something in her voice made him look up quickly. He saw Erich and reddened. "Oh, good morning, Mr. Krueger. Didn't expect you, I guess."

"I'm sure you didn't." Erich's icy tone[5] made Joe blush several shades deeper[6]. "I want to see how my girls are doing[7] with their lessons."

"Yes, sir. I'll tack up[8] the ponies right away[9]." He scurried[10] into the tack room[11].

"Is he in the habit of addressing you as[12] Jenny?" Erich asked quietly.

"It's my fault," Jenny said, then wondered how many times in the last weeks she'd used those words.

1. s'anima
2. tricoter
3. faire du crochet
4. comme au bon vieux temps
5. Le ton d'Erich était glacial,
6. ce qui fit rougir Joe encore davantage
7. avancent
8. Je selle
9. tout de suite
10. détala
11. sellerie
12. A-t-il l'habitude de t'appeler

Joe came back with the tack. As the girls squealed impatiently, he put the saddles[1] on. "We'll each lead one of the ponies," Erich told him.

"How about you, Mrs. Krueger?" Joe asked. "You up to[2] riding today?"

"Not yet, Joe."

"Haven't you been riding?" Erich asked.

"No. My back has been hurting quite a bit."

"You didn't tell me that."

"It will be fine."

She still couldn't tell him about the baby. Nearly four weeks had passed since Sheriff Gunderson had come and there hadn't been a single word more[3].

Spring was about to break.[4] The trees all had a red haze around them. Joe told her that that happened just before the budding[5] started. There were shoots of green coming through the mud in the fields. The chickens were wandering out of[6] the chicken house and exploring the territory around them. The boastful crowing[7] of the roosters[8] could be heard from behind the grainery and polebarn and stable. One of the hens[9] had selected a corner of the stable for her own nest and was brooding[10] her unhatched[11] eggs.

"Since when have you had a backache[12], Jenny? Do you want to see a doctor?" Erich's tone was loving and concerned.

"No. Let's see if it doesn't just go away. I've had them before." She had had mild[13] backaches during her other pregnancies.

Someone fell into step with them. It was Mark. She hadn't run into Mark since the night of the dinner.

"Hello, you two," Mark said. His manner[14] was easy[15]. There was nothing to indicate he was thinking of what had happened at the dinner party.

"Stay a minute and watch the way my girls sit their ponies[16]," Erich invited.

1. selles
2. Prête à
3. pas la moindre nouvelle depuis
4. Le printemps arrivait.
5. bourgeonnement
6. s'aventuraient hors du
7. Les cocoricos fanfarons
8. coqs
9. poules
10. couvait
11. non-éclos
12. mal de dos
13. légers
14. attitude
15. décontractée
16. montent

In the past weeks Tina and Beth had made rapid progress on the ponies. Jenny smiled unconsciously at their delighted faces as they sat straight up, holding the reins with rapt concentration[1].

"They look good," Mark commented. "They'll grow to be[2] fine riders[3]."

"They love those animals."

Erich left them to lead one of the ponies.

"I've never seen Erich happier. He was showing their pictures to everyone at the Hanovers' the other night. Emily was sorry you couldn't make it[4]."

"Couldn't make it?" Jenny repeated. "Couldn't make what?"

"The Hanovers' party. Erich said you weren't feeling up to par[5]. Have you seen a doctor yet? I just overheard you[6] mentioning your back. And that fainting spell[7] that night, Jenny. Was that unusual? Do you have any history of weak spells[8]?"

"No. I never faint.[9] And I will see a doctor soon."

She felt rather than saw Mark studying her. Somehow she didn't mind. Whatever conclusion he had reached about Kevin's possible visit and her supposed widow status, he had not condemned her.

Should she tell him that she had no idea about Emily's party? What good would it do?[10] Erich left us together here because he knew Mark would probably bring up[11] the party, she thought. Erich wanted me to know about it. Why? Was it simply another way of trying to hurt her, to punish her, for the gossip around the Krueger name? How much did people in this community know? She was sure Emily had told her family and friends about the sheriff's visit.

If Erich believed people thought he had made a mistake and were pitying him, he'd be furious. She remembered his anger when Elsa suggested he had made the smudge on the wall.

Erich was a perfectionist.

1. l'air captivées
2. Elles deviendront
3. cavalières
4. que vous n'ayez pas pu venir
5. que vous n'étiez pas en état
6. Je viens de vous entendre
7. évanouissement
8. accès de faiblesse
9. Je ne m'évanouis jamais.
10. À quoi bon ?
11. aborderait le sujet de

As Mark turned to leave, Erich called, "See you tonight." Tonight? Jenny wondered. Another party? Business of some kind? Whatever it was, she wouldn't hear about it[1].

1. n'en entendrait pas parler

The girls ran to her when they dismounted. "Daddy is going to ride Baron with us soon," Beth said. "Don't you like to ride with us, Mommy?"

Joe led the ponies into the barn. "See you, Mrs. Krueger," he said. She was very sure he would not call her Jenny again.

"Come along, dear." Erich took her arm. "Didn't my little princesses do beautifully?"

My princesses. *My* girls. *My* daughters. Not *our*, only *my*. When had that begun? Jenny realized that the emotion she was experiencing was stark jealousy[2]. Good Lord, she thought. Don't let me start getting upset about that. The one good thing[3] in my life right now is that the children are so happy.

2. de la pure jalousie

3. La seule bonne chose

They were almost to the house when a car pulled into the driveway[4], a car with a dome light on the roof. Sheriff Gunderson.

4. se gara dans l'allée

Did he have news about Kevin? She forced herself not to hurry, not to let her face show anxiety. As the sheriff got out of the car, Erich linked his arm in hers. He was holding Tina by the other hand. Beth was running in front of them. The devoted[5] husband standing by his wife in time of trouble, Jenny thought. That had to be the impression the sheriff was getting.

5. dévoué

Wendell Gunderson's face was grim[6]. There was a trifle more formality in his manner[7] even when he greeted[8] Erich. He wanted to speak with Jenny alone[9].

6. sévère

7. Son attitude était un brin plus guindée

8. salua

9. seul à seule

They went into the library. Jenny thought how in the first weeks this had been her favorite room. The meeting with Kevin had changed everything. The sheriff ignored the couch and chose the one straight chair[1].

"Mrs. Krueger, there has been absolutely no sign of your ex-husband. The Minneapolis police are treating his disappearance as possible foul play[2]. There is no evidence he planned[3] to stay away. There was two hundred dollars in cash in a desk drawer; he took only a small overnight bag with him when he left. Everyone he worked with at the Guthrie agreed that he wouldn't walk away from that opportunity. I realize that last time it would have been much easier if I insisted on speaking with you alone. Please tell the truth, because once this investigation[4] is in full swing[5], I promise you the truth will come out[6]. Did you phone Kevin MacPartland on the afternoon of Monday, March ninth?"

"I did not."

"Did you see him on the night of Monday, March ninth?"

"I did not."

"He left Minneapolis about five-thirty. Driving straight through,[7] that would get him[8] here about nine. We'll assume[9] he might have stopped along the way to get something to eat. Where were you between nine-thirty and ten that Monday night?"

"I was in bed. I turned out the light before nine o'clock. I was very tired."

"You insist[10] you did not see him?"

"I did not."

"The Guthrie operator[11] confirmed that he received a call from a woman. Is there any woman who might have called him in your name? Any close friend[12]?"

"I don't have any close friends here," Jenny said, "man or woman." She stood up. "Sheriff, no one wants more than I do to find Kevin MacPartland. He is the father of my children. There's never been even

1. le seul siège à dossier droit

2. due à une éventuelle agression

3. aucun indice incitant à croire qu'il ait prévu

4. enquête

5. battra son plein

6. sortira au grand jour

7. En conduisant d'une traite,

8. il a pu arriver

9. supposer

10. Vous maintenez que

11. standardiste

12. Une amie proche

a hint of[1] animosity between us. So will you please explain to me what you're driving at[2]? Are you suggesting that I invited or enticed[3] Kevin here knowing that my husband planned to be away? And if you believe that, are you insinuating I had something to do with his disappearance?"

"I'm not suggesting anything, Mrs. Krueger. I'm only asking you to tell us everything you know. If MacPartland was definitely on his way here and didn't show up, it gives us a starting[4] point. If he was here and we knew what time he left, it gives us something else. Can you see what I'm getting at? I can understand why that might be embarrassing for you but ..."

"I don't think we have anything more to discuss," Jenny said. Turning abruptly, she left the library. Erich was in the kitchen with the girls. He'd made ham and cheese sandwiches. The three of them were eating companionably[5]. Jenny saw there was no place set[6] for her.

"Erich, I think the sheriff is ready to leave," she said. "You might want to see him out[7]."

"Mommy." Beth looked anxious.

Oh, Mouse, Jenny thought, that antenna of yours[8]. She tried to smile. "Say, you two looked terrific on the ponies today." Going to the refrigerator, she poured a glass of milk.

"Don't you know better[9], Mommy?" Beth asked.

"Know what better?" Jenny picked up Tina, sat at the table with the little girl on her lap.

"Daddy told Joe when we were on our ponies that even if you don't know better than to have[10] Joe call you Mrs. Krueger, Joe should know better[11]."

"Daddy said that?"

"Yes." Beth was positive[12]. "You know what else he said?"

Jenny sipped her milk. "No, what?"

1. la moindre
2. où vous voulez en venir
3. que j'aurais attiré
4. de départ
5. en bonne entente
6. que la table n'était pas mise
7. le raccompagner
8. toi et ton flair
9. Tu ne sais pas que c'est mal de ta part
10. que c'est mal de laisser
11. Joe devrait, lui
12. catégorique

"He said that when Joe got home for lunch today, he'd find a brand-new[1] puppy Daddy bought for him because Randy runned[2] away. Can we see the puppy, Mommy?"

"Sure. Let's walk over there after your nap."

So Randy "runned away," she thought. That's the official version of what happened to that poor little puppy.

1. nouveau
2. s'est enfui [faute enfantine]

21

The new puppy was a golden retriever. Even to Jenny's unpracticed eye[1], the long nose, thin face and slender body indicated good breeding[2].

The thick old quilt on the kitchen floor was the same one Randy had curled up on[3]. The bowl with water still had his name in the jaunty[4] red letters Joe had painted on it.

Even Joe's mother seemed mollified[5] by the gift. "Erich Krueger is a fair man," she conceded[6] to Jenny. "Feel as though I was wrong accusing him of maybe doing away with[7] Joe's dog last year. Seems as though if he got rid of that dog he'd a come out and said so[8]."

Except that this time I saw him, Jenny thought, and then felt unfair to[9] Erich.

Beth patted the sleek[10] head. "You must be very careful because he's so little," she instructed Tina. "You must not hurt him."

"They sure are pretty little girls," Maude Ekers said. "They favor you[11] except for the hair."

To Jenny there was something different about the woman's attitude today. Her welcome[12] had been restrained[13]. She had hesitated before inviting them in. Jenny would not have accepted a cup of coffee from

1. Même pour Jenny qui n'y connaissait rien
2. que c'était un chien de race
3. sur laquelle se couchait Randy
4. allègres
5. amadouée
6. concéda-t-elle
7. d'avoir peut-être supprimé
8. il nous l'aurait pas caché
9. injuste envers
10. au poil ras
11. vous ressemblent
12. accueil
13. moins cordial

the ever-present[1] percolator but was surprised when it wasn't offered[2].

"What's the puppy's name?" Beth asked.

"Randy," Maude said. "Joe's decided he's another Randy."

"Naturally," Jenny commented. "Somehow I knew Joe wouldn't just forget that other little dog so quickly. He's much too good-hearted.[3]"

They were sitting at the kitchen table. She smiled at the other woman.

But to her astonishment Maude's face showed worried hostility. "*You leave my boy alone*, Mrs. Krueger," she burst out[4]. "He's a simple farm boy and I already got enough worries with the way that brother of mine is bringing Joey to the bars[5] with him at night. Joe moons about you[6] too much as it is[7]. Maybe it's not for me to say[8] but you're married to the most important man in this community and you should realize your position."

Jenny pushed the chair back and stood up. "What do you mean?"

"I think you know what I mean. With a woman like you[9] there's bound to be trouble[10]. My brother's life was spoiled because of that accident in the dairy barn. You got to have heard that[11] John Krueger felt[12] my brother was careless with the work light 'cause he got so flustered around[13] Caroline. Joe's all I got.[14] He means the world to me.[15] I don't want accidents or problems."

Now that she had started, the words tumbled from her mouth[16]. Beth and Tina stopped playing with the puppy. Uncertainly they clasped hands[17]. "And something else, it may not be my place[18] but you're awful foolish[19] to have your ex-husband sneaking around here[20] when everyone knows Erich is in his cabin painting."

"What are you talking about?"

1. perpétuel
2. on ne lui en proposa pas
3. Il a trop bon cœur pour ça.
4. explosa-t-elle
5. emmène Joe boire un coup
6. en pince pour vous
7. déjà assez comme ça
8. pas à moi de dire ça
9. dans votre genre
10. c'est les ennuis assurés
11. savez forcément que
12. pensait
13. était tellement troublé en présence de
14. Joe est tout ce que j'ai.
15. Il est la prunelle de mes yeux.
16. sortaient en un flot continu
17. se prirent par la main
18. ça ne me regarde sans doute pas
19. une idiote
20. traîner dans les parages

"I'm no gossip[1] and this ain't passed my lips[2] but one night last month that actor ex-husband of yours came here looking for directions[3]. He's a talky one[4]. Introduced himself. Boasted you invited him down.[5] Said he'd just been hired[6] by the Guthrie. I pointed the road to your place myself but let me tell you I wasn't happy about doing it[7]."

"You must immediately phone Sheriff Gunderson and tell him what you know," Jenny said, keeping her voice as steady[8] as she could. "Kevin never arrived at our house that night. The sheriff is inquiring for him. He's officially listed as a missing person.[9]"

"He never got to your house?" Maude's normally strong voice became louder.

"No, he did not. Please call Sheriff Gunderson immediately. And thank you for letting us visit the puppy."

Kevin had been in Maude's house!

He had specifically told Maude that she, Jenny, had called him.

Maude had pointed the way to the Krueger farmhouse, a three-minute drive away[10].

And Kevin had not arrived.

If Sheriff Gunderson had been insolent with his insinuations today, what would he be like now?"

"Mommy, you're hurting my hand," Beth protested.

"Oh, sorry, love. I didn't mean to squeeze it."

She had to get out of here. No, that was impossible. She couldn't leave until she knew what had happened to Kevin.

And beyond that.[11] She was carrying in her womb[12] the microcosm of a human being[13] who was a fifth-generation[14] Krueger, who belonged to this place[15], whose birthright[16] was this land.

* * *

1. une commère
2. j'vous ai rien dit
3. demander son chemin
4. bavard
5. S'est vanté que vous lui ayez demandé de venir vous voir.
6. qu'il venait d'être embauché
7. que c'était pas de gaieté de cœur
8. ferme
9. Il fait partie des personnes recherchées.
10. à 3 minutes en voiture
11. Et pas seulement ça.
12. portait dans son ventre
13. un embryon
14. de la 5e génération
15. dont la place était ici
16. dont le droit de naissance

Afterward Jenny thought of that evening of April 7 as the final calm hours[1]. Erich was not in the house when she and the girls got home.

I'm glad, she thought. At least she would not have to keep up some sort of pretense[2]. The next time she saw him she would tell him what Maude had told her.

Maude had probably called the sheriff already. Would he come back here tonight? Somehow she didn't think so, but why would Kevin tell people she'd called him? What had happened to him?

"What do you want for dinner, ladies," she asked.

"Frankfurters[3]," Beth said positively.

"Ice cream," was Tina's hopeful contribution[4].

"Sounds terrific," Jenny said. Somehow she'd felt the girls slipping away from her[5]. That wouldn't happen tonight.

Recklessly[6] she let the girls bring their plates to the couch. *The Wizard of Oz*[7] was on[8]. Companionably nibbling[9] frankfurters and sipping Cokes they huddled together[10] as they watched it.

By the time it was over[11] Tina was asleep in Jenny's lap and Beth's head was drooping on her shoulder. She carried them both upstairs.

Just over three months had passed since that wintry[12] evening when she'd been carrying them home from the day-care center and Erich had caught up with them. There was no use thinking about that. He probably would stay in the cabin again. Even so she didn't want to sleep in the master bedroom.

She undressed[13] the children, buttoned them into[14] pajamas, patted their faces and hands with a warm washcloth[15] and tucked them into bed. Her back hurt. She should not carry them anymore. Too much weight, too much of a strain[16]. It didn't take long to stack[17] the dishwasher[18]. Carefully she examined the couch for signs[19] of crumbs[20].

1. comme un dernier répit
2. à continuer de faire comme si
3. Des saucisses de Francfort
4. ajouta Tina avec espoir
5. se détacher d'elle
6. Abandonnant toute prudence,
7. Le Magicien d'Oz
8. passait à la télé
9. Tranquillement installées et occupées à grignoter
10. se blottirent ensemble
11. À la fin du film,
12. glacial
13. déshabilla
14. leur enfila leur
15. gant de toilette
16. un trop gros effort
17. charger
18. lave-vaisselle
19. en quête de
20. miettes

She remembered the nights in the apartment when if she was very tired she left the dishes[1] stacked[2] and rinsed[3] in the sink and got into bed with a cup of tea and a good book. I didn't know when I was well off[4], she thought. And then she remembered the leaky ceiling[5], rushing the girls to the day-care center, the constant worry about money, the relentless[6] loneliness[7].

When she was finished straightening up[8] it was not quite nine o'clock. She went through the downstairs rooms, checking that no lights had been left on. In the dining room she stopped under Caroline's quilt. Caroline had wanted to paint and had been shamed and ridiculed away from her art[9]. She'd "done something useful."

It had taken Caroline eleven years before she'd been driven away[10]. Had she too experienced the sensation of being the outsider[11] who did not belong[12]?

Slowly climbing the stairs, Jenny realized how close she felt to the woman who had lived in this house. She wondered if Caroline had entered the master bedroom with the same sense of hopeless entrapment[13] that she now felt.

It was midmorning[14] before Sheriff Gunderson came back to the house. Again Jenny had had fitful[15] dreams, dreams of walking in the forest and smelling the pine trees. Was she looking for the cabin?

When she woke up she became ill. How much of the early-morning nausea had to do with the physical aspect of pregnancy and how much was the result of the anxiety over Kevin's disappearance?

Elsa came in as usual at nine o'clock: dour[16], silent, vanishing upstairs with vacuum[17] and window cleaners[18] and polishing rags[19].

1. la vaisselle
2. empilée
3. rincée
4. à quel point j'avais de la chance alors
5. les infiltrations dans le plafond
6. implacable
7. sentiment de solitude
8. de ranger
9. on l'en avait détournée à force de dénigrer ses œuvres
10. avant qu'elle se soit résolue à partir
11. l'étrangère
12. qui n'avait pas sa place
13. le même sentiment désespérant d'être prise au piège
14. le milieu de la matinée
15. agités
16. renfrognée
17. aspirateur
18. produits à nettoyer les vitres
19. chiffons à astiquer

She was still reading to the girls when Wendell Gunderson came. She had not yet dressed but was wearing a warm wool robe[1] over her nightgown. Would Erich object to her talking to the sheriff in her robe? No, how could he? The robe zipped up to her neck[2].

She knew she was pale. She'd tied her hair at the nape of her neck[3]. The sheriff came to the front door.

"Mrs. Krueger." She detected a pitch of excitement. "Mrs. Krueger," he repeated, his voice deepening[4]. "Last night I received a call from Maude Ekers."

"I asked her to phone you," Jenny said.

"So she claims.[5] I didn't talk to you right away because I decided to figure out where Kevin MacPartland might have driven if he didn't come here."

Was it possible the sheriff did believe her? His face, his voice, were so serious. No. He looked like a poker player about to play his winning card[6].

"I realized it could happen that a stranger[7] might miss your gate if he turned off on the bend[8] that leads to the riverbank[9]."

The riverbank. Oh, dear God, Jenny thought. Could Kevin have made that turn and kept driving, maybe driving quickly, and then gone over the bank. That road was so dark.

"We investigated and I'm sorry to say that's what happened," the sheriff said. "We found a late-model[10] white Buick in the water near the shoreline[11]. It's crusted by[12] ice and that thick brush keeps anyone walking on the bank from seeing it. We pulled it out."

"Kevin?" She knew what he would tell her. Kevin's face flashed before her mind[13].

"A man's body is in the car, Mrs. Krueger. It's badly decomposed but generally answers the description of the missing Kevin MacPartland, including the

1. peignoir
2. lui arrivait jusqu'au cou
3. sur la nuque
4. devenant plus grave
5. C'est ce qu'elle affirme.
6. carte gagnante
7. quelqu'un qui n'est pas d'ici
8. s'il a pris le tournant
9. la berge
10. de modèle récent
11. la rive
12. couverte d'une couche de
13. dans sa tête

clothing[1] he was wearing when last seen[2]. The driver's license[3] in his pocket is MacPartland's."

Oh, Kevin, Jenny mourned[4] silently, oh, Kevin. She tried to speak, but could not.

"We will need you to give us positive identification as soon as possible."

No, she wanted to shriek[5], no. Kevin was so vain[6]. He worried about a blemish[7]. Badly decomposed! Oh, God.

"Mrs. Krueger, you may want to engage a lawyer."

"Why?"

"Because there'll be an inquest into[8] MacPartland's death and some tough questions will be asked. You don't have to say anything more.[9]"

"I'll answer any questions you have now."

"All right. I'm going to ask you again. Did Kevin MacPartland come to this house that Monday night, March ninth?"

"No, I told you *no*."

"Mrs. MacPartland, do you own a full-length[10] maroon thermal winter coat?"

"Yes, I do. No, I mean I did. I gave it away.[11] Why?"

"Do you remember where you purchased it[12]?"

"Yes, in Macy's in New York."

"I'm afraid you have a lot of explaining to do[13], Mrs. Krueger. A woman's coat was found on the seat next to the body. A maroon thermal coat with the label of Macy's department store. We'll need you to look at it and see if it's the one you claim you gave away[14]."

1. les vêtements
2. il a été vu pour la dernière fois
3. permis de conduire
4. pleura
5. crier
6. vaniteux
7. Un bouton suffisait à l'inquiéter.
8. une enquête sur
9. Vous n'êtes pas obligée de parler maintenant.
10. long
11. Je l'ai donné.
12. l'avez acheté
13. d'explications à fournir
14. que vous prétendez avoir donné

22

The inquest was held[1] a week later. For Jenny the week was a blur of unfocused pain[2].

In the morgue, she stared down at the stretcher[3]. Kevin's face was mutilated but still recognizable, with the long straight nose, the curve of the forehead, the thick, dark red hair. Memories of their wedding day in St. Monica's kept flashing back to her[4]. "I, Jennifer, take thee Kevin[5] … Till death do us part[6]." Never had her life been more entwined with his[7] than now. Oh, Kevin, why did you follow me here?

"Mrs. Krueger?" Sheriff Gunderson's voice urging the identification[8].

Her throat closed. She hadn't even been able to swallow[9] tea this morning.

"Yes," she whispered, "that's my husband."

A low, harsh laugh behind her. "Erich, oh, Erich, I didn't mean …"

But he was gone, his footsteps decisively slapping the tiled floor[10]. When she got to the car he was there, stony-faced[11], and did not speak to her on the way home.

During the inquest the same questions were asked a dozen different ways. "Mrs. Krueger, Kevin MacPartland told a number of people[12] you had in-

1. eut lieu
2. un halo de chagrin flou
3. la civière
4. lui revenaient par bribes
5. te prends, Kevin [...pour époux]
6. jusqu'à ce que la mort nous sépare
7. intimement mêlée à la sienne
8. qui voulait savoir si elle l'identifiait
9. avaler
10. sol carrelé
11. affichant un visage de pierre
12. à plusieurs personnes

vited him to come to your home in your husband's absence."

"I did not."

"Mrs. Krueger what is the phone number of your home?"

She gave it.

"Do you know the telephone number of the Guthrie Theater?"

"I do not."

"Let me tell you or perhaps refresh your memory[1]. It is 555-2824. Is it familiar to you?"

"No."

"Mrs. Krueger, I am holding a copy of the March telephone bill[2] from Krueger Farm. A call to the Guthrie Theater appears on this bill dated March *ninth.* Do you still deny[3] making that call?"

"Yes, I do."

"Is this your coat, Mrs. Krueger?"

"Yes, I gave it away."

"Do you have a key to the Krueger residence?"

"Yes, but I've mislaid it[4]." The coat, she thought. Of course it was in the pocket of the coat. She told the prosecutor[5] that.

He held up something, a key; the ring had her initials, J.K. The key Erich had given her.

"Is this your key?"

"It looks like it."

"Did you give it to anyone, Mrs. Krueger? Please tell us the truth."

"No, I did not."

"This key was found in Kevin MacPartland's hand."

"That's impossible."

On the stand[6] Maude unhappily, doggedly[7], repeated the story she had told Jenny. "He said his ex-wife wanted to see him and I pointed[8] the road. I'm very sure of the date. He came the night after my son's dog was killed."

1. vous rafraîchir la mémoire
2. facture de téléphone
3. Niez-vous toujours
4. je l'ai égarée
5. au procureur
6. À la barre,
7. obstinément
8. j'ai indiqué

Clyde Toomis on the stand was embarrassed, tongue-tied[1], but patiently honest. "I told my wife she had her own good everyday[2] winter coat. I scolded her[3] for accepting it. I put that maroon coat back in the closet in the hall off the kitchen of Krueger farmhouse myself, put it there the very day[4] my wife wore it home."

"Did Mrs. Krueger know that?"

"Don't know how she coulda missed it[5]. The closet ain't that big[6] and I hung it right next to that ski jacket she wears all the time."

I didn't notice, Jenny thought, but knew it was possible she simply hadn't paid attention.

Erich testified[7]. The questions were brief, respectful. "Mr. Krueger, were you at home the night of Monday, March ninth?"

"Did you make known[8] your plans to paint in your cabin that night?"

"Were you aware your wife had been in contact with her former husband?"

Erich might have been talking about a stranger. He answered with detachment, weighing[9] his words, unemotional[10].

Jenny sat in the first row watching him. Not for a second did his glance meet hers. Erich, who hated even talking on the phone, Erich, who was one of the most private people[11] she had ever known[12], who had become estranged from her[13] because he was upset about Kevin's phone call and her meeting with him.

The inquest was over. When he summed up[14], the coroner said that a severe bruise[15] on the right temple of the deceased[16] might have been incurred during the impact of[17] the crash or might have been inflicted previous to it[18].

The official verdict was death by drowning[19].

1. timide
2. de tous les jours
3. l'ai réprimandée
4. le jour même où
5. comment elle aurait pu ne pas le voir
6. n'est pas si grand que ça
7. témoigna
8. Avez-vous fait part de
9. pesant
10. impassible
11. l'une des personnes les plus renfermées
12. qu'elle connaisse
13. qui s'était détaché d'elle
14. donna ses conclusions [avant le verdict]
15. un bel hématome
16. sur la tempe droite du défunt
17. pouvait être dû au choc lors de
18. antérieurement
19. par noyade

But as Jenny left the courthouse[1] she knew the verdict that the community had passed[2]. At the least[3] she was a woman who had been seeing her former husband clandestinely.

At the worst[4] she had murdered him[5].

In the three weeks that followed the inquest, the dinners Erich ate with her fell into a pattern[6]. He never spoke directly to her, only to the girls. He would say, "Ask Mommy to pass the rolls[7], Tinker Bell." His tone was always warm and affectionate. It would have taken sensitive ears to pick up the tension between them.

When she put the girls to bed, she never knew whether she would find him still in the house when she came downstairs. She wondered where he went. To the cabin? To the home of friends? She dared not ask. If he did sleep in the house, it was in the rear bedroom[8] that his father had used for so many years.

There was no one she could talk to.[9] Something told her that he would get over it[10]. There were times she caught him looking at her with such tenderness in his face that she had to restrain herself from putting her arms around him, begging him to believe in her[11].

Quietly she mourned the waste of Kevin's life[12]. He could have accomplished so much; he had been so talented. If only he had disciplined himself, stayed away from involvements with women, drunk less.

But how did her coat get[13] in the car?

One night she came downstairs to find Erich sipping coffee at the kitchen table.

"Jenny," he said, "we have to talk."

Not sure whether the emotion she felt was relief or anxiety, she sat down. After the girls were settled, she'd showered and put on her nightgown and

1. tribunal
2. à quel verdict avait conclu le voisinage
3. Dans le meilleur des cas,
4. En mettant les choses au pire,
5. l'avait assassiné
6. se déroulèrent toujours de la même façon
7. petits pains
8. chambre du fond
9. Elle n'avait personne à qui parler.
10. ça lui passerait
11. de lui faire confiance
12. le gâchis qu'avait été la vie de Kevin
13. comment son manteau s'était-il retrouvé

the robe Nana had given her. She watched as Erich studied her.

"That red is perfect against[1] your hair. Dark cloud on scarlet[2]. Symbolic, isn't it? Like dark secrets in a scarlet woman[3]. Is that why you wear it?"

So this was to be the "talk."[4] "I put it on because I was cold," Jenny said.

"It's very becoming[5]. Maybe you're expecting someone?"

Odd, she thought, in the midst of all this I can still feel sorry for him. What had been worse for him, she wondered suddenly, Caroline's death or the fact that Caroline had been planning to leave him?

"I'm not expecting anyone, Erich. If you think I am, why not stay with me every night and reassure yourself?" She knew she should be outraged[6] and furious but there was no emotion left in her except pity for him. He looked so troubled, so vulnerable. Always when he was upset he seemed younger, almost boyish[7].

"Erich, I'm so sorry about all this. I know people are gossiping and how distressing[8] this must be for you. I don't have any logical explanation for what happened."

"Your coat."

"I don't know how it got in that car."

"You expect me to believe that."

"I would believe you."

"Jenny, I want to believe you and I can't. But I do believe this. If you agreed to let MacPartland come here, maybe you did want to warn him to stay away from us. I can accept that. But I can't live with the lie. Admit you invited him down here and I'll put this behind us[9]. I can see how it happened. You didn't want to bring him in the house so you had him drive to the dead end[10] at the riverbank. You warned him and you had your key in your hand.

1. va très bien avec
2. écarlate
3. d'une femme de mauvaise vie [le rouge, signe d'infamie ; allusion biblique]
4. c'était de ça qu'ils allaient « parler ».
5. très seyant
6. scandalisée
7. un gamin
8. douloureux
9. je tournerai la page
10. jusqu'au chemin qui finit en impasse

Maybe he made a pass at you[1]. Did you struggle?[2] You slid out of your coat and got out of the car. Maybe when he went to reverse[3] he went forward. *Jenny, it's understandable.* But say so. Just don't look at me with those wide, innocent eyes. Don't look thin and wan[4] like some kind of wounded victim[5]. Admit you're a liar[6] and I promise I'll never mention this again. We love each other so much. It's still there, all that love."

At least he was being totally honest. She felt as though she were sitting on a mountain looking down into a valley, observing what was going on, a disinterested spectator[7].

"It would almost be easier to do what you wanted," she observed. "But it's funny; we're all the sum total[8] of our lives. Nana despised liars[9]. She was contemptuous[10] of even the social life[11]. 'Jenny,' she used to say, 'don't evade[12]. If you don't want to go on a date with someone just say no thank you, not that you have a headache[13] or have to do math homework[14]. Truth serves everyone best[15].' "

"We're not talking about math homework," Erich said.

"I'm going to bed, Erich," she said. "Good night." There was no point in continuing like this.

Such a short time ago they'd gone upstairs arms around each other. To think she'd objected[16] to wearing the aqua nightgown. It was so unimportant in retrospect[17].

Erich did not answer her even though she went up the stairs slowly, giving him the chance to respond.

She dropped off to sleep[18] quickly, the exhaustion weighing her down[19], forcing her into weary dreams. She slept restlessly, always just under the conscious level[20], aware of herself moving around the bed. She was dreaming again; this time she was

1. a-t-il essayé de te peloter
2. Tu t'es débattue ?
3. qu'au lieu de passer la marche arrière
4. pâle
5. un blessé
6. une menteuse
7. spectatrice indifférente
8. un condensé
9. méprisait les menteurs
10. dédaigneuse
11. y compris des conventions sociales
12. n'esquive pas.
13. la migraine
14. des devoirs de maths
15. vaut toujours mieux
16. Et dire qu'alors ça la dérangeait
17. avec le recul
18. s'endormit
19. accablée d'épuisement
20. niveau conscient

in the car, struggling with Kevin; he wanted the key. ...

Then she was in the woods, walking in them, searching. She flung up her arm to push away[1] the nearness of the trees and touched flesh[2].

Her fingers felt the outline[3] of a forehead, the soft membrane of an eyelid. Long hair brushed her cheek[4].

Biting her lips over the scream that tried to escape her throat, she bolted up[5] and fumbled for[6] the night-table light. She snapped it on[7] and looked around wildly. There was no one there. She was alone in bed, in the room.

She sank back[8] on the pillows, her body trembling helplessly. Even her facial muscles were twitching.

I'm going crazy, she thought. I'm losing my mind.[9] For the rest of the night, she did not turn off the light and the first rays of dawn were filtering through the drawn shades before she finally fell asleep.

1. voulut repousser du bras
2. rencontra de la chair
3. les contours
4. lui frôla la joue
5. se redressa d'un bond
6. chercha à tâtons
7. l'alluma
8. retomba
9. Je perds la raison.

23

Jenny awoke to bright sunlight[1] and instantly remembered what had happened. A bad dream, she thought, a nightmare. Embarrassed, she snapped off the table lamp and got out of bed.

The weather was finally breaking. She stood at the window looking out at the woods. The trees were a mass of opening buds[2]. From the chicken house she heard the strident crowing of the largest roosters. Opening the windows, she listened to the sounds of the farm, smiled as she heard the new calves bawling for[3] their mothers.

Of course it had been a nightmare. Even so the vivid memory[4] made her perspire[5], a cold, clammy sweat[6]. It had seemed so real, the feeling of touching a face. Could she be hallucinating?

And the dream about being in the car with Kevin, struggling with him. Could she have phoned Kevin? She'd been so upset that day thinking about what Erich said at the birthday dinner, realizing that Kevin could destroy her marriage. Could she have forgotten that she called Kevin and asked to see him?

The concussion from the accident. The doctor had warned her to take any future headaches seriously.

She'd been having headaches.

1. Quand Jenny se réveilla, il faisait grand jour

2. de bourgeons en train d'éclore

3. appelant leur mère en meuglant

4. souvenir vivace

5. transpirer

6. sueur moite

She showered, tied her hair in a knot at the top of her head, pulled on jeans and a heavy wool sweater. The girls weren't awake yet. Maybe if she was very calm, she'd be able to eat some breakfast. She must have lost ten pounds[1] in these three months. It was bound to be bad for the baby.

Just as she put the kettle on[2], she saw Rooney's head bob past the window[3]. This time Rooney knocked.

Rooney's eyes were clear, her face composed. "I had to see you."

"Sit down, Rooney. Coffee or tea?"

"Jenny!" Today Rooney had none of the vagueness. "I've hurt you but I'll try to make amends[4]."

"How could you hurt me?"

Rooney's eyes filled with tears. "I've been feeling so much better with you here. A young, pretty girl to talk to, teaching you to sew. It's made me so happy. And I didn't blame you a bit[5] for meeting him. Krueger men aren't easy to live with[6]. Caroline found that out[7]. So I understand. And I never was going to[8] talk about it, not ever."

"Talk about what? Rooney, there can't be anything to be so upset about."

"There is, oh, Jenny, there is. Last night I got one of my spells. You know I just keep talking[9] but this time I told Clyde how I came to show you the blue corduroy that Monday night after Caroline's anniversary to see if you liked the color. It was late. Near ten o'clock. But being as it was so near the anniversary[10] I was restless. And I thought I'd just look and see if your light was on in the kitchen. And you were just getting in the white car. I saw you get in. I saw you drive away with him down the road to the riverbank but I swear, Jenny, I never planned to tell. I couldn't hurt you.[11]"

1. cinq kilos
2. mettait à chauffer la bouilloire
3. passer devant la fenêtre
4. de réparer
5. pas un instant je ne vous en ai voulu de
6. faciles à vivre
7. l'avait constaté
8. je n'avais pas du tout l'intention de
9. que je divague
10. vu que l'anniversaire de la mort était si proche,
11. Jamais je ne vous ferais du tort.

Jenny put her arms around the trembling woman. "I know you wouldn't hurt me." I did go with Kevin, she thought. I did go. No, I don't believe that. I can't believe that.

"And Clyde said it was his duty[1] to tell Erich and the sheriff," Rooney sobbed[2]. "This morning I told Clyde I made it up[3], that I got all mixed up[4], but Clyde said he remembers he woke up that night and I'd just come in with the material under my arm and he was mad I'd gone out. He's going to talk to Erich and the sheriff. Jenny, I'm going to lie for you. I don't care. But I'm causing trouble for you."

"Rooney," Jenny said carefully, "try to understand. I think you are mistaken. I was in bed that night. I never asked Kevin to come here. You wouldn't be lying if you tell them you got confused. I promise you that."

Rooney sighed. "I'd like that coffee now. I love you, Jenny. Sometimes when you're here I can start to believe that Arden may never come back and that I'll get over it someday[5]."

It was later in the morning that they came into the house together, the sheriff, Erich and Mark. Why Mark?

"You know why we're here, Mrs. Krueger."

She listened attentively. They were talking about someone else, someone she didn't know who had been seen getting into a car, driving away.

Erich didn't look angry anymore, only sorrowful[6]. "Apparently Rooney is trying to retract her statement[7] but we couldn't keep this information from[8] Sheriff Gunderson." He came over to her now, put his hands on her face, smoothed her hair.

Jenny wondered why she felt as though she were being stripped[9] in public. "My darling," Erich said, "these are your friends. Tell the truth."

1. devoir
2. sanglota
3. que j'avais tout inventé
4. j'avais confondu
5. qu'un jour je m'en remettrai
6. affligé
7. de revenir sur sa déclaration
8. cacher cette information au
9. on la déshabillait

She reached up, grasped his hands, pulling them from[1] her face. Otherwise[2] she would suffocate.

"I have told the truth as I know it," she said.

"You ever had spells of any kind, Mrs. Krueger?" The sheriff's voice was not unkind[3].

"I did have a concussion once." Briefly she told them about the accident. All the time she was aware of Mark Garrett's eyes studying her. He probably thinks I'm making this up, she thought.

"Mrs. Krueger, were you still in love with Kevin MacPartland?"

What a terrible question to ask in front of Erich, Jenny thought. How humiliating this is for him. If only she could go away. Take the girls. Leave him to his own life.

But she was carrying his child. Erich would love his son. It would be a boy. She was certain of that.

"Not in the way I presume you mean," she said.

"Isn't it true that you showed public affection for him to the point where the waitress and two patrons[4] of the Groveland Inn were shocked."

For a moment Jenny thought she would laugh. "They shock easily.[5] Kevin kissed me when I left. I didn't kiss him."

"Perhaps I should ask it this way, Mrs. Krueger. Weren't you pretty upset about your ex-husband showing up? Wasn't he a threat to your marriage?"

"What do you mean?"

"Initially[6] you gave out to[7] Mr. Krueger that you were a widow. Mr. Krueger's a wealthy man. He's adopting your kids. MacPartland coulda ruined your pretty setup[8]."

Jenny looked at Erich. She was about to say that the adoption papers would show that Kevin had signed them, that Erich knew about[9] Kevin before their marriage. But what point[10]? This was hard enough on[11] Erich without having his friends and

1. les écartant de
2. Autrement,
3. n'était pas méchante
4. clients
5. Il en faut peu pour les choquer.
6. À l'origine,
7. avez fait croire à
8. pouvait tout faire capoter
9. connaissait l'existence de
10. à quoi bon
11. assez difficile comme ça pour

neighbors know that he had deliberately lied to them. She evaded[1] the direct question.

"My husband and I were in complete agreement. We did not want Kevin to come to the house and upset[2] the children."

"But the waitress heard him tell you that he wasn't giving up, that he wasn't letting the adoption go through[3]. She heard you say, 'I warn you, Kevin.' So he was a threat to your marriage, wasn't he, Mrs. Krueger?"

Why didn't Erich help her? She looked at him and watched his face darken with anger. "Sheriff, I think this has gone far enough[4]," he said firmly. "Nothing could ever upset our marriage, certainly not Kevin MacPartland, alive or dead. We all know Rooney is mentally ill. My wife denies being in that car. Are you prepared to press charges[5]? If not I demand[6] that you stop harassing her[7]."

The sheriff nodded. "Okay, Erich. But I have to warn you. There's a possibility the inquest will be reopened."

"If it is, we'll face it[8]."

To a degree[9] he had defended her. Jenny realized she was surprised at his matter-of-fact attitude. Was he becoming resigned[10] to notoriety[11]?

"I'm not saying it *will* be[12]. Whether or not Rooney's testimony would change anything, I'm not sure. Until Mrs. Krueger starts remembering exactly what happened, we're not much further along than[13] we were up till now. I don't think there was much doubt in any juror's mind[14] that she was in that car at some point."

Erich walked[15] the sheriff to his car. They stood for a few minutes deep in[16] conversation.

Mark lingered behind them.[17] "Jenny, I'd like to make an appointment[18] for you with a doctor."

1. éluda
2. mette mal à l'aise
3. se faire
4. que ça suffit, maintenant
5. engager des poursuites
6. j'exige
7. de la harceler
8. nous allons faire front
9. Jusqu'à un certain point,
10. Se résignait-il
11. à devenir tristement célèbre
12. que ça se fera forcément
13. nous ne serons guère plus avancés par rapport à
14. pour aucun des jurés
15. raccompagna
16. en pleine
17. Mark s'attarda auprès d'elle.
18. prendre rendez-vous

There was deep concern in his face. Was it for her or for Erich? "A shrink[1], I suppose?"

"No, a good old-fashioned family doctor[2]. I know one in Waverly. You don't look well. This certainly has been a strain for you."

"I'll hold off a bit[3], I think, but thanks."

She had to get out of the house. The girls were playing in their room. She went upstairs and got them. "Let's go for a walk."

It was springlike[4] outside. "Can we ride?" Tina asked.

"Not now," Beth said positively. "Daddy said he'll take us."

"I want to give Tinker Bell sugar."

"Sure, let's go to the stable," Jenny agreed. For a moment she allowed herself to daydream[5]. Wouldn't it be wonderful if Erich were saddling Baron and she were on Fire Maid and they could go riding together on a beautiful day like this? They'd planned that, looked forward to it.

A somber-faced[6] Joe was in the stable. Since she'd become aware that Erich was angry and jealous about her friendship[7] with Joe, she'd made it a point[8] to avoid him as much as possible. "How's Randy the second[9]?" she asked.

"He's fine. He and I live in town now with my uncle. We've got a place[10] over the post office[11]. You'll have to come and see him there."

"You left your mother?"

"You bet I did."

"Joe, tell me. Why did you move out of your mother's place?"

"Because she's a troublemaker[12]. I'm just sick[13], Mrs. Krueger, *Jenny*, about the things she said to you. I told her if you say you didn't see that fellow[14] Kevin that night, it's because it was necessary for you to say it. I told her you been so good to me,

1. Un psy
2. médecin de famille
3. Je vais attendre un peu
4. Ça sentait le printemps,
5. rêvasser
6. renfrogné
7. amitié
8. elle avait veillé à
9. deuxième du nom
10. un logement
11. bureau de poste
12. fauteuse de troubles
13. écœuré
14. ce type

I'd a[1] lost my job when Baron got away 'cept for you[2]. If Maw'd minded her business[3], you wouldn't a had[4] all that awful talk round here. That ain't the first time a car went off that road down the river-bank. People woulda said 'That's a shame'[5] and somebody woulda said we need a better sign[6]. Instead[7] everybody in this county is snickering[8] about you and Mr. Krueger and saying shows what happens[9] when you get your head turned by[10] a gold digger[11] from New York."

"Joe, please." Jenny put her hand on his arm. "I've caused enough trouble here. Your mother must be upset. Joe, please move back home[12]."

"No way.[13] And, Mrs. Krueger, if you want a ride anywhere[14] or if the girls want to see Randy, I'll be happy to bring you on my own time[15]. You just say the word.[16]"

"Sshh, Joe, that kind of talk doesn't help." She gestured toward the open doors. "Please, someone might hear you."

"I don't care who hears me." The anger died from his face. "Jenny, I'd do anything to help you."

"Mommy, let's go now." Beth pulled at her. But what was it Joe had said that was nagging at her[17]?

She remembered. "Joe, whatever you said to your mother about it being necessary for me to say I wasn't in the car? Joe, why did you put it that way[18]?"

His face flamed red[19]. Awkwardly he thrust his hands in his pocket half-turned from her. When he spoke, his voice was a near-whisper[20]. "Jenny, you don't have to pretend with me. I was there. I was worried that maybe I hadn't locked Baron's stall door tight. I was just cutting across the orchard when I saw Rooney. She was almost at the big house. I stopped 'cause I didn't want to get stuck talking to her[21]. Then the car pulled up, that white Buick, and the front door opened and you ran out

1. j'aurais
2. sans vous
3. s'occupait de ses oignons,
4. il n'y aurait pas eu
5. Comme c'est triste
6. panneau [routier] plus explicite
7. Au lieu de ça,
8. ricane
9. voilà ce qui arrive
10. on s'entiche d'
11. une croqueuse de diamants
12. retournez vivre chez elle
13. Pas question.
14. si vous voulez allez quelque part [en voiture]
15. sur mes loisirs
16. n'avez qu'un mot à dire.
17. la titillait
18. l'avez-vous formulé comme ça
19. s'empourpra
20. presqu'un murmure
21. qu'elle me tienne la jambe

of the house. I saw you get in the car, Jenny, but I swear to God I'll never tell anyone. I … I love you, Jenny." Tentatively[1] he took his hand from his pocket and closed it over her arm.

1. Hésitant,

24

Erich came in just as the sun began to send slanting rays across the fields. Jenny had decided that no matter what[1], it was time to tell him about the baby.

He made it unexpectedly easy. He had brought canvases from the cabin, the ones he was planning to exhibit[2] in San Francisco.

"What do you think of them?" he asked her. There was nothing in his voice or manner to suggest that the exchange[3] with Sheriff Gunderson had taken place this morning.

"They're wonderful, Erich." *Shall I tell him what Joe said? Should I wait? When I go to a doctor, maybe I can find out if amnesia spells can happen to pregnant women.*

Erich was looking at her curiously.

"Do you want to come to San Francisco with me, Jenny?"

"Let's talk about it later."

He put his arms around her. "Don't be afraid, darling. I'll take care of you. Today when Gunderson was badgering you[4] I realized that no matter what happened that night, you're my whole life[5]. I need you."

"Erich, I'm so confused."

1. en dépit des circonstances
2. d'exposer
3. propos échangés
4. te malmenait
5. toute ma vie

"Why is that, darling?"

"Erich, I don't remember going out with Kevin but Rooney wouldn't lie."

"Don't worry. She's not a reliable witness. It's a good thing. Gunderson told me that he'd reopen the inquest in a shot[1] if she were."

"You mean if someone else came forward[2] and claimed to have seen me get in that car, they'd reopen the inquest and maybe charge me with[3] a crime?"

"There's no need to talk about it. There's no other witness."

Oh, yes, there is, Jenny thought. Could anyone have overheard Joe today? His voice was loud[4]. Joe's mother was starting to worry that Joe, like his uncle, had a tendency to drink. Suppose sometime in a bar he confided[5] that he'd seen her get in the car with Kevin?

"Could I have forgotten that I went out?" she asked Erich.

He put his arms around her. His hands stroked[6] her hair. "It would have been a shocking experience. Your coat was off.[7] He had the key in his hand when he was found. Maybe, as I suggested to you, Kevin made a pass at you, grabbed the key. Maybe you resisted him. The car started to roll[8]. You got out before it went over the bank[9]."

"I don't know," Jenny said. "I can't believe it."

Later when it was time to go upstairs, Erich said, "Wear[10] the aqua gown, darling."

"I can't."

"Can't? Why not?[11]"

"It's too small for me. I'm going to have a baby."

Kevin had responded with dismay the first time she told him she thought she was pregnant. "Hell, Jen, we can't afford it[12]. Get rid of it.[13]"

1. en un clin d'œil
2. se manifestait
3. m'accuseraient d'
4. sonore
5. Supposons qu'un jour dans un bar il confie
6. caressèrent
7. Tu avais enlevé ton manteau.
8. tanguer
9. qu'elle tombe dans l'eau
10. Mets
11. Pourquoi donc ?
12. on n'a pas les moyens
13. Ne le garde pas.

Now Erich shouted with joy. "My darling! Oh, Jen, that's the reason you've been looking so ill. Oh, my sweet. Will it be a boy?"

"I'm sure it is." Jenny laughed, savoring the momentary release[1] from anxiety. He's already given me a harder time[2] in three months than both girls did in nine."

"We'll have to get you right to a good doctor. My *son*. Do you mind if we call him Erich? It's the family tradition."

"I want it that way.[3]"

With her wrapped[4] in his arms on the couch, all the mistrust[5] between them was forgotten. "Jen, we've had a rotten break[6]. We'll put all this misery[7] behind us. We'll have a big party when I come back from San Francisco. You shouldn't travel now, should you, not if you haven't been feeling well? We'll face this community down.[8] We'll be a real family. The adoption will be complete by the summer. I'm sorry for MacPartland, but at least he's not a threat anymore. Oh, Jen. ..."

Not a threat, Jenny thought. Should she tell Erich about Joe? No, this was the baby's night[9].

Finally they went upstairs. Erich was already in bed when she came out of the bathroom. "I've missed sleeping with you, Jen," he said. "I've been so lonely."

"I've been so lonely too." The intense physical relationship between them, heightened and fired by separation, helped her forget the weeks of suffering. "I love you, Jenny. I love you so[10]."

"Erich, I thought I'd go crazy[11], feeling so estranged from you. ..."

"I know."

"Jen?"

"Yes, darling."

"I'm anxious to see whom the baby looks like."

1. répit
2. Il m'en a déjà fait voir plus
3. Je ne désire rien d'autre.
4. lovée
5. méfiance
6. une sale période
7. souffrance
8. On tiendra tête au village.
9. la soirée réservée au bébé
10. tant
11. j'ai cru devenir folle

"Mmm, I hope like you. … Just like you."

"How much I hope that too." His breathing became even[1].

She began to drift off to sleep, then felt that she'd been slapped with ice water[2]. Oh, God, Erich couldn't doubt that he was the baby's father, could he? Of course not. It was just that her nerves were so shot[3]. Everything upset her. But it was the way he'd put it [4]…

In the morning, he said, "I heard you crying in your sleep last night, darling."

"I wasn't aware of it.[5]"

"I love you, Jenny."

"Love is trust, Erich. Please, darling, remember love and trust go hand in hand[6]."

Three days later he took her to an obstetrician in Granite Place. When she met Dr. Elmendorf she liked him instantly. He was anywhere between[7] fifty and sixty-five, small and bald[8] with knowing[9] eyes.

"You've been spotting[10], Mrs. Krueger?"

"Yes, but that happened both times before[11] and I was fine."

"Did you lose so much weight[12] at the beginning of your first two pregnancies?"

"No."

"Were you always anemic?"

"No."

"Were there any complications about[13] your own birth?"

"I don't know. I was adopted. My grandmother never mentioned anything. I was born in New York City. That's about all I know of my background[14]."

"I see. We've got to build you up[15]. I'm aware you've been under a great strain[16]."

What a delicate way of putting it, Jenny thought.

1. régulière
2. reçu un seau d'eau glacée en pleine figure
3. elle avait les nerfs à vif
4. sa formulation
5. Je ne m'en suis pas rendu compte.
6. main dans la main
7. pouvait avoir entre
8. chauve
9. perspicaces
10. Avez-vous eu de légères pertes de sang
11. pendant mes 2 grossesses précédentes
12. autant de poids
13. lors de
14. mes origines
15. vous requinquer
16. mise à rude épreuve

1. Je vais vous prescrire des vitamines.
2. ne portez pas de charges
3. ne tirez ni ne hissez rien
4. Prenez beaucoup de repos.
5. évitez les rapports
6. ou même pendant toute
7. problématique
8. en bonne santé
9. représentent le seul moment

"I'll want to start you on vitamins.[1] Also no lifting[2], no pushing or hauling[3]. Get a great deal of rest.[4]"

Erich was sitting beside her. He reached for her hand and stroked it. "I'll take good care of her, Doctor."

The eyes rested on Erich speculatively. "I think it would be well if you abstain from marital relations[5] for the next month at least and possibly through[6] the pregnancy if the spotting continues. Will that be too much of a problem[7]?"

"Nothing is too much of a problem if it means that Jenny will have a healthy[8] child."

The doctor nodded approvingly.

But it is a problem, Jenny thought, dismayed. You see, Doctor, our marital relations give us the one area[9] where we are simply two people who love and want each other and we manage to close the door on jealousy and suspicion and outside pressures.

25

The late spring was warm with afternoon showers[1] and the rich abundant[2] land became thick and green. The tough, heady[3] alfalfa plants, now decorated with blue blossoms[4], were ready for the first cutting of the season.

Cattle strayed[5] far away from the polebarns, happy with the grazing[6] in the sloping[7] fields that led to the riverbank. Tree branches rustled against each other, dressed in[8] the leaves that made a solid green wall of the edge of the woods. Deer[9] sometimes ran through that wall, paused, listened, then escaped back into the protective arms of the trees.

Even the house brightened with the fair weather[10]. Rigid as they were,[11] the heavy curtains could not withstand[12] the delicate breezes[13] that brought the scent of irises and violets and sunflowers[14] and roses indoors[15].

For Jenny the change was welcome. The warmth of the spring sun seemed to penetrate the constant chill of her body. The scent of flowers in the house almost overcame[16] the pervasive[17] hint of pine. In the mornings she would get out of bed, open the windows and lie back against the pillows, enjoying the fresh, delicate breeze.

1. averses
2. fertile
3. capiteuses
4. fleurs
5. s'aventuraient
6. d'aller brouter
7. en pente douce
8. couvertes par
9. Des biches ou des cerfs
10. beau temps
11. Malgré leur raideur,
12. résister à
13. brises
14. des tournesols
15. dans la maison
16. couvrait presque
17. envahissant

The pills[1] for morning sickness[2] weren't helping[3]. Every morning she was racked by[4] nausea. Erich insisted she stay in bed[5]. He brought her tea and saltines[6], and after a while the feeling would subside[7].

He stayed in the house every night now. "I don't want you to be alone, darling, and I'm all ready for the San Francisco exhibit." He was leaving on the twenty-third of May. "By then Dr. Elmendorf said you'll probably be feeling a lot better."

"I hope so. Are you sure you're not interrupting your painting?"

"Very sure. It's good to spend more time with the girls. And face it[8], Jen. Between Clyde on the farm and the manager at the limeworks[9] and Emily's father at the bank, I can manage my time my way[10]."

Now it was Erich who took the girls to the stable during the mornings and led them on their ponies. Rooney came over[11] regularly. The sweater Jenny was knitting was going well[12] and she was already starting Jenny on[13] a patchwork quilt.

Jenny was still helpless to[14] explain how her coat got in Kevin's car. Suppose Kevin did come down, and tried that door on the west porch? It could have been unlocked. Suppose he came in? The closet door was right there. He might have panicked. After all, he didn't know whether or not a housekeeper[15] slept in[16]. Perhaps he took her coat, planning to insinuate that he'd seen her, started driving away, took the wrong turn, put his hand in the pocket in the hope of finding money, pulled out the key and with that the car went off the bank.

It still didn't explain the phone call.

After their nap the girls loved to roam[17] in the fields. Jenny sat on the west porch watching them as her fingers knitted the rows of wool or made patchwork squares. Rooney had dug up[18] material[19] from the attic, leftover goods[20] that had been used for

1. Les cachets
2. les nausées matinales de la grossesse
3. ne faisaient aucun effet
4. secouée par
5. pour qu'elle reste au lit
6. des biscuits salés
7. s'estompait
8. regarde les choses en face
9. carrières
10. m'organiser comme je veux
11. venait
12. avançait bien
13. avait déjà fait commencer à Jenny
14. incapable d'
15. gouvernante
16. dormait sur place
17. vadrouiller
18. récupéré
19. du tissu
20. des restes

dresses long ago, a bag of scraps[1], a bolt[2] of dark blue cotton. "John bought that blue material for me to make curtains for the back bedroom when he took it over. I warned him they'd be too dark. He hated to admit it but he had me take them down after a couple of months. Then I made the ones that are there now."

Somehow Jenny could not bring herself to[3] sit in Caroline's swing. Instead she chose a wicker[4] chair, high-backed with comfortable cushions. Nevertheless[5] Caroline had sat on this porch, sewing, watching her child play in these fields.

She no longer felt the lack of company. Now she always refused Erich's suggestions of dinner at one of the local restaurants. "Not yet, Erich. I don't even like the smell of food."

He began taking the children with him when he went out on errands[6]. They came back chatting[7] about the people they'd met, the places where they'd stopped to visit and stayed for cookies and milk.

Now Erich always slept in the back bedroom. "Jen, it's easier this way. I can stay away from you if I'm not too near you but I can't lie beside you night after night and not have my hands on you. Besides you're a restless sleeper. You'll probably sleep better alone."

She should be grateful but she wasn't. The nightmares happened regularly[8]; over and over again[9] she'd had that sensation of touching flesh, a face in the dark, of feeling long hair against her cheek. She didn't dare tell him that[10]. He'd surely think she was mad.

The day before he was to leave for San Francisco, he suggested she go to the stable with him. The morning nausea hadn't occurred for two days.

"I'd rather you be there[11] when the girls ride. I'm getting pretty unhappy with[12] Joe."

1. chutes
2. un rouleau
3. n'arrivait pas à
4. en osier
5. Il n'empêche que
6. avait des courses à faire
7. avec plein de choses à raconter
8. étaient fréquents
9. encore et encore
10. n'osait pas lui en parler
11. Je préférerais que tu sois là
12. mécontent de

A quick thrill[1] of worry. "Why?"

"I've heard rumors he's boozing it up[2] every night with his uncle. Josh Brothers is exactly the wrong influence on Joe at this stage[3]. Anyhow if you think he seems hung over[4], I don't want the girls out[5] with him. I may have to get rid of him."

Mark was in the stable. His normally calm voice was raised and icy. "Don't you know how dangerous it is to leave rat poison five feet[6] from the oat supply[7]? Suppose some of it got mixed in with the feed[8]? Those horses would go crazy. What the hell is the matter with you lately[9], Joe? Let me tell you, if this happens again, I'll recommend that Erich fire you[10]. Those children ride the ponies every day. Erich's horse is hard enough to handle[11] even for an experienced rider like him. Give Baron a taste of the strychnine in that stuff and he'd trample[12] anyone who came near him."

Erich dropped Jenny's arm. "What's all this about?"

A red-faced Joe who seemed on the verge of tears[13] admitted, "I was going to put the poison in the traps[14]. I pulled the box in here when it started to rain and I forgot it."

"You're fired," Erich said evenly.

Joe looked at Jenny. Was there something significant in his expression or simple pleading[15]? She wasn't sure.

She stepped forward[16], took Erich's hand. "*Please*, Erich. Joe's been wonderful with the children. He's so patient teaching them to ride. They'd miss him terribly."

Erich studied[17] her face. "If it means that much to you,[18]" he said shortly, then turned back to Joe. "Any mistake[19], Joe, *any* mistake, a stall door open, a dog running around my property, this sort of thing ..." He glanced contemptuously at the box of rat poison. "That's *it*. Got it?"

1. bouffée
2. qu'il lève le coude
3. en ce moment
4. qu'il a l'air ivre
5. que les filles aillent
6. à 1,50 m
7. des réserves d'avoine
8. nourriture
9. ces derniers temps
10. vous renvoie
11. déjà assez rétif comme ça
12. il pourrait très bien piétiner
13. au bord des larmes
14. pièges
15. prière
16. s'avança
17. scruta
18. c'est si important pour toi,
19. À la moindre erreur

"Yes, sir," Joe whispered. "Thank you, sir. Thank you, Mrs. Krueger."

"And make sure it's[1] *Mrs. Krueger,*" Erich snapped. "Jenny, I don't want the girls riding till I come back. Is that clear?"

"Yes." She agreed with him. Joe looked ill. There was a bruise[2] on his forehead.

Mark left the stable with them. "You've got a new calf in the dairy barn, Erich. That's why I'm here. Keep an eye on Joe. He was in another fight[3] last night."

"What the hell is he fighting about?" Erich asked irritably.

Mark's face closed. "Give people not used to liquor a couple of boilermakers[4] and you don't need much excuse."

"Come back to lunch with us," Erich suggested. "We haven't seen much of you.[5]"

"Please come," Jenny murmured.

They walked up to the house together.

"You two go on in," Erich suggested. "Mark, pour us[6] a sherry[7], will you? I want to pick up the mail at the office."

"Sure thing."

He waited until Erich was out of earshot then said quickly, "Two things, Jenny. I heard the good news about the baby. Congratulations. How do you feel?"

"Much better now."

"Jenny, I have to warn you. It was very good of you to save Joe's job for him but it's a mistaken[8] kindness. The reason he's getting into fights is that he's too open about his feelings for you. He worships you and the guys who hang around the bars at night are teasing him about it. Joe would be better off far away from this farm."

"And from me?"

"Bluntly,[9] yes."

1. dites bien
2. un bleu
3. Il s'est encore bagarré
4. whiskys suivis d'une bière
5. On ne te voit plus guère.
6. sers-nous
7. xérès
8. malavisée
9. Franchement,

26

When Erich was leaving for San Francisco he decided to drive the Cadillac to the airport and leave it there. "Unless you particularly want to use it, darling?"

Was there an edge[1] to the question? The last time he'd been away she'd used the car to meet Kevin. "I don't want it," she said quietly. "Elsa can pick up anything I need."

"You have your vitamins."

"Plenty of them.[2]"

"If you don't feel well, Clyde will drive you to the doctor." They were at the door. "Girls," Erich called, "come give Daddy a kiss."

They ran to him. "Bring me a present," Beth begged.

"Me too," Tina chimed in[3].

"Oh, Erich, before you go, tell the girls that you don't want them on the ponies until you get back."

"Daddy!" There were two wails of protest[4].

"Oh, I don't know. Joe came to apologize to me. Says he knows he's been off-base[5]. He's even going to move back in with[6] his mother. I think it's all right to let him take the girls out. You just be sure to be with them every minute, Jen."

"I'd rather not[7]," she said evenly.

1. un sous-entendu
2. J'en ai plein.
3. intervint
4. plaintes véhémentes
5. qu'il n'y était pas du tout
6. revenir habiter chez
7. J'aimerais mieux pas

"Any reason?" His eyebrows quirked.[1]

She thought of what Mark had told her. But there was no way she could discuss that with Erich. "If you're sure it's safe[2]."

His arms were around her. "I'll miss you."

"I'll miss you too."

She walked with him to the car. Clyde had driven it out of the garage. Joe was polishing it with a soft cloth[3]. Rooney was standing by it, ready to come in and sew with Jenny. Mark had come over to say good-bye.

"I'll call you as soon as I get to the hotel," Erich told Jenny. "That will be ten your time.[4]"

That night she lay in bed waiting for the phone to ring. This house is too large, she thought. Anyone could come in[5] the front door, the west door, the back door, come up the back staircase and I'd never hear him or her. The keys were hanging in the office. They were locked up[6] at night but often during the day the office was empty. Suppose someone took a house key, made a copy and returned the first key to the office? No one would ever know[7].

Why am I worrying about that now? she wondered.

It was just that dream, that recurring[8] dream of touching flesh, of her fingers grazing[9] a cheek, an ear, hair. It was happening almost nightly[10] now. And always the same. The heavy scent of pine, the feeling of a presence, the touching, and then a faint sighing sound[11]. And always when she turned on the light the room was empty.

If only she could talk to someone about it. But who? Dr. Elmendorf would suggest she see[12] a psychiatrist. She was sure of that. That's all Granite Place would need, she thought. Now that Krueger woman is going to have her head examined[13].

It was not quite ten o'clock. The phone rang. Quickly she picked it up. "Hello."

1. Il leva un sourcil étonné.
2. qu'il n'y a aucun danger
3. chiffon
4. Il sera 22 h ici.
5. entrer par
6. On fermait à clef
7. ne s'en apercevrait
8. récurrent
9. effleurant
10. presque toutes les nuits
11. comme un léger bruissement
12. qu'elle aille voir
13. est peut-être cinglée

1. Il n'y avait personne au bout du fil.
2. n'était qu'un murmure
3. éclata, devint un hurlement
4. mi-sanglot
5. impossible à reconnaître
6. Espèce de pute.
7. raccrocha tout de suite
8. Je ne décrocherai pas.
9. prit vivement le combiné
10. au bord de l'hystérie
11. Et l'appel disait quoi ?
12. Impossible de distinguer
13. celui qui l'avait appelée

The line was dead.[1] No, she could hear something. Not breathing but something.

"Hello." She felt herself start to tremble.

"Jenny." The voice was a whisper[2].

"Who is this?"

"Jenny, are you alone?"

"Who is this?"

"Have you got another boyfriend from New York with you yet, Jenny? Does he like to swim?"

"What are you talking about?"

Now the voice burst forth, a shriek[3], a scream, half-laugh, half-sob[4], unrecognizable[5]. "Whore.[6] Murderer. Get out of Caroline's bed. Get out of it *now*."

She slammed the phone down[7]. Oh, God, help me. She held her hands against her cheek feeling a tic under her eye. Oh, God.

The phone rang. I won't pick it up.[8] I won't.

Four times, five times, six times. It stopped. It began to ring again. Erich, she thought. It was after ten o'clock. She grabbed the receiver[9].

"Jenny," Erich's voice was concerned, "what's the matter? I called a few minutes ago and the line was busy. Then no answer. Are you all right? Who was on the phone?"

"I don't know. It was just a voice." Her own voice was near hysteria[10].

"You sound upset. What did whoever called you say?[11]"

"I ... I couldn't make out[12] the words." She couldn't tell him.

"I see." A long pause, then in a resigned tone, Erich said, "We won't discuss it now."

"What do you mean we won't discuss it?" Shocked, Jenny heard the shriek in her own voice. She sounded exactly like the caller[13]. "I want to discuss it. Listen, listen to what they said." Sobbing, she told him.

"Who would accuse me like that? Who could hate me so much?"

"Darling, calm yourself, please."

"But, Erich, *who*?"

"Darling, *think*. It was Rooney, of course."

"But *why*? Rooney likes me."

"She may *like* you but she *loved* Caroline. She wants Caroline back and when she gets upset she sees you as an intruder[1]. Darling, I warned you about her. Jenny, please don't cry. It's going to be all right. I'll take care of you. I'll always take care of you."

Sometime[2] during the long, sleepless night the cramps[3] began. First they were shooting pains[4] in her abdomen. Then they settled into a steady off-on pattern[5]. At eight she phoned Dr. Elmendorf. "You'd better come in[6]," he told her.

Clyde had left early for a cattle auction[7] and had taken Rooney with him. She didn't dare ask Joe to drive her. There were a half-dozen other men on the farm, the daily help[8] who came in the morning and went to their own homes at night. She knew their names and faces but Erich had always cautioned her[9] "not to get familiar[10]."

She didn't want to ask one of them. She called Mark and explained. "By any chance[11] ...?"

His answer was prompt "No problem. If you don't mind waiting until after office hours for me to drive you back. Or better still[12] my dad can do it. He just got up[13] from Florida. He'll stay most of the summer with me."

Mark's father, Luke Garrett. Jenny was anxious to[14] meet him.

Mark came for her[15] at nine-fifteen. The morning was warm and hazy. It would be a hot day. Jenny had gone to her closet for something to wear and realized that all the new clothes Erich bought her when

1. intruse
2. À un moment
3. contractions
4. des douleurs fulgurantes
5. arrivèrent à intervalles réguliers
6. Venez
7. vente aux enchères
8. les journaliers
9. lui avait toujours demandé de veiller à
10. éviter toute familiarité
11. Est-ce que par hasard
12. mieux encore,
13. vient d'arriver
14. avait hâte de
15. vint la chercher

they were married[1] were for cool weather. She'd had to rummage[2] to find a summer cotton from last year in New York. Putting it on she'd felt peculiarly herself again. The two-piece pink-checked dress[3] was an Albert Capraro, one she'd bought at an end-of-the-season sale[4]. The soft, wide skirt was only a little tight at the waist; the blouson top[5] concealed[6] her thinness[7].

Mark's car was a four-year-old Chrysler station wagon[8]. His bag was tossed[9] in the back. A stack[10] of books was scattered[11] next to it on the seat[12]. The car had an air of comfortable untidiness.[13]

It was the first time she'd ever really been alone with Mark. I'll bet even the animals know instinctively he'll make things better when he's around[14], she thought. She told him that.

He glanced over at her. "I'd like to think so. And I hope Elmendorf is having the same effect on you. He's a good doctor, Jenny. You can trust him[15]."

"I do."

They drove down the dirt road that led past the farm into Granite Place. Acre on acre of[16] Krueger land, she thought. All those animals grazing on the fields. Krueger prize[17] cattle. And I really had visualized[18] a pleasant farmhouse and some cornfields[19]. I never understood.[20]

Mark said, "I don't know whether you heard that Joe is moving back in with his mother."

"Erich told me."

"The best possible situation. Maude is a smart[21] woman. Drink runs in that family.[22] She'll keep a tight rein on Joe.[23]"

"I thought her brother started drinking because of the accident?"

"I wonder. I heard my father and John Krueger talk about it afterward. John always said that Josh Brothers had been drinking that day. Maybe the ac-

1. à l'époque de leur mariage
2. fouiller dans le placard
3. L'ensemble en vichy rose
4. aux soldes d'été
5. le haut bouffant aux épaules
6. masquait
7. sa maigreur
8. un break
9. posé n'importe comment
10. Une pile
11. éparpillée
12. sur la banquette
13. On se sentait bien dans le désordre de cette voiture.
14. qu'avec lui tout va s'arranger
15. lui faire confiance
16. Des hectares et des hectares de
17. de concours
18. moi qui m'étais plutôt imaginé
19. champs de blé
20. Je ne me rendais pas compte.
21. intelligente
22. L'alcoolisme est courant dans la famille.
23. Elle va le réfréner.

cident was his excuse for coming out in the open with his boozing[1]."

"Will Erich ever forgive me for all this gossip? It's destroying our marriage." She hadn't expected to ask the question. She heard it come from her flat and lifeless[2]. Did she dare tell Mark about the phone call, about Erich's response to it[3]?

"Jenny." There was a long silence then Mark began to speak. She'd already noticed that his voice had a tendency to deepen[4] when he was particularly intent on[5] what he was saying. "Jenny, I can't tell you what a different person Erich is since the first day he came back here after meeting you. He's always been a loner[6]. He's always spent a lot of time in that cabin. Now of course we understand why. But even so … picture it. I doubt whether John Krueger ever so much as kissed[7] Erich when he was a child. Caroline was the kind who'd scoop you up[8], hug you when you came in, run her fingers through your hair when she talked to you. People around here aren't like that. We're not outwardly expressive[9]. Caroline was half-Italian, as you know. I remember my father teasing her about that Latin warmth in her. Can you imagine what it must have been like for Erich to know she was planning to leave him? No wonder he was so upset about your former husband. Just give him time. The gossip will die down.[10] By next month people will have something else to chew on[11]."

"You make it sound so easy."

"Not easy, but maybe not as bad as you think."

He dropped her[12] at the doctor's office. "I'll just sit out here[13] and catch up on some reading[14]. You shouldn't be too long.[15]"

The obstetrician did not mince words[16]. "You've had false labor[17] and I certainly don't like it at this stage. You haven't been exerting yourself?[18]"

1. de ne plus cacher son goût pour la bouteille

2. sur un ton monocorde

3. la réaction d'Erich

4. aller dans les graves

5. était spécialement dans

6. un solitaire

7. a embrassé une seule fois

8. qui vous prenait dans ses bras

9. des extravertis

10. Les commérages ne vont pas durer.

11. à se mettre sous la dent

12. la déposa

13. m'asseoir ici pour vous attendre

14. refaire un peu de lecture

15. Ça ne devrait pas être long.

16. ne mâcha pas ses mots

17. de fausses contractions de travail

18. Vous n'avez rien fait d'épuisant ?

"No."

"You've lost more weight."

"I just can't eat."

"For the sake of the baby, you've got to try. Malted milks[1], ice cream, just get something down[2]. And stay off your feet as much as possible[3]. Are you worried about anything?"

Yes, Doctor, she wanted to say. I'm worried because I don't know who calls me when my husband is away. Is Rooney sicker than I realize? How about Maude? She resents the[4] Kruegers, particularly resents me. Who else knows so much[5] about when Erich is away[6]?

"Are you worried about anything, Mrs. Krueger?" he repeated.

"Not really."

She told Mark what the doctor had said. His arm was slung around[7] the back[8] of the seat. He's so big, she thought, so overpoweringly[9], comfortably male[10]. She could not imagine him exploding in fury. He had been reading. Now he tossed[11] the book in the backseat[12], and started the car. "Jenny," he suggested, "don't you have a friend or a cousin or someone who could come out and spend[13] a couple of months with you[14]? You seem so alone here. I think that might help to take your mind off things[15]."

Fran, Jenny thought. With absolute longing she wanted[16] Fran to come and visit. She thought of the amusing evenings they had spent together while Fran expounded on[17] her latest boyfriend. But Erich disliked[18] Fran intensely. He'd told her to make sure that Fran didn't visit. Jenny thought of some of her other friends. None of them could spend nearly four hundred dollars to fly out[19] for a weekend visit. They had jobs and families. "No," she said, "I don't have anyone who can come."

1. Du lait malté
2. avalez quelque chose
3. levez-vous le moins possible
4. en veut aux
5. sait si bien
6. quand Erich ne sera pas là
7. posé sur
8. dossier
9. puissamment
10. viril
11. lança
12. sur la banquette arrière
13. venir passer
14. auprès de vous
15. vous changer les idées
16. Elle se dit qu'elle aurait ardemment désiré
17. parlait de
18. n'avait pas aimé
19. prendre l'avion

The Garrett farm was on the north end of Granite Place. "We're small potatoes[1] next to[2] Erich," Mark said. "We have a section[3], six hundred and forty acres[4]. I have my clinic right on the property."

The farmhouse was like the one she'd pictured Erich would have. Large and white, black-shuttered[5], with a wide front porch.

The parlor was lined with bookshelves[6]. Mark's father was reading in an easy chair there. He looked up when they came in. Jenny watched as a startled expression[7] came over his face.

He was a big man too, with rangy[8] shoulders. The thick hair was pure white but the part broke at the same place as his son's[9]. His reading glasses enhanced his blue-gray eyes, and his lashes[10] were gray-white. Mark's were dark. But Luke's eyes had that same quizzical[11] expression.

"You have to be Jenny Krueger."

"Yes, I am." Jenny liked him at once.

"No wonder Erich ..." He stopped. "I've been anxious to meet you.[12] I'd hoped to get the chance[13] when I was here in late February."

"You were here in February?" Jenny turned to Mark. "Why didn't you bring your father over?"

Mark shrugged. "Erich pretty well sent out signals[14] you two were doing an at-home honeymoon. Jenny, I've got ten minutes before the clinic opens. What would you like? Tea? Coffee?"

Mark disappeared into the kitchen and she was alone with Luke Garrett. She felt as though she were being looked over by[15] the school counselor[16], as though any minute he'd ask, "And how do you like your courses[17]? Are you comfortable[18] with your teachers?"

She told him that.

He smiled. "Maybe I am analyzing[19]. How is it going?"

1. une petite exploitation
2. en comparaison d'
3. une parcelle
4. 258 ha
5. avec des volets noirs
6. couvert de rayonnages
7. un air étonné
8. larges
9. la raie naturelle les faisait retomber comme chez son fils
10. cils
11. interrogatrice
12. J'avais hâte de faire votre connaissance.
13. en avoir l'occasion
14. m'a fait comprendre que
15. en entretien avec
16. le psychologue du lycée
17. vos cours
18. Ça se passe bien
19. ai-je l'air d'un psychanalyste

"How much have you heard?"

"The accident? The inquest?"

"You've heard." She raised her hands as though pushing away[1] a weight that was closing in on her[2]. "I can't blame people for thinking the worst. My coat was in the car. A woman did call the Guthrie Theater from our telephone that afternoon.

"I keep thinking there's a reasonable explanation and once I find it out, everything will be all right again."

She hesitated, then decided against discussing Rooney with him. If Rooney had made that call last night in one of her spells, she'd probably have forgotten it by now. And Jenny did not want to repeat what the caller had said to her.

Mark came in followed by a short, stocky woman carrying a tray. The warm, enticing scent[3] of coffee cake reminded Jenny of Nana's one great baking success[4], a Bisquick[5] coffee cake. A wave of nostalgia made her blink back[6] tears.

"You're not very happy here, are you, Jenny?" Luke asked.

"I expected to be. I could be," she replied honestly.

"That's exactly what Caroline said," Luke commented softly. "Remember, Mark, when I was putting her bags in the car that last afternoon?"

A few minutes later Mark left for the[7] clinic and Luke drove her home. He seemed quiet and distracted[8] and after a few efforts at conversation, Jenny became quiet too.

Luke steered the station wagon through[9] the main gate. They circled around to the west entrance. She saw Luke's eyes rest on[10] the porch swing. "The problem," he said suddenly, "is that this place doesn't change. If you took a picture[11] of this house and compared it to one that was thirty years old[12], it would be the same. Nothing is added, nothing

1. comme pour repousser
2. qui allait l'étouffer
3. alléchante odeur
4. ce que Nana faisait de mieux comme gâteau
5. [marque de préparation toute faite]
6. ravaler ses
7. partit à sa
8. l'air ailleurs
9. les conduisit par
10. le regard de Luke se poser sur
11. Si on prenait une photo
12. datant d'il y a 30 ans

is renovated, nothing is moved. Maybe that's why everyone here has that same feeling of her presence, as though the door might fling open[1] and she'd come running out, always glad to see you, always urging you to stay for dinner[2]. After Mark's mother and I were divorced she had Mark here so much. Caroline was a second mother to him."

"And to you?" Jenny asked. "What was she to you?"

Luke looked at her through eyes that were suddenly anguished[3]. "Everything I ever wanted in a woman." He cleared his throat abruptly as though fearing he had revealed too much of himself. As she got out of the car Jenny said, "When Erich comes back, promise you'll come for dinner with Mark."

"I'd enjoy that, Jenny. Sure you have everything?"

"Yes." She started to walk toward the house.

"Jenny," he called.

She turned. Luke's face was filled with pain. "Forgive me. It's just that you resemble Caroline so strongly[4]. It's rather frightening. Jenny, be careful[5]. Be careful of[6] accidents."

1. allait s'ouvrir
2. à insister pour que vous restiez dîner
3. pleins de tourment
4. ressemblez tellement à Caroline
5. faites attention
6. Attention aux

27

Erich was due home on June third. He called the night of the second[1]. “Jen, I’ve been miserable[2]. Darling, I’d give anything not to have you so upset.”

She felt the hard knot of tension ease[3]. It was as Mark said, eventually the gossip would blow over[4]. If only she could hang on to that thought[5]. “It’s all right. We’re going to get through all this.”

“How do you feel, Jen?”

“Pretty good.”

“Eating better?”

“Trying to. How did the exhibit go?[6]”

“Very, very well. The Gramercy Trust bought three oils. Stiff prices too. The reviews[7] were fine[8].”

“I’m so glad. What time does your plane get in[9]?”

“Around eleven. I should be home between two and three. I love you so much, Jen.”

That night the room seemed less threatening. Maybe it will be all right, she promised herself. For the first time in weeks she slept without dreaming.

She was sitting at the breakfast table with Tina and Beth when the screaming started[10], a hideous[11] cacophony of wild neighing[12] and frantic[13] sounds of human pain.

“Mommy!” Beth jumped off her chair and ran for[14] the door.

1. du 2 juin
2. ça me fiche le bourdon
3. desserrer
4. les commérages finiraient par s’essoufler
5. se raccrocher à cette idée
6. Comment s’est passée l’exposition ?
7. Les critiques
8. très bonnes
9. atterrit
10. des cris fusèrent
11. horrible
12. hennissements déchaînés
13. affolés
14. se précipita vers

"Stay there," Jenny ordered. She ran toward the sounds. They were coming from the stable. Clyde was rushing from the office, a rifle in his hand. "Stay back[1], Miz Krueger, stay back."

She could not. Joe. It was Joe who was screaming.

He was in the stall, crouched against the back wall, trying frantically to dodge[2] the flying hooves[3]. Baron was rearing on his hind legs[4], his eyes rolling in his head, the sharp metal-shod[5] hoofs flailing[6] the air. Joe was bleeding from the head[7]; one arm hung limply at his side[8]. As she watched he slumped onto the floor[9] and Baron's front legs trampled[10] his chest.

"Oh, God, oh, God, oh, God!" She heard her own voice weeping, praying, entreating[11]. She was shoved aside[12]. "Get out of his way, Joe. I'm gonna shoot." Clyde took aim as the hooves reared up again. There was a sharp crack of the rifle, followed by a screeching[13], protesting neighing; Baron stood poised statuelike[14] in midair[15], then crumbled into the straw in the stall.

Somehow Joe managed to press against the wall, to avoid the crushing[16] weight of the falling animal. Joe lay still, his breath coming in sharp gasps, his eyes glazed with shock, his arm twisted grotesquely. Clyde threw down the rifle and ran over to him.

"Don't move him!" Jenny shouted. "Call for an ambulance. Hurry."

Trying to avoid Baron's body, she kneeled beside Joe, her hand smoothing his forehead, wiping the blood from his eyes, pressing against the gaping tear[17] near his hairline. Men came running from the fields. She could hear the sounds of a woman sobbing. Maude Ekers. "Joey, Joey."

"Maw ..."

"Joey."

1. Ne vous approchez pas
2. d'éviter
3. les sabots levés
4. se cabrait
5. ferrés
6. fouettant
7. saignait à la tête
8. il avait un bras ballant
9. se tassa par terre
10. piétinèrent
11. suppliante
12. écartée sans ménagement
13. strident
14. resta figé comme une statue
15. en l'air
16. écrasant
17. la déchirure béante

The ambulance arrived. Efficient[1] white-clad attendants[2] ordered everyone back[3]. Then Joe was on the stretcher, his eyes closed, his face ashen[4]. An attendant's low voice whispered, "I think he's going[5]."

There was a shriek from Maude Ekers.

Joe's eyes opened, fastening on[6] Jenny. His voice was bewildered, amazingly clear. "I'd never a told anyone[7] I saw you get in the car that night, honest[8] I wouldn't[9]," he said.

Maude turned on Jenny, as she climbed in the ambulance after her son. "If my boy dies, it's your fault, Jenny Krueger," she screamed. "I *curse*[10] the day you came here! God *damn*[11] you Krueger women for what you've done to my family! God damn the baby you're carrying, whoever it belongs to[12]!"

The ambulance sped away[13], the wail[14] of its siren shattering[15] the peace of the summer morning.

Erich arrived home a few hours later. He chartered[16] a plane to fly a chest surgeon down[17] from the Mayo Clinic[18], and phoned for private nurses[19]. Then he walked into the stable and crouched[20] beside Baron, his hand patting the sleek, beautiful head of the dead animal.

Mark had already analyzed the bucket of oats[21]. The report: strychnine mixed with oats.

Later Sheriff Gunderson showed up at the front door with his now familiar[22] car. "Mrs. Krueger, a half-dozen people heard Joe say he wouldn't have told that he saw you get in the car that night. What did he mean by that?"

"I don't understand what he meant."

"Mrs. Krueger, you were present a short time ago when Dr. Garrett admonished Joe for leaving the rat poison[23] near the oats. You knew what effect it would have on Baron. You heard Dr. Garrett warn Joe that strychnine would drive Baron wild[24]."

1. D'efficaces
2. secouristes en blouse blanche
3. à tous de reculer
4. le teint terreux
5. qu'il est en train de nous quitter
6. se fixant sur
7. J'aurais jamais dit à personne
8. j'vous jure
9. que je l'aurais pas dit
10. Je maudis
11. Allez au diable,
12. quel qu'en soit le père
13. s'éloigna à toute vitesse
14. la plainte
15. faisant voler en éclats
16. affréta
17. pour faire venir un chirurgien thoracique
18. [clinique réputée, au sud du Minnesota]
19. des infirmières à domicile
20. s'accroupit
21. seau d'avoine
22. désormais bien connu
23. raticide
24. le ferait s'emballer

"Did Dr. Garrett tell you that?"

"He told me that Joe had been careless with the rat poison and that you and Erich were present when he dressed Joe down[1]."

"What are you trying to say?"

"Nothing I can say[2], Mrs. Krueger. Joe claims he got the boxes mixed up. I don't believe him. No one does."

"Will Joe live?"

"Too soon to tell. Even if he does, he'll be a mighty sick boy for a long time. If he makes it through[3] the next three days, they're moving him up to Mayo." The sheriff turned to go. "Like his maw said, at least he'll be safe[4] up there[5]."

1. quand il a réprimandé Joe

2. Je ne puis vous en dire plus,

3. S'il ne meurt pas dans

4. en sécurité

5. là-bas

28

Caught up in the rhythm of her pregnancy, Jenny began counting days and weeks until the baby was due[1]. In twelve weeks, in eleven weeks, in ten weeks, Erich would have a son. He would move back into their room. She would be well again. The talk in town[2] would die out[3] for lack of fresh fuel[4]. The baby would look exactly like Erich.

The operation on Joe's chest had been successful[5], though he would not leave Mayo Clinic until the end of August. Maude was staying in a furnished apartment[6] near the hospital. Jenny knew that Erich was paying all the bills.

Now Erich rode Fire Maid when he took the girls riding. He never mentioned Baron to her. She did hear from Mark that Joe had persisted in his story that he must have mixed the poison in with the oats himself and that he had no idea what he'd meant when he talked about seeing Jenny that night.

She didn't need Mark to tell her that no one believed him.

Erich was working less at the cabin and more on the farm with Clyde and the men. When she asked him about that he said, "I can't quite get in the mood for[7] painting."

1. l'arrivée du bébé
2. Les commérages
3. s'éteindraient,
4. faute d'aliments
5. avait réussi
6. un meublé
7. Je ne suis pas vraiment d'humeur à

He was kind to her but remote[1]. Always she felt that he was watching her. In the evenings they'd sit in the parlor and read. He rarely spoke to her, but when she glanced up, she'd see his eyes drop[2] as though he didn't want to be caught studying her.

About once a week Sheriff Gunderson would drop by, seemingly just to chat[3]. "Let's go over[4] the night Kevin MacPartland came here, Mrs. Krueger." Or he would speculate: "Joe has a real big crush on you[5], don't he?[6] Enough to make him pretty protective. Anything you feel like talking about,[7] Mrs. Krueger?"

The sensation of someone being in the room with her at night was constant. Always the pattern was the same. She would start dreaming of being in the woods; something would come toward her, hover over[8] her; she'd push out her hand and feel long hair, a woman's hair. The sighing sound[9] came next. She would fumble for[10] the light and when she turned it on she'd be alone in the room.

Finally she told Dr. Elmendorf about the dream.

"How do you explain it?" he asked.

"I don't know." She hesitated. "No, that's not quite true. I always think it has something to do with Caroline." She told him about Caroline, told him that everyone close to her seemed to have a sense of her presence.

"I'd guess that your imagination is playing tricks on you[11]. Would you like me to arrange counseling[12]?"

"No. I'm sure you're right."

She started to sleep with the light on[13] in the room, then determinedly snapped it off[14]. The bed was to the right[15] of the door. The massive headboard was against the north wall. One side of the bed was close to the east wall of the room. She wondered if Erich would move the bed for her so that it was between the windows on the south wall. There would be more moonlight[16] there. She'd be able to look out

1. distant
2. baisser les yeux
3. en apparence juste pour bavarder
4. Reparlons de
5. a un sacré béguin pour vous
6. pas vrai ?
7. Vous n'avez rien à me dire,
8. planait au-dessus d'
9. bruissement
10. cherchait à tâtons
11. vous joue des tours
12. que je vous organise une séance chez un psy
13. la lumière allumée
14. décida de l'éteindre
15. à la droite
16. On verrait mieux le clair de lune

when she wasn't sleeping. The corner where the bed was placed was terribly dark.

She knew better than to make the request.

One morning Beth asked, "Mommy, why didn't you talk to me when you came into my room last night?"

"I didn't come to you, Mouse."

"Yes, you did!"

Was she sleepwalking?[1]

The tiny flutters[2] of life inside her seemed unlike[3] the sturdy kicks[4] she'd known from Beth and Tina. Let the baby be healthy[5], she pleaded in silent prayer. Let me give Erich his son.

The hot August afternoons dissolved into cool evenings. The woods held the first touches of gold. "It will be an early fall," Rooney commented. "And by the time the leaves are all turned[6], your quilt will be finished. You can hang it in the dining room too."

Jenny avoided Mark as much as possible, staying in the house whenever she glimpsed[7] his station wagon parked near the office. Did he too believe she might have deliberately put poison in Baron's feed? She felt she could not stand it if she sensed accusation from him too.

In early September, Erich invited Mark and Luke Garrett for dinner. He told her about it casually. "Luke's going back to Florida until the holidays[8]. I haven't seen enough of him.[9] Emily's coming too. I can have Elsa stay and cook."

"No, that's the one thing I get to do[10] around here."

The first dinner party since the night Sheriff Gunderson had come to tell her Kevin was missing. She found herself looking forward to seeing Luke again. She knew Erich went over to the Garrett farm regularly. He'd taken Tina and Beth with him. He never cleared the outings with her anymore.[11] He'd

1. Devenait-elle somnambule
2. battements
3. ne ressemblaient pas
4. aux francs coups de pied
5. Faites que le bébé soit bien-portant
6. se seront toutes fanées
7. apercevait
8. vacances [de Noël]
9. Je ne l'ai guère vu.
10. la seule chose que j'arrive à faire
11. Il ne lui en demandait plus l'autorisation avant.

simply announce, "I'll keep the girls out of your hair[1] for the afternoon. Get a good rest[2], Jen."

It wasn't that she wanted to go. She didn't want to run the risk of seeing any of the townspeople[3]. How would they treat her? Smile to her face and gossip about her as she passed?

When Erich was away with the girls, she would take long walks on the farm. She would wander[4] along the river and try not to think that Kevin's car plunged over the bank just around that bend. She walked past the cemetery. Caroline's grave was planted with summer flowers.

She found herself longing[5] to dip into the woods[6], to find Erich's cabin. Once she went fifty yards into them. The thick branches blotted out[7] the sun. A fox[8] passed her, brushing her legs, in pursuit of[9] a rabbit[10]. Startled, she'd turned back. Birds nesting[11] in the trees sent up a flutter of protest[12] as she passed[13].

She'd ordered[14] some maternity clothes[15] from a Dayton's catalog. Nearly seven months pregnant, she thought, and my own clothes aren't that much too tight[16]. But the new blouses and slacks and skirts buoyed her spirits[17]. She remembered how carefully she'd shopped when she was pregnant with Beth. She'd worn those same clothes for Tina. For this baby Erich had said, "Order as much as you want."

The night of the dinner she wore an emerald-green two-piece silk dress with a white lace collar. It was simple and well-cut. She knew Erich liked her to wear green. It did something to her eyes. Like the aqua gown.

The Garretts and Emily came together. Jenny decided there seemed to be a new intimacy between Mark and Emily. They sat side by side on the couch. At one point Emily's hand rested on Mark's arm.

1. J'emmène les filles, qu'elles ne soient plus dans tes pattes
2. Repose-toi bien
3. villageois
4. allait au hasard
5. eut envie
6. de faire une incursion dans le bois
7. masquaient
8. renard
9. pourchassant
10. un lapin
11. nichant
12. protestèrent
13. sur son passage
14. commandé
15. vêtements de grossesse
16. si serrés que ça
17. lui regonflèrent le moral

Maybe they are engaged[1], she thought. The possibility brought a queer stab of pain[2]. Why?

Emily was making a distinct[3] effort to be pleasant. But it was hard to find common ground[4]. She talked about the county fair[5]. "Corny as they are,[6] I always enjoy them. And everyone was talking about how darling[7] your girls are."

"Our girls," Erich smiled. "Oh, by the way, you'll all be glad to know the adoption is complete. The girls are legally and bindingly[8] Kruegers."

Jenny'd expected that, of course. But how long had Erich known? A few weeks ago he'd stopped asking her if she minded if he took the girls out. Was that the reason: they were "legally and bindingly Kruegers"?

Luke Garrett was very quiet. He had chosen to sit in the wing chair[9]. After a while Jenny understood why. It gave the clearest view of[10] Caroline's portrait. His eyes seldom strayed from it[11]. What had he meant by that warning about accidents?

The dinner turned out well. She'd made tomato bisque[12] from a recipe[13] she found in an old cookbook[14] in the kitchen. Luke raised his eyebrows. "Erich, if I'm not mistaken that must be the recipe your grandmother used when I was a boy. Excellent, Jenny."

As though to make up for his earlier silence, Luke began reminiscing about his youth. "Your dad," he said to Erich, "was as close to me growing up as you and Mark ever were."

At ten o'clock they went home. Erich helped her to clear[15] the table. He seemed pleased at the way the evening had gone. "Looks as though Mark and Emily are pretty close to an engagement[16]," he said. "Luke would be glad. He's been after Mark to settle down.[17]"

1. se sont fiancés
2. un étrange élancement
3. visible
4. des intérêts communs
5. la fête foraine du comté
6. Aussi convenues soient-elles,
7. adorables
8. pleinement
9. bergère à oreilles
10. la meilleure vue sur
11. s'en détachaient rarement
12. de la soupe de tomate
13. recette
14. livre de cuisine
15. débarrasser
16. ne vont pas tarder à se fiancer
17. Il presse Mark de se marier.

"I thought so too," Jenny agreed. She tried to sound pleased but knew the effort was a failure[1].

1. un échec

* * *

In October it became sharply colder. Biting winds stripped the trees of their autumn finery[2]; frost[3] dulled the grass to brown[4]; rain became icy. The furnace hummed[5] constantly now. Every morning Erich started a fire in the kitchen stove. Beth and Tina came to breakfast wrapped in warm robes[6], eagerly anticipating[7] the first snowfall[8].

Jenny seldom left the house. The long walks were too tiring and Dr. Elmendorf advised against them[9]. Her legs cramped[10] frequently and she was afraid of falling. Rooney came to visit every afternoon. Between them they'd made a layette[11] for the baby. "I'll never sew properly[12]," Jenny sighed, but even so it was gratifying to make simple kimonos from the flowered cloth that Rooney ordered from town.

It was Rooney who showed Jenny the corner of the attic where the Krueger bassinette[13] was covered with sheets. "I'll make a new skirt[14] for it," Rooney said. The activity seemed to brighten her and for days at a time she was never confused.

2. parure
3. le givre
4. jaunit l'herbe
5. ronronnait
6. un peignoir chaud sur le dos
7. impatientes qu'arrive
8. chute de neige
9. les déconseillait
10. Elle avait des crampes
11. [un trousseau de naissance]
12. Je ne saurai jamais coudre comme il faut
13. couffin
14. volant froncé

"I'll put the bassinette in Erich's old room," she told Rooney. "I don't want to move the girls and the other rooms are too far away. I'd be afraid I wouldn't hear the baby at night."

"That's what Caroline said," Rooney volunteered[15]. "You know Erich's room used to be part of the master bedroom, kind of an alcove of it. Caroline put the bassinette and baby dresser there. John didn't like having the baby in his room. Said he didn't have a big house so he'd have to tiptoe around[16] an infant[17]. That's when they put the partition in[18]."

"The partition?"

15. dit spontanément
16. que, s'il avait une grande maison, ce n'était pas pour devoir faire attention à ne pas écraser
17. un nourrisson
18. ont installé la cloison

"Didn't Erich ever tell you that? Your bed used to be on the south wall. Behind the headboard where it is now is the sliding wall."

"Show me, Rooney."

They went upstairs to Erich's old room. "Course you can't open it from your side with the headboard there," Rooney said, "But look-see[1]." She pushed the high-back rocker aside and pointed to a recessed handle[2] in the wallpaper. "Just watch how easy it works."

Noiselessly the panel[3] slid open[4]. "Caroline had it made like that so when Erich was bigger you could just close off[5] the two rooms. My Clyde made the partition and Josh Brothers helped him. Didn't they do a good job? Would you ever guess it was there?"

Jenny stood in the opening. She was behind the headboard of her bed. She leaned over. That was why she had felt a presence, reached out, touched a face. She remembered the constant sensation of long hair. Rooney's hair removed from that tight bun[6] was surely quite long. "Rooney," she tried to sound casual, "do you ever come into this room and open the partition at night? Maybe look in at me?"

"I don't think I do. But, Jenny …" Rooney put her lips to Jenny's ear. "I wouldn't tell Clyde because he'd think I'm crazy. Sometimes he scares me[7]. He talks about putting me away[8] for my own good[9]. But, Jenny, I've seen Caroline walking around[10] the farm at night these last few months. Once I followed her here to the house and she came up the back stairs. That's why I keep thinking[11] if Caroline is able to come back, maybe my Arden will be here soon too."

1. regardez
2. poignée encastrée
3. le panneau
4. coulissa
5. séparer
6. si on défaisait ce chignon serré,
7. me fait peur
8. de me faire interner
9. pour mon bien
10. se promener dans
11. continue à penser que

29

This time it wasn't false labor. Quietly Jenny lay in bed timing[1] the contractions. From ten minutes apart for two hours,[2] they suddenly accelerated to five-minute intervals[3]. Jenny patted the small mound[4] in her abdomen. We've made it[5], young Mr. Krueger, she thought. For a while I wasn't sure we would.

Dr. Elmendorf had been cautiously[6] pleased on[7] her last visit. "The baby is about five pounds[8]," he said. "I'd wish it bigger but that's a comfortable[9] weight. Frankly I was sure you were going to deliver[10] prematurely." He'd done a scan. "You're right, Mrs. Krueger. You're going to have a boy."

She went down the hall to call Erich. The door of his bedroom was closed. She never went there. Hesitating she knocked. "Erich," she called softly.

There was no answer. Could he have gone to the cabin during the night? He'd started painting again but always came home for dinner. Even if he went back to the cabin for the evening he returned to the house at some point[11].

She'd asked him about the panel that separated his old room from the master bedroom. "My God, Jen, I'd forgotten all about it. Why do you get the idea someone has been opening it? I'll bet Rooney is in

1. mesurant le temps entre
2. D'abord toutes les 10 mn pendant 2 heures,
3. toutes les 5 minutes
4. bosse
5. On a réussi
6. avec circonspection
7. lors de
8. 2,5 kg
9. relativement satisfaisant
10. accoucher
11. à un moment ou un autre

and out of this place more than we realize. I warned you against getting so cozy[1] with her."

She hadn't dared tell him that Rooney talked about seeing[2] Caroline.

Now she pushed open the door to the room he'd been using and reached for the light. The bed was made. Erich wasn't here.

She'd have to get to the hospital. It was only four o'clock. There wouldn't be anyone up until seven. Unless …

Padding softly[3] on bare feet[4] down the wide foyer, Jenny passed the closed doors of the other bedrooms. Erich would never use any of those except …

Cautiously she opened the door of his old room. The Little League trophy on the dresser glistened in the moonlight. The bassinette, now frothy[5] with a yellow silk skirt overlaid with[6] white net[7], was next to the bed.

The bedcovers[8] were rumpled. Erich was asleep, his body hunched[9] in his favorite fetal position. His hand was thrown over the bassinette as though he'd fallen asleep holding it. Something Rooney had said came back to her. "I can see Caroline rocking[10] that bassinette by the hour[11] with Erich fussing in it[12]. I used to tell him he was lucky to have had such a patient mother."

"Erich," Jenny whispered, touching his shoulder.

His eyes flew open[13]. He jumped up. "Jenny, what's the matter?"

"I think I'd better get to the hospital." He got out of bed quickly, put his arms around her. "Something told me to come in here tonight, to be near you. I fell asleep thinking how wonderful it will be when our little boy is in that bassinette."

It had been weeks since he had touched her. She had not realized how starved she had been for[14] the

1. intime
2. d'avoir vu
3. Avançant à pas feutrés
4. et pieds nus
5. vaporeux
6. recouvert de
7. tulle
8. Les draps et la couverture
9. lové
10. bercant
11. des heures durant
12. s'agitant dedans
13. s'ouvrirent d'un coup
14. à quel point cela lui avait manqué

feeling of arms around her[1]. She reached up her hands to his face.

In the dark her fingers felt the curve[2] of his face, the softness of his eyelids[3].

She shivered.

"What is it, dear? Are you all right?"

She sighed. "I don't know why but just for a minute I was so frightened. You'd think this was my first baby, wouldn't you?"

The overhead light in the delivery room[4] was very bright. It hurt her eyes. She was slipping in and out of consciousness.[5] Erich, masked[6] and coated[7] like the doctors and nurses[8], was watching her. Why did Erich watch her all the time?

A last rush of pain. Now, she thought now. Dr. Elmendorf held up a small, limp[9] body. All of them bending over it. "Oxygen."

The baby had to be all right[10]. "Give him to me." But her lips didn't form the words. She couldn't move her lips.

"Let me see him," Erich said. He sounded anxious, nervous. Then she heard his dismayed whisper. "He has hair like the girls, *dark red hair*!"

When she opened her eyes again the room was dark. A nurse was sitting by the bed.

"The baby?"

"He'll be fine," the nurse said soothingly. "He just gave us a little scare[11]. Try to sleep."

"My husband?"

"He's gone home."

What was it Erich had said in the delivery room? She couldn't remember.

She drifted in and out of sleep. In the morning a pediatrician[12] came in. "I'm Dr. Bovitch. The baby's lungs[13] aren't fully developed. He's in trouble but we'll pull him through[14], Mother. I promise you

1. qu'on la prenne dans les bras
2. le modelé
3. paupières
4. en salle de travail
5. Elle perdait conscience par intermittences.
6. portant un masque
7. et une blouse
8. les infirmières
9. amorphe
10. allait bien, forcément
11. nous a fait une petite frayeur
12. pédiatre
13. poumons
14. on va tout faire pour qu'il s'en sorte

that. However, since you gave your religion as Roman Catholic we thought it best[1] to have him baptized[2] last night."

1. avons jugé préférable
2. de le faire baptiser

"Is he that sick[3]? I want to see him."

3. si malade

"You can walk down to the nursery[4] in a little while. We can't take him out of the oxygen yet. Kevin's a beautiful little baby, Mrs. Krueger."

4. pouponnière

"*Kevin!*"

"Yes. Before the priest[5] baptized him he asked your husband what you planned to call him. That is right, isn't it? Kevin MacPartland Krueger?"

5. prêtre

Erich came in with an armful of long-stemmed[6] red roses. "Jenny, Jenny, they say he'll make it[7]. The baby will make it. When I went home I spent the night crying. I thought it was hopeless[8]."

6. à haute tige
7. qu'il va s'en sortir
8. sans espoir

"Why did you tell them his name was Kevin MacPartland?"

"Darling, they said they didn't think he'd survive more than a few hours. I thought we'd save the name Erich for a son who would live. It was the only other name that came to my mind. I thought you'd be pleased."

"Change it."

"Of course, darling. He'll be Erich Krueger the fifth[9] on his birth certificate[10]."

9. Erich Krueger, cinquième du nom
10. acte de naissance

The week she was in the hospital Jenny forced herself to eat, husbanded her strength[11], pushed back the depression that sapped[12] her energy. After the fourth day they took the baby out of oxygen and let her hold him. He was so frail[13]. Her being ached with tenderness[14] as his mouth reached for her breast. She had not nursed[15] Beth or Tina. It had been too important to get back to work. But to this child she could give all her time, all her energy.

11. ménagea ses forces
12. qui sapait
13. délicat
14. Tout son être fut saisi d'une douloureuse tendresse
15. allaité

She was discharged from[16] the hospital when the baby was five days old. For the next three weeks she

16. sortit de

went back there every four hours during the day[1] to nurse him. Sometimes Erich drove her. Other times he gave her the car. "Anything for the baby, darling."

The girls got used to her leaving them[2]. At first they fussed[3], then became resigned[4]. "It's all right," Beth told Tina. "Daddy will mind us[5] and we have fun with him."

Erich heard. "Who do you like best, Mommy or me?" He tossed them[6] in the air.

"You, Daddy," Tina giggled[7]. Jenny realized she'd learned the answers Erich wanted to hear.

Beth hesitated, glanced at Jenny. "I like you both the same."

Finally, the day after Thanksgiving[8], she was allowed to bring the baby home. Tenderly, she dressed the small body, glad to hand back[9] the coarse hospital shirt[10] and replace it with a new one, washed once to soften the cotton fibers[11]. A long flowered[12] nightgown, the blue woolen sacque[13] and bonnet, a receiving blanket[14], the brushed wool[15] bunting[16] lined in[17] satin.

It was bitterly cold out. November had brought snow, ice-tipped[18], constant. Wind whispered through the trees, stirring the naked branches into restless movement. Smoke wisped[19] constantly from the chimneys in the house, from the office, blew over the ridge[20] from Clyde and Rooney's home near the cemetery.

The girls were ecstatic over[21] their little brother, each pleading to hold him. Sitting beside them on the couch, Jenny let them have a turn[22]. "Gently, gently. He's so tiny."

Mark and Emily dropped by to see him. "He's beautiful," Emily declared. "Erich is showing his picture to everyone."

"Thank you for your flowers," Jenny murmured, "and your father and mother sent a beautiful

1. toutes les quatre heures durant la journée
2. se firent à son absence
3. firent des histoires
4. se résignèrent
5. nous gardera
6. les lançait
7. dit en riant
8. [le 4e jeudi de novembre]
9. rendre
10. la grenouillère rêche donnée par l'hôpital
11. pour adoucir les fibres de coton
12. à fleurs
13. brassière
14. couverture pour nouveau-né
15. en laine brossée
16. gigoteuse
17. ourlée de
18. chargée de glace
19. s'échappait [en volutes]
20. par-dessus la crête
21. enchantées par
22. autorisa chacune à le prendre dans les bras

arrangement[1]. I phoned to thank your mother but apparently she wasn't home."

The "apparently" was a deliberate choice of words. She was certain that Mrs. Hanover was home when she called.

"They're so happy for you … and for Erich, of course," Emily said hastily. "I'm just hoping I'm giving someone over here ideas[2]." She laughed in Mark's direction.

He smiled back at her.

You don't make remarks like that until you're pretty sure of yourself, Jenny thought.

She tried to make conversation. "Well, Dr. Garrett, how do you judge my son? Would he win a prize at the county fair?"

"A thoroughbred[3], for sure," Mark replied. What was there in his voice? A worried tone? Pity? Did he see something as fragile in the baby as she did?

She was sure of it.

Rooney was a born nurse[4]. She loved to give the baby the supplemental bottle[5] after Jenny breast-fed him[6]. Or she would read to the girls when the baby was sleeping.

Jenny was grateful for the help. The baby worried her. He slept too much; he was so pale. His eyes began to focus.[7] They would be wide with the hint of almond shaping[8] that Erich's had. They were china blue[9] now. "But I swear I see some green lights in them. I bet they're like your mother's eyes, Erich. You'd like that?[10]"

"I'd like that."

He moved the four-poster to the south wall of the master bedroom. She left the partition open between that room and the small one. The bassinette was kept there. She could hear every sound the baby made.

1. composition florale
2. que cela va donner des idées à certains
3. pur-sang
4. une nourrice-née
5. biberon complémentaire
6. lui ait donné le sein
7. Il commençait à accommoder.
8. forme en amande
9. d'un bleu de porcelaine
10. Ça te plairait ?

Erich still hadn't moved back into their room. "You need your rest[1] a little longer[2], Jenny."

"You can come in with me. I'd like that."

"Not yet."

Then she realized she was relieved[3]. The baby consumed[4] her every thought. At the end of the first month he had lost six ounces[5]. The pediatrician looked grave. "We'll increase[6] the formula[7] in the supplemental bottle. I'm afraid your milk isn't rich enough for him. Are you eating properly? Is anything upsetting you? Remember a relaxed mother has a happier baby."

She forced herself to eat, to nibble, to drink milk shakes. The baby would start to nurse[8] eagerly[9] then tire and fall asleep. She told the doctor that.

"We'd better do some tests[10]."

The baby was in the hospital three days. She slept in a room near the nursery. "Don't worry about my girls, Jenny. I'll take care of them."

"I know you will, Erich."

She lived for the moments[11] she could hold the baby.

One of the valves in the baby's heart was defective[12]. "He'll need an operation later on, but we can't risk it yet."

She thought of Maude Ekers' curse[13]: "God damn the baby you're carrying." Her arms tightened around[14] the sleeping infant[15].

"Is the operation dangerous?"

"Any operation has potential risk. But most babies come through nicely."

Again she brought the baby home. The tiny birth fuzz[16] started to fall out. Fine golden shades of down[17] began to replace it. "He'll have your hair, Erich."

"I think he'll stay red[18] like the girls."

1. Tu as besoin de te reposer
2. encore un peu
3. en était soulagée
4. occupait
5. 170 grammes
6. Nous allons augmenter
7. la dose de lait en poudre
8. téter
9. avec appétit
10. des examens
11. ne vivait que pour les instants où
12. malformée
13. malédiction
14. tinrent serré
15. nourrisson
16. fin duvet de naissance
17. Un duvet joliment doré
18. roux

1. le Père Noël
2. grand sapin
3. Il a une mauvaise circulation.
4. on se sent délaissés
5. centre commercial
6. éteinte
7. il a pris
8. 227 grammes
9. mon chou
10. me semble un nom trop sérieux
11. ce bout de chou
12. Ça lui ira mieux avec l'âge.
13. imperturbable
14. faire-part de naissance
15. dans le journal

December came. Beth and Tina made up long lists for Santa Claus[1]. Erich set up a huge tree[2] in the corner near the stove. The girls helped him. Jenny held the baby as she watched. She hated to put him down. "He sleeps better this way," she told Erich. "He always feels so cold. His circulation is poor.[3]"

"Sometimes I don't think you care about anyone except him," Erich observed. "I have to tell you, Tina and Beth and I are feeling pretty left out[4], aren't we?"

He took the girls to see Santa Claus in a nearby shopping mall[5]. "What a list," he commented indulgently. "I had to write everything down that they were ordering. The big things they seem to want are bassinettes and baby dolls."

Luke had come back to Minnesota for the holidays. He, Mark and Emily stopped in on Christmas afternoon. Emily looked subdued[6]. She showed an exquisite leather pocketbook. "Mark's present. Isn't it lovely?"

Jenny wondered if she had been expecting an engagement ring.

Luke asked to hold the baby. "He's a little beauty."

"And he's put on[7] eight ounces[8]," Jenny announced joyfully. "Didn't you, Pumpkin[9]?"

"Do you always call him Pumpkin?" Emily asked.

"I suppose it sounds silly. It's just that Erich sounds like too much name[10] for such a tiny little scrap[11]. He'll have to grow into it.[12]"

She looked up smiling. Erich looked impassive[13]. Mark, Luke and Emily were exchanging startled glances. Of course. They'd probably seen the birth notice[14] in the paper[15] the day after the baby was born, the notice that listed his name as Kevin. But hadn't Erich explained?

Emily rushed to[1] fill the awkward silence. Bending over the baby again, she said, "I think he'll have the same coloring as the girls."

"Oh, I'm sure he's going to be blond like Erich." Jenny smiled again. "Just give him six months. We'll have a Krueger towhead[2]." She took him from Luke. "You'll look just like your daddy, won't you, Pumpkin?"

"That's what I've been saying right along[3]," Erich commented.

Jenny felt the smile freeze[4] on her face. Did he mean what she thought he meant? She looked searchingly[5] from one face to the other. Emily looked acutely[6] embarrassed[7]. Luke stared straight ahead[8]. Mark was stony-faced[9]. She felt the anger in him. Erich was smiling warmly at the baby.

She knew with absolute certainty that Erich had not changed the name on the birth certificate.

The baby began to whimper[10]. "My poor little darling," he said. She stood up. "If you'll excuse me, I have to …" She paused, then finished quietly, "I have to take care of Kevin."

Long after the baby fell asleep she sat by the bassinette. She heard Erich bring the girls upstairs, his voice soft. "Don't wake up the baby. I'll kiss Mommy good night for you. Didn't we have a wonderful Christmas?"

Jenny thought: I can't live like this.

At last she went downstairs. Erich had closed the gift boxes and stacked them neatly around the tree. He was wearing the new velvet jacket she'd ordered from Dayton's for him. The deep blue suited him[11]. All strong colors suit him, she thought objectively.

"Jen, I'm really happy with my present. I hope you're as pleased with yours." He'd bought her a white mink[12] jacket.

1. s'empressa de
2. blond
3. depuis le début
4. se figer
5. promena un regard interrogateur
6. affreusement
7. gênée
8. regardait droit devant lui
9. impassible
10. geindre
11. lui allait bien
12. en vison

Without waiting for a reply, he continued to straighten the gifts, then said, "The girls really went for[1] those bassinettes, didn't they? You'd never guess they got anything else.[2] And the baby. Well, he's a little too young to appreciate them but before long he'll have fun with those stuffed[3] animals."

"Erich, where is the baby's birth certificate?"

"It's on file[4] in the office, dear. Why?"

"What name is on it?"

"The baby's name. Kevin."

"You told me you'd changed that."

"I realized it would have been a terrible mistake to change it."

"Why?"

"Jenny, hasn't there been enough talk about us[5]? What do you think the people around here would say if we corrected the baby's name? My God, that would give them fuel[6] for the next ten years. Don't forget we weren't married quite nine months[7] when he was born."

"But *Kevin*. You called him *Kevin*."

"I explained the reason for that. Jenny, already the talk is dying down. When people talk about the accident they don't mention Kevin's name. They talk about Jenny Krueger's first husband, the guy who followed her to Minnesota and somehow went over the riverbank. But I can tell you this. If we changed the baby's name now, they'd be trying to figure out why[8] for the next fifty years. And by God, then they'd remember Kevin MacPartland."

"Erich," she asked fearfully, "is there a better reason you didn't change the birth certificate? Is the baby sicker than I realize? Is it because you're saving your name[9] for a child who will live? Tell me, Erich, please. Are you and the doctor hiding anything from me[10]?"

1. ont vraiment adoré
2. On croirait qu'elles n'ont rien eu d'autre.
3. en peluche
4. dans un dossier
5. n'avons-nous pas assez fait jaser
6. ça alimenterait les ragots
7. que nous n'étions pas mariés depuis 9 mois
8. chercheraient à savoir pourquoi
9. tu gardes ton prénom
10. me cachez quelque chose

"No, no, no." He came over to her, his eyes tender. "Jenny, don't you see? Everything will be fine. I want you to stop worrying. The baby is getting stronger."

There was another question she had to ask him. "Erich, there was something you said in the delivery room, that the baby had dark red hair like the girls. Kevin had dark red hair. Erich, tell me, promise me, that you're not suggesting that Kevin was the baby's father. You can't believe that?"

"Jenny, why would I believe that?"

"Because of what you said about his hair." She felt her voice quivering. "The baby's going to be the image of you[1]. Wait and see.[2] All his new hair is blond. But when the others were here … The way you picked me up[3] when I said he'll look just like his daddy. The way you said, 'That's what I've been saying right along.' Erich, surely you can't think Kevin is the baby's father?"

She stared at him. The blue velvet gave an almost burnished look[4] to his blond hair. She'd never really appreciated[5] how dark his lashes and brows were[6]. She was reminded of the paintings in the palace[7] in Venice where generations of lean-faced[8], smoldering-eyed[9] doges looked disdainfully down on[10] the tourists. There was something of that contempt[11] in Erich's eyes now.

His facial muscles tightened.[12] "Jenny, is there any end to the ways you misunderstand me[13]? I've been good to you. I brought you and the children out of that miserable apartment to this beautiful home. I gave you jewelry and clothes and furs[14]. You could have had anything you wanted and still you allowed Kevin MacPartland to contact you and cause a scandal. I'm sure there isn't a house in this community that doesn't discuss us over the dinner table every night. I forgive you but you have no right to be angry with me, to question[15] every word out of my mouth.

1. te ressembler
2. Attends de voir.
3. La façon dont tu as relevé ma remarque
4. des reflets presque bruns
5. ne s'était jamais rendu compte
6. comme ses cils et sourcils étaient foncés
7. palais [des doges]
8. aux visages allongés
9. aux yeux de braise
10. regardaient de haut
11. mépris
12. Son visage se contracta.
13. cesseras-tu un jour de me comprendre de travers
14. des fourrures
15. de mettre en doute

Now let's go upstairs. I think it's time I moved back in with you."

His hands tightened on her arms. His entire body was so rigid. There was something frightening about him. Confused, she looked away[1].

"Erich," she said carefully, "we're both very tired. We've been under a strain for a long time. I think what you should do is start painting again. Do you realize how few times you've gone to the cabin since the baby was born? Go to your own room tonight and get an early start[2] in the morning. But bundle up[3]; it's probably very cold there now."

"How do you know it's cold? When did you go there?" His voice was quick[4] and suspicious.

"Erich, you know I've never been there."

"Then how did you know ...?"

"Sshh, listen." From upstairs they heard a wailing[5].

"It's the baby." Jenny turned and ran up the stairs, Erich behind her. The baby's arms and legs were flailing[6]. His face was damp[7]. As they watched he began to suck[8] his clenched fist[9].

"Oh, Erich, look, he's crying real tears." Tenderly she bent over and picked him up. "There, there, Pumpkin. I know you're hungry, my precious lamb[10]. Erich, he is getting stronger."

From behind her, she heard the door close. Erich had left the room.

1. détourna son regard
2. vas-y tôt
3. couvre-toi bien
4. vive
5. des pleurs
6. s'agitaient dans tous les sens
7. moite
8. suçoter
9. son poing serré
10. mon ange

30

She dreamed of a pigeon. Somehow it seemed terribly ominous[1]. It was flying through the house and she had to catch it. It mustn't be allowed in the house. It sailed[2] into the girls' room and she followed it. It flew frantically round and round the room. It escaped her hands and fluttered[3] past her[4] into the baby's room. It settled[5] on the bassinette. She began to cry, no, no, no.

She woke up with tears drenching her face[6] and rushed in to[7] the baby. He was sleeping contentedly[8].

Erich had left a note on the kitchen table. "Taking your advice.[9] Will be at cabin painting for a few days."

At breakfast, Tina paused over her cereal[10] and said, "Mommy, why didn't you talk to me when you came into my room last night?"

That afternoon Rooney stopped in to visit and it was she who first realized that the baby had a fever[11].

She and Clyde had had Christmas dinner with Maude and Joe. "Joe's doing fine," Rooney informed Jenny. "Going down to Florida right from[12] the hospital did wonders[13] for him and for Maude too. Both

1. menaçant
2. fila
3. voltigea
4. en l'évitant
5. se posa
6. le visage baigné de larmes
7. courut voir
8. tout tranquille
9. Je suis tes conseils.
10. arrêta de manger ses céréales
11. avait de la fièvre
12. en sortant de
13. a fait des miracles

of them that tanned[1] and healthy. Joe gets rid of the brace[2] next month."

"I'm so glad."

"Course Maude says she's happy to be home now. She told me Erich was real generous to them[3]. But I guess you know that. He paid every cent of the medical bills and gave them a check for five thousand dollars beside[4]. He wrote Maude that he felt responsible."

Jenny was stitching[5] the last[6] of her quilt together. She looked up. "*Responsible?*"

"I don't know what he means. But Maude told me she feels real bad that the baby hasn't been well. Says she remembers saying awful things to you."

Jenny remembered the awful things Maude had said.

"Guess Joe admitted that he'd had a pretty good hangover[7] that morning; insists it was likely he'd mixed up the poison and oats."

"Joe said that?"

"He did. Anyhow I think Maude wanted me to give you her apologies. I know when they got back last week Joe went down[8] and spoke to the sheriff himself[9]. Joe's real upset about all the rumors flying around his accident. You know, because of the wild thing he said about seeing you[10]. He said he don't know[11] why he ever said anything like that."

Poor Joe, Jenny thought. Trying to undo irreparable harm[12] and then making it worse[13] by stirring it up again[14].

"My,[15] Jenny, do you realize that your quilt is just about finished? Real lovely too. That took patience."

"I was glad to have it to do," she said.

"Will you hang it in the dining room near Caroline's?"

"I haven't thought about it."

1. tellement bronzés
2. appareil orthopédique
3. envers eux
4. en plus
5. cousait
6. dernier carré
7. une sacrée cuite
8. est allé en ville
9. en personne
10. l'affirmation insensée comme quoi il vous aurait vue
11. il sait pas
12. Tentant de réparer l'irréparable
13. aggravant la situation
14. en en reparlant
15. Eh bien,

She hadn't thought about very much[1] today except the possibility that she was sleepwalking. In her dream she'd been trying to chase a pigeon out of[2] the girls' room. But had she actually been in the room?

There were too many episodes like this now over the past few months. The next time she went in to see Dr. Elmendorf, she'd talk to him about them. Maybe she did need some counseling.

I am so afraid, she thought.

She had begun to doubt whether Erich would ever forgive her for the notoriety[3] that she had caused[4]. No matter how hard they both tried, it would never be right again. And no matter what Erich said, she believed that subconsciously[5] he was not sure that the baby was his son. She couldn't live her life out[6] with that between them.

But the baby was a Krueger and deserved[7] the best medical attention[8] Erich's wealth could obtain for him. After the baby had the[9] operation and was well, if things hadn't gotten much better[10], she'd leave. She tried to visualize[11] living in New York, working in the gallery, the day-care center, picking up the children, hurrying home to start dinner. It wouldn't be easy. But nothing was easy and many women managed it. And anything would be better than this terrible feeling of isolation, this sense of losing touch with reality.

Nightmares. Sleepwalking. Amnesia. Was even amnesia possible? She'd never had any trouble in the apartment in New York. She'd be bone-tired[12] at the end of the day but always slept. She might not have had nearly enough time for the girls but now it seemed she had no time. She was so worried about the baby and Erich kept whisking Tina and Beth off[13] on outings[14] that she couldn't or wouldn't attend[15].

1. n'avait guère pensé à grand chose
2. chasser un pigeon de
3. les cancans
4. dont elle était la cause
5. inconsciemment
6. passer le reste de sa vie
7. méritait
8. suivi médical
9. Quand le bébé aurait eu son
10. ne s'étaient pas améliorées
11. s'imaginer
12. éreintée
13. emmenait tout le temps Tina et Beth
14. pour des sorties
15. auxquelles elle ne pouvait ou ne voulait participer

I want to go home, she thought. Home wasn't a place, maybe not even a house or apartment. Home was where you could close your door and be at peace.

This land. Even now. The snow falling, the wind blowing. She liked the savageness[1] of the winter. She imagined the house as she had started to arrange it. The heavy curtains down, this table at the window, the friends she'd expected to make, the parties she would have given over the holidays[2].

"Jenny, you look so sad," Rooney said suddenly.

She tried to smile. "It's just …" Her voice trailed off.[3]

"This is the best Christmas I've had since Arden went. Just watching the children so happy and being able to help you with the baby …"

Jenny realized that Rooney never called the baby by name.

She held up the quilt. "Here it is, Rooney, complete[4]."

Beth and Tina were playing with their new picture puzzles[5]. Beth looked up. "That is very pretty, Mommy. You're a very good sewer[6]."

Tina volunteered, "I like it better than the one on the wall. Daddy said that yours won't be as nice as the one on the wall and I thought that was mean."

She bent her head over her book. Every line of her body[7] suggested injury[8].

Jenny could not help smiling. "Oh, Tinker, you're such an actress." She went over[9], knelt down[10] and hugged her[11].

Tina returned the hug fiercely. "Oh, Mommy."

I've given them so little time since the baby came, Jenny thought. "Tell you what,[12]" she said, "we're going to bring Pumpkin down in a few minutes. If you two wash your hands you can have a chance to hold him."

1. férocité
2. pendant les vacances
3. Elle ne termina pas sa phrase.
4. enfin finie
5. puzzles
6. très bonne couturière
7. Toute sa posture
8. montrait que cela lui faisait de la peine
9. vers elle
10. s'agenouilla
11. la serra dans ses bras
12. Vous savez quoi ?

Rooney interrupted their squeals of delight. "Jenny, may I get him?"

"Of course. I'll fix[1] his cereal."

Rooney was back downstairs in a few minutes, carefully holding the blanketed baby. She looked concerned[2]. "I think he has a fever."

At five o'clock Dr. Bovitch came. "We'd better take him to the hospital."

"No, please." Jenny tried not to have her voice quiver[3].

The pediatrician hesitated. "We could give it till morning[4]," he said. "Trouble is—with infants the fever can go high pretty fast[5]. On the other hand, I'm not crazy about taking him out in the cold. All right. Let's see how he is in the morning."

Rooney stayed and prepared supper for them. Jenny gave the baby aspirin. She was chilled herself. Was she catching cold[6] or was she simply numb with anxiety[7]? "Rooney, hand me my shawl[8], please."

She wrapped it around her shoulders, sheltered the baby in it as she held him.

"Oh, dear." Rooney's face was ashen.

"What is it Rooney?"

"It's just that the shawl, I didn't realize when I made it that the color … with your dark hair … for just a minute it was like watching that painting of Caroline. Made me feel kind of queer.[9]"

Clyde was coming at seven-thirty to walk[10] Rooney home. "He won't have me out[11] of the house alone at night," Rooney confided. "Says he doesn't like my wild talk[12] after I've been out alone."

"What kind of wild talk?" Jenny asked absently. The baby was sleeping. His breathing sounded heavy[13].

"You know," Rooney said, her tone lowered to a whisper. "Once in one of my spells, when I just spill

1. préparer
2. inquiète
3. de ne pas laisser sa voix trembler d'émotion
4. On pourrait essyer d'attendre demain matin
5. monter très vite
6. en train de couver quelque chose
7. transie d'inquiétude
8. châle
9. Ça m'a fait bizarre.
10. ramener
11. ne m'autorise pas à sortir
12. les bêtises que je raconte
13. difficile

out words[1], I told Clyde I've been seeing Caroline around an awful lot[2]. Clyde got real mad[3]."

Jenny shivered. Rooney had seemed so well. She hadn't talked about seeing Caroline since before the baby was born.

There was a sharp knock[4] at the door and Clyde stepped into the kitchen foyer. "Come on, Rooney," he said, "let's get started. I want my dinner."

Rooney brought her lips up to Jenny's ear. "Oh, Jenny, you have to believe me, she's here. Caroline's come back[5]. I can understand, can't you? She just wants to see her grandchild[6]."

For the next four nights Jenny kept the bassinette by the side of her bed. A vaporizer[7] circulated[8] warm, moist air, a dim nightlight[9] made it possible for her, between snatches[10] of sleep, to see that the baby was covered, that he was breathing easily.

The doctor came every morning. "Just have to watch for any signs of pneumonia," he said. "In an infant a cold can go into the lungs in a few hours."

Erich did not come back from the cabin. During the day, Jenny brought the baby down and put him in the cradle[11] near the stove. That way she could watch him all the time and still be with Beth and Tina.

The possibility that she was sleepwalking haunted[12] Jenny. Dear God, could she be wandering outside at night? From a distance[13] she would look like Caroline, especially if she had the shawl wrapped around her.

If she were sleepwalking, it would explain Rooney's claims of seeing[14] Caroline, Tina's,[15] "Why didn't you talk to me when you came into my room," Joe's absolute certainty that he had watched her[16] get in Kevin's car.

1. quand je ne peux plus m'arrêter de parler
2. très souvent
3. s'est vraiment fâché
4. On tapa
5. est revenue
6. petit-fils
7. Un vaporisateur
8. diffusait
9. veilleuse
10. courtes périodes
11. berceau
12. taraudait
13. De loin,
14. pourquoi Rooney affirmait avoir vu
15. pourquoi Tina avait dit
16. et pourquoi Joe était sûr et certain de l'avoir vue

On New Year's Eve[1], the doctor's smile was genuine[2]. "I think he's just about over it[3]. You're a good nurse, Jenny. Now you've got to get some rest yourself. Put him back in his own room. If he doesn't look for a feeding[4] during the night, don't wake him up."

After she nursed the baby at ten o'clock, Jenny rolled the bassinette back. "I'm going to miss you as my bunky[5], Pumpkin," she said. "But it's awfully nice to have you over that cold[6]."

The baby's eyes, deep midnight blue[7], looked solemnly up at her from under long sooty lashes[8]. The incoming[9] blond fuzz sent silky gold lights through[10] his dark strands[11] of birth hair. "Do you know you're eight weeks old?" she asked. "What a great big boy."

She tied the drawstring[12] on the long nightgown. "Now kick all you want,[13]" she smiled. "You're going to be covered in spite of yourself[14]."

For a long minute she held him against her, sniffing the faint scent of talcum[15]. "You smell so good," she whispered. "Good night, Pumpkin."

She left the sliding panel open only a crack[16] and got into bed. The new year would begin in a few hours. A year ago tonight, Fran and some of the other people in the brownstone[17] had stopped in[18]. They'd known that she was bound to be feeling low[19]; the first New Year that Nana hadn't been with her[20].

Fran had joked about Nana. "She's probably up in heaven[21], leaning out the window[22] rattling a noise-maker[23]."

They'd laughed together. "It's going to be a good year for you, Jen," Fran had said. "I feel it in my bones.[24]"

1. Le soir de la Saint-Sylvestre
2. sincère
3. qu'il est presque sorti d'affaire
4. S'il ne réclame pas à manger
5. Ça va me manquer de ne plus t'avoir dans ma chambre
6. que tu sois rétabli
7. bleu nuit
8. par-dessous de longs cils noirs
9. qui poussait
10. parsemait de blond soyeux
11. mèches
12. noua la ceinture
13. donne tous les coups de pied que tu voudras,
14. malgré toi
15. talc
16. juste entrouvert
17. de l'immeuble
18. étaient passés la voir
19. qu'elle risquait d'être triste
20. sans Nana
21. au ciel
22. à la fenêtre
23. en train d'agiter une crécelle [tradition US]
24. Mon petit doigt me le dit.

Good year! When she finally got back to New York she'd tell Fran to get her bones checked[1]. They were sending out the wrong vibes.[2]

But the baby! He made everything else that had happened this year unimportant. I take it back,[3] she thought quickly. It *was* a good year.

When she awakened, the sun was streaming in[4], a clear, cold light that warned of a frigid[5] day outside. The small porcelain clock on the night table said five minutes of eight[6].

The baby had slept through the night, slept through his six o'clock feeding[7]. She bolted out[8] of bed, shoved the panel aside and rushed to the bassinette.

The long lashes cast[9] tranquil shadows on the pale cheeks. A blue vein on the side of the tiny nose was dark against the translucent[10] skin. The baby's arms were flung over his head; his tiny hands were open, the fingers spread so they resembled stars[11].

The baby was not breathing.

Afterward she remembered screaming, remembered running with the baby in her arms; running out in her nightgown, barefoot, across the snow to the office. Erich, Clyde, Luke and Mark were there. Mark grabbed the baby from her, putting his mouth down to the tiny lips.

"Crib death[12], Mrs. Krueger," Dr. Bovitch said. "He was a very sick infant. I don't know how he could have survived the operation. This is so much easier for him."

Rooney intoned[13] over and over again[14], "Oh, no, oh, no!"

"Our little boy," Erich wailed[15]. *My* little boy, she thought fiercely. You denied him your name.[16]

"Why did God take our baby to heaven?" Tina and Beth asked.

Why indeed[17].

1. de se faire examiner le petit doigt
2. Il n'envoyait pas les bons signaux.
3. Correction,
4. inondait la chambre
5. glacial
6. 7h55
7. tétée
8. bondit hors
9. dessinaient
10. translucide
11. écartés en étoile
12. Mort subite du nourrisson
13. psalmodiait
14. encore et encore
15. gémit
16. Tu as refusé de lui donner ton nom.
17. en effet

"I'd like to bury him with your mother, Erich," Jenny said. "Somehow it would be less lonesome leaving him there." Her arms ached[1] and felt empty.

"I'm sorry, Jenny," Erich said firmly. "I can't disturb Caroline's grave."

After a Mass of the Angels[2], Kevin MacPartland Krueger was placed next to the three babies who had been lost in other generations. Dry-eyed,[3] Jenny watched as the small casket[4] was lowered[5]. That first morning on this farm she'd looked at those tombstones and wondered how anyone could bear the grief of losing a child.

Now that grief was hers[6].

She began to weep. Erich put his arm around her. She shook it off[7].

They filed back[8] to the house, Mark, Luke, Clyde, Emily, Rooney, Erich, herself. It was so cold. Elsa was inside. She had made sandwiches. Her eyes were red and swollen[9]. So Elsa has feelings, Jenny thought bitterly[10], and then was ashamed[11].

Erich led them into the front parlor. Mark was beside her. "Jenny, drink this. It will warm you up." The brandy[12] burned her throat. She hadn't touched liquor[13] from the moment she knew she was pregnant. Now it didn't matter.

Numbly she sat down, sipped the brandy. It was so hard to swallow.

"You're trembling," Mark said.

Rooney heard him. "I'll get your shawl."

Not the green one, Jenny thought, not the one I wrapped the baby in. But Rooney was laying it over her shoulders, tucking it around her.

Luke's eyes were riveted on her. She knew why. She tried to shrug off the shawl.

Erich had allowed Tina and Beth to bring their bassinettes into the parlor so they could be with everyone. They looked frightened.

1. étaient douloureux
2. une messe des anges [service célébré à l'occasion du décès d'un enfant]
3. Les yeux secs,
4. cercueil
5. était mis en terre
6. le sien
7. se dégagea
8. retournèrent un à un
9. gonflés
10. avec amertume
11. elle s'en voulut
12. cognac
13. bu une goutte d'alcool

Beth said, "Look, Mommy, this is the way God will cover our baby in heaven." Lovingly[1] she tucked[2] the blanket under her doll's chin.

1. Avec amour,
2. borda

There was absolute silence in the room.

Then Tina's voice, sweet and clear: "And this is the way that lady"—she pointed to[3] the painting—"covered the baby the night God took him to heaven."

3. désigna

Slowly, deliberately, she opened her palms and pressed them over her doll's face.

Jenny heard a harsh, drawn-out gasp[4]. Had it come from her own lips? Everyone was staring at the painting now, and then in a single gesture, every head turned and eyes that burned and questioned stared at her.

4. long et rauque cri de surprise

31

"Oh, no, no." Rooney's voice was singsong[1]. "Caroline would never hurt the baby, love." She rushed over to Tina. "You see Caroline always used to cup her hands on Erich's face when he was little. Like this." Gently she placed her palms on the doll's cheeks. "And she would laugh and say, *'Caro, caro.'* That means dear one[2]."

Rooney straightened up and looked around. Now her pupils were enormous. "Jenny, it's just like I told you. She came back. Maybe she knew the baby was sick and wanted to help."

Erich's voice was low. "Get her out of here[3], Clyde."

Clyde grasped Rooney's arm. "Come on. And be quiet[4]."

Rooney pulled away[5]. "Jenny, tell them how I've been seeing Caroline. Tell them I told you that. Tell them I'm not crazy."

Jenny tried to get up from the chair. Clyde was hurting Rooney. His fingers were digging into[6] the thin arm. But her legs wouldn't hold her up[7]. She tried to speak but no words came. Tina's small hands over the doll's mouth and nostrils[8]. …

It was Luke who pried Clyde's fingers loose[9]. "Leave her alone[10], man[11]. For God sake, can't you see this has been too much for her?" His tone was

1. chantante
2. chéri
3. Faites-la sortir d'ici
4. tais-toi
5. résista
6. meurtrissaient
7. refusaient de la soutenir
8. les narines
9. qui dénoua les doigts de Clyde
10. Laissez-la tranquille
11. mon vieux

1. apaisant
2. vous allonger
3. je sors en douce
4. l'illuminait
5. Tombant à genoux,
6. les avait bandés
7. aux heures des tétées
8. continuaient de se remplir
9. Cela contrebalançait
10. son atroce chagrin
11. ouvrit les bras
12. de timides tentatives
13. nous fera du bien à tous

soothing[1]. "Rooney, why don't you go home and lie down[2]? It's teen a terrible day for you too."

Rooney did not seem to hear. "I've been seeing her and seeing her. Sometimes at night I sneak out[3] after Clyde's asleep because I want to talk to her. I bet she knows where Arden went. And I see her coming into the house. Once I saw her at the window of the baby's room. The moonlight was shining on her[4], just as clear as day. I wish she'd talk to me sometimes. Maybe she thinks I'm afraid of her. But why would I be? If Caroline is here that means that even if Arden is dead she might be able to come back. Isn't that right?"

She pulled away from Clyde and ran over to Jenny. Sinking on her knees[5] she put her arms around her. "That means maybe the baby will come back too. Won't that be nice? Jenny, will you let me hold him when he comes back?"

It was nearly two o'clock. Her breasts were heavy with milk. Dr. Elmendorf had bound them[6] to stop the lactation but at the hours she'd fed the baby[7] they still filled[8]. They hurt, but she was glad to have the physical pain. It balanced[9] the agony of grief[10]. Rooney's frail body was shaking. Jenny reached out[11], put her arms around the thin shoulders. "He isn't coming back, Rooney," she said. "Neither is Caroline or Arden. Tina was dreaming."

"Of course she was," Mark said brusquely.

Luke and Clyde lifted Rooney up. "She needs a sedative," Luke said, "I'll drive with you to the hospital." Luke looked ill himself.

Emily and Mark stayed a little longer. Emily made halfhearted attempts[12] to talk to Erich about his painting.

"I have an exhibit in Houston in February," Erich told her. "I'll take Jenny and the girls with me. The change will do us all good[13]."

Mark sat next to her. There was something so quietly comforting about him. She could feel his compassion and it helped.

After he and Emily left, Jenny managed to prepare dinner for the girls and Erich. Somehow she found the strength to get the children ready for bed. Tina splashed[1] in the tub[2]. Jenny thought about holding the baby in the crook of her arm[3] while she bathed him[4]. She brushed Beth's long, thick curls. The baby was losing that dark hair. His would have been golden. She heard their prayers. "God bless Nana and our baby in heaven." She closed her eyes as waves of pain washed over her[5].

Downstairs Erich had brandy waiting[6]. "Drink this, Jenny. It will help you relax." He pulled her down beside him. She did not resist. His hands ran through her hair. Once[7] that gesture had thrilled her[8]. "Jen, you heard the doctor. The baby wouldn't have made it through[9] the surgery[10]. He really was much sicker than you knew."

She listened, waiting for the numbness to wear off[11]. Don't try to make it easier, Erich, she thought. Nothing you can say matters.

"Jenny, I'm worried. I'll take care of you. But Emily is a gossip. By now what Tina said is going to be all over town." He put his arms around her. "Thank God, Rooney is an unreliable witness and Tina is so small. Otherwise ..."

She tried to pull away from him[12]. His hands held her fast. His voice so soft, so hypnotically gentle. "Jenny, I'm terribly afraid for you. Everyone has remarked how much you resemble Caroline. They're going to hear what Tina said. Oh, my darling, don't you see what they're going to say?"

Soon she would wake up and be back in the apartment. Nana would be there. "Now, Jen, you're talk-

1. barbotait
2. dans son bain
3. le creux de son bras
4. quand elle lui donnait son bain
5. la submergeaient
6. lui avait préparé un cognac
7. Naguère,
8. lui faisait de l'effet
9. n'aurait pas survécu à
10. l'opération
11. de sortir de son engourdissement
12. se dégager

ing in your sleep again. You must have had a nightmare. You've got too much on your mind[1], dear."

But she was not in the apartment. She was in this cold, overfurnished[2] parlor[3] listening to the incredible suggestion that people might think she had killed her own baby.

"The trouble is, Jen, you *have* been sleepwalking. How many times have the girls asked why you don't speak to them when you go into their room at night? It's entirely possible you were in the baby's room, maybe patting[4] the baby's face. Tina didn't understand what she saw. You yourself told Dr. Elmendorf you've been hallucinating. He called me about that."

"He called *you*?"

"Yes. He's quite concerned. He says you've refused to see a psychiatrist."

Jenny stared past him at the curtains. The lace seemed web-like[5]. Once she had taken those curtains down, blindly[6] trying to change the stifling[7] atmosphere of this house. Erich had put them back up.

Now the curtains seemed to be closing in on her[8], enmeshing her[9], smothering her[10].

Smothering. She closed her eyes against the memory of Tina's small hands covering her doll's face, pressing down[11].

Hallucinating. Had she imagined the face, the feeling of hair hanging over[12] the bed? All those nights, had she been imagining that?

"Erich, I'm so confused. I don't know what reality is anymore. Even before this. But now.[13] I've got to get away. I'll take the girls."

"Impossible, Jenny. You're much too upset. For your sake, for their sake, you can't be alone. And don't forget. The girls are legally Kruegers. They're just as much my children as yours[14]."

1. trop de soucis
2. surchargé de meubles
3. salon
4. tapoté
5. pareils à des toiles d'araignée
6. confusément
7. étouffante
8. se rapprocher
9. la prendre dans leurs filets
10. l'étouffer
11. appuyant
12. planant sur
13. Et maintenant, c'est encore pire.
14. tout autant mes enfants que les tiens

"I'm their mother, their natural mother and guardian[1].

"Jenny, please remember this. In the eyes of the law[2] I have every bit as much right to them[3] as you. And believe me if you ever tried to leave me, I'd get custody[4]. Do you think any court[5] would award them to you[6] with your reputation in this community?"

"But they're *mine*! The baby was yours and you wouldn't give him your name. The girls are mine and you want them. Why?"

"Because I want you. No matter what you've done,[7] no matter how sick you are,[8] I want you. Caroline was willing to leave me but I know you, Jenny. You'd never leave your children. That's why we'll be together always. We're going to start over[9] as of right now[10]. I'm moving back in with you tonight."

"No."

"You have no choice. We'll put the past behind.[11] I'll never mention the baby again. I'll be there to help if you start to sleepwalk. I'll take care of you. If they investigate the baby's death, I'll hire[12] a lawyer."

He was pulling her to her feet. Helplessly[13] she allowed him to propel her up the stairs. "Tomorrow we'll put the room back the old way," he told her. "Just pretend[14] the baby never was born."

She had to humor him[15] until she could plan[16]. They were in the bedroom; he opened the bottom drawer[17] of the large dresser. She knew what he was reaching for. The aqua gown. "Wear it for me, Jen. It's been so long."

"I can't." She was so afraid. His eyes were so strange. She didn't know this man who could tell her that people believed she was a murderer, tell her to forget the baby she'd buried a few hours ago.

"Yes[18], you can. You're very thin now. You're lovely."

1. mère biologique et responsable légal
2. Légalement,
3. exactement les mêmes droits sur elles
4. c'est moi qui aurais la garde
5. qu'un tribunal
6. te les confierait
7. Même sachant ce que tu as fait
8. même si tu es gravement atteinte
9. recommencer à zéro
10. dès maintenant
11. Nous oublierons le passé.
12. j'engagerai
13. Sans lui opposer de résistance,
14. faire comme si
15. faire comme il l'entendait
16. faire ses plans
17. tiroir du bas
18. Si,

She took it from him and went into the bathroom. She changed and the nightgown did fit her again. She stared into the mirror over the sink. And understood why people thought she looked like Caroline. Her eyes had the same sad, haunted[1] look as those of the woman in the painting.

In the morning Erich slid out of bed quietly and began to tiptoe around the room. "I'm awake," she told him. It was six o'clock. It should have been time to feed the baby.

"Try to go back to sleep, darling." He pulled on a heavy ski sweater. "I'm going to the cabin. I've got to finish the paintings for the Houston exhibition. We'll go together, darling, the two of us and the girls. We'll have a wonderful time." He sat down on the edge[2] of the bed. "Oh, Jen, I love you so."

She stared up at him.

"Tell me you love me, Jen."

Dutifully[3] she said, "I love you, Erich."

It was a bleak[4] morning. Even by the time the girls had had breakfast, the sun was still hidden by patches[5] of wintry[6] clouds. The air had a chilly, dark feeling as before a storm[7].

She dressed Tina and Beth for a walk. Elsa was going to take down the Christmas tree and Jenny broke small branches from it.

"What are you going to do with those, Mommy?" Beth asked.

"I thought we'd put them on the baby's grave[8]."

The fresh dirt[9] had frozen during the night. The luminous pine needles[10] softened the starkness[11] of the little mound[12].

"Mommy, don't look so sad," Beth begged.

"I'll try not to, Mouse." They turned away. If I could only feel something, she thought. I am so empty, so terribly empty.

1. hagard
2. au bord
3. Docilement,
4. sombre
5. des masses
6. hivernaux
7. comme avant une tempête
8. la tombe
9. nouvelle terre
10. aiguilles de pin
11. l'austérité
12. monticule

On the way back to the house, she saw Clyde drive into the farm road. She waited for him to find out about[1] Rooney.

"They won't let her come home for a while," he said. "They're doing all kinds of tests and they say maybe I should put her in a special hospital for a while. I said no way[2]. She's been a lot better since you came here, Miz Krueger. I guess I never knew[3] how lonesome Rooney was. She's always afraid to leave the farm for long[4]. Just in case Arden suddenly called or came back. But then lately she's been worse again. You saw."

He swallowed[5], fiercely blinking back tears[6].

"And, Miz Krueger, what Tina said, got out[7]. The sheriff … he's been talking to Rooney. He had a doll out with him[8]. Told her to show him the way Caroline used to pat the baby's face, and how Tina said the lady in the painting touched the baby. I don't know what he's up to[9]."

I do, Jenny thought. Erich's right. Emily couldn't wait to spill[10] that story to the people in town.

Sheriff Gunderson came out three days later. "Mrs. Krueger, I have to warn you there's been talk. I have an order to exhume your baby's body. The medical examiner[11] wants to do an autopsy."

She stood and watched as sharp spades[12] opened the newly frozen earth, as the small casket was loaded onto[13] the funeral car[14].

She felt someone standing beside her. It was Mark. "Why torture yourself, Jenny? You shouldn't be here."

"What are they looking for?"

"They want to make sure there are no bruises or signs of pressure on the baby's face."

She thought of long lashes throwing shadows on the pale cheeks, the tiny mouth, the blue vein on the

1. pour s'enquérir de
2. pas question
3. J'imagine que je ne me suis jamais rendu compte
4. trop longtemps
5. Il déglutit
6. retenant ses larmes à grand peine
7. s'est répandu
8. avec lui
9. ce qu'il mijote
10. colporter
11. médecin légiste
12. des pelles tranchantes
13. chargé dans
14. le corbillard

side of his nose. The blue vein. She'd never noticed it before that morning when she'd found him.

"Did you notice any bruises on him?" she asked. Mark would have known the difference between a bruise and a vein.

"When I tried the mouth-to-mouth resuscitation[1] I held his face pretty hard[2]. There could be some."

"You told them that."

"Yes."

She turned to him. The wind wasn't strong but every stir of air[3] sent fresh shivers through her[4]. "You told them that to protect me. It wasn't necessary."

"I told them the truth," he said.

The hearse[5] drove onto the dirt road. "Come back to the house," Mark urged.

She tried to analyze her feelings as she trudged[6] by his side[7] through the fresh fallen snow. He was so tall. She'd never realized how used she'd become to Erich's relatively small stature. Kevin had been tall, over six feet[8]. Mark. What would he be?[9] Six four or five?[10]

She had a headache. Her breasts were burning. Why didn't the milk stop flowing? It wasn't needed. She could feel her blouse getting damp[11]. If Erich was in the house he'd be mortified. He hated untidiness[12]. He was so neat[13]. And so private. If he hadn't married her, the Krueger name wouldn't have been dragged through the mud[14].

Erich believed she had scandalized[15] his name and still he claimed he loved her. He liked her to look like his mother. That's why he always asked her to wear the aqua gown. Maybe when she was sleepwalking she tried to look like his mother to please him.

"I guess I'm trying," she said. Her voice startled her. She didn't know she'd spoken aloud.

"What did you say, Jenny? *Jenny!*"

1. réanimation,
2. j'ai pressé son visage un peu fort
3. bouffée de vent
4. la parcourait de nouveaux frissons
5. corbillard
6. marchait à pas lourds
7. à son côté
8. plus d'1,82 m
9. Combien mesurait-il ?
10. Autour de 1, 95 m ?
11. que ça coulait sur son chemisier
12. qu'on ait un aspect négligé
13. soigné
14. traîné dans la boue
15. jeté l'opprobre sur

She was falling; she could not stop herself from falling. But something stopped her just as her hair brushed[1] the snow.

"Jenny!" Mark was holding her, was carrying her. She hoped she wasn't too heavy.

"Jenny, you're burning up[2]."

Maybe that was why she couldn't keep her thoughts straight. It wasn't just the house. Oh, God, how she hated the house.

She was riding in a car.[3] Erich was holding her. She remembered this car. It was Mark's station wagon. He had books in it.

"Shock, milk fever[4]," Dr. Elmendorf said. "We'll keep her here."

It was so nice to float away[5], so nice to wear one of those rough hospital gowns[6]. She hated the aqua gown.

Erich was in and out of her room. "Beth and Tina are fine. They send their love.[7]"

Finally Mark brought the message she needed to have. "The baby is back in the cemetery. They won't disturb him again."

"Thank you."

His fingers closing over her hands. "Oh, Jenny."

That night[8] she had two cups of tea, a piece of toast.

"Good to see you feeling better, Mrs. Krueger." The nurse was genuinely kind. Why was it that kindness made her want to weep[9]? She used to take for granted[10] that people liked her.

The fever was low-grade persistent.[11] "I won't allow you to go home until we've licked it[12]," Dr. Elmendorf insisted.

She cried[13] a lot. Often when she'd dozed off, she'd wake up to find her cheeks wet with tears.

Dr. Elmendorf said, "While you're here, I'd like Dr. Philstrom to have a few talks[14] with you."

1. frôlait
2. brûlante
3. Elle était à bord d'une voiture.
4. fièvre puerpérale
5. se sentir flotter
6. blouses d'hôpital
7. Elles t'embrassent.
8. Ce soir-là,
9. lui donnait envie de pleurer
10. de considérer comme acquis
11. Sa température était subfébrile mais persistante.
12. tant que nous n'en serons pas venus à bout
13. pleurait
14. entretiens

Dr. Philstrom was a psychiatrist.

He sat by her bed, a tidy little man[1] who looked like a bank clerk[2]. "I understand you had a series of pretty bad nightmares."

They all wanted to prove that she was crazy. "I don't have them anymore."

And it was true. In the hospital she was starting to sleep through[3] the night. Each day she began to feel stronger, more like herself. She realized she was joking with the nurse in the morning.

The afternoon was the hardest. She didn't want to see Erich. The sound of his footsteps in the hall made her hands clammy[4].

He brought the girls to see her. They weren't allowed inside the hospital but she stood at the window and waved to them[5]. Somehow they seemed so forlorn[6], waving back up at her.

That night she ate a full dinner[7]. She had to get her strength back. There was nothing to hold her on[8] Krueger Farm any longer. There was no way she and Erich could recapture[9] what they once had. She could plan to get away. And she knew how she could manage it. On the trip to Houston. Somehow on that trip, she and Beth and Tina would leave Erich and get on a plane for New York. Erich might be able to get custody of the children in Minnesota but New York would never give it to him[10].

She could sell Nana's locket[11] to get some money. A jeweler had offered Nana eleven hundred dollars for it a few years ago. If she got anything like that, it would be enough to buy airline tickets and tide her over[12] until she got a job.

Away from Caroline's house, Caroline's portrait, Caroline's bed, Caroline's nightgown, Caroline's *son*, she'd be herself again[13]—able to think calmly, to try to capture[14] all the awful thoughts that kept rising almost to the surface of her mind and then slipping

1. un petit homme propre sur lui
2. employé de banque
3. toute
4. lui donnait les mains moites
5. leur faisait coucou
6. malheureuses
7. un dîner complet
8. pour la retenir à
9. retrouver
10. ne lui donnerait jamais la garde
11. médaillon
12. la dépanner
13. elle redeviendrait elle-même
14. retenir

away[1]. There were so many of them—so many impressions that seemed to be eluding her[2].

Jenny fell asleep, the hint of a smile[3] on her lips, her cheeks pillowed in her[4] hands.

The next day she phoned Fran. Oh, blessed[5], blessed freedom, knowing[6] no one would pick up the extension[7] in the office.

"Jenny, you haven't answered my letters. I thought you'd jettisoned me[8] into outer space[9]."

She didn't bother to explain[10] that she'd never received them. "Fran, I need you." As quickly as possible she explained: "I have to get out of here."

Fran's usual matter-of-fact laughter disappeared. "It's been bad, Jenny. I can hear it in your voice."

Later she could tell Fran everything. Now she simply agreed, "It's been bad."

"Trust me. I'll get back to you.[11]"

"Call after eight o'clock. That's when visiting hours[12] end."

Fran called at ten after seven the next night. The minute the phone rang, Jenny knew what had happened. Fran had not allowed for[13] the time difference[14]. It was ten after eight in New York. Erich was sitting by her bed. His eyebrows raised as he handed her the receiver. Fran's voice was vibrant[15], carrying[16]. "I've got great plans!"

"Fran, how good to hear from you." Turning to him: "Erich, it's Fran, say hello."

Fran caught on.[17] "Erich, how are you? So sorry to hear Jenny hasn't been well."

After they hung up, Erich's question: "What plans, Jenny?"

1. se dérobaient
2. qui paraissaient lui échapper
3. une ébauche de sourire
4. dans le creux des
5. quelle merveilleuse
6. de savoir que
7. personne ne décrocherait
8. tu m'avais larguée
9. aux oubliettes
10. ne prit pas la peine d'expliquer
11. Je te rappelle.
12. heures de visite
13. n'avait pas pris en compte
14. le décalage horaire
15. pleine de vivacité
16. sonore
17. Fran saisit.

32

She went home on the last day in January. Beth and Tina seemed like strangers, curiously quiet, curiously petulant[1]. "You're always gone,[2] Mommy."

She'd spent more time with them in the evenings and weekends in New York than she had here this past year.

How much did Erich suspect about Fran's calls? She'd been evasive. "I just realized I hadn't spoken to Fran in ages[3] and picked up the phone. Wasn't it dear of her to call me back?"

She'd called Fran after Erich left the hospital that night. Fran had exulted: "I have a friend who runs a nursery school[4] near Red Bank, New Jersey. It's marvelous and goes right through kindergarten[5]. I told her you can teach music and art and she has a job for you if you want it. She's looking for an apartment for you."

Jenny bided her time[6].

Erich was preparing for the Houston exhibition. He began bringing in paintings from the cabin.

"I call this one *The Provider*[7]," he said, holding up an oil on canvas in tones of blue and green. High on the branches of an elm[8], a nest could be seen[9]. The mother bird was flying toward the tree, a worm[10] in its beak[11]. The leaves sheltered the nest so it was

1. irritables
2. Tu n'es jamais là,
3. depuis des siècles
4. dirige une crèche
5. va jusqu'à la maternelle
6. attendait son heure
7. Nourricière
8. un orme
9. on distinguait un nid
10. un ver de terre
11. son bec

impossible to see the baby birds. But somehow the viewer[1] sensed[2] their presence.

"The idea for that painting came to me that first night on Second Avenue, when I came on you carrying the girls," Erich said. "You had a purposeful look[3] on your face and you could just tell you were anxious to get the kids home and fed."

His tone was affectionate. He put his arm around her. "How do you like it?"

"It's beautiful."

The one time[4] she was not nervous with Erich was when she studied his work. This was the man with whom[5] she had fallen in love, the artist whose wondrous talent[6] at once could capture the simplicity of daily life and the complicated emotions that attended[7] that simplicity.

The trees in the background. She recognized the line of Norwegian pines that grew near the graveyard. "Erich, you just finished this painting?"

"Yes, darling."

She pointed. "But that tree is gone. You had[8] most of the elms near the cemetery taken down[9] because of the Dutch elm disease[10] last spring."

"I started a painting using that tree in the background but couldn't make it express what I wanted to say. Then one day I saw a bird flying with food for its young and thought of you. You inspire everything I do, Jenny."

In the beginning, a statement like that would have melted her heart[11]. Now it only caused her fear[12]. Invariably it was followed by a remark that would reduce her to trembling nerves for the rest of the day.

The remark wasn't long in coming[13]. Erich covered the painting. "I'm sending thirty canvases. The shippers[14] will pick them up in the morning. Will you be here to make sure they take them all?"

"Of course I'll be here. Where else would I be?"

1. l'observateur
2. devinait
3. un air résolu
4. Les seuls moments où
5. dont
6. dont le merveilleux talent
7. qui accompagnaient
8. Tu as fait
9. abattre
10. l'épidémie de graphiose
11. l'aurait fait fondre
12. ça lui faisait juste peur
13. ne tarda pas
14. Le transporteur

"Don't be edgy[1], Jenny. I thought Mark might try to see you before he goes."

"What do you mean?"

"Luke had a heart attack[2] just after he got back to Florida. But that doesn't give him the right to try to break up our marriage."

"Erich, what are you talking about?"

"Luke called me last Thursday. He's out of the hospital. He suggested that you and the girls visit him in Florida. Mark is leaving today to spend a week with him. Luke had the nerve to think[3] I'd let you travel down there with Mark."

"How kind of him." Jenny knew the offer had been refused.

"It wasn't kind of him. Luke just wanted to get you down there away from me. I told him so."

"Erich!"

"Don't be surprised, Jenny. Why do you think Mark and Emily have stopped seeing each other[4]?"

"Have they stopped?"

"Jenny, why are you always so blind[5]? Mark told Emily he realized he wasn't interested in getting married and that it wasn't fair to take her time."

"I didn't know that."

"A man doesn't do that unless he has some other woman in mind."

"Not necessarily."

"Mark's crazy about you, Jenny. If it weren't for him[6] the sheriff would have ordered an inquest into the baby's death. You know that, don't you?"

"No, I don't." All the hard-won[7] calm of the hospital was deserting her[8]. Her mouth was dry; her hands were sweaty[9]. She felt herself trembling. "Erich, what are you saying?"

"I'm saying that there was a bruise near the baby's right nostril[10]. The coroner said that it probably pre-

1. si à cran
2. une crise cardiaque
3. a eu le culot de croire
4. ne se fréquentent plus
5. aveugle
6. Sans lui,
7. durement gagné
8. l'abandonnait
9. moites
10. narine droite

ceded death. Mark insisted that he was rough[1] when he was trying to resuscitate the baby."

The memory of Mark holding the tiny form flashed through her mind.

Erich was standing next to her now, his lips against her ear. "Mark knows. You know. I know. The baby was bruised, Jenny."

"What are you telling me?"

"Nothing, darling. I'm just warning you. We both know how delicate the baby's skin was. That last night the way he was flailing his fists. He probably bruised himself. But Mark lied[2]. He's just like his father. Everyone knew the way Luke felt about[3] Caroline. Even now whenever he's here he sits in the wing chair so he can see her portrait. He was driving Caroline to the airport that last day. All she had to do was[4] snap her fingers[5] and he was there.

"And now Mark thinks he can pull the same thing[6]. Well he can't. I called Lars Ivanson, the veterinarian from Hennepin Grove. He'll start caring for[7] my animals. Mark Garrett will never set foot on this farm again[8]."

"Erich, you can't mean that[9]."

"Oh, but I can. I know you didn't mean it but you encouraged him, Jenny. I saw it. How many times did he come to the hospital?"

"He came twice. Once to tell me that the baby was back in his grave. Once to bring fruit[10] Luke had ordered for me from Florida. Erich, don't you see? You read so much into[11] the simplest, most innocent situation. Where does it end?[12]"

She did not wait for a reply. She walked out of the room and opened the door onto the west porch. The last of the sun was slipping behind the woods. The evening wind was making Caroline's swing rock[13]. No wonder Caroline had sat out here[14]. She had been driven from the house too[15].

1. brusque
2. a menti
3. ce que Luke éprouvait pour
4. Elle n'avait qu'à
5. claquer des doigts
6. faire pareil
7. C'est lui qui va soigner
8. ne remettra plus le pied dans cette ferme
9. n'es pas sérieux
10. des fruits que
11. sur-interprètes
12. Et où cela nous mène-t-il ?
13. berçait la balancelle de Caroline
14. si Caroline était venue s'asseoir ici
15. contrainte elle aussi à sortir de la maison

That night Erich came into the bedroom shortly after her. She held herself rigid, not wanting to be close to him[1]. But he simply turned on his side and went to sleep. She felt her body go limp with relief[2].

She would not see Mark again. By the time he returned from Florida she would be in New Jersey. Was Erich right? Had she been sending out some kind of signal to Mark? Or was it simply that he and Emily had decided they weren't right for each other and Erich, always suspicious, was reading more into it?

For once,[3] she thought, Erich may be right.

The next morning she prepared a list of odds and ends[4] she needed for the trip. She expected Erich to argue about her requesting the car[5] but he was unexpectedly[6] indifferent. "But leave the girls with Elsa," he told her.

After he left for the cabin she circled[7] a jewelry store listed in the classified ad section[8] that advertised HIGHEST PRICES PAID FOR YOUR GOLD. It was in a shopping center two towns away[9]. She called and described Nana's locket. Yes, they'd be interested in buying it. Immediately she phoned Fran. Fran wasn't home but her recorder[10] was on. She left a message. "We'll be in New York on the seventh or eighth. Don't phone here."

While the children napped[11] she rushed to the jewelry store.

She was offered eight hundred dollars for the locket. It wasn't enough but she had no choice.

She bought makeup and underwear and panty hose[12] with the credit card Erich had given her. She made a point of[13] showing the things to him.

Their first wedding anniversary was February third. "Why don't we celebrate[14] in Houston, darling?" Erich asked. "I'll give you your present[15] there."

1. redoutant son contact
2. se détendre de soulagement
3. Pour une fois,
4. bricoles
5. à ce qu'il rechigne à lui prêter la voiture
6. bizarrement
7. entoura [d'un trait]
8. la rubrique des annonces classées
9. à deux villes de là
10. répondeur
11. faisaient la sieste,
12. des collants
13. veilla à
14. Et si on fêtait ça
15. ton cadeau

"That will be fine." She wasn't a good enough actress to keep up the farce[1] of celebrating this marriage. But, oh, God, soon, soon it would be over. The anticipation put a sparkle[2] in her eye that had not been there in months[3]. Tina and Beth responded to it[4]. They had become so quiet[5]. Now they brightened as she chatted with them. "Do you remember when we were on the plane and had that lovely ride? We're going on a plane again to a big city."

Erich came in. "What are you talking about?"

"I'm telling them about our trip to Houston, what fun it will be[6]."

"You're smiling, Jenny. Do you know how long it's been since you looked happy?"

"Too long."

"Tina, Beth, come on with Daddy to the store. I'll buy you ice cream."

Beth put her hand on Jenny's arm. "I want to stay with Mommy."

"I do too," Tina said positively.

"Then I won't go," Erich said.

He seemed unwilling to leave her alone with the children.

On the night of the fifth[7] she packed[8]. She only took what would appear reasonable for three days. "What fur should I take, my coat or jacket?" she asked Erich. "What's the weather like[9] in Houston?"

"The jacket would be enough, I think. Why are you so nervous, Jenny?"

"I'm not nervous. It's just that I'm out of the habit[10] of traveling. Will I need a long dress?"

"Maybe one. That taffeta skirt and blouse would do[11]. Wear your locket with it."

Was there an edge[12] in his voice; was he toying with her?[13] She tried to sound natural. "That's a good idea."

1. continuer la mascarade
2. une étincelle
3. depuis des mois
4. s'animèrent en conséquence
5. si peu bavardes
6. comme ce sera amusant
7. Le 5 au soir,
8. fit sa valise
9. Quel temps fait-il
10. j'ai perdu l'habitude
11. suffiraient
12. une menace voilée
13. jouait-il avec elle ?

They had a two o'clock flight from Minneapolis. "I've asked Joe to drive us to the airport," Erich said.

"Joe!"

"Yes, he's able to start working again. I'm going to rehire him[1]."

"But Erich, after all that happened."

"Jenny, we've put all that behind us."

"Erich, after all the gossip you propose to rehire him!" She bit her lip. What difference who was here?

Rooney would be coming back from the hospital around the fourteenth. They had persuaded Clyde to let her stay a full six weeks[2]. Jenny wished she could[3] say good-bye to her. Maybe she could write and have Fran mail[4] the letter for her from some city on one of her flights. There was nothing else she could do.

At last it was time to go. The girls were dressed in their velvet coats and matching[5] hats. Jenny's heart surged[6]. I'm going to take them to the Village for linguine[7] the night we get to New York, she decided.

From the bedroom window she could barely see a corner of the cemetery. After breakfast she'd slipped over to the baby's grave to say good-bye.

Erich had packed[8] the car. "I'll get Joe,[9]" he told her. "Come with me, girls. Give Mommy a chance to finish dressing[10]."

"I am[11] finished," she said. "Hold a minute.[12] I'll go with you."

He seemed not to have heard. "Hurry up, Mommy," Beth called as she and Tina clattered down the stairs[13] behind Erich. Jenny shrugged. Just as well to have five minutes to be sure she had everything. The locket money was in the inside jacket pocket of the suit she had packed.

On her way downstairs she glanced into the girls' room. Elsa had made the beds and straightened the room. Now it seemed inordinately[14] neat[15], with a

1. le réembaucher
2. six bonnes semaines
3. aurait voulu pouvoir
4. demander à Fran de poster
5. assortis
6. s'attendrit
7. aller se manger des pâtes
8. avait chargé
9. Je vais chercher Joe,
10. de s'habiller
11. J'ai
12. Une minute !
13. dégringolaient l'escalier
14. anormalement
15. bien rangé

quality of emptiness[1] as though it sensed that the girls would not be returning.

Had Erich sensed the same thing?

Suddenly troubled, Jenny ran down the stairs, pulling on[2] her jacket. Erich should be back any minute[3].

Ten minutes later, she went out on the porch. She was getting so warm[4]. Surely he'd be along[5] any second now? He always left so much time to get[6] to the airport. She stared at the road, straining to[7] see the first sign of the car coming.

At the end of half an hour, she phoned the Ekers'. Her fingers fumbled with the dial[8]. Twice she had to break the connection and start again.

Maude answered. "What do you mean[9] have they left yet? I saw Erich drive past here over forty minutes ago with the girls in the car … Joe? Joe wasn't driving them to the airport. Where did you get that idea?"

Erich had gone without her. Taken the girls and gone without her. The money was in the luggage he'd taken. Somehow he had guessed[10] her plans.

She called the hotel in Houston. "I want to leave a message for Erich Krueger. Tell him to call his wife as soon as he arrives."

The reservation clerk's hearty[11] Texan voice: "There must be a misunderstanding[12]. Those reservations were canceled[13] nearly two weeks ago."

At two o'clock Elsa came in to her. "Good-bye, Mrs. Krueger."

Jenny was sitting in the parlor, studying Caroline's painting. She did not turn her head. "Good-bye, Elsa."

Elsa did not go at once. Her long frame[14] hovered[15] in the doorway. "I'm sorry to leave you."

1. une espèce de vacuité
2. tout en enfilant
3. revenir d'une minute à l'autre
4. avait trop chaud
5. il serait là
6. Il partait toujours avec tellement d'avance
7. scrutant au loin pour
8. malhabiles s'emmêlaient avec le cadran
9. Comment ça,
10. deviné
11. enthousiaste
12. un malentendu
13. ont été annulées
14. sihouette
15. s'attarda

1. Arrachée à son apathie,
2. flegmatique
3. gérer
4. allumer
5. un faisceau arachnéen
6. tellement
7. décrocher
8. avais promis
9. fait de voyage en avion

"Leave me?" Yanked from lethargy,[1] Jenny jumped up. "What do you mean?"

"Mr. Krueger said that he and the girls would be going away. He said he'd let me know when to come back."

"When did he tell you that, Elsa?"

"This morning, when he was getting in the car. Are you staying here alone?"

There was a curious mixture of emotion in the stolid[2] face. Ever since the baby's death Jenny had felt a compassion in Elsa she would not have expected. "I guess I am," she said quietly.

For hours after Elsa left, she sat in the parlor waiting. Waiting for what? A phone call. Erich would phone. She was certain of that.

How would she handle[3] the call? Admit she'd been planning to leave him? He already knew that. She was sure of it. Promise to stay with him? He wouldn't trust the promise.

Where had he taken the girls?

The room grew dark. She should turn on[4] some lamps. But somehow the effort was too great. The moon came up. It shone in through the lace of the curtains, throwing a weblike beam[5] on the painting.

Finally Jenny went into the kitchen, made coffee, sat by the telephone. At nine o'clock it began to ring. Her hand trembled so[6] she could barely pick up the receiver[7]. "Hello." Her voice was so low she wondered if it could be heard.

"Mommy!" Beth sounded so far away. "Why didn't you want to come with us today? You promised[8]."

"Bethie, where are you?"

The sound of the phone being moved.

Beth's voice changing to a protest. "I want to talk to Mommy."

Tina interrupted. "Mommy, we didn't go for a plane ride[9] and you said we would."

"Tina, where are you?"

"Hello, darling." Erich's voice was warmly solicitous[1]. Tina and Beth were wailing in the background.

"Erich, where are you? Why did you do this?"

"Why did I do what darling? Prevent you from[2] taking my children from me? Keep them from danger?"

"Danger? What are you talking about?"

"Jenny, I told you I'd take care of you. I mean it. But I'll never let you leave me and take my girls away."

"I won't, Erich. Bring them home."

"That's not good enough.[3] Jenny, go over to the desk. Get writing paper[4] and a pen. I'll hold on.[5]"

The girls were still crying. But she could hear something else. Road sounds. A truck[6] in gear[7]. He must be calling from a phone booth[8] on a highway. "*Erich, where are you?*"

"I said get paper and pen. I'll dictate.[9] You write. Hurry up, Jenny."

The Edwardian desk was held closed[10] by a large gold key. As she tried to turn it, she pulled it out[11] and dropped it. Awkwardly she bent down, scooped it up[12]. The sudden rush[13] of blood to her head made her dizzy[14]. Tripping[15] in her rush[16] to return to the phone, she had to steady herself[17] against the wall.

"I'm ready, Erich."

"It's a letter to me. *Dear Erich* ..."

Wedging[18] the receiver between her shoulder and ear, she scrawled[19] the two words.

He spoke slowly:

"I realize I am very ill. I know I sleepwalk constantly. I think I do terrible things that I can't remember. I lied when I said I didn't get in the car with Kevin. I asked him to come down here so I could persuade him to leave us alone. I didn't mean to hit him so hard."

1. plein d'une chaleureuse sollicitude
2. T'empêcher de
3. Ça ne suffit pas.
4. du papier à lettres
5. Je reste en ligne.
6. Un camion
7. qui changeait de régime
8. depuis une cabine téléphonique
9. Je vais dicter.
10. était fermé
11. elle la sortit par inadvertance
12. la ramassa
13. L'afflux
14. lui donna le vertige
15. Trébuchant
16. dans sa précipitation
17. se retenir
18. Coinçant
19. griffonna

Mechanically she was writing, anxious not to make him angry. The meaning of the words filtered through[1].

1. parvint à son cerveau

"Erich, I won't write that. That's not true."

"Let me finish. Just listen." He spoke rapidly now.

"Joe was threatening to tell that he saw me get in the car. I couldn't let him talk. I dreamed I mixed the poison with the oats. But I know it wasn't a dream. I thought you would accept the baby but you knew it wasn't yours[2]. I thought it would be better for our marriage if the baby didn't live. He was taking all my attention. Tina saw me go in to[3] the baby. She saw me press my hands on his face. Erich, promise you will never trust me alone[4] with the children. I am not responsible for what I do[5]."

2. qu'il n'était pas de toi
3. entrer voir
4. que tu ne me laisseras jamais seule
5. de mes actes

The pen dropped from her fingers. "*No!*"

"When you write and sign that statement Jenny, I'll come back. I'll put it in the safe[6]. No one will ever know about it."

"Erich, please. You can't mean this?[7]"

"Jenny, I can be gone months at a time[8], years if necessary. You know that. I'll call you in a week or two. Think it over.[9]"

6. coffre-fort
7. Tu n'es pas sérieux ?
8. pendant plusieurs mois
9. Réfléchis bien.

"I won't."

"Jenny, I know what you've done." His voice became warm. "We love each other, Jenny. We both know it. But I can't risk losing you and I can't risk the girls with you[10]."

10. prendre le risque de laisser les filles avec toi

The phone clicked. She stared into it, stared at the crumbled paper in her hand.

"Oh, God," she said, "please help me. I don't know what to do."

She called Fran. "We're not coming."

"Jenny, why not? What's wrong?" The connection was poor[1]. Even Fran's normally strong voice sounded so remote[2].

"Erich's taken the girls on a trip. I'm not sure when they'll be back."

"Jenny, do you want me to come out[3]? I've got four days off[4]."

Erich would be furious if Fran came. It was the phone call from Fran in the hospital that had alerted him to her plans.

"No, Fran, don't come. Don't even call. Just pray for me. Please."

She could not sleep in the master bedroom. She could not sleep anywhere upstairs: the long dark hallway, the closed doors, the girls' room across from[5] the master bedroom, the room where the baby had slept those few short weeks.

Instead she lay down[6] on the couch by the iron stove and covered herself with the shawl Rooney had made. The heat[7] automatically went off[8] at ten. She decided to make a fire in the stove. The wood was in the cradle. The cradle moved as she touched it. Oh, Pumpkin, she mourned[9], remembering the solemn eyes that had gazed steadily back at her[10], the small fist that had curled around her finger[11].

She could not write that letter. The next time Erich had an outburst[12] of jealousy he might give it to the sheriff. How long would he stay away?

She heard the clock strike[13] one … two … three … Sometime after that she dozed off. A sound awakened her. The house creaking and groaning[14] as it settled[15]. No, she was hearing footsteps[16]. Someone was walking upstairs.

She had to know. Slowly, step by step, she made herself go up the stairs. She clutched the shawl around her[17] against the chill[18]. The hallway was

1. mauvaise
2. lointaine
3. que je vienne auprès de toi
4. quatre jours de congé
5. en face de
6. s'allongea
7. Le chauffage
8. se coupait
9. se lamenta
10. qui la regardaient droit dans les yeux
11. qui s'accrochait à son doigt
12. une crise
13. sonner
14. Les craquements de la maison
15. après
16. des bruits de pas
17. serrait le châle sur ses épaules
18. pour se préserver du froid

1. se força à aller
2. alluma
3. plafonnier
4. éclairait par intermittences

empty. She made herself go[1] into the master bedroom, switch on a lamp. There was no one there.

Erich's old room. The door was open a crack. Hadn't it been closed? She went into it, flipped on[2] the overhead light[3]. No one.

And yet, there was something, a feeling of presence. What was it? The pine scent. Was it stronger again? She couldn't be sure.

She walked over to the window. She needed to open it, to breathe fresh air. Her hands on the sill, she looked down.

A figure was standing outside in the yard, the figure of a man gazing up at the house. The moonlight flickered on[4] his face. It was Clyde. What was he doing there? She waved to him.

He turned and ran.

33

For the rest of the night she lay on the couch, listening[1].

Sometimes she fancied she heard[2] sounds, footsteps, a door closing. Imagination. All of it.

At six o'clock she got up and realized she hadn't undressed[3]. The printed silk suit she'd planned to wear on the trip was hopelessly wrinkled[4]. No wonder I couldn't sleep, she thought.

A long, hot shower cleared some of the numbing fatigue[5]. With the heavy bath towel[6] wrapped around her she went into the bedroom and opened the drawer. A faded[7] pair of jeans were there, a pair she used to wear in New York. She put them on and rummaged until she found[8] one of her old sweaters. Erich had wanted her to give everything away. But she'd hung onto a few things[9]. It was important to wear something of her own[10] now, something she'd bought herself. She remembered how badly dressed she'd felt that day she met Erich. She'd been wearing that cheap sweater Kevin gave her and Nana's gold locket.

She'd come here with that one piece of jewelery of her own and the girls. Now she didn't have Nana's locket and Erich had the girls.

1. à l'affût

2. crut entendre

3. qu'elle ne s'était pas déshabillée

4. complètement froissée

5. atténua son extrême fatigue

6. drap de bain

7. délavés

8. fouilla dans les tiroirs à la recherche de

9. avait gardé quelques affaires

10. à elle

1. Quelque chose brillait par terre
2. un lambeau
3. ouvrit d'un coup
4. à moitié tombé du
5. cintre
6. pendouillait
7. au niveau de l'ourlet
8. au niveau du col
9. mis en pièces
10. Je me poste toujours
11. un certain temps
12. rides marquées
13. exactement
14. n'est pas si dingue
15. plus de
16. à me demander
17. si je faisais ce qu'il fallait pour elle
18. bon j'ai fini par me lever
19. qu'on voit

Jenny stared at the dark oak floor. Something was shining on it[1], just outside the closet. She bent down and picked it up. It was a scrap[2] of mink. She yanked open[3] the closet door. The mink coat was half off[4] the hanger[5]. One sleeve drooped raggedly[6] round the hem[7]. What was the matter? Jenny went to adjust it, then pulled back. Her fingers had slid through to the skin beneath the fur at the collar line[8]. Bits of fur clung to her fingers.

The coat had been slashed to ribbons[9].

At ten o'clock she went over to the office. Clyde was sitting at the large desk, the one Erich always used. "I always base[10] here when Erich is going to be gone for a spell[11]. Makes it easier." Clyde looked older. The heavy wrinkles[12] around his eyes were more pronounced. She waited for him to explain why he'd been looking up at the house in the middle of the night. But he said nothing.

"How long is Erich planning to be gone?" she asked.

"He didn't say for sure[13], Miz Krueger."

"Clyde, why were you outside the house last night?"

"You saw me?"

"Yes, of course."

"Then you saw her too?"

"Her?"

Clyde burst out: "Miz Krueger, maybe Rooney ain't so crazy[14] after all. You know she keeps saying she sees Caroline? Last night I couldn't sleep. Knowing they still don't want to let Rooney home more'n[15] a few days at a time, wondering[16] if I'm doing the right thing by her[17], anyhow I got up[18]. And you know, Miz Krueger, how you can see[19] a piece of the cemetery from our window? Well, I saw something moving there. And I went out."

Clyde's face became unnaturally pale. "Miz Krueger, I *saw Caroline*. Just like Rooney's been saying. She was walking from the cemetery to the house. I followed her. That hair, that cape she always wore. She went in[1] the back door. I tried it after her[2] but it was locked. I wasn't carrying my keys.

"I walked around and just waited. In a little while[3] I saw the light go on in the master bedroom, then the light in Erich's old room. Then she came to the window and looked out and waved at me."

"Clyde, *I* was at the window. *I* waved at you."

"Oh, Jesus," Clyde whispered. "Rooney's been saying she sees Caroline. Tina talks about the lady in the painting. I think I'm following Caroline. Oh, Jesus"—he stared at her, horror in his face—"and all the time, just like Erich said, it's you we've been seeing."

"It wasn't me, Clyde," she protested. "I went upstairs because I heard someone walking around." She stopped, repelled[4] by the disbelief[5] in[6] his face. She fled back to the house. Was Clyde right? Had she been walking near the graveyard? She'd been dreaming about the baby. And this morning she'd been thinking how much she hated the clothes Erich had bought her. Had she dreamed that too and then slashed the coat? Maybe she hadn't heard anyone after all. Maybe she'd just been sleepwalking and woke up when she was upstairs.

She was the lady Tina saw, the lady in the painting.

She made coffee, drank it scalding hot[7]. She had not eaten since yesterday morning. She toasted[8] an English muffin, forced herself to nibble on it[9].

Clyde would tell the doctors that he'd seen the woman he thought was Caroline. He'd say that he followed her to the house and I admitted I waved to him[10].

1. est entrée par
2. J'ai essayé de l'ouvrir derrière elle,
3. Peu après,
4. interdite
5. devant l'incrédulité
6. sur
7. bouillant
8. fit griller
9. à le grignoter
10. que j'ai reconnu l'avoir salué de la main

Erich would come back and take care of her. She'd sign that statement and Erich would take care of her. For hours she sat at the kitchen table, then went to the desk and got the box of writing paper. Carefully she wrote, trying to remember Erich's exact words. She'd tell about last night too. She wrote:

> And last night I must have been sleepwalking again. Clyde saw me. I walked in from the cemetery. I guess I went to the baby's grave. I woke up in the bedroom and saw Clyde from the window. I waved to him.

Clyde had been standing out there, standing in the ice-crusted snow[1].

The snow.

She'd been in her stocking feet[2]. If she'd been outside her feet would have been wet[3]. The boots she'd been planning to wear on the trip were by the couch, still freshly polished[4]. They hadn't been worn outside.

She might have imagined the draft of cold air[5], imagined the footsteps, forgotten about sleepwalking. But if she'd been out by[6] the cemetery, her feet would have gotten wet, her stockings[7] would have been stained.

Slowly she tore up[8] the letter, tore it till it scattered in tiny pieces[9]. Dispassionately she watched the pieces scatter around[10] the kitchen. For the first time since Erich had gone, the sense of hopelessness began to lift[11].

She hadn't been outside. But Rooney had seen Caroline. Tina had seen her. Clyde had seen her. She, Jenny, had heard her upstairs last night. Caroline had slashed the mink coat. Maybe she was angry with Jenny for causing Erich so much trouble. Maybe she was still upstairs. *She had come back.*

1. la neige couverte de givre
2. en collants
3. elle aurait eu les pieds mouillés
4. cirées
5. le courant d'air froid
6. si elle était allée jusqu'au
7. ses bas
8. déchira
9. la réduisit en miettes
10. s'éparpiller à travers
11. quelque chose freinait son désespoir

Jenny got up. "Caroline," she called. "Caroline." She could hear her voice getting higher[1]. Maybe Caroline couldn't hear her. Step by step[2] she ascended[3] the stairs. The master bedroom was empty. She detected the faint scent of pine that was always there. Maybe if she left some pine soap out, Caroline would feel more at home[4]. She reached into[5] the crystal bowl, brought out three small cakes, left them on the pillow.

The attic. Perhaps she was in the attic. That's where she might have gone last night. "Caroline," Jenny called, trying to sound coaxing[6], "don't be afraid of me. Please come. You have to help me get[7] the girls."

The attic was nearly dark. She walked up and down it.[8] Caroline's vanity case with her ticket and appointment book. Where was the rest of her luggage? Why did Caroline keep coming back to this house? She had been so anxious to get away.

"Caroline," Jenny called softly, "please talk to me."

The bassinette was in the corner, covered now with a sheet. Jenny walked over to it, touched it tenderly, began to rock it. "My little love," she whispered. "Oh, little love."

Something was sliding across[9] the sheet, something slipping toward[10] her hand. A delicate gold chain, a heart-shaped pendant, the filigree workmanship[11] like spun-gold thread[12], the center diamond that flashed in the dusk.

Jenny closed her hand over Nana's locket.

"*Nana*." Saying the name aloud[13] was like[14] a drenching of cold water[15]. What would Nana think of her, standing here, trying to talk to a dead woman?

The attic seemed intolerably confining[16]. Clasping[17] her hand over the locket she ran downstairs to the second floor[18], down to the main floor[19], into the

1. monter dans les aigus
2. Marche après marche,
3. monta
4. serait plus à l'aise
5. mit la main dans
6. d'avoir un ton enjôleur
7. à récupérer
8. Elle l'arpenta dans tous les recoins.
9. glissait sur
10. qui filait vers
11. la qualité du filigrane
12. pareille à du fil d'or tissé
13. à voix haute
14. lui fit l'effet d'
15. un seau d'eau froide
16. horriblement étouffant
17. Refermant
18. premier étage
19. rez-de-chaussée

kitchen. I am going mad, she thought. Aghast[1], she remembered calling Caroline's name.

Think about what Nana would tell her to do.

Everything looks better over a cup of tea[2], Jenny. Mechanically[3] she put on the kettle.

What did you eat today, Jen? It's not good this business of skipping meals[4].

She went to the refrigerator, pulled out sandwich makings[5]. A BLT[6] down[7], she thought, and managed a smile.

As she ate, she tried to picture[8] telling Nana about last night. "Clyde said he saw me but my feet weren't wet. Could it have been Caroline?"

She could just hear Nana's reaction. *There are no such things as ghosts, Jen. When you're dead, you're dead.*

Then how did the locket get upstairs?

Find out.

The telephone book[9] was in the drawer under the wall phone. Holding the sandwich, Jenny went over and got it. She flipped the classified section to JEWELRY, BOUGHT AND SOLD. The jeweler to whom she'd sold the locket. She'd circled his ad with Magic Marker[10].

She dialed the number, asked to speak to the manager[11]. Quickly she explained: "I'm Mrs. Krueger. I sold a locket to you last week. I think I'd like to buy it back[12]."

"Mrs. Krueger, I wish you'd stop wasting my time[13]. Your husband came in and told me you had no right to sell a family piece[14]. I let him buy it for just what I paid you."

"*My husband!*"

"Yes, he came not twenty minutes after[15] you sold it to me." The line went dead.[16]

Jenny stared into the phone. Erich had suspected her. He had followed her that afternoon, probably

1. Atterrée
2. Une bonne tasse de thé fait déjà beaucoup
3. Machinalement,
4. cette habitude de sauter les repas
5. de quoi faire un sandwich
6. sandwich au bacon, laitue, tomate [typiquement US]
7. d'avalé
8. s'imaginer
9. annuaire
10. au feutre
11. responsable
12. le racheter
13. que vous arrêtiez de me faire perdre mon temps
14. un bijou de famille
15. moins de 20 mn après que
16. La communication fut coupée.

in one of the farm vehicles. But how had the locket gotten to the attic?

She went to the desk, got out a pad[1] of lined paper[2]. One hour ago she'd planned to write the statement Erich had demanded. Now there was something else she needed to see in black and white[3].

She settled[4] at the kitchen table. On the first line she wrote, *There are no ghosts.* On the second: *I could not have been outside last night.* One more, she thought. The next line she printed in caps[5]: *I AM NOT A VIOLENT PERSON.*

Begin at the beginning[6], she thought. Write everything down. All the trouble began with that first phone call from Kevin....

Clyde did not come near the house. The third day she went into the office. It was the tenth of February. Clyde was on the phone talking to a dealer[7]. She sat watching him. When Erich was around, Clyde tended to fade into the background[8]. With Erich gone, his voice took on[9] a new note of authority. She listened as he arranged the sale of a two-year-old bull for over one hundred thousand dollars.

When he hung up, he looked at her warily[10]. Obviously[11] he was remembering their last conversation.

"Clyde, don't you have to consult with[12] Erich when you sell a bull for that kind of money[13]?"

"Miz Krueger, when Erich is here, he gets into the business[14] as much as he wants[15]. But the fact is he's never been much interested in running[16] this farm or the limeworks."

"I see. Clyde, I've been doing a lot of thinking[17]. Tell me. Where was Rooney Wednesday night when you thought you saw Caroline?"

"What do you mean, where was Rooney?"

1. bloc
2. de papier réglé
3. qu'elle avait besoin de voir noir sur blanc
4. s'installa
5. écrivit en majuscules
6. Reprends tout depuis le début
7. un négociant
8. avait tendance à passer inaperçu
9. prenait
10. avec méfiance
11. Manifestement,
12. ne devez-vous pas consulter
13. pour une telle somme
14. il s'implique dans la gestion
15. comme bon lui semble
16. de gérer
17. j'ai beaucoup réfléchi

"Just that. I called the hospital and spoke to Dr. Philstrom. He's the psychiatrist who came in to see me."

"I know who he is. He's Rooney's doctor."

"That's right. You didn't tell me Rooney had an overnight pass[1] on Wednesday night."

"Wednesday night Rooney was in the hospital."

"No, she wasn't. She was staying with Maude Ekers. It was Maude's birthday. You were supposed to go to a cattle auction and you'd given permission for Maude to pick up Rooney. Rooney thought you were in St. Cloud."

"I was. I got back home round midnight. I'd forgotten Rooney was going to Maude's."

"Clyde, isn't it possible Rooney slipped out[2] of Maude's house and was walking around on the farm?"

"No, it ain't."

"Clyde, she often walks around at night. You know that. Isn't it possible you saw her with a blanket wrapped around her, a blanket that might seem like a cape from a distance? Think of Rooney with her hair down[3]."

"Rooney ain't worn her hair out of a bun for twenty years[4], 'cept of course …" He hesitated.

"Except when?"

"'cept at night."

"Clyde, don't you see what I'm trying to tell you? Just one more question. Did Erich put a gold locket in the safe or give it to you to put there?"

"He put it in himself. He said you kept mislaying it[5] and didn't want it lost[6]."

"Did you tell Rooney that?"

"I might a mentioned it, just to talk,[7] just to pass the time of day[8]."

"Clyde, Rooney knows the combination[9] of this safe, doesn't she?"

He frowned, a worried frown. "She might."

1. un droit de sortie [pour une nuit]
2. que Rooney soit sortie
3. les cheveux lâchés
4. relève ses cheveux en chignon depuis 20 ans
5. que vous l'égariez sans cesse
6. ne vouliez pas le perdre
7. J'en ai peut-être parlé, comme ça,
8. juste pour passer le temps
9. combinaison

"And she's home on passes more[1] than you've admitted?"

"She's been home some.[2]"

"And it's possible she was wandering around here Wednesday night. Clyde, open the safe. Show me my locket."

Silently he obeyed. His fingers fumbled as he worked[3] the combination. The door swung open[4]. He reached in, pulled out a small strongbox[5] and opened it expectantly[6]. Then he held it up as though hoping that a stronger light would reveal[7] what he was seeking[8]. Finally he said, his voice unnaturally soft, "The locket ain't here."

Two nights later, Erich phoned. "Jenny!" There was a sing-song, teasing quality[9] in his voice.

"*Erich! Erich!*"

"Where are you, Jen?"

"I'm downstairs, on the couch." She looked at the clock. It was after eleven. She had dozed off.

"Why?"

"It's lonesome upstairs, Erich." She wanted to tell him what she suspected about Rooney.

"Jenny." The anger in his voice bolted her awake[10]. "I want you where you belong[11] in our room, in our bed. I want you to wear the special nightgown. Do you hear me?"

"Erich, please. Tina. Beth. How are they?"

"They're fine. Read the letter to me."

"Erich, I found out something. Maybe you've been *wrong*." Too late she tried to call back the words[12]. "I mean, Erich, maybe we've both just not understood …"

"You haven't written the letter. …"

"I started to. But Erich what you think isn't true. I'm sure of that now."

The connection broke.[13]

* * *

1. plus souvent
2. Elle vient de temps en temps.
3. en faisant
4. s'ouvrit
5. boîte fermée à clef
6. avec l'air d'y chercher quelque chose
7. permettrait de voir
8. ce qu'il cherchait
9. un chantonnement moqueur
10. la réveilla d'un coup
11. à ta juste place,
12. se reprendre
13. La communication fut coupée.

1. sonna
2. très amaigri
3. vieilli
4. s'en saisit
5. élan
6. tout seul
7. C'est aussi bien.
8. vous supplier de me pardonner
9. qui m'a toujours tracassé
10. une démarche si légère, si vive

Jenny rang the bell[1] at Maude Ekers' kitchen door. How many months had it been since she'd been here? Since Maude told her to leave Joe alone?

Maude had been right to worry about Joe.

She was about to ring the bell again when the door opened. Joe was there, a much thinner[2] Joe, the boyish face matured[3] by tired lines around his eyes.

"Joe!"

He held his hands out. Impulsively she grasped them[4]; with a rush[5] of affection she kissed his cheek. "Joe."

"Jenny, I mean, Mrs. Krueger …" Awkwardly he stood aside to let her pass.

"Is your mother here?"

"She's working. I'm by myself[6]."

"I'm just as glad.[7] I have to talk to you. I've wanted to talk to you so much but you know …"

"I know, Jenny. I've caused you so much trouble. I'd like to go down on my knees for[8] what I said the morning of the accident. I guess everyone thought I was saying that you … well, you'd hurt me. Like I told the sheriff I didn't mean that at all. I just meant, I thought I was dying and I was worried about telling you I'd seen you that night."

She took the seat across the kitchen table from him.

"Joe, do you mean you don't think you saw me that night?"

"Just like I tried to explain to the sheriff and like I told Mr. Krueger last week … there was something always bothering me[9] about that night."

"Bothering you?"

"It's the way you move. You're so graceful, Jenny. You have such a quick, light step[10], like a deer. Whoever came down the porch that night walked *different*. It's hard to explain. And she was sort of leaning forward[1], so her hair was almost covering her face. You always stand so straight[2]. …"

"Joe, do you think you might have seen Rooney wearing my coat that night?"

Joe looked puzzled[3]. "How could that be? The reason I was standing there is because I saw Rooney on the path leading[4] to the house and I didn't want to bump into her[5]. Rooney was there all right but somebody else got in that car."

Jenny rubbed her hand over her forehead[6]. These last few days she'd come to believe that Rooney was the key to everything that had happened. Rooney could let herself in and out[7] of the house so silently. Rooney could even have overheard[8] Erich and her talking about Kevin. Rooney could have made the phone call. Rooney knew about the[9] panel between the bedrooms. Everything fit into place[10] if Rooney, wearing her coat, had met Kevin that night.

Then who was wearing that coat? Who had arranged the meeting?

She didn't know.

But at least Joe had verified[11] that he believed she, Jenny, was not that person.

She got up to go. There was no point in being here when Maude came home. Maude would be horrified. She tried to make herself smile. "Joe, I'm so glad to have seen you. We've missed you. It's good news that you'll be working for us again."

"I sure was glad when Mr. Krueger offered me the job. And like I say, I told him what I just told you."

"What did Erich say?"

"He told me I should keep my mouth shut[12], that I'd only start trouble raking up[13] that story. And I swore I wouldn't mention it again to a soul[14]. But of course he never meant I couldn't tell you."

She made a business of[15] pulling on her gloves. She mustn't let him see how shattered she was[16]. *Er-*

1. allait, penchée en avant
2. droit
3. perplexe
4. sur le chemin qui mène
5. la croiser
6. se frotta le front
7. entrer et sortir
8. les avoir entendus,
9. connaissait l'existence du
10. Tout concordait
11. avait confirmé
12. que je ferais mieux de me taire
13. à déterrer
14. que je n'en parlerais à personne
15. mit beaucoup de soin à
16. à quel point elle en était affectée

1. exigé
2. y réfléchir à tête reposée
3. je vous ai valu des ennuis
4. quand je songerai sérieusement à fréquenter une fille
5. s'il n'y avait pas eu
6. même ça est en train de s'arranger
7. n'a pas bu une goutte
8. sortent de nouveau ensemble
9. avait une bonne amie
10. négligent
11. pass'qu'il en pinçait pour
12. a rompu les fiançailles

ich had demanded[1] that she sign that statement, saying she got in the car with Kevin, even after Joe told him he was sure someone else was wearing her coat.

She had to think it through[2].

"Jenny, I guess I had an awful crush on you. I think I made it hard for you[3] with Mr. Krueger."

"Joe, it's all right."

"But I have to tell you. Like I told Maw, it's just that you're the kind of person I want to find when I get serious about a girl[4]. I explained that to Maw. She was so worried because she always said my uncle would have had such a different life if it wasn't for[5] Caroline. But even that's working out[6]. My uncle hasn't had a drop[7] since my accident and they're getting together again[8]."

"Who's getting together again?"

"My uncle was keeping company[9] at the time of the accident. When John Krueger told everybody Uncle Josh had been so careless[10] 'cause he was mooning around[11] Caroline, his girl got so upset she broke the engagement[12]. And then my uncle began drinking. But now after all these years, they're starting to see each other."

"Joe, who is your uncle seeing?"

"The girl he used to go around with. Woman, now, of course. You know, Jenny. Your housekeeper, Elsa."

34

Elsa had been engaged to Josh Brothers. She had never married. How much bitterness might have built up[1] over the years against the Kruegers? Why had she taken the job at the farmhouse? The way Erich treated her was so belittling.[2] Elsa could have taken the coat from the closet. Elsa could have overheard her and Erich talking. Elsa might have pumped the girls[3] about Kevin.

But why?

She had to talk to someone; she had to trust someone.

Jenny stopped. The wind slapped at[4] her forehead. There was one person she could trust, someone whose face now filled her vision.

She could trust Mark and he should be back from Florida by now.

As soon as she reached the house, she looked up[5] the number of Mark's clinic and phoned. Dr. Garrett was expected any minute[6]; who was calling?[7]

She did not want to leave her name. "What time would be good to reach him?[8]"

"His clinic hours are between five and seven P.M."

She'd call him at home after that.

1. s'accumuler
2. La façon dont Erich la rabaissait.
3. tiré les vers du nez aux filles
4. cinglait
5. chercha
6. était attendu d'un instant à l'autre
7. c'était de la part de qui ?
8. Quand peut-on le joindre ?

She walked over to the office. Clyde was just locking the desk. There was a wariness, a constraint[1] between them now. "Clyde, how's Rooney?" she asked.

"I'm bringing her home for good[2] tomorrow. But Miz Krueger, one thing. I'd appreciate it if you stay away from Rooney. I mean don't ask her to your house; don't visit her." He looked unhappy. "Dr. Philstrom says Rooney getting into a stress situation[3] could set her back[4]."

"And I'm that stress situation[5]?"

"All I know, Miz Krueger, is that Rooney ain't seen Caroline walking around the hospital."

"Clyde, before you lock up that desk, I wish you'd give me some money. Erich left so suddenly that I only have a few dollars and I need to get some odds and ends. Oh, yes, may I borrow your car to go into town?"

Clyde turned the key and dropped it in his pocket. "Erich was real plain about that[6], Miz Krueger. He don't want you borrowing cars and he told me anything you need till he gets back, you should just tell me and I'll see you get it[7]. But he said real emphatic[8] that he don't want no money given to you. He said it'll cost me my job[9] if I give you a dime[10] from the farm funds[11] or lend my own money to you."

Something in her face made him adapt a friendlier tone. "Miz Krueger, you're not to want for anything[12]. Just tell me what you need."

"I need ..." Jenny bit her lip, turned and slammed out[13] of the office. She ran along the path, tears of rage and humiliation blinding her[14].

The late-afternoon shadows[15] were spreading[16] like curtains on the pale brick of the farmhouse. At the edge of the woods the tall Norwegian pines were vividly lush against the stark nakedness[17] of the maples and birches[18]. The sun, hidden behind heavy charcoal clouds, was sending diffused rays[19]

1. une gêne
2. pour de bon
3. que stresser Rooney
4. retarder sa guérison
5. la cause de stress
6. a été très clair là-dessus
7. je ferai en sorte que l'ayez
8. a beaucoup insisté sur le fait
9. que je risquais la porte
10. un centime
11. sur la caisse de la ferme
12. vous ne devez manquer de rien
13. sortit en claquant la porte
14. l'aveuglant
15. Les ombres du jour finissant
16. s'allongeaient
17. contrastaient par leur luxuriance avec le dépouillé
18. des bouleaux
19. des rayons diffus

over the horizon, streaking the sky with coldly beautiful shades of mauve and pink and cranberry.

A winter sky. A winter place. It had become her prison.

At eight minutes after seven, Jenny reached for the phone to call Mark. Her hand was touching the receiver when the phone rang. She grabbed it off the cradle[1]. "Hello."

"Jenny, you must be sitting on top of the phone[2]. Are you waiting for a call?" There was an edge to the teasing quality in Erich's tone.

Jenny felt her palms go damp[3]. Instinctively she tightened her grasp on[4] the receiver. "I've been hoping to hear from you.[5]" Did she sound natural? Did her nervousness show?[6] "Erich, how are the girls?"

"They're fine, of course. What have you been doing today, Jenny?"

"Not much. Now that Elsa doesn't come in. I'm a bit busier in the house. I rather like that." Closing her eyes, trying to choose her words, she added lightly[7], "Oh, I saw Joe." She hurried on, not wanting to lie, not wanting to admit that she'd gone to the Ekers home. "He's so pleased that you rehired him, Erich."

"I suppose he told you the rest of the conversation I had with him?"

"What do you mean?"

"I mean that garbled[8] story about seeing you get in the car and then deciding he hadn't seen you. You never admitted to me that Joe actually told you[9] he'd seen you in the car that night. I always thought it was only Rooney who saw you."

"But Joe said … he told me that he told you … he's positive it was someone else wearing my coat."

"Jen, have you signed that statement?"

1. le prit vivement sur sa base
2. ma parole, tu es vissée à côté du téléphone
3. ses paumes devenir moites
4. serra plus fort
5. J'espérais ton appel.
6. Est-ce qu'on percevait sa nervosité ?
7. l'air de rien
8. embrouillée
9. t'avait dit explicitement

"Erich, don't you see we have a witness who swears ..."

"What you mean is we have a witness who knows he saw you and who, to ingratiate himself with me[1], to get back his job, is now willing to change his story. Jenny, stop trying to avoid the truth[2]. Either have that statement ready to read to me next time I call or forget about seeing the girls until they're adults."

Jenny's control snapped.[3] "You can't do this. I'll swear out[4] a warrant[5]. They're my children. You can't run away with them."

"Jenny, they're just as much mine as yours. I've only taken them on a vacation[6]. I've warned you there's no judge who would award them to you. I have a townful[7] of witnesses who'll swear I'm a wonderful father. Jenny, I love you enough to give you a chance to live with them, to be cared for yourself. Don't push me too hard.[8] Good-bye, Jenny. I'll call you soon."

Jenny stared at the dead receiver. All the tenuous[9] confidence[10] she had started to build vanished[11]. Give up[12], something said to her. Write the confession. Read it to him. Be finished with it.

No. Biting her lips into a thin, firm line she dialed[13] Mark's number.

He answered on the first ring. "Dr. Garrett."

"Mark." Why did that deep[14], warm voice bring quick tears to her eyes[15]?

"Jenny. What's the matter? Where are you?"

"Mark, I ... Could you ... I *have* to talk to you." She paused, then went on: "But I wouldn't want anyone to see you here. If I cut through the west field, would you pick me up[16]? Unless ... I mean ... If you have plans, don't bother. ..."

"Wait near the millhouse[17]. I'll be there in fifteen minutes."

1. pour s'insinuer dans mes bonnes grâces
2. cesse de te voiler la face
3. Jenny craqua.
4. J'obtiendrai [par une attestation sur l'honneur]
5. un mandat
6. pour des vacances
7. toute une ville
8. Ne tire pas trop sur la corde.
9. maigre
10. confiance en elle
11. s'était évanouie
12. Cède donc
13. composa
14. grave
15. la mettait tout de suite au bord des larmes
16. est-ce que vous passeriez me prendre
17. moulin

Jenny went up to the master bedroom and turned on the reading light by the bed. She left a light on[1] in the kitchen, a smaller one in the parlor. Clyde might investigate[2] if the house was completely dark.

She'd have to take the chance[3] that Erich wouldn't phone again in the next few hours.

She left the house and walked in the shadow of the stable and polebarns. Behind the electric fences she could see the outlines[4] of the cattle as they hunched[5] near the barns. There was no grazing[6] on the snow-covered ground and they tended to stay near the buildings where they were fed.

Less than ten minutes after she reached the mill, she heard the faint sound of a car approaching. Mark was driving with his parking lights on[7]. She stood out in the clearing[8] and waved. He stopped, leaned over[9] and opened the door for her.

He seemed to understand that she wanted to get away quickly. It wasn't until they reached the county road that he spoke. "I understood you were in Houston with Erich, Jenny."

"We didn't go."

"Does Erich know you called me?"

"Erich's away. He took the children."

He whistled[10]. "That's what Dad ..." Then he stopped. She felt his glance, was acutely aware of his wind-tanned[11] skin, his thick, sandy hair, the long capable[12] fingers that gripped the steering wheel[13]. Erich always made her uneasy; his very presence[14] charged[15] the atmosphere. Mark's presence had exactly the opposite effect.

It had been months since the one time she'd been in his home. At night it had the same welcoming atmosphere that she remembered. The wing chair, its velvet upholstery somewhat worn, was drawn up to the fireplace[16]. An outsized[17] oak coffee table in front of a Lawson couch[18] held[19] newspapers

1. une lumière allumée
2. risquerait de venir voir
3. courir le risque
4. silhouettes
5. venus se blottir
6. rien à brouter
7. en feux de position
8. se mit bien en vue
9. se pencha côté passager
10. siffla
11. burinée par le vent
12. agiles
13. tenaient fermement le volant
14. sa seule présence
15. alourdissait
16. avancée devant la cheminée
17. énorme
18. canapé
19. était couverte de

and magazines. The shelves[1] on either side[2] of the fireplace were crammed with[3] books of every shape and size[4].

Mark took her coat. "Farm life certainly hasn't fattened you up[5]," he observed. "Have you had dinner yet?"

"No."

"I thought not.[6]" He poured sherry for them. "My housekeeper was off today. I was just about to cook a hamburger when you phoned. I'll be right back."

Jenny sat on the couch, then instinctively reached down, pulled off her boots and curled up[7]. She and Nana had had a Lawson sofa when she was growing up. She could remember wedging herself[8] into a corner of it on rainy[9] afternoons and happily reading the hours away[10].

In a few minutes Mark returned with a tray. "Minnesota plush[11]," he smiled. "Hamburgers, French fries[12], lettuce[13] and tomato."

The food smelled delicious. Jenny took a bite from hers and realized she'd been famished. She knew Mark was taking his cue from her[14], waiting for her to explain to him why she had called him. How much should she tell? Would Mark be horrified to know what Erich believed about her?

He was sitting in the wing chair, his long legs stretched toward her, his eyes concerned, his forehead creased in thought[15]. She realized she didn't mind being studied by him[16]. Oddly[17] it was comforting, as though he would analyze what was wrong and make it right. His father had much that same[18] look. Luke! She hadn't asked about him. "How is your father?"

"Coming along[19], but he gave me a real scare[20]. He wasn't feeling well even before he went back to Florida. Then he had the attack. But he's in his own

1. étagères
2. des deux côtés
3. regorgeaient de
4. de tous formats
5. ne vous a pas fait prendre un gramme
6. C'est bien ce que je me disais.
7. se pelotonna sur le canapé
8. se blottissant
9. pluvieux
10. se plongeant dans une lecture des heures durant
11. Le must dans le Minnesota
12. des frites
13. de la laitue
14. que Mark attendait qu'elle parle
15. pensif
16. qu'il l'observe
17. Bizarrement,
18. analogue
19. Il se remet,
20. m'a fait une belle frayeur

place[1] now and looks good. He really wanted you to come visit him, Jenny. He still does."

"I'm glad he's better."

Mark leaned forward. "Tell me about it, Jenny."

She told him everything, looking straight at him, watching his eyes darken[2], watching as tight lines formed[3] around his eyes and mouth, watching as his expression softened when she talked about the baby and her voice broke[4].

"You see. I can understand why Erich believed I've done these terrible things. But now I don't believe I did them. So that means some woman is impersonating me[5]. I was so sure it was Rooney but it can't be her. Now I wonder … Do you think Elsa? It seems so farfetched[6] that she'd hold a grudge[7] for twenty-five years. … Erich was only a child. …"

Mark did not reply. His face was troubled now, grave. "You don't think I could do those things?" Jenny burst out. "My God, are you like Erich? Do you think …"

The nerve under her left eye began to jump[8]. She put her hand up to her face to stop it, then felt her knees start to tremble. Throwing her head down on her lap, she hugged her legs. Her whole body was shaking now, out of control.

"Jenny. Jenny." Mark's arms were around her, holding her. Her head was against his throat. His lips were on her hair.

"I couldn't hurt anyone. I can't sign and say that I could …"

His arms tightened. "Erich is in … insecure[9]. … Oh, Jenny."

Long minutes passed before the trembling stopped. She made herself pull away. She felt his arms release her[10]. Wordlessly they looked at each other, then Jenny turned away[11]. There was an afghan[12] draped

1. rentré chez lui
2. s'assombrir
3. les rides devenaient plus marquées
4. défaillit
5. se fait passer pour moi
6. peu vraisemblable
7. qu'elle ait pu garder rancune
8. tressauter
9. un désaxé
10. s'ouvrir pour la laisser partir
11. se détourna
12. couverture en laine

over the back of the couch. He tucked it around her. "I think we could both use coffee[1]."

While he was in the kitchen, she looked into the fireplace, watched as the log[2] split[3] and broke and caved[4] into glowing embers[5]. Suddenly she felt exhausted. But it was a different kind of fatigue, not tense and numbing but relaxing, the kind that came after a race had been run[6].

Unburdening herself to[7] Mark, she felt as though she had rolled a stone off her shoulders[8]. Listening to the clink[9] of the cups and saucers[10] in the kitchen, smelling the perking coffee, hearing his footsteps as he walked between stove and cabinet, remembering the feel[11] of those arms …

When Mark brought in the coffee, she was able to make practical statements that helped dispel the emotionally charged atmosphere. "Erich knows I won't stay with him. The minute he brings the girls back I'll leave."

"You're sure you're going to leave him, Jenny?"

"As fast as I can. But first I want to force him to bring the girls back. They're my children."

"He's right that as their adoptive father, legally they're just as much his as yours. And, Jenny, Erich is capable of staying away indefinitely. Let me talk to a few people. I have a lawyer friend who's an expert in family law[12]. But until then, when Erich phones, whatever you do, don't antagonize him[13]; don't tell him you've been talking to me. Promise me that?"

"Of course."

He drove her home, stopping the car at the millhouse. But he insisted on walking with her through the quiet fields to the house. "I want to be sure you're in[14]," he said. "Go right upstairs[15] and if everything is all right, pull down the shades[16] in your room."

"What do you mean, if everything is all right?"

1. qu'un café ne nous ferait pas de mal
2. la bûche
3. se fendit
4. s'effondra
5. braises
6. après une course
7. S'étant épanchée auprès de
8. s'était soulagée d'un grand poids
9. le tintement
10. des soucoupes
11. contact
12. en droit de la famille
13. ne vous le mettez pas à dos
14. que vous êtes bien rentrée
15. Allez tout de suite à l'étage
16. baissez les stores

"I mean that if by any chance[1] Erich decided to come back tonight and realized that you were out, there might be trouble. I'll call you tomorrow after I speak to a few people."

"No, don't. Let me phone you. Clyde knows every call I get."

When they got to the dairy barn, he said, "I'll watch you from here. Try not to worry."

"I'll try. The one thing I don't worry about[2] is that Erich does adore Tina and Beth. He'll be very good to them. That at least is a consolation."

Mark squeezed her hand[3] but did not answer. Quickly she slipped along the side of the path through the west door into the kitchen and looked around. The cup and saucer she had left draining[4] on the sink were still there. She smiled bitterly. She could be sure Erich hadn't come. That cup and saucer would have been put away[5].

Hurrying upstairs[6], she went into the master bedroom and began to pull down the shades. From one of the windows she watched as Mark's tall form disappeared into the darkness.

Fifteen minutes later she was in bed. This was the hardest time of all, when she couldn't walk across the hall[7] and tuck Tina and Beth in[8]. She tried to think of all the ways Erich would find to amuse them. They had loved going to the county fair with him last summer. Several times he'd spent a whole day with them in the amusement park[9]. He was endlessly patient with the children.

But both girls had sounded so fretful[10] when he let them speak to her[11] that first night he'd taken them away.

Of course by now they'd be used to[12] her absence, just the way they'd gotten used to her being in the hospital.

1. si d'aventure
2. La seule chose qui me rassure
3. lui serra la main
4. mis à égoutter
5. rangées
6. Filant à l'étage
7. traverser le couloir
8. border Tina et Beth
9. au parc d'attractions
10. grincheuses
11. les lui avait passées au téléphone
12. elles devaient s'être faites à

As she had told Mark,[1] there was the one consolation[2] that she wasn't worried about the girls.

Jenny remembered the way Mark had squeezed her hand when she said that.

Why?

All night she lay awake[3]. If not Rooney … if not Elsa … then who?

At dawn she got up. She could not wait for Erich to come to her. She tried to close off[4] the terrible nagging fears[5], the awful possibilities that had occurred to her during the night.

The cabin. She had to find it. Every instinct[6] told her the place to begin was in[7] the cabin.

1. Comme elle l'avait dit à Mark,
2. au moins, ce qui la rassurait
3. resta éveillée
4. de faire taire
5. craintes persistantes
6. Tout son instinct
7. qu'il fallait commencer par

35

She began looking for the cabin at dawn. At four A.M. she'd turned on the radio and heard the weather report. The temperature was dropping sharply. It was now twelve degrees Fahrenheit.[1] A strong cold wind from Canada was driving it down[2]. A major snowstorm[3] was predicted[4]. It should hit the Granite Place area by tomorrow evening.

She made a thermos of coffee to take with her, put an extra sweater[5] under her ski suit. Her breasts were so sore[6]. Thinking of the baby so much during the night had been enough to start them throbbing[7]. She could not let herself think about Tina and Beth now. She could only pray, numb[8], pleading words[9]. … Take care of them, please. Let no harm come …[10]

She knew the cabin must be about twenty minutes' walk[11] from the edge of the woods. She'd start at the spot where Erich always disappeared into the trees and crisscross back and forth[12] from that spot[13]. It didn't matter how long it took.

At eleven she returned to the house, heated soup, changed her socks and mittens, found another scarf to tie around her face and set out again.

At five, just as the shadows were lengthening to near darkness, just as she was despairing that she would have to give up the search[14], she skied

1. Il faisait – 11°C.
2. la faisait baisser
3. grosse tempête de neige
4. annoncée
5. un pull de plus
6. douloureuses
7. pour provoquer des élancements
8. mornes
9. supplications
10. Qu'il n'arrive rien de mal. . .
11. à environ 20 mn de marche
12. quadrillerait le terrain
13. en partant de là
14. comme elle allait se résoudre à abandonner ses recherches

over a hilly mound and came on the small, bark-roofed cabin that had been the first Krueger home in Minnesota.

It had a closed-up[1], unused[2] look, but what had she expected? That the chimney would be capped with smoke[3], lamps would be glowing, that … Yes. She dared to hope[4] that Beth and Tina might be in here with Erich.

She kicked off her skis and with the hammer broke a window, then stepped over[5] the low sill[6] into the cabin. It was frigidly cold, with the deep chill of an unheated, sunless[7] place. Blinking to adjust her eyes[8] to the gloom[9], Jenny went to the other windows, pulled up the shades and looked around.

She saw a twenty-foot-square room, a Franklin stove, a faded Oriental rug, a couch … And paintings. It seemed[10] that every square inch[11] of the walls was covered with Erich's art. Even the dim light could not hide the exquisite power and beauty of his work. As always the awareness of his genius calmed her. The fears she had harbored[12] during the night suddenly seemed ludicrous[13].

The tranquillity of the subjects he had chosen: the polebarn in a winter storm, the doe[14], head poised about to flee into the woods, the calf reaching up to its mother. How could the person who could paint like this with so much sensitivity, so much authority, also be so hostile, so suspicious?

She was standing in front of a rack filled with canvases. Something about the top one[15] caught her eye. Not understanding, she began to flip[16] rapidly through the paintings in the rack. The signature in the right-hand corner. Not bold and scrawling[17] like Erich's but delicately lettered[18] with fine brush-strokes[19], a signature more in keeping[20] with the peaceful themes in the paintings: *Caroline Bonardi*. Every one of them.

1. abandonné
2. désaffecté
3. lâcherait de la fumée
4. avait eu le fol espoir
5. franchit
6. le seuil bas
7. privée de soleil
8. Clignant des yeux pour s'habituer
9. la pénombre
10. On aurait dit
11. le moindre centimètre carré
12. qu'elle avait nourries
13. ridicules
14. biche
15. celle du dessus
16. feuilleter
17. difficile à déchiffrer
18. tracée
19. fins coups de pinceau
20. en harmonie

She began to study the paintings on the wall. Those that were framed[1] were signed *Erich Krueger*. The unframed ones, *Caroline Bonardi*.

But Erich had said that Caroline had very little talent …

Her eyes raced back and forth between[2] a framed painting with Erich's signature, an unframed one signed by Caroline. The same use of diffused light, the same signature[3] pine tree in the background, the same blending[4] of color. Erich was copying Caroline's work.

No.

The framed canvases. Those were the ones he'd planned to exhibit next[5]. Those were the ones he'd signed. He hadn't painted them. The same artist had done all of these. Erich was forging his name[6] to Caroline's art[7]. That was why he'd been so flustered[8] when she pointed out[9] that the elm in one of his supposedly[10] new paintings had been cut down[11] months before.

A charcoal sketch[12] caught her eye. It was called *Self-Portrait*. It was a miniature of *Memory of Caroline*, probably the preliminary sketch Caroline had done before she started the painting that was her masterpiece[13].

Oh, God. Everything. Every emotion that she had attributed to Erich through his work was a lie.

Then why was he here so much? What did he do here? She saw the staircase, rushed up it. The loft sloped with the pitch of the roof and she had to bend forward at the top stair before she stepped into the room.

As she straightened up, a nightmarish blaze of color from the back wall assaulted her vision. Shocked, she stared at[14] her own image. A mirror?

No. The painted face did not move as she approached it. The dusky[15] light from the slitlike win-

1. encadrés
2. Son regard frénétique se portait tour à tour sur
3. caractéristique
4. mélange
5. qu'il avait prévu d'exposer ensuite
6. apposait son nom
7. sur les œuvres de Caroline
8. ça l'avait tellement contrarié
9. avait fait la remarque
10. soi-disant
11. abattu
12. croquis au fusain
13. chef d'œuvre
14. fixa
15. du crépuscule

dow played on the canvas, shading it in streaks, like a ghostly finger pointing.

A collage of scenes: violent scenes painted in violent colors. The center figure[1], herself, her mouth twisted in grief[2], staring down at puppetlike[3] bodies. Beth and Tina slumped[4] together on the floor, their blue jumpers tangled[5], their eyes bulging[6], their tongues protruding[7], blue corduroy belts wound around[8] their throats. Far up on the wall behind her image, a window with a dark blue curtain. Peering through the opening in the curtain Erich's face, triumphant, sadistic[9]. And all through the canvas in shades of green and black, a slithery[10] figure, half-woman, half-snake[11], a woman with Caroline's face, the cape wrapped around her like the scaly[12] skin of the snake. Caroline's figure bending over a surrealistic bassinette, a bassinette suspended from a hole in the sky, the woman's hands, grotesque, outsized[13] like whale flippers[14] covering the baby's face, the baby's hands thrust over his head, the fingers starlike, spread on the pillow.

The Caroline figure in the maroon coat, reflected in the windshield[15] of a car, another face beside hers. Kevin's face, exaggerated, staring, grotesque, frightened, his bruised temple[16] swelling[17] into the windshield[18]. The Caroline figure, her cape flung around her, holding the hooves of a wild horse, guiding them to descend on the sandy-haired figure on the ground. Joe. Joe cringing away from[19] the hooves.

Jenny heard the sound from her throat, the keening wail[20], the screams of protest. It wasn't Caroline who was half-woman, half-snake. It was Erich's face peering out from the tangled dark hair, Erich's eyes wildly[21] staring at her from the canvas.

No. No. No. These twisted, tortured revelations, this art—evil incarnate[22], brilliance[23] beside which

1. Le personnage central
2. tordue d'horreur
3. pareils à des marionnettes
4. gisant
5. emmêlés
6. proéminents
7. sortant de la bouche
8. serrant
9. sadique
10. ondulante
11. mi-serpent
12. écailleuse
13. énormes
14. des nageoires de baleine
15. pare-brise
16. la tempe meurtrie
17. boursouflée
18. derrière le pare-brise
19. essayant d'éviter
20. la plainte perçante
21. sauvagement
22. le mal incarné
23. une fulgurance

the pastel elegance of Caroline's talent faded into insignificance.

Erich had not painted the canvases he claimed as his own[1]. But those he *had* painted were the genius of a twisted mind[2]. They were shocking, awesome in their power[3], evil—and insane[4]!

Jenny stared at her own image, at the faces of her children, their pleading eyes as the cord tightened[5] around the small white throats.

At last she forced herself to wrench[6] the canvas from the wall, her unwilling fingers grasping it[7] as though they were closing around the fires of hell[8].

Somehow she managed to snap on[9] her skis, start back through the woods. Night was descending, darkness spreading. The canvas caught the wind[10] like a sail[11], whipped her[12] from her own vague path, bruised her[13] against trees. The wind mocked the[14] constant screams for help that she heard screeching from[15] her throat. Help me. Help me. Help me.

She lost the path, turned around in the darkness, saw again the outline of the cabin. No. No.

She would freeze out here, freeze and die out here, before she could find anyone to stop Erich if it weren't already too late. She lost track[16] of time, not knowing how long she stumbled[17] and fell and picked herself up[18] and began again; how long she clutched[19] the damning[20] canvas to her, how long she screamed. She only knew that her voice was breaking into hoarse sobs when somehow she saw a glint through a clump of trees and realized she was at the edge of the woods.

The glint she had seen was the reflection of the moon on the granite stone of Caroline's grave.

With a last terrible effort she skied across the open fields. The house was totally dark; only the faint light of the crescent moon[21] revealed its outlines. But the windows of the office were bright. She head-

1. qu'il disait être les siennes
2. esprit dérangé
3. saisissantes de puissance
4. folles
5. se resserrait
6. d'arracher
7. ses doigts répugnant à s'en emparer
8. les feux de l'enfer
9. chausser
10. Le vent gonflait la toile
11. une voile
12. la faisait dévier
13. la cognait
14. se riait des
15. qu'elle entendait sortir en hurlant de
16. perdit la notion
17. combien de fois elle trébucha
18. se releva
19. combien de temps elle tint contre elle
20. diabolique
21. croissant de lune

1. claquant encore plus au vent
2. pour amortir
3. aucun son ne sortait plus
4. les fixations
5. à s'ouvrir
6. tambourina
7. son bâton de ski
8. jusqu'à ce que quelqu'un l'ouvre grand
9. Du calme
10. costaud
11. acéré
12. détacher ses doigts
13. horrifiée
14. de sorcière
15. croassement
16. se retourna vivement vers lui
17. le torrent de mots
18. sortant de
19. Elle pouvait décharger son chagrin sur lui.
20. grave
21. sangloter

ed there, the canvas flapping more wildly[1] without the trees to break[2] the sharp wind.

She could no longer scream; there were no sounds left[3] except the guttural moans she heard in her throat; her lips still formed the words help me, help me.

At the door of the office she tried to turn the handle with her frozen hands, tried to kick off her skis, but could not force the binders[4] to release[5]. Finally she banged[6] at the door with her ski pole[7] until it was flung open[8], and she fell forward into Mark's arms.

"Jenny!" His voice broke. "Jenny!"

"Steady[9], Mrs. Krueger." Someone was pulling the skis off her feet. She knew that burly[10] body, that thick, blunt[11] profile. It was Sheriff Gunderson.

Mark was trying to pry her fingers loose[12] from the canvas. "Jenny, let me see that." And then his awed[13] voice. "Oh, my God."

Her own voice was a witch's[14] croak[15]: "Erich. Erich painted it. He killed my baby. He dresses like Caroline. Beth. Tina. ... Maybe he's killed them too."

"Erich painted this?" This sheriff's voice, incredulous.

She whirled on him[16]. "Have you found my girls? Why are you here? Are my girls dead?"

"Jenny." Mark was holding her tightly, his hand stopping the flow of words[17] from[18] her mouth. "Jenny, I called the sheriff because I couldn't reach you. Jenny, where did you find this?"

"In the cabin. ... So many paintings. But not his. Caroline painted them."

"Mrs. Krueger ..."

On him she could vent her pain.[19] She mimicked his heavy[20] voice. "Anything you want to tell me, Mrs. Krueger? Anything you suddenly remembered?" She began to sob[21].

"Jenny," Mark implored, "it's not the sheriff's fault. I should have realized. Dad had begun to suspect …"

The sheriff was studying the canvas, his face suddenly deflated[1], the skin folding into limp creases[2]. His eyes were riveted on[3] the upper-right-hand corner of the painting, with the bassinette suspended from a hole in the sky and the grotesque Caroline-like figure bending over it. "Mrs. Krueger, Erich came to me[4]. He said he understood that there'd been talk about the baby's death. He urged me to request[5] an autopsy."

The door swung open. Erich, Jenny thought. Oh, my God, Erich. But it was Clyde who rushed in[6], his expression frightened and disapproving[7]. "What in hell is going on around here?" He looked at the canvas. Jenny watched as his leathery face drained to the color of white suede[8].

"Clyde, who's in there?" Rooney called. Her footsteps approached, crackling on[9] the icy snow.

"Hide that thing," Clyde begged[10]. "Don't let her see it. Here …" He thrust it into the supply closet[11].

Rooney appeared on the threshold[12] of the office, her face filled out a little[13], her eyes wide and calm. Jenny felt the thin arms embracing her. "Jenny, I've missed you."

Through stiff lips she managed to say, "I've missed you too." She had begun to blame Rooney for everything that had happened. She had dismissed[14] everything Rooney told her as the imagination of a sick mind.

"Jenny, where are the girls? Can I say hello to them?"

The question was a slap[15] across the face. "Erich's away with the girls." She knew her voice was trembling, unnatural.

1. comme dégonflée
2. se plissant de rides flasques
3. rivés sur
4. est venu me voir
5. a insisté pour que je demande
6. entra en coup de vent
7. désapprobatrice
8. devenait très pâle
9. faisant crisser
10. supplia
11. armoire à fourniture
12. seuil
13. un peu remplumé
14. rejeté
15. une gifle

"Come on, Rooney. You can visit tomorrow. You better get home. The doctor wanted you to go straight to bed[1]," Clyde urged.

He took her arm, propelled her forward, looked over his shoulder. "Be right back.[2]"

While they waited, she managed to tell them about her search for the cabin. "It was you[3], Mark. Last night. I said the children would be fine with Erich and you didn't say anything. Later on ... in bed ... I knew ... you were worried about them. And I began to think—if not Rooney, if not Elsa, if not me ... And my mind kept saying, Mark is afraid for the children. Then I thought. Erich. It has to be Erich.

"That first night ... He made me wear Caroline's nightgown. ... He wanted me to *be* Caroline. ... He even went to sleep in his old bed. And the pine soap he put on the girls' pillows. I knew he'd done that. And Kevin. He must have written—or phoned—to say he was coming to Minnesota. ... Erich was always toying with[4] me. Erich must have known I met Kevin. He talked about the extra[5] mileage[6] in the car. He must have heard the gossip from the woman in church."

"Jenny."

"No, let me *tell* you. He took me back to that restaurant. When Kevin threatened[7] to stop the adoption he told Kevin to come down. That's why the call was on our phone[8]. Erich and I are the same height[9] when I wear heels. With my coat ... and the black wig[10]—he could look enough like me until he got in the car. He must have hit Kevin. And Joe. He was jealous of Joe. He could have come home earlier that day; he knew about the rat poison. But my baby. He hated my baby. Maybe because of his red hair. Right from the beginning when he gave him Kevin's name, he must have been planning to kill him[11]."

1. que tu ailles te coucher tout de suite
2. Je reviens tout de suite.
3. C'est à cause de vous
4. se jouait de
5. supplémentaire
6. kilométrage
7. a menacé
8. a été passé depuis notre téléphone
9. faisons la même taille
10. perruque
11. devait avoir prévu de le tuer

Were those dry, harsh sobs coming from her? She could not stop talking. She had to let it out.[1]

"Those times I thought I felt someone leaning over me. He was opening the panel. He must have been wearing the wig. The night I went to have the baby. Woke him up. I touched Erich's eyelid. That's what scared me. That was what I'd feel when I reached up in the dark. … The soft eyelid and the thick lashes."

Mark was rocking her[2] in his arms.

"He has my children. He has my children."

"Mrs. Krueger, can you find your way back to the[3] cabin?" Sheriff Gunderson's tone was urgent[4].

A chance[5] to do something. "Yes. If we start at the cemetery …"

"Jenny, you can't," Mark protested. "We'll follow your tracks."

But she would not let them go without her. Somehow she led them back, Mark and the sheriff and Clyde. They turned on the oil lamps, bathing[6] the cabin in a mellow Victorian glow[7] that only accentuated the gnawing[8] cold. They stared at the delicate signature, *Caroline Bonardi*, then began to search[9] the cupboards. But there were no personal papers; the cupboards were empty except for dishes[10] and cutlery[11].

"He's got to keep his painting supplies[12] somewhere," Mark snapped[13].

"But the loft is empty," Jenny said hopelessly. "There was nothing in it except the canvas and the place is so small."

"It can't be that small[14]," Clyde objected. "It's the size of the house. It might be partitioned off."

There was a storage area[15] that was half again the size of[16] the loft room, accessible by a door in the right-hand corner, a door that Jenny hadn't noticed in the shadowy room[17]. This area had stacks of file baskets; dozens more of Caroline's paintings

1. Il fallait que ça sorte.
2. la berçait
3. retrouveriez-vous le chemin du
4. pressant
5. Une occasion
6. inondant
7. d'une lueur tamisée digne de l'époque victorienne
8. mordant
9. fouiller dans
10. de la vaisselle
11. des couverts
12. son matériel de peinture
13. dit d'un ton brusque
14. si petit que ça
15. zone de stockage
16. qui faisait la moitié de la superficie de
17. dans la pénombre de la pièce

in them; an easel[1], a cabinet with painting supplies; two suitcases. Jenny realized they matched the vanity case she'd found in the attic. A long green cape and dark wig were folded over one of the suitcases.

"Caroline's cape," Mark said quietly.

Jenny began rifling through the file cabinets. But they only held painting supplies; charcoals[2] and umbras[3] and turpentine[4] and brushes and empty canvases. Nothing, nothing that might indicate where Erich had gone.

Clyde began searching through a bin of canvases near the door. "Look." His cry was horror-filled. He had pulled out a canvas. This one in the murky green tones[5] of stagnant[6] water. A surrealistic collage of Erich as a child and Caroline. Scenes crowding[7], overlapping[8]. Erich with a hockey stick in his hand. Caroline bending over a calf; Erich pushing her; her body, sprawled in a tub[9], no that was the stock tank[10]; her eyes staring up at him. The tip of the hockey stick flipping[11] the overhead lamp into the tank. Erich's child-face demonic[12] now, laughing into the agonized figure[13] in the water.

"He killed Caroline," Clyde moaned. "When he was ten years old, he killed his own mother."

"What did you say?" They all spun around.[14] Rooney was in the doorway of the loft, Rooney with wide eyes no longer calm. "Did you think I couldn't tell something was wrong?" she asked. She was staring not at[15] the canvas Clyde was holding, but beyond to[16] the painting now revealed[17] in the bin[18]. Even with the distortions[19] Jenny recognized Arden's face. Arden peering in[20] the window of the cabin. A caped figure with dark hair and Erich's face behind her. Hands around Arden's throat, the fingers not attached to[21] the hands. Arden lying in a grave[22] on top of a casket[23], dirt being shoveled over[24] her bright blue skirt, the name on the tombstone behind

1. chevalet
2. des fusains
3. des châssis
4. de l'essence de térébenthine
5. dans les tons glauques
6. croupie
7. en pagaille
8. les unes dans les autres
9. de tout son long dans une baignoire
10. abreuvoir
11. faisant tomber
12. démoniaque
13. devant le corps martyrisé
14. Ils firent tous volte-face.
15. fixait, non pas
16. au-delà,
17. visible
18. casier
19. déformations
20. regardant par
21. détachés des
22. gisant dans une fosse
23. sur un cercueil
24. des pelletées de terre sur

her head: CAROLINE BONARDI KRUEGER. And in the corner the slashing[1] signature, *Erich Krueger.*

"Erich killed my little girl," Rooney moaned[2].

Somehow they made their way back to the house. Mark's hand held hers tightly, a silent Mark, not attempting to offer useless words of comfort[3].

In the house, Sheriff Gunderson got on the phone. "There's the chance that everything we believe he's done is the fantasy of a sick mind[4]. There's one way we can be sure and we can't waste a minute finding out[5]."

The cemetery was once again violated[6]. Floodlights[7] bathed the tombstones in unnatural night brilliance. Drills[8] bore into[9] the frozen ground of Caroline's grave. Rooney watched, surprisingly calm now.

As they looked down, they saw bits of blue wool mixed with the earth.

A man's voice spoke from the grave: "She's here. For God's sake[10], get the mother away[11]."

Clyde hugged Rooney, forcing her to retreat[12]. "At least we know," he said.

Back at the house, the daylight was filtering in[13]. Mark made coffee. When had Mark begun to suspect that the children were in danger with Erich? She asked him.

"Jenny, after I left you home last night, I called Dad. I knew he'd been terribly upset about what Tina said about how the lady in the painting had covered the baby. He admitted to me that he'd *known* Erich was psychotic as a child[14]. Caroline had confided in him about Erich's obsession with her. She'd caught him watching her while she slept, keeping her nightgown under his pillow, wrapping himself in her cape. She took him to a doctor but John Krueger flatly[15] refused to allow him to be treated[16].

1. violente
2. gémit
3. d'inutiles mots de réconfort
4. n'est que la vision d'un esprit malade
5. nous devons nous en assurer sans plus attendre
6. profané
7. Des projecteurs
8. Des perceuses
9. creusèrent
10. Pour l'amour du ciel
11. éloignez la mère
12. reculer
13. le jour se levait
14. avait été un enfant psychotique
15. catégoriquement
16. soigné

John said that no Krueger had emotional problems; it was just Caroline spoiling him[1]; spending so much time with him, that was the problem.

"Caroline was on the verge of a breakdown[2] by then. She did the only thing she could. She relinquished[3] custody, with the understanding that[4] John would send Erich to boarding school[5]. She hoped a different atmosphere would help him. But after she died, John broke[6] his promise. Erich never did get help.

"When Dad heard what Tina said about the lady in the painting, heard what Rooney said about seeing Caroline, he began to suspect what was happening. I think the realization brought on[7] his heart attack. I only wish he'd confided in me.[8] Of course he had absolutely no proof. But that was why he told me to urge Erich to allow you and the girls to visit him."

"Mrs. Krueger." Sheriff Gunderson's voice was hesitant. Was he afraid she would keep blaming him[9]? "Dr. Philstrom from the hospital is here. We had him[10] look at what's in the cabin. He has to talk to you."

"Jenny, can you tell me exactly what Erich said the last time he phoned you?" Dr. Philstrom asked.

"He was angry because I tried to tell him that maybe he was wrong about me."

"Did he mention the girls?"

"He said they were fine."

"How long since he put them on to talk to you?[11]"

"Nine days."

"I see. Jenny, I'll be honest[12]. It doesn't look good[13] but it would seem that Erich must have painted that last canvas before he disappeared with the girls. There's quite a lot of detail in it. Even if he's been in the cabin—and we know he has—there's a scissor[14] there with bits of fur on it. Even so, it would

1. qui le gâtait
2. au bord de la dépression
3. a renoncé à
4. étant entendu que
5. enverrait Erich en pension
6. n' a pas tenu
7. a provoqué
8. J'aurais seulement aimé qu'il m'en parle.
9. qu'elle continue à lui en vouloir
10. lui avons demandé de
11. Cela fait combien de temps qu'il vous les a passées au téléphone ?
12. franc
13. Ça ne se présente pas bien
14. des ciseaux

seem that he painted that picture before he left with the children."

A whisper of hope.[1] "You mean they may not be dead?"

"I don't want to encourage you unfairly[2]. But think about it. Erich still fantasizes[3] living with you, having you under his total power once he has that confession signed. He knows that without the children he can't hold you[4]. So until he perceives a reunion with you as being hopeless[5], there's a chance, just a chance. ..."

Jenny stood up. Tina. Beth. If you were dead I would know it. Just the way I knew Nana wouldn't live through[6] that last night. Just the way I knew something was going to happen to the baby.

But Rooney hadn't known. For ten years now Rooney had waited for Arden to come home. And all the time[7] Arden's body was buried within sight of[8] Rooney's windows.

How often had she seen Rooney standing over Caroline's grave. Was it because something had compelled her[9] to go there? Something deep[10] in her subconscious that had told her she was visiting[11] Arden's grave too?

She asked Dr. Philstrom about that, asked him gravely, heard her voice almost childlike[12]. "Is that *possible*, doctor?"

"I don't know, Jenny. I think Rooney instinctively suspected that. Arden wouldn't deliberately run away. She knew her child."

"I want my children," Jenny said. "I want them now. How could Erich hate me so much, that he would hurt them[13]?"

"You're talking about a totally irrational man," Dr. Philstrom said. "A man who wanted you because you bear a startling resemblance to[14] his mother, yet[15] hated you for replacing her[16], who could not

1. Une once d'espoir.
2. vous donner de faux espoirs
3. rêve encore de
4. il n'aurait plus prise sur vous
5. tant qu'il ne perçoit pas vos retrouvailles comme sans espoir
6. Tout comme j'ai su que Nana ne passerait pas
7. pendant tout ce temps,
8. à portée de vue
9. elle sentait un besoin irrésistible
10. d'enfoui
11. se rendait sur
12. enfantine
13. au point de vouloir leur faire du mal
14. vous avez une ressemblance frappante avec
15. et en même temps
16. de l'avoir remplacée

trust your love for him because he perceives himself as unlovable[1] and who lived in mortal fear of losing you."

"We're going to make up flyers, Mrs. Krueger," the sheriff said. "We'll have their pictures in every hamlet[2] in Minnesota and all the bordering states[3]. We'll get television coverage[4]. Somebody's got to have seen them[5]. Clyde is going through all Erich's records of property holdings[6]. We'll search out[7] any[8] property he owns. Don't forget. We know he was here at least once, and that was only five hours after he phoned you. We're concentrating on a radius[9] of five hours' drive from here."

The ringing of the telephone made them all jump[10]. Sheriff Gunderson reached to pick it up. Some instinct made Jenny push his hand away.

"Hello." Her voice so unsteady[11]. Would it be Erich? Oh, God, would it be Erich?

"Hello, Mommy."

It was Beth.

1. indigne d'être aimé
2. hameau
3. États limitrophes
4. une couverture télé
5. les a forcément vus
6. actes de propriété
7. fouiller
8. la moindre de
9. un rayon
10. sursauter
11. qui tremblait tellement

36

"Beth!" She closed her eyes, jammed[1] her knuckles[2] against her mouth. Beth was still alive. Whatever he planned to do to them hadn't happened yet. The memory of the painting, Beth and Tina, stiff little puppets, the corduroy belts around their necks. She could not blot it out[3].

She felt Mark's hands, those strong hands on her shoulders, steadying her[4]. She held out the receiver so he could try to listen too.

"Beth, hello, darling." She tried to sound carefree[5] and pleased. It was so hard not to scream, *Beth, where are you?* "Are you having a good time with Daddy?"

"Mommy, you're mean[6]. You came into our room last night and you wouldn't talk to us. And you covered[7] Tina too tight."

Beth's plaintive voice was high-pitched enough for Mark to hear. She saw the agony in his eyes, knew it was reflected in her own. *Covered Tina too tight.* No. No. Please, God. No. The baby. Now Tina.

"Tina cried so hard."

"Tina cried." Jenny tried to fight the waves of dizziness[8]. She mustn't faint[9]. "Let me talk to her, Bethie. I love you, Mouse."

1. plaqua
2. son poing
3. l'effacer
4. apaisantes
5. insouciante
6. méchante
7. as bordé
8. les vagues de vertige
9. s'évanouir

Now Beth began to cry. "I love you too, Mommy. Please come soon."

"Mommy." Tina's helpless sobbing[1]. "You hurt me. The blanket was in my face."

"Tina, I'm sorry, I'm sorry." Jenny tried not to let her voice break. "I'm sorry, Tina."

There was a clunk[2] as the phone was moved[3], then Tina's wail.

"Jenny, why are you so upset? The girls were dreaming. It's just that they miss you as I do, darling."

"*Erich.*" Jenny knew she was shouting. "Where are you Erich? Please, I promise you. I'll sign that confession. I'll sign anything. But please, I need my children."

She felt Mark's grip on her shoulder, cautioning her[4]. "I mean I need my family, Erich." She forced her voice to calm, bit her lips over the urge[5] to plead with him[6] not to hurt them. "Erich, we can be so happy. I don't know why I do such strange things when I'm asleep but you promised to take care of me. I'm sure I'll get better[7]."

"You were going to leave me, Jenny. You just pretended to[8] love me."

"Erich, come home and we'll talk. Or let me send the letter to you. Tell me where you are."

"Have you talked to anyone about us?"

Jenny looked at Mark. He shook his head warningly[9]. "Why would I tell anyone about us?"

"I tried to phone you three times yesterday afternoon. You were out[10]."

"Erich, I hadn't heard from you[11] for so long[12]. I needed to get some fresh air. I skied for a while. I want to be able to ski with you again. We had such fun, remember?"

"I tried to phone Mark last evening. He wasn't home. Were you with him?"

1. sanglots incontrôlés
2. un bruit sourd
3. on déplaçait le téléphone
4. la mettant en garde
5. se mordit les lèvres pour ne pas
6. le supplier
7. que je vais aller mieux
8. Tu as fait semblant de
9. pour la mettre en garde
10. sortie
11. j'étais sans nouvelles de vous
12. depuis si longtemps

"Erich, I was here. I'm always here waiting for you." Tina was screaming now. From the background she could hear road sounds again, like heavy trucks shifting gears[1] on a grade[2]. Could Erich have been at the farm last night? If so had he gone to the cabin? No, if he had been in the cabin and seen the broken window, realized that people had been there, he wouldn't be calling now.

"Jenny, I'll think about coming back. You just stay in the house. Don't go out. Don't go skiing. I want you right there. And someday I'll open the door and be there and we'll be a family again. Will you do that, Jenny?"

"Yes, Erich, yes. Yes. I promise."

"Mommy, I want to talk to Mommy." Beth's pleading. "Please, please. ..."

There was a sharp, clicking sound and the dial tone[3] began to hum[4] in her ear.

Jenny listened while Mark repeated the conversation. She only interjected[5] when the sheriff asked, "But why would the kids have thought it was you?"

"Because he has my suitcases with him now," Jenny said. "He probably put one of my robes on. ... Maybe even that red one I've been missing[6]. He must have a dark wig with him. When the children are very sleepy[7] they see what they think they're seeing. Dr. Philstrom, what will he do now?"

"Jenny, anything is possible. I can't deny that. But I suspect that as long as he still holds the hope[8] that you'll stay with him, the girls are fairly safe[9]."

"But Tina—last night. ..."

"You have that answer[10]. He tried to phone you in the afternoon and you were gone. He tried to phone Mark in the evening and couldn't reach him. It's uncanny[11] how some psychotics develop almost a sixth sense[12]. Some instinct told him you were together.

1. changeant de vitesse
2. sur une pente
3. la tonalité
4. bourdonner
5. n'intervint que
6. que je ne retrouve plus
7. ont très sommeil
8. tant qu'il espère encore
9. à peu près en sécurité
10. déjà la réponse
11. troublant
12. un sixième sens

1. il a failli
2. ravaler
3. on dirait presque qu'il divague
4. pourrait très bien
5. venir à skis
6. dérangée
7. On ne peut rien rendre public.
8. punaisés
9. en train de tamiser
10. colla sa joue à
11. avait pris dix ans
12. placard à fournitures

In his frustration he came very near to[1] harming Tina."

Jenny tried to swallow over[2] the quiver in her voice. "He sounds so strange, almost rambling[3]. Suppose he does come soon? He could conceivably[4] decide to come back tonight. He knows every inch of this property. He could ski in[5]. He could drive a car we wouldn't recognize. He could walk in from the river-bank. If he sees anyone around here who doesn't belong here, that will be the end. You've all got to go away. Suppose, oh, God, suppose he sees Caroline's grave has been disturbed[6]? He'll know that Arden's body was found. Don't you see? You can't have any publicity.[7] You can't send out flyers. You can't have strangers here. The cabin. If he goes to the cabin and sees the broken window … those bits of cloth tacked[8] on the trees …"

Sheriff Gunderson looked from Mark to Dr. Philstrom. "Obviously you both agree. All right. Mark, will you ask Rooney and Clyde to come in here? I'll get the people from the coroner's office. They're still sifting[9] the dirt in the cemetery."

Rooney was surprisingly composed. Jenny knew that Dr. Philstrom was studying her closely. But Rooney's concern seemed to be only for Jenny. She hugged her, laid her cheek on[10] Jenny's. "I know. Oh, my dear, I know."

Clyde had aged ten years[11] in the past hours. "I'm listing all the property Erich owns," he said. "I'll have that for you soon."

"The painting," Jenny said. "We've got to put that painting back. It was on the long wall in the loft."

"I left it in the supply closet[12] in the office," Dr. Philstrom said. "But I think it might be better if Mrs. Toomis would agree to come back and stay in the hospital until this is over."

"I want to be with Clyde" Rooney said. "I want to be with Jenny. I'm all right. Don't you see. I *know*."

"Rooney stays with me," Clyde said flatly[1].

Sheriff Gunderson walked over to the window. "This place is a mess[2] of footprints[3] and tire tracks[4]," he said. "What we need is a good snowstorm to cover them. Keep your fingers crossed.[5] There's one due tonight.[6]"

The storm began in the early evening. Snowflakes[7] fine and rapid bit at[8] the house and barns and fields. The wind blew and scattered the flying flakes, eventually[9] banking them[10] in rapidly growing piles against the trees and buildings.

The next morning, in prayerful gratitude[11], Jenny observed the glaring[12] whiteness outside. The violated grave would be quilted with[13] snow, the tracks to the cabin obliterated[14]. If Erich came he would not be suspicious; even Erich who could instantly sense a book out of place, a vase moved a quarter of an inch[15], would have nothing to trigger his awareness of[16] their presence in the cabin.

During the night, pushing their way through the treacherous[17] roads, Sheriff Gunderson and two deputies[18] had come back. One had wired[19] the phones to monitor[20] incoming calls[21], had given Jenny a walkie-talkie and taught her how to use it. The other had made copies of the papers Clyde pulled from the files, the pages and pages of income tax forms[22] showing the Krueger holdings: deeds[23], rental contracts[24], office buildings, warehouses[25]. The originals were back in the files, the copies taken to be pored over[26] by investigators[27] who would then begin to search possible hiding places.

Jenny adamantly[28] refused to allow a policeman to stay in the house. "Erich could open the door and walk in. Suppose he realizes that someone else is

1. d'un ton sans appel
2. un fouillis
3. d'empreintes de pas
4. de traces de pneus
5. Croisez les doigts.
6. On en annonce un pour ce soir.
7. Des flocons de neige
8. s'abattirent sur
9. finalement
10. les amoncelant
11. pleine d'une ardente gratitude
12. éblouissante
13. recouverte de
14. effacées
15. d'un quart de pouce
16. l'alerter sur
17. très glissantes
18. adjoints
19. mis sur écoute
20. surveiller
21. les appels venant de l'extérieur
22. avis d'impôt sur le revenu
23. actes notariés
24. contrats de location
25. entrepôts
26. étudiés de près
27. les policiers chargés de l'enquête
28. résolument

here. And he *would.* You can count on it[1]. I won't risk it."

She began keeping track[2] of days with the awareness of seconds turning into[3] minutes, minutes crawling to[4] the quarter hour, the half hour. She had found the cabin on the fifteenth. On the morning of the sixteenth, the grave had been opened and Erich had phoned. The snowstorm ended on the eighteenth. All through[5] Minnesota the cleanup[6] began. The phone lines were down[7] all of the seventeenth and most of the eighteenth. Suppose Erich tried to call? Would he realize that it wasn't her fault he couldn't get through[8]. The entire area of Granite Place where the farm was located was harder hit[9] than the rest of the county.

Don't let him get angry, she prayed. Don't let him take it out on[10] the girls.

On the morning of the nineteenth she saw Clyde coming to the house. The upright set of his head and chest was gone.[11] He bent forward as he walked the freshly plowed path, his face puckered[12] not so much against the wind as under an invisible burden[13] he seemed to be carrying.

He stepped into the kitchen foyer, stamping his feet[14] to break[15] the cold. "He just called."

"Erich! Clyde, why didn't you ring through?[16] Why didn't you let me talk to him."

"He didn't want to talk to you. He just wanted to know if the lines were down around here last night. He asked me whether or not you've been out. Miz Krueger, Jenny, he's uncanny. He told me I sounded funny[17]. I said I didn't know about that; it's been pretty busy trying to feed all the cattle in this storm. That seemed to satisfy him. Then he said the other day … Remember when he called right after we found Arden?"

"Yes."

1. en être certains
2. à suivre l'écoulement
3. consciente des secondes devenant des
4. formant péniblement
5. Dans tout le
6. déblayage
7. restèrent coupées
8. si son appel n'aboutissait pas
9. plus durement touchée
10. se venger sur
11. Il avait perdu son fier maintien.
12. plissé
13. fardeau
14. tapant des pieds
15. pour chasser
16. pourquoi ne pas m'avoir passé l'appel ?
17. que j'avais l'air bizarre

"He said he'd been thinking about it. He said that I should have been in the office at that time, that the call should have been indeed up there first. Jenny, it's like he's right here watching us. He seems to know every move we make[1]."

"What did you tell him?"

"I said that I'd gotten Rooney out of the hospital that morning and hadn't been to the office yet so that it was still on the night setting[2] where it rings[3] in the house. Then he asked me if Mark has been poking around[4] here; that was the way he put it, 'poking around.' "

"What did you say?"

"I told him Dr. Ivanson had been checking the animals and should I have called Mark instead? He said no."

"Clyde, did he mention the children?"

"No, ma'am. Just said to tell you he'd be phoning and he wanted you in the house waiting for the call. Jenny, I tried to keep him on[5] so they could maybe trace where he is[6] but he talked so fast and got off so quick."

Mark phoned every day. "Jenny, I want to see you."

"Mark, Clyde's right. He is uncanny. He particularly asked about you. Please, stay away[7]."

On the afternoon of the twenty-fifth Joe came to the house. "Mrs. Krueger, is Mr. Krueger all right?"

"What do you mean, Joe?"

"He phoned to see how I was feeling. Wanted to know if I've been seeing you. I said just the one time[8] I bumped into you[9]. I didn't say you'd come to our place. You know what I mean. He said he wanted me to come back to work when I'm ready but if I ever came near you or if he ever heard me call you Jenny, he'd shoot me[10] with the same rifle he used to kill my dogs. He said my *dogs*. That means he

1. connaître nos moindres gestes

2. branché pour la nuit

3. qui veut que ça sonne [directement]

4. était venu fouiner

5. de faire durer la conversation pour

6. localiser l'appel

7. ne venez pas

8. la fois où

9. je vous ai croisée

10. il me tuerait

did kill the other one too. He sounds crazy. I think it won't do no good[1] for either you or me[2] if I'm around here. You tell me what to do."

He sounds crazy. He was openly[3] threatening Joe now. Despair anesthetized Jenny's terror. "Joe, did you tell anyone about this; did you tell your mother?"

"No, ma'am. I don't want to get her started[4]."

"Joe, I beg you, don't tell anyone about that call. And if Erich phones back, just be very calm and easy[5] with him. Tell him the doctor wants you to wait a few weeks more but don't tell him you refuse to work. And Joe, for God sake, don't tell him you've seen me again."

"Jenny, there's real bad trouble, isn't there?"

"Yes." It was useless to deny it.

"Where is he with your girls?"

"I don't know."

"I see. Jenny, I swear to God you can trust me."

"I know I can. And if he phones you again, let me know right away, please."

"I will."

"And, Joe … If—I mean he might come back here. If you happen to see him or the car. I need to know at once."

"You will. Elsa was over at our place for dinner[6] with Uncle Josh. She was talking about you, saying what a lovely person you were[7]."

"She never acted as though she liked me.[8]"

"She was scared of Mr. Krueger. He told her to know her place[9], to keep her mouth shut[10], to make sure nothing was ever out of place or changed in the house."

"I never could understand why she worked for us, the way Erich treated her."

"The kind of money he paid. Elsa said that she'd work for the devil[11] for that big a salary[12]." Joe put

1. que c'est bon
2. ni pour vous ni pour moi
3. ouvertement
4. qu'elle pète les plombs
5. naturel
6. est venue dîner chez nous
7. que vous étiez quelqu'un d'adorable
8. Elle n'a jamais paru m'apprécier.
9. de rester à sa place
10. de se taire
11. qu'elle aurait travaillé pour le diable
12. pour un salaire aussi élevé

his hand on the doorknob[1]. "Sounds like she *was* working for the devil, don't it[2], Jenny?"

February is not the shortest month of the year, Jenny thought. It seemed an eternity. Day after day. Minute after minute. The nighttime madness[3] of lying in bed, watching the outline of the crystal bowl against[4] the darkness. She wore Caroline's nightgown every night, kept a cake of pine soap under the pillow so the bed always held the faint scent of pine.

If Erich came in some night quietly, stealthily[5], if he came into this room, this nightgown, this scent, might lull him into security[6].

When she did sleep she dreamt incessantly[7] of the children. In sleep they were waiting for her. They would call "*Mommy, Mommy*," and tumble into the[8] bed, pressing small, wiggly[9] bodies against her, and then as she tried to put her arms around them she awoke.

She never dreamt of the baby. It was as though the same total involvement[10] she had given to preserving the small flicker of life[11] in that tiny body now belonged to Tina and Beth.

She had the confession memorized; over and over it ran through her head: "I am not responsible ..."

During the day she was never far from the phone. To pass the time she spent most mornings cleaning the house. She dusted[12] and waxed[13] and mopped[14], swept[15], polished silver[16]. But she would not use the vacuum[17] for fear of missing the first peal[18] of the telephone.

Most afternoons Rooney came over, a quiet, different Rooney for whom the waiting was over[19]. "I was thinking we might start quilts for the girls' beds," she suggested. "As long as Erich still thinks he can come here and find you and be a family with you

1. la poignée de la porte
2. hein
3. Les nuits à devenir folle
4. se détachant dans
5. furtivement
6. le rassureraient peut-être
7. constamment
8. se précipitaient dans son
9. qui gigotent
10. l'engagement total
11. la petite étincelle de vie
12. époussetait
13. cirait
14. passait la serpillière
15. balayait
16. astiquait l'argenterie
17. aspirateur
18. sonnerie
19. pour qui l'attente était finie

and the girls, he won't hurt them. But in the meantime[1] you gotta be busy at least with your hands[2]. Otherwise you'll go crazy. So let's start quilts."

Rooney went up to the attic to get the bag with the leftover scraps of material[3]. They began to sew. Jenny thought of the legend of the three sisters who spun[4], measured and cut the threads of time[5]. But we're only two of the three[6], she thought. Erich is the third. It is he[7] who can cut the strand of life[8].

Rooney sorted[9] the pieces of material into neat piles on the kitchen table. "We'll want them bright and cheerful," she said, "so we won't use dark colors." She began whisking back into the bag the ones she was rejecting. "This was from a tablecloth[10] old Mrs. Krueger had. That's John's mother. Caroline and I used to laugh that anyone would want[11] such a dismal-looking thing[12]. And that sailcloth[13] was from a bolt[14] she bought to make a cover[15] for the picnic table. That was the summer Erich was five. And, oh, I don't know why I don't just throw out[16] the rest of this blue stuff. Remember I told you I made curtains for the big back room? When they were up you'd think you were in a cave[17]. The whole room was so dark. Oh, well. ..." She pushed it into the sack. "You never know when you might want to put your hand on it.[18]"

They began to sew. It seemed to Jenny that the end of hope had robbed[19] Rooney of intensity. Everything she said was expressed in the same middle key[20]. "Once Erich is found[21] we're going to have a real funeral[22] for Arden. The hardest for me now is to think back and remember how Erich encouraged me to think that Arden was still alive. Clyde said all along that she'd never run away. I shoulda known that. I guess I did know that. But every time I started to say that I guess my Arden is with God, why, then Erich would say, 'I don't believe that, Rooney.'

1. en attendant,
2. il faut au moins vous occuper les mains
3. les chutes de tissu
4. filaient
5. les fils de la vie
6. nous ne sommes que 2 sur les 3
7. lui
8. le fil de la vie
9. tria
10. une nappe
11. à l'idée que quelqu'un puisse vouloir
12. un truc aussi horrible
13. toile de voile
14. rouleau
15. une protection
16. je ne jette pas
17. grotte
18. On ne sait jamais quand on en aura besoin.
19. privé
20. sur le même ton monocorde
21. Quand on aura retrouvé Erich,
22. enterrement

He was so cruel getting up my hopes like that[1]; kind of like never letting the wound heal[2]. I tell you, Jenny, he don't deserve to live."

"Rooney, please, don't talk like that."

"I'm sorry, Jenny."

Sheriff Gunderson phoned her every night[3]. "We've checked out[4] the real estate[5]. We've given pictures to all the police in those areas with the understanding there be no publicity and if they see him or the car they don't apprehend him. He's not at any of the[6] places listed in his tax returns[7]."

He tried to offer cautious comfort[8]. "They say no news is good news[9], Mrs. Krueger. Right now the kids may be playing on a beach[10] in Florida, getting a nice suntan[11]."

Pray God they were. She didn't believe it.

Mark phoned every night. They stayed on only[12] a minute or two. "Nothing, Jen."

"Nothing."

"All right, I won't tie up the line[13]. Hang in there[14], Jenny."

Hang in there. She tried to establish some sort of pattern to her days. The nights, either sleepless[15] or wracked with[16] torturing dreams, drove her from bed[17] at dawn. For days she hadn't been outside the house. An early-morning television program featured[18] a yoga exercise. Faithfully[19] she sat in front of the set[20] at six-thirty, mechanically following the prescribed routine[21] of the day.

At seven o'clock *Good Morning America*[22] came on. She forced herself to listen to the news, listen politely to the interviews. One day as she watched, pictures were flashed on the screen[23] of children who had disappeared. Some of them had been missing for years. Amy … Roger … Tommy … Linda … José … one after the other. Each representing heartbreak.[24] Someday would they add Elizabeth and

1. à ainsi nourrir mes espoirs
2. comme pour ne jamais laisser la blessure se refermer
3. tous les soirs
4. fini de vérifier
5. les biens immobiliers
6. Il n'est dans aucun des
7. déclarations d'impôts
8. rassurer avec prudence
9. que pas de nouvelles, bonnes nouvelles
10. une plage
11. un joli hâle
12. Ils ne se parlaient qu'
13. occuper la ligne
14. Courage !
15. d'insomnie
16. agitées de
17. la tiraient du lit
18. diffusait
19. Fidèlement,
20. devant son téléviseur
21. les consignes
22. [émission matinale nationale, sur ABC]
23. sur l'écran
24. Chacun incarnant un immense chagrin.

Christine … "nicknamed Beth and Tina" to the list. "Their adoptive father left with them on February sixth, three years ago. If anyone has knowledge[1] …"

The evenings had a ritual too. She sat in the family-room section[2] of the kitchen and read or tried to watch television. Usually[3] she would spin the dial[4] and leave the set at where it stopped[5]. Unseeingly she endured[6] situation comedies[7], hockey games[8], old movies. She tried to read, but pages later[9] she'd realize her mind hadn't taken in a thing[10].

The last night in February she was particularly restless[11].

It seemed as though there was a stillness[12] in the house that was particularly jarring[13]. The canned laughter[14] during a program depicting[15] a couple throwing bric-a-brac at each other made her snap off[16] the set. She sat staring ahead, seeing nothing. The phone rang. By now without hope, she picked it up. "Hello."

"Jenny, this is Pastor Barstrom from Zion Lutheran. How have you been?[17]"

"Very well, thank you."

"I hope Erich extended[18] our sympathy at the loss of your baby. I wanted to visit you but he suggested I defer seeing you[19]. Is Erich there?"

"No. He's away. I'm not sure when he'll be back."

"I see. Will you just remind him that our senior citizens center is almost complete? As the largest donor[20], I want to be sure he knows the dedication date[21] is March tenth. He's a very generous man, Jenny."

"Yes. I'll tell him you called. Good night, Pastor."

The phone rang at quarter of two. She was lying in bed, a pile of books beside her, hoping that one of them would help her while away[22] the night.

"Jenny."

1. des informations
2. le coin repas
3. En général,
4. tournait le bouton du poste
5. gardait la chaîne sur laquelle elle tombait
6. Elle supportait sans les voir
7. des sitcoms
8. des matchs de hockey
9. plusieurs pages plus loin,
10. n'avait rien retenu
11. ne tenait plus en place
12. un silence
13. pénible
14. Les rires préenregistrés
15. montrant
16. éteindre
17. Comment allez-vous ?
18. vous a fait part de
19. que je reporte ma visite
20. En tant que plus généreux donateur,
21. l'inauguration
22. passer le temps durant

"Yes." Was it Erich? He sounded different, high-pitched[1], tense.

"Jenny, who were you talking to on the phone? Around eight o'clock. You smiled while you were talking."

"Around eight?" She tried to sound thoughtful[2], tried not to scream out[3] the words, *Where are Beth and Tina?* "Let's see," she made a point of the delay[4]. Sheriff Gunderson? Mark? She didn't dare mention either[5]. Pastor Barstrom. "Erich, Pastor Barstrom phoned. He wanted to talk to you, to invite you to the opening[6] of the senior citizens' hall." Her hands clammy, her mouth trembling, she waited for his comment. Keep him on the phone. That way they might be able to trace the call[7].

"Are you sure it was Pastor Barstrom?"

"Erich, why would I say that?" She bit her lips. "How are the girls?"

"They're fine."

"Let me talk to them."

"They're very tired. I put them to bed. You looked nice tonight, Jenny."

"*I looked nice tonight.*" She felt herself begin to tremble.

"Yes, I was there. I was looking in the window. You should have guessed I was there. If you love me you would have guessed."

In the darkness Jenny watched the crystal bowl, eerie[8], green. "Why didn't you come in?"

"I didn't want to. I just wanted to make sure you were still there waiting for me."

"I am waiting for you, Erich, and I'm waiting for the girls. If you didn't want to be here, let me come and be with you."

"No … Not yet. Are you in bed now, Jenny?"

"Yes, of course."

"What nightgown have you got on?"

1. [parlait d'] une voix aiguë

2. songeuse

3. de ne pas hurler

4. veilla à prendre tout son temps

5. n'osait mentionner ni l'un ni l'autre

6. l'inauguration

7. localiser l'appel

8. insolite

"The one you like. I wear it a lot."

"Maybe I should have stayed."

"Maybe you should. I wish you would."

There was a pause. In the background she could hear sounds of traffic. He must always call from the same phone. *He had been outside the window.*[1]

"You didn't tell Pastor Barstrom that I'm mad at you[2]."

"Of course not. He knows how much we love each other."

"Jenny, I tried to phone Mark but his line was busy[3]. Were you talking to him?"

"No, I wasn't."

"You really were talking to Pastor Barstrom."

"Why don't you call and ask him?"

"No. I believe you. Jenny, I'll keep trying to get Mark. I just remembered. He has a book of mine. I want it back. It belongs on[4] the third shelf of the library, the fourth from the right end[5]." Erich's voice was changing, becoming whiny[6], fretful[7]. There was something about it.[8]

She was hearing it again. The high-pitched screaming that had nearly destroyed her[9] with its accusations: "Is Mark your new boyfriend? Does he like to swim? Whore.[10] Get out of Caroline's bed. Get out of it now."

There was a click. Then silence. Then the dial tone, a mild, impersonal buzz radiating from[11] the receiver in her hand.

1. Il s'était tenu derrière la fenêtre.
2. que je suis en colère contre toi
3. ça sonnait occupé
4. Sa place est sur
5. la quatrième à partir de la droite
6. pleurnicharde
7. mausssade
8. Elle n'était pas normale.
9. l'avait quasiment anéantie
10. Espèce de pute.
11. qui émanait

37

Sheriff Gunderson phoned twenty minutes later. "Jenny, the phone company partially traced the call. We have the area he dialed from[1]. It's around Duluth."

Duluth. The northern part of the state. Nearly six hours driving from here. That meant if he was staying in that area he had started down[2] in the mid-afternoon in order to have been looking in the window at eight o'clock.

Who had been with the children all the hours he'd been gone? Or had he left them alone? Or weren't they alive anymore? She hadn't spoken to them since the sixteenth, almost two weeks ago.

"He's coming apart,[3]" she said tonelessly[4]. Sheriff Gunderson did not try to offer empty cheer[5]. "Yes, I think he is."

"What can you do?"

"Do you want us to go public?[6] Release[7] the facts to television stations[8], newspapers?"

"God, no. That would be signing the girls' death certificates.[9]"

"Then we'll get[10] a special squad[11] combing[12] the Duluth area. And we want to leave a detective[13] in your house. Your own life may be in danger."

"Absolutely not. He'd know."

1. d'où il a appelé
2. il s'était mis en route
3. Il est en train de craquer,
4. d'une voix morne
5. de vains encouragements
6. qu'on rende l'affaire publique ?
7. Qu'on divulgue
8. aux chaînes de télé
9. Ce serait signer l'arrêt de mort des filles.
10. nous allons prendre
11. brigade spéciale
12. pour ratisser
13. policier

It was almost midnight. February 28 would become March 1. Jenny remembered the childhood superstition she had. If you fell asleep saying "hare[1], hare" on the last night of the month, and woke up in the morning the first day of the new month saying "rabbit, rabbit" you would get your wish[2]. Nana and she used to make a game of it.

"Hare, hare," Jenny said aloud into the quiet room. She raised her voice: "Hare, hare." Shrieking, she screamed, "Hare, hare, I want my children, I want my children!" Sobbing, she collapsed back[3] on the pillow. "I want Beth, I want Tina."

In the morning her eyes were so swollen[4] she could barely see out of them[5]. Somehow she got dressed[6], went downstairs, made coffee, rinsed off[7] her cup and saucer. The thought of food sickened her[8] and there was no use stacking[9] the dishwasher with one lonely cup and saucer[10].

Slipping on[11] her ski jacket she hurried outside and walked around to the window on the southern side of the house that looked into the family area of the kitchen. There were footsteps outlined[12] in the snow below that window, footsteps that had come out of the woods, gone back to the woods. While she sat in that room, Erich had stood out here, his face pressed against the glass[13], watching her.

The sheriff phoned again at noon. "Jenny, I played that tape for[14] Dr. Philstrom. He thinks we'd better take the chance of going public in search for the children. But it's your decision."

"Let me think on it[15]." She wanted to ask Mark.

Rooney came over at two. "Want to sew a little?"

"I suppose so."

Placidly Rooney took a chair near the iron stove and got out the pieces she was working on.

"Well, we'll be seeing him soon," Rooney commented.

1. lièvre
2. votre vœu serait exaucé
3. s'effondra
4. si gonflés
5. qu'elle y voyait à peine
6. Elle parvint à s'habiller
7. rinça
8. lui donnait la nausée
9. de mettre dans
10. une simple tasse avec soucoupe
11. Ayant enfilé
12. visibles
13. collé à la vitre
14. j'ai fait écouter l'enregistrement au
15. y réfléchir

"Him?"

"Erich, of course. You know that promise Caroline made that she'd always be here on his birthday. Since she died twenty-six years ago, Erich has been on this place on his birthday. Pretty much like you saw him last year. Just kind of wandering around[1] as though he's looking for something."

"And you believe he'll be here this year?"

"He never missed yet.[2]"

"Rooney, please help me, don't remind anyone. … Not Clyde or anyone about that."

Seemingly pleased to be treated as a conspirator, Rooney nodded eagerly[3]. "We'll just wait for him, won't we, Jen?"

Jenny could not trust even Mark with the information. When he phoned to urge her to let the sheriff get help from the media, she declined[4]. Finally she compromised[5]. "Give it one week more[6], please, Mark."

The week would be up March 9.[7] And Erich's birthday was March 8.

He would be here on the eighth. She was sure of it. If the sheriff and Mark suspected he was coming, they might insist on trying to hide some policemen around the farm. But Erich would know.

If the girls were still alive, this was her last chance to get them back. Erich was losing whatever grip[8] he had on reality.

In the next week, Jenny moved in a near trance[9], her every thought a continuing prayer. *Oh, Lord in mercy*[10], *spare them*[11]. She dug out[12] the ivory case[13] that held[14] Nana's rosary beads[15]. Jenny closed her hand around the rosary. She could not concentrate on formal prayer[16]. "Nana, come on, you say it for me."

1. Errant
2. Il n'a encore jamais raté le rendez-vous.
3. avec enthousiasme
4. refusa
5. transigea
6. Attendons encore une semaine
7. Cela les mènerait au 9 mars.
8. le peu d'emprise
9. allait comme hypnotisée
10. Dieu de miséricorde
11. épargnez-les
12. ressortit
13. l'écrin en ivoire
14. où était rangé
15. le chapelet
16. une prière dans les règles

1. impraticables
2. Un appel [établi uniquement si on répond]
3. ça fait un bail que
4. une réunion d'urgence du conseil d'administration
5. Ils ont prévu
6. conférence de presse
7. La contrefaçon artistique
8. une affaire grave
9. une somme à six chiffres
10. récompenses
11. dans le domaine
12. un faussaire
13. Ça ne dépend plus de moi.
14. Par amitié,

The second … the third … the fourth … the fifth … the sixth … Don't let it snow again. Don't let the roads be impassable[1]. The seventh. On the morning of the seventh the phone rang. A person-to-person call[2] from New York.

It was Mr. Hartley. "Jenny, so long since[3] I talked to you. How are you, the girls?

"Fine, we're fine."

"Jenny, I'm sorry, we've got a terrible problem. The Wellington Trust, remember they bought *Minnesota Harvest* and *Spring on the Farm*? Paid a lot of money, Jenny."

"Yes."

"They were having the paintings cleaned. And, Jenny, I'm sorry to tell you this but Erich forged his name to them. There's another signature under his, *Caroline Bonardi*. I'm afraid there's going to be a terrible scandal, Jenny. The Wellington people are having an emergency board meeting[4] tomorrow afternoon. They've called[5] a news conference[6] after it. By tomorrow evening there will be a big news story."

"Stop them! You have to stop them!"

"Stop them? Jenny, how can I? Art forgery[7] is serious business[8]. When you pay six figures[9] for a new artist … When that artist wins the most prestigious awards[10] in the field[11] … You can't keep quiet about a forger[12], Jenny. I'm sorry. It's out of my hands.[13] Right now they're investigating to find out who Caroline Bonardi is. In friendship[14] I wanted you to know."

"I'll tell Erich. Thank you, Mr. Hartley." Long after she put the phone down, Jenny sat staring at the receiver. There was no way to stop the story. Reporters would be here looking to talk to Erich. It wouldn't take too much investigation to find that Caroline Bonardi was the daughter of the painter Everett

Bonardi and the mother of Erich Kruger. Once they started examining the paintings carefully they'd be able to determine that all of them were over twenty-five years old.

She went to bed early in the hope that Erich might be more likely to come in[1] if the house was dark. She bathed[2] as she had that first night, only this time she used a handful of pine crystals in the tub. The fragrance[3] of the pine filled the room. She let her hair trail[4] in the water so that it too absorbed the scent. Each morning she rinsed out[5] the aqua gown. Now she put it on, slipped a dry cake of soap under the pillow and looked around the bedroom. Nothing must be out of place, nothing must disturb Erich's sense of orderliness[6]. The closet doors were closed. She moved the brush of the silver dressing set a half-inch nearer the nail buffer. The shades were drawn exactly even[7]. She folded[8] the cranberry brocade spread[9] over the lace-edged sheets[10].

At last she got into bed. The walkie-talkie the sheriff had given her that she carried in the pocket of her jeans made an outline[11] under her pillow. She slipped it in the night-table drawer.

Hour by hour she listened as the clock chimed the night away[12]. Please, Erich, come, she thought. She willed him to come[13]. Surely if he were in the house, if he crept down[14] this hallway, the scent of pine would draw him in[15].

But when the first light of the sun began to filter through the drawn shades, there was still no sign of his presence. Jenny stayed in bed until eight o'clock. The coming of the day only increased her terror. She had been so sure that during the night she would hear faint footsteps, that the door would start to move, that Erich would be there looking for her, looking for Caroline.

1. serait plus enclin à entrer
2. prit un bain
3. La senteur
4. traîner
5. lavait rapidement
6. sens de l'ordre
7. exactement à la même hauteur
8. replia
9. couvre-lit
10. sur les draps bordés de dentelle
11. faisaient une bosse
12. égrenait les heures de la nuit
13. voulait de toutes ses forces qu'il vienne
14. se faufilait dans
15. l'attirerait

Now she had only the hours until the evening news broadcast[1].

The day was overcast, but when she turned on the radio, there was no forecast[2] of snow. She was not sure how to dress. Erich was so suspicious. If he came upon her[3] in anything other than slacks[4] and a sweater, he might accuse her of expecting another man.

She barely bothered to look in the mirror anymore. This morning she studied herself, saw with shock the prominent cheekbones, the haunted, staring look in her eyes[5], the way her hair had grown past her shoulders. With a clip[6], she caught it[7] at the nape of her neck[8]. She recalled the night she had looked in this mirror and, as she wiped away the steam, had seen Erich's face, Erich's outstretched hands holding the aqua gown. Her instincts had warned her about him that night but she hadn't listened.

Downstairs she scrutinized every detail of every room. She washed the surfaces of the kitchen counters and appliances. She'd barely used the kitchen for more than a can[9] of soup these past weeks but Erich wanted everything mirror-bright[10]. In the library, she ran a dustcloth[11] over the bookshelves and noticed that the third shelf, fourth from the end, did have a vacancy[12], as Erich had said.

How odd that she had resisted truth so long, refused to face the obvious, lost the baby and maybe the girls because she didn't want to know what Erich was!

Clouds darkened the house at noon; a wind began to blow at three, sending a moaning sound through the chimneys but driving the clouds back[13] so that the late-afternoon sun burst out, shining on the snow-crusted fields, making them glisten as though with warmth. Jenny walked from window to window, watching the woods, watching the road that

1. jusqu'au JT du soir
2. on n'annonçait pas
3. S'il la surprenait
4. portant autre chose qu'un simple pantalon
5. le regard fixe et hagard
6. une barrette
7. s'attacha les cheveux
8. sur la nuque
9. conserve
10. que tout brille comme un miroir
11. chiffon à poussière
12. un espace vide
13. chassant les nuages

led to the riverbank, straining her eyes[1] to see if anyone was lurking[2] under the protective overhang[3] of the barn.

At four she watched the hired men begin to leave, men she'd never really gotten to know. Erich never let them near the house. She never went near them in the fields. The experience with Joe had been enough.

At five o'clock she turned on the radio for the news. The briskly crisp voice[4] of the commentator reported on new budget cuts[5], another summit meeting[6] in Geneva, the attempted assassination[7] of the new president of Iran. "And now here's an item[8] just in[9]. … The Wellington Trust Fund has just announced a stunning[10] art forgery. Prominent Minnesota artist Erich Krueger, who has been hailed as[11] the most important American painter since Andrew Wyeth, has been forging his name to the work he has been representing as his own[12]. The true artist is Caroline Bonardi. It has been determined[13] that Caroline Bonardi was the daughter of the late, well-known portrait painter,[14] Everett Bonardi, and the mother of Erich Krueger."

Jenny turned off the radio. Any minute[15] the phone would start to ring. Within hours[16] reporters would be swarming here[17]. Erich would see them, would perhaps hear the broadcast[18], would know it was over. And he would take his final revenge on Jenny, if he hadn't already.

Blindly she stumbled out[19] of the kitchen. What could she do? What could she do? Without knowing where she was going, she walked into the parlor. The evening sun was streaming into the room, illuminating Caroline's portrait. A bleak pity[20] for the woman who had known this same bewildering helplessness[21] made her study the painting: Caroline sitting on the porch, that dark green cape wrapped

1. scrutant l'horizon
2. rôdait
3. l'auvent
4. La voix alerte
5. réductions budgétaires
6. un sommet
7. la tentative d'assassinat
8. voici une information
9. qui vient de nous parvenir
10. stupéfiante
11. jusqu'ici salué comme
12. qu'il présentait comme le sien
13. Il est établi
14. de feu le célèbre portraitiste
15. Dans un instant,
16. Dans quelques heures,
17. seraient là en masse
18. la nouvelle
19. sortit en chancelant
20. compassion extrême
21. vécu la même impuissance déroutante

around her, the tiny tendrils of hair[1] brushing her forehead. The sun setting[2], the small figure of the boy Erich running toward her.

The figure running toward her. …

The sun rays were diffused throughout the room. It would be a brilliant sunset, reds and oranges and purples and charcoal clouds streaked with diamond-tinted light[3].

The figure running toward her. …

Erich was out there somewhere in those woods. Jenny was sure of it. And there was only one way to force him to leave them.

The shawl Rooney had made for her. … No, it wasn't large enough, but if she wore something with it … The army blanket that had been Erich's father's in the cedar chest[4]? That was almost the same color as Caroline's cape.

Racing up[5] the two flights of stairs[6] to the attic, she tore open[7] the cedar chest, reached down into it, pushed aside the old World War Two uniforms. On the bottom was the army blanket, khaki-colored but not unlike the shade of the cape. A scissor? She had scissors in the sewing basket[8].

The sun was getting lower. In a few minutes it would begin to sink[9]. …

Downstairs, with trembling hands she cut a hole in the middle of the blanket, a hole just large enough for her head, and drew it around her[10]. Then she pulled the shawl over her shoulders. The blanket fell around her, draped capelike to the floor[11].

Her hair. It was longer than Caroline's now, but in the painting Caroline had it loosely drawn up into a Psyche knot[12]. Jenny stood in front of the kitchen mirror, twisting[13] her hair, curling[14] small tendrils over her fingers, fastening it[15] with the large barrette. Caroline inclined her head a little to one side;

1. mèches
2. qui se couche
3. scintillants
4. le coffre en cèdre
5. Montant quatre à quatre
6. volées d'escalier
7. ouvrit précipitamment
8. boîte à ouvrage
9. disparaître à l'horizon
10. l'enfila par la tête et le drapa sur ses épaules
11. tombant en traîne jusqu'au sol
12. les avait remontés en un vague chignon
13. tordant
14. enroulant
15. attachant le tout

she held her hands in her lap, the right hand lying over the left. …

Jenny stood at the west door of the porch. I *am* Caroline, she thought. I will walk like Caroline, sit like her. I am going to watch the sunset as she always did. I am going to watch my little boy come running toward me.

She opened the door and unhurriedly[1] stepped out into the sharp cold air. Closing the door she walked over to the swing, adjusted it so it directly faced the sunset and sat down.

She remembered to shake the shawl so that it folded over[2] the left arm of the swing, as it had in the painting. She tilted[3] her head so that it was at a slight angle to the right[4]. She folded her hands in her lap[5] until the right hand lay encased in the left palm[6]. Then, slowly, very slowly, she began to rock the swing[7].

The sun slipped out from behind the last cloud. Now it was a fiery ball[8], low in the heavens, about to slip over the horizon, now it was going down, down, and the sky was diffused with color.

Jenny continued to rock.

Purples, and pinks and crimsons and oranges, and golds, and the occasional[9] clouds billowing like gossamer[10], the wind just sharp enough to move the clouds, rustle[11] the pines at the edge of the woods. …

Rock, back and forth. Study the sunset. All that matters is the sunset. The little boy will soon run out from the woods to join his mother. … Come, little boy. Come, Erich.

She heard a high wail, a wail that grew louder and shriller. "Aai … yee … devilll … devilll from the grave[12]. … Go away. … Go away. …"

A figure was stumbling from the woods. A figure holding a rifle. A figure draped in a dark green cape,

1. sans se presser
2. pour qu'il retombe sur
3. inclina
4. légèrement vers la droite
5. mit les mains sur les genoux,
6. la droite dans le creux de la main gauche
7. se balancer
8. une boule de feu
9. quelques
10. ondulant comme de la gaze
11. faire bruisser
12. espèce de zzzombie

with long black hair that the wind blew in matted tangles[1], a figure with staring eyes and a face caught in a grimace of fear. …

Jenny stood up. The figure stopped, lifted the gun and aimed it[2].

"Erich, don't shoot!" She stumbled to the door, turned the handle. The door was locked. It had snapped locked[3] behind her. Lifting the army blanket, trying not to stumble over its trailing ends[4], she began to ran, zigzagging down the porch steps, across the field, while she heard the sound of shots following her. A burning sensation bit into her shoulder[5] … warmth flooded[6] her arm. She staggered[7], but there was no place to run[8].

The strange screaming was behind her. "Devilll, devilll …" The dairy barn loomed[9] to the right. Erich had never gone in there, not since Caroline died. Frantically she wrenched the door open[10], the door that led into the anteroom[11] where the vats[12] of milk were stored.

He was close behind her[13]. She rushed into the inner area[14], the barn itself[15]. The cows were in[16] from the pastures, had already been milked[17]. They stood in their stalls, watching with mild interest, grazing at the straw in the troughs[18] before them. She could hear footsteps close behind her.

Blindly she ran to the end of the barn, as far as she could go. The stock tank was there, the pen[19] for the new calves[20]. The tank was dry. She turned to face Erich[21].

He was only ten feet away. He stopped and began to laugh. He lifted the gun to his shoulder and took aim with the same precision he had shown when he shot Joe's puppy. They stared at each other, mirror images with the dark green capes, the long dark hair. His hair too had been clumsily[22] pinned up[23] in

1. en boucles emmêlées
2. visa
3. s'était refermée
4. le bas qui traînait
5. lui piqua l'épaule
6. une tiédeur gagna
7. tituba
8. nulle part où aller
9. surgit
10. ouvrit la porte à toute volée
11. vestibule
12. cuves
13. sur ses talons
14. fonça à l'intérieur
15. dans la grange proprement dite
16. avaient été rentrées
17. traites
18. les auges
19. l'enclos
20. veaux nouveau-nés
21. lui faire face
22. maladroitement
23. attachés

a knot; his own blond curls escaping from under the wig gave the impression of tendrils on the forehead.

"Devilll … devilll. …"

She closed her eyes. "Oh, God. …"

She heard the gun going off[1], then a shriek that gurgled into a moan[2]. But not from her lips. She opened her eyes. It was Erich who was sinking to the ground[3], Erich who was bleeding[4] from the nose and mouth, Erich whose eyes were glazing[5], whose wig was matted with[6] blood.

Behind him Rooney lowered[7] a shotgun[8]. "That's for Arden," she said quietly.

Jenny sank on her knees[9]. "Erich, the girls, are they alive?"

His eyes were dim[10] but he nodded. "Yes. …"

"Is someone with them?"

"No. … Alone. …"

"Erich, where *are* they?"

His lips tried to form words. "They're …" He reached up for her hand, twisted his fingers around her thumb[11]. … "I'm sorry, Mommy. I'm sorry, Mommy … I didn't mean[12] … to … hurt … you."

His eyes closed. His body gave a last violent shudder[13] and Jenny felt the pressure on her hand released[14].

1. le coup partir
2. qui s'éteignit en glouglou
3. s'effondrait
4. saignait
5. devenaient vitreux
6. maculée de
7. baissa
8. un fusil de chasse
9. tomba à genoux
10. vitreux
11. s'agrippa à son pouce
12. je ne voulais pas
13. tremblement
14. qui se relâchait

38

The house was crowded[1] but she saw everyone as vague shadows on a screen. Sheriff Gunderson, the people from the coroner's office who chalked the outline[2] of Erich's body and took it away, the reporters who swarmed in after the news of the art forgery and stayed for the far bigger story[3]. They'd arrived in time to snap pictures[4] of Erich, the cape draped around him, the wig matted with blood, the curiously peaceful face of death.

They'd been allowed to go to the cabin, to photograph and film Caroline's beautiful paintings, Erich's tortured canvases. "The greater the sense of urgency we give to the search,[5] the more people will try to help," Wendell Gunderson said.

Mark was there. It was he who cut away the blanket and her blouse, bathed the wound[6], disinfected it, bandaged it. "That will hold it for the present[7]. It's only a flesh wound[8], thank God."

She shivered at the touch of those long, gentle fingers through all the burning pain[9]. If there was help possible it would come through[10] Mark.

They found the car Erich had driven, found it hidden in one of the tractor paths[11] on the farm. He'd rented[12] the car in Duluth, six hours' drive away.

1. pleine de monde
2. avaient dessiné à la craie les contours
3. devant le scandale encore plus croustillant
4. prendre des photos
5. Plus nous donnerons un caractère d'urgence aux recherches,
6. avait lavé la blessure
7. pour l'instant
8. une blessure superficielle
9. malgré la douleur qui irradiait
10. par
11. chemins tracés par les tracteurs
12. loué

He'd left the children at least thirteen hours ago. Left them where?

All through the evening the driveway was filled with cars. Maude and Joe Ekers came. Maude, her strong, capable bulk[1] bending over Jenny. "I'm so sorry." A few minutes later Jenny heard her at the stove. And then the smell of perking coffee.

Pastor Barstrom came. "John Krueger worried so about Erich. But he never told me why. And then it seemed as though Erich was doing so well[2]."

The weather report[3]. "A storm is moving into Minnesota and the Dakotas." A storm. Oh, God, are the girls warm enough?

Clyde came to her. "Jenny, you gotta help me. They're talking about committing Rooney to the hospital again[4]."

At last she was startled out[5] of her lethargy. "She saved my life. If she hadn't shot Erich, he would have killed me."

"She told one of them reporters that she did it for Arden," Clyde said. "Jenny, help me. If they lock her up, Rooney can't take it[6]. She needs me. I need her."

Jenny got up from the couch, steadied herself against the wall[7], went looking for the sheriff. He was on the phone. "Get more flyers. Tack them up in every supermarket, every gas station[8]. Go over the border[9] into Canada."

When he hung up, she said, "Sheriff, why are you trying to put Rooney in the hospital?"

His voice was soothing. "Jenny, try to understand. Rooney intended to kill Erich. She was out there with a gun waiting for him[10]."

"She was trying to protect me. She knew the danger I was in. She saved my life."

"All right, Jenny. Let me see[11] what I can do."

Wordlessly, Jenny put her arms around Rooney. Rooney had loved Erich from the moment he'd

1. sa silhouette massive et compétente
2. réussissait si bien
3. bulletin météo
4. de nouveau d'interner Rooney
5. quelque chose la sortait
6. ne le supportera pas
7. s'appuya contre le mur pour reprendre son équilibre
8. station-service
9. Allez même de l'autre côté de la frontière,
10. le guettait
11. Je vais voir

been born[1]. No matter what she said[2], she had not shot him because of Arden. She had shot him to save Jenny's life. I couldn't have killed him in cold blood[3], she thought. And neither could she[4].

The night wore on[5]. All the properties were being searched again. Dozens[6] of false reports[7] were coming in. Snow was starting to fall, swift, biting flakes.

Maude made sandwiches. Jenny could not swallow[8]. Finally she sipped consommé[9]. At midnight Clyde took Rooney home. Maude and Joe left. The sheriff said, "I'll be at my desk all night. I'll call you if we hear anything." Only Mark remained.

"You must be tired. Go on home."

He didn't answer her. Instead he went and got blankets and pillows. He made her lie down[10] on the couch by the stove; he poked a new log[11] on the fire. He stretched out on the big chair.

In the dim light she stared at the cradle filled with wood, beside the chair. She had refused to pray after the baby died. She didn't realize how bitter she'd been. Now … I accept his loss.[12] But please let me have my girls.

Could you strike a bargain[13] with God?

Sometime during the night she began to doze. But the throbbing in her shoulder kept her on the edge of wakefulness[14]. She felt herself stirring restlessly, making soft hurting sounds[15]. And then it eased[16], the pain and the restless tossing[17]. After a while when she opened her eyes, she found herself leaning against Mark, his arm around her, the quilt tucked over her.

Something was teasing her[18]. Something in her subconscious that kept trying to surface, something desperately important that was eluding her[19]. It was something to do with that last canvas and Erich watching her, his face peering through the window at her.

1. depuis sa naissance
2. Malgré ses dires
3. de sang froid
4. elle non plus
5. avançait lentement
6. Des dizaines
7. fausses informations
8. rien avaler
9. un bouillon
10. la fit s'allonger
11. rajouta une bûche
12. J'accepte de l'avoir perdu.
13. passer un marché
14. la maintenaient à moitié éveillée
15. de petits gémissements de douleur
16. cela se calma
17. agitation incessante
18. la titillait
19. qui se dérobait

At seven o'clock Mark said, "I'll fix some toast and coffee." Jenny went upstairs and showered, wincing[1] as the stream of water[2] struck the adhesive[3] on her shoulder.

Rooney and Clyde were in the house when she came back down. They sipped coffee together as they watched the national news. The girls' pictures would be shown on the *Today*[4] show and on *Good Morning America*.

Rooney had brought the patches[5]. "Do you want to sew, Jenny?"

"No, I can't."

"It helps me. We're making these for the girls' beds," she explained to Mark. "The girls are going to be found."

"Rooney, please!" Clyde tried to quiet her[6].

"But they are. You see how nice and bright the colors are. No dark stuff in my quilts. Oh, look, here's the story[7]."

They watched as Jane Pauley began the report: "A forgery that rocked[8] the art world yesterday turned out to be only a very small part of a far more dramatic tale[9].

"Erich Krueger ..." They watched as Erich's face came on the screen. The picture was the same as the one on the brochure in the gallery; his bronze-gold, tightly curled hair, his dark blue eyes, the half-smile. They had films of the farm, a shot[10] of the body being carried away[11].

Now Tina and Beth smiled from the screen. "And this morning those two little girls are still missing[12]," Jane Pauley said. "As he died,[13] Erich Krueger told his wife that her children are still alive. But police are not certain he can be believed. The last canvas he painted seems to suggest Tina and Beth are dead."

1. grimaçant de douleur
2. jet d'eau
3. pansement
4. [émission matinale nationale, sur NBC]
5. les carrés de tissu
6. la faire taire
7. le reportage commence
8. a secoué
9. histoire bien plus spectaculaire
10. une image
11. qu'on emmenait
12. sont toujours recherchées
13. Au moment de mourir,

The entire screen was filled with that last painting. Jenny looked at the limp puppet figures, her own tortured image staring, Erich looking in the window at them, laughing as he held back the curtain.

Mark jumped to turn off the set. "I told Gunderson not to let them take photographs in the cabin."

Rooney had jumped up too. "You should have showed me that painting!" she screamed. "You should have showed it to me. Don't you understand. The curtains … The blue curtains!"

The curtains! This was what had been gnawing at Jenny's memory.[1] Rooney spilling the scraps onto[2] the kitchen table, that dark blue material, the faint design visible[3] in the painting.

"Rooney, where did he put them?" They were all shouting the same thing. *Where?*

Rooney, totally aware[4] of the precious knowledge she held[5], tugged at[6] Mark, excitedly crying, "Mark, *you* know. Your dad's fishing lodge[7]. Erich always used to go there with you. You didn't have curtains in the guest room. He said it was too bright. I gave him those eight years ago."

"Mark, could they be there?" Jenny cried.

"It's possible. Dad and I haven't been at the lodge in over a year. Erich has a key."

"Where is the lodge?"

"It's … in the Duluth area. On a small island. It makes sense.[8] It's just …"

"Just what?" She could hear the sound of snow slapping against the windows.

"The lodge doesn't have central heating[9]."

Clyde vocalized[10] the fear that was now in all of them. "That place don't have central heating and you mean those kids may be alone in it now?"

Mark raced for[11] the phone.

1. Voilà ce qui taraudait Jenny.
2. déversant les chutes de tissu sur
3. le motif à peine visible
4. consciente
5. la valeur de l'information qu'elle avait
6. tirait sur la manche de
7. cabane de pêcheur
8. Ça paraît logique.
9. le chauffage central
10. exprima
11. se rua sur

Thirty minutes later, the police chief from Hathaway Island returned their call.

"We've got 'em."

Agonized,[1] Jenny listened to Mark's question. "Are they all right?"

She grabbed[2] the phone to hear the answer.

"Yep, but just barely[3]. Krueger had threatened to punish them if they ever tried to set foot out of the house. But he'd been gone so long and the place was freezing[4] so the older girl decided to take a chance[5]. She managed to unlock the door. They'd just left the house to hunt for[6] Mommy when we found them. They wouldn't a lasted[7] half an hour in this storm. Wait a minute."

Jenny heard the phone being moved and then two small voices were saying, "Hello, Mommy." Mark's arms held her tightly as she sobbed, "Mouse. Tinker Bell. I love you. I love you."

1. Sur des charbons ardents,
2. saisit
3. Oui, mais tout juste
4. gelée
5. se risquer
6. partir à la recherche de
7. n'auraient pas tenu

39

April broke over Minnesota like a godhead[1] of plenty[2]. The red haze haloed[3] the trees as tiny buds[4] began to form, waiting to burst into bloom. Deer ran from the woods; pheasants[5] strutted[6] on the roads; cattle wandered far into the pastures; the ground softened and snow melted down[7] into the furrows[8], nourishing the spring crops[9] as they pushed their way to the surface.

Beth and Tina began to ride again, Beth straight and careful, Tina always ready to give her pony a kick[10] and send him racing. Jenny rode on Fire Maid beside Beth; Joe rode close to Tina.

Jenny could not get enough of[11] being with the children: of being able to kiss the soft cheeks, hold the sturdy little hands, hear the prayers, answer the endless questions. Or listen to the frightened confidences. "Daddy scared me so much. He used to put his hands on my face like this. He looked so funny[12]."

For so long she had wanted to go back to New York, to leave this place. Dr. Philstrom warned her against it[13]. "Those ponies are the best therapy for the children."

"I cannot spend another night in this house."

1. divinité
2. l'abondance
3. auréolait
4. bourgeons
5. des faisans
6. se pavanaient
7. fondait
8. sillons
9. récoltes de printemps
10. talonner son poney
11. ne se rassasiait pas d'
12. bizarre
13. le lui déconseilla

Mark had provided the answer: the schoolhouse[1] on the west end of his property that years before he'd converted[2] for himself. "When Dad moved to Florida I took over the farmhouse and rented this place, but it's been empty for six months."

It was charming, with two bedrooms, a roomy[3] kitchen, a quaint[4] parlor, small enough that when Tina cried out in terror-filled dreams[5], Jenny could be at her side instantly. "I'm here, Tinker Bell. Go back to sleep."

She told Luke of her plans to turn over[6] Krueger Farm to the Historical Society.

"Be sure, Jenny," he told her. "It's worth a fortune and God knows you earned the right to have it[7]."

"There's plenty for me without it. And I could never live there again." She closed her eyes against the memory of the bassinette in the attic, the panel behind the headboard, the owl sculpture, the portrait of Caroline.

Rooney visited frequently[8], proudly driving the car Clyde had bought her, a contented[9] Rooney who no longer needed to wait home in case Arden chose to return. "You can accept anything, Jenny, if you have to. Not knowing is the worst torture."

The people of Granite Place came calling[10]. "It's about time[11] we welcomed you here, Jenny." Most of them added: "We're so sorry, Jenny." They brought cuttings[12] and seeds[13] for her.

Her fingers in the soft, moist[14] earth as she planted her garden.

The sound of the comfortably shabby station wagon in the driveway. The girls running to meet Uncle Mark. The joyful awareness that like the earth she too was ready for a new season, a new beginning[15].

1. l'école
2. aménagée
3. spacieuse
4. pittoresque
5. des rêves terrifiants
6. céder
7. si vous l'avez mérité
8. venait souvent les voir
9. apaisée
10. rendre visite
11. Il est grand temps que
12. des boutures
13. des graines
14. humide
15. un nouveau départ

Imprimé en Italie par Grafica Veneta S.p.a
Dépôt légal : février 2014
313764-05/11043735-janvier 2020